U0407900

《中国现代文学三十年》学习指导（第三版）

ZHONGGUO XIANDAI WENXUE SANSHI NIAN XUEXI ZHIDAO

温儒敏 编著

北京大学出版社
PEKING UNIVERSITY PRESS

图书在版编目(CIP)数据

《中国现代文学三十年》学习指导/温儒敏编著．—3版．—北京：北京大学出版社，2016.4

(博雅大学堂·文学)

ISBN 978-7-301-27096-7

Ⅰ.①中… Ⅱ.①温… Ⅲ.①中国文学—现代文学史—高等学校—教学参考资料 Ⅳ.①I209.6

中国版本图书馆CIP数据核字(2016)第085361号

书　　名	《中国现代文学三十年》学习指导（第三版）
著作责任者	温儒敏　编著
责任编辑	张凤珠　艾　英
标准书号	ISBN 978-7-301-27096-7
出版发行	北京大学出版社
地　　址	北京市海淀区中关村成府路205号　100871
网　　址	http://www.pup.cn　　新浪微博：@北京大学出版社
电子信箱	pkuwsz@126.com
电　　话	邮购部62752015　发行部62750672　编辑部62752022
印 刷 者	北京中科印刷有限公司
经 销 者	新华书店
	965毫米×1300毫米　16开本　25.75印张　435千字
	2001年4月第1版　2007年8月第2版
	2016年4月第3版　2021年10月第8次印刷
定　　价	59.00元

第三版前言：本书的特色与功能

本书是中国现代文学课程的教学参考用书，也是教育部重点教材《中国现代文学三十年》的配套书。其实现代文学课程结构大同小异，若使用其他版本教材，本书同样可以搭配使用。原书名是《中国现代文学课程学习指导》，2001年出版后有过7次印刷，很受读者欢迎。不少学校指定本书为教学参考书，而众多报考现当代文学研究生的考生，复习时也很看重本书。2006年，本书做过较大的修订，并更名为《〈中国现代文学三十年〉学习指导》，以突出配套的特色，又有9次印刷。至今十年过去了，教材《中国现代文学三十年》已经有第二次较大的修订，出了新版，那么这本"学习指导"当然也要随之修订，这就是第三版了。

这里介绍一下本书的特色、功能和使用注意事项。

中国现代文学是各大学中文系的必修课，一般都在低年级开设。因为内容比较多，刚踏进大学校园不久的年轻的学生，又还没有文学理论及其他相关知识的准备，学习这门课可能有诸多困难。现今各种现代文学史教材，又都偏重历史线索的勾勒，而不大考虑大学低年级学生的知识结构特点，所以，老师的讲授和学生的学习都碰到一个既要使用教材，又要照顾循序渐进、逐步提高的问题。就钱理群、吴福辉与笔者合作编写的《中国现代文学三十年》这部教材来讲，学术性较强，而对于一般大学低年级的同学，也可能深一些，内容繁复一些。其他几种比较通行的现代文学教材，也有类似的情况。所以不少老师与同学都希望能有一本指导学习的书，与教材配套，根据低年级同学的知识结构特点，指导他们阅读作品、理解教材与听老师讲授，以学会鉴赏评论作品，逐步养成审美的能力和文学史眼光。具体一点来说，能辅导同学有效地预习、复习和参加考试。这本课程学习指导，就是为此目的而编写的。本书适合本科生选修中国现代文学课程时使用，也方便教师备课，亦可作为报考研究生的辅导用书。

本书分为29章，相当于29个课题。这一划分大致参考了教育部指定的现代文学教学大纲，并依据教育部推荐教材《中国现代文学三十年》

的章节结构与基本内容；因为29章基本上已囊括现代文学教学的主要课题，若配合其他版本教材，本书内容只需稍加调整即可。

本书每一章都包括如下五方面的内容：学习提示与述要、知识点、思考题、必读作品文献、评论节录。下面分别介绍其内容特色、功能与使用方法。

一、学习提示与述要。 主要介绍每一课题的基本内容，以及学习的重点与难点。由于教学改革的需要，目前许多大学中文系的现代文学课都压缩了课时。因此，讲授与学习都只能以作家作品为主。“学习提示与述要”除了概述每一章的基本内容外，力图根据学生的一般理解能力与课程的安排，建议哪些应作为重点要求，哪些只需知识性的了解，哪些可偏重审美鉴赏，哪些应着重引发理论分析，还有哪些应和其他章节的论述联系起来作整体的思考，等等，以帮助学生在听课和自学时，能尽快掌握要领，进入情况。对一些重点和难点问题，还提示了思考与回答的角度与要点，有的还简略地示范了析例与方法。

二、知识点。 列出每一课题所应大致掌握的文学史常识，包括作家作品、社团流派、文学思潮等方面。不一定要求全都有深入的讨论，只需要一般的了解，作为知识面的拓展，有助于增加文学史的感觉和对重点文学现象的理解。复习考试中常有名词解释、填空或简答题，“知识点”主要就涉及这方面的内容。

三、思考题。 每一课题都设计有几道“思考题”，题型不尽相同，难易程度不一，有的偏于文学史现象的概括，有的偏于作品的审美赏析，有的是对个案的深入评判，有的则要求对文学理论的理解发挥。设计中充分考虑到课程内容深浅的安排与学生思考能力的逐步提高，照顾到循序渐进的教学规律。修订本与旧版本最大的不同，是重新调整、增加了思考题，总的加大了难度，但又给不同类型学校和学生的需求留足空间。其中不少参照了北京大学和各重点大学期末考试或者研究生入学考试的试题。修订本还对每一道题的思考角度、方法与要点，都做了简要的提示。大多数思考题都是论述性的，主要考察和训练对文学作品与文学史现象的感悟、审美以及阐释的能力，除了某些知识性内容需要记忆，更多的还是要有自己的感觉、体验与理解，一般没有所谓标准答案，我们也有意不提供完整的答案，而只是提示要点，同学们完全可以放开思路，大胆发挥，避免被框住思维。多数思考题都附录在相关的各章后面，方便学生预习或者复习。另有一些属于综合性的题目，虽然也附在相关的各章之后，但其内容范围涉及其他不同章节，甚至需要学完整个现代文学史，有了整体认识后才能较好地论述。这类思考题一般难度较大，适合高年级学生与报考研究生的同学，对此一般也都做了提示。

四、必读作品与文献。学习文学史不能满足于听课与读教材，同时必须读大量的作品与文献。获得相关的文学史感觉与审美体验，掌握必要的材料，是学好这门课的前提，也是学科训练的必要过程。书中每一课题都列出了最低限量的基本书目，要求必须读完。所列书目大都考虑到便于同学查找。除了少量需从作家的文集或选集中去找，大部分都可以从如下几种书中找到：

(1)《中国现代文学作品精选》(第三版，严家炎、孙玉石、温儒敏主编，北京大学出版社 2013 年版)；

(2)《中国现代文学史参考资料》(多卷本，北大等院校中文系编，上海教育出版社 1979 版)；

(3)《百年中国文学经典》(谢冕、钱理群主编，北京大学出版社 1996 年版)；

(4)《中国新文学大系》(第一个十年的十卷本，良友图书公司出版，有上海文艺出版社影印本；后两个十年的两套《大系》，上海文艺出版社出版)。

五、评论节录。配合每一课题还摘录了学术界、评论界的有关研究成果，包括不同角度、方法的代表性的学术论点和有创见的作家作品分析。"评论节录"是为了让学生在做作业和写论文时，了解相关领域或课题的研究状况，从其中所例举的观点与论述中得到启发；也可以方便教员备课，充分利用学术界既有的成果去丰富讲授内容，或者利用某些学术观点在课堂上引发讨论。这些论点摘录不求面面俱到，而是重点考虑配合教学的实际需要，因此所节录的内容大都是学界比较认同，而又适合"转化"到教学中去的；但也尽可能介绍一些有经典性或前沿性的成果，以利于活跃教学的思维，拓宽学生的学术视野，了解相关领域的研究状况，从例举的观点中得到启发，同时也方便教师备课，用新的学术成果去丰富授课内容。不过，"评论节录"毕竟是"节录"，限于篇幅，可能难于展现原有论述的语境与全貌，所以，宁可当书目来看。应鼓励学生尽可能找原文来读，防止以偏概全，还可以增加思考的学术含量，引发问题探讨；有意往研究方面发展的学生，包括自学者和报考研究生的读者，正好可以顺藤摸瓜，按评论提示的书目去找相关的著作来阅读思考，逐步摸索进入研究的门道。

书后还特别附录了有关现代文学各类考试的试题，主要是提供某些题型，便于学生复习。另有一篇《关于现代文学课程的复习与考试》，是编者和一些报考研究生同学的对谈，内容涉及考研的课程、专业课的要求、考题类型以及如何解决复习中常碰到的问题，等等，也提供给同学们参考。

此书编写的过程中，编者正为北京大学文科试验班讲授现代文学课程，可以说此书的编写也带有试验的性质，并从和同学的教学互动中获益甚多。

本书2006年进行过一次修订，曾得到一些学者和博士生的鼎力支持，他们参与了各章思考题提示要点的撰写，以及某些研究论著节录的增补，这里特别要对他们深表谢忱。他们是：李宪瑜、姜涛、段从学、杨天舒、高玉、王晓冬、程鸿斌。

2016年的这次修订，主要根据《中国现代文学三十年》修订重印版做些内容增删调整，由我独立完成。

温儒敏

2016年3月20日

目　录

第一章　文学思潮与运动(一)

【学习提示与述要】

刚接触这门课的同学,最好先对"中国现代文学"的学科性质、研究的范围以及这门课的讲授计划,有大致的了解。不妨先认真读一读《中国现代文学三十年》(以下简称《三十年》)的"前言"。其中要格外注意其对"中国现代文学"含义的阐释:所谓"现代文学",不仅是时间概念上所划定的1917—1949年这一通常所说的"现代"阶段的文学,更是"现代"性质意义上所指的区别于传统文学的新的文学。"所谓'现代文学',即是用现代文学语言与文学形式,表达现代中国人的思想、感情、心理的文学。"因此,学习中应当始终把"文学的现代化"作为贯穿这门课的一条基本思路。

该课程依现代文学的三个"十年",分为三个大的段落,即三编。每一编都是先概述文学思潮与运动,然后分章介绍小说、诗歌、散文和戏剧的发展状况;作家作品的分析处于中心位置,鲁迅、郭沫若等九位大作家都设专章评述。每一章的学习是"分",即较多进行作家作品的具体分析;但又注意把作家作品放到特定的时代文化氛围中考察,注意各文体以及各思潮流派彼此的关联,注意从"史"的角度去理解和评价文学现象,这又是"合"。刚开始学习时,建议先将整部教材浏览一遍,求得一个大致的轮廓印象,然后学习每一章节,都力求有一种文学史眼光的贯通,也就是把文学史现象包括作家作品放到特定的历史语境中去理解。还要认真读作品,起码要预先读完指定的必读书目,有自己的文学感觉与体验,再来听课,参考有关评论来讨论问题,文学审美与分析能力才能有效地提高。

第一章介绍文学革命的历史,也就是现代文学的起始。第一节讲文学革命发生与发展的过程,第二节讲外来思潮与文学社团,第三节介绍初期文学理论建设,第四节分析"五四"时期文学创作的潮流。这一章的重点是文学革命发生的原因、过程与性质,以及这场革新运动的意义。此外,对于新文学如何受外来文学思潮的影响,各种文学社团的兴起如何推进了新文学创作和理论建设,也应有较系统的了解。对陈独秀、胡适、周作人等在新文学运动中所起的历史作用的评论,则可以作为进一步思考的命题。

这一章内容丰富，头绪多，有些问题的探讨尚待获得更多的文学史知识之后，才能逐步深入进行。因此，偏重从知识性层面去掌握文学革命发生发展的概况，以期对新文学的发生有较为具体的印象，是学习这一章的基本要求。

一　文学革命的发生与发展

1. 首先要了解文学革命发生的背景与动因。通常把1917年初发生的文学革命看作是一个历史的界碑，以标示古典文学的结束，现代文学的起始。当今学术界也有人试图将近、现、当代打通，以“20世纪中国文学”的概念涵盖百年中国文学。事实上，虽然晚清以来已出现文学变革，如“诗界革命”“小说界革命”和白话文的提倡，等等，但总体上仍是局限于传统文学内部的结构调整变通，真正有革命意义的突变还是在1917年文学革命发生之后。因此，必须大致了解晚清的文学革新运动如何为后起的文学革命做了准备。有关近、现代文学关系，以及“现代文学”的学科称谓与范围是否应被其他概念所取替等问题，都是有争议的前沿课题，刚开始学习本课程时不一定就展开讨论。

2. 了解文学革命与“五四”新文化运动的关联。对新文化运动的性质，有各种解释，注意这里解释为“本质上是企求中国现代化的思想启蒙运动”。文学革命作为新文化运动的重要组成部分，其性质与导向、成就与局限，都与新文化运动的启蒙宗旨息息相关。新文化运动的思想启蒙主要做了两方面工作：一是重新评判孔子，抨击文化专制主义，倡导思想自由；这种激进的反传统也是对当时袁世凯、张勋复辟的尊孔之反弹。二是广泛引进和吸收运用西方文化。新文化运动立足于“破”而矫枉过正，以对传统文化的批判为主，对西方文化径直急取，有负面影响。要注意这句话：“但若说他们这一代割裂了传统则未免言过其实，对历史的偏误也应当有同情的理解。”对当前某些过分指责或否定“五四”新文化运动的言论，要有清醒的分析，不必附和盲从。这是方法论问题。总的来说，新文化运动造成多种文化比较选择的开放活跃的局面，文学革命直接从中获取了动力。

3. 文学革命的发动过程，是本章学习的重点。作为知识性了解，应注意掌握：以《新青年》为中心而形成的反封建思想文化阵线及主要的代表人物，胡适《文学改良刍议》与陈独秀《文学革命论》的基本内容与历史功绩，白话文运动的提倡与推广过程，与“学衡派”和“甲寅派”的论争。关于几次论争，以往多作“路线斗争”的解读，其实有片面性。要注意这个分析：文学革命要冲决旧思想的束缚，势必采取激烈彻底的姿态，然而在那种激进而浮躁的历史氛围中，先驱者难于认真思考文化转型与选择的复杂性，也未能接受论争对立面的某些可能合理的意见，往往受制于走极端的思维方式，某些独断的言论在后来又被放大，自然也留下许多遗憾。

4. 关于文学革命的收获与意义，可以从文学观念、内容以及语言形式这三方面去评判，考察其对于传统文学的彻底革新，理解新文学是如何在文学的世界化与民族化的矛盾对立运动中逐步实现文学的现代化的。注意这种分析：文学革命如同疾风暴雨推动变革，虽然有简单化和片面性的毛病，但它和时代的转换密切呼应，充分满足了“五四”时期的审美需求，造就了与传统文学截然不同的现代读者和新的文学传播方式，其震撼性影响远远超出文坛。近百年来中国文学的发展，始终在承载和发挥着文学革命的精神遗传。

二　外国文艺思潮涌入和新文学社团蜂起

5. 外国文艺思潮的影响是文学革命发生与发展的外因。胡适、陈独秀发动文学革命就依持过进化论等思潮，周作人也得益于西方人道主义文学理论，这都是影响的例证。大规模的文学翻译活动，是文学革命的组成部分。“五四”后短短几年间，思想大解放如冰河开封，西方文艺复兴以降各种文艺思潮几乎都同时涌入了中国。对这种历史上罕见的思想活跃状况应有所了解。在以后整个课程学习当中，都应当把外来文学思潮的深刻影响作为考察中国文学现代化的重要方面。

6. 受不同文艺思潮和艺术手法影响的不同创作倾向的作家群，又各自聚集为文学社团。其中文学研究会和创造社的影响与贡献最大。应当了解文学研究会、创造社的成立及成员组成的基本状况，包括各自的代表性刊物和作家，最足以体现社团倾向的基本观点。对于前者追求“为人生而艺术”的现实主义，和后者侧重“为艺术而艺术”的浪漫主义，也应从创作观念与流派特色上加以简要评析。此外，还要了解新月社、语丝社、浅草社和湖畔诗社的基本情况。这是本章学习的第二个重点。

三　胡适、周作人与新文学初期理论建设

7. 胡适对新文学理论建树最突出、影响最大的是“白话文学论”和“历史的文学观念论”。进化论与实验主义对胡适文学观念的建构都有积极的作用，应结合《文学改良刍议》与《建设的文学革命论》对胡适的文学观念在新文学发难期所做的贡献做出客观的评价。现今有些议论认为五四提倡白

话，是过分反传统，起到负面作用。对此，要有历史的分析，注意这段话：尽管在后人眼中，胡适等人对古文的贬斥可能有些过分，未能肯定古文表达的审美潜质，对白话文表达的“限度”也缺少关注，但从文学语言革新的角度看，又不必苛求。胡适以白话文的倡导来牵动文学革命，是顺应了历史潮流的。

周作人以“人的文学”来标示新文学的内容特质，适合了“五四”个性解放的热潮，对文学革命的推进起到很大的作用。后来周作人转向强调文学的独立性与自由表达思想的原则，提出比较脱离现实的“自己的园地”文学观，代表了倾向自由主义的作家另一路的追求。这一节不作为重点，但应学习如何应用历史唯物主义的观点评价那些影响大而思想立场可能比较复杂的作家。

四　文学创作潮流与趋向

8. 第一个十年文学发展可以分为三个阶段：1917 年初到 1919 年“五四”爆发，为文学革命初期；“五四”到 1926 年“三一八”惨案，是思想解放和创作最为活跃的时期；此后到 1927 年“四一二”事变，相对沉寂并转向“革命文学”提倡的试验期。这种大致的阶段性划分，可以帮助同学联系时代社会变迁去把握文坛的趋向。

9. 第一个十年的创作也可以从总体上去归纳与描述其共同的兴趣与归趋，或区别于其他时期的新的文学特色，即理性精神、感伤的情调、个性化与多样创作方法的尝试。这种宏观的归纳，让我们对“五四”新文学的时代特征和得失先有一个基本的印象，待如下几章学完后再回头来思考与印证这种归纳的根据。

学习这一章，还会碰到一个有争议的问题——关于现代文学的发生与开端。学界对此有不同看法。一种意见是往前推，认为在晚清，文学界已经出现许多变革，甚至出现一些“现代性”的因素，因此可以把现代文学的起源定在晚清（具体说是 1898 年），有的就此提出“20 世纪中国文学”的概念，以取代“中国现代文学”的概念。但更多学者还是认为现代文学发生于“五四”前后，理由是“五四”带有时代界碑性质，以此作为古代文学与现代文学的分水岭比较合适。尽管从晚清开始已经出现文学变革，但真正作为一种自觉的文学革新运动，而且在思想、内容、语言和形式这几个方面都发生整体性的显著的变化，还是在“五四”前后。通过这一章的学习，我们除了对“五四”新文学运动的轮廓、性质与基本知识有大致了解，还可以观察文学潮流变迁的规律。不管采纳哪一种“分界法”，必须看到晚清文学与“五四”文学的联系，以及“五四”新文学运动所起到的巨大变革作用。

另外，随着时代变化，人们评价历史的标准也可能调整变化。对“五四”新文学所形成的新的文学传统，过去偏于政治性的角度，评价一直比较高。这些年出现某些对“五四”新文化运动包括新文学运动的反思，主要是认为“五四”一代人对传统的批判过甚，某种程度上造成文化的“断裂”，有“激进主义”之嫌。学习这一章，可以联系当前在“五四”历史评价问题上的不同观点，用课程学习中所了解的具体知识，包括自己对于历史的感受与想象，尽量做到回归历史语境，用实事求是的同情的态度，去评价过去那些有影响的人物与事件，防止偏激与片面。

【知识点】

晚清文学革新运动、《新青年》杂志、新文化运动与文学革命的关系、陈独秀的《文学革命论》、胡适的《文学改良刍议》、对黑幕小说与鸳鸯蝴蝶派的批判、学衡派、甲寅派、易卜生主义、“五四”前后西方思潮的大量涌入、文学研究会、创造社、语丝社、浅草—沉钟社、新月社、湖畔诗社、进化论、历史的文学观念论、周作人的《人的文学》。

【思考题】

1. 简述文学革命发生发展的大致过程。

此题偏重知识性的掌握，要求通过梳理读书与听课中所接触的史事，对“五四”前后文学革命的历史获得轮廓性的理解。要点包括：(1)发生的背景。晚清传统文学内部结构变化成为后来大变革的序幕，辛亥革命后社会变革以及新文化运动的推动，启蒙与救亡热潮带来的解放氛围；(2)《新青年》的思想启蒙以及对传统的激烈批判，胡适、陈独秀等先驱者的文章和主张，特别是一些代表性的观点与口号；(3)文学革命与某些保守主义者的较量(如与学衡派、甲寅派的论争)；(4)进展与初步成果，包括白话文全面推广、外国文学思潮广泛涌入、文学社团蜂起、鲁迅小说与“新潮社”等方面创作实绩的涌现。因为涉及内容很多，应当大致依照时间顺序，抓住上述几个方面，包括重要的历史事件、潮流、人物及其观点，做简要的梳理。这也是对概括能力的训练，可以主要参考《三十年》第一章第一节。

2. 为什么说文学革命是我国历史上前所未有的文学革新运动？文学革命的意义是什么？

说明“前所未有”,就是论说文学革命的独特性和地位,应注意放到整个中国文学史上去考察。首先,文学革命的发生是从与传统文学异质的西方文学中获得新的价值观,引起对传统文学的重估。其次,是社会变革引发文学的深层变革,包括文学观念、审美意识、情感表达方式,以及文学语言等多个方面的根本性变革。再次,和古代一些文学变革(如唐代古文运动)相比,这次文学革命是彻底、全面而深层次的变革,而并非传统体系中的局部调整。以上可以参考“评论节录”中王瑶《论五四时期对中国传统文学的价值重估》。关于意义,可以参考“评论节录”中毛泽东《新民主主义论》对“五四”新文化运动的评价,要点是“彻底地反对封建文化的运动”,但要注意扣住文学革命的含义及其影响来谈。也可以从文学“现代化”的角度立论,然后从文学观念、内容以及语言形式变革这三个方面,论述其对传统文学的革新与超越,对新文化运动的配合,对时代变迁的适应,肯定其开启文学现代化的贡献。

3. 概述“五四”前后外国文学思潮的进入和文学社团兴起的情况。

此题偏重知识性,要注意对“五四”历史氛围的概括。对“五四”时期西方各种文艺思潮几乎同时涌入的状况应有轮廓性了解。可关注一些影响较大的翻译活动,包括《新青年》等刊物的译载所引起的讨论热潮,也可以以进化论、人道主义等几种理论的译介及影响为中心,论述外来思潮如何引发和推进文学革命。如果更细致一点,不妨举胡适的进化论文学史观、周作人的“人的文学”论以及鲁迅的小说创作为例,分析外来思潮如何转化为先驱者的理论资源。“评论节录”中周策纵《五四运动史》有相关的论述,有助于理解当时的氛围。至于社团的兴起情况,一是要说明蜂起的原因,可以文学研究会和创造社为主,考察其不同的创作观念与流派特色,此外,要适当谈及新月社、语丝社、浅草社和湖畔诗社的基本情况。整个论述最好能扣着“五四”思想解放的大环境。“评论节录”中茅盾和郑伯奇的两篇文摘提供了相关材料。

4. 如何评价文学革命时期胡适与周作人的文学观念与理论?

主要参考《三十年》第一章第三节的内容。一般要求集中分析胡适的“白话文学论”“历史的文学观念论”“易卜生主义”,以及周作人的“人的文学”口号,对这些理论的基本内涵有较明确的了解,同时对其如何应时而生,又如何适合“五四”个性解放潮流、推进文学革命,有客观的评价,肯定其贡献。更高的要求,是在上述论说基础上,进一步运用历史的辩证的方法,考察当时一两种理论形成的机制及其影响。比如对胡适“大胆的假设,小心的求证”治学理路的分析，以及对周作人为何从“人的文学”转向“自己的园地”的分析，都有很多发挥的空间，甚至还可以联系现实，回应某些对“五四”批评与苛求的观点，以此展示思考的力度。

5. 近年来学术界在对“五四”传统的反思中，有一种偏重批评“五四”“激进主义”的声音，对此你是否有所关注？能否谈谈你的看法？

这是拓展思考题，理论性和综合性较强，有较大难度，适合高年级或者研究生。可参考温儒敏等著《中国现代文学学科概要》第十章第二节以及第十二章第五节，依照其中研究状况介绍及索引，找相关论文来读，以了解研究界的不同观点，对“激进主义”做出评议，或者纠正某些违反历史唯物论的苛求。应注意调动课程学习中积累的相关知识，参考本章有关的历史评说，尽量回到“五四”的历史语境，采用比较客观的态度。对“现代性”研究中出现的任意颠覆经典的立场，须保持必要的警惕，防止又一种偏激与片面。

6. 简述晚清文学思潮，并论述其与“五四”时期文学运动的历史联系。

本论题难度较大，要求对晚清文学有所了解，并能把晚清文学与“五四”文学联结在一起，寻找其历史关联，以此理清从晚清到“五四”的文学脉络，适合研究生或高年级学生。最好能回应“没有晚清，何来五四”（王德威）的观点，在论说历史联系时，也要注意不同历史阶段的重大区别。要点包括：(1)晚清的“三界革命”与“五四”文学运动。“诗界革命”的作诗如说话，“文界革命”对桐城派古文的批判，“小说界革命”对小说的政治文化功能的提高，都被“五四”继承和发扬。(2)晚清白话文运动与“五四”文学运动。其中包括对白话文的倡导、大量白话报纸的涌现，以及大量白话小说的出现，都为“五四”提倡白话文学提供了社会、文学基础。(3)晚清翻译的兴盛与“五四”文学运动。以严复《天演论》、林纾《茶花女》为代表的晚清翻译风潮，为“五四”全面引进西方科学与文艺理论首开先河。(4)在晚清思潮影响下出现了一大批先进的知识分子，他们后来成为“五四”文学革命的中坚力量。(5)晚清文学思潮只是“五四”文学革命的序幕，仍是传统文化自身的内部调节，它虽然为“五四”准备了条件，但真正全面的文学、文化变革还是出现在“五四”（可参阅《三十年》第一章第一节，以及胡适《五十年来中国之文学》，欧阳哲生编《胡适文集3·胡适文存二集》，北京大学出版社2013年版）。

【必读作品与文献】

胡　适:《文学改良刍议》
陈独秀:《文学革命论》
周作人:《人的文学》
胡　适:《建设的文学革命论》
林　纾:《致蔡鹤卿太史书》
蔡元培:《答林琴南书》《文学研究会宣言》
沈雁冰:《文学与人生》
成仿吾:《新文学的使命》
梅光迪:《评提倡新文化者》

【评论节录】

毛泽东:《新民主主义论》
胡　适:《中国新文学大系・建设理论集》
茅　盾:《中国新文学大系・小说一集・导言》
郑伯奇:《中国新文学大系・小说三集・导言》
王　瑶:《论五四时期对中国传统文学的价值重估》
周策纵:《五四运动史》

▲毛泽东论五四运动

五四运动是反帝国主义的运动,又是反封建的运动。五四运动的杰出的历史意义,在于它带着为辛亥革命还不曾有的姿态,这就是彻底地不妥协地反帝国主义和彻底地不妥协地反封建主义。五四运动所以具有这种性质,是在当时中国的资本主义经济已有进一步的发展,当时中国的革命知识分子眼见得俄、德、奥三大帝国主义国家已经瓦解,英、法两大帝国主义国家已经受伤,而俄国无产阶级已经建立了社会主义国家,德、奥(匈牙利)、意三国无产阶级在革命中,因而发生了中国民族解放的新希望。五四运动是在当时世界革命号召之下,是在俄国革命号召之下,是在列宁号召之下发生的。五四运动是当时无产阶级世界革命的一部分。五四运动时期虽然还没有中国共产党,但是已经有了大批的赞成俄国革命的具有初步共产主义思想的知识分子。五四运动,在其开始,是共产主义的知识分子、革命的小资产阶级知识分子和资产阶级知识分子(他们是当时运动中的右翼)三部分人的统一战线的革命运动。它的弱点,就在只限于知识分子,没有工人农民参加。但发展到六三运动时,就不但是知识分子,而且有广大的无产阶级、小资产阶级和资产阶级参加,成了全国范围的革命运动了。五四运动所进行的文化革命则是彻底地反对封建文化的运动,自有中国历史以来,还没有过这样伟大而彻底的文化革命。当时以反对旧道德提倡新道德、反对旧文学提倡新文学,为文化革命的两大旗帜,立下了伟大的功劳。这个文化运动,当时还没有可能普及到工农群众中去。它提出了"平民文学"口号,但是当时的所谓"平民",实际上还只能限于城市小资产阶级和资产阶级的知识分子,即所谓市民阶级的知识分子。五四运动是在思想上和干部上准备了一九二一年中国共产党的成立,又准备了五卅运动和北伐战争。当时的资产阶级知识分子,是五四运动的右翼,到了第二个时期,他们中间的大部分就和敌人妥协,站在反动方面了。

(录自毛泽东:《新民主主义论》,《毛泽东选集》第二卷,人民出版社1952年版)

▲胡适谈文学革命发生的原因

我在《逼上梁山》一篇自述里,很忠实地记载了这个文学革命运动怎样"偶然"在国外发难的历史。我的朋友陈独秀先生曾说:

> 常有人说,白话文的局面是胡适之陈独秀一班人闹出来的。其实这是我们的不虞之誉。中国近来产业发达,人口集中,白话文完全是应这个需要而发生而存在的。适之等若在三十年前提倡白话文,只需章行严一篇文章便驳得烟消灰灭。此时章行严的崇论宏议有谁肯听?(《科学与人生观序》)

独秀这番议论是站在他的经济史观立场说的。我的《逼上梁山》一篇,虽然不是答复他的,至少可以说明历史事实的解释不是那么简单的,不是一个"最后之因"就可以解释了的。即如一千一百年前的临济和尚德山和尚的徒弟们,在他们的禅林里听讲,忽然不用古文,而用一种生辣痛快的白话文来记载他们老师的生辣痛快的说话,就开创了白话散文的"语录体"。这件史实和"产业发达,人口集中"有什么相干!白话文产生了无数的文学杰作之后,忽然出了一个李梦阳,又出了一个何景明,他们提倡文学复古,散文回到秦汉,诗回到盛唐,居然也可以哄动一世,成为风气。后来出了公安袁氏兄弟三人,大骂何李的复古运动,主张一种抒写性情的新文学,他们也可以哄动一时,成为风气。后来方苞姚鼐曾国藩诸人出来,奠定桐城派古文的权威,也一样的哄动一时,成为风气。这些史实,难道都和产业的发达不发达,人口的集中不集中,有什么因果的关系！文学史上的变迁,“代有升降,而法不相沿,各极其变,各穷其趣”(用袁宏道的话),其中各有多元的,个别的,个人传记的原因,都不能用一个“最后之因”去解释说明。

中国白话文学的运动当然不完全是我们几个人闹出来的,因为这里的因子是很复杂的。我们至少可以指出这些最重要的因子:第一是我们有了一千多年的白话文学作品:禅门语录,理学语录,白话诗调曲子,白话小说。若不靠这一千年的白话文学作品把白话写定了,白话文学的提倡必定和提倡拼音文字一样的困难,决不能几年之内风行全国。第二是我们的老祖宗在两千年之中,渐渐的把一种大同小异的“官话”推行到了全国的绝大部分:从满洲里直到云南,从河套直到桂林,从丹阳直到川边,全是官话区域。若没有这一大块地盘的人民全说官话,我们的“国语”问题就无从下手了。第三是我们的海禁开了,和世界文化接触了,有了参考比较的资料,尤其是欧洲近代国家的国语文学次第产生的历史,使我们明了我们自己的国语文学的历史,使我们放胆主张建立我们自己的文学革命。——这些都是超越个人的根本因素,都不是我们几个人可以操纵的,也不是“产业发达,人口集中”一个公式可以包括的。

此外,还有几十年的政治的原因。第一是科举制度的废除(1905)。八股废了,试帖诗废了,策论又跟着八股试帖废了,那笼罩全国文人心理的科举制度现在不能再替古文学做无敌的保障了。第二是满清帝室的颠覆,专制政治的根本推翻,中华民国的成立(1911—1912)。这个政治大革命虽然不算大成功,然而它是后来种种革新事业的总出发点,因为那个顽固腐败势力的大本营若不颠覆,一切新人物与新思想都不容易出头。戊戌(1898)的百日维新,当不起一个顽固老太婆的一道谕旨,就全盘推翻了。独秀说:

> 适之等若在三十年前提倡白话文,只需章行严一篇文章便驳得烟消灰灭。

这话是很有理的。我们若在满清时代主张打倒古文,采用白话文,只需一位御史的弹本就可以封报馆捉拿人了。但这全是政治的势力,和“产业发达,人口集中”无干。当我们在民国时代提倡白话文的时候,林纾的几篇文章并不曾使我们烟消灰灭,然而徐树铮和安福部的政治势力却一样能封报馆捉人。今日的“产业发达,人口集中”岂不远过民国初元了？然而一两个私人的政治势力也往往一样可以阻碍白话文的推行发展。幸而帝制推倒以后，顽固的势力已不能集中作威福了，白话文运动虽然时时受点障害，究竟还不到“烟消灰灭”的地步。这是我们不能不归功到政治革命的先烈的。

至于我们几个发难的人，我们也不用太妄自菲薄，把一切都归到那“最后之因”。陆象山说得最好：

> 且道天地间有个朱元晦陆子静，便添得些子。无了后，便减得些子。

白话文的局面，若没有“胡适之陈独秀一班人”，至少也得迟出现二三十年。这是我们可以自信的。《逼上梁山》一篇是要用我保存的一些史料来记载一个思想产生的历史。这个思想不是“产业发达，人口集中”产生出来的，是许多个别的，个人传记所独有的原因合拢来烘逼出来的。从清华留美学生监督处一位书记先生的一张传单，到凯约嘉湖上一只小船的打翻；从进化论和实验主义的哲学，到一个朋友的一首打油诗；从但丁（Dante）却叟（Chaucer）马丁路得（Martin Luther）诸人的建立意大利英吉利德意志的国语文学，到我儿童时代偷读的《水浒传》《西游记》《红楼梦》：——这种种因子都是独一的，个别的；他们合拢来，逼出我的“文学革命”的主张来。我想，如果独秀肯写他的自传，他的思想转变的因素也必定有同样的复杂，也必定不是经济史观包括得了的。治历史的人，应该向这种传记材料里去寻求那多元的，个别的因素，而不应该走偷懒的路，妄想用一个“最后之因”来解释一切历史事实。无论你抬出来的“最后之因”是“神”，是“性”，是“心灵”，或是“生产方式”，都可以解释一切历史：但是，正因为个个“最后之因”都可以解释一切历史，所以都不能解释任何历史了！等到你祭起了你那“最后之因”的法宝解决一切历史之后，你还得解释：“同在这个‘最后之因’之下，陈独秀为什么和林琴南不同？胡适为什么和梅光迪胡先骕不同？”如果你的“最后之因”可以解释胡适，同时又可以解释胡先骕，那岂不是同因而不同果，你的“因”就不成真因了。所以凡可以解释一切历史的“最后之因”，都是历史学者认为最无用的玩意儿，因为他们其实都不能解释什么具体的历史事实。

（录自胡适：《逼上梁山》，《中国新文学大系·建设理论集》，《中国新文学大系》影印本，上海文艺出版社1981年版）

▲茅盾谈文学研究会

民国六七年的时候，好像还没有纯然文艺性质的社团。那时的《新青年》杂志自然是鼓吹“新文学”的大本营，然而从全体上看来，《新青年》到底是一个文化批判的刊物,而新青年社的主要人物也大多数是文化批判者,或以文化批判者的立场发表他们对于文学的议论。他们的文学理论的出发点是“新旧思想的冲突”,他们是站在反封建的自觉上去攻击封建制度的形象的作物——旧文艺。

这是“五四”文学运动初期的一个主要的特性,也是一条正确的路径。民国九年(一九二〇)十一月文学研究会正式成立于北京。这是最早的一个纯文艺的社团,然而这一个团体发起的宗旨也和外国各时代文学上新运动初期的文学团体的创立很不相同。文学研究会的成立并不是因为有了一定的文学理论要宣传鼓吹。文学研究会的发起宣言中说“有三种意思,要请大家注意”:

第一,是“联络感情”。“中国向来有文人相轻的风气,因此现在不但新旧两派不能协和,便是治新文学的人里面,也恐因了国别派别的主张,难免将来不生界限。所以我们发起本会,希望大家时常聚会交换意见,可以互相理解,结成一个文学中心的团体。”

第二,是“增进智识”。

第三,是“建立著作工会的基础”。“将文艺当作高兴时的游戏,或失意时的消遣的时候,现在已经过去了。我们相信文学也是一种工作,而且又是于人很切要的一种工作。治文学的人,也当以这事为他一生的事业,正同劳农一样。所以我们发起本会,希望不但成为普通的一个文学会,还是著作同业的联合的基本,谋文学工作的发达与巩固。这虽然是将来的事,但也是我们的一个重要的希望。”

这个宣言,是公推周作人起草的。宣言发表的时候,有十二个人署名,就是周作人,朱希祖,耿济之,郑振铎,瞿世英,王统照,沈雁冰,蒋百里,叶绍钧,郭绍虞,孙伏园,许地山。在这一个宣言里,只有第三项略略表明了文学研究会对于文学的态度,这态度在今日看来,自然觉得平淡了,但在那时候这正是新文学运动的纲要之一,并且和那时候一般的文化批判的态度相应和。

“五四”时代初期的反封建的色彩,是明明白白的;但是“反”了以后应当建设怎样一种新的文化呢?这问题在当时并没有确定的回答。不是没有人试作回答,而是没有人的提案能得普遍一致的拥护。那时候,参加“反封建”运动的人们并不是属于同一的社会阶层,因而到了问题是“将来如何”的时候,意见就很分歧了。然而也不是没有比较最有势力的一种意见,这就是所谓“只问病源,不开药方”。这是对于“将来如何”一问题的一种态度，——或者也可以说是躲避正面答复的一种态度。这不是答案。然而这样的态度的产生有它社会的根据，这是代表了最大多数的比上不足而比下有余的智识者的意识的。同时这种意识当然也会反映到文艺的领域。文学研究会宣言中所表示的对于文学的态度就是当时普遍现象的一角。

所以文学研究会这个团体自始即不曾提出集团的主张，后来也永远不曾有过。它不像外国各时代文学上新运动初期的一些具有确定的纲领的文学会，它实在正像它宣言所“希望”似的，是一个“著作同业公会”。

因为只是“著作同业公会”的性质，所以文学研究会的简章第九条虽有“本会会址设于北京，其京外各地有会员五人以上者，得设一分会”之规定，而且事实上后来也有几个分会，而且分会也发刊了机关报，然而这决不是“包办”或“垄断”文坛，像当时有些人所想像。

同时也因为只是“著作同业公会”的性质，所以文学研究会这个团体从来不曾有过对于某种文学理论的团体行动，而且文学研究会对于它的会员也从来不加以团体的约束；会员个人发表过许多不同的对于文学的意见，然而“团体”只说过一句话，就是宣言里的“将文艺当作高兴时的游戏或失意时的消遣的时候，现在已经过去了”。

这一句话，不妨说是文学研究会集团名下有关系的人们的共通的基本的态度。这一个态度，在当时是被理解作“文学应该反映社会的现象，表现并且讨论一些有关人生一般的问题”。这个态度，在冰心，庐隐，王统照，叶绍钧，落花生，以及其他许多被目为文学研究会派的作家的作品里，很明显地可以看出来。

（录自茅盾：《中国新文学大系·小说一集·导言》，《中国新文学大系》影印本，上海文艺出版社 1981 年版）

▲郑伯奇谈创造社

创造社的作家倾向到浪漫主义和这一系统的思想并不是没有原故的。第一，他们都是在外国住得很久，对于外国的（资本主义的）缺点，和中国的（次殖民地的）病痛都看得比较清楚；他们感受到两重失望，两重痛苦。对于现社会发生厌倦憎恶。而国内国外所加给他们的重重压迫只坚强了他们反抗的心情。第二，因为他们在外国住得很久，对于祖国便常生起一种怀乡病；而回国以后的种种失望，更使他们感到空虚。未回国以前，他们是悲哀怀念；既回国以后，他们又变成悲愤激越，便是这个道理。第三，因为他们在外国住得长久，当时外国流行的思想自然会影响到他们。哲学上，理知主义的破产；文学上，自然主义的失败，这也使他们走上了反理知主义的浪漫主义的道路上去。

然而,以上所说的不过是作家的个人环境;这不能造成一个文学运动的影响。创造社几个作家能造成当时那么广大的影响,当然还有它的社会的原因。

五四运动是中国的知识阶级对于近代文明发生了自觉的一种运动。这后面有欧战期间发芽开花的中国产业社会作背景。但是,中国的产业敌不住欧战以后重行进攻的列强的资本。所以,五四运动势不能不变成一幕悲剧。当时所标榜的种种改革社会的纲领到处都是碰壁。青年的知识分子不出于绝望逃避,便得反抗斗争。这两种倾向都是启蒙文学者所没有预想到的。创造社几个作家的作品和行动正适合这些青年的要求。创造社所以能够获得多数的拥护者也是这个原故。

中国的启蒙文学运动以后,创造社的浪漫主义和文学研究会的写实主义的对立的发展是值得注意的有趣的现象。同时,文学研究会的写实主义始终接近着俄国的人生派而没有发展到自然主义;创造社的浪漫主义从开始就接触到"世纪末"的种种流派。这当然是当时的社会环境所制限。若就现象来讲,这可以证明越是落后国家,反复作用越是急促而复杂的。霍尔的发生学说,在中国的新文学的发达史上,也可以应用了。

不过,在这里,我们应该加以注意:创造社的倾向虽然包含了世纪末的种种流派的夹杂物,但,它的浪漫主义始终富于反抗的精神和破坏的情绪。用新式的术语,这是革命的浪漫主义。它以后的发展在它的发端就豫约了的。

创造社初期的主要倾向虽说是浪漫主义,因为各个作家的阶层,环境,体格,性质等种种的不相同,各人便有了各个人独自的色彩。只就最初四个代表作家来看,各个的特色便很清楚。郭沫若受德国浪漫派的影响最深,他崇拜自然,尊重自我,提倡反抗,因而也接受了雪莱,惠特曼,太戈儿的影响;而新罗曼派和表现派更助长了他的这种倾向。郁达夫给人的印象是"颓废派",其实不过是浪漫主义涂上了"世纪末"的色彩罢了。他仍然有一颗强烈的罗曼谛克的心,他在重压下的呻吟之中寄寓着反抗。成仿吾虽也同受了德国浪漫派的影响,可是,在理论上,他接受了人生派的主张;在作品行动,他又感受着象征派,新罗曼派的魅惑。他提倡士气,他主张刚健的文学,而他却写出了一些幽婉的诗。在这几个人中,张资平最富于写实主义的倾向,在他的初期作品还带着人道主义的色彩。

(录自郑伯奇:《中国新文学大系·小说三集·导言》,《中国新文学大系》影印本,上海文艺出版社 1981 年版)

▲论“五四”时期对中国传统文学的价值重估

用什么价值尺度来进行评判呢？胡适提倡要“重新分别一下好与不好”，那标准又是依据什么呢？应该说就是“人”的觉醒和解放；这是由现代化要求所产生的必然命题，所以鲁迅说：“最初，文学革命的要求是人性的解放”，沈雁冰在革新后的《小说月报》上讨论文学问题，首先提出的是“文学和人的关系”；周作人提倡“人的文学”，以及当时对国民性和启蒙运动的讨论等，都说明了人(国民)的觉醒和解放是前驱者们注意的焦点，而这正是为了适应中国走向现代化的历史潮流，挣脱封建主义的束缚，推动社会的发展，使之成为“现代中国人”，即实现“人”的现代化的。这既是“重新估定一切价值”的出发点，也是评判和重估的尺度。既然是价值重估，就不是简单地否定；它对传统当然要有否定和批判，但也必然有所肯定和继承，而且这并不是截然分开的，而是否定中有肯定、批判中有继承的。文学革命的目的是提倡和建设新文学，对传统文学的价值重估不仅可为建设新文学提供借鉴，而且对于文学革命本身也是必须进行的工作。胡适在《历史的文学观念论》一文中说：“吾辈之攻古文家，正以其不明文学之趋势而强欲作一千年二千年以上的古文。此说不破，则白话之文学无有列为文学正宗之一日，而世之文人将犹鄙薄之以为小道邪径而不肯以全力经营造作之。如是，则吾国将永无以全副精神实地试验白话文学之日。”视白话文学为正宗，提高小说戏曲和民间文学的地位，“正式否认骈文古文律诗古诗是正宗”，都是为文学革命开辟道路的，其中当然包括了对传统文学的新的审视，也就是价值重估的工作。有的人对问题提得更其尖锐，如“桐城谬种”“选学妖孽”之类，但值得注意的是这些前驱者所抨击的直接对象并不是历史上的桐城派或选学派，而是当时以摹仿古人为能事的旧式文人，所以才叫“谬种”或“妖孽”；至于桐城派或选学派本身，当然评价也不高，把它们与骈文古文律诗古诗等同列；不承认它们的传统的权威的“正宗”地位，而并不是彻底打倒。陈独秀在《文学革命论》中对韩愈的评价，最足以表示这种评判的精神；他一方面承认韩愈“变八代之法，开宋元之先，自是文界豪杰之士”，一方面又指出“不满于昌黎者二事：一曰文犹师古，二曰误于文以载道之谬见”。“师古”就是不敢创新，“载道”就是宣扬封建教义，都是与现代化的追求相悖的。所以对传统文学的价值重估，就是要求站在现代的高度，对传统的价值观进行新的评判，而不是予以简单地否定。这是新文化运动的重要组成部分，是与社会的前进步伐相适应的。

五四新文化运动是在中西文化的撞击、对比和汇合的社会文化背景下产生的,人们正因为从与传统文学异质的西文文学那里获得了新的价值观念,才引起了对中国传统文学的反观和重估。社会发展的内在要求当然是文学革命之所以发生的根本原因,而西方文学的影响也是不容忽视的基本因素。正如鲁迅所说,"五四"文学革命的发生,"一方面是由于社会的要求,一方面则是受了西洋文学的影响"。陈独秀提倡文学革命的出发点,就是"今日中国文学,委琐陈腐,远不能与欧美并肩"。文学革命正是要将从清末开始酝酿的变革引向文学的深层结构,包括文学观念、审美意识、情感表现方式以及文学语言等多方面的根本变革,因此西方文学当然成了它的重要参照系统。中国文学史上也曾有过多次的文学变革,但都是在传统体系内部进行的局部性的调整,如唐代的古文运动,它是打着"复古"的旗帜,对传统文学某一方面的理论和写作规范提出质疑的;有些文体的变化则是吸收了民间文学的营养产生的。总之,都不象"五四"文学革命那样全面的深层的变革。朱自清在谈到中国诗的发展线索时说:"按诗的发展的旧路,各体都出于歌谣,四言出于《国风》《小雅》,五七言出于乐府诗"。但"新诗不取法于歌谣,最主要的原因还是外国的影响;别的原因都只在这一个影响之下发生作用。"他接着说,"这是欧化,但不如说是现代化";"现代化是新路,比旧路短得多;要'迎头赶上'人家,非走这条新路不可。"这里讲的是新文学与现代化的关系,但他反观了传统诗歌的发展线索,这不仅说明对传统文学的重估与建设新文学同样是文学革命的重要内容,而且说明重估的价值观同样也是受西方文学的影响,是由现代化的历史要求出发的。

(录自王瑶:《论五四时期对中国传统文学的价值重估》,《王瑶全集》,河北教育出版社 1999 年版)

▲关于"五四"前后西方思潮的影响

当老一辈人以及保守主义者依然固守着传统的思想与伦理之时,受西方思想影响的新知识分子则正团聚起来拥护"德先生"和"赛先生"。所谓"德先生""赛先生",是新知识分子给民主与科学起的别名,用以概括当时的新思潮。正是借着这两位"先生"的权威,新知识分子向孔教以及它的支持者发起了进攻。对"五四运动"早期新知识分子的思想的研究表明,他们的思想是 17 世纪以后西方各种思想的大杂烩,而他们特别推崇的则是来源于美国独立战争与法国大革命的思想。

1919 年以前的 20 年中,各种西方哲学思想就已风行于中国。功利主义、进化论、经验主义通过严复的译著引进来了。这些译著有:赫胥黎的《天演论》(1894—1895 年译,1895 年出版,1898 年 4 月重印),亚当·斯密的《原富》(1897 年底到 1900 年秋译,1901 年底出版),穆勒的《群己权界论》(1899 年译,1903 年 10 月出版)和《名学》(只译了前半部,1900 年到 1902 年译,1902 年出版),赫伯特·斯宾塞的《群学肄言》(1898 年到 1902 年译,1903 年 5 月出版),甄克思的《社会通诠》(1903 年译,1904 年 2 月出版),孟德斯鸠的《法意》(1900 年到 1905 年译,1904 年到 1909 年 9 月出版),耶方斯的《名学浅说》(1908 年秋译,同年出版)。"五四运动"时期正是人到中年的知识界的领袖们,他们的思想主要就是受了这些著作的影响。法国大革命的思想,首先是由梁启超在本世纪初介绍进来的。梁启超以其明白通畅的文章使卢梭的思想流传开来。1906 年以后,吴稚晖、李石曾、蔡元培、汪精卫等又向国内介绍了拉马克的《动物哲学》、克鲁泡特金的《互助论》以及其他一些法国哲学著作。王国维等人则介绍了叔本华、尼采、康德的思想。"五四事件"以前,罗素的一些著作就已被翻译成中文,这加强了早先就已经引进过来的英国的经验主义的影响。罗素的著作以及后来杜威对笛卡儿的方法论的介绍,为中国数理逻辑的研究奠定了基础。

"五四"时期之初,这些思想对中国知识界的领袖们的批判性思维都起着不同程度的作用,但现实主义与功利主义是其中影响最为深广的。陈独秀在《青年杂志》的发刊词中就提倡实利的而非虚文的生活态度,推崇约翰·密尔和孔德。在他看来,东西方的根本差异之一就是,西方以实利为本位,而东方以虚文为本位。因此,为了使中华民族重现生机,他提出,中国应当以实利主义为其教育方针之一。除陈独秀之外,其他还有许多人提倡功利主义。以后,这些思想又与实验主义融合在一起。"五四事件"以后,虽然年轻人充满着幻想,但是他们仍然是以实用作为行动的基准的,至少他们自认为是这样的。

"五四"初期,自由主义是挂在知识分子口上的口头禅。20 世纪初,梁启超与国民党领导人曾经提出过个人自由的问题。陈独秀在《青年杂志》的创刊号上,也强调个人自由,反对种种形式的奴役。他又把塞缪尔·F.史密斯的《亚美利加》(美国国歌)翻译出来,登在《青年杂志》第 2 号上。爱德蒙德·伯克在英国下议院发表的支持北美殖民地人民反抗斗争的演说也被翻译成中文,刊登在《青年杂志》上。流行于中国知识分子当中的自由的概念主要是来源于卢梭的国民总意说以及英国的功利主义。他们是从人权、言论出版自由的角度来谈论自由的。

当大多数国民意识到国家统一与强大的重要性的时候,一些新知识分子就倾向于强调个人主义。他们坚持认为,不能以牺牲个人自由为代价去维护国家的主权与独立。大多数新知识界的领导人认为,不能以国家的强大与民主利益作为最高的理想,他们只承认,谋求个人福利需要这些暂时性的手段。陈独秀就认识到,东西方的最重要的差异就在于,西方文明,不论是英国、美国、法国文明,还是德国文明,都是以彻底的个人主义为本位的,而东方文明则是以家庭或者家族为本位的。依据他的理解,西方的伦理道德、政治原理、法律都倾向于提倡个人的权利与福利,提倡思想言论自由,提倡个性发展。而在东方的制度之下,一个人,并不是一个独立的个人,而只是家庭或家族中的一员。这种制度,损坏个人独立自尊之人格,窒碍个人意思之自由,剥夺个人法律上平等之权利,养成依赖他人之习性。所以,他提出,要以个人本位主义取代家族本位主义。胡适向中国人介绍易卜生,促进了个人主义的传播。他向人们说明了易卜生反对法律、宗教、道德准则强制人们服从的理由。他说,易卜生认为:“社会的最大罪恶莫过于摧折个人的个性,不使他自由发展。”易卜生理想中的人生是“个人须要充分发达自己的天才性;须要充分发展自己的个性”。受易卜生的戏剧如《玩偶之家》《国民公敌》《群魔》的影响,胡适关注着中国社会中妇女的低下地位,鼓励中国妇女起而反抗,争取自身的解放,培养自立思想。

1919 以前,有一些知识分子也提倡过社会主义或无政府主义,不过他们并非真正信奉它们。他们提倡社会主义或无政府主义的理由是,只有这样才能在个人自由与人人平等之间保持平衡。这些思想主要来源于法国早期的无政府主义与社会主义,其中也有一些来自中国传统思想。然而,大多数知识界的先驱,并非真正信奉社会主义,或许是因为他们觉得,他们自己的实现个人自由的自由主义的方案,同时也能实现平等。因此他们更愿意提倡人人的权利平等的思想以及博爱互助的思想。论及法兰西对现代文明的贡献,陈独秀就热情地称赞实行经济、社会平等的社会主义思想,说这是现代欧洲文化的最新潮流。又说私有财产不能立时废除,但是实行社会政策则可以消除贫富差距。孙逸仙和许多早期的社会主义者、无政府主义者也曾提倡过这一类思想。1919 年后,这些思想对中国青年的吸引力越来越大。

说到科学,我们发现大多数新知识分子都强调达尔文的进化论。他们也正是用这一理论为武器去攻击旧信仰、旧传统的。他们当中的一些人,比如,戴季陶,在接受这一理论的同时,也提倡互助论。他们认为,生命是由竞争维持的,而互助则是在竞争中培养人性的最好的方式。无论怎么说,达尔文主义是第一个对中国社会思想产生强烈影响的科学理论。

技术以及对自然的控制也被认为是西方科技文明的一个重要方面。新知识界的领袖们抛弃了东方的精神文明比西方的物质文明优越的旧观念。在提倡通过掌握与改进工具以改善人类的物质生活方面,吴稚晖可算是个急先锋,虽然他自奉甚简。吴稚晖信奉的是"科学万能"论。

(录自周策纵:《五四运动史》,岳麓书社1999年版)

第二章　鲁迅(一)

【学习提示与述要】

这一章是整个课程的重点。有关鲁迅分为前期和后期两章,前期(一)这一章包括三小节,第一节介绍鲁迅的创作道路及《呐喊》《彷徨》,第二节介绍历来对《阿Q正传》的不同评论观点,第三节评论《野草》与《朝花夕拾》。学习中首先要对鲁迅及其创作有系统的了解,如鲁迅的生平、他主要的创作与大致的内容(3个短篇集、1本散文诗集、1本散文集、16本杂文、1本书信集,此外,还有多种学术著作)、对鲁迅作为"民族魂"与文化巨人的评价等等。有必要认真阅读所指定的鲁迅的著作,对《呐喊》《彷徨》《野草》最好能全读,以获取自己对鲁迅著作的整体印象。

本章的重点是对《呐喊》与《彷徨》的总体评价,要理解为什么说此为中国现代小说的开端与成熟的标志。关于阿Q这个文学典型有多种不同的发现与解释,应在了解既有的相关评论观点基础上,大胆展开自己的思路,引发对鲁迅文学创作深刻性以及对成功典型阐释的多样性的理解。此外,要鉴赏了解《野草》和《朝花夕拾》的思想内涵与独特的风格。这一章的学习和前一章不同,不能止于知识性的掌握,要通过作品的阅读分析,尽可能理解鲁迅深刻的思想发现及推动其写作的情感心理,理解其艺术创造的活力,理解其崇高的文学史价值,并由此拓展自己以后阅读评价作品的思路。

一　《呐喊》与《彷徨》:中国现代小说的开端与成熟标志

1. 中国现代小说在鲁迅手中开始,又在鲁迅手中成熟,这在历史上是一种并不多见的现象。把握鲁迅小说的高度成功,可以用鲁迅自己的两句话:一是"表现的深切",二是"格式的特别"。前一句指独特的题材与思想发现,后一句指小说结构模式与形式手法的创新。鲁迅创作抱着启蒙主义的目的,所以取材"多采自病态社会的不幸的人们,意思是在揭出病苦,引起疗救的注意",并由此开掘了表现农民与知识分子两类题材。

鲁迅观察与表现的视角也是独特的,即重在表现病态社会里的人的精神病苦,以及对现代中国人的灵魂的"拷问"。理解这一点,可以结合《药》《在酒楼上》等一系列作品的分析，探讨其艺术“视角”的独特性与深刻意义。

还要注意鲁迅小说中常见的两种情节结构模式，即“看/被看”与“离去—归来—再离去”。前者可以举《示众》等作品为例，了解鲁迅所要表现的麻木愚昧的国民性弱点以及对于“启蒙”的无奈质疑。后一种模式可以举《故乡》或《在酒楼上》为例，探讨其中内蕴的“反抗绝望”的哲学和生命体验。要注意透过情节结构模式看到鲁迅独特的眼光，既要考虑到通常的从社会批评所达至的意义层面，又要深入一步，充分体验鲁迅观察人生社会的深刻感受。

2. 所谓“格式的特别”，是指鲁迅小说在形式手法方面的创造性与先锋性。如《狂人日记》中的两重叙述角度及与此相关的反讽的结构。《孔乙己》外在的喜剧性中所蕴含的悲剧意味，《在酒楼上》作者主体的渗入以及通过人物“对话”关系所形成的互相驳难的性质，都可以作为分析的例证，考察鲁迅小说的实验性与先锋性。要注意体会鲁迅小说艺术是如何继承传统又冲破传统，发挥了无羁的创造力与想象力。以上两个要点都有难度，必须结合具体作品的分析，去深入探讨，尊重自己的阅读体验，又注意从理论上解说这种体验的缘由。建议同学们根据自己的阅读体验和分析，动手写一篇小论文，具体评论某一篇鲁迅小说或你所认为的某一点“鲁迅艺术特色”。

二　说不尽的阿 Q

3. 教材中这一节主要介绍“《阿 Q 正传》接受史”。我们从中要了解不同时代、不同层次的读者完全可以从不同角度、不同侧面去解释阿 Q 的典型含义。也可以课堂讨论，阿 Q 作为一个成功的文学典型，是否有最基本的典型内涵；那些最有影响力的解释到底怎样满足了某些特定的时代的社会审美期待；通常作为“共名”的“阿 Q”或“阿 Q 精神”，是什么层面上的发挥；等等。这一节学习要注意拓展文学评论的思维。

三　《野草》与《朝花夕拾》

4.《野草》和《朝花夕拾》开创了现代散文创作的潮流，这可以更多地从“文体”与写作的姿态上去理解。“闲话风”是对《朝花夕拾》风格的概括，主要指那种自然、率真、亲切的韵味，那种“任心闲谈”的“漫笔式”写法。所以鉴赏《朝花夕拾》，不妨多注意其笔墨情趣。

5.《野草》的风格与写作姿态不同于《朝花夕拾》，也可以用“独语”来概括。这主要是逼视与抒发自己灵魂深处的矛盾、紧张、焦虑，包括难于言传的感觉、情绪、意识与潜意识,并引向哲理的思考。所以说,《野草》是心灵的炼狱中熔铸的鲁迅诗,是浸透着生命体验的"反抗绝望"的哲学。《野草》很晦涩难懂,阅读时关键是琢磨体会其用意象象征(暗示)的感觉、意趣与思维,把握其"独语"中所表露的"自我审视"的性质。还要注意《野草》集华丽与艰涩为一身的非常个性化的语言特色。不必要求青年学生完全理解《野草》中的鲁迅的哲学。鲁迅也说过,他并不希望青年读懂他的《野草》,因为《野草》只属于他自己。因此,学习《野草》可偏重于文体的鉴赏,当然,也该从这非常个性化又非常奇峻的艺术世界中,领略作家深刻而孤寂的心境及由此发生的无羁的想象力与创造力。

【知识点】

鲁迅生平概略、鲁迅主要著述的书名与大致内容。

【思考题】

1. 怎么理解鲁迅的《呐喊》《彷徨》是中国现代小说的开端与成熟标志?

把《呐喊》《彷徨》理解为中国现代小说的"开端",强调的是其不同于传统小说作品的思想发掘和艺术创新;而"成熟标志",则强调这种思想发掘和艺术创新的深刻性与独到性,及其对于现代小说发展的典范意义。这可从鲁迅小说"表现的深切"和"格式的特别"两方面加以把握。所谓"表现的深切",首先应该注意从鲁迅的启蒙主义文学观念这一背景入手,来认识他独特的表现视角,即对农民与知识分子"精神病苦"的深入挖掘,对现代中国人灵魂的"拷问";注意鲁迅小说中"看/被看""离去—归来—再离去"两种情节结构模式。所谓"格式的特别",着重分析鲁迅小说在"新形式"方面的探索,比如其别具视野的小说叙述者、反讽式结构、主体性的渗入以及独具个性魅力的语言风格等。对这一方面的理解,最好结合对具体文本的解读。

2. 试分析《呐喊》《彷徨》表现生活的视角与小说的结构模式。

此题要求进一步理解鲁迅小说"表现的深切"。要点有:(1)无论是农民题材还是知识分子题材,鲁迅的表现视角都是"内向性"的,即对于精神创伤与灵魂病苦层层深入的揭示与拷问,并最终指向"绝望的反抗":这正是其小说现代性的重要体现。(2)"看/被看"的结构模式常常是多层次的,或者说,这种"看客文化"是无处不在、深入中国文化内部肌理的,既有"鉴赏"与"表演"的"看/被看",也有"启蒙者"与"被启蒙者"(或"独异个人"

与“庸众”)的“被看/看”,甚至还有“隐含作者”与“看客”间的“看/被看”。(3)“归乡”模式是一种复调小说模式,叙述人的故事(常表现为“我的故事”)与被叙述人的故事(他/她的故事)互相渗透、影响、质疑,实现小说层层深入的灵魂“拷问”,也内蕴着鲁迅的“反抗绝望”。此题最好也能够结合具体文本解读。

3. 对《阿Q正传》有哪些不同的解析?试举三种说法,指出其解析的角度和根据,并加以评析。

此题主要参考《三十年》第三章第二节,一方面考查学生对知识的掌握,一方面提示学生理解文本分析与研究是不可定于一尊的,必须要在具体的“语境”中展开。(1)1920年代的启蒙主义思潮与三四十年代的民族救亡思潮下的解析,强调的是“民族自我批判”“反省国民性弱点”。(2)1950—1970年代是一种阶级分析式的解析,强调阿Q的“造反”,揭示辛亥革命的历史局限性。(3)1980年代从“反封建的思想革命”意义上关注“国民性弱点”。(4)近年来的解析更加强调“精神胜利法”与“人的困境”间的矛盾与关联。举出三种即可,但注意在评析中避免简单的价值判断。

4. 略评《朝花夕拾》的艺术风格。

此题主要参考《三十年》第二章第三节。要点有:(1)《朝花夕拾》开创了“闲话风”散文的潮流,这一文体的总体风格是一种对童年“谈闲天”式的追忆与模拟。(2)其写作姿态是一种率真自然的“任心闲谈”,既有鲁迅个人的童年体验,又有其成年的深邃思考,两者互为表里,构成作品的独特韵味。这是《朝花夕拾》的艺术风格中非常重要的一点,也是追忆性散文重要的诗学特征。(3)《朝花夕拾》具有一种“漫笔”的笔墨趣味与“原生态”的语言趣味。可结合具体作品,以及自己在阅读中的文学感受,对上述艺术风格的某一点略加展开。

5. 就《野草》中某一篇散文诗,写一篇鉴赏短文。

这是一道实践性的题目,考查学生对教材的理解和具体文本分析能力。(1)参考《三十年》第三章第三节中的相关内容,首先要整体把握《野草》的艺术特征:一方面,就文体而言,《野草》是“独语体”的散文,是鲁迅逼视自我灵魂深处的“自言自语”;另一方面,《野草》又是从“孤独的个体”的存在体验中升华出来的“鲁迅哲学”,既有对“绝望”的刻骨铭心的体验,更有“反抗绝望”的哲学思辨。鉴赏短文可以抓住以上两点,对具体文本进行更加细致的解读,比如作品中独特的意象或色彩、古语奇句的运用、“迂缓结鸩”的节奏、(多)文体的实验等。(2)《野草》的文字是比较晦涩的,这也正是独语散文的重要特征；同时，《野草》中的思想也是比较复杂的。因此，在赏析中，不必拘泥于“还原”一些意象或象征的现实指涉，而是要充分调动自己的阅读感受。当然，最好参阅一些学者的研究以拓展自己的视野，如“评论节录”中李欧梵《铁屋中的呐喊》的相关论述。

6. 试解释鲁迅这段话：“《狂人日记》意在暴露家族制度与礼教的弊害，却比果戈里的忧愤深广，也不如尼采的超人的渺茫。”

本题难度较大，意在考查对作品阅读理解的深度，以及所接触的知识面。这一类题光是依靠教科书不可能完整地论述回答。《三十年》对此没有专门论述，但可将《三十年》第二章第一节作为理解的背景材料，还可以参考彭定安的论文《鲁迅的〈狂人日记〉与果戈理的同名小说》、钱碧湘的论文《鲁迅与尼采哲学》(两文均收入《鲁迅与中外文化的比较研究》一书，中国文联出版公司1986年版)。鲁迅的《狂人日记》在立意和构思上取法果戈理的同名小说，其人物形象也与尼采哲学宣扬的“超人”有近似之处。本题一方面要求分析《狂人日记》所受的外来影响，另一方面要求说明《狂人日记》在哪些方面实现了创造性的突破。所以首先必须对果戈理的艺术成就和尼采的哲学要义有所了解，弄清鲁迅早期思想和小说创作与两者的基本关系。然后可着手分析作品，重点在于作品主题和人物形象所抵达的历史深度，找出与果戈理同名小说和尼采哲学之间存在的差异，并结合鲁迅早期思想的基本脉络揭示其原因。

【必读作品与文献】

《狂人日记》
《孔乙己》
《在酒楼上》
《示众》
《阿Q正传》
《阿长与山海经》
《无常》
《死火》
《影的告别》
《腊叶》
《我怎么做起小说来》
《〈野草〉英文译本序》

（建议通读《呐喊》《彷徨》《朝花夕拾》与《野草》）

【评论节录】

毛泽东:《新民主主义论》
张定璜:《鲁迅先生》
李长之:《鲁迅批判》
陈　涌:《鲁迅小说的思想力量和艺术力量》
王富仁:《〈呐喊〉〈彷徨〉综论》
李欧梵:《铁屋中的呐喊》
汪　晖:《反抗绝望:鲁迅小说的精神特征》

▲毛泽东论鲁迅的方向

在“五四”以后,中国产生了完全崭新的文化生力军,这就是中国共产党人所领导的共产主义的文化思想,即共产主义的宇宙观和社会革命论。五四运动是在一九一九年,中国共产党的成立和劳动运动的真正开始是在一九二一年,均在第一次世界大战和十月革命之后,即在民族问题和殖民地革命运动在世界上改变了过去面貌之时,在这里中国革命和世界革命的联系,是非常之显然的。由于中国政治生力军即中国无产阶级和中国共产党登上了中国的政治舞台,这个文化生力军,就以新的装束和新的武器,联合一切可能的同盟军,摆开了自己的阵势,向着帝国主义文化和封建文化展开了英勇的进攻。这支生力军在社会科学领域和文学艺术领域中,不论在哲学方面,在经济学方面,在政治学方面,在军事学方面,在历史学方面,在文学方面,在艺术方面(又不论是戏剧,是电影,是音乐,是雕刻,是绘画),都有了极大的发展。二十年来,这个文化新军的锋芒所向,从思想到形式(文字等),无不起了极大的革命。其声势之浩大,威力之猛烈,简直是所向无敌的。其动员之广大,超过中国任何历史时代。而鲁迅,就是这个文化新军的最伟大和最英勇的旗手。鲁迅是中国文化革命的主将,他不但是伟大的文学家,而且是伟大的思想家和伟大的革命家。鲁迅的骨头是最硬的,他没有丝毫的奴颜和媚骨,这是殖民地半殖民地人民最可宝贵的性格。鲁迅是在文化战线上,代表全民族的大多数,向着敌人冲锋陷阵的最正确、最勇敢、最坚决、最忠实、最热忱的空前的民族英雄。鲁迅的方向,就是中华民族新文化的方向。

(录自毛泽东:《新民主主义论》,《毛泽东选集》第二卷,人民出版社1952年版)

▲张定璜评《呐喊》的特色

鲁迅先生站在路旁边，看见我们男男女女在大街上来去，高的矮的，老的小的，肥的瘦的，笑的哭的，一大群在那里蠢动。从我们的眼睛，面貌，举动上，从我们的全身上，他看出我们的冥顽，卑劣，丑恶和饥饿。饥饿！在他面前经过的有一个不是饿的慌的人么？任凭你拉着他的手，给他说你正在救国，或正在向民众去，或正在鼓吹男女平权，或正在提倡人道主义，或正在作这样作那样，你就说了半天也白费。他不信你。他至少是不理你，至多，从他那枝小烟卷儿的后面他冷静地朝着你的左腹部望你一眼，也懒得告诉你他是学过医的，而且知道你的也是和一般人的一样，胃病。鲁迅先生的医学究竟学到了怎样一个境地，曾经进过解剖室没有，我们不得而知，但我们知道他有三个特色，那也是老于手术富于经验的医生的特色，第一个，冷静，第二个，还是冷静，第三个，还是冷静。你别想去恐吓他，蒙蔽他。不等到你开嘴说话，他的尖锐的眼光已经教你明白了他知道你也许比你自己知道的还更清楚。他知道怎么样去抹杀那表面的微细的，怎么样去检查那根本的扼要的，你穿的是什么衣服，摆的是那一种架子，说的是什么口腔，这些他都管不着，他只要看你这个赤裸裸的人，他要看，他于是乎看了，虽然你会打扮的漂亮时新的，包扎的紧紧贴贴的，虽然你主张绅士的体面或女性的尊严。这样，用这种大胆的强硬的甚而至于残忍的态度，他在我们里面看见赵家的狗，赵贵翁的眼色，看见说“咬你几口”的女人，看见青面獠牙的笑，看见孔乙己的窃偷，看见老栓买红馒头给小栓治病，看见红鼻子老拱和蓝皮阿五，看见九斤老太，七斤，七斤嫂，六斤等的一家，看见阿Q的枪毙——一句话，看见一群在饥饿里逃生的中国人。曾经有过这样老实不客气的剥脱么？曾经存在过这样沉默的旁观者么？《水浒》若教你笑，《红楼梦》若教你哭，《儒林外史》之流若教你打呵欠，我说《呐喊》便教你哭笑不得，身子不能动弹。平常爱读美满的团圆，或惊奇的冒险，或英雄的伟绩的谁也不会愿意读《呐喊》。那里面有的只是些极其普通极其平凡的人，你天天在屋子里在街上遇见的人，你的亲戚，你的朋友，你自己。《呐喊》里面没有像电影里面似的使你焦躁，使你亢奋的光景，因为你的日常生活里面就没有那样光景。鲁镇只是中国乡间，随便我们走到那里去都遇得见的一个镇，镇上的生活也是我们从乡间来的人儿时所习见的生活。在这个习见的世界里，在这些熟识的人们里，要找出惊天动地的事情来是很难的，找来找去不过是孔乙己偷东西给人家打断了腿，单四嫂子死了儿子，七斤后悔自己的辫子没有了一类的话罢了，至多也不过是阿Q的枪毙罢了。然而鲁迅先生告诉我们，偏是这些极其普通，极其平凡的人事里含有一切的永久的悲哀。鲁迅先生并没有把这个明明白白地写出来告诉我们，他不是那种人。但这个悲哀毕竟在那里，我们都感觉到它。我们无法拒绝它。它已经不是那可歌可泣的青年时代的感伤的奔放，乃是舟子在人生的航海里饱尝了忧患之后的叹息，发出来非常之微，同时发出来的地方非常之深。

（录自张定璜：《鲁迅先生》，原载1925年1月《现代评论》，收入《鲁迅思想研究资料》下册，国家版本图书馆编）

▲李长之对鲁迅人格心理的一种看法

鲁迅在性格上是内倾的，他不善于如通常人之处理生活。他宁愿孤独，而不欢喜"群"。

景宋说他"是爱怕羞的"，又告诉我们，"他自以为不会做事"（《鲁迅在广东》，五二、五三页），我想这是他的真面目。

在一般人所认为极容易的事，在他就不能，也不耐了：看他在厦门时的听差和吃饭问题吧：

> 关于我所用的听差的事，说起来话长了。初来时确是好的，现在也许还不坏，但自从伏园要他的朋友去给大家包饭之后，他就忙得很，不大见面。后来他的朋友因为有几个人不大肯付钱（这是据听差说的），一怒而去，几个人就算了，而还有几个人却要他接办。此事由伏园开端，我也没法禁止，也无从一一去接洽，劝他们另寻别人。现在这听差是忙，钱不够，我的饭钱和他自己的工钱，都已豫支一月以上。又，伏园临走宣言：自己不在时仍付饭钱。然而只是一句话，现在这一笔帐也在向我索取。（《两地书》，一七四页）

结果呢，他说："我本来不善于管这些琐事，所以常常弄得头昏眼花。"之后，菜又不好吃了，伏园自己还可以作一点汤，他却只会烧白开水，什么菜也不会做。（《两地书》，一七九页）

我们见不少为鲁迅作的访问记都说，他的衣饰是质朴的，并不讲究，这一方面当然是根于他的并不爱美的天性，另一方面却也表现他不善于注意生活上的小节了。在这种地方，我们不难想象倘若是一个精明强干，长于任事的人，是如何重视着的，于此便也可以见一个好对照。

鲁迅自己说："我一生的失计，即在向来不为自己生活打算。"（《两地书》，一七五页）所谓不修边幅，不讲究衣饰，正是这一方面的小小的透露。

他常是对环境加以愤恨，他讨厌一般人的"语言无味"，他慨然于天下浅薄者之多(《两地书》,八九页),他甚而只愿意独自躲在房里看书(《两地书》,一一七页),他处处有对“群”的恶感。他形容厦门大学:

> 我新近想到了一句话,可以形容这学校的,是“硬将一排洋房,摆在荒岛的海边上”。然而虽是这样的地方,人物却各式俱有,正如一滴水,用显微镜看,也是一个大世界。其中有一班“妾妇”们,上面已经说过了。还有希望得爱,以九元一盒的糖果恭送女教员的老外国教授;有和著名的美人结婚,三月复离的青年教授;有以异性为玩艺儿,每年一定和一个人往来,先引之而终拒之的密斯先生;有打听糖果所在,群往吃之的无耻之徒……。(《两地书》,一三一页)

他的结论是:“世事大概差不多,地的繁华和荒僻,人的多少,都没有多大关系。”他之极端憎恶的态度,是溢于言表了。

他和群愚是立于一种不能相安的地步,所以他说:“我在群集里面,是向来坐不久的”(《两地书》,一八页),所以他说:“离开了那些无聊人,亦不必一同吃饭,听些无聊话了,这就很舒服”(《两地书》,九六页)。在应酬方面,他是宁使其少,而不使其多,甚而加以拒绝。关于这,景宋当然知道得最清楚(《两地书》,一六三页),林语堂却也有同样的记载,以为:“常常辞谢宴会的邀请”,已是“他的习惯”(见其用英文写在《中国评论周报》上的《鲁迅》一文)。

这种不爱“群”,而爱孤独,不喜事,而喜驰骋于思索情绪的生活,就是我们所谓“内倾”的。在这里,可说发现了鲁迅第一个不能写长篇小说的根由了,并且说明了为什么他只有农村的描写成功,而写到都市就失败的缘故。这是因为,写小说得客观些,得各样的社会打进去,又非取一个冷然的观照的态度不行。长于写小说的人,往往在社会上是十分活跃,十分适应,十分圆通的人,虽然他内心里须仍有一种倔强的哀感在。鲁迅不然,用我们用过的说法,他对于人生,是太迫切,太贴近了,他没有那么从容,他一不耐,就愤然而去了,或者躲起来,这都不便利于一个人写小说。宴会就加以拒绝,群集里就坐不久,这尤其不是小说家的风度。

然而他写农村是好的,这是因为那是他早年的印象了,他心情上还没至于这么厌憎环境。所以他可以有所体验,而渲染到纸上。此后他的性格,却慢慢定型了,所以虽生长在都市,却没有体会到都市,因而他没有写都市人生活的满意的作品。一旦他的农村的体验写完了,他就已经没有什么可写,所以他在一九二五年以后,便几乎没有创作了。

在当代的文人中，恐怕再没有鲁迅那样留心各种报纸的了吧，这是从他的杂感中可以看得出的，倘若我们想到这是不能在实生活里体验，因而不得不采取的一种补偿时，就可见是多么自然的事了！

就在这种意味上，所以我愿意确定鲁迅是诗人，主观而抒情的诗人，却并不是客观的多方面的小说家。

鲁迅在灵魂的深处，尽管粗疏、枯燥、荒凉、黑暗、脆弱、多疑、善怒，然而这一切无碍于他是一个永久的诗人，和一个时代的战士。

在文艺上，无疑他没有理论家那样丰富正确的学识，也没有理论家那样分析组织的习性，但他在创作上，却有惊人的超越的天才。他说："怎样写的问题，我是一向未曾想到的"(《三闲集》，一四页)，这也恰恰是创作家的态度。

单以文字的技巧论，在十七年来(一九一八——一九三五)的新文学的历史中，实在找不出第二个可以与之比肩的人。天才和常人的分别，是在天才为突进的。象歌德一创造《少年维特》就好似的，鲁迅之第一个短篇《狂人日记》已经蒙上了难以磨灭的颜色。在《阿Q正传》里那种热烈的同情，和从容、幽默的笔调，敢说它已保证了倘若十七年来的文学作品都次第被将来的时代所淘汰的话，则这部东西即非永存，也必是最后，最顽强，最能够抵抗淘汰的一个。美好的东西是要克服一切的，时间一长，自有一种真是非。

鲁迅文艺创作之出，意义是大而且多的，从此白话文的表现能力，得到一种信赖；从此反封建的奋战，得到一种号召，从此新文学史上开始了真正的创作，从此中国小说的变迁上开始有了真正的短篇，章回体，聊斋体的结构是过去了，才子佳人，黑幕大观，仙侠鬼怪的内容是结束了，那种写实的，以代表了近来农村崩溃，都市中生活之苦的写照，是有了端倪了；而且，那种真正的是中国地方色彩的忠实反映，真正的是中国语言文字的巧为运用，加之以人类所不容易推却的寂寞的哀感，以及对于弱者与被损伤者的热烈的抚慰和同情，还有对于伪善者愚妄者甚至人类共同缺陷的讽笑和攻击，这都在在显示着是中国新文学的作品加入世界的国际的作品之林里的第一步了。

鲁迅在理智上，不象在情感上一样，却是健康的。所谓健康的，就是一种长大发扬的，开拓的，前进的意味。在这里，我不妨说明健康和道德的分别。健康是指个人，或整个的人类在生存上有利的而言，反之则为病态的。道德不然，是撇开这种现实的，功利的立场，而争一个永久的真理。因此病态不一定不道德，健康也不一定道德。屈原可说是道德的，然而同时是病态的，歌德在理智上，在情感上可说都是健康的，也都是道德的。鲁迅则在情感上为病态的，我已说过无碍于他的人格的全然无缺了，在理智上却是健康的，就道德的意义上说，我依然觉得道德。

鲁迅永远对受压迫者同情，永远与强暴者抗战。他为女人辩（《准风月谈》，九四页），他为弱者辩（《准风月谈》，七页，一五七页）。他反抗群愚，他反抗奴性。

他攻击国民性，只有一个目标，就是卑怯，这是从《热风》（一一五页），《呐喊》（四页，八页，一一页），《华盖集》（二二页），以至《准风月谈》（四六页，七〇页），所一贯的靠了他的韧性所奋战着的。为什么他反对卑怯呢，就因为卑怯是反生存的，这代表着他的健康的思想的中心。

在正面，他对前进者总是宽容的。他在自己，是不悔少作（《集外集》序言，一页；《坟》，二九七页；《而已集》，五八页）；对别人，是劝人不怕幼稚（《热风》，三三页；《三闲集》，九页；《鲁迅在广东》，八九页）。战斗和前进，是他所永远礼赞着的。

他之反对"导师"之流，就是因为那般人"自以为有正路，有捷径，而其实却是劝人不走的人"（《集外集》，六八页），我觉得鲁迅在思想方面的真价值却即在劝人"走"。

他给人的是鼓励，是勇气，是不妥协的反抗的韧性，所以我认为他是健康的。

然而鲁迅不是思想家。因为他是没有深邃的哲学脑筋，他所盘桓于心目中的，并没有幽远的问题。他似乎没有那样的趣味，以及那样的能力。

倘若以专门的学究气的思想论，他根底上，是一个虚无主义者，他常说不能确知道对不对，对于正路如何走，他也有些渺茫。

他的思想是一偏的，他往往只迸发他当前所要攻击的一方面，所以没有建设。即如对于国故的见解，便可算是一个例。

他缺少一种组织的能力，这是他不能写长篇小说的第二个缘故，因为长篇小说得有结构；同时也是他在思想上没有建立的缘故，因为大的思想得有体系。系统的论文，是为他所难能的，方便的是杂感。

我们所要求于鲁迅的好象不是知识，从来没有人那么想。在鲁迅自己，也似乎憎恶那把人弄柔弱了的知识。在一种粗暴骠悍之中，他似乎不耐烦那些知识分子，却往往开开玩笑。

然而所有这一切，在鲁迅作一个战士上，都是毫无窒碍，而且方便着的。因为他不深邃，恰恰可以触着目前切急的问题；因为他虚无，恰恰可以发挥他那反抗性，而一无顾忌；因为一偏，他往往给时代思想以补充或纠正；因为无组织力，对于匆忙的人士，普遍的读者，倒有一种简而易晓的效能；至于他憎恶知识，则可以不致落了文绉绉的老套，又被牵入旧圈子里去。

这样，他在战士方面，是成了一个国民性的监督人，青年人的益友，新文化运动的保护者了，这是我们每一思念及我们的时代，所不能忘却的！

（录自李长之：《鲁迅批判》，北新书局 1936 年版，收入《鲁迅研究学术论著资料汇编》，中国文联出版公司 1985 年版）

▲论鲁迅小说的思想艺术

对人民的痛苦生活的深刻了解，对他们的命运的深切的关怀；维护人民的利益；对封建主义的野蛮残暴的强烈的憎恨和激烈的抗议；热情地希望通过一切方法启发人民的觉悟。这些本来是俄国和西方的启蒙思想家所共有的思想，在鲁迅那里，却从他走向文学生活的最初年份便得到长足的发展。

作为一个伟大的民族作家，面对着我们的民族和人民所受的种种非人所能忍受的苦难，面对着世界上少有的野蛮残暴的统治，要他只是冷静地"反映"是不可能的，要他无动于衷是不可能的，要他对野蛮残暴不引起强烈的憎恨和激烈的抗议也是不可能的。鲁迅表现人民的苦难和压迫者的野蛮残暴的小说，往往激发出一种深刻的道德感情，一种批判和革命的人道主义感情。

鲁迅从不追求生活中的"例外"，但正因为这样，他却担负了对一个作家说来是更为困难的任务。试想，对于那些日常的大量普遍存在的人生悲喜剧，许多人已经习以为常，不以为奇，甚至视为当然的了，但我们有着特殊优越的才能的作家鲁迅，却从这里敏锐地觉察到生活的意义。画鬼易画犬马难，古人是早就知道了表现平常的事物而达到艺术的真实是比较表现那些离奇虚幻的事物远为困难的。

象生活本身一样平易、真实、鲜明而质朴，没有丝毫矫揉造作，没有丝毫匠艺气息，是鲁迅小说艺术的一个非凡的特色。正是它给予鲁迅的作品巨大的说服力。在过去，有哪一个作家能象鲁迅这样深挚动人地描写过普通农民的生活和苦痛？然而过去缺少而为鲁迅所描写的正是这些普通农民经常受到并且不断重复的生活和苦痛，不论是闰土、爱姑、或者祥林嫂的不幸的遭遇，都并不是格外“突出”的。鲁迅丝毫没有降低文学的要求，丝毫没有忽视文学必须比生活更高、更强烈、更典型和更集中，他的人物甚至正如他自己所说的从来没有只用一个模特儿，它是经过艺术概括的。但这种概括，是符合每一个他要写的具体人物本身的逻辑的概括，没有丝毫的迹象可以证明是“拼凑”，虽然鲁迅说过自己的人物是一种“拼凑”。鲁迅从不打算把农民被压迫的痛苦集中于闰土、爱姑或者祥林嫂一身，这几个人物是各有各的苦痛，他们的出现是各如其分的，这就使得他们都具有真实的生命。

但为什么象生活一样平易、真实，便有这样大的艺术吸引力和说服力呢？显然，这里问题并不仅仅在表面的平易、真实。鲁迅更着重的是内在的真实，鲁迅作品里的真实不但是生活的真实，而且是热情的真实。如果没有这种内在的真实，热情的真实，仅仅例行公事地“反映”生活，即使达到最大限度的酷似、逼真，也只是表面上的酷似、逼真，它实质上是僵死的，谈不到真正的艺术生命的。

毫无疑问，艺术真实的来源是生活的真实，是生活真实的反映，没有生活的真实便无所谓艺术的真实。这是肯定的，这个前提是无论如何也不应该仅仅停留在解决艺术认识的来源问题上面，因为艺术的真实还要求作为一个作家的主观和他所反映的客观对象的结合或融合，要求作家真诚、热情地相信他所反映的一切，要求他不仅用自己的头脑，而且用自己的心再创造他从生活里所取得的一切，只有在这样的时候，创作才能真正叫做创作，文学艺术才能真正叫做文学艺术，文学艺术作品才有可能产生真正的无穷尽的艺术力量。

（录自陈涌：《鲁迅小说的思想力量和艺术力量》，原载《甘肃文艺》1962年第1期）

▲从“反映论”评说《呐喊》《彷徨》

《呐喊》和《彷徨》产生的历史时期是中国反封建思想革命的高潮期，鲁迅那时的思想追求和艺术追求都是与中国反封建思想革命的历史需要融合在一起的。那时他已经失望于辛亥革命那种脱离开中国社会意识变革的单纯政权变革，认为中国社会意识形态的基本性质不变，任何政权的更替都不足以带来中国的真正进步。所以他的《呐喊》和《彷徨》不是从中国社会政治革命的角度、而是从中国反封建思想革命的角度来反映现实和表现现实的，它们首先是中国反封建思想革命的一面镜子，中国社会政治革命的问题在其中不是被直接反映出来的，而是在中国反封建思想革命的镜子中被折射出来的。中国的社会政治革命与中国的反封建思想革命是相互联系而又彼此区别的两个概念，它们各有其独特的规律性，我们应当首先从中国反封建思想革命的特点和规律出发分析和研究《呐喊》和《彷徨》。

辛亥革命发生于中国广泛的社会意识形态变革之前，它在革命中夺得的一切，又重新被封建地主阶级用思想上的优势重新夺了回去，结果只剩下了一个政权形式的空壳。《呐喊》和《彷徨》关于辛亥革命和旧民主主义革命者的艺术描写的实质，在于形象地表明了这个革命及其发动者如何掉在了封建意识形态的汪洋大海中并被它销蚀掉了一切实质性的内容，其指归在于表现深入进行中国反封建思想革命的极端重要性。

中国民主主义政治革命的主要任务是反帝、反封建，而中国当时反封建思想革命的任务却只有一个：破除中国封建传统思想。《呐喊》《彷徨》中没有反帝题材的作品，恰恰体现了中国当时社会思想革命的这个特点；作为政治革命斗争的反封建任务，是发动广大群众推翻地主阶级在政治、经济领域的统治地位，其斗争对象主要是地主阶级统治者。《呐喊》《彷徨》描绘的重心不是地主阶级对农民阶级的政治压迫和经济剥削，而是封建思想、封建伦理道德观念对广大人民群众的思想束缚，它有力地讽刺和鞭挞了封建地主阶级统治者的残酷性、虚伪性和腐朽性，但这是作为封建思想、封建伦理道德的集中体现而被描写着的，一般说来，他们不是鲁迅描绘的重点。他所孜孜不倦地反复表现着的，是不觉悟的群众和下层知识分子，这表明鲁迅始终不渝地关心着广大人民群众的思想启蒙，同时也体现了中国反封建思想革命的主要对象；构成《呐喊》《彷徨》中不觉悟人民群众形象的根本特征是作为政治地位和经济地位的人与作为思想观念的人的不合理分离，思想意识的落后性不符合他们自身的根本利益和长远利益，其观念意识的本质是中国封建的传统观念，这导致了他们作为社会地位的人与作为思想力量的人的严重对立。当鲁迅把他们从具体的社会地位中抽象出来，仅仅作为思想力量的人加以表现时，他们便与其他阶层的人共同组成了一支庞大的封建社会的舆论力量。《呐喊》《彷徨》对社会舆论力量的少有的重视，从另一个侧面表现了鲁迅对中国反封建思想革命的高度重视，而改变社会舆论的封建性质则是鲁迅致力的主要目标之一。

我们看到，鲁迅在《呐喊》和《彷徨》里，反复表现着封建等级观念在社会上的广泛影响，着力抨击了封建伦理道德的极端残酷性、虚伪性和陈腐性,对社会群众的保守、守旧、狭隘、反对变革的传统习惯心理也有深入细致的表现。

(录自王富仁:《〈呐喊〉〈彷徨〉综论》,《先驱者的形象》,浙江文艺出版社 1987 年版)

▲论《狂人日记》与《野草》

要认识鲁迅将“独异个人”与“庸众”并置的这一原型形态,必须上溯到他 1907 年的一些著作。在《摩罗诗力说》里,鲁迅歌颂了一批西方的“精神界之战士”,他们以孤独的个人的身份,与社会上的陈腐庸俗作斗争,并在这斗争中证明自己的声音是形成历史的先觉的声音。在《文化偏至论》中,鲁迅提出要以反“物质”和“众数”来推动“文化偏至”的钟摆,那些推动者也正是少数孤独的“精神界之战士”。这些文章的中心主题是强调这些独异个人的预兆的重要性以及他们反对旧习的知识的力量。其中闪耀着鲁迅青年时期的理想主义,它给西方历史的这一方面投上了积极的光彩。鲁迅相信他所说的这些独异的个人有力量把历史拉向自己方面,并且事实上已经胜利地改变了历史的行程。或许鲁迅自己也想效法这些人,通过文学活动让中国读者听到与拜伦、雪莱、普希金、裴多斐等人相似的声音,引起改革的思想。

《狂人日记》中的“狂人”,是鲁迅小说中“摩罗诗人”们的第一个直接后代。但是故事讲述的方式却使我们难于肯定这位叛逆者和“精神界之战士”的思想见解可能被他的听众所接受,因为在小说中它是只被视为精神病人的狂乱呓语的。“狂人”的见解越是卓越超群,在别人的眼中便越是显得狂乱,他从而也越是遭到冷遇并被迫害所包围。因此,“狂人”批判意识的才能,并不能使自己真正从吃人主义的庸众掌握中解放出来,相反,只是使他在明白了自己也曾参加吃人、现在又将轮到自己被吃以后而更加痛苦。这篇小说的外在的意义是思想必须启蒙,但结论却是悲剧性的。这结论就是:个人越是清醒,他的行动和言论越是会受限制,他也越是不能对庸众施加影响来改变他们的思想。事实上,“狂人”的清醒反而成了对他存在的诅咒,注定他要处于一种被疏远的状态中,被那些他想转变其思想的人们所拒绝。

这篇小说主要的篇幅是“狂人”的日记,但前面还有一则引言,说明这位“狂人”现在已经治愈了他的狂病并且赴某地“候补”去了。这就说明他已经回到了“正常”状态,也已经失去了原来那种独特的思想家的清醒。引言中既由暗含的作者提供了这种“团圆结局”,事实上也就指出了另一个暗含的主题,即“失败”。“日记”的最后一句“救救孩子”是试图走出这个死胡同的一条路,但是这一呼吁是由病中的“狂人”发出的,现在这人既已治愈,就连这句话的力量也减弱了。这本身就是一个复杂的反讽。小说的真正结尾其实并不是“救救孩子”,而在那后面的向读者表示不完全之意的几个虚点——“……”。

《野草》是鲁迅创作中一个独特的集子。其中的二十三篇散文诗不但是鲁迅最具灵感的作品,也是中国现代文学中独具一格的一种体裁。鲁迅自己也非常珍爱这些篇章,称之为“废弛的地狱边沿的惨白色小花”(卷4,第356页),是由他的黯淡的情绪和受苦的感情所组成的潜意识超现实世界的文学结晶。这样一种试验性的力作,他在晚年已不能再做,后来也没有任何一位中国现代作家能做到这样。已故夏济安教授认为这个集子中的大多数内容是:“萌芽中的真正的诗:浸透着强烈的情感力度的形象,幽暗的闪光和奇异的线条时而流动时而停顿,正像熔化的金属尚未找到一个模子。”鲁迅对形式试验和心理剖析的两种冲动的结合,形成了象征主义艺术的一次巨大的收获。

这个集子的形式和感情的独特同鲁迅写作时的个人心情是有关系的。从1924年9月到1926年4月,是鲁迅一生中相当痛苦的时期。这时,“五四”运动的高潮已经低落,他已失去了许多早期写作特色的战斗精神。在主持《新青年》的人们分裂以后,他把自己描写为一个在旧战场上徘徊的余零的兵卒,将当时出的第二个小说集题名为“彷徨”,又将当时的两个杂文集题名为“华盖”。这些表明,鲁迅又一次陷于抑郁之中。

和周作人的失和以至决裂可能也是鲁迅这段时间情绪不好的原因之一。在鲁迅本人的日记以及许寿裳、许广平的回忆录中,都可以看到这件事对鲁迅情绪的影响。可以说,他的心灵受到极大的震动。这件事发生在1923年8月,从9月起他就大病一场,延续了三十九天。为此,他于翌年5月搬出与周作人同住的家,移居西三条胡同。《野草》的大多数篇章就是在那里写的。

这一时期发生的女师大事件也对鲁迅的情绪有所影响。这是鲁迅首次卷入学生的政治活动,当时的斗争深深扰乱了他。8月份他被教育部解聘。据说1925年整个夏天他都喝酒抽烟很多。《野草》中最灰暗的那些篇章就是这段时间写的。当然他在这一事件中同时也得到了来自许广平的安慰,她是学生领袖之一,后来与鲁迅结合同居。1926年1月以后,女师大重新开学，他在教育部的职位也恢复了，他的情绪似有好转。写于 1925 年 12 月至 1926 年 4 月的那些篇章就表现了较少的内省情绪和较多的战斗思想。按照大多数左翼研究者的看法，鲁迅此时已经解决了精神上的“虚无”困境，从抑郁中解脱出来，再次成为坚强的战士。

在《野草》中极易发现三个交织着的层次：召唤的，意象的，隐喻的。鲁迅像中国古代诗人一样，很能在咏物中作召唤性的，即引起联想的描写。但他的语言却很少是直接的，词语往往是由奇异的形象组成，整篇的语境有时也可从超现实的隐喻的层次会意。夏济安曾观察到鲁迅能使白话“做到以往从来未做到过的、连文言也做不到的事”，并引用给人印象最深刻的《墓碣文》为例，说明鲁迅将文言风格和现代白话结合起来产生特别适合于强调诗的幻觉梦境及其混合的时态结构的极好的视听效果。夏济安还指出在《影的告别》里，鲁迅怎样通过从文言中取来的“然而”一词的重复，达到了一种“迂缓结鸩”的节奏。显然，这种赋予散文以某种节奏和适合于较抽象内容的哲理调子的文言词组和句法的插入，对鲁迅的风格是有所丰富的。为此目的，鲁迅甚至借用佛家语（如“三界”“大欢喜”），并不惮于自己铸造新词（如“无地”“无物之阵”）。这种古语奇句的运用创造了一种复杂的文学效果，是其他中国现代作家极少达到的。两篇《复仇》也是鲁迅语言奇巧的例证。第一篇里呈现出视觉的复杂（特别是开始一段关于人的血与肉的浓重的描写），第二篇则偏于听觉，似乎是某种迷人的宗教布道。总之，凭着那种新奇的意象组成的既是潜藏的又是揭示着的语言，《野草》确已达到真正的现代“非通俗化”的效果。当时中国的文学作品大都是限于现实主义，这个集子却放射着独特的意味。从这意义上说，我们可以认为《野草》比鲁迅那两个小说集竟是“非典型”的。

前已指出，鲁迅将具体形象转为抽象的隐喻的艺术手法是很复杂的。阿伯在他论《野草》的一篇文章中曾归纳其主要的结构原则包含着对立的两极的相互作用，即“对称和平行”。鲁迅本人在集子完成以后的“题词”中，也将集子内容概括为以下一些成对的形象和观念：空虚和充实，沉默和开口，生长和朽腐，生和死，明和暗，过去和未来，希望和失望。这些都是被置于互相作用、互相补充和对照的永恒的环链里：朽腐促进生长，但生长又造成朽腐；死肯定了生，但生也走向死；充实让位于空虚，但空虚也会变成充实。这就是鲁迅的矛盾的逻辑，他还给这逻辑补充上、染上感情色彩的另一些成对的形象,爱与憎,友与仇,大欢喜与痛苦,静与放纵。诗人似乎是在对这些观念的重复使用中织成了一幅只有他自己能捉住的多层次的严密的网。就这样,他的多种冲突着的两极建立起一个不可能逻辑地解决的悖论的漩涡。这是希望与失望之间的一种心理的绝境,隐喻地反照出鲁迅在他生命的这一关键时刻的内心情绪。

上述几个例子说明,鲁迅的有意识的对警语式语言的运用,连同他的喜剧的形象和宗教的涵义,或许是要实现尼采似的目的:如查拉图斯特拉那样,诗人在散文诗里自引宣扬和发布那些并不求读者理解的东西。在这意义上,《野草》是精英的文本,因为它的意义是高于常人的理解之上的。再者,形式本身的独创性——任何"五四"作家对此都不可企及——也有一种根本的神秘的姿态,既掩蔽着作者的真实意向,也要求读者努力去破译。因此,阅读过程本身也是对它的本意的不断求索。

我将这些诗篇中各种相类的形象排列成序,以求重建诗人叙述的寓意,其结果是如下的一个"故事":诗人的内心自我,陷在一系列难于解决的矛盾的绝路上,开始进行一种荒诞的对意义的求索。他认识到,在他长久求索的终点,并无什么至高的目的,只有死。当他在过去与未来的时间框架中寻求确定存在的意义时,发现"现在"也并无其他重大意义,只是一个不断的时间之流,一个变化的过程。因此,诗人痛苦的情绪,可视为在希望和失望之间的不断的挣扎。当他到达最黑暗的底层时,他在每一极找到的都是虚空;就在这最虚无的时刻,他决定依靠着从身内看向身外,依靠着确定自己和他人的关系,而走出这绝境。

但是在这关系中又有另一种矛盾。在独异个人与庸众的相对中,前者的行动除非和后者相关便没有意义,而后者并不了解他的意图。于是出现了奇怪的"复仇"逻辑。这是一种爱与恨、轻蔑与怜悯之间的紧张的矛盾,惟一的解决办法是牺牲:独异个人只能成为某种"烈士",对庸众实行"复仇",或是拒绝他们以观赏自己的牺牲而取得虐待狂的快感;或者作为一个固执的战士,对庸众进行无休止的战斗直至死亡。不管他选择的是战斗还是沉默,孤独者总要为那迫害他的庸众而死。

(录自李欧梵:《铁屋中的呐喊》,岳麓书社 1999 年版)

▲分析鲁迅创作中"反抗绝望"的哲学意蕴

《在酒楼上》包含了两个第一人称叙述者即"我"与吕纬甫。吕纬甫的故事本身表现的现代知识者的颓唐与自责已由许多评论加以阐发。然而,这个独白性的故事被置入第一人称“我”的叙述过程,却表达了对故乡与往事的失落感,并由此生发出较故事本身的意义更为复杂的精神主题。第一人称叙述者显然是在落寞的心境中想从“过去”寻得几许安慰与希望,因此他对故乡“毫不以深冬为意”的斗雪老梅与“在雪中明得如火,愤怒而且傲慢”的山茶怀着异样的敏感。然而,吕纬甫和他的故事却一步步地从他心头抹去从“过去”觅得“希望”的想头;他的“怀旧”的心意很自然地使得叙述过程不断地呈现“期望”与“现实”的背逆造成的“惊异”,显露出叙述者追寻希望的隐秘心理所形成的独有的敏感,他从一开始便从外形到精神状态感受吕纬甫的巨大变化,但仍然从他顾盼废园的眼光中寻找“过去”的神采。从吕纬甫的叙述过程中,我们发现了叙述者在听了迁葬故事后对吕纬甫的责怪的目光,而这目光恰恰又激起了主人公对“过去”的追忆:“我也还记得我们同到城隍庙里去拔掉神像的胡子的时候,连日议论些改革中国的方法的时候”;这种追忆甚至引起了他的自责。于是“看你的目光,你似乎还有些期望我”——叙述者从吕纬甫对“过去”的追忆与自责中终于觉得了一丝希望,而他对阿顺的美好感情似乎鼓励叙述者的这种心意;当吕纬甫叙述到他四处搜寻剪绒花时,小说插入“我”对从雪中伸直的山茶树的生机勃勃与血红的花的观察,虽然回应了小说开头对“故乡”景色的主观情感,然而,吕纬甫终究逃不脱他所说的蝇子或蜂子式圆圈,在“模模糊糊”的境地中“仍旧教我的‘子曰诗云’”;“我”仍不甘心,“那么,你以后豫备怎么办呢?”,吕纬甫答道:

> 以后?——我不知道。你看我那时豫想的事可有一件如意?我现在什么也不知道,连明天怎样也不知道,连后一分……

至此,叙述者对“故乡”与“过去”的追寻(实际上也是对生命意义或希望的追寻)彻底地陷于“绝望”与“虚无”之中。如果小说在叙事方式上是独白性的,小说的结论必然也就是吕纬甫的“圈”本身的悲观意义;然而《在酒楼上》却在独白之外保持了一个从特定距离思考这段独白故事的外部叙述者,小说的结论便转向为对绝望之“圈”的思考性态度,这便提供了作者表述自己的人生哲学的可能:

> 我们一同走出店门,他所住的旅馆和我的方向正相反,就在门口分别了。我独自向着自己的旅馆走,寒风和雪片扑在脸上,倒觉得很爽快。见天色已是黄昏,和屋宇和街道都织在密雪的纯白而不定的罗网里。

那种带有梦寻意味的山茶老梅已不复存在,“我”面临的是凛冽暗冥的罗网,恰在这种绝望的境地里重又回荡起《过客》的“走”的主题,正像“过客”告别“老翁”一样,“我”独自远行,向着黄昏与积雪的罗网,对“过去”的追忆与对“未来”的思考转化为“反抗绝望”的生命形式:“走!”

“反抗绝望”的人生哲学并不仅是对个体生命的探讨,而且同时体现为对普遍存在的人生状态的观察与思索。“绝望”不只是对个体而言,而且包含着深刻的民族文化的生活内容。因此,“反抗绝望”的人生哲学在小说里常常不是体现为个人的精神历程,而是体现为对客观世界的描绘与评价,但在这种客观生活的背后,我们又总能体会到作家确实又是并未超脱于画面之外。例如《阿Q正传》《风波》等小说,它们的主人公缺乏自知的能力,只是按照自己的本能生活。既无自我,又无对生命的感觉,“精神胜利法”不可能把阿Q从终将毁灭的结局中救出来,更不能激起他对施加在身上的各项压迫作“绝望的抗战”。但是,从另一个角度说,通过描绘这个面临死亡与绝望的民族子民,鲁迅又以自己的独特方式极其复杂地体现了自己的人生感受——描述和鞭挞这种“绝望”不正是对“绝望”的反抗么?《阿Q正传》呈现了独特的、鲁迅式的世界模式,对中国民族精神与现实的历史命运的阐释建立在荒诞、夸张、变形又不失真实的叙事体现上,一个狭小封闭的未庄,一个游荡于城乡的油滑又质朴的农民,一个在精神体系上完全一致、在现实表现上尖锐对立的族类谱系。几千年不可变更的文化体系与近代中国剧烈的社会动荡,西方文化、城市文明对古老子民的一次又一次冲击——旧的秩序在摇荡,现代革命在兴起,但这一切不免是新旧杂陈,庄严的历史变迁与阿Q式的革命竟结下不解之缘,这场“革命”或许不免又是一次绝望的轮回?——阿Q几乎凭借着他那生存的本能不由自主地加入改变“历史”的伟大运动,于是这个“革命”又不免染上阿Q的精神特点。历史的发展与极度的混乱相缠结,个体的混沌与社会的混沌相互映衬,伟大的预言家以悲悯又幽默的语调诉说着民族精神的悲剧。“我”——叙事层面中的一个超然冷峻的全知视角,是小说的叙述与象征、隐喻构成的体系中的命运预言家,先知,智者——他对阿Q、未庄、革命,及其象喻的民族历史的过去、现在与未来了然于胸;他静观默察,无所不知,又可潜入人物心灵,体验荒诞的表象下沉重的脉动,他沉默地注视着阿Q与阿Q式的革命必然的悲剧终局;他力图给阿Q所代表的族类提供一个省悟的契机,但他似乎已感到自身的精神力量虽然超乎叙事对象的广大谱系,却终难挽回它的命运——智者与医生的笑声和超然的语调中越来越多地凝聚深沉的挚爱与悲观——他终于不再超然，而作为一个独特个体进入他创造的世界。在阿Q无家可归的惶惑中，在阿Q寻找归宿的努力中，在阿Q的生的困恼中，在阿Q面临死亡的恐惧中，在阿Q临刑的幻觉中，……我们发现那种惶惑、不安、恐惧、绝望并不仅仅属于阿Q，并且属于那颗终于并不能超然的心灵——从这个意义上说，对于阿Q们生存的世界的无情否定，不妨又是作家对灵魂中的"阿Q们生存的世界"的反抗？！

（录自汪晖：《反抗绝望：鲁迅小说的精神特征》，《无地彷徨》，浙江文艺出版社1994年版）

第三章　小说(一)

【学习提示与述要】

本章介绍新文学第一个十年(1917 年—1927 年)小说创作的情况。除了掌握有关知识,要注意结合具体的作品分析,考察带时代特征的审美倾向与创作潮流。首先,大致了解“五四”小说如何取得文学的正宗地位;然后,分三种类型或潮流,考察本期小说发展的多样性。第一类是“问题小说”,以冰心等作家为代表;第二类是人生派写实小说,包括 1920 年代中期以后兴起的乡土文学,重点评说叶圣陶以及王鲁彦、彭家煌、台静农等作家的作品;第三类是“自叙传”抒情小说及其他主观型抒情小说,主要评析的作家有郁达夫、庐隐、淦女士以及许地山、废名等等。这种分类并非如通常所见那种完全以文学研究会、创造社等社团作为区别的根据,而主要依照创作的审美倾向与风格类型。我们应当认真阅读指定的基本作品,然后根据自己初步的艺术体验与评判,去印证与思考教材中所做的有关论断,并尽可能从时代影响与文学史环节意义上,去理解各类作家作品的艺术得失与地位。

一　“五四”小说取得文学的正宗地位

1. 这一节要求大致了解“五四”时期小说转型的多种原因,其中除了社会变革的推动,还包括:新式教育所培养的一代青年学生成了新的读者和作者群体,白话文运动的成功,西洋小说的影响,等等。要有一个大致的印象:本时期除了鲁迅等个别作家之外,大部分创作仍比较幼稚,只是为后来的发展开了源头。

二　从“问题小说”到人生派写实小说

2. 理解“问题小说”形成的两方面原因:一是“五四”思想启蒙造就了思考的一代,他们渴望用小说来提出和讨论社会问题与人生问题;二是受易卜生等欧洲与俄国现实主义作家和文学思潮的影响,提倡为人生的创作。“问题小说”并非流派,而是一种创作的风潮,贴近青年所关注的人生现实问题,但视野与题材仍比较狭窄,难免概念化。对“问题小说”形态与得失的理解，可以举冰心为主要的分析对象。其《超人》是比较典型的“问题小说”。该小说文笔和情节结构都与传统小说相去甚远，重在写人物的心理，并抒发作者的感受，但有些概念化，明显带有“五四”的特征。还可以分析王统照的《沉思》《微笑》等小说，其提出和表现“问题”时所追求的虚幻、玄想的特点，也带有“五四”时代的情味。

3.“问题小说”风潮过去之后，很多作家都转向写实。考察这一变化的痕迹可以举叶圣陶为例。叶也是从“问题小说”起步，后来却转向专写“小市民智识分子的灰色生活”，并着重用冷静批判之笔揭露小市民的精神病态。可以重点评析其早期代表作《潘先生在难中》，注意其如何在不长的篇幅中塑造出一个典型的小市民形象，并领略其不动声色地讽刺的手法。

4.关于1920年代中后期出现的乡土小说作家群，是本章学习的重点。要了解这一群体的主要作家及其代表作。应以鲁迅在《〈中国新文学大系〉小说二集序》中对“乡土文学”的界定为出发点，理解这一群体涌现的文学史背景：回忆、乡愁、风土、写实，是乡土小说的突出特色。

可以在阅读一些代表作的基础上，体会与掌握王鲁彦（《菊英的出嫁》）对奇特民俗的描绘，彭家煌（《怂恿》）对闭塞乡村世态人情的揭露，台静农（《拜堂》）对宗法制度下农民心理困苦的表现，等等，从而理解乡土小说的基本特色，及其使新文学小说的题材转向社会民众，手法转向写实，描写转向以人物为中心等变化。总之，应注意从中学会如何从文学发展的历史脉络中去考察一种文学潮流。

三　“自叙传”抒情小说及其他主观型叙述小说

5.强调小说抒情与主观性的主要有创造社作家。抒情小说也是现代小说的一种新样式，其中“自叙传”抒情小说侧重于作家的自我暴露，以及个人私生活和心理的描写，这是接纳日本“私小说”和其他一些外国小说的影响而形成的一体小说，郁达夫是其代表作家。重点把握郁达夫创作的鲜明特色，《沉沦》和《春风沉醉的晚上》可以作为深入分析的文本。其特色表现在：小说有以“零余者”为代表的抒情主人公，这其实也是对自己精神困境的一种自述或宣泄；多写“时代病”，即“五四”时期青年知识者生理与心理的病态和变态，又并非展示病态，而是发泄对病态社会的不满与抗议。

分析郁达夫小说不必过于考究其情节结构或语言运用的完整程度，应重在领略其非常独异的艺术个性，那充溢篇中的才气、激情，那真切的感伤和忧愤。此外，有关其小说中病态性欲的描写，也可以作为本课重点探讨的一个问题。这应理解为郁达夫试图用新的眼光去剖析人的生命和性格中包孕的情欲问题,在当时也带有向虚伪的封建传统道德及国人矫饰习气挑战的意味。

6. 了解“五四”抒情小说的特色,还应当考察庐隐、淦女士等。她们与创造社和郁达夫没有承传关系。庐隐的《海滨故人》表现新旧交替时代青年女性的精神饥渴,淦女士的《隔绝》等作品大胆袒露敢于冲破旧道德牢笼的青年女性的内心隐秘。这些作品艺术上并不完整,但联系当时的时代精神需求来阅读,就能理解其当时受欢迎的原因。

7. 同样注重抒情却又在艺术上达到较完整的境界的本时期作家,还有冯文炳和许地山。前者可以《竹林的故事》为中心,欣赏其如何以冲淡、质朴的笔调描写古朴、和谐的田园生活之美,及其如何借鉴古典诗词的手法构设小说的意境。欣赏许地山的《缀网劳蛛》等作品,则应当把握其倾向浪漫主义的丰富的想象和宗教传奇的情节韵味。

学完本章,最好有一小结,即在理解“五四”时期短篇小说多样性的同时,从结构、人物、叙述角度与技巧等方面掌握其向“现代化”转换的表现。对本时期仍比较幼稚的长篇小说,则只需一般了解,不必重点探讨。

【知识点】

小说界革命、林译小说、问题小说、叶圣陶《隔膜》《火灾》、鲁迅对乡土文学的定义、自叙传、庐隐的感伤小说、许地山的宗教题材小说、废名《竹林的故事》。

【思考题】

1. 概述“五四”时期小说创作的主要流脉与开放性状况,并和古典小说比较,简要说明初期现代小说在叙事结构与文体方面的创新。

此题偏重知识性,同时也是综合性的题,跨越古代和现代文学,有较大难度。主要考查对本章第二、三节内容的掌握及相关的理解。(1)客观写实与主观抒情是两大流脉,它们又分别包括一些不同的创作潮流。(2)但两大流脉并不是截然对立的,而是在多元的发展中又相互渗透。同时,开放性还表现在对西方不同的创作方法的积极吸收。(3)与古典小说相比,初期现代小说在叙事结构和问题方面的创新表现在多个方面,比如“横截面”的短篇小说结构方式、与环境结合在一起的人物塑造方式、对传统的全知叙事方式的打破、心理描写的流行等。(4)需要注意的是,针对古典小说的“创新”,并不是对传统的绝对的“断裂”。另外,要更好地理解此题考查的内容，也可参阅《三十年》第一章的相关描述。

2. 以冰心《超人》为例，分析“五四”时期问题小说兴起的原因及其作为一种写作风潮的时代特征。

此题除了考查对“问题小说”部分的知识掌握，也考查学生将所学知识与具体作品互相印证、深入理解的能力。《超人》发表后马上引起了青年读者的共鸣，说明问题小说《超人》是带有“五四”时期的时代特征与现实意义的，回答此题应该联系“五四”特有的思想文化背景和时代气息。(1)问题小说的兴起，首先是由于“五四”思想启蒙的时代特质，造就了整个社会“思考的一代”。(2)来自欧洲、俄国的社会思潮直接影响到“为人生”的文学创作潮流，《超人》中的何彬思索的也正是“人生究竟是什么”的问题。(3)以何彬形象分析为例，也可见出问题小说时代特征中的主观感伤气息，以及某些概念化的生硬。可参考《三十年》第一章第二节及第三章第四节。

3. 试评郁达夫小说的时代心理内涵与艺术个性。

此题要求学生能够将书本知识与实际阅读相结合。首先应掌握自叙传抒情小说的总体风格，在此基础上，将郁达夫小说的时代内涵和艺术个性两方面结合起来看，可从“零余者”的“时代病”入手来分析，理解在“五四”青年一代的精神失落、婚恋苦闷中，更糅合了弱国子民的强烈情结。其次，可着重讨论郁达夫小说的感伤美和病态美，这里既有作者的个人气质，又受到当时流行的西方及日本的文化、文学思潮的影响。如果进一步深入，还可对郁达夫小说进行文学史的评价，比如，他在中国抒情小说传统中的地位，他对现代小说中情欲描写的开启等。可参阅“评论节录”中温儒敏《一份率真，一份才情》对《沉沦》的分析。

4. 鲁迅在《〈中国新文学大系〉小说二集序》中是如何界定“乡土文学”的？试结合王鲁彦、台静农或其他作家的创作，来评析 1920 年代乡土小说的流派特征。

此题要求在对知识的掌握之外，还有一定综合分析的能力。王鲁彦、台静农等作家的创作不尽相同，但仍能从中找出较为一致的流派特征。首先，比较显著的方面是浓重的乡土气息和地方色彩。其次，由于作品都是回忆故乡的，因而如鲁迅所说“隐现着乡愁”，这是 1920 年代乡土小说重要的美学特征(比如与三四十年代乡土题材作品相比)。“评论节录”中丁帆《乡土文学派小说主题与技巧的再认识》对乡土小说中“乡愁”和“异域情调”这种“背反情绪的交织”的分析，是对此问题的深入解读，可资参考。再次，乡土小说具有日渐加深的现实主义倾向。此外，也要注意到乡土小说的不足。

【必读作品与文献】

冰　心:《超人》
叶圣陶:《潘先生在难中》
王鲁彦:《菊英的出嫁》
台静农:《拜堂》
郁达夫:《沉沦》《春风沉醉的晚上》
庐　隐:《海滨故人》
冯文炳:《竹林的故事》
许地山:《缀网劳蛛》

【评论节录】

茅　盾:《中国新文学大系·小说二集·导言》
沈从文:《论中国创作小说》
杨　义:《中国现代小说史》第一卷
陈平原:《许地山:饮过恒河圣水的奇人》
温儒敏:《一份率真,一份才情》
丁　帆:《乡土文学派小说主题与技巧的再认识》

▲茅盾谈第一个十年文坛风气及几个主要小说作家的得失

许多面目不同的青年作家在两三年中把“文坛”装点得颇为热闹了。自然,这所谓“热闹”,比起最近五年来(比方说,一九三零到三四年罢),是远不及的,但比起一九二二以前的五年来,正犹最近的五年(说是新文学史上第二个“十年”的后半期罢),比那时(第一个“十年”的后半期)要热闹得多一般。那时有满身泥土气的从乡村来的人写着匪祸兵灾的剪影(如同徐玉诺),也有都市的流浪者声诉他“孤雁”似的悲哀(如同王以仁),也有渴慕“海”的自由者“疯人”似的说教(如同孙俍工),也有以憎恶的然而同情的心描写了农村的原始性的丑恶(如同许杰)。创作是在向多方面发展了。题材的范围是扩大得多了。作家的视线从狭小的学校生活以及私生活的小小的波浪移转到广大的社会的动态。“新文学”渐渐从青年学生的书房走到十字街头了,然而是在十字街头徘徊。

这一时期,两种不同的对于“人生”问题的态度,是颇显著的。这时期以前——“五四”初期的追求“人生观”的热烈的气氛,一方面从感情的到理智的,从抽象的到具体的,于是向一定的“药方”在潜行深入,另一方面则从感情的到感觉的，从抽象的到物质的，于是苦闷彷徨与要求刺激成了循环。然而前者在文学上并没有积极的表现，只成了冷观的虚弱的写实主义的倾向；后者却热狂地风魔了大多数的青年。到“五卅”的前夜为止，苦闷彷徨的空气支配了整个文坛，即使外形上有冷观苦笑与要求享乐和麻醉的分别，但内心是同一苦闷彷徨。走向十字街头的当时的文坛只在十字街头徘徊。

现在，我们回顾第一个“十年”的成果，也许会有一个疑问：为什么我们的“新文学运动”的初期跟外国的有点不同？在我们这里，好像没有开过浪漫主义的花，也没有结写实主义的实；我们的初期的作品很少有反映着那时候全般的社会机构的；虽然后半期比前半期要“热闹”得多，但是“五卅”前夜主要的社会动态仍旧不能在文学里找见。

这一个问题，大概要分做两半截来看。第一，假使承认“五四”运动是反封建的运动，则此一运动弄得虎头蛇尾。第二，“五卅”虽然激动了大部分的青年作家，但他们和那造成“五卅”的社会力是一向疏远的，——连圈子外的看客都不是。“生活”的偏枯，结果是文学的偏枯，目前我们大概只能说到这里为止了。

当时文学研究会被称为文艺上的“人生派”。文学研究会这集团并未有过这样的主张。但文学研究会名下的许多作家——在当时文坛上颇有力的作家，大都有这倾向，却也是事实。

冰心最初的作品例如选在这里的《斯人独憔悴》，是“问题小说”。《冰心小说集》共收二十八篇，大部分作于一九一九到一九二三年，而且大部分即使不是很显明的“问题小说”，也是把“人生究竟是什么”在研究探索的。《超人》发表于一九二一年，立即引起了热烈的注意，而且引起了摹仿（刘纲的《冷冰冰的心》，见《小说月报》十三卷三号），并不是偶然的事。因为“人生究竟是什么”？支配人生的，是“爱”呢，还是“憎”？在当时一般青年的心里，正是一个极大的问题。

在庐隐的作品中，我们也看见了同样的对于“人生问题”的苦索。不过她是穿了恋爱的衣裳。最好的例就是她的《海滨故人》。

庐隐最早的作品也是“问题小说”。例如《一信封》写农家女的悲剧（《海滨故人》集页二），《两个小学生》写请愿运动（同上书页二二），《灵魂可以卖么》，写纱厂女工生活（同上书页三二）。然而从《或人的悲哀》（《小说月报》十三卷十二号,一九二一年十二月),到《丽石的日记》,“人生是什么”的焦灼而苦闷的呼问在她的作品中就成了主调。她和冰心差不多同时发问。然而冰心的生活环境使冰心回答道:是“爱”不是“憎”,庐隐的生活环境却使得庐隐的回答全然两样。

在《海滨故人》这四万字左右的中篇小说里,我们看见所有的“人物”几乎全是一些“追求人生意义”的热情的然而空想的青年在那里苦闷徘徊,或是一些负荷着几千年传统思想束缚的青年在狂叫着“自我发展”,然而他们的脆弱的心灵却又动辄多所顾忌。这些“人物”中间的一个说:“我心彷徨得很呵!往那条路上去呢?……我还是游戏人间罢”!(《或人的悲哀》)这是那时候(一九二一年顷)苦闷彷徨的青年人人心中有的话语!那时他们只在心里想着,后来不久就见于行动。所以,在反映了当时苦闷彷徨的站在享乐主义的边缘上的青年心理这一点看来,《海滨故人》及其姊妹篇(《或人的悲哀》和《丽石的日记》)是应该给予较高的评价的。

冷静地谛视人生,客观的地,写实的地,描写着灰色的卑琐人生的,是叶绍钧。他的初期的作品(小说集《隔膜》)大都有点“问题小说”的倾向,例如《一个朋友》,《苦菜》和《隔膜》。可是当他的技巧更加圆熟了时,他那客观的写实的色彩便更加浓厚。短篇集《线下》和《城中》(一九二三到二六年上半年的作品)是这一方面的代表。

要是有人问道:第一个“十年”中反映着小市民智识分子的灰色生活的,是那一位作家的作品呢?我的回答是叶绍钧!

他的“人物”写得最好的,是小镇里的醉生梦死的灰色人,如《晨》内的赵太爷和黄老太这一伙(短篇集《城中》页九七);是一些心脏麻木的然而却又张皇敏感的怯弱者,如《潘先生在难中》的潘先生以及他的同事(短篇集《线下》页一九五),他们在虚惊来了时最先张皇失措,而在略感得安全的时候他们又是最先哈哈地笑的。

(录自茅盾:《中国新文学大系·小说二集·导言》,《中国新文学大系》影印本,上海文艺出版社 1981 年版)

▲沈从文评叶绍钧的创作

在第一期创作上,以最诚实的态度,有所写作,且十年来犹能维持那种沉默努力的精神,始终不变的,还是叶绍钧。写他所见到的一面,写他所感到的一面,永远以一个中等阶级的身分与气度创作他的故事。在文学方面,则明白动人,在组织方面,则毫不夸张,虽处处不忘却自己,却仍然使自己缩小到一角上,一面是以平静的风格,写出所能写到的人物事情,叶绍钧的创作,在当时是较之一切人作品为完全的。《隔膜》代表作者最初的倾向,在作品中充满淡淡的哀戚。作者虽不缺少那种为人生而来的忧郁寂寞,因为早婚的原因,使欲望平静,乃能以作父亲态度,带着童心,写成了一部短篇童话。这童话名为《稻草人》,读《稻草人》,则可明白作者是在寂寞中怎样做梦,也可以说是当时一个健康的心,所有的健康的人生态度,求美,求完全,这美与完全,却在一种天真的想象里,建筑那希望,离去情欲,离去自私,是那么远,那么远! 在1922年后创造社浪漫文学势力暴涨,“郁达夫式的悲哀”成为一个时髦的感觉后,叶绍钧那种梦,便成一个嘲笑的意义而存在,被年轻人所忘却了,然而从创作中取法,在平静美丽的文字中,从事练习,正确地观察一切,健全的体会一切,细腻的润色,美丽的抒想,使一个故事在组织篇章中,具各样不可少的完全条件,叶绍钧的作品,是比一切作品还适宜于取法的。他的作品缺少一种眩目的惊人的光芒,却在每一篇作品上,赋予一种温暖的爱,以及一个完全无疵的故事,故给读者的影响,将不是趣味,也不是感动,是认识。认识一个创作应当在何种意义下成立。叶绍钧的作品,在过去,以至于现在,还是比一切其他作品为好。

(录自沈从文:《论中国创作小说》,原载1931年4月30日《文艺月刊》第2卷第4号,收入《叶圣陶研究资料》,北京十月文艺出版社1988年版)

▲关于叶绍钧的《潘先生在难中》等小说

现代文学的现实主义,是以人间的血泪培育根苗的。1924年爆发的江浙军阀齐燮元、卢永祥混战的炮火血花,进一步锤炼了叶绍钧现实主义的笔力。该年十月,他和王伯祥、周予同等赴浏河战场考察,写了现实主义长诗《浏河战场》,悲愤地展现了这场血肉横飞的浩劫,虽然艺术上有散文分行之嫌,但其所提供的生活画面,令人忆及杜甫的“三吏”“三别”。归沪后的一两个月间,他写了《金耳环》《潘先生在难中》和《外国旗》三篇小说,从不同的角度反映这场战争。《金耳环》从军阀队伍内部,揭露战争的劫掠性质。席占魁家乡遭匪祸,离乡别井,去当兵吃粮。他羡慕排长手上金光灿灿的三个金戒指,戴上它可以慰藉自己变态的性心理。军队开拔前,他用被盖强横地典当了一个金耳环,套在指上。他抱着“破城明取三天封刀”,劫掠十个八个戒指的心理上战场,为敌军的炮弹炸得粉身碎骨。作者用一只金耳环,象征军阀队伍的贪婪、淫秽、残暴的兽性战争动机。《外国旗》则从乡村小生产者惴惴不安的心理,反映战争的为害。寿泉被战事吓破了胆,恳求外国教会的教友金大爷为他弄来一面外国旗。但是金大爷以假冒真，使他门口虽有旗子飘扬，也难免兵们破门入户之祸。这些作品突破了叶绍钧早期小说多写身边小事的局限，把人物的苦难和军阀柄政的黑暗社会联系起来，使现实主义笔触产生了新的力度，并且在《潘先生在难中》达到了高峰。这篇小说刊于1925年1月《小说月报》第十六卷第一号，是作者打破以往在相对平稳的环境中展示知识分子灰色心理的作法，而在一个动荡的时世中淋漓尽致地揭示知识分子的复杂心灵的力作。小学教员潘先生闻说军阀开战，携妻带子匆惶逃往上海。又担心教育局长斥他临难逃脱、玩忽职守，只身返回故乡。处处风声鹤唳，他便到外国人办的红十字会领取会旗、会徽，挂在家门上、胸襟上。这还觉得不保险，一听战事危急，就慌忙躲进红十字会的红房子里。战事停息后，人们推举他书写欢迎凯旋军阀的彩牌坊条幅，他大书“功高岳牧”“威镇东南”“德隆恩溥”，终觉违心，眼前闪出拉伕、开炮、烧房屋、奸淫妇女和菜色男女、腐烂尸体的残酷镜头。小说固然从一个“小人物”的仓皇逃难中反映江浙军阀战争的荼毒生灵，但这些已退居背景的地位了，它更为重要的成就是极为充分地剖示了小市民知识分子的委琐自私的灵魂。潘先生的灵魂内核是利己主义，他逃而复归，归而营窟，甚至他在战争初息便为军阀歌功颂德，无不是为了身家性命，象征地说，是为了他逃难挤火车时排成长蛇阵的一只黑漆皮箱和老少四口的苟且安全。小说把战祸和逃难者的心理浑然一体地交织起来，不是孤立地写逃难，也不是静止地写心理，而是随战讯的张弛，写人物的心波百折，从而深刻地展示了一个难以把握自己命运的小资产阶级知识分子仓皇、犹豫、动摇、自慰的诸多心理侧面。因此，沈雁冰说：“在叶绍钧的作品，我最喜欢的也就是描写城市小资产阶级的几篇；现在还深深地刻在记忆上的，是那可爱的《潘先生在难中》。这把城市小资产阶级的没有社会意识，卑谦的利己主义，precaution（戒备），琐屑，临虚惊而失色，暂苟安而又喜，等等心理，描写得很透彻。这一阶级的人物，在现文坛上是最少被写到的，可是幸而也还有代表。”叶绍钧的现实主义至此完成了两项内在的变化，首先它摒弃了“美”和“爱”的虚幻性，坚持描写自己熟悉的生活，使现实主义归于沉实；其次它在描写熟悉的生活时，把它与广阔的社会联系起来，使现实主义趋于开阔。这种开阔而坚实的现实主义，是为人生的文学高度成熟的一个重要标志。

由于多写灰色世界的灰色人物，叶绍钧小说常用讽刺之笔。他这样说过，“对于不满意不顺眼的现象总得‘讽’它一下”。他的讽刺风格是平实、凝重、婉曲、含蓄的，没有鲁迅那种剔骨见髓的深刻，也没有张天翼那种生蹦活跳的明快，读起来或有沉闷之感，但从不落于“油滑”。

讽刺之道和中正之笔似乎油水难溶，叶绍钧却寓谐于庄，庄而能谐，于中正平实之处隐藏着针砭世态的讽刺之锋，这足以显示他的生活根柢之深和艺术造诣之高。

布局和描写中严谨凝重、平实中正的风格，是同民族艺术传统相联系，相衔接的。与同代作家相比，叶绍钧的外文水平不算很高，接触的外国文学作品多是译本，但他的古文基础很扎实，编注过一些古典文学读本。因此，他对古典文学的文理、文心，是深有体会的。我国古人，非常讲究执术驭篇，文理周密，评价作品往往从文章法度着眼，把沉厚蕴藉、严密凝重、不迫不露的作品，称作“有韵致”“有余味”。叶绍钧于此饶有心得，却没有被古人章法缚住手脚，他常常以意役法，出新意于法度之中。

叶绍钧是最关心现代汉语规范化的作家。他确确实实把小说当成“语言的”艺术，反对把语言看成是“小节”，他甚至说，“语言是作者可能使用的惟一的工具，成败利钝全在乎此”。他的小说语言也体现了“中正中见造诣”的艺术原则，纯净洗练，朴实自然，把一些普普通通的字眼运用得方圆恰切，尺寸精审，富有表现力和暗示力。

（录自杨义：《叶绍钧：真诚的人生派作家》，《中国现代小说史》第一卷，人民文学出版社 1986 年版）

▲评许地山小说的宗教和哲理色彩

再回到《缀网劳蛛》。尚洁不爱财产，不求闻达，不怕别人讥讽嘲弄，也不求人理解怜恤。丈夫抛弃她，她平静地搬走；丈夫忏悔，她平静地搬回来。一切都顺其自然，不喜不怒。表面看来是逆来顺受的弱者，实际上却是达天知命的强者。人生就如入海采珠一样，能得什么，不得而知，但每天都得入海一遭。人生又如蜘蛛结网一样，难得网不破，但照结不误，破了再补。有一股前路茫茫的怅惘和无法排遣的悲哀，但主调是积极入世的。对照同时期的散文《海》，不难明白这一点。借用佛家思想，没有导向现实人生的否定，而是通过平衡心灵，净化情感，进一步强化生存的意志和行动的欲望，这是许地山小说奉献的带宗教色彩的生活哲理。

哲理小说以融合哲学和诗学为目标，这就必然产生一个矛盾：论形象性、情感性它不如纯文学,论思辨性、精确性它不如纯哲学。它的长处不在于哲学的通俗化或文学的抽象化,而在于借助诗的语言和情感的潮汐,表达人类对世界的永恒探索和对知识的不懈追求的决心和热望。很难设想,哲理小说能为当代人或后代人提供多少值得奉为圭臬的新的生活哲理。很多人对于哲理小说的偏爱,并非想从中获得什么立身处世之道,而是惊叹作家居然能把如此熟悉的哲理表达得如此生动!同样的,许地山的哲理小说长处不在于思辨的精确,而在于情感的真诚。用诗的语言来描述诗的意境,从中透出一点朦胧的哲理,便于读者去感受,去领味,去再创造。因此,显得空泛深邃。可惜,长期的书斋生活,严重限制了许地山的视野。他对自我情感体验深,对人生体验浅。当他刻画淳朴热情的人物性格时,他是成功的;可当他描绘纷纭复杂的社会人生时,则显得十分笨拙。而小说宣扬的有所为的“无为”、有所争的“不争”,作为保持心理平衡的个人修养,不无可取之处;但作为处世之道,则十分危险,很容易成为懦夫、奴才的遁词,特别是在阶级斗争激化的历史时期。

(录自陈平原:《许地山:饮过恒河圣水的奇人》,收入曾小逸编《走向世界文学》,湖南人民出版社1985年版)

▲关于《沉沦》的病态描写以及文体特征

《沉沦》的主人公在稠人广众之中总是感到孤独,总是感到别人对自己的压迫,以至离群索居,自怨自艾。这其实就是青春期常有的忧郁症,不过比较严重,到了病态的地步。这种忧郁症表现为在性的问题上格外的敏感,如主人公遇到日本女学生时,那种惊喜与害羞,那种忐忑不安,本来也就是青春期常有的对异性的敏感,不过小说突出了其中的夸大妄想狂的症状,又加上对于“弱国子民”地位的强烈的自惭,那复杂的病态情绪就带上了特有的时代色彩,“弱国子民”的自惭与爱的渴求,是小说情节发展中互相交叉的两个“声部”。读这小说时,如果把其中爱国的反抗的意蕴剥离出来,只能说是读懂了一部分,其实小说的大部分笔力是在写性的渴求,通过青春期忧郁症的描写表达性的苦闷,青春的伤感,这是更吸引人的地方。对异性爱的渴望而不得,并由此生出种种苦闷,实在是青春期常见的心理现象,《沉沦》把这种心理现象夸大了,写出其因压抑而生的精神变态与病态。如窥浴、嫖妓等等,在旧小说中也是常见的情节,但在《沉沦》中出现,就特别注重精神病态的揭示,灵与肉冲突的心理紧张在其中得以充分的表现。《沉沦》写病态,其意却不在展览病态,而在于正视作为人的天性中重要组成部分的情欲问题。五四时期个性解放的思潮促使人们开始尝试探讨这个敏感问题。郁达夫用小说的形式那么大胆地真率地写青春期的忧郁和因情欲问题引起的心理紧张,这在中国历来的文学中都是罕见的,郁达夫因此被视为敢于彻底暴露自我的作家。《沉沦》正视作为人性的情欲矛盾,题材和写法都有大的突破。

《沉沦》的故事不曲折,全篇由八小节组成,每一节叙一事或一种心境,结构也不紧凑,叙述显得有些拖沓。郁达夫并不善于讲故事,这篇小说如果从叙事的角度看,是并不怎么高明的,这都显示着初期现代小说的稚拙,但也有很吸引人的地方,那就是抒情。《沉沦》在描写主人公心境变迁的时候,常用抒情的笔调,有时是通过主人公特殊的感觉去捕捉和描绘事物,使描写富于情感色彩或象征的含义。如第一节写主人公避世的心情,那种融会于大自然的浪漫情怀,甚至感觉得到周围有"紫色的气息";最后一节写主人公投海自尽前的种种神秘的幻觉也带有某些象征抒情的意味。读这样的描写,会感到郁达夫是极富才情的诗人,他在用作诗写散文的笔法写小说,不讲求结构,语言也少锤炼,如果从小说的一般要求来衡量,似乎写得"不到位",但读起来又很觉随意和畅快。这种不拘形式的写法,也是郁达夫这篇小说获得成功的因素之一,因为"不拘"才彻底打破陈规旧习,就如同听惯了严整细密的"美声唱法",偶尔听听"不经意"的流行歌曲,也会觉得很随意畅快。郁达夫带给五四一代青年和后人的不是什么"深刻"和"完整",而是一种才情,一份率真。

(录自温儒敏:《一份率真,一份才情》,《郁达夫名作欣赏》,中国和平出版社 1998 年版)

▲关于"乡土文学"的流派特色

鲁迅将"乡土小说流派"的作家作品称为"侨寓文学",其用意并不仅仅象人们所阐释的那样,只是"隐现着乡愁"。我以为,鲁迅之所以将这个流派与勃兰兑斯的"侨民文学"(亦作"流亡文学")相比较,除去"乡愁"和"异域情调"的意义外,还有一个很重要的原因就在于,鲁迅和这一批"乡土小说"作家有着相同相近的观察社会与生活的共通视角,即:童年少年时期的乡村或乡镇生活(这成为一个作家永不磨灭的稳态心理结构)作为一种固定的、隐形的心理视角完整地保留在作家的记忆之中,"乡村"作为一个悲凉的或是浪漫的生活原型象征,它是作者心灵中未被熏染的一片净土。当这些乡村知识分子被生活驱逐到大都市后,新知识和新文明给作家带来了新的世界观和重新认知世界的方式,"城市"作为"乡村"的背反物,使作家更清楚地看到了"乡村"的本质。于是,一方面是对那一片"净土"的深刻眷恋;另一方面是对“乡村”的深刻批判,从某种意义上来说,“乡愁”便包含了批判的锋芒;而“异域情调”又蕴涵着对“乡土”生活的浪漫回忆。这种背反情绪的交织,几乎成为每一个乡土小说家共同的创作情感。从鲁迅开始,我们发现了这样一种特殊的情感互换的表现视角,即:乡村蒙昧视角与城市文明视角互换、互斥、互融的情感内容。也就是作者们采用的观念往往呈“二律背反”现象:有时是用经过文明熏陶的“城市人”眼光去看“乡下人”和“乡下事”;有时又站在“乡下人”的立场上去看待“城市文明”。所以,就整个“乡土小说流派”作品来看,由于每个作家在处理题材时的世界观和艺术心境的差异,在表现悲凉乡土上的情感也就有所不同,所呈现出的对乡土社会的文化批判力度也就因人而异。

作为寓居大都市的乡土小说作家,这些作家的作品之所以给人以美的感受,无疑是因为这些作品中散发出的浓郁的“异域情调”。这“异域情调”给人的餍足应该说是不同的美学感受。对于异乡人,它给予的是新鲜而惊奇的美学刺激;而对于同乡人,它给予的是怀乡和忆旧的再现性美感。平心而论,在寓居作家那里,文明与野蛮、进步与落后、先进与原始的反差越大,就越能产生出“异域情调”来。因而,象蹇先艾写封闭保守的、初民文化保存得较完好的边远地域的山民生活,则更能产生出较大的美学效应。

这一时期的乡土小说的美学特征多表现在作家们集中对地域风土人情和风俗画的描写上。当然,这风俗描写多半是和抨击封建礼教的主题内涵相联系的。同是“典妻”风俗的描写,台静农、许杰,乃至后来的柔石、罗叔等,无不注入了对封建礼教的抨击。但是,作为“为人生而艺术”的乡土作家们是有意识地将这一“五四”主题内涵纳入自己主观情感投射的轨迹的。如果缺乏这种自觉,乡土小说就会陷入另一种美学风范。作为“乡土小说流派”的作家,大都是“文学研究会”旗帜下的小说家,因此,他们不约而同地遵循为人生的宗旨,在涂抹风俗画面的同时,时时不忘对于人生和社会的强烈关注和介入。我们在众多的作品浏览中,可以看到这样一个事实:许多乡土小说作家在自己的风俗画面的描写之中,总是把故事和人物处理成悲剧结局。这足以证明这些作家所倾注的对人生和社会的情感内容。

(录自丁帆:《乡土文学派小说主题与技巧的再认识》,《江苏社会科学》1992 年第 4 期)

第四章　市民通俗小说(一)

本章不作为重点,只作为一般文学史常识去了解,也可以合并到前一章。应把握的知识点有:鸳鸯蝴蝶派、《礼拜六》杂志、徐枕亚的言情小说《玉梨魂》、李涵秋的社会小说《广陵潮》、张恨水的《春明外史》、平江不肖生的武侠小说《江湖奇侠传》、程小青的侦探小说"霍桑系列"。

提示思考的问题有:"市民通俗小说"的生产、传播与读者群,这一路小说的类型(社会、言情、武侠、探案、演义等)及代表作,"市民通俗小说"和新文学的对峙及互相渗透的大致状况。有兴趣的同学还可以了解近年来学术界对"通俗文学"新的定义和评价。

本章不设"必读书目与文献"和"评论节录"。

第五章　郭沫若

【学习提示与述要】

由于时代的迁移，当今同学们读“五四”时期郭沫若的诗歌，较难进入状态。学习这一章，要注意从作品中感受独有的艺术气氛，并从历史的角度，去了解诸如《女神》这样的作品，是如何适应时代的需要，并充分表现出诗人的创作个性，从而成为文学经典的。可以从“自我抒情主人公”形象以及艺术特色，主要是想象力与形式创新等方面，去把握《女神》的成功因素。第一、二两节主要论述《女神》等“五四”时期的诗歌，是学习的重点；第三节介绍“五四”退潮之后郭沫若诗风转变的作品；第四节介绍以《屈原》为代表的历史题材剧作，是郭沫若在另一文体领域的贡献，也应有所了解。此外，通过阅读郭沫若诗作和这一章的学习，要求能对“五四”时代自由开放又暴躁凌厉的精神特征有所感悟，这也会是一种收获。

一　《女神》的自我抒情主人公形象

1. 这一节重点理解《女神》的成功在于时代的需要与诗人创作个性如何统一。探讨的切入点是郭沫若诗中反复出现的“自我抒情主人公形象”。诗歌研究无定法，一般而言，评论一位诗人，应抓住最能体现其思想艺术追求的独创的方面。而“自我抒情主人公”形象，便是《女神》的特色。对这一形象的特征及其时代内涵的分析，可从两方面入手：一是“开辟鸿荒的大我”，即“五四”时期人们心目中觉醒的、新生的中华民族形象（如《凤凰涅槃》中的凤凰，象征民族的新生）。所谓“大我”的情怀，是古老中国历史上少有的一种崭新的精神，也就是“五四”式的彻底、不妥协、战斗和雄强的民族精神。这种精神还体现为对自由与个性解放的热烈追求，是对人的价值、尊严和创造力的充分肯定，是那种“天马行空”的心灵世界（可以《天狗》为例）。其次，“自我抒情主人公”形象又应当理解为同时是诗人的个性与灵魂的真实袒露。“大我”与“我”是统一的。从郭沫若诗中也会听到不和谐的声音，展现其骚动、矛盾的内心，在表达进取时可能又有颓唐厌世。这也可以从“五四”时代心理情绪的复杂多样性方面去理解。唯其如此，更真实地立体地表达了一代青年的思想情感。学习中会碰到对郭诗那种似乎大喊大叫袒露直切的写法不大能欣赏的情况,应当联系“五四”时代刚刚觉醒过来的一代青年的心境去同情了解,这样会发现《女神》的确有不可重复的精神魅力。

二 《女神》的艺术想象力、形象特征与形式

2. 这一节偏重了解郭沫若“五四”诗歌的艺术特质。其关键是搞清楚“泛神论”对郭沫若的影响。这是难点之一。郭沫若所理解的泛神就是无神,他把一切自然都视作“神的表现”,“我”即是神,那么一切自然也都是“我”的表现。关于这个问题,较细致的介绍也可以参考“评论节录”中的研究观点。要了解由于泛神论的影响,《女神》更加思绪沸腾,想象奇特,大自然常常被人化,人与自然合一(可重点评析《地球,我的母亲》)。而且从泛神论的影响出发,郭诗崇拜万物不断创造更新的“力”和“动的精神”。总之,《女神》的主导性风格是壮阔、雄奇,正代表了“五四”的那种狂飙突进的时代特征。

3. 了解《女神》创造了自由诗的形式。其自由诗有两种类型:一类是有外在格律,押韵、诗节与诗行大致整齐。另一类是讲求情绪自然消长的内在节奏,也并非完全不讲外在形式,而是在自由律动中大致取得某种外在的整齐与和谐。因为郭沫若是自由诗的首创者之一,这一体诗歌在后来有断断续续的发展,所以不妨结合诗作对自由诗有较为细致的剖析。

三 从《星空》《瓶》到《前茅》与《恢复》

4. 这一节讲的是郭沫若《女神》之外的其他诗作,主要是后来诗风转变的产品。可以重点阅读《星空》与《瓶》中的一部分诗。应注意比较郭沫若这一时期的诗与《女神》时代诗作的异同。《星空》缺少早期诗作那种时代的激情,但技巧趋于圆熟。《瓶》是爱情诗,仍较多体现郭沫若浪漫主义的意识精神。《前茅》(写于 1923 年)和《恢复》(写于 1928 年)中充满革命的时代气息,还有无产阶级诗歌的尝试,从中可以了解郭沫若诗风的转变。这一节主要注意知识性的掌握。

四 以《屈原》为代表的历史题材的剧作

5. 历史题材的剧作是郭沫若又一文学贡献。应了解郭沫若在“五四”时期所写的《三个叛逆的女性》,和在抗战时期创作的历史剧《屈原》《棠棣

之花》《高渐离》《南冠草》《孔雀胆》。应掌握这些历史剧的共同点：一是全部取材于战国时代。郭沫若认为战国时代是打破旧束缚的时代，也是许多志士仁人追求人的解放与进步的时代，他看重与采取的正是那种求进步和"知其不可为而为之"的悲剧精神，要重视和张扬这种精神去反对当时国民党的法西斯专政，去推进民主。所以郭剧有强烈的政治性与时代性。二是郭沫若式的历史剧有他自己的"史剧观念"，并形成了突出的浪漫主义的艺术个性。郭所实践的是所谓"失事求似"的历史剧创作原则，即在"大关节目"上不违背历史的真实，但又容许出于主题的需要的自由虚构和改造。此外，强烈的主观性与抒情性、浓郁的诗意，也是特色之一。

可以重点评析《屈原》，除了以此了解郭沫若作为"诗人写剧"的个性之外，还可以探讨其得失，思考《屈原》中主人公屈原的形象塑造反而不如南后这个形象丰满的原因。

【知识点】

《女神》的产生和影响、泛神论、自由体诗、《瓶》《三个叛逆的女性》、抗战时期郭沫若的六个历史剧、"失事求似"的历史剧原则。

【思考题】

1. 试论郭沫若《女神》的自我抒情主人公形象。

此题偏重知识性，参考《三十年》第五章第一节。注意在论述"开辟鸿荒的大我"时，要理解这种"大我"情怀中包含的"五四"特质，是古老中国历史上少有的，不同于传统的爱国情怀，是带有强烈时代精神的"新人"。注意这个自我抒情主人公形象同时又是"诗人自我灵魂和个性的真实袒露"，最好能以具体的诗篇为例，来说明这个诗人自我灵魂的多元性，乃至不和谐性和内在矛盾，能够理解这也正是《女神》的价值所在：它为新诗发展提供了艺术表现的多种可能性，而不在于它在艺术上达到了完全成熟的水准。

2. 简评泛神论对郭沫若早期诗歌创作的影响，并说明郭诗如何代表"五四"时代的精神特征。

此题偏重知识性，参考《三十年》第五章第二节。应掌握郭沫若泛神论思想的来源，同时要理解郭沫若的泛神论又不是严格的哲学思想，而是一种人格趋向，并主要通过其诗歌的艺术想象与形象体系表现出来。"评论节录"中姜铮《人的解放与艺术的解放》对此有所分析，可以参考。至于郭诗所代表的"五四"时代精神，则要抓住郭沫若诗歌艺术想象与形象体系所传达出来的美学风格,是壮阔、奇异、飞动的,与“五四”狂飙突进的时代精神和雄奇风格相适应。此外,最好能在此基础上加深对郭沫若及其诗歌的理解和评析,虽然在今天,郭沫若的诗有些粗糙、“不合时宜”,但只有放在特定的“五四”时代背景和文化氛围中,才能更客观地对郭沫若做出文学史的评价。

3. 就郭沫若的《天狗》(或《凤凰涅槃》)写一篇赏析短文。

此题考查将书本知识同阅读感受及文字表达相结合的能力。可通读《三十年》第五章第一、二节,并参考“评论节录”中温儒敏《郭沫若其人其诗》中建议的“三步阅读法”,注意对作品感受的层次。教材中提到的《女神》的艺术特征都可以运用到《天狗》或《凤凰涅槃》中进行具体的实践分析,比如自我抒情主人公形象、狂飙突进的粗粝风格、形象体系、语言及节奏等。注意一方面要紧密联系作品,避免空洞;另一方面要有条理地论析,避免写成完全情绪化的“读后感”。

4. 简论郭沫若历史剧《屈原》的艺术特色。

此题知识性与综合性并重。主要参考《三十年》第五章第四节。(1)首先要把握郭沫若浪漫主义历史剧“失事求似”的创作原则。(2)《屈原》等剧对时代性、现实针对性和政治尖锐性的强调,与1940年代的社会现实是分不开的。(3)作品强调作者主观体验和情感的艺术个性。这是《屈原》最重要的艺术特色,也是论述的难点,可试着选取一个特定角度来说明,比如将《湘累》和《屈原》中的两个屈原形象加以比较。(4)可参考“评论节录”中王文英《论郭沫若抗战时期历史剧的审美价值》,论述《屈原》的悲剧艺术和诗化结构。此外,也可以结合自己的阅读感受,探讨《屈原》带有强烈抒情性的诗剧特征。

【必读作品与文献】

《凤凰涅槃》

《立在地球边上放号》

《地球,我的母亲》

《夜步十里松原》

《天狗》

《太阳礼赞》

《瓶·第十六首:春莺曲》

《瓶·第三十七首》

《我想起了陈涉吴广》
《屈原》
《论诗三札》
《我的作诗经过》
《〈少年维特之烦恼〉序引》

【评论节录】

温儒敏:《郭沫若其人其诗》
邹　羽:《批判与抒情》
姜　铮:《人的解放与艺术的解放》
王文英:《论郭沫若抗战时期历史剧的审美价值》

▲如何读《女神》

思想内容加上形式因素的评论,虽然可以自成一说,却仍未能了解《女神》在“五四”能迅雷闪电般征服整个文坛的原因,现今一般“文学史的读法”很想复原《女神》的精神,因目光多限于思想主题加自由体诗形式等方面,所以终究难于感受其巨大的艺术魔力。

我想其魔力应从作品—读者互动互涉的关系中去找,不能只着眼于作品本身。这里必须强调的一个重要观点是,《女神》激发了“五四”读者的情绪与想象力,反过来,“五四”读者的情绪与想象力又在接受《女神》的过程中重塑《女神》的公众形象。或者可以说《女神》是与“五四”式的阅读风气结合,才最终达至其狂飙突进的艺术胜境的。《女神》魔力的产生离不开特定历史氛围中的读者反应。《女神》作为经典是由诗人郭沫若和众多“五四”热血青年所共同完成的。

作为当代的读者读《女神》,已经有了时代的隔膜,如果要真正领会其作为经典的含义,读懂它的时代特征,就不能不充分考虑与作品同时代的读者的接受状况。因此,读《女神》,特别是《女神》中那些最具有“五四”特征的代表作,最好采取三步,即:一、直觉感受;二、设身处地;三、名理分析。一般“文学史的读法”往往急于和偏于作“名理分析”,而“非专业阅读”则停留于直觉感受,或者连直觉感受都尚未进入。前述的两极化阅读现象即与此有关,对于《女神》这样的时代性强的经典,我倒是主张三步读法,其中第二步“设身处地”至关要紧。当今读者只有设想重返特定的“五四”时代,让自己暂当“五四”人,身心浑然投入诗中,才可能摸索感触那种由作品—读者互动互涉所形成的阅读的“场”,进而在这种“场”中去理解作品接受过程中产生的整体艺术效应，这也才可能尽量消除时代的隔膜，真正理解《女神》成功的原因。

下面不妨作一些阅读实例。《天狗》是《女神》中的代表作之一，初读此诗，全由直觉感受，第一印象便是狂躁、焦灼，如同热锅上的蚂蚁，又仿佛自身储有无穷的精力能量，一时难于找到宣泄的渠道，憋得难受，渴求自我扩张，简直要爆炸了。我们不急于分析处理这种“第一印象”，最好转入第二步，即设身处地想像是在“五四”时期，自己也是刚跳出封建思想牢笼的青年，充满个性解放的理想，非常自信，似乎整个世界都是可以按照自我的意志加以改造；但同时又有很迷惘，不知“改造”如何着手，一时找不到实现自我、发挥个人潜能的机会，自以为个性解放后理所应当得到的东西，却远未能获得。因而一方面觉得“我”很伟大，威力无穷，另方面又会发现“我”无所适从。这便产生焦灼感，有一种暴躁的心态。这些只是“设想”，可以根据读者自己所了解的有关“五四”的历史氛围尽可能设身处地，暂当“五四”人。此时来读《天狗》，便感同身受，比较理解诗中所抒发的那种情绪与心态，并可再转入“名理分析”。这分析也并非只是摘句式地归纳其主题思想或倾向诸方面，最好还是着眼于《天狗》所形成的整体氛围，或者可借用传统批评的概念来说，是充溢于《天狗》之中的“气”。这种“气”是由其所包含的情绪流、丰富的想像，以及诗的内在节奏等因素综合体现的。“五四”时代的读者本来其自身也有类同的焦躁感，一读《天狗》便如同触电，能在那种“气”中沟通，沉醉，宣泄。如果在设想中特定时代的阅读“场”中去感触把握《天狗》的“气”，分析就不会流于零碎、僵化。由三步阅读所达到的对作品—读者互动互涉关系的探求，有可能摆脱那种空洞的或过于情绪化的评论套式。

《女神》中的诗有许多显得太散漫、太直、太袒露，是很粗糙的。如果光凭直觉印象或者名理分析，可能认为这并不成功，以往许多论者也往往是这么批评的。然而如果不把形式内容分拆开来考究，而是着眼于“气”的整体审美，那么这些“粗糙”便另有一种痛快淋漓的阅读效应。例如《晨安》一诗，仿佛在向世界的一切大声地打招呼，全诗所有句子一律用“晨安”开头，非常单调，而且用词粗放，不加文饰，似乎全不讲求形式，初读起来甚至刺耳，让人感觉怪异。但郭沫若是有意为之，他曾说过，“诗无论新旧，只要是真正美人，穿什么衣服都好，不穿衣服裸体更好”。又说，“我所写的一切东西，只不过是尽我一时的冲动，随便地乱跳乱舞罢了”。他是以不讲形式作为一种形式，一种追求坦直、自然、原始的形式。以“不像诗”来表现一种新的诗体，有意对传统的温柔敦厚的诗风来一个冲击，造成审美的逆差。“五四”时期处于大变动，青年一代追求的是新异的叛逆的艺术趣味，反精美、反匀称、反优雅成为时尚，所以类似《女神》中《天狗》《晨安》一类粗糙的不成熟的形式更能博得读者的喝彩。就如同当今的摇滚乐、霹雳舞，也以反精美、反优雅为时尚一样。如果对《女神》的形式作如此读法，着眼于其“气”的整体审美效果，并结合特定时期的读者反应去重加体察，我想是可以读出一些新意的。

《女神》的主导风格是暴躁凌厉，虽然也有一部分比较优美的诗，但影响大的有代表性的作品都是具备并能引发这种暴躁凌厉之“气”的。结合读者反应来看《女神》，其成功主要在于宣泄压抑的社会心理，或可称为能量释放，一种渴求个性解放的能量。《女神》主要不是提供深刻，而是提供痛快的情绪宣泄。“五四”时期的读者审美需求是有各种层次的，那时的人们需要深刻冷峻（如鲁迅的小说），需要伤感愤激（如郁达夫、庐隐的作品），需要天真纯情（如冰心的诗和小品），也需要郭沫若式的暴躁凌厉。在充分满足而又造就新的时代审美追求这一点上，郭沫若称得上第一流的诗人。

这样的读法，也许能站到一个更宽容也更有历史感的角度上去理解象《女神》这样的经典：这些经典因为太贴近现实而往往时过境迁，得不到后人的认同。当今读者对郭沫若诗歌不欣赏、无兴味的原因，主要也是“时过境迁”，当今已不再有“五四”那样的新鲜、上进而又暴躁凌厉的“气”，不再有“社会青春期”的氛围，在一般“非专业阅读”的层面上也就较难欣赏《女神》之类作品，然而文学史家如果要说明历史，就必须体验和理解历史，这历史不光是由一个个作品的本文构成的，读者反应实际上也参与了文学发展的进程，因此，适当观照作品—读者之间的互动互涉的“场”，才更能接近历史原貌。

（录自温儒敏：《郭沫若其人其诗》，韩国《中国语文论丛》1994 年第 7 辑）

▲对《凤凰涅槃》的细读评析

就像一切伟大的诗篇，《凤凰涅槃》意义简单，结构实用，它讲述的是一个有关死亡与新生的故事。从语言的角度看，它不仅涉及到对言说者身份多重性的探寻，也同样显示出对相邻言说者系的兴趣。根据死亡和新生这两大主题，这首诗可以分为前后两个部分。前半部分包括“序言”“凤歌”“凰歌”“凤凰同歌”和“群鸟歌”，而后半部分则是指“凤凰更生歌”。就主题来说，前半部分对死亡的目击和后半部分对新生的歌咏形成了一个对照。但就两者关系到的话语言说者而言，诗的前后两部分也是截然不同。在那个关于死亡的场景中出现的不是一个而是多个言说者，他们的身份基本上可以分成三类：《序曲》中的超越叙事者，凤凰本身以及观葬的群鸟。《凤凰更生歌》则虽由鸡鸣开始，但在整体上却由凤凰作为主要的歌者。鸡鸣本身马上被滔滔不绝的凤凰和鸣所淹没。更为重要的是，与前半部分凤凰分咏的情形相反，在诗的后半部分凤凰似乎是用同一个声音在说话，任何细致的差别都被取消了。

很显然，这两个部分的结构与《天狗》和《醉歌》有非常相似的地方。死亡场景中的凤凰不断询问自己的来源，在败坏崩颓的宇宙中，凤凰所言说的"自我"成为它自身不可思议的东西，对死亡的向往在结构上类似天狗对"自我"的追踪，因为面对自焚的火焰，凤凰不但成为被破坏者，同样也就是破坏者本身。换言之，他们那个"自我"的界限变得恍惚不定，因而成为亟须澄清的问题。而新生的场景是凤凰在新的宇宙中不断发现自己的时刻。言说者不断发现"我"的新内容，然而每一个新内容的发现又都是前一次发现的重复，因为每一次发现都有关"自我"，都是"自我"与"自我"的重逢和复制。可以说，新生的场景就和《醉歌》一样呈现为"自我"的某种无结构的节奏性蔓延。然而在《凤凰涅槃》与《天狗》和《醉歌》之间仍然存在着很大的不同。这种不同首先来自于每一场景中参与者的身份和关系。如果说《天狗》中言说者在一个单一的言说者之内，《凤凰涅槃》的死亡场景显然是多个言说者占据的语境。凤凰对自己的破坏同时也发生在《序曲》的超越叙事者和《群鸟歌》的言说者面前，并从他们那里获得与己不同的评价。在这个意义上，凤凰的自焚也就是对这两种异己言说者的克服。凤凰的声音也就是对这两种"杂音"的对抗。凤凰对自我身份多重性的揭示也就取决于同相邻"自我"之间关系的扬弃。"自我"纵深维向的开启也就是信赖于"自我"平面维向的整理。换言之，批判并不能成为一种全然孤独的行为。那个批判性的"自我"并没有面临"自我爆炸"的两难情形，因为批判总是和某种抒情的成分结合在一起。虽然这种抒情并不面向那超越叙事者和群鸟，但凤凰的自毁显然是一种面向相邻"自我"并且有关相邻"自我"的行为。他们对他的本身言说的那个"自我"的破坏并不是要追求对"自我"的根本性的形而上学把握，而是着眼于言说"自我"与相邻"自我"之间某种"社会性"关系的重建。

如果我们再回过头来看那个有关新生的场景，它与《醉歌》的差别也是显而易见的。在某种意义上，《醉歌》不具备一个身份明确的言说者。诗中充斥的"自我"可以成为任何一个言说者的第一人称。然而《凤凰涅槃》的新生场景有着相当明确的话语界限。言说者只有凤凰自身,在这里,凤凰滔滔不绝的倾诉具有明确的意义。在他们异口同声的歌咏中反复出现的“我”,不仅仅是言说者自身的复制,也表明了这些复制之间的含义。相邻言说者通过某种特殊的渠道获得直接认同的情形,被充分结构化了。“光明的我们”“新鲜的我们”“华美的我们”这些被反复吟唱的歌词诚然显现出“我们”的囊括性(the inclusive we),似乎通过“我们”这个语言单位,宇宙间的一切都可化而为一,而抽象单调的一切也可化而为宇宙间的一切。然而与《醉歌》显然不同的是,在这个场景中,言说者“我们”并不是一个奔涌流泻不可名状的“我”。在“我们光明”“我们新鲜”“我们华美”“我们芬芳”这样令人迷狂的节奏中,诗的言说者显然也在使用那个消除性的我们(the exclusive we),那层层叠叠汹涌而来的“我们”,在此当然也是作为一个个相互区别、然而又相互衔接的言说者,不断地出现在读者面前。于是,这一群在凤凰口中说出的“我们”的相互关系,也就不只是平面的关系,而且也成为“自我”纵深含义的展现,成为批判本身。

从《凤凰涅槃》前后两段过渡来看,由“自我”出发的语言批判和抒情交流成为两个相互衔接的问题。话语言说者对自己身份多重性的认识必将导致他与相邻言说者之间关系的改变,而话语言说者之间的交流行为的展开,也在根本上取决于个别言说者对其本身话语世界的有意识批判。凤凰在前半段自毁活动有着明显的相对言说者的意义,而他们在后半段对于“新生”的歌咏,也不仅仅在强调言说者之间某种在“自我”基础上的相逢,而同时也显示着对“自我”的言说所必然带来的对“自我”职能的多重性的认识。换句话说,由于“自我”这个语言单位兼有批判中介和交流媒体的功能,在《凤凰涅槃》中,批判和抒情被表现为两种无法彼此分离的话语风格。当然,这也就使“自我”作为一个问题在新诗的文化话语中占据了重要的位置。因为语言对自身的理解,以及它在言说者之间的展示,都必须借助“自我”的概念,这个概念的澄清也就成为确立新诗话语世界的重要条件。从“五四”与所谓旧文化及当时社会其他群落的关系而言,一方面,郭沫若诗歌中对言说者多重性身份的揭示,显然是从文学话语内部扬弃了旧文化话语原有的边界,使得新诗不仅代表着文学符号系统的更换,而且也说出了旧文化话语无法说出的内容。而另一方面,郭诗对抒情交流的强调,同样也为五四精英文化提供了特定的社会学含义。随着“自我”被理解为文化话语交流的基础,在“自我”问题上的认同和讨论也就成为新文化话语言说者定义异己或“文化他者”的准则。

当然，“自我”在新诗乃至新文化话语中，作为一个权威问题的出现，在根本上取决于批判与交流这两个语言基本维度，在“自我”问题上的相互交错。一旦批判与抒情相互分离，“自我”也就无法作为一个有意义的问题被提出来。如果郭沫若最早的一些诗篇相当成功地实现了批判与抒情在“自我问题”上的相互贯通，造成这种贯通的条件很快便消失了。在《女神》以后的《星空》《瓶》乃至《恢复》中，那种一度作为批判出现的对自我多重性意义的认识，逐渐变得越来越抽象，当批判被作为话语主题提上新诗的议事日程之时（比如像《恢复》这部诗集），它也就不再是话语结构的一部分。与此同时，作为某种人际交流之保证的抒情也逐渐失去了维系相邻言说者的功能，比如《瓶》中的“自我”往往成为自恋的借口。

（录自邹羽：《批判与抒情》，收入王晓明主编《20 世纪中国文学史论》，东方出版中心 1997 年版）

▲关于郭沫若的泛神论及其他

郭沫若的少数作品，就有表现主义的特征。如诗歌《立在地球边上放号》《天狗》《晨安》《笔立山头展望》《新生》，小说《残春》等。它们或是以某种超验的形象，或是以意识流的手法，或是以梦幻描写，或是以表现派的诗歌形式（呼喊，排比句，感叹号的排列，短促，快速的动的节奏）来表现作者或者主人公的内心情绪。但是，这些作品同时又具有浪漫主义的抒情方式，多是运用比喻，而不是隐喻；是感情的极度扩张，而不是非理性的迷狂；有超验形象，但并不荒诞；是有线的想象，而不是无线的想象；时空尚没有被打碎；运用象征，但不是图象化；写直觉，但没有否定理性。这种现象表明：对于郭沫若来说，现代主义观念不是主流，而是支流，他运用了某些现代主义手法，但那些作品的基本精神还不是现代主义的。

张光年认为，郭沫若前期诗歌的根本特点是“火山爆发式的内发情感”。这是对郭沫若最深刻的、切中肯綮的评价。“火山爆发式的内发情感”，已经成为对郭沫若诗歌的一句定评，成为一个名句。

郭沫若的抒情主义，在二十年代的中国文坛，是全新的文学。中国古典文学也有悠久的抒情传统，并且出现了无数的抒情诗人和抒情诗名篇。但是，郭沫若的抒情诗与古典抒情诗是完全不同的。按照席勒的看法，古典诗一般属于素朴的诗，现代诗属于感伤的诗（“感伤的”原文为 sentimentalische，这个词也可以译为“激情的”）。素朴诗是模仿现实，感伤诗是表现理想；素朴诗是把主体（诗人）消融到对象（作品）中去，感伤诗则要把主体（诗人）从对象（作品）中强调出来。造成这种区别的原因，是由于人与自然的关系不同、现实与理想的关系不同。素朴诗人"是自然",保持着人性中的"自然",人与自然和谐一致,因而现实与理想也和谐一致。感伤诗人"寻求自然",因为他们失去了"自然",人与自然相分离,现实与理想相对立。如果席勒的看法能够成立,那么我们可以进一步认为:由于素朴诗人没有理想,所以古典诗人的浪漫主义主要是创作手法意义上的浪漫主义(对于屈原、李白都可以作如是观),而郭沫若这样的现代诗人由于执著于自己的理想,因而他的浪漫主义主要不在于手法,而在于精神。郭沫若浪漫主义的实质是理想主义。由于郭沫若的理想(前期为民主主义,后期为社会主义)比现实先进,因而郭沫若的抒情主义也就具有了与现实相抗衡的理想主义色彩。

郭沫若的泛神论并不是什么宇宙论,而是一种人格学,或者说,是一种带有若干宇宙论色彩的个性伦理学。从把人作为本体并且把人置于与宇宙同在的高度这些方面来看,郭沫若的泛神论和庄子的泛神论相同,都可以叫做人格本体论。但是,就其精神实质来讲,郭沫若的泛神论又与庄子相反而与斯宾诺莎和歌德相近。庄子对人生取完全消极的态度,他所理想的人格是"形如槁木,心如死灰",无欲无望,无知无识,听天由命,安时处顺,毫无是非之心,毫无进取之意。这种人生观念虽然含有对以仁义是非黥人的儒家传统道德的批判意义,但郭沫若认为是一种"消极的享乐",为他所不取。而"斯宾诺莎陶醉于本体,歌德陶醉于事业",则是可取的人生态度。

在《女神》中,那些歌咏大自然的诗篇,除了表现诗人热爱大自然的情怀,洋溢着五四时代蓬勃进取的精神以外,是否还蕴含着对社会的批判呢?回答是肯定的。如果把《女神》作为一个整体,我们将会在这同一幅画布上看到两种完全不同的色调:社会部分阴森可怕、黑暗如漆,到处是"游闲的诗,淫嚣的肉","满目都是骷髅,满街都是灵柩"(《上海印象》),"脓血污秽着的屠场""悲哀充塞着的囚牢""群鬼叫号着的坟墓""群魔跳梁着的地狱"(《凤凰涅槃》)充塞了人间。面对如此的社会,诗人的"眼泪倾泻如瀑"(《凤凰涅槃》),诗人的愤怒如火山飞腾(《湘累》)。自然的部分,则是何等光明!何等朗洁!何等俊美!"哦哦,环天都是火云,好象是赤的游龙,赤的狮子,/赤的鲸鱼,赤的象,赤的犀。"(《日出》)"无限的大自然,/成了一个光海了。/到处都是生命的光波,/到处都是新鲜的情调!"(《光海》)"哦,太空!怎么那样地高超,自由,雄浑,清寥!"(《夜步十里松原》)"雪的波涛!/一个银白的宇宙!"(《雪朝》)"月儿呀!你好象把镀金的镰刀。"(《新月与白云》)"松林呀!你怎么这样清新!"(《晚步》)"无边天海呀!/

一个水银的浮沤!"(《蜜桑索罗普的夜歌》)"菜花黄,/湖草平,/杨柳毵毵,/湖中生倒影。/朝日曛,/鸟声温,/远景昏昏,/梦中的幻境。/好风轻,/天宇莹,/云波层层,/舟在天上行。"(《西湖纪游·雷峰塔下其二》)置身这美好的大自然中,诗人的"全身心好象要化为光明流去"(《雪朝》),诗人深深地陶醉了,好象被那把月儿的镰刀砍倒了(《新月与白云》)。两相比较,自然画面的批判意义是不言自明的。

(录自姜铮:《人的解放与艺术的解放》,时代文艺出版社 1981 年版)

▲关于郭沫若历史剧的艺术特征

在我国现代话剧史上,郭沫若是一位很自觉地追求悲剧的崇高美的剧作家。他认为:"悲剧在文学的作品上是有最高级的价值的","悲剧的戏剧价值不是在单纯的使人悲,而是在具体地激发起人们把悲愤情绪化而为力量,以拥护方生的成分而抗斗将死的成分",郭沫若的这种自觉的美学追求和他卓越的艺术才能的结合,就产生出了他的悲剧的崇高、悲壮、雄浑的审美特质。

占据郭沫若抗战悲剧舞台中心的,是我国历史上的英雄豪杰、志士仁人,如那撼天地、惊鬼神的民族灵魂屈原,那舍身取义、抗斗暴秦的英雄聂政、高渐离,那视死如归、气壮山河的少年民族英雄夏完淳,还有那些为真理、为正义而殉身的女豪杰如聂嫈、如姬、阿盖妃及酒家女等形象。这些人物都有优美的人性,高尚的情操,而且在风云突变的历史转折关头,都代表着历史的进步倾向,因此他们的斗争动人心魄,他们的遭暗算、受迫害直至毁灭的命运催人泪下,他们那为真理而舍生忘死的英雄举动壮怀激烈、感人肺腑。这使郭沫若的历史悲剧鲜明地表现出英雄悲剧的特色。

郭沫若按照悲剧崇高的审美需要,从两个方面构筑了表现他的英雄们的伟大痛苦和崇高精神的悲剧舞台。他从广阔的历史背景着眼,努力开掘悲剧的社会历史内容,从质的方面揭示出悲剧的深刻的历史必然性。另外,他又在量的方面加深加重了人物所面临的斗争的困难,让他的人物经受各种严峻的考验,以便他的英雄们有用武之地。

如果说从质的方面揭示悲剧本质可以表现其深度的话,那么从量的方面,加大悲剧人物所遭受的苦难,则可以加强悲剧的力度。在这点上,郭沫若是充分自觉的。几乎在每个悲剧中,他都在悲剧人物的对面,树立起形形色色的、有权有势的反面角色。这些反面人物为了维护他们暂时的私利,从邪恶的本性出发,拼命地维护腐朽的制度,破坏和抵制有利于国家民族的措施，他们和立足于民族前途的志士仁人之间，形成了直接的利害冲突，他们之间的矛盾呈现为复杂的胶着状态，这就展示出悲剧人物面临斗争的艰巨性、复杂性和残酷性。南后郑袖、上官大夫靳尚等和秦使张仪，内外勾结，愚弄并利用昏君楚怀王，在屈原的周围织成一张巨大的诬陷网，用最卑劣的手段，破坏楚怀王对屈原的信任，把屈原一步步地逼到癫狂的边缘还欲置之死地。高渐离含垢忍辱，被刺瞎了双眼，被上腐刑，怀贞夫人被逼毁容，他们经受着常人所难以忍受的巨大苦难。郭沫若有意识地把人物推入艰危苦难的漩涡中，以形成一个足以展现人物深重痛苦，并从这痛苦中升华出崇高精神的悲剧大舞台。

崇高的悲剧必须借助于完善的悲剧形式，郭沫若不仅能够塑造崇高的悲剧形象，而且同时创造了崇高的悲剧形式。他说："除人物的典型创造，心理描写的深化之外，'情节曲折'而近情近理，'刺激猛烈'而有根有源，是不是也可以成为悲剧的要素呢?"回答应该是肯定的。郭沫若把悲剧人物放在曲折跌宕、大起大落的情节中去表现，这就为加深加重悲剧人物的苦难，造成一个有力的悲剧环境，以便使人物在经受最严峻的考验，进行最严重的斗争过程中，发挥出他们生命力的夺目光彩。……当屈原、高渐离、夏完淳、如姬等一个个光彩照人的悲剧形象在观众的心目中树立起来的时候，他们那伴随着某种痛感的情绪，就转入了属于崇高的情感境界。因此，郭沫若适当地加剧情节，加强情绪的刺激，是完全符合表现悲剧力度和气势的艺术需要的。这些艺术手段能有力地增强悲剧的色彩和浓度，能恰到好处地调节和引导观众的情绪感受。这样，郭沫若创造了一种很典型的表现崇高的悲剧形式。

当郭沫若的激情融合了他所表现的那个时代和人物的激情时，他的戏剧中形成了冲击与回荡于全剧的激情之流的结构，即诗化的结构。虽然，在郭沫若的戏剧中，人们也可以按照通常的戏剧规范，理性地去分析出它们的戏剧冲突和情节锁链，但是，在郭沫若创作的过程中，他实在是没有在冲突、情节以及事件等方面多所考虑，郭沫若的创作完全是顺着他那诗人的创作之"兴"，完全由他那灵感高潮中迸发出的激情之流主宰着。很显然，透过郭沫若剧作表面的人物和事件的纠葛，其中最内在的连结，则是一股奔腾起伏的抒情激流。作者凭借着这条抒情激流去组织全剧的冲突，去自然地形成剧作的上升、转折和高潮，也是凭借这条抒情激流去展现人物的心理、性格和情操的。当然，这股抒情激流并不是没有目标的任意流淌的情感，而是具有某种既定势态的。这种既定势态,既隐隐地决定于作者对他笔下人物倾慕的情感积累,更关键的还决定于作者在创作时期所萦绕于胸际的他与主人公之间情的相通点,比如《屈原》一剧就在于作者所把握到的,他和屈原之间的情感的相通点:不可遏制的愤怒。是郭沫若的愤怒输入并复活了屈原的愤怒,两股愤怒汇成一股汹涌的艺术激情,并由此形成了一条随着屈原的情感潮汐起伏的仿佛血肉铸成的割裂不开的结构之链。用情感激流去结构全剧,无疑是郭沫若戏剧的一大创造,成为铸造郭沫若戏剧独特的抒情审美品格的重要方面。

当郭沫若那诗人的激情突入了他所表现的历史上人物的心灵世界,而进入创作的“灵感”状态之时,他往往还轻易地诗化了他笔下的形象,赋予他们以独特的抒情质调。他的优秀的戏剧形象都是他所体味到的历史诗意的化身,有的甚至直接从著名的抒情诗脱颖而来。如果说,屈原的《桔颂》,是郭沫若对屈原伟大人格情操的诗意象征的话,那么,那震慑人心的《雷电颂》,是诗人郭沫若和屈原,在那忠奸不辨的时代里所孕育的亡国忧愤的总喷发。屈原形象无疑就是郭沫若写下的一首正气磅礴的大诗。

(录自王文英:《论郭沫若抗战时期历史剧的审美价值》,《中国现代文学研究丛刊》1986 年第 2 期)

第六章　新诗(一)

【学习提示与述要】

本章介绍第一个十年(1917年—1927年)的新诗运动与创作。所涉及的诗人及作品文论甚多,初学者会感到头绪纷繁。最好依新诗的诞生和发展的时序,来把握其作为文学运动内部的矛盾变迁,并将对具体诗人诗作的评价纳入这种“变迁”的考察。若从新诗谱系考察,其两大趋向即“大众化(非诗化)”与“贵族化(纯诗化)”,也在此期形成,且彼此相克相生,推进新诗发展与衍化。第一节回顾五四新诗运动和新诗的诞生,从晚清“诗界革命”谈起,看胡适等先驱者新诗试验的意义,注意从中发现新诗运动对“诗界革命”的承传与突破;第二节考察早期白话诗,应着重了解《尝试集》为代表的实验,其历史地位及艰难试验的历程;第三节介绍变革中的新诗,有四个要点,一是早期创造社诗人的自由体诗作,代表新诗内部第一次结构性调整,即对早期白话诗少“诗味”的否定;二是以新月派为中心的诗人倡导的“规范化”,可视为第二次结构性调整;三是初期象征诗派对“纯诗”的追求,也是对早期新诗“诗味”不足的又一种反拨;四是早期的无产阶级诗歌。了解第一个十年新诗大致的流变途程,关键是把握新诗内部几个结构性调整的口号与策略。因此除了创作,应格外重视那些有影响的诗论。

一　新诗的诞生:“五四”新诗运动

1. 这一节涉及近代文学部分,学习中只需作为背景了解,知道晚清“诗界革命”止于对宋诗派的模仿,是在传统范围内的调整与改良。而“五四”新诗运动对晚清“诗界革命”有所继承,更有所突破。重点了解胡适在其《论新诗》中提出“作诗如作文”的主张,事实上有“战略选择”的意义:以散文化(或者说是“非诗化”)去对过分成熟的传统诗歌语言形式进行有组织的反叛,在传统诗歌结构之外去另寻门路。还应当进一步理解胡适们提倡“诗体的解放”跟“平民化”的启蒙主义目标有内在联系。不妨将学习第一章有关新文化运动的知识结合于此,从时代发展及“五四”新文化运动所促成的大趋势中去理解新诗运动的价值与意义。

二　“尝试”中的新诗:早期白话诗

2. 应阅读最初发表的一些白话诗,尤其是胡适《尝试集》中有代表性的诗作,对早期白话诗如何从传统诗词中脱胎、蜕变、摸索与试验有一定的印象,然后对新诗的“最初形态”作简要的归纳:主要用白描和托物寄兴手法,倾向于散文化和平实的风格,以求跳出旧诗词的束缚,实现诗体解放。《尝试集》和其他早期白话诗很幼稚,对其艺术形式的分析主要应着眼于如何有别于传统诗歌,并考察其贡献、价值与局限。

三　变革中的新诗

3. 这一节内容很多,涉及本时期一些最具代表性的诗人。首先要注意新诗基本站住脚跟后走上文坛的一批青年诗人如何“开一代诗风”。他们选择了早期白话诗缺少“诗味”作为批评的目标,因此这次艺术反拨是新诗内部的结构性调整。这是本章理解的要点。由此入手,不妨大致了解成仿吾的《诗的防御战》与郭沫若的《论诗三札》等论作中的代表性言论,注意其如何强调“情感”“想象”和诗的“抒情本质”,如何探求“语体诗”的长处与艺术发展的前景,也可以结合前一章对《女神》的分析来理解这种艺术反拨的意义。同时,还要大致了解“湖畔诗人”的爱情诗所带有的“历史青春期的特色”,“小诗体”一度引起关注的原因及其在诗体探索方面的得失,以及冯至对诗情哲理化与半格律体的追求。

4. 这一节的第二个重点,是新诗的“规范化”。闻一多、徐志摩为代表的前期新月派提倡“规范化”,标志着新诗的艺术探求进入了更为自觉的阶段。这里要着重了解“理性节制情感”的美学原则和形式格律化主张。所谓“理性”是指艺术上克制,并非一般所说的诗的哲理化,其目标是要纠正“五四”新诗中滥用的直抒胸臆和极端的感伤主义,转为将主观情愫客观对象化,追求诗的蕴藉含蓄和非个人化倾向。这一点,可以通过分析闻一多的《口供》等作品来加深理解。与此相关的是“和谐”与“均齐”的诗美追求,和以“三美”为标准的“新诗格律化”主张。此为本章重点,也是难点。在掌握其有关知识的同时,最好能深入思考新月派的诗学主张为何可以理解为是“在新诗和旧诗之间建立一架不可少的桥梁”,并在经过新诗运动激烈反传统并立住脚跟之后,重新与中国诗传统的主流(尤其是唐诗宋词)取得衔接与联系。

5. 本章的另一重点是评述闻一多与徐志摩的诗作。比较而言,这会更多地引起同学们的兴趣。关于闻诗,应细读《忆菊》《发现》《一句话》和《死水》等名作,不止于一般地用爱国主义去解释,还应看到中西文学冲突所引起的心理、情感和思想上的矛盾和痛苦。若再深入一步,也可以探讨“东方主义”文化观与受西方文化影响的现代感受,是如何复杂地交织涌现于闻诗中的。学习中注意体味闻诗的矛盾张力与沉郁的风格,及其试验“新诗格律”的得失。对徐志摩其人其诗,可称为“古典理想的现代重构”。他活泼潇洒的个性,不羁的才华,以及对爱、美与自由的热烈追求,形成了诗歌中特有的飞动飘逸的风格。对徐诗要注意运用直观的把握,即在阅读中整体感受其情绪和韵味,及相应的节奏诗律。不妨选读《雪花的快乐》《再别康桥》等名作,认真朗读和品味。徐志摩是新月派前期与后期的重镇,其在1930年代的创作情况可以合并于此讨论。此外,可以细读朱湘的代表作《采莲曲》,对这一性格焦躁、诗风却有“东方的静的美丽”和古典美的诗人,也有大致的了解。

6. 这一节的知识点有三个:一是纯诗的概念,1926年穆木天在《谭诗——寄沫若的一封信》中指出,诗应有不同于散文的思维与表现方式,强调暗示与朦胧。另一诗人王独清则提倡诗中感觉的表达。他们的意见代表了当时对新诗“非格律”化的不满与反拨。二是李金发的象征派诗。可举出《弃妇》等作品,进行细读评析。此为难点,可以参照“评论节录”中的有关赏析文。把握这一类诗的关键,是抓住“多远取喻”,即发现事物之间的“新关系”,以及意象跳跃、暗示和感官呈像等手法。借此还可以对诗坛常有争议的“朦胧”“晦涩”的一路诗歌有所理解。三是“早期象征诗派”,除了解李金发等的创作和上述有关诗论,还应从“又一次历史的反拨”角度去理解这一诗派的文学史地位。在推进新诗艺术探求方面,新月派探索新诗格律,李金发等人则注重东西方诗的沟通,都倾向“贵族化”(纯诗化)一路。

7. 对蒋光慈为代表的早期无产阶级诗歌可作一般知识性了解,知道其显示了新诗流变的一个方向。下一个十年的部分对此还有讨论。

在第一章中,我们已谈到过“五四”新文学的激进主义特征,作为“五四”新文学的“急先锋”,新诗在与传统的“断裂”方面,在挑战一般读者的审美期待方面,可能表现得最为突出。这也使它一直处在争议当中,尤其是针对早期白话诗的批评,在文学史上一直没有中断。一种常见的观点是,早期白话诗的价值只表现在工具的革命上,对诗歌审美价值的忽略,则构成了它的历史缺陷,对古典诗歌的激烈拒斥,更是造成了新诗的内在危机。直到

20 世纪 90 年代,还有学者撰文指出,正是因为"五四"新文学倡导者在变革语言的同时,忽视了对传统诗歌的继承,新诗的发展受到了严重的影响。这些批评有各自的出发点,不一定全面、准确,但的确为我们留下了讨论的空间。学习这一章,除了掌握新诗第一个十年的基本线索之外,还可以尝试思考新诗的独特性和历史得失,在打破旧体诗的形式规范之后,它是怎样寻找自己的诗美,又面对怎样的历史困境,它的偏激背后又有怎样的历史合理性。对这些问题的思考,可以和第一章中有关"五四"的评价问题联系起来,尽量做到融会贯通。

【知识点】

诗界革命、胡适《论新诗》《尝试集》、初期白话诗、自由诗、北京大学歌谣研究会、湖畔诗人、小诗体、前期新月派、纯诗、早期象征诗派。

【思考题】

1. 以初期白话诗、郭沫若等的自由诗、前期新月派以及早期象征诗派为主要的"点",大致勾勒新文学第一个十年新诗的流变线索,并简评不同阶段新诗潮流彼此间的承传关系。

新诗第一个十年的历史非常复杂,流派纷呈,头绪也很多。此题要求通过"点"的掌握,梳理出变化的轨迹,为纷乱的现象找到一条线索。首先,应细致阅读《三十年》第六章的二、三、四、五节,关注每个流派最突出的特点,如初期白话诗的散文化与写实风格、郭沫若对抒情的强调、前期新月派的格律化主张,以及早期象征派对纯诗的追求等。在把握了"点"之后,还要考虑如何将"点"连缀成"线",注意潮流消长背后的两次"结构性调整",即从散文化到诗化、从自由化到规范化。这一次次的转变与调整,正是新诗在获得解放之后,不断追求诗美、不断建立自己的形式的过程。抓住这样一条线索,就会对新诗第一个十年的历史有整体上的把握了。

2. 简评胡适"作诗如作文"的主张及其文学史意义。

胡适"作诗如作文"的主张,可以看作是他白话诗尝试的理论起点,理解这一命题,对于理解新诗的历史突破性有非常重要的作用。本题有一定的理论深度,可参考《三十年》第六章第一节。要点包括:(1)"作诗如作文"要求打破诗歌语言与日常语言的界限,摆脱外在形式的束缚,为"用白话写诗"提供了历史突破口。(2)胡适提出这个主张,受到了宋诗传统和晚清"诗界革命"的启示,但又完成了一种历史超越。(3)"作诗如作文"带来诗歌语言形式和思维方式的双重革命，诗歌观念的变化也蕴涵在其背后。(4)作为一种激进的“战略”，该主张为新诗的创造开辟了道路，但在某种意义上，模糊了“诗”的文体特征，带来的问题也不容忽视。“评论节录”中废名《谈新诗》中的一段也可参考，体味“散文的文字”与“诗的内容”之间的关系。

3. 简评新月派新诗格律化的主张与创作实践。

在新月派诗人中，闻一多是“格律化”最重要的推动者和阐发者，所以本题可以他的理论和创作为中心展开论述。首先，可交代一下新月派诗人对“和谐”与“均齐”的共同追求，以及在新诗规范化方面的尝试，进而讨论闻一多对诗歌“格律”的思考，重点说明“绘画美”“建筑美”“音乐美”的具体内涵，并探讨这种追求在新诗的历史发展中，在沟通旧诗与新诗方面，具有怎样的意义。在创作实践方面，可举闻一多的《死水》等作品为例，从诗行的构成，词汇、意象的选择等方面，分析“三美”的理论如何落实在具体的写作中，徐志摩诗歌中优美的节奏感、朱湘对诗歌章法与音韵的经营，也可以纳入论述当中。最后，还应注意格律化带来的形式拘束，从格律化与自由化的消长中把握新诗形式的内在张力。参考《三十年》第六章第三节，“评论节录”中孙玉石对《死水》的解读，以及郭小聪、蓝棣之对徐志摩的评述。

4. 评析李金发的《弃妇》，并由此论述早期象征诗派的艺术追求，及其在新诗艺术发展中的价值。

《弃妇》是早期象征派的代表之作，本题讨论的虽然只是这一首诗，但也希望能从作品的分析中，提升出文学史的概括。对作品的细读，当然是第一步，要大致把握基本的风格、结构和内涵，可参考“评论节录”中孙玉石的解读文章。其次，要提炼此诗的几个关键特征，如意象组织的跳跃性、“弃妇”形象的象征性等，结合《三十年》第五节对早期象征派的整体论述，阐发象征派的艺术追求，如表达的间接性与暗示性、“远取譬”的自由联想等。联系周作人对早期新诗“太过透明”的批评，思考这种探索为新诗的发展提供了什么样的新质。也可以从读者的角度，对这种诗风的新奇与晦涩发表一下自己的评论。

5. 怎样看待初期白话诗的历史得失?

这是增加的拓展性思考题，《三十年》中没有相关的论述，需要阅读一些研究论著，结合这一章的学习，在不同的观点之间，做出自己的判断和总结。郑敏《世纪末的回顾：汉语语言变革与中国新诗创作》(《文学评论》1993 年第 3 期)和温儒敏《中国现当代文学学科概要》第十四章第三节，都是可以参考的材料。不要简单地做价值上的判断，重要的是能够获得一种历史的同情，呈现出历史的复杂性。比如，有学者认为初期白话诗只关注语言的革命，带来了“非诗化”的弊病，但我们也可以换个角度思考，“非诗化”的方式是否也有打破一般审美积习的作用，提供了一种清新、自由的诗歌可能？再比如，新诗在反传统方面，可能表现得颇为激进，但其中是否包含了一些历史合理性？对传统的“反叛”也可能是一种对传统的“重构”，在这方面新诗人又做出过哪些尝试？这些问题都值得进一步讨论。

6. 试扼要说明新月派诗歌在吸收外国文学思潮和中国文学传统影响方面的成败得失。

本题偏重论述性，可参考《三十年》第六章第四节和第十六章第二节相关内容。首先应简略交代新月派诗歌产生的缘由，说明早期白话诗在实现诗体解放的同时所产生的偏向，如说理直陈、诗质的散文化、情感过分泛滥等。新月派诗人正是针对这些弊病，提出“理性节制情感”的美学原则，主张在形式上广采中外古典诗歌的优长，以促进新诗的规范化建设。他们对西方新人文主义和谐典雅美学观念的吸取，以及一定程度上回归“乐而不淫，哀而不伤”的传统抒情模式，都在中西交融的尝试中有所创新。而过分拘泥于格律，也可能造成诗歌个性发挥的障碍。可选取闻一多等代表性的新月派诗人，围绕他们的理论主张和创作实绩展开论述，结合中国新诗在矛盾中探索的发展历程评价其功过得失。在论述过程中，要注意新月派前期与后期的区别。新月派后期经过反思检讨，矫正了前期在格律问题上的偏颇，更为关注新诗的特殊内质，显示出向现代主义过渡的趋势。

【必读作品与文献】

胡　适：《蝴蝶》《一颗星儿》
沈尹默：《月夜》
刘半农：《叫我如何不想她》
汪静之：《伊底眼》
冰　心：《繁星》第1、7、10、75、131首，《春水》第5、105首
宗白华：《夜》
李金发：《弃妇》
闻一多：《忆菊》《死水》《发现》
朱　湘：《采莲曲》
徐志摩：《雪花的快乐》《再别康桥》

【评论节录】

冯文炳:《谈新诗》
杜荣根:《寻求与超越》
龙泉明:《中国新诗流变论》
孙玉石:《最丰富的想象在这里开花》
郭小聪:《在新世纪的门槛上》
蓝棣之:《现代诗的情感与形式》
孙玉石:《穿起那串散乱的珠子》

▲冯文炳论新诗与旧体诗之不同

我们还是来讲《尝试集》里《蝴蝶》一诗。我觉得《蝴蝶》这首诗好,也是后来的事,我读着,很感受这诗里的内容,同作者别的诗不一样,我也说不出所以然来,为什么这好象很飘忽的句子一点也不令我觉得飘忽,仿佛这里头有一个很大的情感,这个情感又很质直。这回我为得要讲"现代文艺"这门功课的原故,从别处搬了十大本《中国新文学大系》回来,在《建设理论集》里翻开第一篇《逼上梁山》来看,(这篇文章原来是《四十自述》的一章,以前我没有读过)作者关于《蝴蝶》有一段纪事,原来这首《蝴蝶》乃是文学革命这个大运动头上的一只小虫,难怪诗里有一种寂寞。我且把《逼上梁山》里面这一段文章抄引下来:

> 有一天,我坐在窗口吃我自做的午餐,窗下就是一大片长林乱草,远望着赫贞江。我忽然看见一对黄蝴蝶从树梢飞上来;一会儿,一只蝴蝶飞下去了;还有一只蝴蝶独自飞了一会,也慢慢的飞下去,去寻他的同伴去了,我心里颇有点感触,感触到一种寂寞的难受,所以我写了一首白话小诗,题目就叫做《朋友》(后来才改作《蝴蝶》):
>
> 两个黄蝴蝶,双双飞上天。
> 　不知为什么,一个忽飞还。
> 剩下那一个,孤单怪可怜;
> 　也无心上天,天上太孤单。
>
> 这种孤单的情绪,并不含有怨望我的朋友的意思。我回想起来,若没有那一班朋友和我讨论,若没有那一日一邮片,三日一长函的朋友切磋的乐趣,我自己的文学主张决不会经过那几层大变化,决不会渐渐结晶成一个有一系统的方案,决不会慢慢的寻出一条光明的大路来。……

这一段纪事,我觉得可以帮助我说明什么样才是新诗。我尝想,旧诗的内容是散文的,其诗的价值正因为它是散文的。新诗的内容则要是诗的,若同旧诗一样是散文的内容,徒徒用白话来写,名之曰新诗,反不成其为诗。什么叫做诗的内容,什么叫做散文的内容,我想以后随处发挥,现在就《蝴蝶》这一首新诗来做例证,这诗里所含的情感,便不是旧诗里头所有的,作者因了蝴蝶飞,把他的诗的情绪触动起来了,在这一刻以前,他是没有料到他要写这一首诗的,等到他觉得他有一首诗要写,这首诗便不写亦已成功了,因为这个诗的情绪已自己完成,这样便是我所谓诗的内容,新诗所装得下的正是这个内容。若旧诗则不然,旧诗不但装不下这个诗的内容,昔日的诗人也很少有人有这个诗的内容,他们做诗我想同我们写散文一样,是情生文,文生情的,他们写诗自然也有所触发,单把所触发的一点写出来未必能成为一首诗,他们的诗要写出来以后才成其为诗,所以旧诗的内容我称为散文的内容。象陈子昂《登幽州台歌》,“前不见古人,后不见来者,念天地之悠悠,独怆然而涕下”,便是旧诗里例外的作品,正因为这首诗是诗的内容。旧诗五七言绝句也多半是因一事一物的触发而起的情感,这个情感当下便成为完全的诗的,如“木末芙蓉花,山中发红萼,涧户寂无人,纷纷开且落”,又如“床前明月光,疑是地上霜,举头望明月,低头思故乡”,大约都是,但这些感情都可以用散文来表现,可以铺开成一篇散文,不过不如绝句那样含蓄多致罢了。这个含蓄多致又正是散文的长处。古诗如陶渊明的诗又何尝不然,一首诗便是一篇散文,而诗又写得恰好,若一首新诗的杰作,决不能用散文来改作,虽然新诗并没有什么严格的诗的形式。这件事情未免有点古怪。我尝想,我们的新诗的前途很光明,但是偶然发现了这一线的光明,确乎是“尝试”出来的,虽然同胡适之先生当初用那两个字的意思有点不同。我又想,我们新文学的散文也有很光明的前途,旧诗的长处都可以在新散文里发展。这里头大概是很有一个道理,此刻只是顺便说及罢了。关于我所谓诗的内容在这里我还想补足一点,旧诗绝句有因一事的触发当下便成为诗的,这首诗的内容又正是新诗的内容,结果这首旧诗便失却它的真价值,因为这里容纳它不下,好象它应该是严装,而他便装了,不过这种例子很难得,我一时想起的是李商隐的一首绝句:“东南一望日中乌,欲逐羲和去得无?——且向秦楼棠树下,每朝先觅照罗敷!”这首诗是即景生情,望着远远的太阳想到什么人去了,大约真是天涯一望断人肠,于是诗人就做起诗来,诗意是说,追太阳去是不行的,——这是望了今天的太阳而逗起的心事,于是又想到明天早晨“日出东南隅”,在那个地方有一个人儿,太阳每天早晨都照着她罢！这首诗简直是由一个夕阳忽而变为一个朝阳，最不可及，然而读者容易当作胡乱用典故的旧诗，这样的诗的内容旧诗实在装不下，结果这首旧诗好象文胜质，其实它的质很重。我引这个例子是想从反面来说明我所谓诗的内容，不过话已经离题目远了。

（录自冯文炳：《谈新诗》，人民文学出版社 1984 年版）

▲关于“五四”时期的小诗

小诗在意境上也受到唐人绝句小令的启示。王孟一路的“行到水穷处，坐看云起时”的幽深静穆，平和清新，寓浓艳于冲淡之中的境界就给予了宗白华、朱自清、汪静之等很大影响。“黑夜深，/万籁息，/远寺的钟声俱寂，/寂静——寂静——/微渺的寸心，/流入时间的无限。”（宗白华：《夜》）苍凉，幽寂，直可以联想到王维的“空山不见人”、韦应物的“野渡无人舟自横”，升腾起一股宇宙的遥远的哀恋。小诗喜用问句，这里同样可以找出唐人绝句小令的影响因素。“一步一步的扶走/半隐青紫的山峰，/怎的这般高远呢？”（冰心：《春水·七》）“七叶树呵，/你穿了红的衣裳嫁与谁呢？”（潘漠华：《小诗·二》）“怎算得完全的生命呢，/如果人生没有恋爱？”（刘大白：《泪痕之群·一百十二》）古人绝句小令中有“春眠不觉晓，处处闻啼鸟，夜来风雨声，花落知多少？”（孟浩然：《春晓》）“锦城丝管日纷纷，半入江风半入云，此曲只应天上有，人间能得几回闻？”（杜甫：《赠花卿》）“人影窗纱，是谁来折花？折则从他折去，知折去，向谁家？”（蒋捷：《霜天晓角》）设问方法的使用增加了小诗结构的紧凑，行句的凝练，抒情的含蓄，哲理的精警，能达到言少旨深的美学要求。

但这并不是说，在述及现代小诗的发展时，可以忽略甚至否认印度之泰戈尔和日本之俳句、和歌的深远影响。泰戈尔自不用说，日本俳句，只要看看松尾芭蕉的“古池——青蛙跳入水里的声音”的佳句在中国现代诗坛流行的情况就可以了。影响是存在的，影响既是相互的，更是错综复杂的。我以为较为准确的说法是，小诗的主要作者确乎是接受了印度泰戈尔和日本俳句短歌的影响，但是这种接受又是在深层意识上对我国古典诗歌中凝练、含蓄的审美标准的认同。新诗以其摧枯拉朽之势击溃了旧诗的堡垒，然而，一方面新诗未能以自己的突出成就和完美形式巩固其地位，另一方面新诗人也未能完全摆脱中国诗歌的传统的审美意识。因此，当新诗在其发展中出现若干弊病或寻找新的路途时，就无意识地激发诗人无意识地对旧诗形式美的向往。但是完全利用旧诗形式来创作新诗根本不是出路，也是不太可能的。于是乎泰戈尔简约如同俳偶的小诗，日本精练形似格言的俳句就唤醒了他们深层的审美意识,哲理小诗的灵活多变,俳句的不重平仄韵律又很适合新诗人的创作心态和要求,这样便有了小诗的兴旺,甚至出现了一哄而上的情形。

(录自杜荣根:《寻求与超越》,复旦大学出版社 1993 年版)

▲关于新月诗派的"理性节制感情"艺术原则

从坚定的诗歌本体观出发,新月诗派提出了"理性节制情感"的美学原则与诗的形式格律化的主张,这两方面是相辅相成的。新月诗派认为,"如果只在感情的旋涡里沉浮着,旋转着,而没有一个具体的境遇以作知觉依皈的凭借,这样的诗,结果不是无病呻吟,便是言之无物了"。因此他们反对在诗歌中感情的过分泛滥,主张理性节制感情——不论是抒发个人感情的自我表现,还是对社会黑暗的直接揭露,都在应该节制之列。从这种美学要求出发,闻一多视感伤浓重、感情放纵的《红烛》为"不成器的儿子";徐志摩也收敛起"山洪暴发"般的诗情,认为"情感不能不受理性的相当节制与调剂"。为实现"理性节制情感"的美学原则,他们在诗的艺术表现的理论与实践上都作了新的尝试。首先是客观化的间接的抒情方式的创造。一方面变"直抒胸臆"的抒情方式为主观情愫的客观对象化,一方面对个人情感着意克制,努力在诗人自身与客观现实之间拉开距离。

这在新诗的抒情艺术上显然是一种贡献,但新月诗派对个人感情的克制却具有较复杂的意义。一方面,它对克服五四新诗感情直露、泛滥的倾向是有积极作用的,在一定的意义上可以说,艺术创作从放纵到控制是一个合乎规律的发展,是艺术日趋成熟的表现。

为贯彻"节制情感"的美学原则,新月诗派在艺术表现上的另一重要尝试,是重视诗思的造化和意象的刻绘。

这种意象是意与象的统一,情与理的统一,是心境与物境的相互作用。他们是在生活经验的基础上,长期冥思苦想后,把一种观念、一种情绪投射到物象上,以创造深邃的意境或意象。这种意象的真正功用是:它可作为抽象之物,可作为象征,即思想的荷载物。

例如"死水"(《死水》)、"静夜"(《心跳》)这两个意象就是闻一多的一种全新的创造,它概括了闻一多对于黑暗沉寂的旧中国社会的深刻认识,作为一个艺术形象,它活动于闻一多 20 年代艺术思索的始终。这就是闻一多"化丑为美""化腐朽为神奇"的艺术方法对中国诗歌意象系统的丰富和发展。闻一多还通过炼字炼句来熔炼和演化诗的意象,其中动词用得极为精妙、鲜活,有些诗简直就是以动词为中心的意象群。闻一多着力于意象或意境的铸造,而采取了"收剑的表情法",也就是要将浓烈的感情凝聚在具体的意象之中,收敛在严谨的形式里。如果放纵感情,好作激情宣泄,就很难组合或熔铸为诗的意象。

这可说正是他的诗作的以冷蕴热,以静存动的艺术效果之所在。闻诗这一特点在朱湘、陈梦家、孙大雨、卞之琳、林徽因等新月诗人那里明显地存在着。例如,朱湘的诗常用意象来显示感觉,用感觉来传达情感,比直抒胸臆凝结着更多的东西。《雨景》,给多少浪漫诗人带来过诗情,带给朱湘的却是独特的美的感应:梦中的淅沥、点打蕉叶、雨丝拂面,这是直感的客观化;将雨时的灰色与透明、云气中清脆的鸟啼,这是诗人与自然界的感应;视觉、触觉、听觉融合一体,理想的美与现实的美正隐约地呈现在一个个意象之中(《雨景》)。单纯的直白抒情是难以收到如此蕴藉的艺术效果的。

为了"节制情感",新月诗派还常常借助象征手法抒发情感。他们的象征不同于象征派诗。象征派诗把毫不相干的事物联结起来,造成象征意蕴的朦胧性、多义性,而新月诗人的象征则大多是在情绪与外物之间寻找对应点、相近点,因而其意蕴相对显得明晰、纯粹一些。如闻一多以菊花象征祖国(《忆菊》),以孤雁象征异国他乡的游子(《孤雁》),以监狱象征宇宙(《监狱》),以流囚象征被驱赶的、在黑暗中摸索的飘泊者(《我是一个流囚》),以废园象征零落的悲哀(《废园》),以小溪象征弱者(《小溪》),以烂果将长新芽象征蜕旧变新(《烂果》);徐志摩喜用婴儿、明星、恋爱、月亮象征理想(《婴儿》《为要寻一颗明星》《两个月亮》等),以雪花象征自我(《雪花的快乐》),以风象征时代潮流(《我不知道风在那个方向吹》),以一位朝山人的艰辛跋涉象征现代精神(《无题》)。在朱湘的《有一座坟墓》里,黑暗的社会是通过坟墓来象征的,使人感受到非人间的可怕。沈从文的《梦》写"我"梦到手足残缺,受尽折磨,借助梦境来象征社会的恶浊和人伦关系的可怖。林徽因的《风筝》中,其风筝是美,是梦,是希望,风筝飞去象征着主体的努力与客体的外力的相互关系,说明美的实现需要一定的主客观条件。由于客体与主体之间、外物与内情之间有象征体的缓冲,感情的强力受到一定的阻遏与制约,所以诗也就变得含蓄蕴藉了。

(录自龙泉明:《中国新诗流变论》,人民文学出版社 1999 年版)

▲读闻一多的《死水》

年青的浪漫主义诗人,曾怀抱着对"如花的祖国"的热情,从异国留学归来,进入一个思念故国的游子的心与眼的却是满目疮痍的民众和充满黑暗的现实。他遂发出绝望的呼号:"这不是我的中华,不对,不对!"声音里迸着血泪。诗人为民族、为祖国深沉的忧患，迅速凝聚在一个震人心弦的意象里："一沟绝望的死水。"那个时代街头巷尾常见的生活景物，被发现了寄寓的诗意，诗人的灵感遂由此引爆了，诗人的诗情程度达到了饱和点，似乎碰一下就要爆炸了。他内心聚敛着一腔愤火，他让感情寄托于对一沟绝望的"死水"的诅咒。诗人任丰富的想象驰进了这个意象的世界之中，先是唱死水的凝滞，唱死水的肮脏，再唱死水的臭味，唱死水的沉寂，诅咒的感情隐藏在反讽的诗句背后，到了最后，诗人实在憋不住自己感情的激流，站出来说话了："这是一沟绝望的死水，/这里断不是美的所在，/不如让给丑恶来开垦，/看他造出个什么世界。"丑恶是美的对立物。它既是一种自然现象的概括，又是诗人诅咒的象征性实体。诗人最后这一节浪漫主义常有的呼喊，因为诗情自身的深厚与真醇，唱出来的便是一曲悚动心弦的诅咒之歌。这歌声于冷峻之美里灌注一腔爱国主义的情感之火。其热恋的感情之真，绝望的痛苦之深，是当时的爱国篇什中所罕见的。

诗中使用的仍然是明喻法，把"丑恶"统治的现实"世界"比喻为一沟"绝望的死水"。围绕"死水"的肮脏、霉烂、寂寞，分章节展开了想象与情感的流动。最后仍以直抒胸臆的方法体现了对浪漫主义抒情模式的回归。但是诗人在整体上注重了对意象本身呈现作用的关注。他在抒情的主要段落尽量隐去了自己的感情而让意象"说话"，他注意在明喻中尽量使用暗示与隐藏这一独特的视角，这样，他笔下的"清风吹不起半点漪沦"的"绝望的死水"，就不仅是对现实修饰作用的喻体，这个意象本身已经变成了一种令人厌恶的现实的象征实体。诗人的种种想象都围绕这个实体而展开。扔的破铜烂铁，会"绿成翡翠"，"锈出""桃花"，"死水""发酵"成"一沟绿酒"，那里飘满的"大珠"与"小珠"，会"被偷酒的花蚊咬破"。这沟绝望的死水，只有青蛙的叫声才能打破那令人窒息的沉寂。想象的世界分体上并无深意，但在总体上却都强化了死水这一象征性的意象的否定性质。浪漫主义诗人笔下这些现代性的隐喻和象征的参与创造，给这首《死水》的艺术带来了更大的蕴蓄量和隐藏度。

闻一多懂得西方现代诗的反讽方法和"以丑为美"的原则，他在《死水》中充分运用这些技巧和原则，并在他想象的世界中得到了统一。

波特莱尔、罗丹的"以丑为美"的原则，被进一步发挥应用了。诗人不仅写丑来传达否定性情感，而且把丑写得很美，这样美与丑的交织反差，造成了很新颖的艺术效果：越美人们越憎恶得强烈。诗人巧妙的创造形成了读者感情的逆反性，人们欣赏艺术世界的美，却更强化了憎恶现实世界的丑。

全诗追求音乐美、绘画美与建筑美的统一和谐，运用音尺、押韵、色彩感的意象，和匀称的诗行，达到构建现代格律诗的理想。诗人对这首诗的“三美”实践也甚为满意。全诗共五节，每节四行，每行为九言，各节大体均押abcb 型的二四脚韵。各节的每行诗又以四音尺为主。如：

这是|一沟|绝望的|死水，
清风|吹不起|半点|漪沦，
不如|多扔些|破铜|烂铁，
爽性|泼你的|剩菜|残羹。

读起来颇富节奏的音乐感。在现代格律诗的探索中，《死水》可以视为新诗发展中的一块纪念碑。

（录自孙玉石：《最丰富的想象在这里开花》，《中国现代诗导读》，北京大学出版社 1990 年版）

▲论徐志摩的诗

是的，大孩子似的可爱个性，这正是徐志摩其人其诗最让人喜欢之处。朱自清曾把诗人这种个性气质生动地形容为：“跳着溅着不舍昼夜的一道生命水。”这道生命水令人惊异地永远保持着孩子气的惊奇、喜悦和坦诚，并没有因岁月的流逝而干涸。而且这种童心的流露、这种风格特色的展现是自自然然的，不假修饰的，不像广告公司包装歌手那样煞费苦心，因而也是别人不能学，学不到的。

假如我是一朵雪花，
翩翩的在半空里潇洒，
　我一定认清我的方向——
　飞扬，飞扬，飞扬，——
这地面上有我的方向。

明朗，飞动，欢欣，不仅是这首诗的主旋律，也构成了徐志摩全部诗歌创作的基本格调。诗人像孩子那样想像，像孩子那样欢呼，像孩子那样真情毕露，因而他的笔下没有罗丹《思想者》式的抱头冥思之作，也没有一般青年人那种雄心勃勃睥睨一切的扬厉之气。正因为如此，对于徐志摩来说，浅显就不一定是缺点，反而可能成了他的可爱之处。譬如，明朗而不够含蓄，在他就更见其清纯而不觉得直白。飞动潇洒而缺少凝重层深之感，在他就并无浮光掠影、缺少内心体验之嫌。欢欣而绝少悒郁，在他也就是天性的自然流露，自有一种打动人心的感染力。

可以说，徐志摩最成功的作品无不典型地显示出这一艺术个性。表达诗人对母校英国剑桥大学怀恋之情的《再别康桥》就是一例。在散文名篇《我所知道的康桥》中，徐志摩写自己在青草地上打滚，在林阴路上手舞足蹈，骑着自行车追落日；他的大孩子气得到了充分体现。写诗就不能这么散漫不羁了，他最初也想写成拜伦式的作品，但不理想，及至第二稿才成功，但却已经鲜明地打上徐志摩创作风格的烙印。中国古典诗歌从《诗经》起就喜欢一唱三叹地抒写离情别绪的伤感处，有时故作豪放，其实也是为了表达更深的哀婉之情。而《再别康桥》这首诗所表现的超脱感是真超脱，徐志摩没有被往事的回忆所压倒，能够从具体的怀念惜别之情中超脱出来，从每一件事物、每一种情思中都发现有美存在，并以单纯和潇洒的美的追求去融注全诗的意境，因而使读者不知不觉地从离愁别绪的伤感中也超脱出来，只是全身心地感受到人类惜别之情中的纯净美感。这种超脱不是大彻大悟的超脱，而是孩子气的超脱，因其单纯而坦荡。

徐志摩说"不带走一片云彩"，这是真的。他的活泼天性，不允许他在一件事或一种情思前停滞太多时间，他也不认为缠绵悱恻在艺术美感上真有什么特别的功效，因此，这首诗虽然展现了离别之夜的意境，但却并无浓浓的像夜雾一样的伤感之情遮掩过来。全诗最精彩处在一、六、七段，其中首尾两段复沓中略有变化的形式安排，第六段天籁般和谐优美的韵律，都极其传神地再现了诗人优美的而非感伤的感受和情怀，把生活中的人之常情真正升华为艺术中的至灵至性之作。

总之，从徐志摩的代表性作品中，我们看到的不是一个因初次意识到自己的力量而容易暴躁不安的年轻人，不是一个喜欢左右端详、沉思默想的哲人，更不是一个力图还荒诞以荒诞的现代派诗人。徐志摩将难得的童心和出众的才华结合起来，从而创造出一种孩子气的纯真艺术风格，这也正是其诗歌创作的独特价值所在，尽管这种风格在他所处的严酷时代里不受欢迎。

（录自郭小聪：《在新世纪的门槛上》，北京大学出版社 1997 年版）

▲论徐志摩诗的情感与形式

徐志摩对于自己的诗，说过这样一些话值得我们仔细琢磨。在《猛虎集》序文中，他说"整十年前我吹着了一阵奇异的风，也许照着了什么奇异的月色，从此我的思想就倾向于分行的抒写。"又说他早期写诗"绝无依傍，也不知顾虑，心头有什么郁积，就付托腕底胡乱给爬梳了去，救命似的迫切，那还顾得了什么美丑。"《志摩的诗》"大部分还是情感的无关拦的泛滥，什么诗的艺术或技巧都谈不到。”徐志摩这些话无意之中透露了他的诗歌观念和他的诗的一些重要特征。他的这些话说得相当诚实。“绝无依傍”，不是说他真的毫无依傍，不知道任何诗的传统与规范，而是说他无意于诗的艺术与技巧，他关注的是诗里的感情。他不是看了别人的诗而起了写诗的念头，他不是为了成为诗人或为艺术献身而写诗，他写诗开始于生活中出现了奇异的事情，感情郁积于胸不可不发，诗的美丑倒还在其次。就他的深层文化心理结构看，他早年熟读传统的四六字的中国古典骈体文。后来又受有美国诗人惠特曼不小的影响。这些都使得他的诗带有浓厚的散文倾向，而并不接近于西方象征主义或中国晚唐李商隐、温庭筠的“纯粹的诗”。他对诗歌特征的理解是“分行的抒写”，是散文的分行抒写。因为与象征主义的诗歌观念有很大的距离，所以卞之琳说徐志摩的诗思、诗艺都未越出浪漫主义的雷池半步。徐的朋友们如梁实秋即认为徐的散文比诗写得更好一些，陈西滢说徐诗“音调多近羯鼓铙钹，很少提琴洞箫抑扬缠绵的风趣。”（《新文学运动以来的十部著作》）当年徐诗最先受到读者的注意，是《灰色的人生》《毒药》这样的散文诗。徐最初出现在《小说月报》上，是他特殊风格的新诗与散文，使散文与诗结合起来。徐的散文是“浓得化不开的”，他的最好的抒情诗也恰正有“浓得化不开”的风格，如被陈梦家誉为徐抒情诗中最好的一首《我等候你》，《翡冷翠的一夜》《爱的灵感》《志摩的诗》中他自己最喜欢的那首《无题》，以及早年写的《康桥再会吧》等，都有真挚、浓烈、多情、美丽、热得让人头晕目眩的诗味。他的好些名诗确是像散文的分行，《翡冷翠的一夜》是倾诉与书信式的，《我等候你》像是告白，《海韵》是以对话和景物渲染叙述故事，《偶然》像是离别分手时的安慰话，《雪花的快乐》是白雪戏红梅的古典意象的铺陈，《康桥再会吧》是康桥景色和诗人复杂情绪的详尽的分行抒写。这首诗是那样地接近散文，以至报纸副刊在发表时用了散文的排列形式，徐志摩后来又按照分行的形式重新发表一次。从象征主义的诗歌观念来看，散文味重也许是徐诗的局限，因为象征主义主张排除诗里的散文成分。但从中国新诗的发展看，徐志摩以他成功的抒写，把散文内容充分地带进了新诗，扩大了新诗的表现力，丰富了新诗的艺术风格，也为散文诗的创作开拓了道路，积累了艺术经验。早期新诗以白话入诗，以有浓重说理因素的古典主义余味为特征，徐志摩以分行抒写的散文成分浓郁的抒情入诗，带给新诗以浓烈厚重的情感内涵；后来，戴望舒才有可能在徐志摩的基础上，在诗质的探求上往前再走一步，以散文的语言形式入诗（所谓诗的散文美），而在内容上去掉了散文的因素，成就了一种内容是纯诗而形式是散文的诗。所以施蛰存说戴望舒是徐志摩而后诗坛的又一大诗人。因此,我认为,徐诗是新诗史上一块里程碑,在新诗史上有自己的特殊的地位。

这个特殊地位表明,诗的形式,诗的格律,诗的本质,在这些方面,不是徐志摩的特长。尽管人们在分析徐诗时作过不少唠唠叨叨的分析,徐本人也在某些时候在这些方面下过不少功夫。在诗的格律形式上影响诗坛包括徐志摩本人的,是闻一多。在诗的本质方面探讨较深的,是戴望舒、卞之琳。徐说:闻一多是"最有兴味探讨诗的理论和艺术的一个人","这五六年来我们几个写诗的朋友都受到《死水》的作者的影响","看到了一多的谨严的作品我方才憬悟到我自己的野性;但我素性的落拓始终不容我追随一多他们在诗的理论方面下过任何细密的功夫"。这些都是实话,也道出了徐诗的重要特征。的确,徐没有在诗歌理论方面下过细密的功夫。他的诗歌的分行形式,看起来对于诗的内容与情调,是外在的,在语言词汇方面,他功底深厚,也肯下功夫,取得了突出成就,但他的目的,不在语言本身,而是为了表达情感与感触。对于诗,他注意的中心点在这里。徐志摩写的是生活中的感触、情绪,照他的话说,是"生活波折的留痕"。朱自清说新月派的情诗是"理想的抒情"(按理想的即想象的),这并不适合徐志摩,他的情诗是爱情追求的留痕。对比地看,闻一多的《死水》充满象征与哲理的意蕴,诗对于闻一多是对生活的哲学思考,是"尘境"往"诗境"的升华。而对于徐志摩,生活就是诗。戴望舒为诗是在隐藏自己与表现自己之间,诗是另一种隐秘的人生,是现实的逃逋薮,而徐志摩的诗则是赤裸地抒写生活中的真实情感,不到万不得已,几乎毫无隐藏。在闻一多、戴望舒,诗是写给年轻的诗人们和读者看的,戴望舒还深怕泄漏了自己的隐秘。徐志摩为诗,他的潜在的读者是"对方"。拿接受美学的语言来讲,每篇作品产生时,读者的"期待水准""期待屏幕"提出一定的问题和要求,文学作品就像是对此作出的回答,徐志摩的诗是对"对方"期待内涵与水准的回答。说到底,他的诗是写给他爱的人和爱他的人看的。所以,他的诗都有献给谁这样一个具体目标。《志摩的诗》初版本是"献给爸爸"的,《翡冷翠的一夜》是献给陆小曼的,《猛虎集》根据《献辞》,是献给林徽因的,献辞即《云游》一诗是对林徽因以尺棰笔名发表的《仍然》一诗的答复。我们可以说,徐诗是多生活的,而闻一多、戴望舒、卞之琳的诗是多艺术的。因此才有臧克家说闻一多是技巧专家,而闻一多说戴望舒、卞之琳是技巧专家,却没有任何内行说过徐志摩是技巧专家。分析徐志摩的诗,得多联系人生、生活,不必联系太多的诗学理论。而讲解闻一多、戴望舒、卞之琳的诗，则要懂得更多的诗的哲学、美学、艺术理论。徐志摩的影响，主要是在那些不甚追求诗的艺术和诗质，而在诗中看取人生和生活的读者，而闻一多、戴望舒、卞之琳的影响，主要在写诗的人，他们的诗仿佛就是写给年轻诗人们的样品，他们的诗是对诗人们的期待的回答。

出现这种状况的原因，是因为徐志摩为诗时，心在生活，闻一多为诗时，心在艺术。所以徐志摩在诗歌理论方面的代表作是他的英文讲演《艺术与人生》，而闻一多的代表作是《诗的格律》，各人关注的重点实际上是很不一样的。徐在《艺术与人生》中的结论是："我们没有艺术，正因为我们没有生活"，"人生的贫乏必然导致艺术的贫乏"。闻一多在《诗的格律》中关心的是诗的形式问题，是情感的节制、格律、节奏，是诗形式的三美等等"纯形"的问题，是如何使诗成为"有意味的形式"的艺术品的问题。

这里涉及到徐志摩的文艺观点。徐主张性灵。他说："我要的是筋骨里迸出来，血液里激出来，生命里震荡出来的真纯的思想。"徐的性灵论是与"五四"时期的叛逆性格和个性解放思潮相联系的美学范畴，它对于冲击封建文学的"文以载道"，发展艺术个性，曾经起过积极的历史作用。徐志摩性灵论的核心是"真"，不要假，不要虚伪，不要迎合潮流。与此有内在联系的，是徐以"诗化生活"为理想，而他的单纯的信仰是"爱，自由，美"。把"爱，自由，美"当作"诗"来追求，当做理想来追求，这就是"诗化生活"的含义。徐对爱情的追求，是一种真诚的理想主义，既非为金珠宝石，家庭财产，门当户对，也非杯水主义，玩世不恭，或登徒子式的阿 Q 主义。这在当时有反封建的历史意义，在今天也弥足珍贵。梁启超在徐志摩、陆小曼婚礼上的训词说"天下宁有圆满乎"，是不足为训的，追求理想是好的，可贵的。我们不能简单地说徐志摩诗是他追求理想失败的记录，而应该说，徐在追求"爱，自由，美"，"诗化生活"的理想的丰富人生的过程中，给后代留下了一个美好的人生模式，留下了人类追求理想生活的美好感情，留下了纯真、执著、热烈的追求，也留下了经验和教训，留下了美丽的诗篇。徐志摩最后是失望了，感情残破了，他说他已经是满头血水，也为世俗所不理解，但是，要知道，我们论英雄原本不能单以成败，更何况，失败的原因并不在于追求"诗化生活"的理想错了，而是那个时代还没有提供必要的社会条件。在今天，在优越的社会主义制度下生活的青年，历史为他们提供了诗化生活的社会条件，他们已经有可能把"爱，自由，美"当作理想生活（用马克思主义世界观人生观加以改造，充实其内容）来追求。因此，今天的青年尤其懂得徐志摩诗中蕴藏的开掘不尽的魅力,犹如一面历史的镜子,这大概是今天的青年经久不衰地喜爱徐诗的一个重要原因吧。年轻的诗人们也将从徐诗中找到启发他们诗思的东西。随着现代化建设的发展和精神文明水准的不断提高,人们愈加感到需要高技术与高情感的平衡,在物质生活日益丰富的时代,人们需要一点浪漫气,在这种情况下,徐志摩诗真正不失为一份有价值的文学遗产。

(录自蓝棣之:《现代诗的情感与形式》,华夏出版社 1994 年版)

▲读李金发的《弃妇》

《弃妇》在表面的意义上是写一个被遗弃的女子的悲哀。全诗分四节,前两节的主述者是弃妇自身,后两节抒情主体发生转换,由弃妇变成了诗人自己。作者用一连串的富于个性特征和暗示性的意象,渲染和烘托了弃妇悲苦的情绪。

第一节诗写弃妇心境的痛苦:因为孤寂苦痛,无心洗沐,长长的头发披散在眼前,这样就隔断了周围人们投来的一切羞辱与厌恶的目光,同时也隔断了自己生的欢乐和死的痛苦。“鲜血之急流,枯骨之沉睡”,即这个意思。这两句是强化自己的感情,是由众人的“疾视”而转向内心的绝望,看去似朦胧一些,细琢磨一下实际还是可以理解的。接下去诗中写夜色降临了,随之而来的成群的蚊虫跨过倒塌的墙角,在自己“清白的耳后”嗡嗡狂叫着,如象“荒野上狂风怒号”一般,使无数的放牧者都为之战栗了。在这里,蚊虫与黑夜,都是暗示性的意象。社会的氛围与众人的舆论,对弃妇是多么沉重的心理压力。蚊虫与黑夜为伍的狂呼,与自身清白的弃妇对照,写的是自然景色,暗示的却是另一层内涵:周围那些为礼教信条而束缚的世俗人们的议论。“人言可畏”这一常用的概念化的语言在这里化成了象征性的形象。

诗的第二节是写弃妇不被理解的孤独感。大意是:我的痛苦是无人理解的。连上帝也不能了解我心灵的痛苦,我的祈愿连上帝也不能听见,只能靠一根草儿与上帝的神灵在空谷里往返,而“一根草儿”又是多么的脆弱!靠它是根本无法实现情感的交流的。我的悲哀与痛苦,世人与上帝均不理解,那么可能只有那游蜂的小小的脑袋可以留下一点印象,或者消失在奔湍的山泉之中,泻下悬崖,然后随流水中的一片片红叶而寂寞地消逝了,消失得无影无踪。

诗的第三节叙述的主体转变了。弃妇独自隐去。诗人直接出台。这是象征诗人常用的方法。没有变的是,诗人仍以意象烘托弃妇的隐忧与烦闷。他告诉人们:弃妇内心的隐忧与烦闷是无法排遣的。但情感的表述不是静态的形式,而是转换为动态的显现了。由于这种深隐的忧愁使得她的行动步履艰难而迟缓,无法驱遣的烦闷连时间的流逝也不能得到解除,“烦闷”化成灰烬,染于游鸦之羽毛,栖息在礁石上,静听舟子之歌,是弃妇的良好而可怜的愿望,也是无法实现的愿望。

最后一节,写弃妇在极度的孤独与哀戚中,只身到墓地上徘徊想向那永诀的人一诉自己的痛苦心境。由于这种悲苦是那么久了,人苍老了,泪哭干了。诗的尾声是十分沉重而绝望的:“永无热泪,/点滴在草地/为世界之装饰。”比起前面的诗行来,这短促的句式更增强了痛苦感情的表达。

整首诗看来,诗人对弃妇内心的悲哀、孤独和绝望的痛苦,写得相当深刻入微,形象蕴藉,充满了心境逐渐推移和深化的流动感。诗人的同情与弃妇的命运溶而为一,没有概念的铺叙或情感的直白的弊病。

象征派诗形象的这种朦胧性,内涵的多义性和不确定性,给诗的传达带来了理解的困难,同时也带来了更柔韧的审美的弹性。李金发的《弃妇》和他的《微雨》,大都具有这种美而晦涩的品格。它之所以被周作人称为新诗发展中的“别开生面之作”,原因首先就在这里。

“弃妇之隐忧堆积在动作上,/夕阳之火不能把时间之烦闷/化成灰烬,从烟突里飞去,/长染在游鸦之羽,/将同栖止于海啸之石上,/静听舟子之歌。”诗人渲染弃妇的哀戚无人理解,隐忧不可排遣,选择了一系列人们意料之外的形象,一株弱不禁风的小草在空谷中与上帝之灵的无法实现的交谈,极微小的游蜂的脑袋与弃妇无人理解的哀戚,痛苦之情可以溶入悬崖的泉水,一泻而下,随那漂浮的红叶而消逝得无影无踪。人的悠长的烦闷无法排遣而又极想解脱的心境,诗人用了“夕阳之火”也不能把它“化成灰烬”这样感情色彩极强烈的比喻,接着又是一连串的动态的意象:游鸦之羽,海啸的礁石,舟子之歌,就以舒缓的长句造成带有情节性的意象组合,把情绪渲染得非常充分。李金发以自己丰富想象创造的纷繁的意象,丰富了中国新诗的表现方法。李健吾先生说,李金发对新诗最大的贡献是意象的创造。这是非常恰如其分的评价。

李金发追求象征诗的神秘性。神秘也是美的一种范畴。为了达到这种效果,他特别注意意象与意象、词语与词语之间的跳跃性。一些意象或诗句表面看没有什么连贯性,甚至打破了语法逻辑的规范。“与鲜血之急流,枯骨之沉睡”,字面的意义与它的内涵有很大的距离,让读者去猜想。“如荒野狂风怒号:/战栗了无数游牧。”倒装的句式增加了读者理解的障碍,但也由于新奇使得征服障碍本身就是一种美的获取的快乐。有些词的搭配看去是不合理的,“弃妇之隐忧堆积在动作上”,忧愁不能“堆积”,但诗人写了之后,你去咀嚼品味,就会更强烈地感受到弃妇忧愁重压下动作迟缓的心神恍惚的状态。“衰老的裙裾发出哀吟”,裙子怎么会衰老?又怎么会发出哀吟呢?可是读后稍加思索,你就会在这不合情理的搭配中体味到一种更深的情理:弃妇心如苦井一般悲哀绝望的心境。朱自清先生讲到李金发诗歌意象和语言跳跃性造成的神秘美的艺术效果:他的一些诗“仿佛大大小小红红绿绿一串珠子,他却藏起那串儿,你得自己穿着瞧”。法国象征诗人马拉美甚至认为诗本身就是依靠暗示而造的谜。要极力隐去对象,靠独特的“处理题材”的方法暗示情绪。如果指出对象,无异于“把诗的乐趣四去其三”。从接受美学的角度,也可以说《弃妇》给读者的创造留下了巨大的想象的空白。读者参与创造,会比那些直接陈述或宣泄胸臆的诗得到更多的鉴赏“乐趣”。

(录自孙玉石:《穿起那串散乱的珠子》,《中国现代诗导读》,北京大学出版社 1990 年版)

第七章　散文(一)

【学习提示与述要】

本章述介第一个十年(1917 年—1927 年)的散文。鲁迅曾指出:“五四”“散文小品的成功,几乎在小说戏曲之上”。这一观点有利于我们对这一阶段散文创作状况及地位的理解。应从文体与时代关联的角度来观察与思考“五四”散文发达的原因。第一节叙述《新青年》“随感录”作家群,第二节评介周作人与“言志派”散文,第三节介绍冰心、朱自清和文学研究会作家散文,第四节评述郁达夫和创造社作家散文,第五节评述“语丝派”和“现代评论派”的散文。本章所论涉的各家各体散文很多,若要掌握概貌,可依流派或作家群为考察的单元,但重点应放在代表性散文家(每节小标题上有标示)的评介上。散文的评论可偏重风格把握,因此要重视自己的阅读体验。

一　《新青年》“随感录”作家群

1. 1918 年 4 月《新青年》第 4 卷 4 号开始设立“随感录”栏目,专门发表杂文。此后有诸多报刊仿效开设同类栏目,使杂文承担了社会批评与文明批评的任务,成为最早显示白话文艺术特质的文体之一。《新青年》随感录作者大都是新文化运动的先驱者,鲁迅是其中主要作家。“随感录”杂文大都是论战批判色彩浓厚的急就章,必须联系当时特定的时代氛围来阅读。同时,应初步了解“随感录”对后起的语丝派等散文诸流派的影响。

二　周作人与“言志派”散文

2. 这一节是本章的重点。了解鲁迅和周作人都是现代散文的顶尖作家,但彼此风格迥异。注意体味《三十年》中这句话:“周氏兄弟二人的风格迥然不同,鲁迅写血性文章,萧杀中有浩歌奔涌,周作人则种自己的园地,昏暗中摇曳思想的闪光。”周作人思想比较复杂,“五四”时期就有所谓“叛徒”(反抗者)与“隐士”(超离现实者)的两重性格,但他又是现代散文的大家,对他这方面的历史地位应充分肯定。一是要了解其散文观。他最早从西方引入“美文”的概念,并提倡抒发个人情性的“言志”小品文。二要了解周作人小品的艺术特质,即多作闲谈体,借鉴明人小品与外国随笔的笔调,形成自然隽永、冲淡平和的风格,或者可用“闲适”两字来概括。应精读其《喝茶》《乌篷船》《故乡的野菜》等作品,留意自己原初的阅读感觉,注重其耐人咀嚼的那种“涩味”与“简单味”,并分析产生其“味”的因素(如文体、语言、节奏、趣味等等)。当然,也需看到周作人散文有所谓“中年心态”的落寞与颓唐一面。应了解周作人于抗争的小品之外,又分出闲适的一脉散文来,在文学史上有其一定的影响。如俞平伯、冯文炳(废名),都是这一派散文家。

三　冰心、朱自清和文学研究会作家散文

3. 冰心与朱自清的散文也应作为评析的重点。要了解“五四”时期“冰心体”散文容易引起青年读者共鸣与模仿的原因。对其如何将文言文、白话文与西文调和成典雅、凝练、明丽的文学语言,应多加分析。朱自清的散文多选入中学语文课本,同学们较熟悉。但要超越一般语文回答问题的惯性思维,着重从文学(散文)史的角度,考察其如何在 1920 年代就被看作是娴熟使用白话文创作的典范。对其散文中常见的那种温柔敦厚的气质,以及有时难免着意为文的缺失,也应有所讨论。此外,对“用赤子之心”写作的丰子恺,受英国随笔影响甚大的梁遇春,以及报告文学的先行者瞿秋白,都应有大致的了解。

四　郁达夫和创造社作家散文

4. 郁达夫散文带有“自叙传”特点,书中提到他的散文往往直接向读者倾诉情怀,有点类似当今某些袒露的博客、微博、微信等“自媒体”文字。读他的散文,应侧重领略其才情及坦率自然的写法,不但在传统散文中少见,在新文学中也很独特。可以重温第三章有关郁达夫小说的评述,这会加深对郁达夫自剖式散文的理解,因为其小说与散文界限不明显,而基色却是相同的。

五　“语丝派”与“现代评论派”散文

5. 由语丝派所生成的“语丝体”散文,其特色主要是作文明批评与社会批评,且“任意而谈,无所顾忌”。应看重其文体创造方面的贡献及后来的分化与影响。而现代评论派散文在思想取向上不像语丝派那样具有批判性,文体方面的影响也不及前者。对徐志摩“浓得化不开”的自由而华丽的散文,以及陈西滢的“闲话”式幽默散文,亦应有知识性的了解。

【知识点】

《新青年》随感录、美文、言志派散文、废名气、冰心体、《缘缘堂随笔》、英国 Essay 的影响、《饿乡纪程》与《赤都心史》、“语丝体”、现代评论派、《西滢闲话》。

【思考题】

1. 鲁迅在 1930 年代曾这样评说:“到五四运动的时候,才又来了一个展开,散文、小品文的成功,几乎在小说戏曲和诗歌之上。”试借用鲁迅的评价,并结合代表性的作家和作品的分析,说明“五四”散文格外发达的状况及其原因。

这道题包括“状况”和“原因”两个方面,偏重考查对于文学史脉络的把握。可参考《三十年》第七章开头部分。要点:(1)对“五四”散文“数量之大、文体品种之丰、风格之绚烂多彩、名家之多”这一发达状况的总体概述。(2)梳理不同风格流派的散文创作,如《新青年》杂志上鲁迅、李大钊等人的“随感录体”散文,鲁迅的“独语体”散文《野草》,周作人等人“冲淡平和”的“言志派”散文,冰心、朱自清等作家的抒情“美文”,等等,注意要有代表作家作品的文体风格的简要分析。(3)原因注意四个方面:a. 文体自由、容易掌握,所以写作散文的作家较多,b. 简短灵活、适于进行思想启蒙与社会批评,为当时个性解放的社会风气认同,c. 若要对中国强大的文言散文传统的构成挑战,必须要多下功夫写出白话“美文”,d. 相对于小说、诗歌、戏剧等其他文学体式艰难的探索期,“五四”散文与传统散文更深的内在联系促进了自身的迅速、良性发展。

2. 试评周作人的散文观及其小品文创作的主要特色。

这是一道考查作家作品的论述题,要求有对周作人散文风格的文学感受。要点:(1)评析周作人“言志”的散文观,包括其核心观念(即以个人的自我抒发为中心)、文学理论资源(西方的“美文”概念的引入以及对晚明独抒性灵的小品文的融化),更深一步还可以分析其散文观的文学观基础(“人的文学”)。(2)概括评述周作人的小品文,主要是指他 1924 年经历了“五四”落潮的彷徨期后所写的大量寄托个人精神理想、表达个人趣味的“闲话体”散文,以“冲淡平和”为主要风格。(3)可以结合个人感受,分析其小品文取材、文体、语言等方面的特点,如平凡琐碎生活(饮茶、听雨等)中透露的情趣,与朋友闲谈般从容舒徐却内涵丰富的文体,富于涩味与简单味的语言等。可以参考“评论节录”中“关于周作人的闲谈体”和“周作人的散文风格”两部分。

3. 从散文语言运用和文体创造方面比较评析冰心与朱自清的创作风格异同。

这道题考查学生综合的文学鉴赏能力,但也应该了解文学史背景下两位作家的创作情况:他们都是文学研究会的主要作家,并在抒情散文方面有很高成就。要点:(1)两人创作风格上的相同之处,是都长于缜密、漂亮的抒情文体,语言精致流畅,成为现代白话文体的典范。(2)两人创作风格的相异之处:可以参考“评论节录”中“关于朱自清的抒情文体”和“关于冰心的‘小诗’体”,以及温儒敏等主编的《中国现当代文学专题研究》中第九讲第二节的部分,注意结合对作品的阅读体会。提示:在语言上,冰心善于把文言文、白话文、西文杂糅、融化在一起,而朱自清更多地运用经过细致锤炼的口语,并注重修辞;在文体上,冰心多以思想情绪的抒发为中心,形成其“小诗”体(“冰心体”)风格,清丽柔美但也会有刻意雕饰和夸张的痕迹以及单调感,朱自清则更注重结构的严谨、脉络的清晰和描写的精美,形成一种精致但不失温柔敦厚的典范的现代散文体,但又不如冰心行云流水般的文体亲切自然。

4. 以杂文与小品文为例,论述新文学与作为载体的报刊的关系。

这是一道拓展题目,由高年级和考研的同学选做。文学与报刊的关系,是近年来学术研究的一个热点。可以新文学初期《新青年》杂志与“随感录作家群”的杂文创作之间的互动关系为例进行分析,例如作为报刊载体的《新青年》为随感录创作提供的共同的舆论空间、《新青年》“随感录”专栏对随感录文体生成的影响和作用,以及《新青年》这种同仁性质的公共文化空间的形成反过来对杂志的方针、倾向的影响等。可结合《三十年》第七章第一节,以及近年来关于报刊研究的大量成果进行分析。

【必读作品与文献】

周作人:《故乡的野菜》《喝茶》《苦雨》《北京的茶食》

俞平伯:《清河坊》

冰　心:《往事》其二之八、《山中杂记》之七、《寄小读者——通讯七》

朱自清:《背影》《荷塘月色》《春》

徐志摩:《翡冷翠山居闲话》

梁遇春:《观火》

【评论节录】

刘　纳:《五四新文学中的散文》
佘树森:《中国现当代散文研究》
孙席珍:《论现代中国散文》
陈平原:《思想史视野中的文学》

▲"五四"新文学中的散文

为什么并未被新文学倡导者看重的散文,其"成功"却超过了有幸受到推崇与重视的其他文体?

已经有很多人探讨过这个问题,其中,朱自清写于1928年的《〈背影〉序》是一篇值得重视的文章。朱自清探寻了散文的发达的"历史的原因":"中国文学向来大抵以散文学为正宗;散文的发达,正是顺势。而小品散文的体制,旧来的散文学里也尽有;只精神面目,颇不相同罢了。"他同时又认可了散文发达的另一原因"在于'懒惰'与'欲速'的人,它确是一种较为相宜的体制"。不少研究者沿着朱自清的思路做过深入细致的阐释。

何其芳写于1937年的一段话更具启发性:

> ……在新文学的部门中,散文的生产不能说很荒芜,很孱弱,但除去那些说理的,讽刺的,或者说偏重智慧的之外,抒情的多半流入身边杂事的叙述和感伤的个人遭遇的告白。我愿意以微薄的努力来证明每篇散文应该是一种独立的创作,不是一段未完篇的小说,也不是一首短诗的放大。

何其芳对新文学中散文成就的估价似乎与鲁迅、朱自清相距甚远。当他力图以独立的散文意识重新审视这种文体已经走过的道路,他遗憾于散文"独立性"的缺乏。特别值得注意的是他以否定态度指出了两种在他看来不合格的散文形态——"未完篇的小说"与"短诗的放大"。我们能从中获得启示,进而探讨这两类散文的正面价值。

回溯新文学的源头,在小说与诗这两种文体的革新过程中,都曾把"散文化"当作文体解放的重要环节。

"五四"初期的小说作者无不以挣脱定型化的镣铐,抛弃传奇体、章回体的呆板程式为己任。在打破"崇拜旧时文体之迷信"之后,新一代作者把小说看作一种自由、开放的主体。周作人曾把外国"抒情诗的小说"介绍给中国的作者读者,他说:"小说不仅是叙事写景,还可以抒情","这抒情诗的小说，虽然形式有点特别，但如果具备了文学的特质，也就是真实的小说。内容上必要有悲欢离合，结构上必要有葛藤，极点与收场，才得谓之小说：这种意见，正如十七世纪的戏曲三一律；已经是过去的东西了。”在我国小说以叙述性因素占绝对地位的传统被打破之后，小说中的主观抒情因素急剧增加，这使得它具备了某些抒情类文学体裁的特点，于是，小说与散文亲密地靠拢了。在“五四”时期，小说接近散文成为普遍的现象，不少小说与散文难区分，改革后的《小说月报》也只笼统地列“创作”一栏。许多当时作为“小说”发表，又被作者收入小说集的作品，其实更像散文，其中包括鲁迅的《一件小事》《兔和猫》《鸭的喜剧》等。

我国现代诗歌的变革也是从诗的散文化开始。胡适说：“诗国革命何自始，要须作诗如作文。”康白情在《新诗的我见》中说得更干脆：“诗和散文，本没有什么形式的分别。”当作者们以开拓勇气“打开”“诗栏与文栏”，诗与散文的界限也被模糊了。一位作者做过这样的总结：“诗底音调与形式已完全和‘词’不同而和散文相近，有些新诗并且连分行写法也弃而不用而用散文底写法。”

如“五四”时期一位作者所说，当时的各种文学体裁“似乎是挤在一条路上”。小说与诗分别以“未成篇”的和“放大”的形态“挤”到散文的领地里来了，散文接受其他文体侵入的过程也是它便利地、无拘束地向其他文体扩展的过程。当各种文体形式都得到空前的解放，散文自由奔放地迈上了广阔的发展道路。

于是我们便能理解：为什么新文学倡导者们较为重视小说和诗，而创作实绩中收获最丰的却是散文。

尽管写作过程往往带有即兴性与随意性，“自由”的散文却几乎成为“五四”时期最富形式感的文体。在不少作者的笔下，它比同一时期创作的小说、诗歌具备完满的形式因素。这当然因为散文这种“自由”的文体对形式的要求较低，不像小说那样向作者要求叙事结构方面的技巧手段，也不向诗歌那样向作者要求营造意象的想象力和诗性表达的特殊方式。更重要的原因是“五四”新文学作者很容易地便找到了实现艺术性散文艺术构思的关键：情感和情调。那一代作者本是中国文学史上最为真诚的一代人，在他们的创作实践中，对“真”的情感及其所形成的氛围常常予以特殊重视。郁达夫在谈到评判作品的标准时甚至说过：“我虽不懂得‘真正的文艺是什么？’但是历来我持以批评作品的好坏的标准，是‘情调’两字。只教一篇作品，能够酝出一种‘情调’来，使读者受了这‘情调’的感染，能够很切实地感着这作品的氛围气的时候，那么不管它的文字美不美，前后的意思连续不连续，我就能承认这是一个好作品。”郁达夫的这些话是就小说而言，正因为他持有这样的标准，他的小说便有了“文体不洁”“叙事散漫”的缺憾，但倘若将他的“标准”施用于散文，这一尺度适宜性便大大增加了。仅仅制造出“情调”的散文便可能是一篇优秀的作品，而且，散文“情调”的酿成也比小说容易得多。散文这种文体形式本身所具有的伸缩张力使“五四”作者比较容易实现情感的艺术表现，渲染出情感的氛围，将情感转化为艺术形式。情感的独白与对话成为对世界的直接观照方式，甚至能构成散文“文本”的自觉。那一代作者依仗着自己得天独厚的“真”的情感，以真诚弥补着粗疏与浮浅，也以真诚的情感作为结构的线索，创造出了多种富有生机的散文形式。

不同于小说、诗歌、戏剧在从古典形式向现代形式转变的过程中都走过一段艰难的探索的路，“五四”散文几乎一开始就实现了现代性文体的表现功能。首先显示出现代散文独异姿态的是“杂文”。“五四”新文化运动的发难者陈独秀、胡适、钱玄同、刘半农、鲁迅、周作人都是早期重要的杂文作者。当郭沫若后来说他们中间“除鲁迅一个而外都不是作家”并为之感到“奇妙”的时候，很显然，他把“杂文”排除在了“文学”之外。这种排除包含着合理性，“萌芽于‘文学革命’与‘思想革命’”的杂文一开始就以鲜明的批判精神和锐利的战斗锋芒置于“文学之文”与“应用之文”的交界处。“五四”杂文开创的这一走向影响十分深远，自此，“文明批评”和“社会批评”无可置疑地纳入中国现代文学的内容范畴。在杂文之后，抒情的和叙事的散文分别在诗与小说的“侵略”下渐趋繁荣。后来不是有艺术性散文划分为“小说家的散文”和“诗人的散文”吗？这一分野是以“五四”时期就开始的随笔、小品、报告文学、游记、散文的不可缺少的分支。“五四”散文正无拘无束地向不同方向辐射、倾斜，同时，随着典范性作品的出现（鲁迅的《热风》和《野草》、周作人的《雨天的书》、冰心的《往事》和《寄小读者》、郁达夫的《还乡记》、徐志摩的《落叶》以及朱自清的《桨声灯影里的秦淮河》和《温州的踪迹》、俞平伯的《陶然亭的雪》、许地山的《落花生》等作品都对中国现代散文的发展起着典范性作用），各类散文又分别在自由的基础上形成自己的规范模式。文体形成与演变的过程本来就是在自由与范式之间迂回徘徊的过程。

在“五四”那一代人情感指向的认同选择中，很明显地倾向前者而有意识地排斥后者，“个性”便是他们与其他民族的“人类”建立感情共同性的凭借。然而，当他们以表现自己作为“新人”“今人”的个性为出发点，他们的心和他们的笔却常常仍然被与本民族“古人”相近的情感方式驱动着。正因为散文这种自由的文体为作者们无拘束地表现自我提供了随心所欲的可能性，在“五四”时期的散文创作中，传统文人情致便有了更多的、无戒备的保留。那一时期不少有影响的作品证实着周作人的这一看法：“现代的散文的新文学中受外国的影响最少。”

尽管在人生意趣、情感方式和审美意向方面存在着明显的相承性，我们仍然能够在传统散文与现代散文之间划出一条清晰的分界线。“五四”时代的人已经认识到：“文学的精神全仗着语言的质素。”白话语言为散文文体提供了新的艺术表现的可能性，这使得建立起“人”的观念的“五四”作者终于冲破了传统散文相对固定的情感圈：感时书愤、陈古刺今、抒悲遣愁、说禅慕逸……以新的词语和新的词语组合方式熔铸出新的文体姿态。

（录自刘纳：《五四新文学中的散文》，《首都师大学报》1992 年第 3 期）

▲关于周作人的闲谈体

20 年代，周作人的散文曾风靡一时，并迅速形成一大流派：“言志派”；六十年之后，周氏“言志的小品文”再次在读者中引起审美的认同与共鸣，这种历久不衰的艺术魅力究竟在哪里呢？这里，我想引用康嗣群在《周作人先生》一文中的一段话：

> 读他的文章，好像一个久居北京的人突然走上了到西山去的路，鸟声使他知道了春天，一株草，一塘水使他爱好了自然，青蛙落水的声音使他知道了动和静，松涛和泉鸣使他知道了美；然后再回到了都市，他憎恶喧嚣，他憎恶人与人间的狡狯，他憎恶不公平的责罚与赞美，他憎恶无理由的传统的束缚。呵，这是多么神奇的一个旅行，充满了隐逸与叛徒的旅行。

确实，周作人的散文，就是由于能够十分亲切、自然而又机智地导引我们从“平凡处所”，走进“极乐世界”，在自由自在中，得到绵感、净化和启悟，所以才有那样的魅力。很显然，这种散文，在写法与趣味上，都不似传统的中国散文格局，这是他以自己的个性为根本，融合中西散文美质之创造。它比之明人小品，加入了现代人的自我意识；比之西方随笔，调和着东方式的抒情气氛；它在日本散文的“苦味”里，又注入了中国味的闲适。有人将它称之为“中国的‘伊利亚’体”，周作人将它叫做“抒情的论文”。它谈得亲切自然而又意味隽永，诚可谓“富有艺术意味的闲谈”。

对于这种艺术的“闲谈”，最重要者乃是作者的心境。心境，此乃作者之个性、学问及文化心态在一定时空下的产物。只有当作者内在的文化机制同外部的环境气氛达到艺术的和谐之时，才会有最佳的创作心境。对于深受儒释道文化熏陶，秉赋着中国历代名士夙缘业根的周作人来说，20年代“五四”落潮后那种交织着失望与追求的时代苦闷，“苦雨斋”那阴阴如雨的环境气氛，似乎都更适于他那古典的、颓废的、神秘的诗意因素的发酵。此时此景，虽感外界压迫，尚有心灵之自由；“苦雨斋”不是“世外桃源”，却也有镇日的静闲，他那“叛徒”与“隐士”的二重性格，在这里得以微妙的结合。他有时也“吆喝几声，以出心中闷气”；但更惬意的还是饮苦茶，读杂书，伴着院中白杨似雨的萧萧声，冥思、玄想，“胡乱作文”，“在文学上寻找慰安”。因此，这一时期，他除了继续写些社会和文化批评的杂文之外，还写了不少谈论人生和艺术的“趣味之文”，诸如《北京的茶食》《故乡的野菜》《苦雨》《喝茶》《乌篷船》等等，均属现代散文名篇。正是此一时期的创作，奠定了他在中国现代散文史上的重要地位。此后，随着时势剧变，周作人之思想亦在演化，30年代，面对着尖锐复杂的斗争，道路抉择的矛盾使他更加陷入消沉；40年代，他失足变节，出任伪职，尽管原因复杂，但是有一点似可确信：深谙儒家文化的周作人不能不为这种失节负载沉重的精神压力。在上述情况下，在周作人心理上，那种内在的文化机制同外部的环境气氛之间的艺术的和谐解体了；“叛徒”的活力既已消退，“隐士”的逸趣也随之变味，“苦雨斋”变成了“苦茶庵”。周作人再不复昔日心境，艺术的灵感和才华，都随着心境的消沉枯涩而衰减。这一时期在其散文创作里，“读书录”式的散文占着很大比重；“艺术的闲谈”式的散文，不仅数量很少，而且其意味亦不似先前那样深刻隽永了。所以我认为：作为散文家的周作人，其艺术的生命和灵魂，只属于20年代在老北京城的“苦雨斋”，没有那个时代的失望与追求并存的苦闷，没有“苦雨斋”那萧萧如雨的白杨，没有这一切同周作人那“叛徒”与“隐士”性格及中国传统文化心理的融合，便没有那种使人低回的艺术的闲谈。

周作人这种“闲谈”的妙处，首先就在于他从“自我”出发，在平凡事物上谈出动人的天理物趣。很明显，在审美主体上，周作人所倡导的“言志小品”，乃是西方随笔的“自我表现”同我国明人小品的“独抒性灵”的融合。

他所倡导的“言志”,即是“抒我之情”“载自己之道”,而非代人立言、“载他人之道”。他认为散文最使人“惊异”处,就在于作者在笔尖下留下的是“自己的一部分”。综观周作人所写,皆其自己的见闻感思,其取材似极平凡而琐碎,诸如北京的茶食,故乡的野菜,喝茶,饮酒,鸟声,苍蝇,乌篷船,白杨树,自己的初恋,爱女的病……他都有兴观照。故有人说,周作人的散文,单从书目上看,好似一“拍卖品的目录”。但让人叹服的是这些事物一经其笔墨点染,便发生了魔术般的变化。有人说,在周作人散文园地里,常会使人觉得“蔬菜比玫瑰花还要红艳可爱”,有时“苍蝇比天地命运那类大题目更为有趣”。的确,周作人散文的最可人处,就在它那一缕幽隽的趣味,其中有人生的況味,亦有内心的情趣。在人生道路上,周作人虽说不上遭大劫难,历大悲欢,却也是个翻过筋斗的人,他曾自嘲说他喜欢翻筋斗,虽然翻得不怎么好,因而对人生的酸甜苦辣自有体味;加上他读书博杂,各种思想在其头脑里零乱堆积,也为其观察思考提供多种角度,这样,就使周作人对事物的“真谛”,往往能有所颖悟。有颖悟,自然便有深味。说到内心情趣,我们看到在周作人身上,那种古典的、颓废的审美趣味,以及传统的“风流享乐”的方式,表现之浓,之自然,之辣入骨髓,在现代散文家中可谓无有出其右者。试看:“喝茶当于瓦屋纸窗下,清泉绿茶,用素雅的陶瓷茶具,同二三人共饮,得半日之闲,可抵十年的尘梦”(《喝茶》);“酒的趣味,只是在饮的时候”,“倘若说是陶然那也当是杯在口的一刻吧”(《谈酒》)。旅行中,他向往“于新式的整齐清洁之中,却仍能保存着旧日的长闲的风趣”(《济南道中》)。生活中除“日用必需的东西以外”,必须还有一点无用的游戏与享乐,如看夕阳,看秋河,看花,听雨,闻香等等(《北京的茶食》)。对这些描写,凡受中国传统文化熏陶的读者,谁读之能不为之低回、神往。

周作人的“闲谈”,其叙述方式,显然是西方随笔体与中国小品体的结合。20 年代,西方随笔那种袒露个性、娓娓而谈的笔调,对于正追求个性解放的中国散文家,无疑是很具魅力的。但在对它的借鉴上,周作人最得其神髓而无模仿痕迹。他用自己之个性与才华,将西方随笔的谈论风格,中国散文的抒情韵味,乃至日本俳句的笔墨情趣,融合一起,形成其夹叙夹议的抒写体制。周作人这种“抒情的论文”,多半以知识为思想感情的“载体”,他谈天说地,旁征博引,将诗情和理性暗暗掺入,故其谈论,能做到切实、具体,而又湛然有味。这种叙述方式,在结构上便打破了传统散文那严谨的秩序,而形成一种如“名士谈心”“野老散游”式的自然节奏。其行文信笔而书,如闲云舒卷,看似支离散漫、无迹可求,而内中却有艺术的统制与和谐。诚如林语堂所道:“似连贯而未尝有痕迹,似散漫而未尝无伏线,欲罢不能,欲删不得,读其文如闻其声,听其语如见其人。”我们读周作人散文,就像坐在“苦雨斋”里,听主人那自由的、有趣的、温煦的闲谈。

周作人的“闲谈”,不仅追求意味隽永,舒徐自如;而且还“极慕平淡自然的景地”。“和平冲淡”四字,向来被公认为周作人文体的审美特色。但若细细品读,便会觉出在这“和平冲淡”之中,既有中国式的“闲适”,又有日本式的“苦味”。这种包含着“闲适”与“苦味”的“和平冲淡”,正是周作人那矛盾、苦闷心理之自我调适与平衡的产物。对于任何一位作家来说,完全的空无,彻底的超脱,仅属幻想之境;作家所能达到的只能是那种“苦中作乐”“忙里偷闲”式的小闲适。对此,周作人亦较明智。他曾谓:农夫终日车水,忽驻足望西山,日落阴凉,河水变色,若欣然有会,亦是闲适;至于那种仿佛看破红尘,等生死、齐祸福的“大闲适”,也不过是在无可奈何的情况下,只好“以婉而趣的态度对付之”的表现罢了。实际上,周作人的“闲适”,也正如那终日劳苦的农夫,“忽驻足西山”时“欣然有会”一样,是忙里偷闲、苦中作乐的“小闲适”;其“和平冲淡”,亦不过是心理矛盾的自我调适与平衡而已。可以说,他是在皱着眉头深思,含着微笑闲谈,将人生之酸甜苦辣,潜藏在“拈花微笑”的文字中。因此,在其行文里我们便看到,周作人在对感情与文字的处理上,表现出十分的冷静与机智。所谓冷静,即抒情的淡化和节制。比如《若子的病》《若子的死》,作者对爱女若子的不幸,其胸中大悲大痛不难想象,但其行文,偏偏写得那样平和与冷静;《故乡的野菜》,开头声言,故乡对于他并没有什么特别的情分,只因朝夕会面,遂成相识,正如乡村里的老邻居一样,虽然不是亲属,别后有时也要想念到他,但待读过全文,便会发现在作者对野菜的谈论中,无一处不掩藏着他眷恋故乡之深情。即使他在写“三一八”惨案这种题材时,也总是极力做到化浓烈为平淡,寄尖锐于委婉,而不使文字浮躁凌厉、剑拔弩张。所谓机智,准要指表情达意上的故作隐曲或运用反讽。比如《前门遇马队记》,作者记述军阀兵警马队之横冲直撞,却故意说“那兵警都待我很好”,“只是那一队马煞是可怕”,“不知道什么是共和,什么是法律”,褒人贬马,指桑骂槐,用的是反逻辑推论法,此反讽效果,似比正面抨击更为辛辣、深刻。《死法》,更以幽默文字,写严酷现实,读后让人忍俊不禁,而又有些毛骨悚然。另外,在文字处理上,周作人又善于将口语、文言、欧化语、方言等诸种成分加以杂糅调和,酿成一种“简单味”与“涩味”相结合的语言风格。所以,周作人的文笔,使人感到不仅圆熟自然,且蔼然有味。有人将它比作杭州西湖的龙井茶,“看去全无颜色,喝到口里,一股清香,令人回味无穷”。

(录自佘树森:《中国现当代散文研究》,北京大学出版社 1993 年版)

▲关于朱自清的抒情文体

在我国现代散文作家中,朱自清散文的文体之美,也是众所周知的。郁达夫在《中国新文学大系·散文二集》里说:

> 文学研究会的散文作家中,除冰心女士外,文字之美,要算他了。

朱自清的文体,从我国传统的散文观念看,是典型的抒情文体,同时也最具有我国散文的传统的美学风范。

自然,朱自清的文体美,是有自己的个性特色的,有人曾将它概括为一个“清”字。我想,这个“清”字,不只是指文字的清秀、朴素,恐怕连人格的高洁、思想的纯正、感情的真挚都包含在里面才是。

读朱自清的散文,处处可见其诚挚、美好之襟怀,严谨、认真之作风,以及由于执著人生而产生的“沉痛隐忧”。他不论是抒情,是叙事,是写景,或是说理,都使人感到是那么实在、平易、纯正、透彻,而没有丝毫的虚、浮、躁、厉之气,颇有一些“温、柔、敦、厚”之风。

他的散文大都写得很有意境。他的描写,也仿佛是在以文字作画,他总是蘸着清丽的颜色和真挚的感情,一笔不苟地、细密地写,务必写出诗情、画意,写出情韵、滋味。使你读之,有身入其境之感。

他的散文的线索、脉络是清晰的,结构是较为严谨、缜密的。他围绕着文章的中心,款款写去;有曲折,有波澜,但很少陡起陡落、大开大阖。因此,常常给人一种平和宁静的气氛。

至于他的文字,更显出少有的清秀、朴素、灵活、巧妙、妥帖和精到,在当时被看成是“白话文字”的典范。认为“现在大学里如果开现代本国文学的课程,或者有人编现代本国文学史,谈到文体的完美,文字的全写口语,朱先生该是首先被提及的”。

是的,朱自清散文文字的特色,就在于“全写口语”。当然,这里所说的口语,也还“只是知识分子的口语”,同时是加了工的口语,并且“有时候还带有一点文言成分”。但是,它完全自然地调和在口语之中了。试读他这一段文字:

> 后来你天天发烧,自己还以为南方带来的疟疾。一直瞒着我。明明躺着,听见我的脚步,一骨碌就坐起来。我渐渐有些奇怪,让大夫一瞧,这可糟了,你的一个肺已烂了一个大窟窿了!大夫劝你到西山去静养,你丢不下孩子,又舍不得钱;劝你在家里躺着,你也丢不下那份家

务。越看越不行了，这才送你回去。明知凶多吉少，想不到只一个月工夫你就完了。

这一段文字，全写的是口语，“谈的是家常话，倾诉、安慰，好像在灯下和家人喁喁细语，是那样的一往情深。文字老老实实，自自然然，绝无一点矫揉处”。文中一连用了五个“了”字，每个“了”字各有意义，使“惊讶、恐怖、惋惜、后悔、伤痛之情，跃然纸上！”

由于朱自清的文字始终是以口语为基本，而且掌握得如此娴熟和灵巧，因而，即使是他的那些比较注重修辞，被认为“不怎么自然”的文字，如《匆匆》《荷塘月色》《桨声灯影里的秦淮河》等等，在优美中也含有朴素的风味，而无过分雕琢涂饰之感。就以上面所提到的《桨声灯影里的秦淮河》里一段描写为例吧：

……我们雇了一只“七板子”，在夕阳已去，皎月方来的时候，便下了船。于是桨声汩——汩，我们开始领略那晃荡着蔷薇色的历史的秦淮河的滋味了。

秦淮河里的船，比北京万生园、颐和园的船好，比西湖的船好，比扬州瘦西湖的船也好。这几处的船不是觉着笨，就是觉着简陋，局促，都不能引起乘客们的情韵，如秦淮河的船一样。

在这里，“夕阳已去，皎月方来”，“领略”“晃荡”“情韵”等词语，都浸着文言的“汁水”；可是杂糅在那以口语为基本的文字里，也觉得妥帖、自然，而且别具情致。所以我想，全写口语，通体朴素，自然有它的好处；而口语与文言融合，朴与美相表里，也自有它的妙处。这要以所要表现的事物而选定。《给亡妇》这样的内容，全用口语，如谈家常，就容易写出感人至情；而《荷塘月色》里所写的那样的景色，恐怕全写口语，不作一定的形容、修饰，也难以使描写臻于妙境吧？

所以，我觉得，认为朱自清早期的散文如《背影》《荷塘月色》《桨声灯影里的秦淮河》等，其文字“都有点做作”，“不怎么自然”，“缺少一个灵魂”和一种“生气”；到了写《欧游杂记》和《伦敦杂记》的时候，所用几乎“全是口语”，逐句念来“有一种逼人的风采”，同时也显出作者鲜明的个性，这显然有扬后抑前的意思，此种意见未必妥当。作为散文的文字，全写口语固无不可，但是以口语为基本的各种语言因素冶于一炉的文字，似乎更别有韵味。朴素，常使人感到真实、亲切、自然；但优美，也足以沁人心脾。我们应当辩证的对待散文的文字锻炼。时至今日，在广大读者中，依然是将他早期的散文《桨声灯影里的秦淮河》《背影》《荷塘月色》等，推举为他的代表作，赏读不倦，便是公论。

（录自佘树森：《中国现当代散文研究》，北京大学出版社 1993 年版）

▲关于冰心的“小诗”体

在二十年代初，我国现代散文家文体影响之大者，除了周作人，还有冰心。

阿英在评论冰心的文体时说：

> 同时，在作品的形式方面，她的文体，在文坛上也引起极大的波动，形成当时的一种非常流行的作风。……就是她的诗似的散文的文字，从旧式的文字方面所伸引出来的中国式的句法，也引起广大的青年的共鸣与模仿，而隐隐的产生了一种“冰心体”的文字。

其实，无论是从构思、写法和文字上来看，冰心所写的“诗似的散文文字”，仍然是属于《春水》《繁星》等“小诗”体的。在冰心的散文里，很少有故事、有情节、有人物、有较多的细节，而有的只是一缕幽思，一种挚情，一段佳意，一股情绪。在表现上，也很少使用真实的细致的描写，而有的多是空灵的缠绵的抒写。就像有人所说的那样，冰心是一个“诗人”，而诗人的文字，常常是“轻微的”，“空幻的”，“飘荡的”，“清丽的”，“写意的”，所以是最宜于“抒写自己的感想和自然的风景”的。

在行文上，由于冰心所表现的多是刹那之间兜上心头的思想情绪，所以，便无须受什么严谨结构布局的约束，常常保持着闲云流水般的自然、飘逸之趣；然而，却又不像周作人那样的“舒徐自在”，不同于徐志摩那样的自由无羁。它是一种半严谨的自由，有引线的飘逸。其中也有些作品，其结构布局是相当严谨有致的。

在文字上，冰心的散文也是很有独特情韵的。“清新隽丽”“一清如水”，这是前人的评价。冰心自己在《遗书》里，曾借宛因之口，表述自己的见解：

> 文体方面我主张“白话文西化”，“中文西文化”，这“化”字大有奥妙，不能道出的，只看作者如何运用罢了！我想如现在的作家能无形中融和古文和西文，拿来应用于新文学，必能为今日中国文学界放一异彩。

可以说，“冰心体”的基本精神，就是“中文西文化，今文古文化”。她自幼就深受中国古典文学的熏陶，青年时期又经受了“五四”新文化思潮的洗礼；随后，又曾赴美留学，更直接地接触到西方文学，从中受到深刻影响。这三种文化因素，在她灵慧的心灵里，得到了自然的融和。她将我国传统的、精练的古典文学的美，包括它的意境、情韵、气氛和文字的美，极其自然地、暗暗地、不露痕迹地透入新文学中来；同时，又将西文的成分，包括它的结构繁复的句式和语汇，非常适度地调和到我国的语言文字中去。这就形成了冰心体文字之美的极致。

也许是由于冰心受我国古典文学熏陶之深吧，所以她在修辞上，“爱浸些旧文学的汁水进去”；但是，这些“旧文学的汁水”，一经她的处理，立即便化作一种非常独特的、美妙的韵味，一点也没有陈腐的气息。你看：

> 雨声渐渐的住了，窗帘后隐隐的透进清光来。推开窗户一看，呀！凉云散了，树叶上的残滴，映着月儿，好似萤光千点，闪闪烁烁的动着。——真没想到苦雨孤灯之后，会有这么一幅清美的图画！

我之所以举出这篇尽人熟知的散文，是因为它是冰心最早的散文成名作，也是现代散文较早显示出辉煌实绩的名篇。在开展白话文运动刚刚两三年的时间，从古文学熏陶中走出来的冰心，竟能将文言和白话调和到如此和谐优美的境界，真是难能可贵的事。读着这段文字，我们感到其中的意境，气氛，情调，是那样的熟悉、亲切，同我们的心灵产生着那样和谐的共鸣，其中的文字，也分明是从古文字伸引出来，浸着古典文学的汁液的。可是，我们读来，一点也没有陈旧的感觉，只觉得一派清新。有时，古典诗句，在作者心中“触绪而生”，信手拈来，插入文字之中：

> 在朦胧的晓风之中，欹枕倾听，使人心魂俱静。春是鸟的世界，“以鸟鸣春”和“春眠不觉晓，处处闻啼鸟”这两句话，我如今彻底的领略过了！

古典诗词的引用，不仅有助于文字的精练，而且给文字增添了一种古色古香的典雅和精美。像这种情况，在冰心的散文里，几乎是随处可见的。

如果说在词语上，冰心“爱浸些旧文学的汁水”；那么，在句式上，则是十分灵活而又适度地吸收了欧化的成分。句子结构的繁复，语句的倒装，结构助词“的”和标点符号的使用，赋予句子以婉转的、流动的、多姿的风格，这种欧化，同我国句式的精练、严整、对偶巧妙结合，使得冰心的文字，显得既富有轻快、流转、自然的散文美，又富有凝练、跳荡的诗的律动感。如：

船身微微的左右欹斜，这两点星光，也徐徐的在两旁隐约起伏。光线穿过雾层，莹然，灿然，直射到我的心上来，如招呼，如接引，我无言，久——久，悲哀的心弦，开始策策而动。

应该说，冰心的文体，基本上还是属于《春水》《繁星》的散文诗体。只是在《闲情》《往事》等作品里，这种"小诗"的风致更浓一些；在《寄小读者》里，"小诗"的形式渐趋淡弱，自然的情韵更浓一些。所以她在《〈寄小读者〉四版自序》里说：

假如文学的创作，是由于不可遏抑的灵感，则我的作品之中，只有这一本是最自由，最不思索的了。

她将旅途观感，故园之思，母爱之情，以书信的形式，娓娓而谈，文体依然是那样的清新，那样的隽逸，但比起《春水》《繁星》前后的散文来，则更加舒展、自由一些了。但是，如前所说，其基本的写法和格调，依然和那些"小诗"同属一个路子。

冰心体的产生，当然不光是同她的文化教养有关，同时也是其性格气质的流露。她自己说，她不是"一个有学问的人"，也没有"喷溢的情感"，然而她有"坚定的信仰和深厚的同情"。在她的"同情"里，充满着真挚的爱的温柔。从这样的一颗心灵里所流出来的情感，必然是充满温柔的，缠绵的，纯洁的，有时可能是微带忧愁的；至于那感情流动的方式与风格，也必然是舒缓的，"乙乙欲抽"的，清丽、委婉的，就像那月光下潺潺流动的溪水一般的美好动人。

（录自佘树森：《中国现当代散文研究》，北京大学出版社 1993 年版）

▲周作人的散文风格

讲到现代中国的散文，周作人先生是第一个不能忘记的人物，我们首先不能不感谢他的提倡的功绩。周先生于一九二一年曾发表一篇标题为《美文》的文章，希望大家给新文学开辟出一块新的园地，说："论文大约可以分作两类：一、批评的，是学术性的；二、记述的，是艺术性的，又称作美文，这里边又可以分出叙事与抒情，但也很多两者夹杂的。读好的论文，如读散文诗，因为他实在是诗与散文中间的桥。……文章的外形与内容，的确有点关系，有许多思想，既不能作为小说，又不适于作诗，便可以用论文式去表它"。他所说的美文，便是盛行的小品散文。

我说开辟一块新的园地，倘若改为重新开辟荒废已久的固有的园地，或者要更恰当些。周先生在《重刊陶庵梦忆序》上论现代中国散文说："这与其说是文学革命的还不如说是文艺复兴的产物，虽然在文学发达的程途上复兴与革命是同一样的进展。在理学与古文没有全盛的时候，抒情的散文也已得到相当的长发，不过在学士大夫眼中自然也不很看得起。我们读明清有些名士的文章，觉得与现代文的情趣几乎一致，思想上固然难免有若干距离，但如明人所表示的对于礼法的反抗则又很有现代的气息了。”后来他在《杂拌儿跋》和《中国新文学的源流》一书中，还有更详细的阐明。总之，据他看来，现代小品散文是现代公安派“无视古文的正统，以抒情态度作一切的文章”亦即所谓“独抒性灵，不拘格套”的主张之再生的产物。但固有的园地中自然也不妨加进新的肥料去，所以他并不否认外国文学的影响，虽然在小品散文中外国文学的影响是那样地少。“中国新散文的源流，我看是公安派与英国的小品文两者所合成。”他在《燕知草跋》里说得最为明白。

周先生不但是散文的提倡者，同时也是创作散文的圣手。赵景深氏说：“他的文字都是锤炼过的，没有一个可删的字，没有废话，他不愿重三倒四的反复申述。……我想，胡适要写一万字的文章，周作人最多只要三千字就行了。所以，周作人的文字是简练的；我认为这是语体欧化的成功。……反对白话的人以为白话啰里啰唆，对症的良药是拿周作人的散文给他看。有时周作人的散文比文言还要简练，还要少用几个字。”然而仅仅这几句话是不够的，因为正如章锡琛氏所说：“周岂明先生散文的美妙是有目共赏的；他那支笔婉转曲折，什么意思都能达出，而又一点儿不啰唆不呆板，字字句句恰到好处。最难得的是他那种俊逸的情趣。”

这所谓俊逸的情趣是什么，章氏并没有说出来，因为这是可以意会而难于言传的。但曹聚仁氏却有更具体的说法。他说：“他的作风，可用龙井茶来打比，看去全无颜色，喝到口里，一股清香，令人回味无穷。前人评诗，以‘羚羊挂角，无迹可求’来说明‘神韵’，周氏散文，其妙处正在神韵。谈者说这种文体，总说是语丝派，且隐以周氏兄弟为这派首领。实则属于语丝派的，只有他能做到冲淡二字，其他作家只是尖巧刻画，富有讽刺诙谐的意味。”

记得郁达夫先生在《达夫自选集》的序里说过这样的话：“散记清淡易为，并且包含很广，人间天上，草木虫鱼，无不可谈，平生最爱读这一类书，而自己试来一写，觉得总要把热情渗入，不能达到忘情忘我的境地。”我以为这并不是达夫的谦逊，宁可说是他的诚实的自白。在现代散文作家中，真能够“达到忘情忘我的境地”者，我看只有周作人先生一人。这“达到忘情忘我的境地”一语，也许又可当作曹氏所说“冲淡”二字的注脚罢。

然而，虽说是“忘情忘我”，从另一方面看，周先生的散文却正是句句含有他自己的气氛的。徐志摩氏说过他是个博学的人；赵景深氏说“看了他的小品，仿佛看见一个博学的老前辈在那儿对你温煦的微笑”。他们的话都是极真实的，因为他的博学睿智，我看出他无论读到什么，总不肯以所读的孤立的对象为止境，而要在那对象上认出价值所在的总渊源，没入于全文化的批判。章锡琛氏说：“他随手引证，左右逢源，但见解意境都是他自己的。”自是确评。

周作人先生是当代散文的大师，对于他的作品，赞美的话我说不出，我想凡是一切称赞散文的话都可以拿来用上，因为，他的无论那一篇散文都是典型作品。

鲁迅先生的作风，和周作人先生的却有了迥然的不同。他有他的明智，但他不像周作人先生那样出之以“莞尔而笑”的态度，平常总还是感情的成分居多。这感情正如张定璜氏所说：“已经不是那可歌可泣的青年时代的感伤的奔放，乃是舟子在人生的航海里饱尝了忧患之后的叹息，发出非常之微，同时发出来的地方非常之深。”因此他的作品，始终贯彻着倔强的气味，无情地剥露着一切，幽默而辛辣，可以说是针针见血。他无论写小说，写散文，写杂感，都出之以同样的态度；在这一方面，自亦成就了他的高点。

除了周氏兄弟以外，最努力于散文的创作者，是俞平伯和朱自清两位。赵景深氏说：“朱自清的文章有如他自己的名字，非常‘清’秀。他不大用欧化的句子，不大谈哲理，只是谈一点家常琐事。虽是像淡香疏影似的不过几笔，却常能把他那真诚的灵魂捧出来给读者看。”而颇诟病于俞氏的“驳杂”。诚然，朱氏的散文，富于抒情的意味，有时也加上描写，自有一派轻丽之趣。但俞氏的作品，也另有一种佳况，为他人所不及者。

朱氏在《燕知草序》里说：“平伯有描写的人力，但向不重视描写。虽不重视，却也不至于厌倦，所以还有《湖楼小撷》一类的文字。近年来他觉得描写太板滞，太繁缛，太矜持，简直厌倦起来了；他说他要素朴的趣味，《雪帆归船》一类东西，便是以这种意态写下来的。这种‘夹叙夹议’的体制，却并没有堕入理障中去；因为说得干脆，说得亲切，既不‘隔靴搔痒’，又非‘悬空八只脚’。这种说理，实也是抒情的一法。”我想这是对的，周作人先生在《燕知草跋》里称他为近来第三派散文的代表，“是最有文学意味的一种”。这所谓第三派，便是“涩如青果”的一派，是“有涩味与简单味”“有知识与趣味的两重的统制”，富于“雅致”而令人“耐读”的一种。又在《杂拌儿跋》里说：“平伯所写的文章自具有一种独特的风致。……这风致是属于中国文学的,是那样地旧而又这样地新。”说得颇为得体。平伯在《重刊浮生六记序》中说:“文章事业的圆成本有一个通例,于小品文字的创作尤为显明,……我们与一切外物相遇,不可着意,着意则滞;不可绝缘,绝缘则离。”这是他自己的表白。

(录自孙席珍:《论现代中国散文》,收入俞元桂编《中国现代散文理论》,广西人民出版社 1983 年版)

▲《新青年》的“随感录”

作为“后起之秀”,“随感录”专栏 1918 年 4 月方才在 4 卷 4 号的《新青年》上登场。起初各篇只标明次第,没有单独的篇名;从第 56 篇《来了》起,方才在专栏下为各文拟题。鲁迅在《新青年》上发表的“随感”,从 5 卷 3 号的《随感录二十五》起,到 6 卷 6 号的《随感六十六　生命的路》止,共 27 则。虽然比起独占鳌头的陈独秀(58 则)还有一段距离,但鲁迅还是遥遥领先于“季军”钱玄同(15 则)。总共 133 则“随感”,陈、鲁、钱三君就占据了整整百则,单从数量上,都能清晰地显示《新青年》“随感录”之“三足鼎立”。更重要的是,比起前期偶尔露面的刘半农、周作人,或者后期勉力支撑的陈望道、周佛海,上述“三驾马车”,确实更能体现《新青年》“随感录”的特色。

在《〈热风〉题记》中,鲁迅曾这样描述其刊载于《新青年》上的“随感”:

> 除几条泛论之外,有的是对于扶乩,静坐,打拳而发的;有的是对于所谓“保存国粹”而发的;有的是对于那时旧官僚的以经验自豪而发的;有的是对于上海《时报》的讽刺画而发的。记得当时的《新青年》是正在四面受敌之中,我所对付的不过一小部分;其他大事,则本志具在,无须我多言。

这段话初看十分低调,颇能显示当事人谦虚的美德。可细读之下,方知其大有深意——所谓回避“泛论”与“大事”,而从“具体而微”的“小事”入手,用嬉笑怒骂的笔法,褒贬抑扬,纵横天下,其实正是“随感”的文体特征。此类体裁短小、现实感强、文白夹杂的“短评”,虽有“究竟爽快”的陈独秀与“颇汪洋,而少含蓄”的钱玄同等参与创建,日后却是经由周氏兄弟的苦心经营,发展成为各具特色的“杂感”与“小品”,在 20 世纪中国散文史上大放异彩。

作为专栏的“随感录”,很快就被其他新文化报刊所模仿——“稍后,李大钊、陈独秀主持的《每周评论》,李辛白主持的《新生活》,瞿秋白、郑振铎主持的《新社会》,邵力子主持的《民国日报》副刊《觉悟》等,都开辟了‘随感录’专栏。”至于师其意而不袭其名者，更是不胜枚举。以“随感”“随笔”“杂感”“杂文”为报刊的名称、论文的主旨，或设置相关专栏，提倡特定文体，在后世无数追随者的簇拥下，《新青年》的开创之功，很容易激起文学史家的联翩浮想。

值得注意的是，在晚清报刊中，其实早已出现类似的篇幅短小、语带调侃的“时评”——比如梁启超的“饮冰室自由书”，但没有凝集为一种相对稳定且被广泛接受的文体。一直到《新青年》的“随感录”，方才将这种兼及政治与文学、痛快淋漓、寸铁杀人的文体，充分提升。政论与随感，一为开篇之“庄言”，一为结尾之“谐语”，二者遥相呼应，使得《新青年》庄谐并举。一开始只是为了调节文气，甚至很可能是作为补白，但“随感”短小精悍、灵活多变、特别适合于谈论瞬息万变的时事的特点很快凸显；再加上作家的巧用预/喻/寓言，“三言”联手，不难令读者“拍案惊奇”。

“随感录”的横空出世，不仅仅为作家赢得了一个自由挥洒的专栏/文体，更凸显了五四新文化人的一贯追求——政治表述的文学化。晚清以降，有志于改革社会者，往往喜欢借助文学的神奇魔力。这一将文学工具化的思路，日后备受非议；可有一点不能忽略，搅动一池浑水，迫使众多文体升降与移位，这本身就可能催生出新的审美趣味与形式感。小说成为“文学之最上乘”，戏剧舞台上冒出了“言论小生”，以及“论政（学）之文”希望兼有文学性，所有这些，都并非纯然消极的因素。

谈论晚清以降的文学变革，思想史背景是个不能忽视的重要面向。只是落实到具体杂志，要不政治独尊，要不文学偏胜，难得有像《新青年》这样，“思想革命”与“文学革命”齐头并进，而且互相提携者。而这一“思想”与“文学”之间的纠葛与互动，不只催生了若干优秀的小说与诗文，还丰富了政治表述的形式——《新青年》上的“通信”与“随感”，八十多年后的今天，余香未尽，依旧值得再三回味。

（录自陈平原：《思想史视野中的文学》，《中国现代文学研究丛刊》2003年第1期）

第八章　戏剧（一）

【学习提示与述要】

本章叙评第一个十年(1917 年—1927 年)的话剧。中国现代话剧的起源可追溯到晚清,从春柳社、文明新戏到“五四”前后的爱美剧、社会问题剧和小剧场运动,其摸索、试验与发展是曲折艰难的。话剧的相对成熟,是在下一个十年。学习本章应对话剧运动的历史有知识性的了解,另外,应关注田汉、丁西林等人对早期话剧文学的开创业绩与创作。本章分四节:第一节介绍文明新戏,为中国现代话剧追溯源头;第二节介绍“五四”前后对于“建设西洋式新剧”的提倡;第三节介绍“爱美剧”与“小剧场运动”;第四节介绍田汉与丁西林的剧作。本章学习可偏重于话剧史常识的了解。

一　文明新戏:中国现代话剧的萌芽与诞生

本节追溯中国话剧艺术的源头,作为知识性的了解,应注意如下几点:话剧是舶来品;最早对中国现代话剧艺术进行自觉探讨与试验创造的,是春柳社;最初出现的有别于传统戏曲的新的戏剧形式是“文明新戏”;1910 年底建立的第一个职业性的新剧团体是任天知等人发起的“进化团”,以配合宣传辛亥革命为职志,演出所谓“天知派新剧”;1914 年以后,以上海为中心形成了以“职业化”和“商业性”为特色的“文明新戏”演出风气,但不久终因艺术上的粗糙而失去了观众。

二　“五四”新文化运动与“建设西洋式新剧”的战略选择

本节主要介绍“五四”前后如何催生话剧,应理解小标题所标示的“战略选择”的含义,并抓住有关新旧剧论争的几个要点:《新青年》发动“旧剧评议”,对传统旧戏发动猛烈的攻击,并希望建设“西洋式的新剧”;以《新青年》的“易卜生号”为发端,形成译介外国戏剧理论与作品的热潮;另一派以《晨报》副刊的《剧刊》为中心,提倡“国剧运动”,通过整理传统旧剧去建立新剧。对“旧剧评议”的偏激和“国剧运动”的保守,应放到历史的与学理的两个层面去评析,不宜简单褒贬。

三　业余的、非营业性的“爱美剧”与“小剧场运动”的倡导

这一节介绍话剧艺术由早期的理论倡导转入建设与实践的阶段，标志是1921年民众戏剧社与上海戏剧协社的成立。两个团体都倾向于“写实的社会剧”和面向民众的戏剧艺术，并产生了自己的剧作家。1930年代初，还出现“爱美剧”和“小剧场运动”的提倡。这主要是针对文明新戏职业化与商业化引起的弊端而形成的学生业余演剧的高潮。而这些演剧活动在艺术实践上又多采取“小剧场”形式，使话剧走向正规化与专门化。对“爱美剧”与“小剧场运动”应有知识性的了解。

四　小剧场培育的田汉、丁西林等话剧文学的开创者及其创作

这一节是本章重点。首先，应从话剧文学角度了解“社会问题剧”的最初成果。其次，掌握田汉早期剧作所具有的唯美主义与社会批判的两类主题，及其“诗人写剧”的浪漫主义特征。而重点可放在对丁西林独幕话剧艺术的评析上。分析丁西林话剧应注意理解几点：一是发掘生活中的喜剧因素，并转化为剧作中的喜剧趣味。二是其独幕剧的戏剧冲突基本模式。三是智慧与幽默的戏剧语言。可以结合对《一只马蜂》《压迫》或《酒后》等作品的细致评论来理解上述概括。

【知识点】

春柳社、文明戏、天知派新剧、旧剧评议、国剧运动、民众戏剧社、上海戏剧协社、爱美剧、小剧场运动、第四堵墙、胡适《终身大事》、洪深《赵阎王》、南国社。

【思考题】

1. 简评田汉早期戏剧的基本主题与艺术特色。

这是一道偏重知识性的题目，可以参考《三十年》第八章第四节和“评论节录”中“田汉前期剧作的浪漫主义特色”。要点：(1)评析田汉前期剧作唯美主义(艺术与爱情)和现实批判(美与爱的毁灭)两类主题。(2)结合具体作品，从抒情性、象征性与传奇色彩、开放式的结构、诗化的语言等方面分析其艺术特色，注意区分田汉剧作抒情性不同于“五四”时期其他抒情作品的悱恻缠绵、神秘感伤的风格，以及他语言的华丽与唯美(绚丽的色彩、奇瑰的物象、诡奇的比喻)。

2. 简评丁西林对现代话剧艺术的贡献。

说明“艺术贡献”，就要围绕丁西林戏剧的题材和艺术特点，突出他在现代话剧史上的开创性与独特性，可参考《三十年》第八章第四节的相关部分。要点：(1)从丁西林善于挖掘生活中的喜剧因素，并成功转化为喜剧趣味方面，评析他的机智幽默型喜剧对中国现代喜剧艺术的贡献。(2)以《一只马蜂》或其他剧作为例，从“二元三人”的结构和戏剧冲突模式、出其不意的喜剧结尾等方面，分析其所奠定的中国现代独幕剧的基本模式。(3)结合具体作品，分析其机智俏皮的喜剧语言对中国现代戏剧文学语言的创立的贡献。(4)如果愿意深入一步，还可以针对丁西林戏剧的实验性与超前性，分析其在中国现代话剧艺术探索方面的贡献。

3. 以丁西林、陈白尘的戏剧创作为例，分析中国现代喜剧的两种类型。

这是一道综合性的拓展题，讨论的内容贯穿1920—1940年代，由高年级和考研的同学选做。可以综合参考《三十年》第八章第四节、第二十八章第二节。要点：1. 要着重分析以丁西林为代表的机智型的轻喜剧(生活喜剧)和以陈白尘为代表的讽刺喜剧在题材和表现手法上的不同特点。前者多取材于生活中的小事和细节，开掘为重“趣”的生活喜剧，语言机智俏皮，即便是讽刺和批评的对象作家的态度也往往是温和的节制的；而后者往往直刺社会黑暗现象，通过漫画和夸张的手法，“笑中有怒”，语言泼辣犀利，对于暴露和讽刺的对象毫不留情。2. 要注意结合《一只马蜂》《压迫》和《升官图》《结婚进行曲》等具体剧作分析。

【必读作品与文献】

田　汉：《获虎之夜》
丁西林：《一只马蜂》

【评论节录】

孙庆升：《中国现代戏剧思潮史》
侍　桁：《西林独幕剧》
胡宁容：《谈丁西林独幕喜剧的特色》

▲田汉前期剧作的浪漫主义特色

田汉前期剧作的浪漫主义的特色可以归纳为以下几点：

1. *强烈的主观抒情性*　他的剧很像诗，或者说极富诗意。不管作品的人物身份如何，其背后总有一位抒情主人公存在着，向读者、观众袒露真情，直抒胸臆，用火样的感情影响打动读者观众。很容易使人感到他作品中有一个“自我”，用他的真情起着点燃读者心灵的作用。田汉不愧是戏剧诗人，他的作品不以故事情节取胜，而以意境取胜。他的剧重感情，重情绪，也可以说是“情绪剧”。留给读者观众的首先是某种情绪、某种感受，而不是某种事件、某一细节。如《南归》给人留下的是淡淡的哀愁的情绪，流浪诗人在饱经人生艰辛的流离之苦，仍不得安息，仍将走上继续流浪的漫长之路。这种重主观重情绪重意境的特点，不仅是吸收了西方浪漫主义精神，也是继承中国文学重写意重神似的传统的结果。

2. *传奇色彩*　田汉的浪漫剧创作富有想象力，极富传奇性，情节虽不复杂但较奇特，多数剧本所写的都不是日常常见的事件，而是少有的事件。如《获虎之夜》中的猎虎变成猎人，《湖上的悲剧》中的白薇的生生死死，《战栗》中的弑母，《垃圾桶》的弃婴，《生之意志》的私生子等，都是非寻常的具有偶然性的事件。作者把偶然性、传奇性的事物，经过艺术想象，构成具有浪漫主义色彩的戏剧，足以看出作者具有很强的艺术功力。

3. *开放式的结构*　这是浪漫主义追求形式自由的必然结果。田汉的剧作具有自然流畅的特点，时空安排比较自由，主要人物事件放在幕前，其他放在幕后，次要人物事件通过对话叙述出来，给人以听故事之感。《南归》《苏州夜话》都具有这种效果。再加上作者喜用自然景色作背景，造成情景交融的气氛，如写初雪之夜、梅雨天气、世外桃源以及中秋明月、洪水大火等，景物与人物心情或对比或映衬，目的仍是为表达人物心理情绪服务。

4. *诗化的语言*　田汉剧作的诗意和抒情性同他的语言关系极大。他的许多剧本的语言，是可以当作抒情诗朗诵的，尤其是人物的独白，尽管是散文体，仍具有诗意。此外，田汉还喜欢剧中加诗，《南归》《灵光》中都有好几段诗，有的还加上歌曲，如《回春之曲》《秋声赋》等。

上述特点几乎是浪漫主义剧作家共有的，并非田汉所专有，但田汉毕竟有他所独具的特色，这需在同其他浪漫派作家的比较中才能分辨其中的差别。同样是抒情，郭沫若则慷慨陈词，热烈雄美，田汉则感情缠绵，颇多哀怨；郭沫若比田汉多的是悲壮，故称普罗米修士型，田汉比郭沫若多的是感伤，故称维特型。田汉的浪漫剧作缺乏普罗米修士精神，这同他多写小资产阶级知识分子有关，不像郭沫若写的是志士仁人和英雄豪杰，自然会带有凛然正气，形成他的雄壮风格。

怎样评价田汉早期的浪漫剧,学术界有不同的看法。大体上有两种倾向:一是过于看重感伤颓废情绪,倾向于否定,一是着重于现实性的考虑,倾向于肯定。我认为田汉早期创作既有唯美感伤成分,又有反抗现实成分。首先需要指出,浪漫主义虽不以客观写实为主,不等于没有时代性。田汉的浪漫剧像郭沫若的浪漫主义诗歌一样都是有现实性的,他是一位跟随时代前进的剧作家,有赤子之心,有爱国热情,他的主观感受中凝结着同时代人,特别是青年知识分子的切身感受,反映着他们的苦闷彷徨和探索,即使是感伤,也是时代的感伤,是时代病的反映。而他对美好未来的追求,灵肉一致的要求,更是体现了一种要求变革的时代精神。

从美学价值上看,他的浪漫剧提供了现实剧无法提供的新的戏剧类型,有其自身存在的价值。特别是在问题剧、现实剧占有广大领地的情况下,浪漫剧更显弥足珍贵。马彦祥说:“他明知道戏剧是应该为民众的,替民众叫喊的,他却写了许多与时代相距极远的作品。他明知道新的时代在开始了,他却还沉迷着他的抒情的时代。但是,这不能怪田汉。这不仅是他的个性的表现,也实在是时代的反映”,“我个人以为,田汉与其写社会剧,实不如写他的抒情剧为熟练,为生动,虽然这样的戏剧在这时代是不被我们所需要的了”。不仅如此,从真实反映一部分知识分子心态,折射出现实的某些本质方面,田汉的浪漫剧也有其不可忽视的认识价值。

(录自孙庆升:《中国现代戏剧思潮史》,北京大学出版社 1994 年版)

▲评丁西林的话剧艺术

在中国的剧文学上,有一个人总使我想着他,但这个人并没有写过很多的剧本,收集起来是薄薄的一册,共总才是六个独幕剧,可是这少许的作品,使我不只一次重复地读了,而每一次都能给我以同样的愉快,——这种事,在我们现今文学的创造中是很独特的例子;这个特例的作者的文学的署名,便是“西林”。

据说西林先生是一位物理学的教授,显然是以文学为副业的,也许连副业都说不上,是为着一时的兴趣而创作的。他似乎不大以文学的理论烦扰他自己,他更不象在文艺中有宣传什么思想的更崇高的目的,而且虽然他是赋有一种极独特的文章风格,然而他又不象曾经对着把持一种独特的文章风格而努力。他的对话是漂亮的,愉快的,新鲜的,幽默的,但不是由于修炼而渐渐形成的,那只是他的性格的自然的产物;由他的剧中的人物,我们可以看出他的性格是具有他的文体上的一切的特色。有人一定会说,这是天才,是的,这是某一种天才,某一种极适当地利用在文学上的渺小的天才。

他在他的作品中,从来未想表现过什么沉重的思想,因为他根本不是一个板面孔的生活者,但不因此他就可以称为浅薄,他有他的生活的哲学,假使这种哲学是使我们憎恶的话,那只是因为我们太过分地在生活里板惯面孔了,我们没有什么充分的理由来责备他。他是象一个纯真的孩子似地那样生活着,狂想着,既愉快而又活泼,没有一条暗的阴影曾掠过他的心,就是在他的一个亲爱的友人死去了的时候,他都能写得出一篇微笑的喜剧纪念他,因为他想,假若有他那样幻想的人物真实地出现在人生的时候,也许他的好友就不会死得那么迅速了,这样那幻想给与他的愉快便高于好友的死给与他的悲哀了。

缘于他这样创作的态度,他的作品是可以称为浪漫主义与理想主义的混合,虽然他是幼稚的。

这位作家的思想确实是幼稚的,但他从来并不想在作品里表现一种思想,他的这种缺欠,是以一种精练的艺术的手法弥补着,而且弥补得很好。读者展开了他的剧本,便看见了那极富于幽默的人物与极富于幽默的对话,人物的性格的可爱成了剧中的主要的元素,剧情的发展都成了为完成某一种机智的附属的东西,更不用说思想了。读者在那样愉快的作品里是不敢要求思想的表现的。

他虽然在作品中这般努力地避免思想的表现,可是他却会非常巧妙地讽嘲着一般流行的思想,但他的讽嘲是属于快意的一种,伴着幽默,当作自己的言语,从剧中人物的口中极适当地说了出来。

(录自侍桁:《西林独幕剧》,原载1933年《剧学月刊》第2卷第7、8期合刊,收入《丁西林研究资料》,中国戏剧出版社1988年版)

▲丁西林《一只马蜂》赏析

如果作者能集中笔力,首先准确地把握住喜剧性的焦点,形成它的“最重要的部分”,然后根据巧妙的逻辑,来为它铺垫、蓄势,最后便必定能如水到渠成,引出一连串抑制不住的笑声。这样一来,情节上的终点,往往就变成了创作上的起点。作者心目中必先有了这个“最重要的部分”,全面布局方才有了纲领;而最后能否收到预期的效果,则又全赖整个布局的巧妙。因此,如何从开端走向结尾,将欣赏者领入预定的佳境,喜剧艺术家们是各有神通的。丁西林独特的喜剧风格,正首先表现在这个地方。

先看《一只马蜂》,这个戏的喜剧性是在于:一对聪明的有情人,因为一场风波招架得法,反而因祸得福,而使得“愿天下有情人无情人都成眷属”的老太太枉费心机,大大地出了洋相!为了最终完成这一命题,剧中安排了

最后一段吉先生与余小姐的谈话,更主要是这一个场面:

吉先生　是的,你可以不可以陪我?

余小姐　陪你做什么?

吉先生　陪我不结婚。(走至余小姐前,伸出两手)陪我不要结婚!

余小姐　(为他两目的诚意与爱情所动)可以。(以手与之)

……

吉先生　不过我的母亲告诉我,说你已经答应了做她的侄媳妇,那怎么办?

余小姐　(得意)那没有什么,我的父母不愿意我嫁给医生!

吉先生　对,我知道,我们是天生的说谎一对!(趁其不防,双手抱之。)

余小姐　(失声大喊)喔!

〔老太太由右门,仆人由左门,同时惊慌入。吉先生已释手。〕

老太太　什么事,什么事?

〔余小姐以一手掩面,面红不知所言。〕

吉先生　(走至余小姐前,将余小姐手取下,视其面)什么地方?刺了你没有?

老太太　什么事,什么一回事?

余小姐　(呼了一口深气)喔,一只马蜂!(以目谢吉先生)

余小姐一语道破她的计谋,彻底打开了她和吉先生之间的僵局,也使精明自信的老太太霎时间变成了被愚弄的傻瓜。

为了突出这样一个"最重要的部分",剧作家运用了"声东击西"的手法,来展开冲突。第一、二场,作者首先揭开吉先生和老太太对待婚姻问题观点不同的基本矛盾,然后引入余小姐。新老两代人物之间的思想隔阂,终于使老太太盲目地当了儿子幸福的绊脚石,形成一场误会:吉先生在追求余小姐,老太太却要为她的表侄做媒。于是一切问题都归到余小姐身上:她究竟如何回答老太太的做媒?这就成了全剧的一条贯串线索。接着,作者便布下了疑阵:余小姐对求婚未作正面答复,她只是要求,请吉先生把老太太的意思写一封信,由她寄回家去征求父母同意。结果,自作聪明的老太太认为,这就是默认了,并且深赞这位大家闺秀的含蓄蕴藉,两人说得更加投缘,真仿佛这杯喜酒已经喝定了。然而事实上,这却正是余小姐的一条"金蝉脱壳”之计。所以在全剧中,这是关键的一场。表面看来,吉先生已经全无希望,戏也已经进入绝境;实际上,这完全是个错觉,作者就是利用了这个错觉,为吉、余爱情的转折,安排了一个有决定意义的伏笔。于是,当老太太拿着这张为她开的“空头支票”,却给吉先生送去了一个希望的禅符,立刻便如绝路逢生,一个急转弯,推起了最后吉先生胸有成竹地去向余小姐试探真情的高潮。剧情突变,迅速逼向解决,但这时作者的分寸、层次仍掌握得非常好。这是与作者写余小姐采用侧写手法有关的。所以,首先是吉先生听了老太太的转告,出人意外地欢喜雀跃,透露出一线转机。而余小姐葫芦里究竟卖的什么药,谁也不知道。然后吉先生以极审慎的态度,向余小姐步步进逼。直至余小姐已经答应“陪”他“不结婚”,两人中间的一堵厚墙,已经销蚀成一层薄纸的时候,吉先生才把那个最重要的问题提出来:“不过我的母亲告诉我,说你已经答应了做她的侄媳妇,那怎么办?”于是余小姐最后揭晓:“那没有什么,我的父母不愿意我嫁给医生!”(老太太的表侄是个医生)薄纸一捅即破,可是全剧的疙瘩解开了,吉、余之间的雾障消散了,老太太也从云端里一个跟斗栽下来了。就是余小姐这么轻松愉快的一句话,解决了大问题,形成全剧突起的奇峰,多么潇洒、俏皮!

(录自胡宁容:《谈丁西林独幕喜剧的特色》,原载《剧本》1963 年 2 月号,收入孙庆升编《丁西林研究资料》,中国戏剧出版社 1986 年版)

第九章　文学思潮与运动(二)

【学习提示与述要】

本章介绍新文学第二个十年(1928 年—1937 年 6 月)的文学思潮、运动与创作的概貌,是对 1930 年代文学的整体评述。初学者会感到这一章内容繁多,特别是关于对本时段创作潮流与趋向的评述,在未能更多接触有关作家作品的评析之前,只能是预先得到一个概略的印象,待学完第二个十年的所有内容,再回头重温,才能加深对这种整体评价的理解。因此,本章学习先要求对 1930 年代文艺运动发展的基本线索有大致的了解,重点理解左翼文学思潮的时代特征及其得失,以及左翼作家与自由主义两大文学思潮对立的状况。本章第一节讲 1930 年代文艺运动发展的基本线索,第二节介绍"左联",第三节介绍自由主义作家的文艺观及两大思潮的对立,第四节概述本时期创作的潮流与趋向。

一　1930 年代文艺运动发展的基本线索

1. 应大致了解第二个十年,即通常所说的 1930 年代文学发展的总体特征:一是文学思潮的空前政治化,二是无产阶级文学运动在文坛上起决定性的作用,三是左翼文学与自由主义及其他多种倾向的文学彼此对立竞争,又共同丰富这一时期的创作。此外,对本时期多种文学思潮的兴发竞存情况,也要有知识性的了解。

二　革命文学论争和以"左联"为核心的无产阶级文学思潮

2. 首先应了解 1928 年由创造社和太阳社倡导的"革命文学"基本主张,其所受苏联"拉普"等外来思潮的影响,其对鲁迅等"五四"资深作家的批评,以及鲁迅等人对"革命文学"倡导者"左"的思潮的反批评。应了解双方主要的观点,并结合历史状况做出评判。注意书中对论争双方的评价:他们对"五四"时期建立起来的文学观念的颠覆或反颠覆,都是一种"重新寻找",希望能在文学与革命之间建立某种新的联系,以便在文学上恢复和继续他们受挫的革命使命。

其次,应了解“左联”的历史贡献及其在“左”倾机械论影响下的缺失。贡献方面包括译介马克思主义文艺批评,推进文艺大众化运动,探讨创作方法,等等。对“左联”存在的缺失,一般归纳为思想理论上的教条主义与组织上的宗派主义和关门主义,应放到大的历史背景下去评价。

3. 本节还涉及对苏联传入的“唯物辩证法创作方法”的评价,以及对“左联”批判“文艺自由论”和“第三种文学论”的再思考,是重点与难点。应注意考察这些现象的历史缘由,理清“左”倾机械论的影响,不作简单的褒贬。有关“社会主义现实主义”口号的传入,也应作为重要的文学史现象来认识,因为这个口号和相关的创作方法对后来有过巨大的影响。

三　自由主义作家文艺观及两大文艺思潮的对立

4. 先要对“两大文艺思潮”对立的基本情况有所了解:马克思主义文艺思潮在与自由主义文艺思潮论争的过程中,在不断克服自身的左倾幼稚病的过程中,成为影响巨大的文学主潮。而自由主义文艺思潮在理论和创作上也有不可忽视的实绩,并对主流派文学起到某种补充和纠偏作用。可以把朱光潜的代表性观点作为重点评析对象,一方面看到其超离现实、不合时代需求的缺失,另一方面又看到其毕竟比较重视艺术创作的某些规律。

5. 有关 1930 年代两种文艺思潮的对立,还应了解左翼作家与新月派、《论语》派和京派的论争。与新月派论争的焦点是人性论和天才论。应理解鲁迅对梁实秋批评的历史理由与着眼点,以及鲁迅是如何坚持与左右两种倾向做斗争的。同时,也要了解梁实秋对左翼文坛的批评所包含的某些合理性。有关左翼对“京派”的批评,也应注意到其主要是在政治层面进行的,未能从“不合时宜”的论说中剥离出某些合理成分。此外,对于马克思主义文艺理论指导下的文学批评(如冯雪峰、茅盾的批评)与自由主义的文学批评(如刘西渭、沈从文的批评)各自基本的立场与模式,也应有常识性的了解。

四　文学创作的潮流与趋向

6. 把握这一时期整个文坛的趋向,应关注左翼、京派与海派三大派别(潮流)之间的对峙与互相渗透。三派各有不同景观,却又可以找到共同的时代特征。这表现为三方面:题材与表现角度的开拓,中长篇小说成为收获最丰的体裁,注重典型环境与典型性格的塑造,以及心理刻画的重视,等等。这里只要求对基本趋向有轮廓性的了解,而且尽可能将这种概评与如下几章对具体作家作品的评析结合起来。

【知识点】

"革命文学"的倡导、普罗文学、民族主义文艺运动、后期创造社、太阳社、"左联"、鲁迅《对于左翼作家联盟的意见》、"左联"的代表性刊物、文艺大众化运动、唯物辩证法创作方法、拉普、文艺自由论及第三种文学论、社会主义现实主义口号的传入、刘西渭《咀华集》。

【思考题】

1. 简述1930年代初鲁迅与新月派的论战。

本题偏重知识性的掌握和概括,主要内容是概述鲁迅和新月派的代表人物梁实秋围绕着天才论和人性论展开的论战,《三十年》第九章第三节对此做了总结和归纳。在概述双方观点时,要注意把握这场论战的总体背景,认识到这是左翼文艺思想和自由主义文艺思想之间的差异导致的冲突,避免把鲁迅对梁实秋的批判简化成个人观点的交锋。在叙述中,应注意鲁迅在批判梁实秋的同时也批判了把文学的阶级性绝对化的错误倾向,同时看到梁实秋对左翼文学的批判中包含着一定的合理成分,不把双方观点简单化。

2. 简评京派(可以朱光潜、沈从文等为中心)的文学观。

本题属于知识性题目,包含着两个层面的内容,第一是了解京派最基本的文学主张和立场,第二进行简要的评价。《三十年》第九章第三节从京派与左翼文学观的差别的角度,把他们的理论观点归结为强调文学与时代、政治的"距离",以及强调追求人性的、永久的文学价值两点,并分别以朱光潜和沈从文为例子,具体解说他们的文学观。在评价他们的文学观时,要注意左翼作家当时主要是从政治角度对京派进行批评,对其艺术成就重视不够,站在今天的立场上对他们的文学观的分野应当有历史的分析。注意避免空洞的概括,应当较为具体地对沈从文或朱光潜的观点加以评述。

京派是1930年代一个重要的文学作家群体,在文学创作和理论建设两方面都有很大成就,有兴趣进一步了解其文学观的同学,可以阅读《朱光潜批评文集》(商金林编,珠海出版社1998年版)和《沈从文批评文集》(刘洪涛编,珠海出版社1998年版)等书。

3. 应如何评价"左联"的历史贡献?

这道题包含着三个层面的内容:第一是知识性的内容,要求掌握"左联"在翻译和介绍马克思主义文艺理论、推进文艺大众化运动和探讨创作方法等方面具体的历史贡献；第二是对这些贡献做出具体的分析评价；第三个层次是历史感的养成，要求我们不仅学会以今天的眼光来评价历史事件的得失，更要能够贴近评价对象，从当时的历史情境出发来理解历史事件的复杂性。其中第三个层面的要求，应贯穿在整个论述之中。

4. 联系创作，概述1930年代左翼、京派与海派三大文学派别（潮流）之间对峙与相互渗透的状况。

本题意在考查对1930年代文学创作的总体状况的了解。一方面要求掌握左翼、京派和海派三大文学潮流之间的差异性特征，同时也要从相互渗透的角度，了解三大文学潮流在题材与表现角度方面的开拓、中长篇小说成为收获最丰的体裁、艺术上重视典型环境和典型性格的塑造与重视心理刻画等几个方面的共同特征。有关内容参见《三十年》第九章第四节。从逻辑上看，三大潮流相互对峙和相互渗透的基本特征是从具体的文学现象中提升和总结出来的，相当于1930年代文学创作总体状况的导论。注意书中对1930年代文学总体特征的概括："尽管处在一个很政治化的多难的时期，中国现代文学在它的第二个十年也还是取得相当不俗的成绩，并逐渐形成了自己的历史特点，即：广阔的社会历史内容、对民族灵魂开掘的历史深度，以及从沸腾的历史潮流中所吸取的战斗激情与壮阔、厚实的力的美。"如果学完整个1930年代文学的内容，回过头来理解这一道题，思路会更加清晰和丰富。

5. 谈谈你对左翼文艺思潮的复杂性的理解。

本题为拓展型思考题，难度较大，对知识的综合性和理论分析能力均有较高要求，适合高年级或有研究兴趣的同学。一般需要学完整个现代文学，才可能有整体性的思考。左翼文艺运动是中国现代文学史上一个重要而复杂的历史现象，也是现代文学研究的重点，但研究思路相对说来比较单一，大多以研究"左联"的政治视角来对待整个左翼文艺思潮。1990年代以来，现代文学研究界在重新发掘自由主义文艺思潮的历史贡献时，无意中又出现了把左翼文艺思潮简化成了自由主义文艺思潮的对立面的倾向。这道题的目的就是引导大家摆脱把差异性特征理解为对立性特征的简单化倾向，把左翼文艺思潮当作一个复杂的历史现象来对待。通常所说的左翼文艺思潮是一个复杂的历史现象，不仅"革命文学"和"左联"后来倡导的无产阶级文学、左翼作家和"左联"成员之间存在着差异和冲突，"左联"在不同时期提出的文学要求也不一样，抗日救亡的"国防文学"和最初的无产阶级文学，其间的差别其实相当大。可以从不同的具体文学现象，也可以从左翼文艺思潮在现代文学史上的发展变化入手来体会通常所说的左翼文艺思潮的历史复杂性。《中国现代文学研究丛刊》2002 年第 1 期《“左翼文学与现代中国”笔谈》专栏提出了不少建设性的思路和建议，曹清华在《左联组织框架中的左翼作家身份》(《深圳大学学报》2006 年第 2 期)一文中具体分析了“左联”对左翼作家的身份规范，可参看。

【必读作品与文献】

李初梨：《怎样地建设革命文学》
钱杏邨：《死去了的阿 Q 时代》
茅　盾：《从牯岭到东京》
鲁　迅：《文艺与革命》《“硬译”与“文学的阶级性”》
梁实秋：《文学与革命》
冯雪峰：《关于“第三种人文学”的倾向与理论》
周起应：《关于社会主义的现实主义与革命的浪漫主义》
朱光潜：《谈美·开场话》

【评论节录】

温儒敏：《新文学现实主义的流变》
艾晓明：《中国左翼文学思潮探源》
吴中杰：《中国现代文艺思潮史》
马良春、张大明：《中国现代文学思潮史》
荣太之：《中国左翼作家联盟》

▲关于“革命文学论争”

至于鲁迅和茅盾，在论争中是首当其冲的，受到创造社、太阳社的猛烈攻击。然而他们对“革命文学”还是持比较谨慎的态度。其实，他们早从 1925 年前后，就开始关注苏俄“新兴文学”了；他们对于“革命文学”的倡导，原则上是支持的。1928 年鲁迅翻译日本人片上伸所著《现代新兴文学的诸问题》，翌年 2 月在译作小引中就明确表示确信无产阶级的文学的必然出现。鲁迅说这是“势所必至，平平常常，空嚷力禁，两皆无用”。在鲁迅看来，既然新兴的无产阶级文学的产生是历史的必然趋势，那么敌视革命的当局想“禁”是“禁”不了的；不过，象某些“革命文学”倡导者那样，“对于目前的暴力和黑暗不敢正视”，创作光纸面上摆些“打打”“杀杀”的口号，那也只是“空嚷”。这实际是对创造社、太阳社的尖锐批评。鲁迅是特别不赞同“革命文学”倡导者所张扬的“组织生活”论的。鲁迅在《文艺与革命》《文艺与政治的歧途》等讲演中,认为"(艺术)不过是一种社会现象,是时代人生的记录";"文学还是同社会接近好些","现在的文艺,就在写我们自己的社会"。在整个论争过程中,鲁迅都主张文艺必须反映社会真相,才于社会有益,于革命有益。他一针见血指出,象创造社那样从"组织生活"论出发,使文学沦为单纯的宣传工具,那就是"踏着'文艺是宣传'的梯子,爬进唯心主义的城堡里去了"。

茅盾也并不否定无产阶级文学出现的必然性,他承认这是一种新的文学事实,表示自己也是"诚意地赞成革命文艺的"。但在对于"革命文艺"的理解上,与创造社、太阳社有很大的不同。他尤其反对的,是以"组织生活"说所推导的文艺工具论,认为这样理解文艺必然抛弃文艺,只能产生那种"正面说教似地宣传新思想"的宣传品。他指出,创造社、太阳社某些作者"仅仅根据了一点耳食的社会科学常识或是辩证法,便自觉不凡地写他们的所谓富于革命情绪的'即兴小说',这情形就和苏联未来派一样,因为忽略文艺本质而不可避免地走上了标语口号化的路"。茅盾认为,在当时那种革命仍处于低潮的特定的历史条件下,作家更应当以现实主义态度去"凝视现实","揭破现实"。

茅盾是带着"五四"新文学现实主义传统走进左翼文坛的,在"革命文学"论争中,他比许多作家都更清醒地看到了"组织生活"论以及文艺宣传说等流行观点对于现实主义的危害,他自觉地维护"五四"新文学和现实主义传统,并力图使之与新兴的无产阶级文学运动沟通起来。因此,在论争中他始终坚持文学创作的现实性与文学性。……他显然认为"五四"过来的"旧作家"并不是"同路人",他们所实践的现实主义是有益于新兴文学的建设的,"革命文学"不应割断和排斥"五四"现实主义传统,而应当继承与发扬这一传统。

总的来看,鲁迅、茅盾和一部分"语丝"派作家,理论上都比较接近二十年代苏联文艺论战中与"岗位派"——"拉普"对立的另一派,主要是沃隆斯基和托洛茨基等人的观点,坚持文艺是生活的认识手段,坚持真实反映生活的现实主义原则。如冰禅文章中引用藤森成吉的观点,就是来自沃隆斯基和托洛茨基的。鲁迅也不止一次对于托洛茨基"深解文艺"规律表示赞赏。在鲁迅的心目中,作为"文论家"的托洛茨基对文艺自身特征与发展规律的某些精彩的阐释,是很值得新兴文艺重视的。同时认为如果象苏俄文艺论战中的"列夫派"那样,简单地以为文艺是政治的一翼,那许多问题都不容易解说清楚的。

然而,沃隆斯基及托洛茨基的文学观点对于鲁迅、茅盾或“语丝”派作家的影响程度是不一样的。“语丝”派作家更多地吸收了其中“取消主义”的错误一面,从“文艺自由论”角度来否定“革命文学”,固守“五四”现实主义原有的规范内涵。鲁迅则不轻易否定“革命文学”,只是比较注重从文艺创作根本规律的角度去批判“组织生活”论,这是利于纠正当时“革命文学”理论和创作中的错误偏向的。

(录自温儒敏:《新文学现实主义的流变》,北京大学出版社 1988 年版)

▲关于“唯物辩证法创作方法”

1932 年 4 月,华汉(阳翰笙)的小说《地泉》(由《深入》《转换》《复兴》三部曲合成)重新出版,由文坛上最活跃的五位左翼文艺评论家瞿秋白、茅盾、郑伯奇、钱杏邨与作者本人同时作序,清楚表明当时左翼理论界主要是从哪个角度去接受和运用来自“拉普”的“唯物辩证法创作方法”的:他们企图以此作为批判与纠正“革命的浪漫谛克”倾向的思想武器。

历史总是比后人的想象要复杂得多。从“拉普”传来的“唯物辩证法创作方法”是左的机械论的口号,但当时左翼文坛却又企图借这口号去反对左的机械论文学观。这其中就有一个“接受”外来影响的角度问题,也可以说是“接受”的侧重点问题。瞿秋白等左翼文学理论家既然要借“唯物辩证法创作方法”这面旗子,来反对与克服“革命的浪漫谛克”倾向,势必也要关注到创作方法,对“革命文学”倡导以来的创作中的反现实主义的倾向也进行一次反省。

更明显的是,“唯物辩证法创作方法”既然偏重于从世界观方面提问题(我国左翼理论家当时也侧重从世界观角度去提出这一口号),那么对于促进作家努力学习马克思主义,树立无产阶级先进的世界观,克服小资产阶级意识,就可以说很适时,起到了积极的作用。

如果联系创作来看,“唯物辩证法创作方法”的提倡,促成了一种风气,左翼作家们注意摆脱“革命文学”初期那种激情的浪漫主义,转向社会性题材的开掘,注重对社会现象作阶级剖析。这种新的追求普遍发生在 1932 年前后,通常也就被看作是左翼作家的“转换期”。

这二年创作中有所突破并获得成功的作家,并不一定将“唯物辩证法创作方法”作为一种创作方法，而只是取其所主张的观察分析社会问题的新的立场与角度；当他们在革命的立场和观点（当时具体的就是阶级分析观点）指导下，把握住以往作家少有触及的现实题材（例如工农革命性的增长）时，也并不是照“拉普”所提倡的那种方法去图解或加以理想化，而基本上坚持了从生活出发去再现生活，所以大都还是达到了现实主义的。和初期“革命文学”作品比较起来，《水》之后的一批创作无论思想上还是艺术上，都有长足的进步。

然而，“唯物辩证法创作方法”毕竟是左倾机械论的错误口号。虽然在促进作家注重现实题材与社会分析方面起了积极作用，也有利于克服“革命的浪漫谛克”不良风气，但终究又限制和阻碍了现实主义的发展，因为这个理论本身有致命的偏差。它作为一个创作口号，却没有提出具体的艺术方法论的内涵；它只强调“唯物辩证法”对于创作直线式的决定作用，以致完全以哲学方法取替了艺术方法，成为一种其实没有艺术方法的“创作方法”。这种偏差在左翼文坛中造成一种普遍的观念，似乎只须掌握唯物辩证法，就可以直接进入创作。

重视社会剖析，重视以历史的发展的观点表现出生活的本质与趋向，这是时代对文学提出的新的要求，本来是一种很高的要求。但一些左翼作家理解得很简单：一切社会生活现象的描写都必须形象地作阶级分析，无论如何都必须突出阶级对立状况，突出群众的觉悟与反抗，突出革命者的领导和最终的胜利。如果其中有哪一方面不突出，就可能被看作是不能允许的败笔。……“唯物辩证法创作方法”的提倡，尽管使题材扩展了，思想性加强了，但公式化的通病却并未消除。

此外，由于“唯物辩证法创作方法”是把世界观混同于创作方法的，所以在批判“革命的浪漫谛克”思想情调的同时，连浪漫主义也给摒弃了。这就使相当一部分左翼作家错误地认为，作品不应当表现“我”（尤其是知识分子）的感情心理，而只能写集体的“我们的”意识；不应当写个别的英雄行为，只能塑造英雄群体，以致有些剧本连人物名字都没有，一律以甲、乙、丙、丁为代表。他们主张作家只须将经过唯物辩证法理性分析的生活现象反映出来就是了，不必追求自己真切的感受和独特创造，否则，就可能会被当作危险的小资产阶级个人主义或“浪漫主义”而加以排斥。在“唯物辩证法创作方法”影响下，当时的左翼作家反“革命的浪漫谛克”，连创作主体性也给反掉了。

强调"自我"融合于"集体","小我"投向"大我",这当然也是一种典型的时代情绪,一种进步的追求。如果说五四时期由于个性主义高扬,人们迫切希望"自我发现",那么在三十年代,青年人则渴求从个性解放带来的孤寂、彷徨中解脱出来,到工农革命的战斗集体中去寻求归宿。从郭沫若《女神》所热切呼喊的"我便是我了",到殷夫所自豪宣称的"我已不是我,我的心合着大群燃烧",确实可以看到时代精神风尚的转移,所带来创作主调的转移。从这一点看,即使没有"唯物辩证法创作方法"的影响,"自我"消融于"集体"的创作追求也必然出现。"唯物辩证法的创作方法"适应和助长了这种时代情绪的表现,但在理论上又抹煞创作的主体性,这就不利于对那种个性消融于原则的公式化概念化倾向的克服。

(录自温儒敏:《新文学现实主义的流变》,北京大学出版社 1988 年版)

▲关于与"文艺自由论"的论争

1932 年间,左翼文学家、批评家们与资产阶级自由主义文艺思想的代表人物胡秋原、苏汶等人进行了一场重大论战,中心论题是文艺与政治的关系。这里,研究者们常常忽视了一点:胡秋原正是利用了钱杏邨批评中的机械论错误来指责左翼文学的。他抛出《钱杏邨理论之清算》一文,在反左的旗号下鼓吹文艺脱离阶级而"自由",要求无产阶级和资产阶级都"勿侵略文艺"。

在回击胡秋原的挑战时,左翼批评家们表现了敢于正视自身错误的理论勇气。冯雪峰在文章中指出:"杏邨的批评上的错误,我们不但承认,并且非愈快愈好的给以批判不可,我们更欢迎一切人的严厉的批判。"但这种批判与胡秋原"无党无派"的"自由人"的立场是不同的。瞿秋白正是站在无产阶级文学的党性立场上,对钱杏邨与胡秋原错误的性质作了原则的区分:"钱杏邨比起胡秋原先生来,却始终有一个优点:就是他总还是一个竭力要想替新兴阶级服务的小资产阶级知识分子,钱杏邨虽然没有找着运用艺术来帮助政治斗争的正确方法,可是,他还在寻找,他还有寻找的意志。而胡秋原是立定主意反对一切'利用'艺术的政治手段。"

针对胡秋原苏汶的观点,左翼批评家从各个不同方面阐明了文学与革命、政治、阶级的关系。瞿秋白文章中着重论述了文学的政治性、阶级性和文学对于革命特殊的战斗作用。他鲜明地指出,文学对于革命有着它特殊的战斗作用,"新兴阶级要革命,——同时也就要用文艺来帮助革命,这是要用文艺来做改造群众的宇宙观和人生观的武器。"他驳斥所谓"将艺术堕落为一种政治的留声机"的指责,虽然也沿用了文艺是"留声机"的说法,但他所强调的是,革命文艺的宣传煽动作用与它的艺术力量是应该也可能统一在一起的。他指出,新兴阶级能够"真正估定艺术的价值,能够运用贵族资产阶级的文艺的遗产",也能够运用艺术的力量,使文艺更好地成为战斗的武器。

冯雪峰在文章中对"作为武器的艺术"作了更进一步的解释。他指出,文学的阶级性主要表现在它之作为阶级斗争的武器这一意义上。但"标语口号式的宣传鼓动的作品,决负不起伟大的斗争武器的任务。而非狭义的宣传鼓动文学,它越能真实地全面地反映了文学,越能把握住客观的真理,则它越是伟大斗争的武器。"

论争还涉及到小资产阶级文学及其出路,苏汶认为,左翼文坛几乎把所有非无产阶级文学都认为是拥护资产阶级的文学了。对此,冯雪峰在文章中专门谈到,应该纠正瞿秋白、周扬在论争中对这一问题不正确的态度。但冯雪峰没有放弃自己的原则立场,他进而指出,作为中间阶级的小资产阶级文学是存在的,但在实际上,在客观作用上,超阶级、超政治的中立是不可能的。这样,小资产阶级文学、"第三种文学"真的出路"是这一种革命的,多少有些革命的意义的,多少能够反映现在社会的真实的现实的文学。他们不需要和普罗革命文学对立起来,而应当和普罗革命文学联合起来的。"

"文艺自由论辩"是对左翼批评家马克思主义理论水平的一次检验,上述事实表明,他们对文艺与政治关系的回答基本上是正确的,尤为重要的是在这个过程中他们还检讨了左翼文学理论自身所受的机械论影响,纠正了策略上左倾宗派主义的错误。在论争方式上也是坚持原则与充分说理相结合的。这场论争,对扩大马克思主义文艺思想的影响、加强进步文艺界的统一战线起了积极的推动作用。

(录自艾晓明:《中国左翼文学思潮探源》,湖南文艺出版社 1991 年版)

▲关于鲁迅与梁实秋的论争

有理论上的攻击,首先见之于新月社理论家梁实秋的笔下。还在"革命文学"论争开始不久,梁实秋就在《新月》杂志 1 卷 4 期上发表《文学与革命》一文,从根本上否认"革命文学"有存在的可能性。因为在他看来,"伟大的文学乃是基于固定的普遍的人性,……至于与当时的时代潮流发生怎样的关系,是受时代的影响,还是影响到时代,是与革命理论结合,还是为传统思想所拘束,满不相干,对于文学的价值不发生关系"。所以,"在文学上讲,'革命的文学'这个名词根本的就不能成立"。同时,他还认为:"一切的文明,都是极少数的天才的创造";"革命似乎是民众的运动了,其实也由于一二天才的启示与指导”;文学更只有少数人能鉴赏,而大多数人并无鉴赏力。因此,“‘大多数的文学’这个名词,本身就是一个名词的矛盾,——大多数就没有文学,文学就不是大多数的”。次年,梁实秋又发表《文学是有阶级性的吗?》《论鲁迅先生的“硬译”》等文,从人性论出发,根本否认文学的阶级性。他认为,文学是表现最基本的人性的,而无产阶级文学理论的错误是“在把阶级的束缚加在文学上面”。他说他翻查《韦白斯特大字典》的结果,知道“普罗列塔利亚是国家里只会生孩子的阶级!(至少在罗马时代是如此)”,所以根本不可能有“普罗列塔利亚文学”。“我的意思是:文学就没有阶级的区别,‘资产阶级文学’‘无产阶级文学’都是实际革命家造出来的口号标语。文学并没有这种的区别。近年来所谓无产阶级文学的运动,据我考查,在理论上尚不能成立,在实际上也并未成功。”正因为他从根本上就否定无产阶级文学的存在,当然,对鲁迅的翻译无产阶级文学理论的工作,更要进行攻击了。梁实秋的无产阶级文学否定论,理所当然地遭到左翼作家的反击。冯乃超等人都写过文章来批驳。而影响最大的则是鲁迅的长文《“硬译”与“文学的阶级性”》。鲁迅反对抽象地去看待“人”和“人性”,反对从生物学的角度去看待人的感情,他从唯物史观出发,把人放在特定的历史条件下考察,从而确定了人的阶级性。鲁迅认为,“人性”的“本身”是无法表现的,正如化合力与硬度“本身”无法表现一样,前者必须通过人,后者必须通过物质,而一通过人或物,则必然因人因物而不同。他说:“文学不借人,也无以表现‘性’,一用人,而且还在阶级社会里,即断不能免掉阶级性,无需加以‘束缚’,实乃出于自然。”鲁迅的分析方法,完全符合马克思的方法。

鲁迅肯定无产阶级文学存在的必然性,但并不为无产阶级文学运动中的缺点和错误辩护。他说:“诚然,前年以来,中国确曾有许多诗歌小说,填进口号和标语去,自以为就是无产文学,但那是因为内容和形式,却没有无产气,不用口号标语,便无从表示其‘新兴’的缘故,实际上并非无产文学。”同时,他对钱杏邨为标语口号化倾向辩护也表示不满,认为那也和梁实秋一样,是对无产文学有意无意的曲解。

鲁迅与梁实秋的争论,有时难免彼此挖苦、讥讽,但决非个人意气之争,而代表了两种社会思潮和文艺观点的交锋。当时的知识界,大致有三种倾向:一是社会主义,鲁迅和左翼作家是代表;二是自由主义,梁实秋和新月社就是其中活跃者;三是民族主义,“民族主义文学”家即属此类。“民族主义文学”家虽以官方为后台，但无论理论还是创作都拿不出东西来，闹了一阵子，受到鲁迅和左翼作家的批判，很快就偃旗息鼓了。自由主义知识分子在中国有相当的力量，他们有不同的派别，新月社崇尚英美式的民主政治，参政意识较强，虽然在人权问题上与国民党政府有摩擦，但与共产党的分歧更大，所以他们与左翼作家的对立是必然的。而梁实秋是新人文主义者白璧德的信徒，白璧德反对唯物论，反对功利主义，不相信群众的统治，而倾向于知识的贵族主义，主张人性论，追求一种完整的均衡的人性，这些都被梁实秋用来作为武器。

而这场论战在当时的直接作用，是扩大了阶级论的影响，推动了无产阶级文学运动的发展。

（录自吴中杰：《中国现代文艺思潮史》，复旦大学出版社1996年版）

▲“左联”的政治特性与文学活动

中国左翼作家联盟作为国际革命作家联盟的一个支部，它要向国际汇报工作，接受国际的指示，努力与国际保持一致。它把政治活动放在一切工作的首位，即或提到文学，也仅仅是把它作为完成政治任务的工具和手段。左联在文学方面，无论是创作还是批评，都取得了突出的成就，但究其实，那不是组织领导的功劳，而是各个成员自身在文学方面发挥天才，甚至是“超组织或怠工的行动”、不守纪律的结果。左联组织对加入联盟的作家来说，既是一种保障、保护，又是一种羁绊。

左联或文总先后办的刊物有：《萌芽月刊》《拓荒者》《文艺讲座》《五一特刊》《文化斗争》（文总机关志）、《世界文化》《前哨》—《文学导报》《北斗》《文艺新地》《文学》（半月刊）、《新诗歌》《文学月报》《文化月报》（文总机关志）、《艺术新闻》（文总机关志）、《文学杂志》（北平左联机关志）、《北平文化》（北平文总机关志）、《文化新闻》（文总机关志）、《正路》（文总刊物）、《文艺月报》（北平左联刊物）、《文学新地》《杂文》—《质文》（左联东京分盟刊物）、《每周文学》（《时事新报》副刊）等。此外，左联成员又以个人名义办了刊物，如《文艺研究》（鲁迅编）、《巴尔底山》（李一氓编）、《沙仑》月刊（艺术剧社刊物）、《文艺新闻》（左联外围刊物）、《十字街头》（鲁迅编）、《无名文艺》（叶紫、陈企霞编）、《春光》（庄启东、陈君冶编）、《新语林》（徐懋庸编）、《译文》（鲁迅、黄源编）、《新小说》（郑君平即郑伯奇编）、《海燕》（鲁迅、黎烈文、聂绀弩等编）等。左联解散后，也继续创办了一些刊物，如：《作家》《文学丛报》《文学界》《光明》《夜莺》《浪花》《泡沫》《现实文学》

《中流》《小说家》《希望》《文艺科学》等。

以上列举的这些刊物,都或因经费短缺,或因人员变动,主要是因为国民党当局的查禁,出版的时间不长,有一部分仅出一期。但通过它们,发现、培养、锻炼了一批左翼作家,繁荣了文学创作,活跃了理论批评空气。左联的文学活动主要也就表现在办刊物、培养人才、发展创作这些方面。

(录自马良春、张大明主编:《中国现代文学思潮史》下册,北京十月文艺出版社 1995 年版)。

▲关于"左联"的历史缺陷

左联通过的理论纲领,鲜明地提出了要"站在无产阶级的解放斗争的战线上",这在中国文学社团的历史上是第一次,这说明"五四"以来的新兴文学运动已推进到一个崭新的阶段——中国无产阶级文学运动的开展。"中国无产阶级文学运动",这决不仅仅是一个口号,而是有着具体内容的,它要求左翼作家们毫不含糊地站在无产阶级的立场上,要把艺术"呈献给'胜利不然就死'的血腥的斗争",艺术创作要以"无产阶级在黑暗的阶级社会之'中世纪'里面所感觉的感情为内容",而且要站在"世界无产阶级的解放运动"的高度上,从事反封建阶级的、反资产阶级的斗争。这无疑都是正确的。在中国无产阶级与反动派为夺取政权进行着殊死斗争的时候,在文化战线上不可能超越历史的规定,离开无产阶级现阶段的斗争任务而使文学和政治斗争保持着距离,使作家不参与实际的革命斗争而一心一意地搞创作。左联有"左"的东西,但它并不反映在这一点上。左联的理论纲领最先由《拓荒者》月刊发表,其中提出"我们的艺术是反封建阶级的,反资产阶级的,又反对'稳固社会地位'的小资产阶级的倾向",在稍后出版的《萌芽月刊》《大众文艺》《沙仑》上"稳固社会地位"均改为"失掉社会地位"。对于小资产阶级,他们的地位无论"稳固"还是"失掉",都加以反对,这是不妥的。这反映了左联纲领还有"左"的气味。因此左联没能吸收大批的要求革命的进步的小资产阶级作家,连郑振铎、叶圣陶、巴金、曹禺、老舍等作家也排斥在门外。

左联的成员,在成立的初期,是以创造社、太阳社、我们社、引擎社以及团结在鲁迅周围的一批人为主的,他们之中有共产主义者鲁迅,还有不少人是共产党员,但就大多数来说,包括一部分共产党员在内,仍然属于小资产阶级作家。他们年轻、热情高,但缺乏政治斗争经验,对于革命斗争的艰苦性缺乏足够的估计,对于如何充分地利用"文学运动"的手段以达到革命的目的,更是缺乏深入的研究。而党内那时又正处在李立三、王明的“左”倾路线时期,因此,左联前期犯“左”的错误也是很难避免的。

左联应该是左翼作家的统一战线的组织,具有群众团体的性质,他们对革命的贡献,应该主要是通过作家的笔,宣传革命的理论,揭露反动派的反革命本质,唤醒广大群众起来革命。但实际上左联一成立,从工作的表现上看,完全不象一个文学的团体和作家的组织,他们不是教育作家,吸引团结倾向进步的作家到反帝反封建的联合战线方面来,而只是一味地号召作家要象工农兵那样参加实际的革命斗争,把左联视同一个政党,在一般群众眼里左联就是共产党,加入左联是要砍头的。就广义讲,他们作为一个革命者,参加革命的实际斗争,这是对的。但作为一个文学团体、作家组织,他们抹杀或否认他们自身的特点——用笔宣传、创作,也就必然地发挥不出作家的作用,从而作为革命者的作用、也因此大大地缩小了。

(录自荣太之:《中国左翼作家联盟》,贾植芳等主编:《中国现代文学社团流派》下册,江苏教育出版社 1989 年版)

第十章　茅盾

【学习提示与述要】

这一章介绍现代文学史上最重要的作家之一茅盾。本书有 9 位作家是用专章论说的,学习这些专章,应偏重对创作特色的分析及文学史地位的评价。茅盾创作的贡献主要是长篇小说,虽然阅读量较大,但代表作《蚀》和《子夜》还是应当作为重点来读。第一节评说茅盾如何开创新的文学范式,是带总体评判性的介绍。关键是理解以茅盾为代表的“社会剖析小说”这种主流范式。第二节评析茅盾小说的成就,比较细致地介绍其多部长篇的史诗性及艺术上的创新特色,是本章学习的重点。第三节介绍茅盾在理论批评和散文等方面的贡献,可作知识性了解。

一　茅盾的历史贡献

1. 理解茅盾如何在小说领域建立了全新的“社会剖析小说”模式,注意这几方面,即题材的社会性、宏伟的史诗性结构、客观的叙述,以及时代典型的创造。而这一切,又都与写作中的理性指导分不开。注意从比较中观察茅盾所开创的这一类型创作不同于其他流派的特质。还应当注意茅盾所具有的“社会科学家气质”,如何使其创作充分适应 1930 年代社会生活内容的变化,并大大提高了小说反映广阔社会生活的可能性。近年来学术界有人轻易否定茅盾小说创作的贡献与地位,如认为茅盾《子夜》等小说的文学价值低下,是概念化的社会学文件,等等,学习中不妨思考与讨论这些不同的意见,但应注意将茅盾放到 1930 年代的历史环境中,并从文学史的角度去评析其在当时提供了什么新的东西。

二　茅盾的小说成就

2. 这一节是本章学习的重点。首先应理解茅盾小说的史诗性特征,即注重题材与主题紧贴时代的变迁,自觉追求“巨大的思想深度”与“广阔的历史内容”。可以将茅盾主要的长篇联系在一起来考察,这样会发现他几乎提供了一部 20 世纪上半叶中国社会的“编年史”。茅盾注重以社会斗争为故事的轴心,并常以历史代言者的姿态进入创作,表现出强烈的政治性。

3. 茅盾长篇小说注重从复杂的社会关系及其变化中来展现人物性格和命运,追求对人物行为、情感、心理的多面性和立体化的描写。这一特征,可以举《子夜》中的主人公吴荪甫作为重点评析的对象。其中可抓住两点:一是如何将吴荪甫置于错综复杂的社会关系和经济关系中去刻画;二是如何写出吴荪甫的复杂性格。要注意分析这个"新人"形象所包含的深刻的社会内容,及其悲剧性命运可能引起读者同情的那些"悲壮性"的因素。此为难点,可以引发对"典型环境"中"典型性格"的塑造,以及悲剧理论的理解。同时,对茅盾小说如何创造民族资本家与时代新女性这两类人物形象系列,也应有所了解。

4. 还应了解茅盾小说的结构方式和心理描写的特征。特别要掌握《子夜》蛛网式的密集结构,是如何适合与表现社会变迁的复杂内容的。要注意茅盾小说的结构与心理描写艺术,对于中国现代长篇小说的发展所具有的意义。

三　茅盾的理论批评与其他方面贡献

5. 本节作知识性了解的有两点:一是茅盾如何建构现实主义文艺理论体系,并成为现代中国文学批评的开创者之一;二是领略茅盾散文创作的成就与特色。

【知识点】

社会剖析小说、《蚀》三部曲、两类形象系列、农村三部曲、作家论。

【思考题】

1. 为什么说茅盾的社会剖析小说在1930年代开创了新文学的范式?

具体结合《子夜》等反映社会矛盾与历史变迁的小说,从几个方面说明茅盾创作的"社会剖析小说"及其"革命现实主义"模式:内容上反映广阔的社会历史变迁,而且注重从经济的政治的角度切入,表现生活形态的阶级分野及斗争;结构上追求宏大叙事,史诗式结构和客观的呈现;人物描写偏重时代内涵及阶级性体现,致力于典型塑造。还可以联系回顾"五四"新文学以来小说创作的题材、形式、手法等等方面的整体状况,以对照茅盾的创新,理解其"范式"意义及贡献。参考《三十年》第十章第一、二节。

2. 对于茅盾《子夜》中吴荪甫的典型塑造，历来许多评论家认为写得“太英雄气概了”，因此读来让人有些同情与偏爱。你读《子夜》是否也有这种感受？如果有这种感受，能否从悲剧理论角度对吴荪甫的塑造做些分析？如果不赞成过去评家的见解，也请你谈谈自己读《子夜》的感受并对吴荪甫做典型剖析。

此论题要求结合自己阅读感受来谈，并无标准答案，关键是要有一定的理论准备，如对悲剧美学的大致了解，能够把感受提升为理论问题。理解的要点包括：(1)茅盾塑造吴荪甫有明确的现实针对性，即为了证明在半封建半殖民地的中国民族资产阶级必然失败的历史命运。吴荪甫具有英雄性的一面，他有果敢、刚毅的性格，铁腕式的管理才干与发展民族产业的雄心，但最终还是无法挽救资本被吞并的命运，这“强者”的失败具有悲剧色彩。(2)吴荪甫身上也有非英雄的自私、怯懦甚至残酷的一面。英雄与非英雄统一，体现了资产阶级的双面性，更体现了人物内心的复杂性与多面性，简单地以好与坏的标准来评价吴荪甫都是不全面的。(3)在对吴荪甫“英雄气概”的分析中要特别防止用简单的阶级属性去衡量人物，而是应该将人物置于整个社会历史环境中，评价作为民族资产阶级代表的吴荪甫与半封建半殖民地现实的紧张关系，理解个人欲求与历史条件冲突所造成的悲剧。可参阅《三十年》第十章第二节以及“评论节录”中乐黛云的文章。

3. 试从题材、人物塑造、结构和心理描写等方面，评论《子夜》的艺术特色。

本题和第1、4题有些部分可以互相参照，但应当紧扣着《子夜》来展开分析，而且是偏重小说艺术的分析。谈论题材和结构时要点是“革命现实主义”模式和“史诗性”，人物塑造注重“阶级和时代内涵”的“典型”，心理描写的“多面性与复杂性”，以及所谓“典型环境中的典型性格”，即从社会关系与阶级关系中刻画心理性格，等等。最好还能分析上述这些特点中可能包含的艺术上的得失。可以参考“评论节录”中乐黛云和王晓明的两篇文章。

4. 试论茅盾小说创作的史诗性特征。

可参考《三十年》第十章第一节和第二节，其中有较详细的分析，但不要照搬教科书结论，尽量结合自己阅读茅盾小说的印象与感受，从艺术分析角度去发挥。首先必须明确何谓“史诗性”，它既是一种审美追求，也是一种思维模式，是特定历史文化背景的产物。茅盾小说中“史诗性”的源头来自 19 世纪欧洲批判现实主义文学潮流，以书写历史的视角和方法来进行文学创作是这一潮流的重要特征。茅盾小说的系列性和编年史特征，注重题材和主题的时代性，以及对“巨大的思想深度”和“广阔的历史内容”的追求，是讨论“史诗性”的主要论点。应当结合创作实例来谈，除主题和题材外，还可从人物、情节、结构等方面加以评述。如果能把“史诗性”的形成及其影响放到所处历史语境中去考察，并讨论其在 20 世纪中国文学发展过程中的起落沉浮，可能使论述更具文学史的视野。

【必读作品与文献】

《蚀》

《子夜》

《春蚕》

【评论节录】

茅　盾:《〈子夜〉是怎样写成的》

乐黛云:《〈蚀〉与〈子夜〉的比较分析》

王晓明:《潜流与漩涡》

▲茅盾谈《子夜》是怎样写成的

在我病好了的时候，正是中国革命转向新的阶段，中国社会性质论战进行得激烈的时候，我那时打算用小说的形式写出以下的三方面:(一)民族工业在帝国主义经济侵略的压迫下，在世界经济恐慌的影响下，在农村破产的环境下，为要自保，使用更加残酷的手段加紧对工人阶级的剥削;(二)因此引起了工人阶级的经济的政治的斗争;(三)当时的南北大战，农村经济破产以及农民暴动又加深了民族工业的恐慌。

这三者是互为因果的。我打算从这里下手，给以形象的表现。这样一部小说，当然提出了许多问题，但我所要回答的，只是一个问题:即是回答了托派;中国并没有走向资本主义发展的道路，中国在帝国主义的压迫下，是更加殖民地化了。中国民族资产阶级中虽有些如法兰西资产阶级性格的人，但是因为一九三〇年半殖民地的中国不同于十八世纪的法国，因此中国民族资产阶级的前途是非常暗淡的。在这样的基础上产生了中国民族资产阶级的动摇性。当时，他们的“出路”是两条:(一)投降帝国主义，走向买办化;(二)与封建势力妥协。他们终于走了这两条路。

实际上写这本书是在一九三一年暑假以前开始的。我向来的习惯:冬天夏天不大写作;夏天太热,冬天屋子内生着火炉有点闷人。一九三〇年冬整理材料,写下详细大纲,列出人物表,男的女的,资本家工人,……他们各个人的性格,教养以及发展等等,都拟定了。第二步便是按故事一章一章的写下大纲,然后才开始写。当时我的野心很大,打算一方面写农村,另方面写都市。数年来农村经济的破产掀起了农民暴动的浪潮,因为农村的不安定,农村资金便向都市集中。论理这本来可以使都市的工业发展,然而实际并不是这样,农村经济的破产大大地减低了农民的购买力,因而缩小了商品的市场,同时流在都市的资金不但不能促进生产的发展,反而增添了市场的不安定性。流在都市的资金并未投入生产方面,而是投入投机市场。《子夜》的第三章便是描写这一事态的发端。我原来的计划是打算把这些事态发展下去,写一部农村与都市的"交响曲"。但是在写了前面的三四章以后,夏天便来了。天气特别热,一个多月的期间天天老是九十几度的天气。我的书房在三层楼上,尤其热不可耐,只得把工作暂时停顿。

直到"一二八"以后,才把这本小说写完。因为中间停顿了一下,兴趣减低了,勇气也就小了,并且写下的东西越看越不好,照原来的计划范围太大,感觉到自己的能力不够。所以把原来的计划缩小了一半,只写都市的而不写农村了。把都市方面,(一)投机市场的情况;(二)民族资本家的情况;(三)工人阶级的情况,三方面交错起来写。因为当时检查的太厉害,假使把革命者方面的活动写得太明显或者是强调起来,就不能出版。为了使这本书能公开的出版,有些地方则不得不用暗示和侧面的衬托了。不过读者在字里行间也可以看出革命者的活动来。比如同黄色工会斗争等事实,黄色工会几个字是不能提的。

本书为什么要以丝厂老板作为民族资本家的代表呢?这是受了实际材料的束缚,一来因为我对丝厂的情形比较熟习,二来丝厂可以联系农村与都市。一九二八——二九年丝价大跌,因之影响到茧价。都市与农村均遭受到经济的危机。

本书的写作方法是这样的:先把人物想好,列一个人物表,把他们的性格发展以及联带关系等等都定出来,然后再拟出故事的大纲,把它分章分段,使他们联接呼应。这种方法不是我的创造,而是抄袭旁人的。巴尔扎克,他起初并不想作什么小说家,他打算做一个书坊老板,翻印名著袖珍本,他同一个朋友讲好,两个人合办,后来赔了钱,巴尔扎克也得分担一半。但是他没有钱:只得写小说去还债。他和书店订下合同,限期交货。但是因为时间仓促,经常来不及,他便想下一个巧妙的办法,就是先写一个极简单的大纲,然后再在大纲上去填写补充,这样便能按期交稿,收到稿费。我不比巴尔扎克那样着急,不必完全依照他那样作。我有时一两万字一章的小说,常写一两千字的大纲。

(录自茅盾:《〈子夜〉是怎样写成的》,《茅盾研究资料》中册,中国社会科学出版社 1983 年版)

▲《蚀》与《子夜》的比较分析

事实上,《蚀》不仅没有做到"不把个人的主观混进去",恰恰相反,它强烈地表现著作者主观的思想感情,如对孙舞阳、章秋柳这类"时代女性"的同情和偏爱就是一例。作者多次强调这类人物虽然表面上都显得轻率放纵,浮躁浪漫,但实际上"却有一颗细腻温柔的心,一个洁白高超的灵魂",而且"思想彻底","心里有把握",她们神往于反抗破坏冒险奋斗,醉心于戳穿假面,揭露真相;她们也渴望牺牲自己,做一点有益于别人的事,但她们不知道怎样去做,而且她们不免利己、自私、崇尚感官的享乐,"不愿在尝遍生之快乐的时候就死",想在"吃尽了人间的享乐的果子之后再干悲壮事"。革命的被叛卖在她们的心灵上留下了难愈的创伤,她们觉得自己受了骗,"理想的社会,理想的人生,甚至理想的恋爱都是骗人的勾当",她们不愿"拿着将来的空希望","为目前的无聊作辩护",不愿作渺茫的将来的奴隶而愿执著地粉碎一切现实的束缚,她们声称:"既定的道德标准是没有的,能够使自己愉快的便是道德。"于是恣意追求一己的快意和刺激:"我们正在青春,需要各种刺激,需要心灵的战栗,需要狂欢。刺激对于我们是神圣的、道德的、合理的。"她们憎恶平庸,厌恨周围停滞的生活,她们始终不能和革命失败后的黑暗社会妥协,而且挣扎着不愿在那灰色的生活中沉没。作者说:"慧女士、孙舞阳、章秋柳不是革命的女子,然而也不是浅薄的,浪漫的女子,如果读者并不觉得她们可爱、可同情,那便是作者描写的失败。"她们的可爱、可同情,就在于她们奋不顾身地想脱出那几千年来形成的腐败社会秩序,英勇反抗封建统治强加于人民,特别是妇女的道德镣铐(她们的浪漫、追求"性"的解放正是这种反抗的歪曲表现)。她们曾满腔热情地投入伟大的人民革命,革命的失败和她们自身的弱点使她们终于又被抛出革命的轨道,回到原来的旧生活,她们拼命挣扎,虽然并无结果,但毕竟远胜于屈服、苟活、乃至同流合污。"只要环境转变,这样的女子是能够革命的。"作者写这一切,决不是用客观主义、自然主义的态度,而是充满了赞赏与同情。

《子夜》也不是只表现作者思想概念而不寄托作者感情的作品。吴荪甫是一个从生活中涌现出来的活生生的形象，而不是什么“本质”的“化身”，作者写《子夜》未必经过一个独立的逻辑思维阶段，这部作品和“四人帮”提倡的“主题先行论”更是风马牛不相及。……茅盾在创造吴荪甫这个人物时，决不是把他作为一个“反动工业资本家”来处理的。相反地，他是在塑造一个失败的英雄，一个主要不是由个人的失误而是由历史和社会条件所必然造成的悲剧的主人公。作者曾对他的命运深感遗憾和惋惜，并激起读者同样的感情。这倒不是什么新发现，而是《子夜》发表当年，人们还无须顾忌或回避什么时的真实感觉。例如朱自清就曾说：“吴、屠两人写得太英雄气概了，吴尤其如此，因此引起一部分读者对于他们的同情与偏爱，这怕是作者始料所不及的吧。”侍桁称《子夜》为“一本个人悲剧的书”，他说，“这个英雄的失败被写得象希腊神话中的英雄的死亡一般地使人惋惜”。其实作者自己当时也并不隐讳这一点，他在作品中明确地说：这个“魁梧刚毅，紫脸多疱”的人“就是二十世纪机械工业时代的英雄、骑士和‘王子’。”（1977 年版，90—91 页）在作者看来，他正是那一时代英雄传奇的理所当然的主角。正因为这样，《子夜》第一版，扉页上印满了纵横交错的“A Romance of China in 1930”（一九三〇年的中国罗曼司）的图案。是的，不论吴荪甫的主观动机如何，他的愿望是抵抗帝国主义、官僚买办，实现自己国家的工业化。这正与我国整个民族的历史愿望相吻合。他雄才大略，高瞻远瞩，是一个刚毅顽强、讲求效率，最恨拖沓不中用者的“铁铸的人儿”。无论是才干、人格、气质、风度，他都远远超过粗俗鄙陋的赵伯韬之流，然而他却惨败于后者之手，这不是他本人的过失，而是无法抗拒的社会和历史的必然。从他的败亡，我们也看到了某些比较美好的事物的被毁灭。因此，作者对他的主人公的同情、赞赏、遗憾、惋惜，以及通过这个形象所激发的读者类似的美学感情是可以理解，可以接受的（当然，这是就他和官僚买办的关系而言，他和工农的关系是另一个问题）。作者显然不是用一个“反动工业资本家”的概念来指导吴荪甫形象的创作，而是按照自己对生活本身的真情实感来写的。这种真情实感与他的主观概念甚至并不完全吻合，这就是朱自清所说的“作者始料所不及”。如果吴荪甫这个人物是一个完全由作者“根据推理设想出来”的“反动资本家”的图式，这种效果就不可能产生，吴荪甫这个形象也就不可能在现代文学史上占有今天的地位。

《子夜》的缺点则在另一方面，由于作者总想告诉读者一点什么，总想表现一些“本质”的东西，而又缺少足以表现这种“本质”的具体生动的生活细节,这就难以避免概念化的毛病,而使读者感到有些人物“是作者根据推理设想出来的”。如用秋隼律师和经济学教授李玉亭来表现法律、经济从属于政治就是明显一例。即是塑造得相当成功的吴荪甫有时也难免这种概念化的痕迹。特别是当作者离开了形象思维的规律,不是严格按照生活的逻辑,而是主观地想强加给人物一点什么自己的理论时,这种弱点就更其明显。例如作者最近回忆瞿秋白同志曾详细看过《子夜》时说:“秋白说:‘福特轿车是普通轿车,吴荪甫那样的资本家该坐“雪铁笼”’,又说:‘大资本家到愤怒极顶而又绝望时,就要破坏什么,乃至兽性发作’,这两点我都照改,照加。”于是,在《子夜》中,我们就读到:“他疯狂地在书房里绕着圈子,眼睛全红了,咬着牙齿,他只想找什么人来泄一下气!他想破坏什么东西……一切不如意这时全化为一个单纯的野蛮的冲动,想破坏什么东西。”以下是强奸王妈的情节。这样的情节缺乏生活的基础,是从“兽性发作”的概念出发而附加上去的。王妈这个人物来无迹,去无踪,她的出现只是为了说明吴荪甫的“兽性”而已。尤其重要的是这种行为完全不符合人物性格发展的逻辑,显得很不协调。实际上,他这样做了,也很难说达到了“想破坏什么东西”的目的。一贯持身颇为严谨的吴荪甫在那样愁绪纷繁,万事攒心,急待挣扎的情况下,竟然冒着被人识破而威名扫地的风险,在自己家中去强奸一个他从未关注过的并不吸引人的女仆,真是很难令人置信的事。由此不难看出这种属于作者概念的外加的东西是怎样妨碍了艺术创作。

(录自乐黛云:《〈蚀〉与〈子夜〉的比较分析》,《文学评论》1981年第1期)

▲论茅盾的创作心理及其作品的得失

我以前也相信这样的说法,认为《子夜》好就好在写出了吴荪甫在买办赵伯韬面前的必然失败,正是他和赵伯韬的那些斗法使他显得丰满。可这一回重读《子夜》,我却发现并非如此。无论是与益中公司的同道们谋划决策,还是对杜竹斋软磨硬逼,也无论是在俱乐部与赵伯韬当面谈判,还是去工厂镇压工潮,总之,当吴荪甫完全以一个工业资本家的面目出现时,他并不怎样吸引人。不是咬着牙低头沉吟,就是提高嗓门发号施令,再就是挺起胸脯狞笑一声,脸上则一律都是泛着红光——他就很少有什么别的表情,说句实话,我常常不知道这个在吴公馆外面忙碌奔走的吴荪甫,和我们在别处看到的那些概念化的同类形象,到底有多大的差别。但是,当他在书房里独自一人的时候,读者的感觉却完全不同了。他不再仅仅是一个资本家,更是一个普通的中年男子,他的暴躁、沮丧,他那种仿佛等待判决似的紧张,那种对失败的不由自主的预感,那种承受不住重负的虚弱,那种竭力要振作自己的挣扎;这一切都使人感到可信,因为那正是我们自己也能够体验到的情感。第十七章里,作者详细描述了吴荪甫的乱梦,这个梦把他内心深处的失控现象表现得如此清晰,我想任何一个与他性情相通的人,大概都无法否认自己多多少少也陷入过类似的梦境。至于十九章里,吴荪甫看到仆人乱哄哄地拆换沙发套,禁不住暴躁起来,觉得满屋子的家具都在显示一种败相:这一类的细节描写就更能够打动读者,谁能说自己对这样的心理感到陌生?在我看来,正因为有这些对吴荪甫软弱心理的细致刻画,他的形象才能够在读者跟前活了起来。这些心理当然与他和赵伯韬的斗法有关,但却和所谓民族资产阶级的失败命运无关,如果赵伯韬也有吴荪甫这样的性格,又碰上一个比他资本更雄厚的对手,他也可能会有这样的表现。说到底,吴荪甫的失败其实是一种悲剧性格的失败,是一个自命不凡,却又受到时势拨弄的男人的失败,而不是什么民族资产阶级代表人物的失败。我总以为,一个真正丰满的人物形象是决不可能仅仅只向读者显示他的政治和经济身份的。作家越是深入发掘他的内心世界,就越会把他那些积淀着全部社会和遗传影响的深层心理揭示出来。你当然可以说他的政治和经济身份制约着这些心理的变化方向,可从另外的一面讲,不也正是这些心理在很大程度上决定了他能获得怎样的政治经济身份吗?在审美体验的领域里,人物的深层心理往往要比他的社会身份重要的多;事实上也只有凭着这些心理的显现,一个具有特定社会身份的人物才可能赢得许多与他身份不同的读者的热烈关注。我对《子夜》读得越仔细,就越是不由自主地要把吴荪甫仅仅看作一个与我们相通的普通男子,就好象我也只是将桂奶奶看作一个有刚性的寡妇一样。

据茅盾说,吴荪甫是有原型的,其中主要一位,就是他的远房亲戚卢表叔。对这位金融家,茅盾不但自小熟悉,还怀有相当的好感。这就是说,且不论《子夜》的总体构思,至少当具体描写吴荪甫的时候,茅盾并不是单只依照对民族资产阶级的抽象认识,还运用了自己对某些人物,而且是对之怀有好感的人物的形象感受。我还注意到,那些刻画吴荪甫性格的动人之笔,大部分都是落在他的各种软弱心理上,而描写一个人的软弱心理,正是茅盾向来的专长。这就都明白了:茅盾所以能写活吴荪甫,是因为在他的想象当中,那原本就有一个和自己颇为亲近的活人。尽管他认真想用全新的方法来刻画他,一动起手来,他选择的视角,运笔的手势,甚至蘸取的颜色,都还是不自觉就依照了旧有的习惯。吴荪甫是他笔下第一个成功的新形象,可这成功,却多半因为他常常还是在用过去的方法塑造他。

我又想到《子夜》中的那些女性形象,她们似乎更能够证明,茅盾过去的情感体验是如何在暗中发挥作用。象林佩瑶姐妹和蕙四小姐，仿佛就直接来自《蚀》和《虹》；在刘玉英和徐曼丽身上，有时也能看出一丝慧女士的影子。她们并非中心人物，可常常正是靠了她们的穿插活动，那些依照概念设计的描写才没有显得十分苍白。如果徐曼丽不出场，吴家吊丧时那依次亮相的场面就会非常沉闷；没有吴家女眷们引发出来的一幕幕爱情故事，书中那些关于股票和资金问题的讨论就越发要显得冗长。尤其重要的是，正是这些漂亮女人给作者提供了机会，使他能够有声有色地刻画与之相对的男性形象。因为林佩珊与范博文同坐一条长椅，逗引得这位青年诗人欲进又退，心慌意乱，他才不至于仅仅呆板得如同一具木偶。也因为有刘玉英主动诱惑，使吴荪甫初则无动于衷，最后却艳梦不绝，他那自我控制能力的崩溃才能表现得那样清晰。即便是赵伯韬，他给人印象最深的，不也正是那番推着刘玉英的下身转一圈之后的借题发挥吗？我很难想象，单靠一些吴赵斗法的情节，作者如何进行现在这样细致的心理刻画。至于对这些女性人物本身的描写，他更是明显沿用了《蚀》里的方法，他那样详尽地叙述林佩瑶和蕙四小姐的心理变化，甚至再一次暴露出那种渲染女性肉体魅力的积习，引起一位批评家的责难。这就好象在天平的一端加重砝码，大大平衡了他在男性人物心理刻画上的欠缺。我们一般总是先从整体上来感受一部小说的，为什么许多读者并不明显感觉到《子夜》在心理描写上的粗糙，这些女性形象无疑是起了很大的掩盖作用的。

就是《子夜》的基本情节，又何尝是完全来自那个预先形成的抽象主题呢？茅盾从起意到动笔，中间隔了将近两年。从最初想写一部“白色的都市和赤色的农村的交响曲”，到集中精力先构思城市三部曲，再到专写一部《子夜》，他几次大幅度地缩小作品的规模。即便拟出了极为详细的人物提要和分章大纲，也还是踌躇再三，直到又作一次彻底压缩，把红军的活动基本上推入幕后，大大减少吴赵斗法的情节，压缩关于工厂生活的描写，除去一些次要人物，他才正式动笔。很明显，他作这些压缩的主要依据就是他的生活体验，凡是他完全不熟悉的场面，不管他们对表现主题多么重要，他都尽量删去。瞿秋白向他提两条建议，一是正面描写红军，二是表现吴荪甫的兽性大发，他却只采纳后者，设计了十四章里那个强奸王妈的细节。这一取一舍，不正体现了他对自己情感体验的尊重吗？在我看来，茅盾对《子夜》基本情节的构思过程，就是他的艺术个性和情感记忆逐渐参与决策的过程。那个最初激起他创作冲动的抽象命题，一旦进入他实践这冲动的具体过程，就无法再维持那种至尊的地位。它若有灵，一定会气愤地发现，当茅盾正式写下《子夜》的第一行词句时,它已经处在他感性经验的强有力的挟持当中了。

这就是《子夜》给我的真实印象。它绝不仅是某个抽象命题的图解,尽管其中确实有图解的成份。文学创造是那样一种复杂的情感活动,作家单凭理智很难把它看得清清楚楚,他的创作自述难免会包含一些或大或小的误解,茅盾对自己写《子夜》的解释便是例证。他说他是运用了一种左拉式的新的创作方法,可我们却看到,他在很多地方都还是保持了原先的写作风格,他的许多描写都还是依靠了过去的情感体验。所以,《子夜》的成功并不能证明那种主题先行的创作方法的成功,它那些失败的部分倒可以证明,缺乏审美感受的直接支持,题材上的大胆开拓往往会造成怎样触目的缺陷。

茅盾这艺术风姿的第一个特点,就是那种与弱者心灵的相通。他对笔下人物的心理刻画是很不平衡的,对那些性格比较刚硬,或者卑劣的形象,他用墨总是很吝啬,刻画的线条也比较粗。可是,一到写那些善良软弱的人物,他的笔立刻就活了,精彩的细节一个接一个跳出来。那种曲曲折折、进一步退半步的思路,那些稍纵即逝的下意识念头,尤其是女性的那些说不清道不明的心理,他都能从容不迫,一笔不漏地写出来。我有时候简直要怀疑,倘若静女士们有知,她们对自己的心思是否也能知道得象他那样清楚。也正因为他对这些弱者心理的刻画达到了令人吃惊的细腻程度,我反而感觉到,他对人心的透视区域并不宽广。他还不具备那种可以洞悉各种灵魂的大才,他只是特别能体味静女士和方罗兰们的心理。

其次是那种凄哀的抒情基调。尽管作者大力描绘了紧张的斗争场面,也详细地讲述过甜蜜的爱情故事,可你一旦合上小说,回想其中的整个故事,种种其他的感觉都会退去,只留下一缕无以名状的凄哀。看着静女士的希望一个个破灭,你禁不住会战栗于造化竟是那样地残酷无情。愈是目睹那小县城里的血腥争斗,《动摇》结束时三个出逃者的仓皇的孤影,就愈加透漏出一种昏黄时刻特有的凄凉意味,你甚至无心去思量他们以后的遭遇,一种深深的疲乏感早已填满了你的心胸。《追求》中那一群年轻人的厄运,更是只能使你黯然神伤,这情绪开始并不强烈,但它随着每一个追求者的失败而一丝一丝地缠绕住你,到最后你突然会发现怎么也摆脱不开。我不禁想起鲁迅。他的作品也使人悲哀,但那是愤怒至极的悲哀,它并不含有《蚀》里的这种凄惶。《狂人日记》也使人颤栗,但它同时又赋予人蔑视黑暗的勇气,《蚀》所引起的颤栗就不同了,它有时候更象是一个寒噤。《伤逝》

的画面也很阴暗，但它能造成一种逼人的压抑感，使你越来越坐立不安；《蚀》里的描写恐怕还不如《伤逝》那样阴暗，它却会使你跌坐进沙发，在凄惶和悲哀中低头无语。

大概每个作家都只能从一个特定的角度去体验人生，不管他的感受多么丰富，其中必定有一种主导的情绪，所谓审美感受的深化，就是指这种情绪愈益有力地融汇其他的各种印象。但是，它毕竟只是一种情绪，远不是每个作家都能清楚地知觉到它，就是知觉到了，也未必都能始终专心去表现它。由于各种因素的影响，他在作品中的许多具体描写倒很可能会遮蔽这种主导的情绪，《动摇》中对胡国光的描写便是例子。但如果是一部篇幅较大的作品，它给你的总体印象却多半是靠得住的，因为它正是由书中那些最动人的描写汇聚而成，这汇聚是一个非常无情的过程，所有不是发自作家内心激情的描写都会被淘汰，只留下那些最能表现他主导情绪，因而表达得最为有力的部分。这就是为什么我格外看重《蚀》三部曲，尤其是《追求》给我的总体印象，正是他们使我有把握说，在茅盾此时的审美感受中，最深切的就是那心力柔弱者对于严酷人生的敏感和怅叹。

（录自王晓明：《潜流与漩涡》，中国社会科学出版社 1991 年版）

第十一章　老舍

【学习提示与述要】

本章介绍现代最重要的小说家之一老舍。作家专章的学习，可偏重对其创作独特价值与文学史地位的分析。应注意把握关键的两点：一是老舍小说对文化批判与民族性问题的格外关注；二是“京味”风格的形成。本章第一节评介老舍以文化批判视野描写的“市民世界”，注重从人物形象类型的文化内涵考察，切入老舍创作的艺术世界；第二节评介《骆驼祥子》，可拓宽思路，不停留于社会批评层面的理解，要注意到作品内蕴的有关批判城市文明中非人性方面的主题，体会其中的惆怅与悲悯；第三节评介老舍作品的“京味”。

一　文化批判视野中的“市民世界”

1. 老舍在现代文学史上的独特地位与价值在于：对文化批判与民族性问题的格外关注。这主要是通过对北京市民日常生活全景式的风俗描写来达到的。老舍笔下的市民世界和人文景观，已经成为文化史的象征。因此，应把“市民世界”的分析作为理解老舍成就的切入点。分析中应注意把握老舍“视点”的独异性：他关注的并非阶级或阶层的划分，而是“文化”对于人性与人伦关系的影响，他写“人”的关节点是写“文化”。抓住这种视点之后，就可以分析老舍笔下几类人物形象的文化内涵。第一类是“老派市民”，主要通过揭示其精神病态，批判传统文化的落后性。第二类是“新派市民”，主要写其虚荣、浅薄、堕落，蕴含有对西方文明包括“五四”后引进的“新潮”的反思与批评。还有第三类形象是“正派”或“理想”的市民，又常常体现老舍倾向传统的道德观。难点在于要发现并分析老舍批判传统文明时的失落感与对“新潮”的愤激之情交织的复杂情形。

注意《三十年》中这段话，并多加思考：“出现在老舍作品里的人物很多都是愚昧、自私、妥协、敷衍、虚伪、丑陋、病态和无特操的，他们差不多都被作者给予了讽刺，因为在他们那里看不到生活的希望。老舍笔下的北京也似乎永远都是灰蒙蒙、阴沉沉的，胡同、大街、四合院、商铺、学校、教堂、妓院、茶馆……全都死气沉沉，极少温情和梦幻的颜色。……他对北京的

‘城’与‘人’的爱恨交织,固然是他的创作心态表现,也是他的文化观念的反映;他总在质疑现代城市‘文明病’带给人类的弊害。”

二 《骆驼祥子》:对城市文明病与人性关系的探讨

2. 这一节是重点。同学们在中学阶段都学过《骆驼祥子》,对这部小说比较熟悉,但还是建议在读过本章之后,把这部作品再读一遍。要超越中学语文教学的思维习惯,结合自己的印象与感受,去思考《骆驼祥子》多层面的主题意蕴。通常认为这部小说反映旧中国城市底层人民的苦难生活,祥子的悲剧主要体现社会批判包括国民性批判的内涵,这是从社会分析的层面去理解作品。也还可以进入更深的层面去作另一种理解,即认为这主要是描写一个纯朴的农民与现代城市文明相对立所产生的道德堕落与心灵腐蚀的故事,含有对城市文明病与人性关系的思考。老舍试图揭示文明失范如何引发城市中的人性的污浊,对病态的城市文明给人性带来的伤害深深忧虑。应注意到老舍这类探索现代文明病源的作品,在1930年代是很独特的。此外,关于如何分析虎妞的形象,如何看待老舍对人性的刻画与其道德审视立场,以及渗透在作品中的惆怅和无尽悲悯,都应有深入思考与讨论。

三 老舍作品的“京味”与幽默

3. 应了解老舍作品是“京味”小说的源头。把“京味”作为一种风格来理解与体味,主要包括四个方面:一是取材充分表现北京地域文化特色,包括风俗的描写。二是对北京社会文化心理结构的揭示,如“官样”的体面、排场、气派和礼仪,追求懒散、谦和、温厚的生活,等等。注意老舍在《四世同堂》等作品中对“北京文化”的批判所表现的情感上的矛盾以及“挽歌情调”。三是创造性运用北京市民俗白浅易的口语。四是带有北京市民文化烙印的幽默和趣味。其中第三点可以多一些思考。对老舍“老北京”方言运用的得失,也可以展开讨论。

【知识点】

老舍早期小说、《离婚》《四世同堂》、“京味”小说。

【思考题】

1. 试分析老舍小说中“市民世界”的人物形象构成,并阐说其创作的文化批判视野。

此题偏重知识性的掌握，可从老派市民、新派市民、底层市民和理想市民四个方面来概括老舍笔下的“市民世界”的基本内容。对每一个系列的人物形象，应从代表人物有哪些，出自哪部作品，表现了老舍什么样的文化观念三个方面来进行描述。对老舍文化批判视野的阐说，首先要注意老舍与主流文学的外在差异，了解当时的主流文学注重对现实社会做阶级剖析，而老舍则始终用“文化”来分割人的世界，关注特定“文化”背景下“人”的命运，重视“文化”对于人性及人伦关系的影响。其次要注意的是老舍既批判传统文化，又谨慎对待现代西方文明，以及由此而来的排斥西方资本主义文明、留恋和美化传统文明的民粹主义倾向，了解老舍文化批判视野的复杂性。需要说明的是，《骆驼祥子》中的祥子也是底层市民形象。主要内容参见《三十年》第十一章第一节。

2. 试评《骆驼祥子》中祥子悲剧的多重含义。

“多重含义”意味着首先要了解几种通行的含义，属于知识性的要求，而“评”则要求有一定的思考和分析，不是简单地复述他人观点。因此，这道题既有知识性，又有作品分析能力的要求。《三十年》第十一章第二节简要叙述了批判现实社会、批判传统文明和落后的国民性两种比较常见的理解祥子悲剧的思路及其主要观点，同时从城市文明与人性的冲突这个角度阐释了祥子的悲剧。在知识性要求这个层面上，这道题要求掌握这三种基本思路以及主要观点。可以选择自己觉得能够深入合理地理解祥子悲剧的某一种思路，或者提出自己的新思路，对祥子的悲剧展开论述和剖析。“评论节录”节选了从社会悲剧和个人悲剧两个不同角度阐释祥子悲剧的文字，可作参考。无论从哪个角度入手，都要认真阅读小说，言之有据。

3. 分析老舍作品“京味”形成的主要因素。

本题可以参看《三十年》第十一章第三节，从题材的地域文化特色、老舍对北京文化心理结构的揭示、“北京市民文化”与老舍的“幽默”、老舍的语言艺术与北京市民语言和市民文艺的关系四个方面，来说明老舍作品的“京味”应当作为一种特殊风格现象来理解。赵园《北京：城与人》(北京大学出版社 2014 年版)对“京味”的论述，可作进一步学习的参考。在更高级阶段的综合学习中，本题可综合现代文学和当代文学的内容，把《茶馆》等作品也纳入论述范围。

4. 试比较老舍和茅盾都市题材作品的异同。

本题为拓展型思考题，旨在引导有兴趣的同学综合有关知识，借助学术界的研究成果，钻研和思考前沿性的问题，加深对现代文学总体性特征的认识。茅盾的小说被称为社会剖析派小说,其特点是在社会科学理论指导下,从经济和政治的角度来对整个社会生活展开全局性的描写,力图表现和把握现代社会生活的总体面貌和规律;老舍则侧重从文化层面来观察和描写人物,揭示人与人之间的关系,重视描写自己熟悉的生活领域。这两种不同的表现角度,也带来了一些艺术手法上的不同,比如茅盾偏爱的是截取一个横断面展示整个社会生活的全貌,老舍则偏重从某一个点出发,在纵向的时间线索中表现人与社会之间的复杂性;茅盾笔下的人物往往都有明确的社会关系属性和位置,而老舍对自己的人物往往带有复杂的甚至是相互矛盾的感情体验,等等。严家炎的《中国现代小说流派史》第四章详细论述了茅盾和社会剖析派小说的基本特征,樊骏在《认识老舍》(《文学评论》1996 年第 5—6 期)中把茅盾当作主流文学的代表,比较过老舍与主流文学的不同之处,《三十年》第十章也讨论过茅盾开创的社会剖析派小说,均可参看。

此外,也可以从茅盾和老舍作品中的都市生活的不同之处入手,分析这两种不同的都市文化的社会历史内涵,从中引发现代文学对北京和上海这两种都市文化生活的描写,深化对现代文学的总体认识。吴小美和魏韶华在《老舍与东西方文化》(《中国现代文学研究丛刊》1988 年第 4 期)谈到了老舍笔下的北京文化与传统文化之间的联系,李俊国的《中国现代都市小说研究》(中国社会科学出版社 2004 年版)第四章谈到了老舍和茅盾对都市生活的表现,可参看。

【必读作品与文献】

《骆驼祥子》
《月牙儿》
《断魂枪》

【评论节录】

樊　骏:《论〈骆驼祥子〉的现实主义》
杨　义:《中国现代小说史》第二卷
赵　园:《北京:城与人》
樊　骏:《认识老舍》

▲论《骆驼祥子》的现实主义社会内涵

《骆驼祥子》正是这样塑造祥子的形象的。祥子曾经是个正直、热爱生活的劳动者。小说一开始,关于他的外形的描写,关于他拉车的刻画,都写得很有光彩,简直成了青春、健康和劳动的赞歌。小说又以更多的篇幅,描绘祥子美好的内心世界。当他在曹府拉车,不小心翻了车,车给碰坏了,主人也给摔伤了;他引咎辞工,情愿把工钱退给主人作为赔偿,表现出作为一个劳动者的责任心和荣誉感。在严冬夜晚的小茶馆里,他给老马祖孙两代买羊肉包子充饥,又倾注着对于苦难的伙伴真诚的关切和深沉的同情。这些段落,用朴实无华的笔墨,描写了祥子好的品质。作家甚至用了奇特的比喻形容这个人物:"他仿佛就是在地狱里也能作个好鬼似的。"

然而,这个在地狱里都会是个好鬼的祥子,在人世间却没有能够始终成个好人。随着生活愿望的破灭,他成了截然不同的另一个人。"他吃,他喝,他嫖,他赌,他懒,他狡猾",他掏坏,打架,占便宜,为了几个钱出卖人命。拉车曾经是他惟一的指望,后来却讨厌拉车了。连他的外形,也变得肮脏、猥琐了。小说结束时,他已经沦为一个行尸走肉般的无业游民。而在祥子前后判若两人的变化中,最重要的是生活态度的改变。他从来不是一个有觉悟的劳动者,更不是什么英雄。但买辆车做个独立劳动者的愿望,毕竟在一定程度上表达了对于命运的反抗,和改变低贱处境的努力。最后却完全安于命运的安排,"将就着活下去是一切,什么也无须乎想了"。他向生活屈服了,忍受着一切侮辱与损害,而没有任何怨尤。……

祥子被剥夺掉的,不仅是车子、积蓄,还有作为劳动者的美德,还有奋发向上的生活意志和人生目的。在这里,美好的东西的毁坏不是表现为一个品格高尚的英雄在肉体上的死亡,而是人物的高尚品格的丧失殆尽,即精神上的毁灭。……

人在社会中生活,受着社会的制约。他的道路,是由他所处的社会环境,他所属的社会地位,他与社会的各种联系决定的。祥子的形象,是在当时那个黑暗社会的生活画面上,在他与各种社会力量的复杂关系中凸现出来的。他的悲剧,主要是他所生活的那个社会的产物。……

最使祥子苦恼的,是无法摆脱虎妞的纠缠。他从一开始就不愿意接受这种强加于他的关系,想方设法避开她。虽然比起大兵和特务,虎妞没有可以任意置他于死地的权力;但她设下的圈套使他有苦难说,他的作为男子汉的责任感又使他不能当她困难的时候把她抛在一边,处处碰壁迫使他不得不回到她的身边。他没有别的选择。他把接受虎妞的安排,看作是"投降"。在这件事上,他更加清楚地看到了自己的无能和无力:"命是自己的,可是教别人管着。"这对于腐蚀他的生活意志,打破他的生活愿望,从奋发有为到怀疑自己进而自甘堕落,起了比前面几次打击更为严重的作用。

在这里,阶级与阶级的对立,阶级对阶级的压迫,不是表现为政治上的迫害或者经济上的剥削,而是表现为深入人物身心的摧残和折磨。祥子不仅不能获得自己所追求的,甚至无法拒绝自己所厌恶的。这些都充分地刻画出生活的复杂内容和祥子的卑微处境,是全书最能表现出老舍特长的部分。

(录自樊骏:《论〈骆驼祥子〉的现实主义》,原载《文学评论》1979 年第 1 期,收入《老舍研究资料》下册,北京十月文艺出版社 1988 年版)

▲评析祥子的悲剧

祥子经历了人生道路上的三部曲:在自食其力的劳动中充满自信与好强;在畸形结合的家庭生活中苦苦挣扎而终归失败;在绝望中扭曲了灵魂而堕落成走兽。祥子是来自乡村的青年劳动者,既有农民的勤苦诚实、沉默单纯,又有农民的结实硬棒。“他确乎有点象一棵树,坚壮,沉默,而又有生气。”他用三年的劳苦,凑钱买了一辆新车。但是新车被逃兵裹走,只在荒乱中拉回值得车资三分之一的三匹骆驼。他并没有因此失去生活的信心,凭着一股倔劲,早出晚归,招揽着给别人拉包月,想多赚点钱,重新买车,“这是他的志愿,希望,甚至宗教”。他难免带有点小生产者的狭隘,往往与饿疯的野兽一般与同行争生意。但是依然不乏小生产者的质朴,他失手跌断主人的车把,主动要求处罚和辞退;他不愿让女佣拿自己的钱去放债,宁可存在闷葫芦罐儿里面;他同情饥饿衰老的车夫,毫不犹豫地买了十个羊肉馅包子给他。祥子是以农民般的纯洁心灵,心无旁骛地追求拉自己的车这样微末的希望的。但是,黑暗的社会连如此微末的希望也毫不留情,孙侦探洗劫了他的存款。在祥子走投无路的时候,虎妞使他的人生道路发生偏斜,即促使这个具有农民气质的劳动者加速“市民化”。祥子虽然毫不在意于刘四爷的六十辆车子,但虎妞诳称已有身孕,这位诚实的劳动者便感到自己是一条逃不出她的绝户网的小鱼。他不愿离开车夫同行,他又不能不委屈、羞愧与无可奈何地向刘家父女投降。在虎妞与刘四爷闹翻的时候,他站在虎妞一方,一旦与虎妞成亲,他又感到自己娶了一个会骂他也会帮他的母夜叉。他为花花绿绿的新房、游游逛逛的生活感到闷气和渺茫,感到自己“不是人,而只是一块肉”,他独立的人格受了夫妻伦理的损害。祥子毕竟还是祥子,尚未褪尽劳动者的本色,尚未改变“拉自己的车”的人生目标。他无法改变虎妞的生活恶习,但他没有驯顺地服从虎妞给他规划的生活道路:做买卖,或买几辆车吃租金。他依然是个“车迷”,他甚至威胁虎妞:“拉车,买上自己的车,谁拦着我,我就走,永不回来了!”虎妞在听到刘四爷盘卖车厂,不明去向的消息之后,终于成全祥子买车自拉的愿望,但祥子不时感到疲乏和生病,虎妞的肉欲已使这个树一般坚壮的身体开始枯萎了。总之,与虎妞的共同生活,使祥子受到相当程度的"市民化"的侵蚀,他已在人格独立、身体健壮和生活方式诸方面,不同程度地失去了"农民—车夫"的完整性。虎妞的难产而死,是祥子生活转折的另一个重要契机。他卸去了精神上的严重束缚,完全有可能在正常、健康的社会环境中复活他的劳动者的本色;同时他也卸下了家庭生活的责任,在黑暗污浊的社会环境中又完全可以接受了"市民化"的消极一面,下滑到堕落的深渊。为虎妞送殡,他卖了车,从而失去半个饭碗。小福子是他理想的人,但他无力负担她的老父稚弟的生活,失去了重新建立家庭的资格。生活的无穷无尽的磨难是要索尽灵魂的代价的。他不再想从拉车中获得任何光荣,逐渐沾上烟、酒、赌。他也看破了体面,下贱地接受主人的姨太太的引诱,横蛮地在大街上寻衅打架。那个懂得"社会主义"、人道主义和唯美主义的好人曹先生也无法挽救祥子的生活和灵魂,当他想把祥子和小福子安排在自己家中为佣之时,小福子早已被卖进妓院,并吊死在树林中了。这种毁灭性的打击,摧毁了祥子的希望、美德和整个灵魂,使之成为"文化城"失了灵魂的走兽,个人主义难能救药的末路鬼。祥子的悲剧是深刻的,因为它具有人生悲剧、家庭悲剧和心灵悲剧的多重性,其结局的悲剧苦味是浓得化不开的。美国伊文·金(Evan King)1945年的译本化作祥子与小福子的大团圆,削弱了作品的严峻感。作家于1955年人民文学出版社版本中删去小说最后的一章半,虽然给读者以希望的余地,却影响了心灵解剖的深刻性。老舍说:"我所要观察的不仅是车夫的一点点浮现在衣冠上的、表现在言语与姿态上的那些小事情了,而是要由车夫的内心状态观察到地狱究竟是什么样子。车夫的外表上的一切,都必有生活与生命上的根据。我必须找到这个根源,才能写出个劳苦社会。"这种深刻的创作动机,似乎在《骆驼祥子》的原版中体现得较为充分。

(录自杨义:《中国现代小说史》第二卷,人民文学出版社1988年版)

▲关于老舍的幽默及其创作的文化视点

幽默作为创作过程中的作者心态,通常正是一种非激情状态,其功能即应有对于激情、冲动的化解。老舍曾被称为"幽默大师",因此而被捧也因此而被批评。鉴于新文学的严肃、沉重的性质,不妨认为老舍式的幽默出于异秉,尽管这幽默也不免有《笑林广记》的气味。幽默作为一种智慧形态,在专制社会,通常属于民间智慧。北京市民中富含这种智慧。帝辇之下的小民,久阅了世事沧桑,又比之别处(在封建或半封建的中国,"帝力"所及,并非无远不能至)承受了更直接的政治威慑。有清一代北京市民中大大发展了的语言与幽默才能,一方面出于对上述生活严峻性的补偿,另一方面,如上所说,也由于历史生活固有的幽默性质。满清王朝的覆没,带有浓厚的喜剧色彩。大凡一个王朝终结,总要有种种怪现状。清王朝由于极端腐败,更由于其腐败在近代史特殊的国际环境中,更增多了荒唐怪诞。“福大爷刚七岁就受封为‘乾清宫五品挎刀侍卫’。他连杀鸡都不敢看,怎敢挎刀?”(《那五》)事情就有这么可笑,可笑得一本正经。北京人以其智慧领略了历史生活的讽刺性,又以其幽默才能与语言才能(幽默才能常常正是一种语言才能)解脱历史、生活的沉重感,自娱娱人。幽默也是专制政治下小民惟一可以放心大胆地拥有的财产。老舍不无幸运地承受了这份财产。他的幽默,他的文字间的机趣,的确大半是源自民间的,其表现形态不同于开圆桌会议的大英国民的那一种。

一旦以幽默进入创作,幽默即统一于总体的美学追求;到当代京味小说,更出于自觉的风格设计。在京味小说作者,幽默中包含有他们与生活特有的审美关系。他们敏感于极琐细的生活矛盾、人性矛盾,由其中领略生活与人性现象中的喜剧意味,以这种发现丰富着关于人生、人性的理解,和因深切理解而来的宽容体谅,并造成文字间的暖意,柔和、温煦的人间气息。这里有智者心态。由于所见极平凡细微,他们写的自然不会是令人哄然大笑的喜剧(《钦差大臣》或《悭吝人》之类)。这只是一些人生极琐屑处的通常为人忽略的喜剧性。作为创作心态,幽默节制了对生活的理性评价与情感判断的极端性,其中包含着有利于审美创造的距离感,却又不是淡漠,不是世故老人或哲人的不胜辽远的目光,而是浸润在亲切体贴中的心理距离,以对象为审美对象同时意识到自己的鉴赏态度的距离感。在一批极其熟于世情、深味人生的作者,这儿自有世事洞明后的人生智慧。……

最触目的差异是,老舍并不注重阶级特征与阶级关系。较之主流文学以现实社会的阶级结构作为作品艺术结构的直接参照,老舍作品或以人物命运为线索,作纵向的时间性铺叙(如《骆驼祥子》《我这一辈子》《月牙儿》),或依呈现世相、人生相的要求而进行空间铺排,在与主流文学相近的结构形态中,透露的是对于生活材料的不同选择,以及艺术结构与生活结构不同的对应关系。如上文所说,他的作品是讲求行当齐全的,但着眼常在出场人物的个性分布,文化风貌的差异,人物职业门类的“三教九流”“五行八作”,伦理层次的老中幼(如《骆驼祥子》中老车夫老马,中年车夫二强子,顺次而下的祥子、小马等;再如《四世同堂》中的四代,其他作品里的父与子)——是这样的生旦净末丑。其中《骆驼祥子》的创作最能见出普遍文学风气的影响。即使在《骆驼祥子》里,也并非偶然地,老舍并不着力于车厂老板刘四对车夫祥子的直接经济剥削,将祥子的悲剧仅仅归结为阶级矛盾的结果。用了《我这一辈子》中主人公的说法,他强调的是"个人独有的事"对造成一个人命运的作用,如与虎妞的关系之于祥子,也如《我这一辈子》中"我"家的婚变之于"我"。这使得小说世界内在构成与构成原则,与一时的流行模式区分开来。

老舍非但不强调较为分明的阶级,甚至也不随时强调较为朦胧的上流、下层。小羊圈祁家无疑是中产市民(《四世同堂》),牛天赐家(《牛天赐传》)、张大哥家(《离婚》)也是的。在小羊圈胡同中,处于胡同居民对面的,是汉奸冠晓荷、蓝东阳,洋奴祁瑞丰,以至于在"英国府"当差而沾染了西崽气的丁约翰。至于其他胡同居民,倒是因同仇敌忾而见出平等的。不惟一条小羊圈,在老舍的整个小说世界中,作为正派市民的对立物、市民社会中的异类的,主要是洋奴、汉奸、西崽式的文人或非文人:仍然是文化上的划分。上述特征在当代京味小说中也存在着。即使现实感较强的刘心武,对于他笔下人物众多的那条胡同(《钟鼓楼》),也更乐于表现作为胡同文化特点的和谐、平等感——包括局长及其邻居之间。

老舍长于写商人,那种旧北京"老字号"的商人,所强调的也非阶级(商业资本家),而是职业(所营者"商")。他甚至不大关心人物具体的商业活动。吸引他的兴趣的是人物的文化风貌,德行,是经由商人体现的"老字号"特有的传统商业文化。在这种时候他对人物的区分,也同样由文化上着眼:以传统方式经营的,如祁天佑(《四世同堂》)、王利发(《茶馆》),以及《老字号》《新韩穆烈德》诸作中的老板、掌柜;站在这一组人物对面的,则是以凶猛的商业竞争置"老字号"于绝境的洋派商人。他并非无意地忽略了上述商人共同的商人本性(阶级属性),而径自专一地呈现其不同的文化面貌、商业文化渊源与背景。

上述总体构思下的人物关系,自然不会是如左翼文学中通常可以分明看到的阶级关系。这里构成人物生活世界的,是街坊、邻里,以及同业关系,也即胡同居民最基本的生活关系。其中尤其街坊、邻里关系,往往是京味小说中描写最为生动有味的人物关系。老北京的胡同社会,主要由小生产者、中小商业者、城市个体劳动者构成。生产活动、商业活动的狭小规模,经济层级的相对靠近,都不足以造成充分发展的阶级结构与阶级对立关系;东方城市中素来发达的行会组织，也强调着人的职业身份，人与人之间的行业、职业联系。当代北京胡同情况虽有变动，仍在较为低下的生活水准上保留着居民经济地位的相对均衡（这种情况近年来才有变化）。这正是构成胡同人情、人际关系的生活依据。京味小说作者的选择在这一点上，又出于对北京生活的谙悉，而不全由形式的制约。来自生活世界的与来自艺术形式、艺术传统、艺术惯例的多方面制约——或许要这样说才近于完全？

（录自赵园：《北京：城与人》，北京大学出版社 2014 年版）

▲茅盾的社会剖析与老舍的文化剖析视角之比较

把老舍这样的重在透析文化内涵的写法，与茅盾对于社会生活的理解和反映，对于人物形象及人际关系的刻划作些对比，有助于进一步把握老舍创作的这个特点。茅盾的《子夜》《林家铺子》《春蚕》等代表作，所用力描写的是人与人之间经济、政治的、物质生活方面的利害关系，连同军阀混战、党棍政客的欺诈压迫、工商业经营中大鱼吃小鱼、小鱼吃虾米的竞争并吞，还有帝国主义的军事入侵、经济掠夺等等，与作品中各式人物日常生活中的喜怒哀乐直至整个命运的悲欢浮沉，都是始终直接地、密切地联结在一起的。在他的笔下，经济活动、政治事件等都不是稍作勾勒的时代背景，而是具体描写的内容，构成人物形象的有机部分——正是由此展开一幅幅场景，建构一段段情节，上演一出出悲剧。茅盾也因此成为现代中国文坛“社会剖析派”的创始者与最杰出的代表。这就是他们两位“对生活所取观察的力度”，即各自的着眼点与用力处最大区别之所在。事实上也正是这些截然不同的处理，突出地显露出茅盾之所以是茅盾，老舍之所以是老舍的创作个性与艺术风格。

茅盾喜欢高屋建瓴的审视、把握社会现实及其历史动向，又擅长从政治经济的角度切入生活，剖析其中错综复杂的关系，然后总揽全局地将它们再现在自己构造的艺术世界中。按照马克思主义经典作家有关巴尔扎克、托尔斯泰等人的评价中所提倡的创作原则来衡量，他的作品的确具有“较大的思想深度和意识到的历史内容”，做到“主要人物是一定的阶级和倾向的代表”，有的还是“典型环境中的典型人物”；通过艺术形象，还有力地证明了“人的本质……在其现实性上，它是一切社会关系的总和”这一著名论断。作为“一面镜子”，他的作品缀合在一起，可以看作是从辛亥革命到新中国成立前夕半个世纪里“卓越的现实主义历史”。这些，都是茅盾作为一位革命现实主义作家的杰出贡献。其中，也的确有老舍难以媲美取代之处。何况，一般说来，着眼于社会剖析的茅盾的作品，比注意文化批判的老舍的创作,还具有更为鲜明的政治倾向与更为激进的思想题旨,进而发挥更为直接、强烈的战斗作用。在普遍地把文学视为阶级斗争的有力工具的年代里,相比之下,人们更推崇茅盾式的作品,是事出有因的。而老舍的作品在很长一段时期里,未能得到充分的评价,也能在这里得到部分的解释。

(录自樊骏:《认识老舍》,《文学评论》1996 年第 5—6 期)

第十二章　巴金

【学习提示与述要】

本章评述著名作家巴金。首先要求对巴金前后两个时期创作的概况及其代表作有大致的了解。应根据阅读《家》和《寒夜》等作品的印象与体验，去认识与掌握巴金小说的情绪格调与艺术特色。巴金的文体不算精美圆熟，不一定要做文本的细读评析，但应领略其如何以单纯、酣畅的笔法造成以情动人的风格与感召力。第一节介绍巴金前期的创作；第二节评介《家》，包括人物形象和艺术格调的评说，是本章重点；第三节介绍后期的创作，涉及《憩园》和《寒夜》的评价。巴金始终以很强的使命感和战士的姿态从事创作，对这一特点的关注，会有助于对其创作得失的理解。

一　青春的赞歌：巴金前期小说创作

1. 可用"青春的赞歌"来概括巴金的前期创作，其特色是：多以青年的爱情、苦闷、理想与反抗为题材，只求与青年读者情绪沟通，倾向单纯、热情、坦率，情感汪洋恣肆，特别能唤起青年的共鸣。这正是"青春型"的创作。巴金前期小说分两类：一类是正面描写青年投身社会斗争的，如《灭亡》《新生》与《爱情三部曲》等等；另一类是揭示旧家庭残害青年的罪恶的，以《激流三部曲》中的《家》为代表。注意《三十年》中这段话：巴金"一度是非常流行的青春偶像型作家。青春是文学的'永恒主题'，即使时过境迁，后世的年轻读者依然能从巴金的作品中读到青春的激情与伤感，为他的真诚所感动"。要从特定时代的审美需求角度理解出现在前一类小说中那种狂躁浪漫的抗争气氛与"英雄"的追求，何以能大受欢迎，理解当时青年读者怎样从后一类小说中读出他们同一代人的心境。要思考巴金小说"不成熟"的形式所具有的特殊的审美功能。还要大致了解巴金这些小说与同一时期"革命罗曼蒂克"创作的异同。

二　《家》的杰出成就

2.《家》也属于前期创作。除了上述有关"青春型"创作的共同特色之外,还要分析和了解这部长篇小说杰出成就的几个方面:一是批判性的激进的主题。系统描写封建家庭的崩溃过程,矛头指向专制主义,并号召青年投入社会革命洪流,在当时有极大的感召力。二是人物塑造的成功。可重点比较分析觉新与觉慧两个人物。注意理解觉慧作为幼稚单纯的"叛徒"的时代特征,理解这个新人典型对旧家庭的叛逆,以致最终的"出走",那是"五四"新思潮的招牌性"动作",从中可见一代青年领受了民主意识之后的姿态与力量。也注意觉新是更见艺术功力的形象。觉新是善良的弱者,思想与行动的矛盾使他经常陷于类似哈姆莱特的灵魂拷问中,清醒而又懦弱使他不能摆脱严酷的自我谴责,这些矛盾都写得很真实,大大增强了人物的悲剧性,以至"觉新式性格"成为某种共名,已经超出角色原本的含义。两兄弟典型地体现了两种人生的选择。此外,对《家》的结构艺术及抒情特色,也可以做较细致的分析。注意《三十年》中这句话:"这部小说聚焦于'家',在最能触动年轻人敏感神经的爱情、自由、出路等'穴位'上做文章,满足了1930年代不满现实与渴望变革的社会心理需求,所产生的精神效应是巨大的。"

三　深沉的悲剧艺术:巴金后期小说创作

3. 了解巴金在1940年代又出现一个创作高峰。其风格与前期相比,由青春浪漫转向中年人的沉稳,冷静的人生世相描写代替了奔放的抒情咏叹。也可以将后期的小说分为两类:一类顺着《家》的路子继续写旧家庭的没落,以《憩园》为代表;另一类反映抗战时期的社会生活,以《寒夜》最为突出。《憩园》写一所大公馆新旧两代主人共同的悲剧命运,揭示旧家庭的崩坏及其带来的人格堕落与人性扭曲。可以将《家》和《憩园》联系起来讨论,两者都写旧家庭的变迁,但角度与深度都有所不同。《憩园》中批判性的人物杨老三既使人厌恶,又不免使人同情。作品的"挽歌"情调,也可以作为讨论的问题。此外,应注意《憩园》比较圆熟的结构形式和"复调"(作者与作品中人物的思想情感的互动关系)的审美效果。

4. 重点可以放在《寒夜》的探讨上。应注意这部力作如何在揭露病态社会的同时,为那些在黑暗中挣扎的"小人物"发出痛苦的呼声。作品感人至深,是因为真实地俯视人生经验的可怖与无奈,其中应注意所涉及的青春的消失、理想的破灭、人生的扭曲,以及中年成熟背后的悲哀,等等,都写得毫无伪饰,读来令人心情沉重。应把人物分析作为研读这部小说的切入点,把握上述"人生经验"的无奈;他们的精神煎熬既来自社会,更来自家庭中的婆媳"战争"。分析曾树生应注意探索其性格的多样性,并把握其性格层次构成的动因,要注意作品对其潜意识及深层人格的发掘。总之,要通过人物剖析,去体味这部现实感很强的小说中又蕴涵有对人性与家庭伦理关系的深层思索。

【知识点】

《爱情三部曲》《激流三部曲》《家》为代表的"青春型"创作、《憩园》与《寒夜》等后期作品。

【思考题】

1. 简评巴金小说《家》中的觉新与觉慧两位人物形象。

本论题可以参考《三十年》第十二章第二节,以及"评论节录"中陈思和《人格的发展——巴金传》的内容。在巴金的《家》中,觉新与觉慧构成了鲜明的对比,并且互相映衬。本题的要点是:觉慧是封建专制的叛逆者,热情、单纯、幼稚而充满朝气,是"五四"年轻一代青年的典型。觉新则是封建专制的受害者,虽然受到新思潮影响,但作为旧家庭长子,只好背负十字架,他善良而软弱,是能清醒意识到自己悲剧命运却怯于行动的"多余的人",人格上是分裂的。如果说觉慧是引导青年"应当这样走",觉新则是"不该那样做"的典型。两者对照,共同表达了《家》反封建的主题。答此题的时候,还可以联系巴金前期创作的特色来分析。

2. 简评《寒夜》中的曾树生的性格内涵。

本题的要点是分析曾树生性格的复杂性和多维性,不妨和汪文宣做些比照,以突显曾的个性,同时还要从她的个性中发掘时代内涵,比如当时知识分子的思想、个性解放、家庭伦理、人生观等等,都是影响和形成曾树生人格心理的重要因素。注意小说如何通过曾树生这个鲜活的形象,反映了当时的社会现实。还可以站在现代的角度对曾树生进行重新评价。这道题给同学发表思想见解留下了空间。可参考《三十年》第十二章第三节。

3. 结合具体作品,比较分析巴金前期与后期小说创作风格的异同。

本题偏于综合性,回答要结合具体创作,还要扣住风格来展开。"创作风格",既包括思想、题材和内容上总的特色,也包括语言、形式上的追求,是综合的艺术效果,答题可以分开几方面论述,但又要有总的概括,不能偏废。首先要对巴金"前期"和"后期"创作做一个简要的概述,比较前后期风格主要有哪些不同,又有哪些共通。也可以换一种思路,从创作发展的角度来回答问题。对于巴金的创作来说,所谓“异”,主要是指后期创作相对于前期来说有哪些变化;所谓“同”,主要是指后期创作相对于前期来说有哪些承传。所以,回答巴金后期创作相对于前期来说有哪些不变,又有哪些新的发展和变化,实际上就是比较了二者的异同,这样更有历史感,更有深度。可参“评论节录”中杨义《中国现代小说史》第二卷相关内容。

【必读作品与文献】

《家》
《憩园》
《寒夜》
《春天里的秋天》

【评论节录】

陈思和:《人格的发展——巴金传》
曼　生:《别了,旧生活! 新生活万岁!》
杨　义:《中国现代小说史》第二卷

▲关于巴金的创作动机与其人格的关联

巴金从根子上说是李家大院的少爷,正如他童年时代在马房里同情仆人轿夫的苦难,发誓要做一个站在穷人一边的人,但在实际上他并不能做什么事来改变他们的命运。当他参与了社会运动以后,他的生性忧郁,他的讷于言、慎于行的个性,都使他无法投身到实际的运动中去:讷于言使他无法参与鼓动性的演说和宣传,慎于行使他难于进一步投身到实际的政治活动中去,这样,惟能走的一条路就是在书斋里做理论研究,用自己的笔来发泄满腔的怒火和悲愤之情。这是巴金的个性所致。在无政府主义运动史上,卓越的理论家都同时又是实践家,连俄国的克鲁泡特金那样的亲王,法国的邵可侣那样的科学家也不例外,更不要说象巴枯宁一生都在密谋起义活动。在中国,从师复组织暗杀团,李石曾发动勤工俭学,吴稚晖侧身于国民党内利用“肮脏的手”,……到叶非英,匡互生筹办教育,无不是在行动中实践理想,而独独巴金不是这样,他始终把自己包裹在纯洁的理想光圈之中,这并非远离实际行动,不是他不想为,而是他不能为,他缺乏这方面的能力。这种矛盾与痛苦,贯穿了巴金的前半生。……

三十年代的创作黄金时代并非是人格的辉煌时代。笔者多年的思索结果,认为巴金的人格发展经历了一个胚胎——形成——高扬——分裂——

平稳——沉沦——复苏的壮丽轮回。其高扬的战斗精神,旺盛的生命喷发,圆满的灵肉和谐,均在异国完成,1930年以后,他成为一个多产作家而蜚声文坛,拥有了许许多多相识与不相识的年轻崇拜者,但这种魅力不是来自他生命的圆满,恰恰是来自人格的分裂:他想做的事业已无法做成,不想做的事业却一步步诱得他功成名就,他的痛苦、矛盾、焦虑……这种情绪用文学语言宣泄出来以后,唤醒了因为各种缘故陷入同样感情困境的中国知识青年枯寂的心灵,这才成了一种青年的偶像。巴金的痛苦就是巴金的魅力,巴金的失败就是巴金的成功,……很显然,他对写作的看法与一般作家不同,他从不考虑自己在文坛上的名声,更不考虑艺术的永恒,他只求宣泄心中的热情,只求他在与读者的交流和沟通中平衡自己的内心。

(录自陈思和:《人格的发展——巴金传》,上海人民出版社1992年版)

▲关于《家》的创作及觉新的形象分析

《激流》脱胚于《春梦》,早在1928年归国途中巴金就开始构思了。1929年7月大哥尧枚来上海,住在霞飞路霞飞坊的一幢公寓里,兄弟俩抵足而眠,一定是谈了许多别后的事情。巴金在政治、学术以至文艺活动中的变化发展,估计尧枚不会有多少理解,但尧枚这六年来苦撑着日益破败的成都老家,上奉继母,下养妻子,还要资助两个弟弟在外读书,再加上旧病缠身,总有说不尽的酸甜苦辣,巴金一定会深抱同情。尧枚是个伤感的人,也接受过一点新文化,他把旧家庭的黑暗内幕一一向弟弟披露,激起了弟弟写《春梦》的旧念,正如他所说:“那个时候我好象在死胡同里面看见了一线亮光,我找到真正的主人公了,而且还有一个有声有色的背景和一个丰富的材料库,我下了决心丢开杜家的事改写李家的事。”应该说,巴金从这道亮光里看清了觉新的面貌,他决定用他大哥的性格、事迹及其委顿的人格,来揭示一个旧式大家庭的衰败历史。当他把这个想法告诉尧枚后,尧枚喜出望外,热情地鼓励他,要他不要怕得罪人。直到现在,巴金身边还珍藏了尧枚1930年给巴金的信,上面有这样一段话:

> 《春梦》你要写,我很赞成;并且以我家人物为主人者,尤其赞成。实在的,我家的历史很可以代表一切家族的历史。我自己得到《新青年》等书报读过以后,我就想写一部书。但是我实在写不出来。现在你想写,我简直喜欢得了不得。我现在向你鞠躬致敬,希望你有余暇把他写成罢,怕什么,《块肉余生述》若怕就写不出来了。

尧枚这段话很有意思,他非但意识到写自己的家庭在当时社会上具有较大的典型性，而且能用世界文学的眼光，用狄更斯的作品去勉励弟弟。尧枚与两个弟弟不同，几乎没有为世人留下什么文字，人们通过巴金的《激流》中塑造的文学形象去理解尧枚，总以为是个暮气沉沉、懦怯软弱的地主少爷，但从这封信的见识看，实非如此，可惜的是他在 1931 年 4 月自杀，过早结束了自己的生命。他的死对巴金关于《家》的构思可能产生过很大的影响，从《家》的内容来看，在第六章以前并没有联系到高家的主要矛盾，作家主要写了四个人物：觉民、觉慧、琴、鸣凤，只是暗示了这两对年轻人之间若即若离的爱情关系，直到第六章才开始写觉新，运用了尧枚的某些经历。按巴金写小说的习惯，他不是对整部小说有了详细的构思以后才动笔的，而是确定一个大致的主题就顺着灵感写下去，所以估计到这时，巴金还不会对小说的基本冲突有清楚的布局，高老太爷还没有出场，高家的基本冲突也都没有发生。若是尧枚不死，难保《家》不会以另一种面貌出现。然而尧枚确实死了，更有戏剧性的是，在《时报》始载《激流》的第二天，巴金刚刚写完第六章《做大哥的人》的时候，讣电来临。大哥的死激起了巴金对家庭以及别房长辈的仇恨，他把运动失败以后在社会上感受到的精神压抑和反抗的要求，统统发泄在导致大哥自杀的旧家庭制度上，而且，大哥一死，巴金和这个大家族的其他房亲戚之间的最后一点牵连也中断了，他可以无所顾忌地把家族看作是他假想的敌人，用夸张的笔调塑造出高老太爷、克明、克安、克定这样一大帮没落地主们的丑恶，并且无中生有地在这个半虚构半写实的高家大院里制造了一桩桩血案。

这部小说中最有意义的是塑造了觉新这个人物，与杜大心一样，觉新在当时的新文学创作中也是一个崭新的角色，尽管这个人物性格到《秋》里才最后完成，但第一部里已经勾勒出这个悲剧人物的基本性格：觉新是个懦夫，是一个清醒地认识到自己悲剧命运的懦夫。他不是愚昧象阿 Q 那样麻木，他接受过五四新文化的影响，和他的弟弟们一样，清楚地认识到封建家族制度的罪恶、不义及其必然崩溃的命运，但他与弟弟们的根本区别在于他本人就是这一行将崩溃的家庭制度的产物——长房长孙，他无法抛掉这个包袱，轻装前进。他整个人都是属于旧制度的，他无法想象离开这个家庭的“大锅饭”将会变得怎样？如果说，奥勃洛摩夫躺在自己的床上眼睁睁地看着自己走向死亡，那觉新也正是这样的一个“多余人”。因此，为保住自己可怜的生存权利，他只能怯懦地甚至可耻地赖活着。他一次次向恶势力退让，每一次退让都以牺牲别人（包括他所爱的人）来换取一己的暂时安宁，为此，他本人也付出了惨重的代价。象觉新这样的悲剧，是封建末世一部分软弱的知识分子的悲剧，他们以清醒的头脑眼睁睁地看着把别人送进坟场，他们并不怀疑这样的命运最终会临到自己头上，但又总是抱着一丝幻想，祈求大限晚一些时候到来。这似乎也带有一点悲凉的味道，由此产生的绝望、悲观、颓废、自卑以至精神崩溃的种种心理，对于跋涉于苦难历程的现代中国知识分子性格具有很大的概括性——自然，这是笔者对觉新性格在文学史上的典型意义的理解，不一定与作家的原始创作企图相吻合，但笔者相信，以后几十年的坎坷经历会使巴金越来越清晰地看到觉新性格中的这些意义。但这显然是原型尧枚无法涵盖的。……

巴金在创造这个角色时，是以他大哥为原型的，可是在创造过程中却不知不觉地挖掘了自己的灵魂深处，在觉新性格中也无情投入了自己的影子。关于这一点，老作家早在六十年代就承认："在我的性格中究竟有没有觉新的东西？我的回答是肯定的。我至今还没有把它完全去掉，虽然我不断地跟它斗争。"当然，在那个时代环境下，巴金所指的觉新性格未必象今天所理解的那样深刻，只有在经过了一场浩劫以后，他才真正地发现："我在自己身上也发现我大哥的毛病，我写觉新不仅是警告大哥，也在鞭挞我自己。"并且指出："我有这种想法还是最近两三年的事，我借觉新鞭挞自己的说法，也是最近才搞清楚的。"这些想法与他在《随想录》中的自我解剖以及对奴隶意识的批判是相一致的。

觉新的悲剧在于他无力摆脱可怖的历史命运，所以只好在险象丛生的环境下小心翼翼地讨日子，他并非不知道其他牺牲者的冤枉，可是为保一己的片刻安宁，只好把同情咽进肚子里。他无法象觉慧那样，幼稚而大胆地反抗这个封建家庭制度，因为他是这个家庭的"长房长孙"，担负着中兴这个家庭的历史责任，他受到的封建教育与个人的道义责任，都不允许他像弟妹那样冲破家庭牢笼而走向新生。他处处维持着这个坏透了的家庭，甚至为缓和它的内部冲突和崩溃命运而不得不去做它的帮凶。

之所以会堕落到这一地步，根本原因在于觉新把自己的价值完全依附于家庭制度之上，而丧失了"五四"一代知识分子最宝贵的特征：对个性的绝对追求。

（录自陈思和：《人格的发展——巴金传》，上海人民出版社 1992 年版）

▲关于巴金的《憩园》

人们知道，《激流三部曲》的中心主题之一就是控诉封建专制制度对健康的、正常的人性的摧残，而它其中的每一部都是从一个侧面、一个方面来反映这个主题的：在《家》中，作者攻击了对青年一代美好爱情、追求幸福的愿望的扼杀;在《春》中则着重抨击对女性的侮辱残害;在《秋》里则又以枚和淑贞的命运控诉了封建制度对少年儿童的身心摧残。然而作为这一切的对立面的统治者本身,他们是否就能得到幸福呢?不,他们也经历着人格的堕落及人性扭曲的过程。而这,就是《憩园》所要着重揭示的主题。应该说,这一构思使得《激流三部曲》的主题表现得更为全面了,因为正如马克思所说:“有产阶级和无产阶级同是人的自我异化。”《激流》与《憩园》合起来,就把这个问题讲全了。明白了作者的这一构思的意图,我们便明白了何以作品会产生“挽歌”的调子的原因。这是因为,《憩园》是站在杨老三人性被扭曲变形这一角度来观察问题的,它要写出杨老三原先所具有的正常的人性,它要读者相信封建专制制度及腐朽的封建礼教是摧毁这正常人性的罪魁,从而使人们更加痛恨它们。这样,他就不得不把杨老三的性格写得既让人讨厌而又让人同情,而这种同情又特别集中在杨老三的“怀旧”情绪上,于是,“挽歌”的调子就正是从这里产生出来了。而这一点,作者本人甚至在当时也并不满意,所以他才会说“我至今还感到遗憾”这样的话。

杨老三是一个性格复杂的形象。他天资聪慧,有较好的文化教养,从他在大仙祠里喜读“共看明月应垂泪,一夜乡心五处同”的《唐诗》可以看出来。然而他又是一个被地主阶级的腐朽生活所严重腐蚀的人物。在他身上,最基本的性格特征就是寄生虫所特有的人的劳动本性的退化以及由此而产生的变态的心理及观念。他挥霍无度,用尽了家产,然而寄生生活又没有教会他任何一桩劳动谋生的本领,他只有去骗妻子的钱,或是去偷窃。在这时,他开始尝到了自己亲手种下的苦果了,他开始后悔了。应该说,他的后悔还是真诚的,是发自内心的,他多次信誓旦旦地保证不再去“小公馆”,不再去干坏事情,然而他的行动却一次次地违背自己许下的诺言。作者这样处理杨梦痴的心口不一,言行矛盾的性格是非常真实的,这是因为,寄生生活同样没有使他养成最起码的意志力,他根本没有这种内心的力量来克服自身的缺点,而人类的意志力首先是在劳动过程中,在为获得自己的生活资料而与困难搏斗的过程中产生的。在另一方面,长期的寄生生活又使他形成了一整套剥削阶级的好逸恶劳的坏思想。他轻视劳动,当他的大儿子为他找了个办事员的差事后,他说:“我不干了!这种气我实在受不了。明说是办事员,其实不过是个听差。吃苦我并不怕,我就丢不下这个脸。”对于一个惯于颐指气使的地主少爷,对这种身份的转换当然是最忍受不了的,其实,“吃苦”他又何尝不怕呢?只不过在与“丢面子”比较之下,后者显得更可怕罢了。巴金令人信服地刻画出这个从小受封建等级观念熏陶得脑袋发木的地主阶级浪荡子弟的典型心理状态。我们可以看到，这种“爱面子”的思想在杨老三身上是何等地根深蒂固，他离开这个家，死活不肯回来，除了有一种内疚的心情之外，难道这个“面子”思想不在起作用吗？直到进了监狱，罚作苦役，他都仍然怕见熟人。是的，在不见天日的监狱里，他的面子是可以保存了下来，然而“吃苦”这一关他也仍然过不了，为了逃避劳动，他装病，和有传染病的人睡在一起，结果送掉了自己的性命。杨老三的性格就是寄生生活造成的典型的性格。

同时，作者还着重表现了杨老三失悔的心情，这种“失悔”由于和“怀旧”的思绪交织在一起，就形成了对自己过去的邪恶行为的更强烈的谴责。作者多次写他喜爱《憩园》里的茶花，要他的孩子定期为他去采摘；他也会在昏暗的夜晚，悄悄溜进原先属于自己的宅园……作者这样写，无非是为了达到两个目的。一是从杨老三破产之后才使原先丧失殆尽的人性稍稍得以复苏这一前后变化中，更深地揭示封建制度对人性的摧残。因为在杨老三钱财俱在的时候，他是毫无心肝的，他从不曾想到妻子、儿女，他已堕落为十足的衣冠禽兽。而一旦他坐吃山空、钱付东流之后，世态的炎凉才第一次从反面给他上了人生深刻的一课：他的弟弟不仅不认他，反而把痰吐到他的身上，他这才第一次站在一个受辱的地位，从他弟弟的身上看到过去的自己的真实面目，也只有经过这一番翻覆，他那被压抑扭曲的人性才稍稍地露出头来：他开始有了为亲人着想的思想活动，他才会说出这样的话：“这是我的报应。我对不起你妈，对不起你们。”他才会留下那张短短的字条，表达出“一个慈爱父亲的愿望”。因此，这样写，巴金就把封建大家庭制度当作了摧残人性的恶势力。第二个目的，作者正是从这失悔、怀旧、自我谴责的痛苦情绪中给杨老三以惩罚。……

《憩园》的艺术技巧也有某些显著的特色。它借助“我”的活动写出了三个家庭（虽然有一家不很直接）的生活，并让每一个家庭揭示某一方面的生活的本质，这种构思的确是很新颖的。作品里洋溢着浓郁的抒情气氛，它直接来自于“憩园”景色的诗意。另外，整部作品带有散文的笔调，从容不迫、舒展自如，随着“我”重返故土客居“憩园”，引进来一个又一个的人物，激起“我”一层又一层的思绪；“我”的所见、所闻、所感，似乎都很随意，就象高山流水一路汩汩地叙说沿途的景色与事物，然而就从这些涉笔成趣的文字里，逐渐地形成了一个总的意念，各种零散的印象、琐碎的事件都辐凑到了一个轴心：于是一个大的主题出来了。像这样的写法在巴金以往的创作中还不曾出现过，因此我们可以说，《憩园》也是巴金解放前创作风格转变的标志之一。

(录自曼生:《别了,旧生活! 新生活万岁!》,《文学评论丛刊》第15辑,中国社会科学出版社1982年版)

▲巴金创作风格的基调及其变化

巴金的小说是青春的乐章,是炽热欲燃的至情文学,在他那个苦难煎熬着觉醒、毁灭孕育着新生的时代,一个热血青年很难不受这类作品中感情的洪流所裹挟。他的小说风格,自然有一个发展和成熟的过程,由早期情绪的外泄到后期愤懑的内蕴,艺术上由粗犷趋于精美。然而,他猛然于二、三年间以激情撼动文坛,浩浩乎于数十年间以持久不竭的才思奉献出等身的著作,他前后一以贯之的艺术个性是:酣畅,奔放,浩瀚。他如法国司汤达那样把自己的激情喻为"灵魂的火焰",如宋代苏东坡那样把自己的文思喻为"不择地而出"的泉源。他如此谈论"毫不费力"地写《爱情三部曲》和《激流三部曲》时的情景:"热情积起来成了一把火,烧着我的全身。热情又象一条被堵塞了出口的河水,它要冲出去。"……激情如火,文思如泉,这是巴金艺术个性的自画像。假如说,茅盾为现代小说增添了气魄,老舍为现代小说增添了轻松,那么巴金就为现代小说增添了热度。

由于青年般的热情和江河般的酣畅贯串巴金小说之始终,他的创作方法的发展历程具有明显的特殊性,或者说具有一个特殊的"巴金模式"。从《灭亡》到《寒夜》,我们可以一目了然地看到一个充满浪漫激情的巴金已经发展成为一个冷隽地写实的巴金,但是在其间近二十年的茫茫岁月中,研究者很难筛选出具体的哪一年作为他的创作方法发展途中的转折点或断裂线。浪漫之气扑人的《爱情三部曲》与写实色彩浓郁的《家》几乎同期创作,写完画面浑厚的《激流三部曲》之后,紧接着写热情洋溢的《抗战三部曲》。我们以爆发抗战的1937年把他的小说分为"前期""后期",只不过是迁就历史年代的偷懒办法。他的创作方法的转变轨迹,不是去如飞矢,而是回环往复有若盘陀山路。

(录自杨义:《中国现代小说史》第二卷,人民文学出版社1988年版)

第十三章　沈从文

【学习提示与述要】

本章评介著名作家沈从文。这是一位相对远离现代文学主潮的作家，对他的评价，不能止于用政治的标准，还应当从现代文化转型的角度考察其创作的立场及其文学世界的审美价值。对他的文学贡献主要把握两方面：一是创造了寄寓自然、健康、和谐人性的“湘西世界”，以文学形式探讨健全的“生命形式”。二是创造了极富诗意的抒情小说文体。阅读沈从文的《边城》等小说，要特别注重审美体验，注重牧歌情调所带来的所谓“情绪的体操”，而避免理论的先入为主和对作品“意义”的过度阐释。第一节是对沈从文创作生涯及文学贡献的总体评说，对沈从文的主要作品应有知识性了解；第二节是本章重点，集中评述了沈从文笔下的“湘西世界”及与之对照的都市文明的世界，其中关键是把握沈从文对“人生形式”的思考，同时也应了解其文体上的创新；第三节评述沈从文散文的成就以及“沈从文的寂寞”，引申出对这位作家人生与文学道路的理解。学习这一章，应偏重于文学的鉴赏，并思考像沈从文这样相对远离现实的作家，是如何以独特的视点创造其“文学世界”的。

一　“湘西文学世界”的创造者

1. 首先应大致了解沈从文特殊的身世经历给他带来特殊的气质，那就是常以“乡下人”的眼光(其实又不可能除去知识者的身份)来看待中国的“常”与“变”。应理解其处于左翼文学与海派文学之外，以地域的、民族的文化历史角度，去思考和表现现代文明进入中国的初始阶段的问题与困扰。

二　乡村叙述总体及其对照的世界

2. 重点考察沈从文笔下的“湘西世界”。应注意沈从文试图以“化外之境”那种原始、质朴、和谐的“生命形态”来区别并批判现代都市文明。此为沈从文创作的宗旨。可以举《萧萧》《丈夫》《柏子》等短篇为例，看沈从文是如何着意表现和赞美湘西下层人民的“自在状态”与质朴坚毅的生命本性的。不过,重点还应该是对代表作《边城》的评析。读这篇作品注意领略那乡情风俗、自然景致与人事命运浑然一体的优美境界,那美丽得令人忧愁的牧歌情调。小说中所写的天真纯洁的女孩翠翠,她那超越一切世俗利害的朦胧的爱情,以及他们恬淡自足的生活,都灌注了作者美好的怀旧、想象与企盼,也隐伏着深深的悲剧感。应理解沈从文构筑这种牧歌情调的湘西"人生形式",带有文化批判的意味,即对照批判他所认为的现代都市文明弊病,让人们从这美丽的图景中认识"这个民族过去伟大处与目前堕落处"。

3. 了解与"湘西世界"相对照的现代都市的病态文明景观。注意沈从文都市小说(如《八骏图》《绅士的太太》等)中常用的讥讽调侃的调子,其刻写城市各色人等,特别是"高等人"的虚伪、无聊、压抑和变态,展现"文明"的绳索如何反过来捆绑人类自己,导致生命力欠缺的都市"阉寺"病。此类小说写得较浮泛,但不妨与"湘西世界"的小说对照起来读。

4. 理解沈从文何以被人称为"文体家"。沈从文对现代小说艺术的突出贡献,在于创造了非常有艺术个性的抒情小说。"造境"是沈从文的关键。纯情人物的设置、自然景物与人事民俗的融合、作者人生体验的投射,加上水一般流动的抒情笔致,共同造成现实与梦幻水乳交融的意境。

三　散文艺术与"沈从文的寂寞"

5. 沈从文的散文成就也很高,且比小说更有历史感,也更能直接表露他自己的灵魂与情思。可以选读《湘行散记》《湘西》以及《烛虚》中的一些作品,并通过对这些散文的评析,加深对沈从文创作视点与文学地位的理解。"传人"汪曾祺对沈从文的评说,有助于人们理解一位特别的作家的内心世界。

【知识点】

沈从文表现"湘西世界"与讽刺"都市病"的代表性作品、《湘行散记》等有代表性的散文。

【思考题】

1. 试评沈从文《边城》的艺术特色。

此题偏重综合理解。除了本章内容外,还可参考《三十年》第十四章第二节关于京派小说的论述。(1)首先应对沈从文的湘西题材小说有一个总体的把握,理解沈从文以"乡下人"立场构筑的乡村叙述总体是他的文明思考及文学理想所在。(2)具体到《边城》大致可就以下几方面讨论其艺术特色：首先是人物形象，比如以翠翠、祖父等形象所提供的湘西人生样式。其次是小说结构，比如悲剧的明线与暗线的配合、边城风俗世情与翠翠爱情故事的穿插等。再次是《边城》作为"诗体小说"的形式感，以及语言的纯净简约风格等等。(3)最好也对《边城》更深层面的文化意味有所体会，即在其"田园牧歌"情味之后，其实"隐伏着作者的很深的悲剧感"，是有其文化批判的倾向的。可参阅"评论节录"中汪曾祺《又读〈边城〉》和凌宇《从边城走向世界》两篇。

2. 结合具体作品，比较沈从文写湘西与写都市这两副笔墨的文化内涵及其得失。

此题偏重综合理解和分析。可参考《三十年》第十三章第二节。一方面，沈从文的都市题材作品其实是他的乡村叙述体的陪衬物，因而缺乏一定独立的意义。他是借由对都市"现代文明"的病态的揭示(如都市文明的"阉寺性")，来肯定乡村文明的返璞归真与人性和谐。但部分都市题材作品可能因此失于浮泛。另一方面，在他的作品中，也不得不带着忧患写出城市文明对乡村的侵蚀，比如《长河》，这种更加动态的乡村叙述，是沈从文作品中文化意蕴更为深刻与复杂的。此外，还可参考"评论节录"中王晓明《沈从文："乡下人"的文体与"土绅士"的理想》，从沈从文的文体及其写作心态方面来把握其两副笔墨间的互动。

3. 沈从文作为1930年代京派小说的代表作家，同其他京派小说家一道，构筑了1930年代小说中对于"乡土中国"的叙述。对比1920年代"乡土小说"作家及其作品，以及1940年代解放区的乡土题材小说(如赵树理和孙犁作品)，试述中国现代乡土小说的发展脉络。

此题综合性较强，有难度，适合高年级或研究生。可综合参考《三十年》第三、十三、十四、二十一、二十二、二十三章。注意这样的题目不是简单地比较三者之间的异同，而是要在不同的历史文化阶段中注重文学发展的不同侧重以及所承担的文化意义。比如1920年代的乡土小说是当时"人生派"写实小说潮流的一部分，小说中的乡村生活及人物可能都带有"国民性弱点"的因素；而1930年代的京派小说作家多为学者、教授，他们的作品文化批判与文明反思的肌理可能更为细腻，他们的乡土叙述多少带有对宗法农村的理想化和美化的成分；1940年代解放区的作品在新文学大众化通俗化的大背景下，着重于农村新气象、新农民的摹写，相对更为明朗和质朴。但是，如果从现代文学总体特征上看，不同时段的乡土文学又都有着层次不一、角度有别的启蒙主义色彩。

4. 老舍与沈从文都很关注现代化过程中的文化冲突,他们对这一问题的艺术思考与表现各有哪些独特之处? 请结合其创作进行评析。

着眼点是"艺术思考与表现",即从两位作家不同的文学世界中,考察他们各自面对文化冲突所表现的文学家眼光、切入和思考问题的不同角度。最好能结合文学创作的姿态与思维特征来分析,而不只是罗列几条理论。思考要点:关于老舍:(1)从普通市民角度进行文化批判。老舍批判中国传统文化中的劣根性,但他更警惕西方文化的传入不仅不能清除旧文化的残余,反而在某种意义上刺激了它的泛滥与病变,因此在批判传统时又对传统依依难舍。(2)代表了一种稳健、保守的文化选择。但也应该看到老舍存在对西方文化甚至现代化进程的排拒与抵制。(3)结合老舍作品中频繁出现的"西崽"形象分析其对西方文化的警惕以及由此带来的人物漫画式的缺陷,结合其正面人物所拥有的东方式气节与侠义分析其对传统文化的依恋以及由此带来的思想局限(可参考《三十年》第十一章第二节;宋永毅《老舍与中国文化观念》,学林出版社 1988 年版)。关于沈从文:(1)沈从文的文化冲突更多体现为一种城乡的对立,以原始乡村自然、健康、完整的人性对应出城市文化的空虚、病态与无聊。(2)沈从文这样执著地以"乡下人"的立场排斥封建主义和资本主义两种文明的文化立场在现代作家中非常独特,他的小说以特殊的诗意丰富了现代文学的多样化特征。(3)以沈从文描写湘西生活的《边城》《长河》等对比其描写都市文化的《八骏图》等作品分析其小说中的城乡对峙模式(可参考《三十年》第十三章第二节;凌宇《从边城走向世界》,三联书店 1985 年版)。

【必读作品与文献】

《萧萧》

《丈夫》

《边城》

【评论节录】

汪曾祺:《又读〈边城〉》

凌　宇:《从边城走向世界》

王安忆:《走出凤凰》

王晓明:《沈从文:"乡下人"的文体与"土绅士"的理想》

▲汪曾祺评《边城》

请许我先抄一点沈先生写给三姐张兆和(我的师母)的信。

> 三三,我因为天气太好了一点,故站在船后舱看了许久水,我心中忽然好像澈悟了一些,同时又好像从这条河中得到了许多智慧。三三,的的确确,得到了许多智慧,不是知识。我轻轻地叹息了好些次。山头夕阳极感动我,水底各色圆石也极感动我,我心中似乎毫无什么渣滓,透明烛照,对河水,对夕阳,对拉船人同船人,皆那么爱着,十分温暖地爱着!……我看到小小渔船,载了它的黑色鸬鹚向下流缓缓划去,看到石滩上拉船人的姿势,我皆异常感动且异常爱他们。……三三,我不知为什么,我感动得很!我希望活得长一点,同时把生活完全发展到我自己的这分工作上来。我会用自己的力量,为所谓人生,解释得比任何人皆庄严些与透入些!三三,我看久了水,从水里的石头得到一点平时好像不能得到的东西,对于人生,对于爱憎,仿佛全然与人不同了。我觉得怅惘得很,我总像看得太深太远,对于我自己,便成为受难者了,这时节我软弱得很,因为我爱了世界,爱了人类。三三,倘若我们这时正是两人同在一处,你瞧我的眼睛湿到什么样子!……

这是一封家书,是写给三三的"专利读物",不是宣言,用不着装样子、做假,每一句话都是真诚的,可信的。

从这封信,可以理解沈先生为什么要写《边城》,为什么会写得这样美。因为他爱世界,爱人类。

从这里也可以得出对沈从文的全部作品的理解。……

为什么这个小说叫做《边城》?这是个值得想一想的问题。

"边城"不只是一个地理概念,意思不是说这是个边地的小城。这同时是一个时间概念,文化概念。

"边城"是大城市的对立面。这是"中国另一地方另外一种事情"。(《边城题记》)沈先生从乡下跑到大城市,对上流社会的腐烂生活,对城里人的"庸俗小气自私市侩"深恶痛绝,这引发了他的乡愁,使他对故乡尚未完全被现代物质文明所摧毁的淳朴民风十分怀念。

便是在湘西,这种古朴的民风也正在消失。沈先生在《长河·题记》中说:"一九三四年的冬天,我因事从北平回湘西,由沅水坐船上行,转到家乡凤凰县。去乡已十八年,一入辰河流域,什么都不同了。表面上看来,事事物物自然都有了极大进步,试仔细注意注意,便见出在变化中堕落趋势。最明显的事，即农村社会所保有的那点正直朴素人情美，几几乎快要消失无余，代替而来的却是近二十年实际社会培养成功的一种唯实唯利的人生观。”《边城》所写的那种生活确实存在过，但到《边城》写作时(1933—1934)已经几乎不复存在。《边城》是一个怀旧的作品，一种带着痛惜情绪的怀旧。《边城》是一个温暖的作品，但是后面隐伏着作者的很深的悲剧感。

可以说《边城》既是现实主义的，又是浪漫主义的，《边城》的生活是真实的，同时又是理想化了的，这是一种理想化了的现实。

为什么要浪漫主义，为什么要理想化？因为想留驻一点美好的，永恒的东西，让它长在并且常新，以利于后人。

《从文小说习作选·代序》说：

> 这世界上或有想在沙基或水面上建造崇楼杰阁的人，那可不是我。我只想造希腊小庙。选山地作基础，用坚硬石头堆砌它。精致、结实、匀称，形体虽小而不纤巧，是我的理想的建筑。这庙里供奉的是“人性”。
>
> 我要表现的本是一种“人生的形式”，一种“优美、健康、自然，而又不悖乎人生的人性形式”。

喔！“人性”，这个倒霉的名词！

沈先生对文学的社会功能有他自己的看法，认为好的作品除了使人获得“真美感觉之外，还有一种引人‘向善’的力量，……从作品中接触另外一种人生，从这种人生景象中有所启发，对人生或生命能作更深一层的理解。”(《小说的作者与读者》)沈先生的看法“太深太远”。照我看，这是文学功能的最正确的看法。这当然为一些急功近利的理论家所不能接受。……

《边城》里最难写，也是写得最成功的人物是翠翠。

翠翠的形象有三个来源。

一个是泸溪县绒线铺的女孩子。

> 我写《边城》的故事时，弄渡船的外孙女，明慧温柔的品性，就从那绒线铺子女孩子印象得来。(《湘行散记·老伴》)

一个是在青岛崂山看到的女孩子。

> 故事上的人物，一面从一年前在青岛崂山北九水看到的一个乡村女子，取得生活的必然……(《水云》)

这个女孩子是死了亲人,戴着孝的。她当时在做什么?据刘一友说,是在“起水”。金介甫说是“告庙”。“起水”是湘西风俗,崂山未必有。“告庙”可能性较大。沈先生在写给三姐的信中提到“报庙”,当即“告庙”。全文是经过翻译的,“报”“告”大概是一回事。我听沈先生说,是和三姐在汽车里看到的。当时沈先生对三姐说:“这个,我可以帮你写一个小说。”

另一个来源就是师母。

> 一面就用身边新妇作范本,取得性格上的素朴式样。(《水云》)

但这不是三个印象的简单的拼合,形成的过程要复杂得多。沈先生见过很多这样明慧温柔的乡村女孩子,也写过很多,他的记忆里储存了很多印象,原来是散放着的,崂山那个女孩子只是一个触机,使这些散放印象聚合起来,成了一个完完整整的形象,栩栩如生,什么都不缺。含蕴既久,一朝得之。这是沈先生的长时期的“思乡情结”茹养出来的一颗明珠。

翠翠难写,因为翠翠太小了(还过不了十六吧)。她是那样天真,那样单纯。小说是写翠翠的爱情的。这种爱情是那样纯净,那样超过一切世俗利害关系,那样的非物质。翠翠的爱情有个成长过程。总体上,是可感的,坚定的,但是开头是朦朦胧胧的,飘飘忽忽的。翠翠的爱是一串梦。

翠翠初遇傩送二老,就对二老有个难忘的印象。二老邀翠翠到他家去等爷爷,翠翠以为他是要她上有女人唱歌的楼上去,以为欺侮了她,就轻轻地说:“你个悖时砍脑壳的!”后来知道那是二老,想起先前骂人的那句话,心里又吃惊又害羞。到家见着祖父,“另一个事,属于自己不关祖父的,却使翠翠沉默了一个夜晚”。

两年后的端午节,祖父和翠翠到城里看龙船,从祖父与长年的谈话里,听明白二老是在下游六百里外青浪滩过的端午。翠翠和祖父在回家的路上走着,忽然停住了发问:“爷爷,你的船是不是正在下青浪滩呢?”这说明翠翠的心此时正在飞向谁边。

二老过渡,到翠翠家中做客。二老想走了,翠翠拉船。“翠翠斜睨了客人一眼,见客人正盯着她,便把脸背过去,抿着嘴儿,很自负的拉着那条横缆……”“自负”二字极好。

翠翠听到两个女人说闲话,说及王团总要和顺顺打亲家,陪嫁是一座碾坊,又说二老不要碾坊,还说二老欢喜一个撑渡船的……翠翠心想:碾坊陪嫁,稀奇事情咧。这些闲话使翠翠不得不接触到实际问题。

但是翠翠还是在梦里。傩送二老按照老船工所指出的“马路”,夜里去为翠翠唱歌。“翠翠梦中灵魂为一种美妙歌声浮起来,仿佛轻轻的各处飘着;上了白塔,下了菜园,到了船上,又复飞窜过悬崖半腰,——去作什么呢?摘虎耳草!”这是极美的电影慢镜头,伴以歌声。

事情经过许多曲折。

天保大老走“车路”不通,托人说媒要翠翠不成,驾油船下辰州,掉到茨滩淹坏了。

大雷大雨的夜晚,老船夫死了。

祖父的朋友杨马兵来和翠翠作伴,“因为两个必谈祖父以及这一家有关系的事情,后来便说到了老船夫死前的一切,翠翠因此明白了祖父活时所不提到的许多事,二老的唱歌,顺顺大儿子的死,顺顺父子对祖父的冷淡,中寨人用碾坊作陪嫁妆奁诱惑傩送二老,二老既记忆着哥哥的死亡,且因得不到翠翠理会,又被家中逼着接受那座碾坊,意思还在渡船,因此赌气下行,祖父的死因,又如何与翠翠有关……凡是翠翠不明白的事,如今可都明白了。翠翠把事情弄明后,哭了一个夜晚”。哭了一夜,翠翠长成大人了。迎面而来的,将是什么?……

“我平常最会想象好景致,且会描写好景致”(《湘行集·泊缆子湾》)。沈从文对写景可算是一个圣手。《边城》写景处皆十分精彩,使人如同目遇。小说里为什么要写景?景是人物所在的环境,是人物的外化,人物的一部分。景即人。且不说沈从文如何善于写景,只举一例,说明他如何善于写声音、气味:“天快夜了,别的雀子似乎都在休息了,只杜鹃叫个不息。石头泥土为白日晒了一整天,到这时节皆放散一种热气。空气中有泥土气味、有草木气味,且有甲虫气味。翠翠看着天上的红云,听着渡口飘来乡下生意人的杂乱的声音,心中有些薄薄的凄凉。”有哪一个诗人曾经写过甲虫的气味?……

《边城》的结构异常完美。二十一节,一气呵成;而各节又自成起讫,是一首一首圆满的散文诗。这不是长卷,是二十一开连续性的册页。……

《边城》的语言是沈从文盛年的语言,最好的语言。既不似初期那样的放笔横扫,不加节制;也不似后期那样过事雕琢,流于晦涩。这时期的语言,每一句都“鼓立”饱满,充满水分,酸甜合度,像一篮新摘的烟台玛瑙樱桃。

《边城》,沈从文的小说,究竟应该在文学史上占一个什么地位?金介甫在《沈从文传》的引言中说:“可以设想,非西方国家的评论家包括中国的在内,总有一天会对沈从文作出公正的评价:把沈从文、福楼拜、斯特恩、普罗斯特看成成就相等的作家。”总有一天,这一天什么时候来?

(录自汪曾祺:《又读〈边城〉》,《沈从文名作欣赏》,中国和平出版社1993年版)

▲关于《边城》的写作

其实,沈从文在《边城》里,不只是写一个爱情故事,而是有着更大的人生寄托。这得越过作品的具体描写,从隐含在作品意象背后的作家主观精神上去寻找。在公开发表过的文字里,沈从文曾三次谈到过《边城》的材料来源。一次是在《湘行散记·老伴》里。他叙述一个当年行伍中的同伴,在一座小城里,看上了一个绒线铺的女孩子,于是借买系草鞋的带子,到绒线铺去了三次。十七年后,沈从文旧地重游,绒线铺依旧,那女孩一如当年坐在绒线铺里,到后来才知她是原先那个女孩子的女儿,而她的父亲就是自己当年的那位同伴。其时,妻子已死,他自己也未老先衰,“时间同鸦片烟已毁了他”。但他的眉宇之间,却透出“安于现状的神气”。沈从文感到十分悲凉:

> 我写《边城》故事时,弄渡船的外孙女,明慧温柔的品性,就从那绒线铺小女孩印象而来。

一次是在《从文自传》里叙述自己从保靖去川东时路上所见:

> 这一次路上增加了我新鲜经验不少,过了些用木头编成的渡筏。那些渡筏的印象,十年后还在我的记忆里,极其鲜明地占据了一个位置(《边城》即由此写成)。

一次是在《水云》里叙述写《边城》的经过:

> ……一面让细碎阳光洒在纸上,一面将我某种受压抑的梦写在纸上。故事上的人物,一面从一年前在青岛崂山北九水看到的一个乡村女子,取得生活的必然,一面就用身边新妇(指夫人张兆和——笔者注)作范本,取得性格上的素朴式样。

除第二次涉及的仅仅是环境描写的具体景物来源外,另外两次道出了《边城》的认识与情感的泉源。显然,《边城》融入了作者对湘西下层人民因不能自主把握自己人生命运,一代又一代继续着悲凉人生命运的认识,和自己生命从自在向自为途路中,遭受种种压抑的内心感慨。如我们在第一章提及的,他将自己在沅州的那次“女难”,视为一种盲目的情感产物,而将后来的婚事成功,看成“是意志和理性作成的”。——这种来源人、我两方面的人生情绪,在《边城》里化为一种悲凉而感伤的乐音,借翠翠与傩送的爱情弹奏而出。这样,《边城》最终成为一种象征的抒情的作品(关于《边城》如何将情绪凝聚为形象,让我们放到后面再论述)。只有朱光潜简洁而准确地道出了《边城》的这种情绪内涵:

> 它表现受过长期压迫而又富于幻想和敏感的少数民族在心坎里那一股沉郁隐痛,翠翠似显出从文自己的这方面的性格。……他不仅唱出了少数民族的心声,也唱出了旧一代知识分子的心声,这就是他的深刻处。
>
> (录自凌宇:《从边城走向世界》,三联书店1985年版)

▲《萧萧》赏析

沈从文先生的小说《萧萧》里面,祖父常说的“女学生过身”,是从哪条路上来,又往哪条路上去呢?我觉得,女学生就象是水样,流过水道河床,流向四面八方。而萧萧就象是水边的石头,永远不动,当水流过的时候,听着水响。湘西的村寨,常常是扎在水边,竹子的房柱浸在水里,变了颜色,千年万代的样子。“女学生过身”是萧萧心里最奇妙的风景,可是萧萧却从未有一次亲眼目睹。这是沈从文安排于萧萧和女学生之间的神秘的幕幛?还是命运的沟壑?小说里说,每年六月天就是女学生过身的日子,因为放“水假”了。“水假”这个词也很有趣,它给人一种流动欢畅的气氛。而萧萧始终没有看见女学生,萧萧和女学生没缘分。

女学生还被祖父用另一个名词代表,这名词就是“自由”,祖父说:“萧萧你也把辫子剪去好自由。”“自由”是比女学生更抽象,更叫萧萧不懂得的东西,萧萧只懂得往水里照,她假如没有辫子的模样是什么神气,还有就是当长工花狗把她肚子睡大时,她说:“花狗大,我们到城里去自由。”她这时明白,“自由”是解决她目下困境的一个办法。可是花狗显然不需要这个“自由”,他悄悄收拾起东西溜之大吉,只剩下萧萧一个,于是她也收拾起东西,“预备跟了女学生走的那条路上城去自由”。这就是山外边水外边,轰轰烈烈的变化着的世界传给萧萧的信息,是萧萧在无办法可想的境地中的惟一可想的一点办法。

可是萧萧还没动身就被家里人发觉了,我们期待着萧萧给我们一个壮烈的结局,将这倒霉事升华成一出悲剧。可萧萧那里的事情是与外面大舞台上的戏剧完全不同的事情。萧萧想到过死,悬梁、投水、吃毒药,可她终究舍不得死,萧萧不是女英雄,连女学生也不是。萧萧自己不死,祖父便请萧萧本族的人来决定,是“沉潭”还是“发卖”。“沉潭”是读过“子曰”的族长们做的事，萧萧的伯父没有读过“子曰”，不晓得礼教比萧萧的性命宝贵，就决定“发卖”去远处。可远处没有人来买，而后萧萧又生下一个儿子，于是“发卖”也免了。萧萧还是做她的小丈夫的大妻子。

萧萧的乡间是很有情味也很现实的乡间，它们永远给人出路，好叫人苟苟且且地活着，一代接一代。它们象是世外，有着自己的质朴简单的存活的原则，自生自灭。世界上风起云涌的大革命，没有一点矛头是指向萧萧的乡间，它们和哪一种革命都不沾边，因此，哪一种革命似也救不了它们。任何激烈的对峙都与它无关。外头世界的天翻地覆，带给这乡间的气象，便是“女学生过身”。女学生是什么样的人呢？女学生是怪物一样的人。女学生的世界是什么样的世界呢？也是怪诞可怕的世界，是样样叫萧萧的乡党们好笑与嘲弄的。

其实，萧萧和女学生之间，仅仅是一步之遥。倘若萧萧逃跑的计划再作周密一些，行动再迅速一些，或许已成为女学生中的一员，可是萧萧的计划失败了，失败就只能按失败的说了。萧萧只得留在了乡间，做媳妇，生儿子，然后再做婆婆。不过，她似乎想做“女学生”的婆婆，她对小毛毛说：“明天长大了，我们讨个女学生媳妇！”萧萧能做女学生的婆婆吗？这只是萧萧那一次未遂的革命留给她的一句戏言。

萧萧没走成，可是沈从文却走成了，并且还给他的乡人们留下了出走的好榜样，还有那个画家黄永玉。据说凤凰的青年中，习文弄画的特别多。其实沈从文就是“水假”时从萧萧乡间过身的女学生以外的一个男学生，岸边的石头从他眼中历历而过，一副地老天荒的样子。沈从文走到了宽阔的江面，风也浩大凛冽起来，激荡着他的帆，嚣声四起。而萧萧的乡间是他心中永远的寂寞的风景。

（录自王安忆：《走出凤凰》，《沈从文名作欣赏》，中国和平出版社 1993 年版）

▲沈从文的文体及其写作心态

正因为如此，我就格外看重沈从文这些描写湘西风情的地方志式的文字。那种笨拙而独特的文字句式，那种舒缓从容的叙述节奏，那种真切而又含蓄的抒情姿态，它们是不是表现了一种新文体的胚芽呢？沈从文似乎已经意识到了自己和那些专注于描写社会现状的小说家的根本差别，否则他不会放弃那套讲究逼真性的白描手法，改向间接暗示和象征的方向上用力气；他肯定也已经觉出了自己审美感受的混沌性质，所以才采用那种木讷迂缓的叙事方式，想靠这个来传达他那“乡下人”的独特感觉。对作家来说，表达的过程也就是理解的过程,他越是深切地陷入那种词不达意的痛苦,反而越有可能创造出与众不同的文体。沈从文当然还没有完全摆脱那种困境,但从他那种竭尽全力,稍有一点进展便紧赶不舍的顽强劲头,我却可以有把握地预言,他已经找到了突出困境的方向,一种新的文体即将诞生。

但这只是事情的一面。沈从文那种地方志式的抒情描写固然给人带来希望,这描写所表达的某些情感却使人禁不住要为他担心。我指的就是象《雨后》那样一味渲染原始人情的倾向,这种倾向在《阿黑小史》中是愈益触目了。这是一部由八个短篇连缀而成的中篇,洋洋十多万言,却几乎全是在重复《雨后》的故事,作者翻来覆去地描写五明和阿黑这一对天真小儿女的幽会场面,最后还让五明发疯以显示他的痴情。那渲染自然性爱的意图是如此强烈,竟将几个主要人物的心理都写得非常简单,不是身体力行地充当恋爱者,便是围在一旁怂恿他们去恋爱。这当然也是沈从文为暗示那"抽象"而作的一种变形,但效果却和在《连长》和《柏子》里明显不同,让人总觉得不大自然。

沈从文对那"抽象"的入迷是非常真诚的,为什么却要用这多少显得矫情的方式来表现呢?正是从这里,我看到了都市生活环境对他的一种极其深刻的心理压力。尽管北京并不欢迎他,他却无意退回湘西,而是拿出了湘西人的勇气和韧性,一定要在城市生活中站住脚。但是,他又很清楚城市文明的力量,尽管他在小说中狠狠地讽刺那些教授,在心底里却时刻记着他们对自己的精神优势。因此,城市对他的轻慢就不止是煽引起思乡的情绪,更激发了他一种向别处去寻找精神支柱的迫切愿望。只有服膺于一套足以与城市的价值标准相匹敌的另一种标准,他才能毫无怯意地走进城市;也只有确信自己在某一方面比那些绅士高出一头,他才能安心地与他们坐在一起。而从他当时的意识范围来看,恐怕惟有对家乡的记忆才能向他提供这样的精神支柱,只有从湘西的风土人情当中,他才能提取出与都市生活风尚截然不同的道德范畴:他那渲染牧歌情致的热情,主要正是源发于这样的隐秘心理。不用说,这里有一种深藏的自卑感在作怪,沈从文其实还没有摆脱那受挫者的沮丧情绪。不但在一些直接描写都市生活的作品中,他一直都掩饰不住那种遭轻慢后的忿怒,就是在不少意在表达那混沌感受的描写湘西的小说中,他也还是经常受到这忿怒的牵制,有意无意地总要去赞美与城市文化相对立的一切东西,不论那是原始的性爱,还是愚昧的迷信。只要把《雨后》与《或人的太太》对照着读一下,你就立刻能看出这之间的曲折联系了。

(录自王晓明:《沈从文:"乡下人"的文体与"土绅士"的理想》,《潜流与漩涡》,中国社会科学出版社 1991 年版)

第十四章　小说(二)

【学习提示与述要】

本章述介第二个十年(1928年—1937年6月)的小说。这是现代文学史上小说创作的高峰期。除了多位小说大家另立专章之外,其他作家大致分为三派:“左联”为核心的左翼、远离文学党派性与商业性的京派,以及最接近读书市场的海派。这只是大致的划分,应看到各派之中小说家的创作虽有相对接近,却又变化多样,体式纷杂。所以学习时,除了对“派”的划分有大体的把握,更多的注意力应放在对代表性作家的评析上;除了注意流派性,更要考虑各自的艺术个性。第一节介绍左翼小说,论及蒋光慈、柔石、丁玲、张天翼、沙汀、吴组缃、艾芜、萧红等一批作家。第二节论京派小说,主要讲到废名、芦焚,还有在流派之外的李劼人。第三节评述海派小说,论述了张资平和新感觉派的穆时英、施蛰存等等。

一　“左联”与左翼小说

1. 对“左翼”小说的产生与发展可作大致的了解。其中“左联”成立(1930)之前以“太阳社”为代表的小说大都为革命的呐喊尽了时代的责任,但思想大于艺术,有概念化通病,并受当时共产党内左倾路线的影响。而“革命+恋爱”曾一时成为流行主题。1931年丁玲《水》的发表,标志着对“普罗文学”的突破。1932年瞿秋白等五人为华汉的《地泉》作序,开始批判“革命的浪漫蒂克”倾向。对这些文学史现象的评价,不能脱离特定的时代氛围。

2. 应了解的左翼小说家有:蒋光慈、柔石、丁玲、张天翼、沙汀、吴组缃、叶紫、艾芜和萧红。其中蒋光慈影响最大,是革命文学的元老,1925年五卅运动中就写出《少年漂泊者》,1927年又完成反映上海工人起义的《短裤党》。其作品及时反映时代斗争与重大历史事件,强调宣传鼓动,体现“革命的浪漫蒂克”文学的特点,观察与表现比较浮泛。后期创作《咆哮的土地》反映农村革命,则转为写实,有新突破。可将蒋光慈作为左翼作家的早期代表,不必拘泥于对其作品的细读,而应从他的创作经历透视左翼文学思潮的流变。柔石和胡也频也属于早期左翼作家。柔石的中篇《二月》和《为奴隶的母亲》都超离了当时概念化的风尚,有较高的艺术水准,同学们阅读会有较大兴趣。

3. 后起的左翼青年作家改变了“左联”前期浮泛的写作风气,取得殷实的业绩,既显示出各自的艺术个性,又共同趋向“社会剖析”的目标。应注重把握各位青年作家小说艺术探求上的特色与贡献。张天翼是几次率先突破左翼创作僵局的一位,抗战时期也开了国统区暴露讽刺文学的先河。在本时期,应注重他的《包氏父子》等小说,其劲捷、豪放和夸张的风格,以及片段性速写体的短篇形式,明显区别于同时代其他讽刺型作家。

沙汀就不同于张天翼。他最能刻写旧中国农村(主要是四川西北部)的黑暗生活,有农民的幽默气质。可以举《代理县长》等作品为例,观察体会其小说中常有的阴暗沉闷的黑色基调,不露声色的细密凝重的笔致,以及在世态人情复杂的描写中体现的浓重的地方色彩。不妨将张天翼和沙汀两位讽刺作家作一比较。

吴组缃和叶紫虽不属讽刺型作家,却也在“社会剖析”这一点上和张、沙接近,也是左翼小说的主要体式。不过,吴组缃擅用工笔式白描,讲求人物个性刻画,风格细致凝练;叶紫多描写农村阶级压迫与阶级对立,笔触阔大,虽不免粗疏,却如鲁迅所评说的是“尽了战斗的任务”。

此外,与沙汀几乎同时“出道”的艾芜,走的是抒情小说的另一种路子。可评析《南行记》中的短篇如何以漂泊的知识者的眼光观察叙述边疆异域的底层生活,在左翼小说圈内另辟了浪漫主义抒情小说的一支。还可以领略艾芜小说描写大自然景物的那种特异角度和笔触。

4. 本时期小说艺术更有创造力、文学史地位更为突出的两位女作家,是丁玲与萧红,可作为本章的重点来学习。应大致了解丁玲不同时段创作理路风格的衍变,从她的作品可以看到时代的鲜明印记。《莎菲女士的日记》是丁玲 1928 年发表的作品,当时与革命文学并无关联,但影响大,应作细读分析。可着重评析莎菲这个人物形象的时代心理内涵,主要应理解为是“五四”退潮后叛逆苦闷的小资产阶级女性的典型。应发掘莎菲的伤感、颓唐、自恋的情绪中所蕴含的知识分子“时代病”特点,并认识其心理描写的成就。解读这篇小说,最好能够与丁玲后来其他描写女性题材的作品联成一体来考察。

萧红的创作近十年来受到格外的重视,学习中也应作为重点,尤其注意探讨其小说的两方面特色:一是多以纤细的感觉回忆与抒写中国北方农村生活的沉滞闭塞，人民的善良、愚昧，并由此展现深刻的生命体验；二是创造出一种介于小说、散文和诗之间的新型小说，自由地出入于回忆、现实与梦幻，善于捕捉细节，语言朴实纯净，风格凄婉明丽。可侧重从艺术鉴赏的层面重点解读《呼兰河传》，细心品味其丰沛的才情与越轨的笔致。

二　京派小说和其他独立作家的小说

5. 应大致了解京派形成的文化背景及其总的创作倾向。这一派的特点可概括为文化保守主义的立场，远避政治斗争和商业势力的态度，乡村中国和平民现实的题材，从容节制的古典式审美趋向，以及比较成熟的抒情体讽刺体小说样式。可选废名与芦焚做重点。废名的特色和贡献在文体，应把握其作品的"理趣""涩味"，以及诗化和散文化的小说体式，思考其如何借鉴唐绝句的韵味来写小说。读芦焚（师陀）的小说要注重其独异的艺术气质的发挥，考察和体味其小说中常见的抒情与讽刺、寓意的融会和弥漫于笔下北方农村衰败图景中的那种悲凉之气。此外，对萧乾和林徽因的小说也要有所了解。

李劼人不归属某个流派。主要了解其《死水微澜》的成就，以及把史诗与世态刻写结合起来的"大河小说"的特点。

三　海派小说

6. 关于海派文学兴起的原因及其特点，可从四方面表述：一是世俗化与商业化，二是都市题材，三是性爱小说风尚，四是重视形式的猎奇与创新。代表作家中的张资平、叶灵凤等，都显现了驳杂的海派特点。对其性爱小说应主要持批判的眼光。

重点可放在对"新感觉派"的评析上。应注意其产生的文化根源及外来影响，把握其写作姿态上的现代性与先锋性，并大略了解其对后来以张爱玲为代表的沪港市民传奇的影响。此派作家主要有刘呐鸥、穆时英和施蛰存，虽各自有不同的特色，但应从他们作品中更多地看到新感觉派的共性。施蛰存的《梅雨之夕》或《春阳》可作为细评的文本，注意其心理分析的手法以及由男女情爱透视人性的母题。

【知识点】

华汉《地泉》三部曲及重版序、"革命的浪漫蒂克""革命＋恋爱"小说、"左联"青年作家小说、东北作家群、"大河小说"、京派、海派、新感觉派。

【思考题】

1. 简评《莎菲女士的日记》中莎菲形象的矛盾性与时代色彩。

这道题的中心是“矛盾性”，主要是性格心理表现，而“时代色彩”就体现在这性格心理矛盾之中。可以从几个方面考察，比如莎菲的爱情观、她的择偶标准、她对灵肉关系的看法、她如何处理人际关系，以及她对社会、人生的基本态度，等等。注意莎菲的思想和心理有相对稳定的基本方面，又有许多矛盾、冲突与变化。可以结合作品的情节描述来透视这些观念和心理的矛盾变化，并适当分析其社会根源。莎菲一方面反抗社会，另一方面又有所妥协。可以参考“评论节录”中杨义《中国现代小说史》第二卷的相关内容，特别是有关莎菲“因爱惜自己而作践自己，因追求生而糟蹋生……”的看法。可循着这一逻辑来论述问题。

2. 比较分析沙汀与张天翼的讽刺艺术。

这里要求的比较分析主要是求“异”，即分析两者不同的艺术追求，目的是更清楚地看出各自的特色。《三十年》第十四章第一节，以及“评论节录”中王晓明《沙汀艾芜的小说世界》的相关内容，都可以参考。论述沙汀要抓住其“农民式的幽默”，讽刺时不露声色、感情凝重，以及擅长通过人物谈吐举止的细节刻画深层心理、场景气氛的烘托交织着某种诗意，等等。论述张天翼则注意其如何抓住人物的习惯动作与用语，凸现其灵魂，讽刺锋利劲捷，泼辣夸张。还应当适当顾及两者在题材、小说体式、语言、艺术趣味以及写作姿态等方面的不同特点，或者把两者放到整个现代文学讽刺艺术的发展背景下考察（比如以鲁迅、老舍等为参照），这样会难一些，但论述将更有深度。

3. 评析萧红《呼兰河传》的文化内涵与文体特色。

在文化内涵上，注意《呼兰河传》具有童年回忆的性质，主要描写记忆中的家乡人民的生存方式，特别是传统落后的文化习俗对人的戕害，所描写的东北风情，既有浓郁的地域性，又具某种普遍性。在文体特色上主要看其如何打破小说与其他文体的界限，创造了“诗化小说”或称“散文化小说”。其小说结构、语言和抒情方式也很有艺术个性，论述时必须兼顾。如果能在现代文学中抒情小说这一背景下进一步考察萧红的意义，论述的深度就会增加。关于文体特色还可以参考“评论节录”中秦林芳《萧红创作的文体特色》的有关内容，包括萧红语言“率性而言”的陌生化、情感评价的心理视角、非情节与非戏剧化的散文化特点等等，都可以作为讨究萧红艺术的论点。

4. 为什么说1930年代上海风行的“新感觉派”是现代中国最完整的一支现代派流派?

首先对“现代派”做简单界定。“现代派”文学也称为“现代主义”文学,是一种与19世纪传统的现实主义和浪漫主义迥然不同的文学类型,表现为形式上的荒诞与变形,内容上的危机感、幻灭感,重主观和心理,强调非理性等特征。然后对“新感觉派”作为文学流派做一个综合性的评述。之所以说“新感觉派”是现代中国最完整的一支现代派流派,有两个最基本的理由:一、“新感觉派”深受法国现代派文学和日本新感觉派文学的影响,用现代人的眼光来关注都市,表达现代商业文明覆盖下的城市人群生存形态。这主要是内容上的分析。二、分析表现手法和写作技巧的现代派的特征,包括心理分析、蒙太奇、意识流,以及以性爱心理发掘人性深层的方法。注意联系刘呐鸥、穆时英、施蛰存的作品来分析论证,可参考《三十年》第十四章第三节,以及“评论节录”中吴福辉《戴着枷锁的笑》对施蛰存的评析。如果能联系1930年代海派文学的发展来进一步考察“新感觉派”突起的原因,对这一流派的评述将更有历史感,从而也更能说明这是现代中国最完整的一支现代派文学流派。

5. 比较评析沈从文、芦焚与废名笔下的乡土田园艺术世界。

本论题要求有较强的综合分析能力,重在考查用文学史眼光来对比评述三家的艺术追求。可以采取两种思路来答题:一是以作家为线索,分别叙述沈从文、芦焚与废名笔下的乡土田园艺术世界,并进行相应的评论,在总体上构成比较;二是对几个方面的不同特点分别加以比较,比如作者的态度、乡土艺术世界所呈现的外在形态等等。前者相对容易把握,但也容易一般化;后者难度较大,也较显功力。注意把握沈从文如何建造一个纯朴的、具有原始自然美的“湘西世界”,以所谓“化外之境”那种原始、质朴、和谐的生命形态来对照批判现代病态的都市文明。废名主要刻画了一个黄梅故乡和京西城郊世界,是纯真、宁静、天人合一的牧歌境界,以对返璞归真的向往,规避现实人生的粗陋。芦焚主要书写了北方中原的“废园”世界,自然的荒凉与人事辛酸交织,已经没有沈从文与废名的那种牧歌情调,但特有某种凌乱压抑的气氛,沉思式的回叙中往往带有浓重的现实性、讽刺性和批判色彩。如果能从三个艺术世界的比较中把握不同的意境格调之美,论述将导向深入。

6. 略评李劼人《死水微澜》中的蔡大嫂的形象。

答这个题目时,可以先对李劼人及其《死水微澜》在现代文学史上的地位做一简要的交代。在李劼人的“大河小说”中,《死水微澜》在艺术成就上是最高的,既写出了历史的时代风云,又写出了地方风情和民俗,人物刻画也非常成功。而蔡大嫂就是其中最成功的形象之一。要结合作品的情节描写,发掘蔡大嫂性格中最突出的特点,包括她富于幻想、泼辣爽直、敢做敢当的性格,蔑视礼教的大胆行为,以及虚荣、追逐浮华的另一精神侧面。在揭示心理性格的复杂性时,应当注意分析其中体现的时代内容,看到从甲午战争到《辛丑条约》签订期间,四川社会的冲突及地方风习的变迁,如何折射到小说人物心理性格的表现上,从中又可见一潭死水的现实如何掀起微澜。

7. 从张恨水《啼笑因缘》、茅盾《子夜》、李劼人《死水微澜》谈中国现代长篇小说的结构艺术。

本论题要求以斑见豹,将三部小说的结构艺术放在一起分析,以此把握现代长篇小说的结构特征,难度较大。应当有分有合,分析三部小说不同的结构艺术,同时又找出他们探索小说现代化的共同问题与经验。可以从几个共同性的问题来立论,比如对传统小说结构的突破与继承、对现代小说结构艺术的探求、对新文学长篇小说的贡献等等。将对三家小说的结构分析结合到上述问题中,也可以在分头评述中做比较,最好能照顾到现代长篇发展的脉络。下面是对三家评说的要点:(1)张恨水《啼笑因缘》:报刊连载体的长篇章回通俗小说。较多考虑可读性与娱乐性,结构上多暗示、巧合,言情与侠义两条线索交织,以及传奇色彩。保持了章回小说的某些特征,但又有较为开放的结局和较为严谨的前后照应等(可参考严独鹤《〈啼笑因缘〉序言》,以及范伯群《漫谈〈啼笑因缘〉》,收入张占国、魏守忠编《张恨水研究资料》,天津人民出版社 1986 年版)。(2)茅盾《子夜》:史诗性小说。采用蛛网式结构,即以吴荪甫为中心贯穿众多线索与人物。情节安排上有张有弛,一波未平,一波又起(可参考骆飞《略论〈子夜〉的结构艺术》,原载《中国现代文学研究丛刊》1983 年第 22 期,收入唐金海、孔海珠编《中国当代文学研究资料·茅盾专集》第二卷下册)。(3)李劼人《死水微澜》:“大河小说”,也就是长篇历史小说。以平常人物展现历史风云,以川味风俗贯穿情节发展(可参考杨继兴《长篇历史小说传统形式的突破——论李劼人历史小说的独创性及其在文学史上的地位》,《李劼人作品的思想与艺术》,中国文联出版公司 1989 年版)。

8. 以茅盾和穆时英小说为例,比较左翼和新感觉派作家的都市小说。

此题具有一定综合性,适合高年级学生。主要参考《三十年》第十章及十四章第一、三节。“评论节录”中严家炎《中国现代小说流派史》有比较详尽的分析,可以参考。(1)两者虽然都着眼于现代都市(尤其是上海)生活的描写,但其立场和文学表现方式都是不同的,因而分属不同的都市文学类型。(2)以茅盾为代表的“社会剖析派”小说着眼于以都市中阶级的对峙、人与人的斗争作为主线,来表现一个亢奋、变化的贫富差别显著的城市社会。而新感觉派小说有强烈的世俗化和商业化特征,对都市的描摹更多集中在对工业文明的物质性体验上,兼有建立在这种体验基础上的对于现代文明的一定程度的批判。(3)左翼的社会剖析派小说追求对时代的全景表现,多取现实主义的文学表现手法,而新感觉派则更多采用现代主义文学技巧,来表现心理层面的现代都市情绪,因而两者的语言文字、结构模式等风格迥异。可以具体作品如《子夜》《夜总会里的五个人》等为例,进行更为细致的文本特征分析。

【必读作品与文献】

丁　玲:《莎菲女士的日记》
柔　石:《为奴隶的母亲》
沙　汀:《代理县长》
艾　芜:《山峡中》
吴组缃:《一千八百担》
李劼人:《死水微澜》
萧　乾:《雨夕》
林徽因:《九十九度中》
施蛰存:《春阳》
张恨水:《啼笑因缘》

【评论节录】

茅　盾:《女作家丁玲》
杨　义:《中国现代小说史》第二卷
王晓明:《沙汀艾芜的小说世界》
赵　园:《论小说十家》
孟　实:《〈谷〉和〈落日光〉》
郭沫若:《中国左拉之待望》
许子东:《重读〈日出〉、〈啼笑因缘〉和〈第一炉香〉》

秦林芳:《萧红创作的文体特色》
吴福辉:《带着枷锁的笑》
严家炎:《中国现代小说流派史》

▲茅盾论丁玲的创作

在《莎菲女士的日记》中所显示的作家丁玲女士是满带着“五四”以来时代的烙印的:如果谢冰心女士作品的中心是对于母爱和自然的颂赞,那么,初期的丁玲的作品全然与这“幽雅”的情绪没有关涉,她的莎菲女士是心灵上负着时代苦闷的创伤的青年女性的叛逆的绝叫者。莎菲女士是一位个人主义,旧礼教的叛逆者;她要求一些热烈的痛快的生活;她热爱着而又蔑视她的怯弱的矛盾的灰色的求爱者,然而在游戏式的恋爱过程中,她终于从腼腆拘束的心理摆脱,从被动的地位到主动的,在一度吻了那青年学生的富于诱惑性的红唇以后,她就一脚踢开了这位不值得恋爱的卑琐的青年。这是大胆的描写,至少在中国那时的女性作家是大胆的。莎菲女士是“五四”以后解放的青年女子在性爱上的矛盾心理的代表者!

(录自茅盾:《女作家丁玲》,收入《丁玲研究资料》,天津人民出版社1982年版)

▲论丁玲《莎菲女士的日记》及其文学史地位

由《梦珂》到《莎菲女士的日记》,作家由社会环境潜入人物内心矛盾的更深层面,写成一篇才气淋漓地解剖人物灵魂裂变的心理小说。莎菲是一个走出家门,漂泊异地的知识女性,她已经脱去了封建家庭的脐带,按照个性主义者的理想而独来独往,但她不能跳离笼罩着封建烟雾的社会,求爱失爱,寻路失路,个性主义只给她带来“狷傲”“怪僻”的讥评。社会已给她的心灵烙下过多创伤,而呈现病态,在旅馆养病是她的生活。但是她敏感、多疑、疲惫、烦闷,百无聊赖而又心境不宁,“心象许多小老鼠啃着一样,又象一盆火柴在心中燃烧”。因此她感伤难已,喜怒无常:“我真不知应怎样才能分析出我自己来。有时为一朵被风吹散了的白云,会感到一种渺茫的不可捉摸的难过,但看到一个二十多的男子把眼泪一颗一颗掉到我手背时,却象野人一样的在得意的笑了。”于是她因爱惜自己而作践自己,因追求生而糟蹋生,抱着对人生绝望的心情而养病,在养病中失眠、酗酒,用自我毁灭来表达与顽冥不化的世道的不合作。追求两心相印的爱情是她的志趣,但她追求到的却是心与心的隔膜,是欺骗与憎恶,“我知道在这个社会里面是不会准任我去取得我所要的来满足我的冲动,我的欲望”。苇弟对她的爱是真挚的,每能慰藉她的寂寞,但苇弟的性格是懦弱的,与她性格不相融洽,她讨厌这种跪着的爱,从他的泪水中寻找快意,却又为这种残酷的快意暗自忏悔。凌吉士对她的爱是虚伪的,她醉心于他具有"中世纪骑士风度"的堂堂仪表,却发现这个南洋华侨子弟的人生哲学是"赚钱和花钱",她鄙视他那种以金钱买笑,整天做着发财梦的市侩品格。她的恋爱观是崇尚个性的,她不愿为传统的中庸之爱拉进小家庭之中,也不愿为洋化的市侩之爱套进金钱眼之中,因此在半封建半殖民地社会中无所适从,在无乐可寻中抱"及时行乐"的幻想。莎菲的性格"充满了对社会的卑视和个人的孤独的灵魂的倔强",她是带反抗性的,但这种反抗是孤独的、带病态的、无出路的。她的出现旋即引起反响,说明个性主义在当时历史条件下尚未过时;但这种个性主义已带上病态,说明它倘若不消融在进步的集体主义之中,是没有出路的。丁玲在成名作中,为蜕变中的个性主义唱了一曲格调凄厉而充满才情的哀歌,她谈到这类作品的创作动因时说:"我当初也并不是站在批判的观点写出来,只是内心有一个冲动,一种欲望。"这种单凭内心冲动来创作的作品,是浪漫抒情的,而不能牵强附会为现实主义的。

在第一代女作家的创作已成强弩之末的时候,丁玲以其在《梦珂》和《莎菲女士的日记》中的卓越的抒写才能,一鸣惊人,纤敏中夹杂强悍,既有前期女作家擅写女性心理之长,又有前期女作家未尝达到的强烈和深刻。她突进了人物心理的更深层次。本期丁玲著作与早期女作家的作品,只有感情浓度和抒写力度的差异,自生活世界而言,著名的莎菲主人公依然以怀素狂草一般的笔触把一个"女"字写上她的文学旗帜。惟有到了《水》,她的文学旗帜上的"女"字,才被一群悲愤不已的农民改作左翼的"左"字了。自此,她的文学已不是严格意义上的"女性文学"所能囊括,她已经突破了女性文学的狭小格局。这种咄咄逼人之势,连左翼文坛的主将鲁迅也为之震动,在私下谈话中认为:"丁玲是我们最优秀的作家,近来她很努力,茅盾都要写不过她的。"

丁玲属于最广泛和敏捷地接纳时代思潮的作家之列,不仅在女作家中,而且在整个文坛亦复如此。她极为注意小说创作的当代性,多取材于发生不久、或正在展开中的重大事件,敏捷地"对当时当事有所批评"。1931 年十六省大水灾洪波未减,于同年夏,她写成《水》。1948 年土改运动正随解放战争的进展在全国陆续进行,她便梓行了《太阳照在桑干河上》。她等不及历史对生活的沉淀和过滤,便先声夺人地抢先捕捉现实生活的新机运。这种带露折花的紧迫感,考验着她的生活捕捉力和艺术把握力,在写完《太阳照在桑干河上》十年后,她还记忆犹新地陈述了这样的甘苦之言:在该书中进行的“这一次土地改革却比现实中的土地改革更困难”。这种领时代风气之先的创作热情和能力,是新文学第一代女作家所望尘莫及的。在急遽发展的时代追求文学的当代性,使她的作品的思想情调和艺术格调在三五年间便显出巨大的距离,《莎菲女士的日记》和《水》,《水》和《我在霞村的时候》,《我在霞村的时候》和《太阳照在桑干河上》,在时代精神和作家个性的复杂错综之间,均出现了巨大的艺术跨度。早期女作家在家人亲朋之间含情依偎、或凄苦陈诉的作风,已为一个社会和艺术急行者的跫跫足音和匆匆身影所取代了。“跫跫”是其有力之处,“匆匆”难免留下某些粗糙,我们钦佩她把握时代转机的迅疾,钦佩她展示社会历史进程的魄力,又不能不惋叹她间有不甚精美之作出现。人们鉴赏这位卓越的文学女性的作品时,心情是复杂的,不平静的。以三十年代最有成就的两个女作家相比较,我们感到,丁玲是一座突兀的山,萧红是一江明澈的水。山有“群峰共驰骛,百谷争往来”的气势,水有“缥碧千丈见底,泉水激石成韵”的魅力。高山流水,各具力度或风致,开拓了女作家创作的新格局。

(录自杨义:《中国现代小说史》第二卷,人民文学出版社 1988 年版)

▲论沙汀艾芜的小说世界

代理县长们无疑是沙汀短篇小说中最引人注目的角色。他们不但证实沙汀是在描写一个无可挽救的地狱,而且证实他是怎样一个深刻的描写者。古往今来,许多作家都面对过没落的世界。有的人似乎在感情上不能接受心爱的人物的厄运,他如实描写出他们的衰败,一面又奏出伤感的挽歌。更多的人仿佛惊骇于没落者的疯狂挣扎,他们满脸怒容,发出大声的诅咒。有些人惊骇过度,甚至失去了诅咒的勇气。可从沙汀瞧着代理县长的眼神中,我们却看到一种轻蔑的光芒,他简直是笑着去刻画他们的。一切真正的艺术家必然是社会进步的追求者,他们实际上都以各自的方式描绘着历史的发展和人类的成熟。沙汀尤其是一个自觉的战士,正因为渴望新时代的曙光,三十年代初他才会去描写那些陌生的题材。可他没有亲眼见过那曙光的色彩,费尽力气,也只能描画出某种模糊的影子。现在他却亲眼看见了历史,代理县长们的每一个疯狂动作,方治国们的每一个忧虑的眼神,都向他报告着新时代的临近。他正是被这个黑暗地狱的崩溃吸引住了。在历史的长途中,没落从来就不是一个孤独的旅人,它身后一定紧紧跟着新生。沙汀刻画前者时的嘲弄的笑意,正是出于对后者的热烈欢迎。……

巴尔扎克说:“嘲笑,这是垂死的社会的文学。”沙汀的文学活动就证明了这一点，无论是那个时代，还是他个人的身世经历，都使他几乎必然地会走上讽刺文学的道路。而且，他的讽刺也的确和许多作家不同，既不是满面怒容，也不象譬如契诃夫那样，用温雅和宽容的态度掩盖深深的忧伤，而是渗透了一种深刻的嘲弄精神。

他的小说中随处可见那种卑劣凶残的角色，《代理县长》中的代理县长也罢，《替身》里的保长李天心也罢，仔细想想，他们的行径真是非常凶残。可是奇怪，我们对这些人物并不怎样愤怒，最初一阵激动平息之后，还会觉得他们有一点可怜。再回味下去，我们更愈益看清了他们的滑稽可笑，竟至于忍不住会笑出声来。这似乎正是沙汀有意追求的效果。……

《山峡中》似乎以最突出的方式解释了大部分《南行记》的独特魅力。既然有心再现记忆中的明朗景象，艾芜势必把笔墨集中到人物的善良品性上；可“野猫子”们置身那样一片荒蛮的土地，再主观的作家也不能无视他们周围的愚昧、荒凉和残酷。艾芜真是幸运，他选择的素材本身就具有如此强烈的反差性质，他很自然就要采用对比的方法来安排他的描写。比起那种用想象和夸张来渲染美好事物的作法，这种不声不响的对比显然更能强烈地唤起人们对美的感受。因为在现实的世界上，一切美都只存在于比较当中，单把一朵花孤零零地举在鼻子前面，我一定感觉不到它有什么动人之处；可如果在灰褐色的岩石缝中看见它，背后衬着那样粗蛮的景象，我就能强烈感觉到它的鲜艳夺目。《南行记》中正是充满了这样的对比，不但“野猫子”的笑声和庙外的黑暗形成对比，人物的内心品质也时时显出更为尖锐的对照。惟其是强盗，他对流浪汉的侠义心肠就特别触目；惟其能毫不动容地眼看江涛吞没自己的同伴，“野猫子”的善良才那样撼人心魄：人是不可战胜的，就在这些荒凉粗糙的心灵深处，诚意和柔情的花苞不是依然在暗暗开放吗？……

在那个丑恶俯拾皆是的时代里，执意描画美好形象的努力很容易给人一种过分主观的印象。还在《南行记》陆续发表的时候，就有批评家把艾芜和沈从文归为一类，说他们都在荒蛮的背景下描绘出一个令人安慰的世界。可我觉得，沈从文的确有点象撒下一张诗意朦胧的纱帘，他笔下那种单纯恬静的田园生活，那些天真痴情的湘西少女，似乎都有点隐隐绰绰，看不真切。但老何和寸大哥却和我们相距咫尺，几乎一伸手就能搭上他们的肩膀；“野猫子”们更是活灵活现，我闭上眼睛也想象得出她们的强悍神情。艾芜并不用美丽缥缈的烟霭来抚慰我们，他挖给我们看的金块上还沾着泥垢——这不正是最可信的真实吗？要从腐烂的生活土层里淘取真实的纯金，这远比描绘空中的云霞更加困难。对现实的极端厌恶会不知不觉削弱作家的眼力,使他看不清死水下面的激流。他很容易会回到自己的精神世界,到那里寻找抽象的美,他甚至会忍不住掏出有色眼镜来戴上,向读者描绘虚幻的美。我不愿断定沈从文就是这样的作家,但我庆幸艾芜经受住了这样的考验。他始终注视现实的大地,始终描绘真实具体的人性。《南行记》不会把我们引入对天国的无边遐想,它只是增强我们对现实的充分信心。我佩服《边城》那样优美的作品,但我更喜欢的还是《南行记》。……

我读到过不少作家的作品,他们仿佛把自然当作可以任意支使的仆人,或者用它渲染气氛,或者借它抒发情感,还有的以它来暗示主题,在许地山的作品中,异域的风景就常常充当衬显故事寓意的特殊背景。艾芜却向我们描绘出一个凛然不羁的自然,它经常无视人类社会的法规,《山岭上》阵阵咆哮的松涛声就仿佛隔开了人间的一切骚扰,保护那个年轻时曾经手刃财主的老货郎在山上安然入睡。它甚至拒不配合具体情节的渲染,《山峡中》,就在"野猫子"们把同伴扔下大江的第二天早上,"山半腰抹着一两条淡淡的白雾。崖头苍翠的树丛,如同雨洗后一样的鲜绿……清亮的波涛,碰在嶙峋的石上,溅起万朵灿然的银花,宛若江在笑着一样。谁能猜到这样美好的地方,曾经发生过夜来那样可怕的事情呢?"每当读到这样的文字,我心中都会涌起一种类似崇拜的强烈感情,就从那些令人沮丧的场面背后,大自然不断探出身来,向我们显示宇宙本身的蓬勃生机。当海潮滚滚而来的时候,谁还会为小池的干涸感到丧气呢?……

现代中国的浓重黑暗使不少作家无暇去体味自然的魅力,沙汀就在一封通信中说过,因为过早接触到病态社会的世态人情,他常以对社会风尚的白描来代替对自然风景的渲染。艾芜却把自然看作一种几乎和老何们的心灵纯金同样崇高的现实的美,当他回到记忆里和"野猫子"们亲切交谈的时候,眼前同时会浮现出碧绿无涯的热带丛林,浮现出伊拉瓦底江中成群野象傲视江轮的奇异场面,即使是夜间"野猫子"们那样残酷的行为,也不能妨碍他赞美清晨的露水和阳光。这就可能引起一种担心,艾芜对自然风景的重笔描画会不会分散读者对人物命运的充分注意?作家对自然的态度毕竟取决于他对人的态度,就是那种对朦胧月色和萧瑟秋风的病态迷恋,也仍然来源于对人类前途的深切忧虑,来源于对文明和社会创造力的强烈失望。

这一切都使我们产生一种印象,似乎艾芜的才能主要并不在揭示整个生活的秘密法则,而在于描绘一幅幅生动的人生图画,他也许缺乏那种深邃透彻的分析眼光,却分明具有一种把握生活诗意的直觉能力。他常常不是一个无情的心理分析家,似乎也很少苦心安排,把读者的思路一步步引向预定的艺术效果。在许多时候,他作品中的那种激动人心的暗示力量似乎并不发自他的构思蓝图,而是来源于画面本身的丰富蕴蓄……他一进入艺术描写的领域,就很自然会倾全力去捕捉生活的诗意,通过诗意的形象来打动读者。既然只有借助感情燃烧的火光,他才能描画出对生活的丰富感受,他自然就无心去锻炼那种精雕细琢、层层深入的结构技巧,甚至无暇去培养那种冷静周密,穷追不舍的分析兴趣。一旦他离开那种福楼拜式的构思方式,企图象沙汀那样冷静地揭示丑恶时,笔触反而会显得过于粗直。

(录自王晓明:《沙汀艾芜的小说世界》,上海文艺出版社 1987 年版)

▲论吴组缃的小说

吴组缃的小说,处处见出训练有素的小说家技巧的圆熟和手法的多变,见出以形式适应内容、为不同题材寻求不同的小说框架的多方面的小说才能。

以《一千八百担》与《天下太平》论,前者主要写乡绅,是"群戏",人物众多,关系错综,要求把对话写精,在纷乱中见出层次;后者写农民,故事单纯而曲折,用笔则须善于回旋,在铺叙中传达出内在节奏。两篇小说,都被公认为吴组缃的力作。……

作为小说家,吴组缃决不只在构思命意等大处用力。"举重以明轻,略小而存大",构思如此,描写亦如此。他精于描写,一笔不苟。对人物、环境,吴组缃从不作过甚的形容,遣辞用语,求其"传神"而已。《一千八百担》写乡绅们得知"客民佃户"赶来抢粮时的反应:"大家怔住了:每个人脸上都马上少去了一件要紧东西,只显着两只大眼和一张洞似的嘴。"写抢粮的农民:"每人都是一身干巴的肉,两条黑瘦的臂膊。"何等简洁有力。

在人物语言方面,《一千八百担》是典范之作。这篇小说围绕一千八百担"义庄"积谷,写出了乡绅集团内部以及乡绅与农民间的冲突,凭借的几乎仅只是对话。聚在"宋氏大宗祠"的,连"义庄"管事柏堂在内,不下十四五个开口说话的人物,话题则由"济众水""白兰地",到"保甲壮丁队",看似"散漫不经",却无不远远近近牵系着那"一千八百担"。因为对于这没落中的一群,一千八百担稻子,已是"叫化子手里的黄金"。深刻的没落感,加剧了这个集团自身的腐败与分裂,而大风雨将至的消息,即由十几条舌头的不经之谈中透露了出来。《一千八百担》是"对话的艺术",个性、心理、人物关系,都在对话中。这种艺术,非有生活经验的厚积和语言技巧的高度训练,是不敢轻于尝试的。

吴组缃的文字,用力处使人不觉其用力,字斟句酌而后见出平易畅达。这种文字之美,要求更敏感细腻的鉴赏者。据说张天翼当年能背诵出吴组缃小说中精美的片断。兴之所至,挥毫疾书时,往往信笔写下吴作中的某个段落。吴组缃小说的文学语言有如此的魅力!

(录自赵园:《论小说十家》,浙江文艺出版社 1987 年版)

▲朱光潜评芦焚的小说

象许多青年作家,芦焚先生是生在穷乡僻壤而流落到大城市里过写作生活的。在现代中国,这一转变就无异于陡然从中世纪跌落到现世纪,从原始社会搬到繁复纷扰的"文明"社会。他在二三十年中在这两种天悬地隔的世界里做过居民。虽然现在算是在大城市里落了籍,他究竟是"外来人",在他所丢开的穷乡僻壤里他才真正是"土著户"。他陡然插足在这光彩眩目、喧聒震耳的新世界里,不免觉得局促不安;回头看他所丢开的充满着忧喜记忆的旧世界,不能无留恋,因为它具有牧歌风味的幽闲,同时也不能无憎恨,因为它流播着封建式的罪孽。他也许还是一位青年,但是象那位饱经风霜的"过岭"者,心头似已压着忧患余生的沉重的担负。我们不敢说他已失望,可是他也并不象怀着怎样希望。他骨子里是一位极认真的人,认真到倔强和笨拙的地步。他的理想敌不过冷酷无情的事实,于是他的同情转为忿恨与讽刺。他并不是一位善于讽刺者,他离不开那股乡下人的老实本分。

读过《谷》和《落日光》以后,我们收拾零乱的印象,觉得他们的作者仿佛是这么样的一个跨在两个时代与两个世界的人。这点了解也许可以帮助我们化除一些不调和的感觉,——读这两部作品时,不调和的感觉不免要不断地产生的。

论题材,它们的来源大部分是近代文明在侵入而尚未彻底侵入的乡村和乡镇。象《落日光》里的"沉浸在落寞的古老情调里"的田庄,象在关圣大帝的神道前挂着红布花球写着"有求必应"的大槐树旁的庞府,象《牧歌》里老马干和印迦姑娘拦路同部落头目的队伍鏖战的小山冈,或是小茨儿和退伍老兵在酷热天气所爬过的蜈蚣岭,象江湖客和小二对头痛饮的小旅店,这些都可以说是芦焚先生的"老家",在这些地方和这些地方的人物中他显得最家常亲切。但是此外芦焚先生还有一个"客寓",上面是刷着崭新的白垩和油漆招牌的。在这个另一世界里我们遇到的是狱里墙壁上用指甲刻新诗的青年志士,是侮辱女同志以反动罪名吓人的委员,是唱萨哑歌声的帝国儿郎,是在黄昏中并肩散步合念着"由崎岖的爱的路而直达永恒"的少爷小姐。这些人物在全部作品所烘托出来的气氛之中，有如西装少年拈香礼佛，令人感到不伦不类。这倒不能怪芦焚先生，因为他所经历的本来就是这种不伦不类的世界。

芦焚先生的世界虽是新旧杂糅的，其中人物的原型却并不算多，他们大部分是受欺凌压迫者，或是受命运揶揄者象《头》里的孙三，《谷》里的洪匡成，《牧歌》里的雷辛及其他被蹂躏者无辜地惨遭残杀，永远没有申冤的日子，是一种；象《过岭记》里的退伍老兵，《人下人》里的叉头，《鸟》里的易瑾，《金子》里的孟天良和金子自己以及和候鸟同来去的卖香荸的江湖客，都历尽人生的险巇而到头终茫无去向，是另一种。在这些人物的描写中，作者似竭力求维持镇静，但他的同情，忿慨，讥刺，和反抗的心情却处处脱颖而出。因为这一点情感方面的整一性，《谷》和《落日光》在表面上虽有许多不调和的地方，却仍有一贯的生气在里面流转。也正因为这个缘故，读芦焚颇近似读哈代（Hardy），我们时时觉得在沉闷的气压中，有窒息之苦。

读《谷》和《落日光》不是一件轻快的事。一泻直下，流利轻便，这不是芦焚先生的当行本色。他爱描写风景人物甚于爱说故事。在写短篇小说时他仍不免没有脱除写游记和描写类散文的积习。有时这固然是必需的，离开四围景物的描写，我们不能想象有什么方法可以烘托出《过岭记》或《落日光》里的空气和情调。但是在芦焚先生的大部分的作品里，描写多于叙述时，读者不免觉到描写虽好，究竟在故事中易成为累赘。这也许是读者的错过，《谷》和《落日光》或许根本就不应该只当作短篇小说看的。

（录自孟实：《〈谷〉和〈落日光〉》，收入《师陀研究资料》，北京出版社 1984 年版）

▲郭沫若论李劼人

作者的规模之宏大已经相当地足以惊人，而各个时代的主流及其递禅，地方上的风土气韵，各个阶层的人物之生活样式，心理状态，言语口吻，无论是男的的女的的老的的少的的，都亏他研究得那样透辟，描写得那样自然。他那一枝令人羡慕的笔，自由自在地，写去写来，写来写去，时而浑厚，时而细腻，时而浩浩荡荡，时而曲曲折折，写人恰如其人，写景恰如其景，不矜持，不炫异，不惜力，不偷巧，以正确的事实为骨干，凭借着各种的典型人物，把过去了的时代，活鲜鲜地形象化了出来。真真是可以令人羡慕的笔！

……古人称颂杜甫的诗为“诗史”，我是想称颂劼人的小说为“小说的近代史”，至少是“小说的近代《华阳国志》”。前些年辰，上海有些朋友在悼叹“中国为什么没有伟大的作品”，我觉得这问题似乎可以解消了，似乎可以说，伟大的作品，中国已经是有了的。

（录自郭沫若：《中国左拉之待望》，1937 年 7 月《中国文艺》第 1 卷第 2 期）

▲关于《啼笑因缘》

《啼笑因缘》在某种意义上是由作家、编辑、评论家和读者"共创"的——这是一个通俗文学如何尊重读者的典型例子。1929 年 5 月，上海《新闻报》副刊《快活林》主编严独鹤赴京认识了张恨水，当场约稿，第一个要求便是"上海市民要看武侠"。这便是小说中三个女主角之一关秀姑的来由。而作为情节主线的凤喜的故事，其实来自当时一段社会新闻。一位张恨水所喜欢的地方戏演员高翠兰被当地一个军阀旅长抢走了。社会舆论纷纷谴责该旅长横蛮，但张恨水私下却表示：如果高翠兰一点都看不上旅长，旅长何以会动念抢她，不久人们果然看到俩人愉快地拍结婚照。显然这段素材的人性和社会意义太曲折复杂，所以张恨水将它改造成常见的"逼良为娼"模式。不过其中凤喜堕落的最关键处，如前所引，是已经渗入了高翠兰（准确地说，是张恨水所理解的高翠兰）的影子。正是这稍稍超出读者期待的微妙改动，使《啼笑因缘》中凤喜的遭遇，有别于"贞女不屈维系世风"和"女人无辜社会有罪"的新旧俗套。不过，严独鹤再三叮嘱说："上海人要看噱头"，单是侠女加"逼良为娼"还是不够。在与上海来的朋友左笑鸿反复商量后，张恨水设计了何丽娜这第三个女主角。何乃富家小姐，擅长交际喜欢跳舞自己开车每天需要昂贵的鲜花，但又知书达礼、人情练达、性格温和。在痴情于樊家树后更愿意戒虚荣耐清苦。小说描写何丽娜与沈凤喜相貌酷似，这一特意安排的细节构成了不少情节上的巧合和误会，更象征着小市民女人的两面性格：同样是美丽和虚荣，可以走向贪财进而道德迷失，也可以有节制地享受都市物质生活和现代男欢女爱而不失道德分寸。在惩罚了沈凤喜的金钱梦后，何丽娜的生活方式及风度便不失为上海市民读者的一种理想了。《啼笑因缘》也是边连载边创作的，从严独鹤那里反馈而来的上海读者的意见，也"参预"着张恨水的写作过程，等到 1930 年秋他去上海和三友出版社及明星电影公司签合同时，市民仍每天排队买《新闻报》以期望先睹小说情节的发展，看樊家树到底在三个女子之间如何作选择。最后，侠女虽忠勇却被敬而远之；凤喜虽娇美终因失足而发疯；惟有漂亮富有又善解人意的何丽娜，与男主人公越来越接近……我有时想，假如《啼笑因缘》当初是在北京的报上连载，结局是否会有所不同？

（录自许子东：《重读〈日出〉、〈啼笑因缘〉和〈第一炉香〉》，《文艺理论

研究》1995 年第 6 期)

▲论萧红创作的文体特色

在萧红的作品中,我们首先体味到的也正是其语言的陌生化。套用作者的话来说,就是“非常的生疏,又非常的新鲜”(《九一八致弟弟书》)。请看:

> 草叶和菜叶都蒙盖上灰白色的霜。山上黄了叶子的树,在等候太阳。太阳出来了,又走进朝霞去。……

这是她的处女作《王阿嫂的死》中的首段文字。不说霜覆盖了草叶和菜叶,而说草叶和菜叶都蒙盖上霜;不说山上的树黄了叶子,而用一个修饰语来修饰中心词“树”,让它去“等候”太阳;不说太阳被朝霞挡住,而说它“走进朝霞去”……前者都是日常的语言,而后者则多少都被扭曲变形、被陌生化了。这就给读者带来了一种生疏感、一种新鲜感——一种“明丽和新鲜”。在萧红中期创作的《商市街 · 饿》中有这样一段描写:

> 窗子在墙壁中央,天窗似的,我从窗口升了上去,赤裸裸,完全和日光接近;市街临在我的脚下,直线的,错综着许多角度的楼房,大柱子一般工厂的烟囱,街道横顺交织着,秃光的街树。

这里的动作描写(“升”)、情态描绘(“赤裸裸”)和句法结构都对日常语言进行了陌生化。所有这些陌生化描写都增添了我们阅读的难度,而在这难度阅读中我们恰恰品味到了萧红语言的鲜味和生味。

这种陌生化在萧红后期的创作中,越来越恣肆,越来越老到。如她写花“越开越红,越开越旺盛……把六月夸奖得和水滚着那么热”(《后花园》)等。

萧红对文学语言的陌生化的追求突出了文学之为文学的属性,她创造的那些生疏因而新鲜的文学语言并不是能使读者一目了然、一看便懂的,而须花一定斟酌的功夫,这就增加了读者感觉的难度和感觉的时间长度,因而也就延长了读者的感觉过程,强化了作品的审美效果。

萧红对语言的陌生化使用既表现为新鲜、生疏,同时又表现为真率、自然。萧红语言的真率首先表现在她率性而言,以她特有的童心观照世界时对这个诗意世界不加雕饰的语言描绘:这里有《牛车上》中的三月春阳、有《后花园》中的六月鲜花、有《小城三月》中的初春原野……它们都是一个个儿童眼中的世界,毫不雕琢,一片天然。这里,其语言的真率又暗含了自然的特点。因为真率,毋庸伪饰、花哨,所以才自然。在萧红的文学语言中,这两种特性你中有我、我中有你，很难把它们截然分开。请看：

> 只是天空蓝悠悠的，又高又远。……
>
> 我玩累了，就在房子底下找个阴凉的地方睡着了。不用枕头，不用席子，就把草帽遮在脸上就睡了。（《呼兰河传》）

在这里，萧红没有拘束，率意而言，显得真诚坦率。语言没有任何雕琢的痕迹，它宛如白云出岫、风行水上，一派自然。

为了行文的方便，我把萧红语言的新鲜、生疏的特色与真率、自然的特点进行了平行论述，但这并不意味着这两种特点是无关的、甚至是对立的。首先，从大的文学语言背景来看，当特定时期的文学语言落入“腔调”的窠臼以后，任何作家从自己的性情出发，用自己真率、自然的语言进行本色抒写，这本身就是一种陌生化。其次，从萧红的创作来看，她对语言的陌生化的追求，并不表现为高雅、雕饰之类，而是表现为本色自然。本来，在萧红那里，与她对语言的自由运用相对应的，是她对艺术表现方法上这三个方面的自由探索、创造。

首先，是题材取向上的怀旧倾向。萧红虽然写过一些迅即反映现实的作品，但大都不很成功。从本质上看，萧红是一位忆旧型的作家。为什么萧红会如此执著地以自己的创作来怀旧呢？因为从作者的审美心理来看，与现实贴得太近，常常不容易把握住生活的内涵和特质；而只有随着时序的更移造成适当的审美心理距离以后，才能看清它的全部价值。萧红非常重视“思索的时间”，她曾以雷马克的创作为例强调了这种时间距离的重要性。在创作实践上，萧红取材上的怀旧倾向，就造成了这种心理距离。适度的心理距离给她带来了充分的观照和反思的时间，从而为她深入地揭示生活以至人生的真实底蕴创造了条件。

其实，这种适度的心理距离不但为萧红提供了一种“思索的时间”，而且也为她提供了一个题材与她的情感相熟习的时间。萧红也是这样认为的，题材与情感的熟习，“这多少是需要一点时间才能够把握的”。而这里所说的情感不再是简单的原始情绪，而是较高层次上的审美情感。我们知道，萧红对故乡、对亲人是没有多少美好记忆的。这是一种原始情绪。但是，随着心理距离的拉开，过去的一切再也不能对她施虐，这就使她能够抽身事外，而以一种审美静观的态度去忆旧。这就使自己的原始情绪升华为一种审美情感，并进而与题材融为一体。《呼兰河传》回忆的是故乡呼兰河的平庸的生活，刻画的是动物般生存着的人们，但这里“仍然有美，即使这美有点病态”；这里有深刻的批判，但也有深情的憧憬——这种憧憬寄托在优美风景的摄取中、寄托在温暖人情的描绘上……置身事物的“朝花夕拾”使萧红的审美情感进一步熟习了起来。

其次，是叙述方式上对限制叙事的重点运用。……她的大部分的名篇（如《商市街》《回忆鲁迅先生》《手》《牛车上》《呼兰河传》《后花园》《小城三月》）重点运用了第一人称限制叙述角度。萧红是一位具有自由创造天性的作家，她尝试过各种叙述角度，我们看到，只有这种角度才深深地契合于她的那种天性，才使她的话语得到了得心应手的表达；而且，由于这种角度所特有的叙事功能也使她的作品增加了意蕴含量。在上面提及的作品中，萧红省却了许多描述情节过程的铺叙文字，作了一些大幅度的跳跃，这既显示了选择的自由，同时又在限定的篇幅中增加了意蕴厚度。此外，第一人称叙述角度还给萧红作品带来了真诚性和亲切感。在这些作品中，叙述者不再君临一切，而是与读者处在一种平等的对话地位，在真诚亲切的娓娓而谈中易于使读者发生一种艺术的共鸣和认同，从而使作品的艺术感染力在无形之中得到了加强。

第三，是情感评价上的心理视角。怀旧倾向和第一人称叙事角度说明萧红在审美趣味上是一位偏于主观的作家。这样，在艺术的情感评价上，她就很少以纯客观的描写显示其倾向性，而主要以心理视角直接显示其主观的情感评价。与她侧重运用的叙事角度相应，她所采用的情感评价上的心理视角主要是属于第一人称的。这样，作品中的“我”往往一身而两任，既是事件发生的见证人（有时甚至是事件的参与者），同时也是该事件的评价者。

在另一类作品中，萧红是从一个未谙世事的女孩所特有的心理视角出发来作出情感评价的，所以，常常故意举重若轻、大事小言甚至言不及义。这样，由这种心理视角所作出的情感评价与作品的客观倾向之间就形成了一定的睽离，于是艺术的反讽出现了。青年男女的恋爱悲剧在其他许多作家的笔下常常写得缠绵悱恻、哀婉动人，但是，描写翠姨和堂哥恋爱悲剧的《小城三月》却远没有那种呼天抢地、令人痛不欲生的美学效果。这是与从“我”这个“不识愁滋味”女孩的心理视角出发来进行情感评价有关的。其他如小团圆媳妇之死（《呼兰河传》）、冯二成子的遭遇（《后花园》）等，也属于这一类。可见，情感评价上的心理视角既增加了作品心理情感的容量，也增加了作品内部的张力。……

在萧红作品中，抒情性主导功能的存在，极大地改变了叙事成分在作品中的地位和比重。它淡化了小说的情节性和戏剧性,而使小说常常变成了散文的连缀。在她的作品中,虽然叙事成分还存在着,但它本身并不是自足的,因而常常失去了它的独立的地位,而成为抒情所需的凭藉。与此相关,叙事成分的比重在她的作品中大大降低了。……

萧红的创作极其重视对氛围的渲染。这种氛围是一种浸透了创作主体自身情感色彩因而具有浓郁抒情气氛的环境与背景。当萧红以满含情致的笔调一往情深地勾画她的故乡——茫茫东北平原上的风土人情、文化习俗、地理环境、历史变迁时,这些因素也就构成了浸润着作者主体情思的氛围。由于她是带着感情来抒写这一切的,因而比那些不动声色的客观介绍更具有一种动人的情韵。萧红对这种无处不在、具有弥散性特色的风俗氛围的着意渲染,既为作品中所有人物性格的形成、发展提供了一个满带情感色彩的背景,同时也使她的作品增加了情感容量。

情境和氛围是萧红作品中富有情致的片断和背景。而要使这二者融为一体,则必须由意味来贯穿、来激活。在萧红的作品中,意味是她与对象世界相拥抱、相撞击而产生的一种贯穿其创作过程的具有高度审美价值的情感态度,它来自于她对历史过程和现实生活的诗意感悟。当她以一种深情的忧郁的目光注视着东北大地上蚁子般生存的愚夫愚妇们时,一种难言的历史创痛和现实焦虑煎熬着她那敏感而痛苦的心灵,使她不能解脱,不能安然。因此,由此而产生的这种深刻而悲凉的人生哲学便成了贯穿其创作过程的意味。这种意味在作品中很难象情境那样从整体中分解开来,但是我们却能随时感觉得到、体察得到:

> 耿大先生被炭烟煽死了。
>
> 外边凉亭四角的铃子还在咯棱咯棱地响着。
>
> 因为今天起了一点小风,说不定一会工夫还要下清雪的。(《北中国》)

你在这里难道没有体味到那种比死更令人窒闷的关于生命的悲凉嘛?就是充满了喜剧气氛的《马伯乐》也令人感到了一种生命的无奈和哀伤。萧红曾称主人公是“忧伤的马伯乐”,这不就传达出这样的一种意味嘛?

而在萧红的作品中,如前所述,随着它们的叙事内容的大大削弱,其情节性也大为淡化。也许事件的过程还在,但这种过程常常为情境、氛围等一些富有情致的片断所打断。这样,就是在她的小说中也呈现出非情节化、非戏剧化的散文化特征。这种叙事作品散文化现象正标志着萧红作品在结构方式上对时间性因果关系的忽略。……

……在这种散文化的结构中，时间、过程、情节不再对她形成束缚，因此，她可以放开手脚、从容不迫地抒情达意了。为了实现这一目的，她常常在作品中随意地打破时空限制、切断故事情节。这种对情节结构的有意损毁，正体现了她对抒情功能的审美追求。

当然，我们说萧红作品的结构是一种散文化的结构，这并不意味着她的作品只是一些随机片断的随意堆砌。……在她的比较成功的作品中，对象主体虽然丰富驳杂，似乎是信手拈来，但是，细细品味，她还是有选择的。这表现在这些对象主体大都是为她的这种意味所浸润过的。表面上看来似乎是风马牛不相及的对象主体，例如《呼兰河传》中的风俗这位历史老人、小团圆媳妇、有二伯、冯歪嘴子等形象，无一不是浸染了这种意味的。这样，不管作者在选取对象主体时随意性、跳跃性有多大，只要意味蕴含其中，那就取得了内在的统一性和结构感。可见，意味对于萧红的作品起了一种自组织作用。……

萧红作品具有双重结构：一是外在的空间结构，二是内在的心理情感结构。前者是后者的外化，而后者则是前者的根据。二者的关系犹如一个镍币的两面，是相互统一、相互依存的。

总之，萧红散文类作品对情境意味等中国传统美学精髓的追求，恰恰是通过在结构形式上对传统叙事类作品情节结构的陌生化而得以实现的。如果说因袭常常是出于一种惰性的话，那么，“越轨”(陌生化)则是一种有意为之的追求。这种追求既体现了萧红勇于创新的才情，又构成了她独具一格的文体特色。

(录自秦林芳：《萧红创作的文体特色》，《江海学刊》1992 年第 2 期)

▲评《春阳》并论新感觉派创作

有趣的是，施蛰存的性爱与现代文明相矛盾的主题，与他早期怀旧的现实内容，最终打成了一片。小资产阶级对社会贫富分化的伤感，曾经侵入到阅事未深的少男少女纯真无邪的初恋之中，到了《善女人行品》集里，统统成为一种普遍的都市的郁结与苦闷。这里有少妇的苦闷(《狮子座流星》)，老小姐的苦闷(《雾》)，病妻的苦闷(《残秋的下弦月》)，也有《春阳》里这个旧式的妇女面对资本主义都市的“今天”，徒然地进行了一次注定要失败的抗争。

这抗争起于性爱，性爱表面上由春天的阳光诱发，实际盖源于婵阿姨中意那个年轻行员的潜意识。这就是一个弗洛伊德心理小说的框架。这种故事，如果换到作者早期来写，往往会把性爱本身表现得高于一切，并抽掉丰富多样的人与社会关联的背景，使文学降为离奇的心理病例。到了《春阳》，施蛰存在描写性心理时，已经大大渗入了社会变迁的历史内容了。婵阿姨，这个旧式的牺牲了青春的中年财婆，在商业性大都会的生活面前，引起了一场爱情心理的波动。她反抗地想挥霍一次，去爱、去生活一次，最后把自己骗回到银行行员那里，却发现这一切有情有意的构想，不过是一个受雇职员对所有主顾的亲切客套罢了（而且女顾客越是年轻艳丽，接待便越亲切）。她垮了下来，迅速地退回到原先的生活轨道上去。她命定只有去保持产业，在那上面寻找惟一的又随时可以崩溃的精神寄托，这就是《春阳》的本事。它从妇女的角度道出用财产交换生命的可悲。婵阿姨被压抑的性心理，打上了中国半封建社会肌体上二、三十年代以来局部资本主义化的印迹。不过，这里的社会变迁是隐的，包含在人物心理变迁之内。十几年里上海的畸形繁荣，与其周围古旧保守的城镇农村的关系的演变，都包含在春阳一日的变化之内。从而表现了作者对封建性的死水微澜与资本化的享乐世界的双重怀疑！这样一个主题，岂不是茅盾、丁玲、张天翼、沙汀等“左联”作家从正面展开过，并给予革命性解释的吗？……

《春阳》里的一切图象都被婵阿姨的心理所割碎，所连接。意识的流动，造成了现实图画的流动状态。比如婵在冠生园吃饭的一幕，由对面的一副碗箸，写到幸福一家的三双眼，又看到站在桌边的中年男食客的文雅的手。人家走开后，她想找镜子照。没有镜子，她捡手巾揩脸，后悔早起没有擦粉，就又想到买盒粉，想到梳洗后到哪儿去，想到如果与他同看影戏会有怎样的谈话（从女的问一句，男的连答三句的谈话中，反射出婵阿姨把自己设想成恋爱对象时的自尊、自怜），而他偏偏是在上海银行做事的。于是，婵的脑海中清晰地浮现出年轻行员对她的热情笑靥。这样一幅不连贯的、貌似支离破碎的图画，是现实图象经过婵阿姨的心理滤化后，由一连串的印象、幻觉、联想，重新组合而成，可以说是一种主观现实，心理现实。……像《春阳》里有一段街景的描写：

> 天气这样好，眼前一切都呈着明亮和活跃的气象。每一辆汽车刷过一道崭新的喷漆的光，每一扇玻璃橱上闪耀着各方面投射来的晶莹的光，远处摩天大厦的圆瓴形或方形的屋顶上辉煌着金碧的光，只有那先施公司对面的点心店，好像被阳光忘记了似的，呈现着一种抑郁的烟煤的颜色。

被阳光遗忘的点心店，是婵阿姨平日来上海吃中饭时常光顾的地方，它便是婵。各样明亮的光与这一种烟煤般暗色的对比，不就是满街上“穿得那么样轻，那么样美丽，又那么样小玲玲的”人流，与还围着不合时宜的绒线围巾的婵的对照吗？还有作品中几次写到的“十年前的爱尔琴金表”，是一块式样过时的需要从口袋里掏看的贵重时表。这岂不是婵的身分、地位、生活经历的绝妙象征吗？……

施蛰存取法于弗洛伊德主义，他写自然的、本能的、原始的东西，一切按照似明不明的秩序排列组合。而其中起粘着事件作用的婵阿姨的感情与心理，又处于一种有意识与无意识之间。她的直感，笼罩了全篇。这便是现代派“把思想还原为知觉”（艾略特语）的手法。不过，施写《春阳》已经消除了《梅雨之夕》里那些扑朔迷离的怪诞性，婵的意识始终占主导地位，即便是自由联想，也有明铺的桥梁前勾后搭，有暗中的线索可资追寻，这样，就比单纯使用写实手法，多了一点情绪、光彩，多了一些思想内容的多义性质。……

不妨设想，如果婵阿姨是小说结尾那个一闪即逝的艳服女人，是一个懂得尽情享受的资产者的话，那么，这里的一切都需重新写过了。然而，婵便是婵，她是施蛰存提供的旧式城镇市民中苦闷女性的典型。

茅盾、丁玲笔下的五四新女性，充满了蓬勃的进取力量。便是颓唐，也是活人的颓唐（鲁迅语）。对比之下，施蛰存的婵阿姨只有心灵挣扎的份儿。为了继承未婚夫的巨大遗产，十二、三年前抱着牌位结亲的这个女子，被资产窒息了生命，她也终于逃脱不掉为资产殉葬的命运。婵的悲剧性就在于她的变态，本应是都市人们平常的生活形态，但她永远是退却者，落伍者。她的冲不破是由她的一次希图冲破来表现的。……

到了《春阳》等小说，潜流溢出，呈心理流，婵阿姨的复杂的意识、感受、情绪，她的精神世界，如同一幅长轴在我们眼前打开，在延长，在下伸。作者始终未给我们勾画出婵的脸貌、身材，也未描摹尽她的举止动作、说话腔调，但是她的连绵的思绪，她的几度转折的心理历程，被一一展现，清晰得竟使人害怕。人物内心世界的丰富与性格外部特征的模糊，正是施蛰存人物刻画的特点。但在《春阳》里，已不是如《夜叉》里写性变态的人物那样飘忽不定，难以捉摸。他注意了一些外部细节，像婵阿姨即便陡起反抗的心理，也仍不离十几年养成的吝啬习惯。她不想再吃省钱的面条，可走进的还是价钱便宜的冠生园，虽然那里的饭硬是她早晓得的。她计划所费不超过两元，结果仅点了一元钱的菜。最后在逃离上海的黄包车上，加上她看发票计账的细节,完成了这个可悲人物的最后一笔。这样,施蛰存又稍微加强了人物性格外部的明确性,避免了弗洛伊德小说在人物刻画方面的一些局限。

施蛰存从《将军底头》开始,便善于写人物的两重性格。婵阿姨的两次感情起落,爱心与财权的交战,她的温和、严谨、富于内在的想象力,吝啬、寂寞感,以及内心的柔弱,使得这个人物趋于复杂。现代派手法,在反映现代人的复杂意识上,对世界与人类的理解,有了新的东西。但是,春天能给婵带来那么大的重新生活的转机吗?生理的促发因素,在这里显然被夸大了。因为夸大了心理动因中的本能成分,便相应缩小了社会的成分。这也是弗洛伊德心理小说的弱点。施蛰存在他的后期创作中,注意增加对人与社会复杂关系的揭露。如婵阿姨与族中人的关系,她不能容忍靠自己牺牲一切才换来的产业有朝一日被族人瓜分,又害怕族人对她再婚的诽笑。社会使她丧失了挣脱旧生活束缚的勇气。

(录自吴福辉:《带着枷锁的笑》,浙江文艺出版社 1991 年版)

▲论刘呐鸥的都市小说

中国新感觉派创作的第一个显著特色,是在快速的节奏中表现现代大都市的生活,尤其表现半殖民地都市的畸形和病态方面。可以说,新感觉派是中国现代都市文学开拓者中的重要一支。

鲁迅在一九二六年谈到俄国诗人勃洛克时,曾经赞许地称他为俄国“现代都会诗人的第一人”。并且说:“中国没有这样的都会诗人。我们有馆阁诗人,山林诗人,花月诗人,……没有都会诗人。”(《集外集拾遗·〈十二个〉后记》)如果说二十年代前半期中国确实没有“都会诗人”或“都会作家”的话,那么,到二十年代末期和三十年代初期可以说已经产生了——而且产生了不止一种类型。写《子夜》的茅盾,写《上海狂舞曲》的楼适夷,便是其中的一种类型,他们是站在先进阶级立场上写灯红酒绿的都市的黄昏的(《子夜》初名就叫《夕阳》)。另一种类型就是刘呐鸥、穆时英等受了日本新感觉主义影响的这些作家,他们也在描写上海这种现代大都市生活中显示了自己的特长。刘呐鸥一九二六年十一月十日致戴望舒信说:“我要Faire des Romances,我要做梦,可是不能了。电车太噪闹了,本来是苍青色的天空,被工厂的炭烟布得黑濛濛了,云雀的声音也听不见了。缪塞们,拿着断弦的琴,不知道飞到哪儿去了。那么现代的生活里没有美的吗?哪里,有的,不过形式换了罢。我们没有 Romance,没有古城里吹着号角的声音,可是我们却有 thrill,Carnal intoxication,就是战栗和肉的沉醉。”因此,新感觉派作家们写大都市中形形色色的日常现象和世态人情，从舞女、少爷、水手、姨太太、资本家、投机商、公司职员到各类市民，以及劳动者、流氓无产者等等，几乎无所不包。这种描写常常采取快速的节奏，跳跃的结构，如霓虹灯闪烁变幻似的，迥异于过去小说用从容舒缓的叙述方法表现恬淡的农村风光，宁静的生活气氛。有人在介绍刘呐鸥的小说集《都市风景线》时说：

> 呐鸥先生是一位敏感的都市人，操着他的特殊的手腕，他把这飞机、电影、JAZZ（爵士乐——引者）、摩天楼、色情（狂）、长型汽车的高速度大量生产的现代生活，下着锐利的解剖刀。在他的作品中，我们显然地看出了这不健全的、糜烂的、罪恶的资产阶级的生活的剪影和那即刻要抬起头来的新的力量的暗示。（《新文艺》2卷1号）

这种说法虽然未免把刘呐鸥讲得过分好了一点，但大体上还是说中了特点的。当时左翼作家的文章也说："意识地描写都市现代性的作家，在中国似乎最初是《都市风景线》的作者呐鸥"。（壮一：《红绿灯——一九三二年的作家》，《文艺新闻》43号）

（录自严家炎：《中国现代小说流派史》，人民文学出版社1989年版）

第十五章　市民通俗小说(二)

本章概述1930年代的通俗小说,不作为学习的重点,只要求了解如下知识点:张恨水的《金粉世家》与《啼笑因缘》、现代章回小说、社会言情小说、刘云若的《红杏出墙记》、平江不肖生的《江湖奇侠传》、还珠楼主的《蜀山剑侠传》,以及1930年代小说雅俗互动的态势。应较多关注张恨水的小说大受市民读者欢迎的现象,包括其作品中常见的现代都市生活与传统道德心理冲突的主题、对章回小说的改良与完善,以及促成此类小说生产的市场机制,等等。

有兴趣的同学可以在阅读《啼笑因缘》的基础上,思考这部小说能打入老牌的鸳鸯蝴蝶派小说市场、赢得极大成功的原因,由此了解通俗文学的一般特点、生产和传播机制,以及在市民"文学生活"中的价值。

本章不设"必读作品与文献"和"评论节录"。

第十六章　新诗(二)

【学习提示与述要】

这一章评介第二个十年(1928年—1937年6月)的新诗。先要对本时期各种诗歌创作流派和趋向有总体的把握:中国诗歌会代表面向现实、追求大众化、意识形态化的一种倾向;另一倾向中包括后期新月派与现代派,追求"纯诗"与"现代性"。这也可以和前一个十年诗歌的发展联系在一起考察,找到其承传与反拨的关系。第一节介绍中国诗歌会诗人群;第二节介绍后期新月派;第三节介绍现代派,主要是对戴望舒与卞之琳的评价,这是本章的重点。比较而言,本章所评介的一些诗人诗作较适合作深度的艺术分析,同学们应当细读作品,在学会用史的眼光评论诗人诗作的同时,也学会品评诸如现代派、象征派一类比较难懂却"有味"的诗歌。

一　中国诗歌会诗人群的创作

1. 中国诗歌会是"左联"所属的诗歌团体,其特点:一是及时反映时代重大事件,表现工农生活及革命斗争,注重宣传鼓动作用,追求理想主义和英雄主义色彩和刚健壮阔的力之美;二是强调诗的意识形态化,表现集体的"大我";三是摹仿现实,追求"歌谣化",试图使诗成为"群体听觉艺术"。这一诗派的创作适应那个慷慨悲歌时代的要求,扩大了诗的表现领域,扩展了新诗的美学风格,缺失是容易忽视诗歌本身的艺术特质和创作个性,成为宣传的传声筒。可以联系殷夫和蒲风的诗作来理解这一诗派的得失。此外,应关注同样关心现实和底层人民苦难,却在艺术上与新月派血脉相通的诗人臧克家,着重体味其诗作中的现实主义精神与"苦吟"的特色。

二　后期新月派的创作

2. 应大致了解新月派前后期的划分及联系。后期新月派的"旗帜"仍是徐志摩。关于徐志摩,也可以主要放到前一个十年去讲,这里再稍加提及。还应了解后期新月派如何针对左翼文坛(主要是中国诗歌会)而表现出脱离现实的、贵族化的"纯诗"立场。从陈梦家等诗人作品中可见这一派诗人那种“诚实表现自己渺小的一掬情感”的精神危机，也可见他们在诗艺上力图超越前期新月派，而重新转向探索“本质纯正”的自由诗的努力。十四行诗的输入与试写，也是这一诗派值得注意的成绩。

三　戴望舒、卞之琳等现代派诗人的创作

3. 此为本章的重点。首先，作为知识点应该了解的有：《现代》杂志的创刊与现代派诗的关联、《汉园集》诗人和何其芳诗作、林庚对新的诗歌格律的探求等等。其次，应着重评析这一诗派在诗歌艺术上对现代性的追求。可从三点去分析：一是由过分隐晦到适度隐藏，二是现代辞藻与诗型，三是按照诗的思维和情绪安排韵律。应当从“新诗谱系”中找到这一派与早期象征诗派的渊源关系，包括他们的反思与探索创新。他们在 1930 年代重倡“诗的散文化”，不过不是追求“非诗化”与“平民化”，而是坚持“纯诗”观念。他们显然又在一定程度上回归中国传统诗歌主流。这是本章的难点。废名曾在《谈新诗》中评介这一诗派，说它们的内容是诗的，形式则是散文的（特别是和古典诗歌相比）。不妨以此作为一个对现代派诗的观测点，同时拓展我们对这一类诗歌的鉴赏“容量”。

4. 理解现代派诗应当与分析其代表性诗人诗作紧密结合。评析戴望舒和卞之琳也是重点。戴望舒的《雨巷》无疑是应该细读细品的名作，建议熟习吟诵。对该诗意蕴的阐释应顾及多义性，要注意诗中象征、意象及节奏处理等方面的特色，找到其象征派形式与古典派内容的结合。

不过，后来戴望舒的诗风与诗歌主张都往现代派大变。应了解这种变化的痕迹，并结合分析其三四十年代的诗作（可举《寻梦者》《我的记忆》《印象》等为例），考察其现代派手法与诗形等特征。其中比较重要的是“不借重音乐”而借重“诗情”生发的“韵律”，注重意象叠加、具象的直观与抽象的暗示（联想）的融合，以及对传统诗歌某些手法情调的“现代式”回归。

5. 卞之琳也可以作为重点评析的对象。结合对其诗作的细读，了解这一派“朦胧诗”的惯常手法。所谓“理趣”与“诗的非个人化”，是理解卞诗的主要切入口。此外，对刻意传承“诗禅”与六朝文风致的晦涩诗人废名，也应有所了解，读他的诗要注意瞬间顿悟。何其芳诗的特色可用“冷艳的色彩”“青春的感伤”和“独语”来概括，因多是为青年人而写，易于为青年人所接受，也不妨稍加品鉴。总之，对戴望舒、卞之琳等诗人的评析，都应当归依到对现代派诗的历史性理解之中。

一般说来，由于舍弃了传统诗歌的形式规范，用现代白话书写现代人的

感受和经验,新诗被看作是与传统断裂的产物,相关的争议也由此引发。这一点在第六章我们已有所讨论。但应注意的是,现代诗人在追求新的美学可能的同时,也在不断借助传统的诗歌资源,胡适对宋诗传统的重视就是一个例子。在1930年代的新诗人中,做出这样努力的也不在少数,如戴望舒、卞之琳、何其芳、林庚、废名等,他们在追求现代诗形与现代表达的过程中,都自觉不自觉地在写作中沟通了传统的诗境。1930年代北平的"前线诗人"对于晚唐诗风的接续,是近年来新诗研究的一个重点。学习这一章,了解新诗在1930年代流派分布的同时,也应该细致阅读上述诗人的作品,从诗人偏爱的意象、词汇乃至意境,以及抒情的间接化、戏剧化等手法中,体味现代诗歌技巧与传统诗艺的微妙契合。

【知识点】

中国诗歌会、诗的"歌谣化"、鲁迅《白莽作〈孩儿塔〉序》、后期新月派、《现代》杂志、十四行诗(一译"商籁体")、《汉园集》诗人、林庚的格律诗试验。

【思考题】

1. 简评1930年代两大派别的诗歌竞存局面。

此题偏重知识性的掌握,要求对1930年代的诗坛格局有一定的总体认识。应细读《三十年》,抓住"大众化"(非诗化)与"贵族化"(纯诗化)两种不同的趋向,呈现出1930年代诗坛的基本结构。在展开论述时,可集中于重点的诗歌流派——大众化倾向以中国诗歌会为代表,"纯诗化"倾向以后期新月派和现代派为代表。对这些流派的构成、态度、艺术特点要有大致的勾勒,并尝试分析上述两种对立的诗歌倾向,其实发生于同一的历史背景:在大革命后的社会压抑中,不同的诗人群体做出了不同的选择。这一部分涉及的内容较多,《三十年》中也有详细的论述,准备的时候应加以选择、提炼,锻炼自己对复杂现象的概括能力。

2. 比较评析前后期新月派的诗歌理论和创作倾向。

此题为一般的论述题,要求联系第六章中的相关内容,理清新月诗派在1920、1930年代的变化和走向。要点包括:(1)前后期新月派的划分以及代表成员。(2)在坚持超功利的诗歌立场上,前后期新月派的一致性。(3)在形式上,前期追求"和谐"与"均齐",提倡新诗的格律化;后期格律化的立场开始松动,走上诗体自由的道路。(4)从单纯的信仰转向"怀疑的颓废",在题材与诗感上，后期新月派更多地向现代派趋近。论述这些要点时，可考虑以徐志摩等为个案，通过分析具体诗人的观念转移和诗风变化，说明流派的整体走向。参考《三十年》第十六章第二节。

3. 结合具体的诗歌评析，论述戴望舒二三十年代诗歌观念与诗艺诗风的演变。

戴望舒是1930年代现代派诗歌的领袖人物，勾勒他的创作风貌及前后期变化，有助于更深入地体会1930年代现代派诗歌的特点。此题要求知识性的了解，也要结合具体的作品分析。戴望舒的前期写作重视诗歌的音乐性，在朦胧的意象堆砌中，传达出柔美的感伤情调，他的名作《雨巷》就是一个代表，可讨论此诗在音节安排、意象构造方面的特点。但自《我的记忆》之后，诗人却主动对音乐性进行了反叛，改用日常的口语书写现代的生活经验，寻找适合自己的鞋子，更多地从语言的内在韵律中，挖掘出"亲切"与"暗示"的风格。除了《我的记忆》，还可评析《印象》《寻梦者》等作品，以及参考《望舒诗论》中的相关论述。"评论节录"中卞之琳与蓝棣之的两篇文章，可作此题的参考。

4. 简析卞之琳《距离的组织》。

卞之琳的名作《距离的组织》，是一首复杂、难懂的诗歌，充满了诗人的玄想。此题考查的是对此类现代派诗歌的解读能力，分析时不必匆忙地判断它的主题，而应顺着诗歌的逻辑顺序，抽丝剥茧，一点点理出诗人思维与想象的展开线索。在分析的过程中，应注意以下几点：(1)考察在虚与实、远与近、古与今之间，意象的跳转与组织关系。(2)关注诗中视角与口吻的转化，辨析出戏剧性的结构。(3)弄懂诗中使用的报章材料和典故。作为一个复杂的有机体，《距离的组织》充分体现了诗人追求的非个人化、戏剧化。最后可稍做扩展，谈谈你对这种现代诗艺的看法。具体的解读过程，可参考"评论节录"中阎京城的文章。

5. 怎样看待1930年代现代派诗人对传统诗风的暗中接续。

这是一道拓展性的思考题，《三十年》中没有现成的论述，有一定的难度，需要扩展阅读的视野，结合一些具体作品和相关的研究论述，自己进行综合与概括。刚看到这个题目，可能一时没有头绪，建议采用以下步骤进行准备：首先，以《三十年》中提到的诗人为线索，阅读戴望舒、何其芳、卞之琳、林庚等人的作品，辨析现代诗人在意象选择、风格营造、意境处理等方面对古典诗歌美学的接受。其次，有条件的话，还可阅读废名《谈新诗》、何其芳《论梦中道路》等文章，了解这一批诗人在沟通传统方面的理论自觉。最后，将自己的阅读心得加以整理，思考这种努力的文学史意义。可以参考“评论节录”中孙玉石《20 世纪 30 年代的“晚唐诗热”》。

6. 以《弃妇》和《雨巷》为例，分析李金发和戴望舒的象征诗作在艺术表现上的不同特点，以及从李金发到戴望舒对象征诗派诗歌艺术的探索经历了怎样的发展。

本题要求有个案分析，而又有综合性的论述，可参考《三十年》第六章第五节、第十六章第三节的相关内容。从李金发到戴望舒，中国象征派诗歌经历了一个由模仿到逐步民族化的过程。可围绕这一基本线索，从意象构造、结构组织、诗体形式、诗歌语言等几个方面入手，对《弃妇》和《雨巷》进行比较分析。李金发是中国象征诗派的开创者，他强调“暗示”，重在表现内心感觉，包括潜意识，有意扭转白话诗过于“晶莹透彻”的弊病，但照搬法国象征主义诗歌的形式技法，又难免生硬、晦涩。相比之下，戴望舒显得成熟，法国象征主义、中国古典诗词中的象征传统和中国早期新诗的经验，在他的诗歌作品中实现了初步的融合。戴望舒后来否定和放弃了《雨巷》的风格，论述时要略加交代，并扼要说明这一转变的意义。

7. 试就“温李”诗词的美学特征和 1930 年代现代派诗人群的艺术追求，说明 1930 年代新诗中出现“晚唐诗热”这一现象的原因。

本题适合研究生或者高年级学生，对古典文学知识和素养有较高要求，如果对晚唐五代文学和“温李”诗词不甚了解，解答是有相当难度的。首先必须回顾古代文学史的有关内容，总结温李诗词的基本特征，与 1930 年代现代派诗人的诗歌创作进行比较分析。可参考《三十年》第十六章第三节的相关内容。废名在《谈新诗》一书中曾论及温李诗词与新诗的亲缘关系，可以作为答题的参考，重点阅读该书第四篇《以往的诗文学与新诗》。关于 1930 年代“晚唐诗热”的原因，可从“内”“外”两个方面予以说明。从“内”的方面说，这是中国新诗合规律发展的结果，是对前期新月派和早期象征诗派偏颇的一次反拨，是中国新诗现代化和民族化的必然要求。从“外”的方面说，这是巨大社会变动在文学上的反映，1920 年代后期的政治动荡使现代诗坛呈现出“两极分化”的态势：一部分诗人更加激烈地介入现实，主张诗歌的“大众化”；另一部分诗人，比如现代派诗人，则转入内心世界，主张“纯诗化”，“晚唐诗热”便是这一现实取向的具体表现。

【必读作品与文献】

殷　夫：《我们》

臧克家:《难民》《春鸟》
蒲　风:《咆哮》
陈梦家:《再看见你》
戴望舒:《雨巷》《寻梦者》
何其芳:《预言》《花环》《我为少男少女们歌唱》
卞之琳:《距离的组织》《断章》
林　庚:《春天的心》
废　名:《十二月十九日夜》
林徽因:《别丢掉》

【评论节录】

卞之琳:《戴望舒诗集·序》
蓝棣之:《现代诗的情感与形式》
孙玉石:《梦中升起的小花》
李书磊:《春天的心是关不住的》
阎京城:《波澜壮阔的平淡》
孙玉石:《中国现代主义诗歌潮流的回顾与评析》
孙玉石:《新诗:现代与传统的对话——兼释20世纪30年代的"晚唐诗热"》

▲卞之琳论戴望舒的诗歌创作

大约在1927年左右或稍后几年初露头角的一批诚实和敏感的诗人,所走道路不同,可以说是植根于同一个缘由——普遍的幻灭。面对狰狞的现实,投入积极的斗争,使他们中大多数没有工夫多作艺术上的考虑,而回避现实,使他们中其余人在讲求艺术中寻找了出路。望舒是属于后一路人。象这一路写诗人往往表现的那样,这种受挫折的感情,在他的诗里,从没有直接的抒发(至于他的第一本诗集《我的记忆》前半那一部分少年作,显得更多是以寄托个人哀愁为契机的抒情诗,似又当别论)。虽然如此,《断指》一诗,纪念他的一位为革命事业牺牲生命的朋友,从反面也足以证明这种思想根源。然后,随了他的诗艺在那本使他建立了当时有影响诗人地位的第二本诗集《望舒草》里达到更成熟、更有成就的境地,这种幻灭感与日俱增,进一步变形为一种绝望的自我陶醉和莫名的怅惘。直到全面抗日战争爆发以后,他才转而直接参与了为民族解放和社会进步而斗争的有责任感的诗人的行列。这就导致他写出了他生平也许是最有意义的一首诗——《我用残损的手掌》。他在这个方向里进一步的成就原是可以期望的,但是他在日军占领香港时期被捕入狱而招致的哮喘病终于截断了他的生命。

与此相应,戴望舒诗艺的发展也显出三个时期。这都有关他继承我国旧诗,特别是晚唐诗词家及其直接后继人的艺术,借鉴西方诗,特别是法国象征派的现代后继人的艺术,而写他既有民族特点也有个人特色的白话新体诗。他对建立白话新体诗的贡献是不容低估的,也能用写在不同时期的具体诗篇的比较和对照来作出评价。

望舒最初写诗,多少可以说,是对徐志摩、闻一多等诗风的一种反响。他这种诗,倾向于把侧重西方诗风的吸取倒过来为侧重中国旧诗风的继承。这却并不是回到郭沫若以前的草创时代,那时候白话新体诗的倡始人还很难挣脱出文言旧诗词的老套。现在,在白话新体诗获得了一个巩固的立足点以后,它是无所顾虑的有意接通我国诗的长期传统,来利用年深月久,经过不断体裁变化而传下来的艺术遗产。接着就是望舒参与了成功的介绍法国象征派诗来补充英国浪漫派诗的介绍,作为中国人用现代白话写诗的一种有益的借鉴。在这个阶段,在法国诗人当中,魏尔伦似乎对望舒最具吸引力,因为这位外国人诗作的亲切和含蓄的特点,恰合中国旧诗词的主要传统。然而,在一开头,望舒的那些少年作,尽管内容不同,也还呼应了以徐志摩、闻一多为首的日后被称为“新月”派一路诗对于形式整齐的初步试探。同时,在望舒的这些最早期诗作里,感伤情调的泛滥,易令人想起“世纪末”英国唯美派(例如陶孙—Ernesr Dowson)甚于法国的同属类。然后,随了“新月”派注意形式问题的影响的日益消除,他的诗才开始奏出了一种比诸外国其他诗人多少更接近魏尔伦的调子,虽然魏尔伦不写自由诗。这个时期的代表作《雨巷》这首他的最流行的抒情诗,就应运而生。这里,在回响着中国传统诗词的一种题材和意境的同时,也多少实践了魏尔伦“绞死”“雄辩”“音乐先于一切”的主张。到此高度,也就结束了戴望舒艺术发展的第一个阶段。

戴望舒艺术探索的第二阶段亦即他的中期达到了恰好的火候,也就发出了一种与众不同的声调,个人独具的风格,而又是名副其实的“现代”的风味。一般评论家都认为《我的记忆》这首诗是他这个第二阶段的出发点。实际上,发展阶段总有交叉的地方。望舒生前自编的第三个诗集《望舒诗稿》(这是他截至1937年为止的诗总集)把《断指》排在《我的记忆》前几首的地位,紧接《雨巷》,这不知道是否按写作先后次序的排列。不管怎样,最后由作者排在相邻地位的这两首诗本身就显示了两个艺术阶段的倾向,前者是结束前一个阶段而后者就具备了后一个阶段的格调。望舒生前,至少有一个时期,并不珍惜他一度最为人称道的那首诗而较重视《我的记忆》以后写的许多诗,其中不无道理。对比一下前述的两首诗,自会窥知他自己偏好的玄机。《雨巷》读起来好象旧诗名句“丁香空结雨中愁”的现代白话版的扩充或者“稀释”。一种回荡的旋律和一种流畅的节奏,确乎在每节六行,各行长短不一,大体在一定间隔重复一个韵的一共七节诗里,贯彻始终。用惯了的意象和用滥了的词藻,却更使这首诗的成功显得浅易、浮泛。相反,较有分量,也较有新意的《断指》却在亲切的日常说话调子里舒卷自如,锐敏、精确,而又不失它的风姿,有节制的潇洒和有工力的淳朴。日常语言的自然流动,使一种比较有韧性因而也较适应于表达复杂化、精微化的现代感应性的艺术手段,得到充分的发挥。所有这种诗里的长处都见之于从《我的记忆》(一九二八年)这首诗开始以后所写的诗里,而且更有所推进,直到第二个诗集的例如《深闭的园子》《寻梦者》《乐园鸟》等最后几首的写作时期,这些诗似应视为戴望舒充分成熟时期的代表性作品。

戴望舒的这种艺术独创性的成熟,却也表明了他上接我国根深蒂固的诗词传统这种工夫的完善,外应(迎或拒)世界诗艺潮流变化这种敏感性的深化,而再也不着表面上的痕迹。我们到此就很难讲它们受了例如晚唐、五代诗词的“影响”,虽然气质上和这些诗词的纤丽是一脉相承的。他在这个时期所写的诗都是来自西方的自由体。他原先实际上实践了魏尔伦强调诗作的音乐性的主张,现在反过来在《诗论零札》里甚至断言要在诗里“去了音乐的成分”。现代法国诗人,例如作为后期象征派的耶麦(Francis Jammes),还有艾吕亚(Paul Eluard),还可能有苏佩维埃尔(Jales Supervielle)等人,似乎接替了上世纪的同国诗人(其中包括上文没有提及的古尔蒙),在望舒个人风格的形成过程里,正象西班牙诗人洛尔加在他最后时期一样,都起了一点作用。但是现在只能说无形中彼此有点合拍而已。也就这样,望舒自己实际上也取代了徐志摩或闻一多在三十年代初期,别树一格,自创一派,而成了一位有较大影响的诗人。

当一种诗风停止成长或热过了头而变成一种习气的时候,它的局限性和缺陷也就较为显著。戴望舒在这个第二阶段的尾声时期的诗作也跳不出这个规律。比诸徐、闻,望舒运用现代日常汉语,更不说用口语了,作为新诗媒介,就缺少干脆、简练,甚至于硬朗。同时,偶尔在白话里融会一些文言和西语的词藻和句法,也略欠自然。与此相结合,形式的松散也易于助长一种散文化的枝蔓。望舒自己似乎也意识到这一点,而尝试了探求摆脱这种停滞的出路。他的初步摸索,却是方向不对头,竟然把他的习癖推向极端。对照用同一个题目的两首诗《灯》,就足以见出这种逆转。

(录自卞之琳:《戴望舒诗集·序》,四川人民出版社 1981 年版)

▲论戴望舒诗的情感与形式

戴望舒的诗风大体上可以说是象征主义的,但它没有象征主义的神秘与晦涩,更非只是官能的游戏。戴望舒的诗是感情的,但不是感伤的。感伤是感情的矫饰虚伪,是感情的泛滥,戴诗里没有这样的东西。所以,在《望舒草》出版的那个时候,曾经有朋友说他的诗是象征派的形式,古典派的内容。杜衡也说戴诗很少架空的感情,铺张而不虚伪,华美而有法度,的确走的是诗歌的正路。

戴望舒是一个理想主义者,他对政治和爱情作理想主义的苦苦追求,但其结果,却是双重的失望。在他的诗中,姑娘的形象往往寄寓着他的理想,而孤独的游子的形象则往往是诗人自己。他的诗常常表现出游子追求理想的命定的徒劳,而这里的特点恰好又是对没有希望的理想付出全部的希望与真情。……他的成名作《雨巷》里的那位丁香一样的姑娘,显然受到命运的打击,但她没有乞求或颓唐,她是冷漠和高傲的,她仍然是那样的妩媚动人,她在沉重的悲哀下没有低下人的尊贵的头,象一面旗子一样地忍受着落到头上的磨难。诗人在这里坚持了人的尊严和顽强生命力的思想。人和理想,惶惶不安的人和无法实现的理想,这就是戴望舒诗的悲剧主题。

戴望舒大约在 1922—1924 那两年间开始写新诗。当时通行着一种“自我表现”的说法,做诗通行直说,通行喊叫,以坦白奔放为标榜。戴望舒及其诗友对于这种倾向,私心里反叛着。他们把诗当作另外一种人生,一种不能轻易公开于俗世的人生,他们可以说是偷偷地写着,秘不示人。他们把诗看作一种泄漏隐秘灵魂的艺术,厌恶别人当面翻阅自己的诗集,让人把自己作品拿到大庭广众之下去宣读,更是办不到。所以戴望舒写诗,是要把真实隐藏在想象的屏幕里,他的诗是“由真实经过想象而出来的”(《诗论零札》十四),他写诗的动机是在表现自己与隐藏自己之间。“假如有人问我烦忧的缘故,/我不敢说出你的名字。”(《烦忧》)这就是说,戴望舒的诗确是表现了他的真情实感,甚至隐秘的灵魂,但它不是直接的,而是吞吞吐吐的,是通过想象来暗示的。与政治理想的幻灭一样,他的爱情婚姻生活也一再受挫折。戴望舒的好些名诗,都写的是对他真实爱情的欢乐与痛苦生活的想象。他与诗友施蛰存的妹妹施绛年曲折而徒劳的爱情,酿造了他的诗歌。初恋的阴影使他写了《路下的小语》《林下的小语》;订婚仪式之后他对爱情持久的渴望和对生活的执著,使他写下了《百合子》《八重子》《村姑》;两人感情性格不合,又使他写下了《过时》《有赠》;婚期一再延期举行,使他的诗里一再出现病态孤独者的形象。总之,戴望舒的诗,是抒情诗,艺术想象是一大特色。由于艺术想象的需要,或者说由于隐藏自己的需要,诗人常常要借助各种形象或意象来抒情,这就产生了抒情诗里一种远距离投射感情的情况。比如《村姑》一诗,诗人是借村姑以抒写对美好爱情的向往与激动,有人由此说戴望舒此时已转变了感情,开始关注劳动妇女的命运,那是很牵强的。正如《梦都子》等几首写日本舞女的诗,并不说明戴望舒瞩目于国际题材或中日友好,他只是借此写爱情中的忧郁与陶醉罢了。

(录自蓝棣之:《现代诗的情感与形式》,华夏出版社 1994 年版)

▲何其芳《预言》浅析

《预言》抒写了诗人对已经过往的爱情的眷恋与回想。诗中悄然而来又悄然而去的年轻的神,是爱神的象征,是诗人由渴望到怅惘的爱情的一段心灵历程的记录。……

这里有欢乐,有赞美,有眷念,有惆怅和叹息,但也有诗人对丑恶现实的不平。诗里同样表现了"一个年轻人对于幻想中的美满的爱情的歌颂和对于现实中的并不美满的爱情的怨言。"(《写诗的经过》)温郁的南方的美丽温暖和沉寂的森林的阴森恐怖的鲜明对比,正是诗人这种爱憎鲜明的美丑观念的表现。……

《预言》从"年轻的神"降临的脚步声引起自己欣喜的"心跳",到在黄昏里最后消失了远去的足音,诗人有一个完整的艺术构思。一个序曲,一个尾声,加上中间的四个乐章,形成了一部优美的梦幻交响曲。而中间的四个乐章,每一段有对"年轻的神"的倾诉的相对独立的内容,各段之间又如连环一样紧密相关。是抒情诗,又有情节的发展;是写"神"的行踪,又贯穿人的独白。开头的突然与警省和结尾的惆怅与余韵,呼应得十分和谐而巧妙。作者曾倾心地阅读过济慈与雪莱的抒情诗。在以神话人物为抒情题材和注重抒情诗的戏剧情节性这些方面,《预言》的构思是有所借鉴的。但就这首诗形象的象征性来看,又更接近于法国象征派诗人的作品的特征。……全诗由形象的选择、构思,到抒情的基调,都给人以舒缓、宁静、透明的感觉。作者说过,他虽然醉心于唐五代诗词"精致的冶艳"和法兰西象征派诗歌的神秘和颓唐,但写这首《预言》的时候,"我受那些鼓吹悲观、怀疑和神秘主义的世纪末文学的影响还不深"。诗人这时能够用一种宁静、透明而又柔美的格调,表现自己内心世界的"微妙的感觉",从而创造了一种“新的柔和,新的美丽”的艺术风格。这可以说是何其芳的《预言》,也包括他早期一些诗篇给新诗的国土带来的一股“奇异的风”。

《预言》用和谐和富于音乐性的语言抒情,使这朵小花具有鲜明的音乐美感的特质。全诗每节均为六行,大体上一、二、四、六行押韵,各节的韵脚又不完全相同,随抒情需要换韵。有时四、六行的韵又相同而与一、二相异。为了增强音乐的美感,也加重抒情的色彩,作者还自然而巧妙地运用诗句语言的重复。重复的方法又各有所异,不尽雷同。如有时是:“告诉我,用你银铃的歌声告诉我”;有时是:“请停下,停下你疲劳的奔波”;有时是:“那歌声将火光一样沉郁又高扬,火光一样将我的一生诉说”;有时又是:“我可以不停地唱着忘倦的歌,再给你,再给你手的温存。”同样的字句反复的手法又有多样变化的运用,就使诗的音乐性服从于情绪的表达而显出多姿的丰彩。……在何其芳的创作过程中,不是从一个概念的闪动去寻找它的形体,浮现在他心灵的原来就是一些颜色,一些图案。由于这种“镜花水月”的情调的追求,加上作者捕捉的闪光的意象和意象之间又省去了散文的联系,就造成了《预言》这首诗的朦胧的特征。但这不是那种令人不解的晦涩的朦胧,而是给人以更丰富的想象天地和咀嚼余味的美的朦胧。如开头四行:

这一个心跳的日子终于来临!
你夜的叹息似的渐近的足音,
我听得清不是林叶和夜风私语,
麋鹿驰过苔径的细碎的蹄声!

第一行“心跳”前省略了“令我”两字;第四行全句前又省略了“不是”二字。这就给读者增加了想象的天地。又如第三节中的四行:“让我烧起每一个秋天拾来的落叶,/听我低低地唱起我自己的歌。/那歌声将火光一样沉郁又高扬,/火光一样将我的一生诉说。”第一行“每一个秋天拾来的落叶”,不仅是自然物的写照,也象征了诗人自己的生命经历;最末一句在《汉园集》中原为“火光样将落叶的一生诉说”,到了《预言》中才改为“将我的一生诉说”,这样改,是更容易明白了,可是却失去了原句的象征含蓄的味道。

(录自孙玉石:《梦中升起的小花》,《中国现代诗导读》,北京大学出版社1990年版)

▲鉴赏林庚《春天的心》

林庚是那样地热爱春天。《春天》《春野》《春晨》和《春雨之梦》,他写了那么多和春有关的篇什。春天自有一种神奇的颜色和别样的光彩,有一种萌芽般的膨胀和新生般的喧腾。这一切你都感觉到了吗，凭着你一颗春天的心？

这首《春天的心》一句赛似一句地好。我觉得对这样的诗任何笼统而整体的领悟都是一种浪费，就是得像古人读古诗那样一句一句地读、一字一字地读，这样读来方才快意、方才尽兴。我虽然平时一直很厌烦那样古旧的读诗方式，平时看来总觉得这种方式太琐碎、太啰嗦，但读林庚这首诗实在是一种令人愉快的例外。

春天的心是关不住的。当铺天盖地的春光叩击着你的窗子的时候，你不能不涌起那么一点动的渴望，你的心既感到了一种如花如絮的温柔又感到如迷如醉的微狂。所以说："春天的心如草的荒芜/随便的踏出门去"，说的就是这种让人对自己也无可奈何的无赖劲儿。春心不可遏止又无法自禁，像无边无际自然蔓延着的"草的荒芜"。春心荡漾？似乎是又没有那么浮嚣，没有那样疯张；即使在这乱花纷飞的季节里，诗人的心也是明净而清澈的："美丽的东西到处可以拣起来。"然而接下去又是一句："少女的心情是不能说的。"尽管明净，尽管清澈，但写春天怎么能不写到少女呢。然而林庚并没有写少女的笑声，少女的歌声，他写的仅仅是那朦胧而含蓄的"少女的心情"，而这"心情"偏偏又没有写出来，他只是感觉到了，所以"少女的心情"是不能说的。是露在脸上的偷偷的微笑？是藏在心底的脉脉的深情？不能说。反正不说你也会懂得的，就像你会心于那含而未绽的花蕾。短短的四行诗就极尽了春天人心的无限曲折和无限缠绵。也只有春天的人心才有这无限的姿态。

而这时候又恰逢其时地下起雨来。"天上的雨点常是落下/而且不定落在谁的身上/街上的人们都打着雨伞/车上的邂逅多是不相识的。"这象是写雨，却又不是写雨。林庚在这里写的是一种心境的神奇。本来天上落雨有什么可奇怪的，人们打伞又够多么平常，而邂逅当然是不相识的这还值得去说吗？但因为这是在春天，一切就都不同了。在春天人们被从一种浑浑噩噩的惯性和一种司空见惯的麻木中摇醒了，人们似乎是突然有了一点透亮的聪明，有了一点诧异的觉悟，突然之间发现了世界，人生原来这样新鲜，这样可喜。你瞧这天空居然会凭空地落下雨点，而这雨点不定落在谁的身上又该是怎样一种耐人寻味的神秘！原来下雨的时候人们是要打起伞的，打起伞来又是多么样地好看，而那在车上不相识的邂逅又多象是有什么意味深长的莫测含义。就这样林庚写出了人们所必有但又往往罕见的那么一种生命的欢悦，写出了被深深埋藏但又不会消失的那么一点惊喜的童心。

然而林庚并不是不喜爱雨。爱春天的人怎么能不爱雨呢！“含情的眼睛未必是为着谁/潮湿的桃花乃有胭脂的颜色。”瞧雨把桃花都打湿了，而只有被打湿的桃花才是这样鲜艳。含情的眼睛和着雨的桃花太相近了，因为太相近了所以没有人把它们联系起来；林庚冷不丁地写出这两行连接着的诗，是多么出人意外又是多么必然，这两句连接着的诗是一种相互的描写，而这种相互的描写又有一种不着痕迹的、使人会心的愉快。这首诗的另外两行“美丽的东西到处可以拣起来/少女的心情是不能说的”则另是一番语势，那是一种相反的平衡：上句是一种轻柔的肯定，下句同样轻柔但却是一种否定，这两行诗相联在阅读中有一种完整感和妥帖感。相互的描写，相反的平衡，诗人的笔想怎么写就怎么写，怎么写就怎么美丽。全诗这种不同的语势变化使诗读起来适口、活泼。当然我们称赞这首诗还因为它那最后的两行：“水珠斜打在玻璃车窗上/江南的雨天是爱人的。”仍然没有下车，仍然是在下雨，但诗人至此却达到了一种不容再多说的满意。“江南的雨天是爱人的”，这既象是一句温柔的判断，又象是一声甜蜜的叹息。而且你说这句话是什么意思？诗人不说“江南的雨天是属于爱人的”，也不说“江南的雨天是惹人爱的”，偏只说：“江南的雨天是爱人的”，让你觉出了一点歧义，让你感到了一点朦胧；但我敢说诗人造成这种迷人的效果决不是有意为之，他一定只是随心信手写来：“江南”“雨天”（“江南的雨天！”）除了和“爱人”这样美好的词语（管它是什么意思！）相联难道还会有别的什么选择吗？

诗人林庚对春天有一种特殊的敏感。他写春天的诗却和古诗人不同。这种不同你会从诗的气氛、诗的节奏以及读诗时的内心旋律中感受到。林庚写春天的诗中融进了现代人心灵的自由和生命的自觉，融进了现代人生的一种解放感与亲切感。读古人写春天的诗你感到的是一种风吹草低的触动，而读林庚的写春天的诗感到的却是雨打肌肤的切近。

（录自李书磊：《春天的心是关不住的》，收入孙玉石主编《中国现代诗导读》，北京大学出版社 1990 年版）

▲析卞之琳《距离的组织》

我想试以《距离的组织》为例，从全诗的逻辑顺序，思维结构入手，而不界定意象含义，分析这首诗全部结构和引起思辨的原由。

首先，通观《距离的组织》一诗，很难找出什么主题，就连作者也只能讲该诗“表现一种心情或意境”（着重点是我加的），是哪一种都很难说清，全诗只见完整的结构和不断流动，变换着的时空。诗的口吻也十分随便，甚至近乎戏噱，但作者用“组织”的手法，把各种距离逻辑地加以对比，使读者感到强的力度，完整的结构也没有使作者有所拘泥，在处理与读者、与友人的距离时，“我”显得轻松自如，任意地跳进、跳出，而不使人觉一丝紊乱。

诗的第一层思维结构是由首两句组成的，首句是实的，但提到《罗马衰亡史》的书名已为后句起式。二句结合产生了很强的对比——正常的，以地球为坐标的时空与超常的时空概念（罗马灭亡星）对比，使句与句之间产生了大跳跃，表现了地球人对于宇宙的展望，而这种展望又与我国传统诗词中的时空展望有所不同，试比较李贺“南风吹山作平地/帝遣天吴移海水/王母桃花千遍红/彭祖巫咸几回死”（《浩歌》）可以看出，李诗中所提到的时空概念是被强化了的，跨度本身被强调，同古典诗歌中大多提及时空的作品一样，这是为了提出时空跨越之难而提出的。而卞之琳诗中时空跨度虽然也很大，但其涉及的意象都很平易（如书、报），因此使一千五百光年的时空跨度显得很随便，较接近读者的思维，但其本身的奇特性是以引起人们同样奇特的想象。因此，以玩笑口吻道来却有强烈的动感。

第三句以两个三字句（“报纸落。地图开”）中的些小动作将前两句引起的第一层波澜化解开极圆滑地完成一个转折，为进入下一个午梦的叙述级承上，而“因想起远人的嘱咐”又在同一层次中启下，在这之后，再说到“寄来的风景也暮色苍茫了”就显得很自然了。就生活实象讲，午梦中的风景模糊十分合理，就哲学观念讲，这一句除如作者注释涉及实体和表象的关系外，“暮色苍茫”又显示了借表象超越实体空间，在时间上的延续性。

接下来，就是作者所说的“来访友人将来前的内心独白”了，即“醒来天欲暮，无聊，一访友人吧”一句，这独白的运用，引起距离的拉开，情绪的跳出，从而形成视角的变换，后一句“灰色的天。灰色的海。灰色的路”又是一个视角变换，从另一个客体的现实切入梦境的继续。在诗中第一次也是惟一一次使用形容性定语，但很难说这就代表了全诗的感情色彩，这是一种纯现实的（虽然是描写梦境）的描写，梦境在下句中也发展着，而灰色的路引出一个大空间变幻的场景：“我又不会向灯下验一把土”，我不知道自己处在一个什么样的空间里。

在梦境中，听见有人叫自己的名字，当然似乎是在“一千重门外”了，这似乎是写真的，但从整个结构来看，这又是一个大空间场景转移，人声居然能透过一千重门，这样写，本来就是要强调空间跨度。在这里人声实际也成为知觉的象征，象征着超越空间，这句与上下与之相接的另两句是接连不断的三个大时空，使读者思维大幅度跳跃，完成了这首诗的第二个高潮，下面

“我的盆舟没有人戏弄吗?”一句与“验土”句都是将有涉时空的故事拈来一用,因这两个故事都是发生在过去,而现在这些动作又发出于“我”,故而用第一人称叙出这两个典故,表现了空间超越在时间上的连续性,时空交叉得十分巧妙,使读者身不由己地将思维付与这种“交叉”一起运动。

尾句与“寄来的风景”一句同构,都是将表象实体化,由于这种同构,产生了呼应,完成全诗的结构建筑工作。

我们当然可以理解《距离的组织》中作者对现实灰暗衰颓的感慨心境。但我的兴趣不在说明这一点。我关注的是诗人的思维结构在这暗示感情意象距离组织中的作用和表现。象《距离的组织》这类诗,在卞之琳先生《雕虫纪历》中并不少见。按作者自己的意见,这算是些“雪泥鸿爪”式的小作品,但正是这些作品,使人们感到貌似平淡却蕴含着波澜壮阔的思维的力量。

(录自阎京城:《波澜壮阔的平淡》,收入孙玉石主编《中国现代诗导读》,北京大学出版社 1990 年版)

▲关于 1930 年代现代派诗的勃兴

比起初期象征派诗歌潮流,现代派诗潮表现了诗歌现代意识的自觉和强化。《现代》杂志编者申明说:“《现代》中的诗是诗。而且是纯然的现代的诗。它们是现代人在现代生活中所感受的现代的情绪,用现代的词藻排列成的现代的诗形。”这里的“现代的情绪”,指的是年轻一代诗人在大都会的生活节奏和现代生活的氛围中感受到的与“上代人”不同的外在与内在的生活世界的统一;所谓“现代的诗形”,指的是区别于外在音乐美与建筑美追求而趋向于更散文化的现代口语构建的自由诗。从这个意义上来看,现代派诗不仅是对初期白话诗的自由体、新月派的格律体的超越,就是对于初期象征派诗歌来说,也是在新的更高层次上对现代主义诗歌美学原则的探索和建设。杜衡谈到戴望舒及其诗友的艺术追求时说,一方面,他们不满意于那种诗歌自我表现的理论,对于当时通行的以坦白奔放为标榜的“狂叫”和“直流”的诗歌“私心里反叛着”;另一方面,他们也不满意于李金发象征派诗歌过分的神秘和晦涩,认为由那些象征诗人身上“是无论如何也看不出这一派诗风底优秀来的”,并决心“力矫此弊”,“不把对形式的重视放在内容之上”。以戴望舒为代表的现代派诗人,在他们自身艺术表现的范围内,追求诗歌形式和内容的平衡,表现自己和隐藏自己的适度,吸收异域艺术营养和中国传统诗歌营养的统一这三个方面,比起初期象征派诗歌潮流来,表现了强烈而深刻的自觉意识。现代文化的思考和现代审美的选择,结束了中国现代主义诗歌滥觞期盲目模仿的阶段,开始进入一个自觉创造的时期。

(录自孙玉石:《中国现代主义诗歌潮流的回顾与评析》,《中国现代诗歌艺术》,人民文学出版社1992年版)

▲20世纪30年代的"晚唐诗热"

朱光潜在论述李商隐《锦瑟》一诗的时候,从意象与兴的密切关联这个环节,讨论到晚唐诗的"兴"与"象征"之间的联系,说得就更直截了当一些:"向来注者不明白晚唐诗人以意象触动视听的技巧","一首诗的意象好比图画的颜色阴影浓淡配合在一起,烘托一种有情致的风景出来。李义山和许多晚唐诗人的作品在技巧上很类似西方的象征主义,都是选择几个很精妙的意象出来,以唤起读者多方面的联想。这种联想有时切题,也有时不切题。""诗的意象有两重功用,一是象征一种情感,一是以本身的美妙去愉悦耳目。这第二种功用虽是不切题的,却自有存在的价值。《诗经》中的'兴'大半都是用这种有两重功用的意象"。

诸多现代诗学的论述中,大都有一个呼应西方象征主义诗与传统诗学的"兴"的联系的自觉意识。他们有意识或无意识地看到,在《诗经》、楚辞以及晚唐诗词中,常常使用的"兴"与"象征"的方法,颇为类似西方的象征主义的技巧,往往都产生于物象与情趣的"默会"与"契合"。"兴"与象征的直接结果,就是诗歌中具有的情感的与愉悦的"两重功用"的意象的创造。诗人以独特新奇的诗的感觉和超乎常人的想象力,创造象征某种情感或具有独立审美价值的意象,收敛的情感,只"微微发放点出来,藏着不发放的还有许多",用以唤起读者多方面的丰富的联想,给读者以无尽的余香和回味;它们无意让读者都懂得又让人们仿佛懂得,终会从中得到"情思殊佳,感觉亦美"的异样的收获。从这个意义上来说,李商隐温庭筠代表的晚唐诗词,正是古典时代的朦胧诗。这样的诗的情感蕴涵、传达方式和审美效果,区别于传统的"白话"诗,也区别于五四之后流行的直白描述的现实主义、袒露呼喊的浪漫主义新诗的抒情模式,正是30年代现代派诗人在晚唐诗词中所要寻找的东西。众多诗学家潜心诠释的所在,正是现代派诗人"发现"传统的所源。30年代部分现代诗人出现的"晚唐诗热"的秘密,也许主要从这里可以得到一些解释。

废名说:"我们的新诗一定要表现着一个诗的内容,有了这个诗的内容,然后'有什么题目,做什么诗;诗该怎样做,就怎样做。'要注意的这里乃是一个‘诗’字。”他这里谈到“诗的内容”，特别讲做诗首先要关注的是一个“诗”字，文字的背后，隐含的就是新诗应该具有超越白话的“诗形”层面而属于“诗”的本质性的东西。诚如李健吾所说，“他们寻找的是纯诗 Pure poetry”，“形式和内容，已经不在他们的度内，因为他们追求的诗，‘只是诗’的诗”。

废名提出上述的这个命题，特别强调“诗的内容”在诗中的重要性，最终是要在新诗创作中划清诗与散文、诗与非诗的界限，确立一个先锋性很强的现代流派追求的新诗现代性的审美品格。因此对于温李传统的发现，实际上也就可以说是对于一种“诗质”的发现。东西诗学对话背后所努力要重建的，是注重“兴”与“象征”，注重“象”与“隐”，注重诗的“感觉”与“想象”，追求尽可能的获得“字句以外的神味”，而这些古典诗歌传统的某些特征，同时也正是西方现代主义诗歌的主要特质。一种艺术追求背后隐藏的往往是对于一种艺术本质的信念。因此一些探索道路上发生的文学现象也就是可以得到理解的了。20 年代，朱自清、李健吾、穆木天就介绍或提倡西方象征派和“纯诗”的理论，在诗与散文被混淆而诗丧失诗的品格的时候，关注比“白话”的形式更重要的诗美本身的建设。30 年代，卞之琳在向国人介绍西方象征派诗的时候，自然地发现他们身上的如“暗示”和“亲切”等特点，在中国传统诗中早已经是客观存在。他由发现而惊呼：这些不是中国传统诗中“固有”的吗？这一发现与惊呼，体现了对于诗传达的隐藏性和抒情的日常生活化的渴求。戴望舒在东西诗歌的双重吸收中提出的诗是处于表现自己和隐藏自己之间的理论构思，进一步把沟通的企望变成艺术创造中可以操作的美学实践。这些充满原创性探索的历史现象，都反映了西方现代主义诗学与中国传统诗学对话的要求，已经超越单纯的理论思考而成为一种迫切的现实。从梁启超的在古典诗“蕴藉”的潮流里发现“象征派”，周作人、朱自清、朱光潜等关于“兴”与象征的对应性认同，到废名对于“晚唐诗热”充满现实感的诠释，在这样一个历史探索演进的脉络里，我们可以清晰地看到，中国新诗发展中寻求一条更符合新诗本质道路的深层思考和努力。

（录自孙玉石：《新诗：现代与传统的对话——兼释 20 世纪 30 年代的“晚唐诗热”》，《现代中国》第 1 辑，湖北教育出版社 2001 年版）

第十七章　鲁迅(二)

【学习提示与述要】

本章介绍鲁迅的杂文与《故事新编》。鲁迅杂文大都是针对其所处的时代的文化批评与文明批评，有强烈的批判性和"反常规"思维特征，往往对读者的思维习惯构成挑战，加上时代的隔膜，年轻的学生不容易读懂，甚至不容易接受其所谓"好骂人"外表之下所包蕴的深刻思想与反叛精神。因此，学习这一章主要要求从总体上把握鲁迅杂文的思想艺术特质，以期在阅读鲁迅杂文具体的篇什时，能有一种正确的理解。《故事新编》也有杂文味道，也是极富试验性的"反常规"的小说创作，不好懂。学习时应注意了解和领略其极富艺术想象力的先锋性品格。这一章难度较大，不应拘泥于对具体作品的艺术鉴赏，而要求尽可能结合对鲁迅为人为文的理解，去总体评析其杂文与《故事新编》的意义和价值。本章共三节，第一节概评鲁迅杂文的意义；第二节是重点，从五个方面分析鲁迅杂文的思想艺术特征；第三节介绍《故事新编》的艺术创新。

一　鲁迅杂文的重大意义

1. 对鲁迅杂文的意义，可从两方面理解：一是作为一种报刊文体，及时对社会生活各方面做出反应与评判，如鲁迅自己所说的，是"感应的神经，是攻守的手足"，也就可以作为一个时代的忠实记录，是中国现代社会的"百科全书"。同时，因为对民俗、民魂、民性、民情有真实生动的描绘，又可看作是一部活的中国的"人史"。要知人论世，最好读鲁迅杂文。其二，鲁迅杂文是未经规范的自由的文体，充分发挥了鲁迅不拘一格的创造力，是极具个人性又有现代性特征的艺术品。

二　鲁迅杂文的思想、艺术特质

2. 此为本章重点。首先应理解鲁迅作为一个思想独立而深刻的战士，其人其文所具有的反叛性与异质性。然后可以从五个方面理解鲁迅杂文思想与艺术的特征。第一是批判性与否定性特色，源于鲁迅对现代知识分子使命的理解,即不断揭示现实人生的弊病与思想文化的困境,也源于鲁迅“不克厥敌,战则不止”的不屈精神。第二是在“反常规”的“多疑”思维烛照下的犀利与刻毒。批判锋芒常指向人们习以为常的病态心理,把国人的落后根性看得太透彻了。而且思维也总是另辟蹊径,对读者的惯性思维构成挑战。第三是“贬锢弊常取类型”,抓住本质勾勒社会相类型形象(共名)。第四是主观性、诗性的表达,出现在杂文里的人事经过滤、折射而发生变异(甚至变形),释愤抒情,无不是作者的心灵歌哭。第五是无拘而极富创造力的杂文语言,常用“拗体”,突破语言对思想的束缚。总之,只有深入了解社会实际,体会鲁迅的人格与精神,才能真正读懂鲁迅的杂文。

三 《故事新编》:鲁迅最后的创新之作

3.《故事新编》的形式有试验性与先锋性,比较难懂。应注意其“试验”的手法,并由此理解作品的含义。首先是有意打破时空界限,采取“古今杂糅”,鲁迅自称是“油滑”,其实目的在于用现代去“照亮”和重新观照古代,揭示古代人与事中一些被掩盖了的真相。要注意鲁迅常用杂文的眼光、手法与语言,将已经被神圣化或神秘化的人与事加以戏谑重现。其次是这些小说中常见的前后部分对立或翻转的模式,造成庄严与荒诞两种色彩的互补与消解,应从诙谐的“游戏笔墨”中体会苦涩的幽默,从洒脱背后读出鲁迅心态的悲凉。学习中可结合具体作品着重评析《故事新编》艺术上的想象力与创新。

【知识点】

鲁迅16部杂文集的书名与大致的内容。

【思考题】

1. 鲁迅杂文(连同鲁迅)历来多遭受否定以致辱骂,从当年的“刀笔吏”(“现代评论派的君子”语)、“睚眦必报”(“创造社的才子”语)、“不满于现状的批评家”(“新月派的绅士”语),到当今“鲁迅好骂人”之类,从未停息。你如何看待这种现象?结合对鲁迅杂文批判性、异质性的评析,说明你的看法。

这道题具有一定的综合性,考查对于鲁迅杂文批判性与异质性特征的认识与理解。答这道题首先要理解鲁迅的这种与中国文人之道相悖的异质性是他这些遭遇的主要原因。所谓鲁迅杂文的异质性,主要指其“不克厥敌,战则不止”的批判精神,与中国文化及中国士大夫知识分子的“恕道”

"中庸"传统相悖。其次,要清楚这是鲁迅自觉的文化选择,可以结合鲁迅的具体杂文,从他的性格、思想、当时社会环境等多方面,分析他选择这种异质性文化立场的原因,如他对现代知识分子使命的理解,即不断揭示现实人生的弊病和思想文化的困境等。最后,还要注意到他的批判性文化立场的选择背后的"立人"思想。最好综合阅读鲁迅的《我还不能"带住"》《关于知识阶级》《文化偏至论》等文,并参考《三十年》第十七章第二节的论述。

2. 评鲁迅杂文"砭锢弊常取类型"的特征。

这是一道偏重知识性的题目,"砭锢弊常取类型"既是鲁迅杂文的思维方式,也是他杂文创作的基本艺术手段。回答这道题首先要从鲁迅杂文中"个"与"类"的关系,来分析他独特的杂文思维方式,即由具体的"这一个"作为思维起点,通过巨大的思维穿透力,提升为保留着形象具体特征,又具有广泛性的"标本",成为"个"与"类"的统一;其次要以鲁迅杂文体系中的著名"共名"(如"走狗"类型等)为例,分析这种艺术手段所带来的思想深度和艺术效果;如果更进一步思考,还可以评述如何看待这种艺术手段及其引起的争议。可以参考《三十年》第十七章第二节,并结合鲁迅的《〈伪自由书〉前记》《五论"文人相轻"——明术》《〈准风月谈〉后记》《论"费厄泼赖"应该缓行》《"丧家的""资本家的乏走狗"》等文章。

3. 试评鲁迅《故事新编》中"古今杂糅"的艺术手法及其审美效果。

这是一道偏重知识性的题目。要点:(1)结合作品对这种艺术手法进行描述,即《故事新编》都是以有典籍记载的女娲、禹、老子、庄子等古人古事为中心,但其中往往穿插着次要的喜剧性人物,他们口中常常出现大量现代语言、情节与细节,例如令古代人物说出 OK、莎士比亚等。(2)评析这种手法的艺术资源及带来的审美效果,除了论及这种艺术手法带来较为明显的戏谑化的喜剧效果外,还要注意到这种被鲁迅称作"油滑"的手法,是借鉴了传统戏剧里"丑角"脱离剧情的插科打诨,可以在审美上造成一种"间离效果",用现代照亮并重新审视古代,从而借古讽今,增强现实性和批判性,与他的杂文取得精神上的一致。可以参考《三十年》第十七章第三节,以及"评论节录"中"论《故事新编》的艺术手法"部分。希望对这一问题有更深层了解还应该看王瑶《鲁迅〈故事新编〉散论》的全文(见王瑶《中国现代文学史论集》,北京大学出版社 2008 年版)。

4. 试论鲁迅杂文与小说的关系。

这道题具有一定综合性,考察鲁迅小说和杂文两种文体在文化立场、思维方式、艺术手法、审美效果等方面的内在联系。首先,要注意鲁迅的杂文和小说有着共同的文化立场,二者在文化批判和思想批判上常常是相互印证和补充的;其次,要注意小说中典型人物的塑造和杂文中常常出现的“共名”在创作思维和艺术手法上的相通;再次,要注意《故事新编》是与杂文关系最密切的小说集,现代细节的反复使用(古今杂糅的艺术手法)增强了现实性,在批判精神和艺术效果上都与杂文显示出内在的一致性。这是第2、3题的拓展和综合,可以参考前面两道题,并结合具体作品进行分析。

5. 论鲁迅杂文的文体渊源和艺术特点。

这是一道拓展思考题,适合于高年级和考研同学,主要考察鲁迅杂文在文体上与中国古典文学传统的关系。可以参考“评论节录”中《论鲁迅作品与中国古典文学的历史联系》,围绕嵇康等人的“魏晋文章”与鲁迅杂文在精神气质、表现手法、艺术风格等方面的历史渊源,结合具体作品进行分析,如对统治者讥嘲的笔调、简约严明的文风、针锋相对的论辩方式等等。

【必读作品与文献】

《灯下漫笔》
《这个与那个》
《“友邦惊诧”论》
《二丑艺术》
《捣鬼心传》
《奇怪》
《病后杂谈》
《阿金》
《铸剑》
《采薇》

【评论节录】

画　室(冯雪峰):《革命与知识阶级》
何　凝(瞿秋白):《〈鲁迅杂感选集〉序言》
刘再复:《文学的反思》
王　瑶:《鲁迅〈故事新编〉散论》
王　瑶:《论鲁迅作品与中国古典文学的历史联系》

▲冯雪峰对鲁迅与革命关系的评价

实际上,鲁迅看见革命是比一般的知识阶级早一二年,不过他也常以

"不胜辽远"似的眼光对无产阶级的,但无论如何,我们找不出空隙,可以断言鲁迅是诋谤过革命的。鲁迅自己,在艺术上是一个冷酷的感伤主义者,在文化批评上是一个理性主义者,因此,在艺术上鲁迅抓着了攻击国民性与人间的普遍的"黑暗方面",在文艺批评方面,鲁迅不遗余力地攻击传统的思想——在"五四""五卅"期间,知识阶级中,以个人论,做工做得最好是鲁迅;但他没有在创作中暗示出"国民性"与"人间黑暗"是和经济制度有关的,在批评上,对于无产阶级只是一个在傍边的说话者。所以鲁迅是理性主义者,不是社会主义者。到了现在,鲁迅做的工作是继续与封建势力斗争,也仍立在向来的立场上,同时他常常反顾人道主义。

(录自画室(冯雪峰):《革命与知识阶级》,《冯雪峰论文集》,人民文学出版社1981年版)

▲瞿秋白论鲁迅杂文

鲁迅在最近十五年来,断断续续的写过许多论文和杂感,尤其是杂感来得多。于是有人给他起了一个绰号,叫做"杂感专家"。"专"在"杂"里者,显然含有鄙视的意思。可是,正因为一些蚊子苍蝇讨厌他的杂感,这种文体就证明了自己的战斗的意义。鲁迅的杂感其实是一种"社会论文"——战斗的"阜利通"(feuilleton)。谁要是想一想这将近二十年的情形,他就可以懂得这种文体发生的原因。急遽的剧烈的社会斗争,使作家不能够从容的把他的思想和情感熔铸到创作里去,表现在具体的形象和典型里;同时,残酷的强暴的压力,又不容许作家的言论采取通常的形式。作家的幽默才能,就帮助他用艺术的形式来表现他的政治立场,他的深刻的对于社会的观察,他的热烈的对于民众斗争的同情。不但这样,这里反映着"五四"以来中国的思想斗争的历史。杂感这种文体,将要因为鲁迅而变成文艺性的论文(阜利通——feuilleton)的代名词。自然,这不能够代替创作,然而它的特点是更直接的更迅速的反应社会上的日常事变。

然而鲁迅杂感的价值决不止此。他自己说:"因为从旧垒中来,情形看得较为分明,反戈一击,易制强敌的死命。"(《坟》:《写在"坟"后面》)从满清末期的士大夫,老新党,陈西滢们……一直到最近期的洋场无赖式的文学青年,都是他所亲身领教过的。刽子手主义和僵尸主义的黑暗,小私有者的庸俗,自欺,自私,愚笨,流浪赖皮的冒充虚无主义,无耻,卑劣,虚伪的戏子们的把戏,不能够逃过他的锐利的眼光。历年的战斗和剧烈的转变给他许多经验和感觉,经过精炼和融化之后,流露在他的笔端。这些革命传统

(revolutionary tradition)对于我们是非常之宝贵的,尤其是在集体主义的照耀之下:

第一,是最清醒的现实主义。“中国人向来因为不敢正视人生,只好瞒和骗,由此也生出瞒和骗的文艺来,由这文艺,更令中国人更深地隐入瞒和骗的大泽中,甚而至于已经自己不觉得”(《坟》:《论睁了眼看》)。这种思想其实反映着中国的最黑暗的压迫和剥削制度,反映着当时的经济政治关系。科举式的封建等级制度,给每一个“田舍郎”以“暮登天子堂”的幻想;租佃式的农奴制度给每一个农民以“独立经济”的幻影和“爬上社会的上层”的迷梦。这都是几百年来的“空前伟大的”烟幕弹。……善于读他的杂感的人,都可感觉到他的燃烧着的猛烈的火焰在扫射着猥劣腐烂的黑暗世界。“世界日日改变,我们的作家取下假面,真诚地,深入地,大胆地看取人生并且写出他的血和肉来的时候早到了;早就应该有一片崭新的文场,早就应该有几个凶猛的闯将!”

第二,是“韧”的战斗。“对于旧社会和旧势力的斗争,必须坚决,持久不断,而且注重实力。……我们急于要造出大群的新的战士;但同时,在文学战线上的人还要‘韧’。”

第三,是反自由主义。鲁迅的著名的“打落水狗”(《坟》:《论费厄泼赖应该缓行》),真正是反自由主义,反妥协主义的宣言。

第四,是反虚伪的精神。这是鲁迅——文学家的鲁迅,思想家的鲁迅的最主要的精神。他的现实主义,他的打硬仗,他的反中庸的主张,都是用这种真实,这种反虚伪做基础。他的神圣的憎恶就是针对着这个地主资产阶级的虚伪社会,这个帝国主义的虚伪世界的。他的杂感简直可以说全是反虚伪的战书……

(录自何凝(瞿秋白):《〈鲁迅杂感选集〉序言》,《鲁迅杂感选集》,青光书局1933年版)

▲论鲁迅杂文的“社会相”类型形象

鲁迅杂感的美学价值,无可争辩的文学性,首先就在于他塑造了一系列的中国“社会相”类型形象。

这种“类型”形象,是艺术形象的一种形态。他不是作家主观臆想的产物,而是对社会进行认识、观察,然后用文学笔触加以概括,使之具有典型意义的一种客观形象。有人说古希腊是最天才的造象者,希腊神话的诸神便是他们的想象和观念综合而创造出来的影象。如果说,希腊神话家们是人的心理影象的天才造象者,那么,可以说,鲁迅则是“社会相”类型的天才造象者。

鲁迅说，洋服青年拜佛，道学先生发怒，这都是平常的社会现象，人们习以为常，但杂感讽刺家却敏感到这是一种“社会相”类型，给它特别一提，就创造出动人的艺术形象。他说：“‘讽刺’却是正在这时候照下来的一张相，一个撅着屁股，一个皱着眉心，不但别人看起来有些不很雅观，连自己看见也觉得不很雅观；而且流传开去，对于后日的大讲科学和高谈养性，也不免有些妨害。”讽刺家“照下来的一张相”，就是“社会相”。这种“社会相”，在鲁迅著作中常被称为“世相”“世事的形相”“人间相”。鲁迅把自己的杂感文学作为一种批判旧世界的武器，它无情地揭露这个坏透了的社会的一切假面和伪装，全力地显示其社会各种丑恶的本相，他声明自己写杂感的目的就是“偏要在庄严高尚的假面上拨它一拨”，“给他一个不舒服，使他恨得扒耳搔腮，忍不住露出本相”。后来他又说，对于社会上的种种丑恶，“都须褫其华衮；示人本相”。以艺术改造社会为伟大目的，使鲁迅也特别用艺术手段显示出种种“社会相”，因此，他认为多种艺术都应当或多或少、或深或浅地显示“社会相”。他在评价《儒林外史》时说，在吴敬梓笔下，“凡官师，儒者，名士，山人，间亦有市井细民，皆现身纸上，声态并作，使彼世相，如在目前”。在《〈何典〉题记》中又说，此书“多是现世相的神髓”，“既然从世相的种子出，开的也一定是世相的花。于是作者便在死的鬼画符和鬼打墙中，展示了活的人间相”。在评论珂勒惠支的绘画时，他指出，珂勒惠支的成功，从根本上说，也是因为“紧握着世事的形相”。

这里，我们看到：鲁迅所指的“社会相”，不是社会表层上的习俗风貌，而是社会世态的神髓，社会某种人群的灵魂。他的杂感，正是吸取了其他艺术品种塑造“社会相”形象的手法，用一种特殊的文学形式——杂感形式，来塑造“社会相”的图画。

“社会相”类型形象，在鲁迅杂感中比比皆是。如果我们要一一加以列举，至少可以制成一张《鲁迅杂感“社会相”类型百图》。这一社会形象百图，可以从“五四”初期他最早在《随感录》中塑造的那种把祖传的“红肿之处”看成“艳若桃花”的国粹家，一直排列到“吃西瓜时，也该想到我们的土地象这西瓜一样被割碎”的“左派”英雄。但是，由于篇幅有限，笔者不可能这样做。这里只想列举，在鲁迅所创造的气魄雄大的形象系列中的两种大类型，这就是奴才相和流氓相。这两种社会相类型，不仅是中国半封建半殖民地社会的产物，而且是这个社会中坏的代表。

在“奴才相”的大类型中，我们看到了一系列的小类型，譬如，做主人时是特等的暴君,威力一坠,则以俯首帖耳的奴才自命的“孙皓”;“虽然是狗,又很象猫”的“叭儿狗”;“对于羊显凶兽相,而对于凶兽则显羊相”的“欧化绅士”;“成了一长串,挨挨挤挤,浩浩荡荡,凝着柔顺有余的眼色”,跟定山羊匆匆竞奔前程的“胡羊”;钦差之下,平民之上,对一方面固然必须听命,对别方面还是大可逞雄的“侠之流”;地位正如“皂隶”的“新月社批评家”;为了一点点犒赏,不但安于做奴才,而且还出钱去买做奴才的权利的“堕民”;从油汪汪的处所,揩了一下,于人无损,于揩者有益,并且也不失为损富济贫正道的“揩油者”;“虽被俘虏,犹能为人师,居一切别的俘虏之上”的“儒者”。此外,还有“苍蝇”“丧家的资本家的乏走狗”“欧美的富家奴”“二丑”“西崽”等。

在“流氓相”的大类型中,我们同样看到了一系列的小类型。譬如:“要做事的时候可以援引孔丘墨翟,不做事的时候另外有老聃,要被杀的时候我是关龙逢,要杀人的时候他是少正卯”的“名流”;和尚喝酒他来打,男女通奸他来捉,私娼私贩他来凌辱,乡下人不懂租界章程他来欺侮,社会改革者他来憎恶的奴才式“流氓”;论敌是唯心论者呢,他的立场是唯物论,待到和唯物论相辩论,他却又化为唯心论者的“彻底革命者”;激烈得快,也平和得快,甚至于也颓废得快,要人帮忙的时候用克鲁巴金的互助说,要和人争闹的时候就用达尔文的生存竞争说,没有一定的理论,或主张的变化并无线索可寻,而随时拿了各派的理论来作武器的“流氓”文人;时势变了,而不变其阔,主义改了,而仍不失其骄的政治“奸商”;革命与否以亲之苦乐为转移,从革命阵线上退回来,做点零星的忏悔,而没有做大批的买卖的“革命小贩”;诬人罪名时,只是攒眉摇头,连称“坏极坏极”,却不说出其所谓坏的实例的“捣鬼”家;见贪人就用利诱,见孤愤的就装同情,见倒霉就装慷慨,但见慷慨的又会装悲苦,用欺骗、威吓、溜走三种办法席卷对手东西的“吃白相饭”者;讲革命,彼一时也,讲忠孝,又一时也;跟大喇嘛打圈子,又一时也的“吃革命饭的老英雄”;一面尊孔,一面拜佛,今天信甲,明天信丁的“无持操”者。此外,还有“做戏的虚无党”,发着尸臭的“民族主义文学家”,充当“新药”的英雄吴稚晖;抹杀旧账从新做人有如电报之速的“今之名人”;以及无文文人、捐班派文人学士、文坛登龙术士、商定文豪等等。

在鲁迅杂感中,我们处处都可看到“社会相”的类型形象,除上述的奴才相与流氓相外,我们还可以看到形形色色在别的文学作品中难以见到的特殊形象,如从养卫人体蜕变为蚕食人体组织的“游走细胞”;把捕获的青虫弄得不死不活的残忍而狡猾的凶手“细腰蜂”;自己不造巢不求食,一生的事业专在攻击别的蚂蚁、掠取幼虫的“武士蚁”；还有“君子远庖厨”的道德家，讲“△”小说家的张资平；“忠而获咎”的冯起炎；拔着自己的头发想离开地球的“第三种人”；官的帮闲的“京派”，“商的帮忙”的“海派”；“饱食终日”无所用心的“北人”；“群居终日，言不及义”的“南人”；“翩然一只云中鹤，飞来飞去宰相阁”的“隐士”；盗卖名以欺世的“骗子”；传播谣言而被谣言所杀的“谣言世家子弟”；等等。尤其值得注意的是，鲁迅还常常直接在一篇杂感中或若干篇的杂感中作类型比较。使形象特征更加突出，例如他所塑造的“夏三虫”（跳蚤、蚊子、苍蝇）、“文坛三户”（暴发户、破落户、暴发破落户），对待外国文化的三种类型（徘徊不定的孱头，排斥一切的混蛋，接受一切的废物），对待人生态度不同的多种类型（爬、撞、推、踢等）。鲁迅在评说自己的杂感时说，它“格局虽小，不也描出了或一形象了么？”鲁迅的杂感确实有很强的形象性，他以形象反映社会生活，以形象说明真理，真理诉诸于形象，于是人们不能不承认鲁迅杂感中有着一连串直感理性和理性直感的社会图画，其中充满着直感印象的力量，我们因为这种直感的形象图画而联想到生活中所见到的各种嘴脸，形形色色的社会活姿态，从而产生会心的微笑，心灵的共振，从这种可感的形象中领略到一种审美意趣。

鲁迅的“社会相”类型形象，所以具有浮雕感，就因为这种形象一般都包括融为一体的三种构成元素：（1）外相：外壳形态的某些特征；（2）内相：内在神情的某些特征；（3）相识：作家对形象的主体“识见”（包括主体对“社会相”的感受、评点、解剖、批判等）。神情实际上又可更细致地分为表层神情的“神态”和深层神情的“神髓”。因此，鲁迅杂感中的类型形象，本身包括三个形象层次：形态、神态、神髓。

鲁迅指出谩骂不是战斗，而主张嬉笑怒骂皆成文章，就是说，“骂”的内容与形式也应当是一种艺术。譬如他骂奴才们为“叭儿狗”“丧家的资本家的乏走狗”，就不是一种“漫然的抓了一时”的恶名，而是提挈了某一人群的“全般”的具有审美意义的“社会相”类型形象。一九三〇年左翼作家批判梁实秋时，冯乃超曾怀着战斗热情在《拓荒者》上发表文章，骂梁实秋为“资本家走狗”。梁实秋见了之后马上写文章反驳，说他还不知是哪一个资本家的“走狗”哩！鲁迅为了支援冯乃超的战斗，写了《丧家的资本家的乏走狗》，写完后他笑着对朋友说：“你看，比起乃超来，我真要‘刻薄’得多了”，“可是，对付梁实秋这类人，就得这样。……我帮乃超一手，以助他之不足”。冯乃超的“不足”，就是在战斗中只给了“走狗”的罪名，而未能提挈梁实秋“这类人”的形象的“全般”，因此，“走狗”还停留在一般性的抽象概念，缺乏具体可感性和形象内容，既没有“走狗”的“脸谱”，也没有“走狗”的“心谱”，因此便缺乏美学力量。而鲁迅则用寥寥数语，勾勒了“遇到所有的阔人都驯良，遇见所有的穷人都狂吠，不知道谁是它的主子”的“丧家的乏走狗”形象，捕住梁实秋这种走狗类型的“神髓”，即“丧家”与“乏”两个特征。于是，“丧家的资本家的乏走狗”，对于某一类人来说，就不是一个容易甩掉的恶名，而是一个颠扑不破的诨名。提起这个诨名，人们便为这种“社会相”类型形象的逼似原型而感到可笑，并更深地了解到资本家走狗的奴才性、势利性和其他阶级特性。鲁迅杂感的美学力量，正是寓于这种具体可感的类型形象的创造之中。通过这种美学手段，鲁迅对社会进行无情的批判，便显得十分含蓄，沉着，有力。

鲁迅杂感中的“社会相”类型形象，与小说、戏剧、叙事诗等艺术种类中的典型形象，具有相同点，也有相异点。相同之处是它们都是经过艺术家的概括、加工——经过典型化过程而创造出来的、并具有代表性意义、典型性意义的艺术形象，都反映了特定时代中某些具有普遍性的问题，具有普遍的反省意义和普遍的感染意义，而且都往往有超越时代堤岸的长久性共鸣意义。例如阿Q这个典型形象所表现出来的阿Q精神，以及“吃白相饭”者的半殖民地性的流氓气，在旧中国都是一种普遍性的民族灾难。但是，类型形象与典型形象，又很不相同，两者的异点，主要是：

（1）典型形象，是个体形象，是黑格尔所说的、被马克思主义经典作家所肯定的“这一个”。而——

类型形象，是集合形象，是“这一类”。由这异点而派生出来的重要区别是：

（2）典型形象的代表性主要是通过它的个性概括而得到显示，而——

类型形象的代表性则主要是通过它的类型性概括而得到显示。因此：

（3）典型形象总是具体人物在一个极其强调的环境中，展开它的个性化的性格的历史，命运的历史，行为的历史，情绪的历史，它是一个“纵”的完整形象。

而类型形象则往往没有具体人物，即使有，也仅概括它的某方面的主要特征，而不抒写他们的性格、命运、情绪的历史，因此，它是一个“横”的片断形象。

（录自刘再复：《文学的反思》，人民文学出版社 1986 年版）

▲论《故事新编》的艺术手法

鲁迅的《故事新编·序言》说他在《补天》中写了一个“古衣冠的小丈夫”,“是从认真陷入了油滑的开端。油滑是创作的大敌,我对于自己很不满”。但又说以后各篇也“仍不免有油滑之处,过了十三年,依然并无长进”。这就给我们提出了两个问题:第一是“油滑”的具体内容指什么?第二是它在作品中究竟起什么作用,为什么鲁迅既然对此不满而又历时十三年还在坚持运用?从鲁迅所指出的“古衣冠的小丈夫”看来,它是指虚构的穿插性的喜剧人物;它不一定有古书上的根据,反而是从现实的启发虚构的。因为它带有喜剧性,所以能对现实起到揭露和讽刺的作用;鲁迅认为“喜剧将那无价值的撕破给人看。讥讽又不过是喜剧的变简的一支流”。所谓“油滑”,即指它具有类似戏剧中丑角那样的插科打诨的性质,也即具有喜剧性。在《〈出关〉的“关”》中,鲁迅说他对老子用了“漫画化”的手法,“送他出了关,毫无爱惜”,而并未将老子的“鼻子涂白”。老子是《出关》的主要人物,“漫画化”是一种根据他原来具有的特征加以突出和夸张的写法,是作家进行典型概括时常用的方法,并不属于“油滑”的范围;而如果将“鼻子涂白”则将使老子成为丑角一类的可以调侃和插科打诨的人物,这对历史人物老子显然是不适宜的。但《出关》中也不是没有“鼻子涂白”的人物,被人指为“缺点”的说“来笃话啥西”的账房就是一个,要听老子讲恋爱故事的书记当然也是;他们在作品中只是穿插性的“随意点染”的人物,但在他们身上可以有现代性的词汇和细节,这就是“油滑”的具体内容。鲁迅指出:《故事新编》“除《铸剑》外,都不免油滑”,其实《铸剑》中那个扭住眉间尺衣领,“说被他压坏的贵重的丹田,必须保险,倘若不到八十岁便死掉了,就得抵命”的瘪脸少年,也是穿插进去的喜剧性人物;不过笔墨不多,没有掺入现代性细节而已。这类人物以《理水》中为最多,文化山的学者、考察水利的大员,以及头有疙瘩的下民代表,都属此类;在他们身上出现了许多现代性细节,但都没有直接介入作品的主要人物和主要线索,都是穿插性的。问题不在分量的多寡而在性质,这些喜剧性人物除过与故事整体保持情节和结构上的联系以外,他们都有现实生活的依据,在他们身上可以有现代性的语言和细节。这种如茅盾所说的“将古代和现代错综交融”于一身的特点,就是“油滑”的具体内容。鲁迅的创作态度是严肃的,他认为“油滑是创作的大敌”,而且还批评过别人作品的“油滑”,但鲁迅又说:“严肃地观察或描写一种事物,当然是非常好的。但将眼光放在狭窄的范围内,那就不好了。”严肃和认真是就创作态度说的,如果对创作采取的是油滑的态度,那当然不好,所以说是“创作的大敌”。但作者在观察和描写时使自己视野开阔,敢于做“冲破一切传统思想和手法的闯将”,又是另一回事。鲁迅对于“油滑”的写法,历十三年而未改,并且明白地说“此后也想保持此种油腔滑调”,当然是就这种手法的艺术效果考虑的,而不能理解为他决定要采取不严肃的创作态度。其实当他“止不住”要写一个“古衣冠的小丈夫”时,态度也是严肃的,就是希望在取材于古代的小说中也对现实能起比较直接的作用;但如何能在不损害作品整体和古代人物性格的前提下做到这一点,他正在进行艺术上的新的探索。他不希望别人奉为圭臬,而且深恐它会导致创作态度的不够认真和严肃,这是他所“不满”的主要原因。他说:《故事新编》“都不免油滑,然而有些文人学士,却又不免头痛,此真所谓‘有一利必有一弊’,而又‘有一弊必有一利’也”。难道真的是利弊掺半吗?事实并不如此。鲁迅曾说:“譬如中国人,凡是做文章,总说‘有利然而又有弊’,这最足以代表知识阶级的思想。其实无论什么都是有弊的,就是吃饭也是有弊的,它能滋养我们这方面是有利的;但是一方面使我们消化器官疲乏,那就不好而有弊了。假使做事要面面顾到,那就什么事都不能做了。”我们当然不能说这种“油滑”的作法绝对没有弊,它被人指为“缺点”就是一弊,然而鲁迅所以坚持运用者,就因为这种写法不仅可以对社会现实起揭露和讽刺的作用,而且由于它同故事整体保持联系,也可以引导读者对历史人物作出对比和评价。文学史上不乏这样的例子,某些情节似乎是不真实的,但就作品整体说来,它反而有助于作品的真实性。卢那卡尔斯基曾指出过这一点:“只要它具有很大的、内在的、现实主义的真确性,它在外表上无论怎样不象真实都可以。”他举“漫画笔法”为例说:“用这种人为的情节,不象真实的情节,比用任何其它方法更能鲜明而敏利地说明内在的真实。”就《故事新编》中这些穿插的喜剧性人物来说,由于它是以古人面貌出现的,与故事整体保有一定联系,我们可以设想古代也有这种在精神和性格上类似我们在现实生活中所习见的人物;同时它又可以在某些言行细节中脱离作品所规定的时代环境,使我们可以鲜明地感到它的现实性,使它与作品的主要人物和主要线索保持一定的距离,从而除对现实生活产生讽刺和批判作用以外,还可以使人们易于对历史人物和事件产生理解和作出评价;这就是“油滑”对作品整体所起的作用。当然,这种古今杂糅于一身是会产生矛盾的,但一则它是穿插性的,对整体不会有决定性影响;二则它集中于喜剧性人物身上,而“鼻子涂白”的丑角式的人物本身就是有矛盾的,这是构成喜剧性格的重要因素。捷克学者普实克对《故事新编》这种手法给予了很高的评价,视为开创了世界文学中历史小说的新流派。他说:“鲁迅的作品是一种极为杰出的典范,说明现代美学准则如何丰富了本国文学的传统原则,并产生了一种新的结合体。这种手法在鲁迅以其新的、现代手法处理历史题材的《故事新编》中反映出来。他以冷嘲热讽的幽默笔调剥去了历史人物的传统荣誉,扯掉了浪漫主义历史观加在他们头上的光圈,使他们脚踏实地地回到今天的世界上来。他把事实放在与之不相称的时代背景中去,使之脱离原来的历史环境,以便从新的角度来观察他们。以这种手法写成的历史小说,使鲁迅成为现代世界文学上这种流派的一位大师。”

鲁迅于写毕《非攻》之后,正在酝酿《理水》等篇时,在致萧军、萧红的信中说:“近几时我想看看古书,再来做点什么书,把那些坏种的祖坟刨一下。”鲁迅笔下的这些喜剧性人物的言行,就其实质说来,本来是古今都存在的,其中并非没有相通的地方。鲁迅曾在《又是“古已有之”》一文中,对一些骇人听闻的社会现象从“古已有之”谈到“今尚有之”,又谈到还怕“后仍有之”;又说过从史书中可以“知道我们现在的情形,和那时的何其神似,而现在的昏妄举动,胡涂思想,那时也早已有过,并且都闹糟了”。“总之,读史,就愈可以觉悟中国改革之不可缓了。”他写历史小说和写现代生活题材的小说一样,都是为了“揭出病苦,引起疗救的注意”,目的都是为了改变现实,因此才把不“将古人写得更死”作为创作遵循的原则;而喜剧性人物的出场,即所谓“油滑之处”,却明显地有可以使作品整体“活”起来的效果,有助于使古人获得新的生命。鲁迅曾翻译了日本芥川龙之介的以古代传说为题材的小说《鼻子》和《罗生门》,并介绍其特点说:“他想从含在这些材料里的古人的生活当中,寻出与自己的心情能够贴切的触着的或物,因此那些古代故事经他改作之后,都注进新的生命去,便与现代人生出干系来了。”其实芥川的注入新生命只表现在材料的选择和感受的传达方面,在表现上仍然用的是传统的方法;而鲁迅,为了探索在历史小说中如何将古人写“活”,使作品能更好地为现实服务,他采用了“油滑”的手法,并且一直保持了下去;可见他对这种写法的好处是经过认真思考的。他所考虑的不是它是否符合“文学概论”中关于历史小说的规定,他曾说:“如果艺术之宫里有这么麻烦的禁令,倒不如不进去”;他所思考的是这种写法所带来的艺术效果和社会效果。所谓“有一利必有一弊”,所谓对自己“不满”,主要是指他不愿提倡和让别人模仿这种写法;因为如果处理不当,是很容易影响到创作态度的认真和严肃的。所谓“油滑是创作的大敌”,就在于此。鲁迅希望读者从作品中得到的是“明确的是非与热烈的爱憎”,而不是模仿的帖括或范本。因为这种手法确实是不易学习的,“弊”很可能就出在这上面。茅盾对此深有体会,他一方面说《故事新编》“给我们树立了可贵的楷式”,一方面又说“我们虽能理会,能吟味,却未能学而几及”。他并且对“继承着《故事新编》的‘鲁迅主义’”的作品进行了考察,认为“就现在所见的成绩而言,终未免进退失据,于‘古’既不尽信,于‘今’也失其攻刺之的”。足见鲁迅自称“油滑”是“不长进”,不仅是自谦,而且是有深刻用心的。

(录自王瑶:《鲁迅〈故事新编〉散论》,《中国现代文学史论集》,北京大学出版社 2008 年版)

▲论鲁迅杂文与传统文学之关联

从这里可以说明鲁迅杂文的历史渊源和表现方式的某些特点。在中国文学史上,除了小说戏曲一向被认为“小道”外,最普遍常用的文体形式就是诗和文,因此诗文集是与经、子、史并列的四部之一。文的涵义很广,包括议论、抒情、叙事等各种内容,是作者表达自己思想感情最常用的形式。因此传统之所谓“散文”或“古文”,是在“文”这一大类中与骈文相对待的名词,而不是与诗相对待的名词;像嵇康等人的议论文也正是包括在散文之中的。鲁迅也说过:“骈文后起,唐虞三代是不骈的,称‘平文’为‘古文’便是这意思。由此推开去,如果古者言文真是不分,则称‘白话文’为‘古文’似乎也无所不可。”从这种意义讲,“杂文”正是承继了古典文学中的散文这一形式的发展,特别是承继了魏晋文这一流派的发展的。鲁迅曾说:“我是爱读杂文的一个人,而且知道爱读杂文还不只我一个,因为它‘言之有物’。”这里不只说明了鲁迅从“五四”起就一直坚持运用杂文这一武器的原因,而且同时也说明了鲁迅为什么特别爱好“言之有物”的魏晋文章。

什么是魏晋文章的特色呢?鲁迅以为“总括起来,我们可以说汉末魏初的文章是清峻、通脱。”他又加解释说:“清峻的风格——就是文章要简约严明的意思。”通脱即随便之意。“此种提倡影响到文坛,便产生多量想说什么便说什么的文章,更因思想通脱之后,废除固执,遂能充分容纳异端和外来的思想,故孔教以外的思想源源引入。”这就是说:没有“八股”式的规格教条的束缚,思想比较开朗,个性比较鲜明,而表现又要言不烦,简约严明,富有说服力。鲁迅是非常喜爱“简约严明”的风格的,他曾说他的文章“常招误解”,“可见意在简练,稍一不慎,即易流于晦涩”;足见既“简约”而又“严明”是并不很容易的。无须多说,魏晋文章的这些特色正是鲁迅平日所致力,也是在鲁迅的杂文中得到继承和发展的。在魏晋文人中,鲁迅特别喜爱的是孔融和"竹林七贤"中的阮籍和嵇康的文章,尤其是嵇康。这些人的作品是有共同特点的,鲁迅说竹林七贤"差不多都是反抗旧礼教的。"而刘师培论嵇康的文章就说他"近汉孔融"。鲁迅论陶渊明也说:"陶潜之在晋末,是和孔融于汉末与嵇康于魏末略同,又是将近易代的时候。"当然这也关系到他们的作品精神和艺术风格的渊源和类似。而在鲁迅的杂文中,这些特色更得到了崭新的表现和高度的发展。

我们不妨就某些类似的特色来分析一下。

譬如鲁迅称赞"孔融作文,喜用讥嘲的笔调",但"并不大对别人讥讽,只对曹操。"据冯雪峰同志回忆说鲁迅晚年"曾以孔融的态度和遭遇自比";所谓"遭遇"当然是鲁迅所谓"专喜和曹操捣乱",曹操"借故把他杀了"。而"态度"却正是孔融的不屈的反抗精神,并且是通过他的讥嘲笔调的文章的;从这里可以看出鲁迅与孔融在精神上的共鸣,和他对孔融作品的喜爱。我们不妨抄一段孔融的文章看看:曹操下令禁酒,"令"中引古代贪酒亡败的事例为理由,孔融在《又难曹公制酒禁表》中就说:

> 虽然,徐偃王行仁义而亡,今令不绝仁义。燕哙以让失社稷,今令不禁谦退。鲁因儒损,今令不弃文学。夏商亦以妇人失天下,今令不断婚姻。而将酒独急者,疑但惜谷耳;非以亡王为戒也。

这种风格和表现方法不是和鲁迅杂文很类似吗?鲁迅自己说他的杂文特点是"论时事不留面子,砭锢弊常取类型。"在表现方法上则是"好用反语,每遇辩论,辄不管三七二十一,就迎头一击。"又说:"我自己也知道,在中国,我的笔要算较为尖刻的,说话有时也不留情面。……尤其是用于使麒麟皮下露出马脚。"这些话是可以概括地说明鲁迅杂文的特色的;他擅长于讽刺的手法,常常给黑暗面以尖利的一击;在表现方法上则多用譬喻、反语,使自己的思想能形象地表现出来;因此也常常援引古人古事来说明今人今事,引对方的话来举例反驳,这样不只可以增加读者的亲切感受,而且也特别富有战斗力量。而这些特点的类似状态的存在,在中国文学史上曾经出现过的,例如前面所举的孔融的文章。

其实不只孔融,这些特点在魏晋文章中是相当普遍的。鲁迅特别喜欢嵇康,是和嵇康作品中的那种"非汤武而薄周孔"的坚定的反礼教精神分不开的。嵇康的诗不多,集中大半为议论文;鲁迅说"嵇康的论文,比阮籍更好,思想新颖,往往与古时旧说反对。"又说"嵇康的害处是在发议论。"嵇康自己也说他"刚肠嫉恶,轻肆直言,遇事便发";他的见杀,"罪状和操的杀孔融差不多。”在嵇康的论文中,上面所谈的一些特点也是非常显著的;特别在他与别人辩难的一些文章中,更显得说理透辟,层次井然,富有逻辑性;但那表述方式又多半是通过“据事以类义,援古以证今”的,不只风格简约严明,而且富于诗的气氛。例如著名的《与山巨源绝交书》,在说明不能出仕的理由时就是通过“有必不堪者七,甚不可者二”的“九患”来陈述的,可以当得起传统所谓“众理虽繁,而无倒置之乖;群言虽多,而无棼丝之乱”的说法。又如在《难张叔辽自然好学论》中,那论点即是通过譬喻来展开的,他说张叔辽用的譬喻是“以必然之理,喻未必然之好学”,是“似是而非之论”,下面他就以一连串的譬喻来反驳之,说明自己的论点。鲁迅对这种双方辩难的文字是很感兴趣的,他说:

> 魏的嵇康,所存的集子里还有别人的赠答和论难,晋的阮籍,集里也有伏义的来信,大约都是很古的残本,由后人重编的。《谢宣城集》虽然只剩了前半部,但有他的同僚一同赋咏的诗。我以为这样的集子最好,因为一面看作者的文章,一面又可以见他和别人的关系,他的作品,比之同咏者,高下如何,他为什么要说那些话。

通过彼此间的论辩文章,是更可以体会双方意见的区别和那种“针锋相对”的表现方式的。我们不只从《伪自由书》《准风月谈》等书的附录别人文字的体例中可以看出鲁迅仿照这样的编排法,而且从鲁迅的一些著名的思想论争的文章里,譬如《“硬译”与“文学的阶级性”》等,也看到了类似这种“针锋相对”而简约严明的表现方式。

(录自王瑶:《论鲁迅作品与中国古典文学的历史联系》,《中国现代文学史论集》,北京大学出版社2008年版)

第十八章　散文(二)

【学习提示与述要】

本章介绍第二个十年(1928年—1937年6月)散文。本时期散文从派系上看大抵可以划分为三,即林语堂为代表的幽默闲适小品,左翼作家的"鲁迅风"杂文,以及京派与开明同人的散文。比起前一个时期,艺术探求更加多样,尤其是杂文小品文有长足的发展。其中林语堂和何其芳可作为鉴赏分析的重点。对其他比较重要的散文创作现象与作家,也应有知识性了解。本章第一节介绍林语堂与幽默小品,第二节介绍杂文和其他抒情散文,第三节介绍京派与开明同人的散文,第四节介绍报告文学与游记。

一　林语堂与幽默闲适小品

1. 1930年代前期,以林语堂的《论语》等刊物为核心,文坛上曾风行过幽默小品与闲适小品。因为比较超离现实与主流,以往文学史多持否定性评价。近年林语堂及其所代表的闲适小品重又得到欢迎。对这一文学史现象要有比较宽容而又客观的评析,既指出其"不合时宜(主潮)"的一面,又承认其有独特的审美价值,并拓宽了散文文体探索的路子。首先应了解1930年代前期林语堂主办《论语》《人间世》与《宇宙风》几种刊物的情况,以及幽默闲适文风的成因。对林语堂提倡幽默和闲适的格调文法的典型论点,以及在当时和后来历史条件下所遭受的批评,要有所了解。在此基础上,可举林语堂一些小品文为例子,评析其思想艺术特点,关键是理解其"中西比较"的眼光、知识趣味性,以及"闲话风"这几点。对其幽默写作及双语写作的成就,要基本肯定。评价林语堂,应注意做到既尊重历史,又吸纳当代的视点。

二　左翼作家的"鲁迅风"杂文和风格多样的散文

2. 1930年代鲁迅对左翼作家的散文特别是杂文创作有极大的影响,形成了"鲁迅风"创作倾向。如唐弢、徐懋庸、瞿秋白等等,都是这一路有成就的作家。对此应有知识性的了解,并尽可能将鲁迅对三四十年代杂文的影响贯穿起来考察。

3. 此外,1930 年代擅写散文的作家中还应了解茅盾、萧红、郁达夫、巴金、吴组缃,等等。其中萧红的《商市街》中那些极有才气的作品,和郁达夫一些游记,可作重点鉴赏的美文。散文的鉴赏评论往往着眼于风格,要注意和体味书中这些点评:萧红的小说散文化,散文则是充分诗化的。郁达夫的游记和他小说的那种随意放达不同,更讲求构思、比喻与联想,在将自然美转化为艺术美的过程中,发挥了极高的才气。

三　京派与开明同人的散文

4. 何其芳是本章评析与鉴赏的又一重点。主要了解其《画梦录》的艺术独创性,应抓住“独语”这一关键词,理解其如何作为一种调式和感觉结构,将浸透着感觉汁液的朦胧的意象进行拼贴与组合,组成美丽的心灵感验世界。应了解这种形式追求对于现代散文史的意义,同时也要大致分析何其芳散文创作风格的变迁与得失。此外,对李广田、缪崇群、丽尼、陆蠡以及开明同人丰子恺、夏丏尊等等,也要了解其代表作以及不同的风格。

四　报告文学与游记

5. 要求能大致掌握我国报告文学发生与发展的历史,以及瞿秋白、夏衍、邹韬奋、萧乾、范长江等的报告文学代表作。此外,对 1930 年代国际题材的游记,也应有知识性的了解。

【知识点】

《论语》与《人间世》《宇宙风》三期刊、1930 年代小品热、《太白》与《芒种》杂志、1930 年代“鲁迅风”杂文及其主要作家、《汉园集》、开明书店、夏衍《包身工》、邹韬奋《萍踪寄语》。

【思考题】

1. 试评林语堂的散文观。

此题重在评价林语堂的散文观,但论评应对林语堂的散文观有一个知识性的陈述,了解其“幽默”和“闲适”两个概念的内涵。在评价林氏散文观时,要注意鲁迅等人当年对林语堂的批评,意识到闲适小品不合时宜的历史局限性,另一方面也要注意吸取学术界近年来的观点,对闲适小品的审美价值和林语堂在拓展散文文体空间方面的贡献予以充分肯定,避免把林语堂提倡的闲适小品和左翼杂文之间的差异性特征理解成对立性特征。除《三十年》第十八章第一节外,还可以参考“评论节录”中林语堂《论小品文笔调》,鲁迅《小品文的危机》和蒋心焕、吴秀亮《试论闲适派散文》。注意《三十年》中这段分析:“林语堂提倡幽默,拓展了现代散文的审美疆域,而且作为一种写作姿态,包含有对“道学”与“正统”的叛逆。不过,林语堂的小品尽管有意超离现实,却未能达到他所提倡的涵养性灵的高度,其幽默也往往止于表达的快感,缺乏对现实批判的力度。林语堂在当时和后来能拥有众多读者,很大一部分原因是他作品的可读性,以及融会了东西方的智慧,从学养文化方面另辟一途。”

2. 试评何其芳《画梦录》的艺术特色,并说明其在散文史上的地位。

在《画梦录》中,“独语”既是一种和作家的主体意识密切相关的语调,又是一种独特的组织意象和营造氛围的感觉结构方式。理解《画梦录》的艺术特色,应抓住“独语”这一关键词,从上述两个方面展开。对《画梦录》在散文史上的地位,应从其自觉地把散文当作一种有别于小说和诗歌艺术的形式来对待的文体意识入手,说明其在当时散文创作日益走向“叙事化”和“说理化”的历史情境中的独特意义。参考《三十年》第十八章第三节。

在此基础上,还可以在纵向的历史发展脉络中,进一步论述《画梦录》与现代文学史上的其他“独语”式散文之间的联系。这方面的内容,属于深入思考的范围,对一般初学者不做要求,可参看王兆胜《中国现代“诗的散文”发展及其嬗变》(《中国文学研究》2000 年第 4 期)。

3. 写一篇鉴赏郁达夫《故都的秋》(或《钓台的春昼》)的短文。

此题意在引导学生认真阅读作品,养成文学鉴赏力和表达能力,以及一般的评论能力。写作鉴赏文字,关键是熟读作品,从自己对作品的审美感受和印象出发,写出真正属于自己的感悟和体验,不要套用现成的作品分析模式,面面俱到。温儒敏主编的《郁达夫名作欣赏》(中国和平出版社 1998 年版)可作参考。训练评论写作能力需要多动笔,类似的短文,还可以另选萧红、何其芳、林语堂等人的作品为鉴赏对象,写下自己的阅读感受和评价。

4. 结合具体作品,分析林语堂的闲适散文与何其芳“独语”散文的不同艺术特色。

林语堂代表的闲适散文,何其芳代表的“独语”散文,鲁迅代表的社会批判杂文,是 1930 年代三大散文潮流,现代文学界过去对社会批判杂文比较重视,对闲适散文和“独语”散文的研究则相对较为薄弱。最近十多年来，这种状况有了根本性改变，闲适散文和“独语”散文的文体艺术特征得到了比较充分的阐释。这道题的目标就是引导高年级同学接触近年来的研究成果，把具体的文本分析和对1930年代散文总体状况的把握结合起来，在对比分析中加深对闲适散文与“独语”散文艺术特征的理解和感受。应尽量结合具体的文本分析来掌握闲适散文和“独语”散文各自的艺术特征，避免用抽象的概括总结。本题除参考“评论节录”的有关内容之外，还可参阅余凌《论中国现代散文的“闲话”和“独语”》（《文学评论》1992年第2期）一文，也可以参考温儒敏等著《中国现当代文学学科概要》第十五章，根据其介绍的研究状况和论文索引，找相关文章阅读。

【必读作品与文献】

郁达夫：《故都的秋》《钓台的春昼》
何其芳：《独语》《画梦录》
李广田：《回声》
林语堂：《方巾气研究》
萧　红：《过夜》
吴伯箫：《夜读》

【评论节录】

朱自清：《论现代中国的小品散文》
林语堂：《论小品文笔调》
鲁　迅：《小品文的危机》
李健吾：《李健吾批评文集》
钱理群：《名作重读》
唐　湜：《人似屏中行》
蒋心焕、吴秀亮：《试论闲适派散文》
杜丽莉：《论〈画梦录〉》
谢友祥：《论林语堂的闲谈散文》

▲朱自清论现代小品散文

胡适之先生在一九二二年三月，写了一篇《五十年来中国之文学》；篇末论到白话文学的成绩，第三项说：

> 白话散文很进步了。长篇议论文的进步，那是显而易见的，可以不

论。这几年来，散文方面最可注意的发展，乃是周作人等提倡的“小品散文”。这一类的作品，用平淡的谈话，包藏着深刻的意味；有时很象笨拙，其实却是滑稽。这一类作品的成功，就可彻底打破那“美文不能用白话”的迷信了。

胡先生共举了四项。第一项白话诗，他说“可以算是上了成功的路了”；第二项短篇小说，他说“也渐渐的成立了”；第四项戏剧与长篇小说，他说“成绩最坏”。他没有说哪一种成绩最好；但从语气上看，小品散文的至少不比白话诗和短篇小说的坏。现在是六年以后了，情形已是不同：白话诗虽也有多少的进展，如采用西洋诗的格律，但是太迂缓了；文坛上对于它，已迥非先前的热闹可比。胡先生那时预言，“十年之内的中国诗界，定有大放光明的一个时期”；现在看看，似乎丝毫没有把握。短篇小说的情形，比前为好，长篇差不多和从前一样。戏剧的演作两面，却已有可注意的成绩，这令人高兴。最发达的，要算是小品散文。三四年来风起云涌的种种刊物，都有意地发表了许多散文，近一年这种刊物更多。各书店出的散文集也不少。《东方杂志》从二十二卷（1925）起，增辟“新语林”一栏，也载有许多小品散文。夏丏尊刘薰宇两先生编的《文章作法》，于记事文、叙事文、说明文、议论文而外，有小品文的专章。去年《小说月报》的“创作号”（七号）也特辟小品一栏。小品散文，于是乎极一时之盛。“东亚病夫”在今年三月《复胡适的信》（《真美善》一卷十二号）里，论这几年文学的成绩说：“第一是小品文字，含讽刺的、析心理的、写自然的，往往着墨不多，而余味曲包。第二是短篇小说，……第三是诗，……”这个观察大致不错。

……我们知道，中国文学向来大抵以散文学为正宗；散文的发达，正是顺势。而小品散文的体制，旧来的散文学里也尽有；只精神面目，颇不相同罢了。试以姚鼐的十三类为准，如序跋、书牍、赠序、传状、碑志、杂记、哀祭七类中，都有许多小品文字；陈天定选的《古今小品》，甚至将诏令、箴铭列入，那就未免太广泛了。我说历史的原因，只是历史的背景之意，并非指出现代散文的源头所在。胡先生说，周先生等提倡的小品散文，“可以打破‘美文不能用白话’的迷信”。他说的那种“迷信”的正面，自然是“美文只能用文言了”；这也就是说，美文古已有之，只周先生等才提倡用白话去做罢了。周先生自己在《杂拌儿》序里说：

……明代的文艺美术比较地稍有活气，文学上颇有革新的气象，公安派的人能够无视古文的正统，以抒情的态度作一切的文章，虽然后代批评家贬斥他为浅率空疏，实际却是真实的个性的表现，其价值在竟陵派之上。以前的文人对于著作的态度，可以说是二元的，而他们则是一元的，在这一点上与现代写文章的人正是一致，……以前的人以为文是"以载道"的东西，但此外另有一种文章却是可以写了来消遣的；现在则又把它统一了，去写或读可以说是本于消遣，但同时也就传了道了，或是闻了道。……这也可以说是与明代的新文学家的意思相差不远的。在这个情形之下，现代的文学——现在只就散文说——与明代的有些相象，正是不足怪的，虽然并没有去模仿，或者也还很少有人去读明文，又因时代的关系在文字上很有欧化的地方，思想上也自然要比四百年前有了明显的改变。

这一节话论现代散文的历史背景，颇为扼要，且极明通。明朝那些名士派的文章，在历来的散文学里，确是最与现代散文相近的。但我们得知道，现代散文所受的直接的影响，还是外国的影响；这一层周先生不曾明说。我们看，周先生自己的书，如《泽泻集》等，里面的文章，无论从思想说，从表现说，岂是那些名士派的文章里找得出的？——至多"情趣"有一些相似罢了。我宁可说，他所受的"外国的影响"比中国的多。而其余的作家，外国的影响有时还要多些，象鲁迅先生、徐志摩先生。历史的背景只指给我们一个趋势，详细节目，原要由各人自定；所以说了外国的影响，历史的背景并不因此抹杀的。但你要问，散文既有那样历史的优势，为什么新文学的初期，倒是诗、短篇小说和戏剧盛行呢？我想那也许是一种反动。

分别文学的体制，而论其价值的高下，例如亚里士多德在《诗学》里所做的，那是一件批评的大业，包孕着种种议论和冲突；浅学的我，不敢赞一辞。我只觉得体制的分别有时虽然很难确定，但从一般见地说，各体实在有着个别的特性；这种特性有着不同的价值。抒情的散文和纯文学的诗、小说、戏剧相比，便可见出这种分别。我们可以说，前者是自由些，后者是谨严些；诗的字句、音节，小说的描写、结构，戏剧的剪裁与对话，都有种种规律（广义的，不限于古典派的），必须精心结撰，方能有成。散文就不同了，选材与表现，比较可随便些；所谓"闲话"，在一种意义里，便是它的很好的诠释。它不能算作纯艺术品，与诗、小说、戏剧，有高下之别。但对于"懒惰"与"欲速"的人，它确是一种较为相宜的体制。这便是它的发达的另一原因了。我以为真正的文学发展，还当从纯文学下手，单有散文学是不够的；所以说，现在的现象是不健全的。——希望这只是暂时的过渡期，不久纯文学便会重新发展起来；至少和散文学一样！但就散文论散文，这三四年的发展确是绚烂极了：有种种的样式，种种的流派，表现着、批评着、解释着人生的各面，迁流曼衍，日新月异：有中国名士风，有外国绅士风，有隐士，有叛徒，在思想上是如此。或描写，或讽刺，或委曲，或缜密，或劲健，或绮丽，或洗炼，或流动，或含蓄，在表现上是如此。

（录自朱自清：《论现代中国的小品散文》，收入俞元桂编《中国现代散文理论》，广西人民出版社 1983 年版）

▲林语堂论小品文笔调

文本无一定体裁，与书法同。或称人曰，某书法学赵学苏，皆是骂人的话。所谓书法之体者，皆个人之体而已，盖不熔炼前人，自成一家，即不成书法。若与前人悉同，曰摹曰拟可耳。为文亦然。惟自客观立场研究文学，比互参校，乃可辨出异同，而于异同之间，分出门类。文选所分，如赋，论，表，檄等，系就其内容言之，非赋论表檄各有不同笔法也。西洋分文为叙事，描景，说理，辩论四种，亦系以内容而言，亦非叙事与描景各有不同笔法。惟另有一分法，即以笔调为主，如西人在散文中分小品文（familiar essay）与学理文（treatise）是也。古人亦有“文”“笔”之分，然实与此不同。大体上小品文闲适，学理文庄严，小品文下笔随意，学理文起伏分明，小品文不妨夹入遐想及常谈琐碎，学理文则为题材所限，不敢越雷池一步。此中分别，在中文可谓之“言志派”与“载道派”，亦可谓之“赤也派”与“点也派”，言志文系主观的，个人的，所言系个人思感，载道文系客观的，非个人的，所述系“天经地义”，故西人称小品文笔调为“个人笔调”（personal style），又称之为 familiar style。后者颇不易译，余前译为“闲适笔调”，约略得之，亦可译为“闲谈体”，“娓语体”，盖此种文字，认读者为“亲熟的”（familiar）故交，作文时略如良朋话旧，私房娓语。此种笔调，笔墨上极轻松，真情易于流露，或者谈得畅快忘形，出辞乖戾，达到如西文所谓“衣不钮扣之心境”（unbuttoned moods），略乖新生活条件，然疵瑕俱存，好恶皆见，而作者与读者之间，却易融洽，冷冷清清，宽适许多，不似太守冠帽膜拜恭读上谕一般样式。且无形式，文之中心由内容而移至格调，此种文之佳者，不论所谈何物，皆自有其吸人之媚态。今日西洋论文，此种个人笔调已侵入社论及通常时论范围，尺牍演讲，日记，更无论矣。除政社宣言，商人合同，及科学考据论文之外，几无不夹入个人笔调，而凡足称为“文学”之作品，亦大都用个人娓语笔调。故可谓个人笔调，即系西洋现代文学之散文笔调。若 Lytton Strachey 以此笔调，起传记文学之革命，称为现代传记文学宗师，亦仅如此关系而已。若美

国 *Time* 周刊，以小品笔调记时事，亲切而有意味，博得社会欢迎，亦仅此关系而已。盖现代人心思灵巧，不以此种笔调，不能充量表其思感，亦不能将传记中人物个性，充量描写出来。此理甚易见得。试将袁子才之《祭妹文》与归有光之《先妣事略》文相比，便可看出两种文体传情达意之力量相去如霄壤之别。归所叙为其先妣事略，为他人之先妣事略亦未尝不可，惟袁子才之祭妹则断断非袁妹不可。归有光那样矜持，无论文胜于情，即使情胜于文，亦客观之情而已，何能如子才放声大哭，一字一泪乎？所以说来，亦只是古典派与浪漫派之不同而已。若侯朝宗与李香君一段哀艳之情，写来只有四百八十五字之《李姬传》，全将个人伤感隐伏起来，矜持至此，真气煞人也。惟在古典派批评家看来，此正侯公子之文学工夫，可见古今观点实在不同。——在白话刊物中举例，则现代评论与语丝文体之别，亦甚显然易辨。虽然现代评论派看来比语丝派多正人君子，关心世道，而语丝派多说苍蝇，然能“不说别人的话”已经难得，而其陶炼性情处反深，两派文不同，故行亦不同，明眼人自会辨别也。语丝之文，人多以小品文称之，实系现代小品文，与古人小摆设式之茶经酒谱之所谓“小品”，自复不同。余所谓小品文，即系指此。且现代小品文亦与古时笔记小说不同。古人或有嫉廊庙而退居以“小”自居者，所记类皆笔谈漫录野老谈天之属，避经世文章而言也。乃因经济文章，禁忌甚多，蹈常袭故，谈不出什么大道理来，笔记文学反成为中国文学著作上之一大潮流。今之所谓小品文者，恶朝贵气与古人笔记相同，而小品文之范围，却已放大许多，用途体裁，亦已随之而变，非复拾前人笔记形式，便可自足。盖诚所谓“宇宙之大，苍蝇之微”，无一不可入我范围矣。此种小品文，可以说理，可以抒情，可以描绘人物，可以评论时事，凡方寸中一种心境，一点佳意，一股牢骚，一把幽情，皆可听其由笔端流露出来，是之谓现代散文之技巧。故余意在现代散文中发扬此种文体，使其侵入通常议论文及报端社论之类，乃笔调上之一种解放，与白话文言之争为文字上一种解放，同有意义也。余意若郑元勋《文娱》，刘世镂《古今文致》，陈继儒《古文品外录》等明人所选“外道”文章，内中亦大有佳品，差足见出“小品文”之用途范围非笔记偶谈漫钞丛录等尽之也。

《人间世》以专登小品为宗旨，所以关于小品之解释，必影响于来稿之性质，而又必限制本刊之个性。在此本刊个性尚在形成期间，似应把小品范围认清。余意此地所谓小品，仅系一种笔调而已。理想中之《人间世》，似乎是一种刊物，专提倡此种娓语笔调，听人使用此种笔调，去论人世间之一切，或抒发见解，切磋学问，或记述思感，描绘人情，无所不可，且必能解放小品笔调之范围,使谈情说理,皆足当之,方有意义。本刊之意义,只此而已,即同于论语中所云,“集健谈好友几人,半月一次,密室闲谈”,至谈话内容与题材只看各位旨趣之高下耳。宇宙之大,万象之繁,岂乏谈话材料。或谈古书,相与勖励,而合于“相与观所尚,时还读我书”之意。或谈现代人生,在东西文化接触,中国思想剧变之时,对于种种人生心灵上问题,加以研究,即是牛毛细一样题目,亦必穷其究竟,不使放过。非小品文刊物所弃而不谈者,我必谈之,或正经文章之廓大虚空题目,我反不谈。场面似不如大品文章好看,而其入人处反深。须知牛毛细问题辨得清,则方寸灵明未乱,国家大事亦容易辨得是非来。诗书养性,正在此等功夫,世人不察也。其与非小品文刊物,所不同者,在取较闲适之笔调语出性灵,无拘无碍而已。若非有感而作,陈言滥调,概弃不录。至于笔调,或平淡,或奇峭,或清新,或放傲,各依性灵天赋,不必勉强。惟各篇能谈出味道来,便是佳作。味愈醇,文愈熟,愈可贵。但倘有酸辣辣如里老骂座者,亦在不弃之列。因论小品文笔调,想及本刊,附书数语于此。

(录自林语堂:《论小品文笔调》,收入俞元桂编《中国现代散文理论》,广西人民出版社 1986 年版)

▲鲁迅谈小品文的危机

然而就是在所谓“太平盛世”罢,这“小摆设”原也不是什么重要的物品。在方寸的象牙板上刻一篇《兰亭序》,至今还有“艺术品”之称,但倘将这挂在万里长城的墙头,或供在云冈的丈八佛像的脚下,他就渺小得看不见了,即使热心者竭力指点,也不过令观者生一种滑稽之感。何况在风沙扑面,狼虎成群的时候,谁还有许多闲工夫,来赏玩琥珀扇坠,翡翠戒指呢?他们即使要悦目,所要的也是耸立于风沙中的大建筑,要坚固而伟大,不必怎样精;即使要满意,所要的也是匕首和投枪,要锋利而切实,用不着什么雅。

美术上的“小摆设”的要求,这幻梦是已经破掉了,那日报上的文章的作者,就直觉的地知道。然而对于文学上的“小摆设”——“小品文”的要求,却正在越加旺盛起来,要求者以为可以靠着低诉或微吟,将粗犷的人心,磨得渐渐的平滑。这就是想别人一心看着《六朝文挈》,而忘记了自己是抱在黄河决口之后,淹得仅仅露出水面的树梢头。

但这时却只用得着挣扎和战斗。

而小品文的生存,也只仗着挣扎和战斗的。晋朝的清言,早和它的朝代一同消歇了。唐末诗风衰落,而小品放了光辉。但罗隐的《谗书》,几乎全部是抗争和愤激之谈;皮日休和陆龟蒙自以为隐士,别人也称之为隐士,而看他们在《皮子文薮》和《笠泽丛书》中的小品文,并没有忘记天下,正是一塌糊涂的泥塘里的光彩和锋芒。明末的小品虽然比较的颓放,却并非全是吟风弄月,其中有不平,有讽刺,有攻击,有破坏。这种作风,也触着了满洲君臣的心病,费去许多助虐的武将的刀锋,帮闲的文臣的笔锋,直到乾隆年间,这才压制下去了。以后呢,就来了"小摆设"。

"小摆设"当然不会有大发展。到五四运动的时候,才又来了一个展开,散文小品的成功,几乎在小说戏曲和诗歌之上。这之中,自然含着挣扎和战斗,但因为常常取法于英国的随笔(Essay),所以也带一点幽默和雍容;写法也有漂亮和缜密的,这是为了对于旧文学的示威,在表示旧文学之自以为特长者,白话文学也并非做不到。以后的路,本来明明是更分明的挣扎和战斗,因为这原是萌芽于"文学革命"以至"思想革命"的。但现在的趋势,却在特别提倡那和旧文章相合之点,雍容,漂亮,缜密,就是要它成为"小摆设",供雅人的摩挲,并且想青年摩挲了这"小摆设",由粗暴而变为风雅了。

然而现在已经更没有书桌;鸦片虽然已经公卖,烟具是禁止的,吸起来还是十分不容易。想在战地或灾区里的人们来鉴赏罢——谁都知道是更奇怪的幻梦。这种小品,上海虽正在盛行,茶话酒谈,遍满小报的摊子上,但其实是正如烟花女子,已经不能在弄堂里拉扯她的生意,只好涂脂抹粉,在夜里躄到马路上来了。

小品文就这样的走到了危机。但我所谓危机,也如医学上的所谓"极期"(Krisis)一般,是生死的分歧,能一直得到死亡,也能由此至于恢复。麻醉性的作品,是将与麻醉者和被麻醉者同归于尽的。生存的小品文,必须是匕首,是投枪,能和读者一同杀出一条生存的血路的东西;但自然,它也能给人愉快和休息,然而这并不是"小摆设",更不是抚慰和麻痹,它给人的愉快和休息是休养,是劳作和战斗之前的准备。

(录自鲁迅:《小品文的危机》,《鲁迅全集》第4卷,人民文学出版社1981年版)

▲李健吾评《画梦录》

何其芳先生或许没有经过艰巨的挣扎,可是就文论文,虽说属于新近,我们得承认他是一位自觉的艺术家。

他最近在《大公报》发表了一篇《论梦中的道路》,剖析自己。我欢喜他这里诚实的表白,公正的内省和谦挹的态度。我们人人需要这种自省,然而人人不见其无私。趁我正在唠叨,我希望读者寻来做个指导,免得随我走入歧途。是的,这是一个自觉的艺术家。他自觉,他知道进益。一位朋友同我讲,何其芳先生的《燕泥集》,“第一辑除《花环》外,大都细腻而仿佛有点凝滞”,第二辑便精彩多了。同样情形是《画梦录》的前四篇。这正是他和废名先生另一个不同的地方。废名先生先淡后浓,脱离形象而沉湎于抽象。他无形中牺牲掉他高超的描绘的笔致。何其芳先生,正相反,先浓后淡,渐渐走上平康的大道。和废名先生一样,他说“我从陈旧的诗文里选择着一些可以重新燃烧的字,使用着一些可以引起新的联想的典故”。不和废名先生一样,他感到:“有时我厌弃自己的精致。”让我们重复一遍,他厌弃自己的精致。因为这种精致,当我们往坏处想只是颓废主义的一个变相。精致到了浓得化不开,到了颜色抹得分不清颜色,这不复是精致,而是偏斜。精致是一种工夫,也是一种爱好;然而艺术,大公无私,却更钟情分寸。无论精致粗糙,艺术要的只是正好。这不容易;艺术的史例缺乏的也多是正好。

他要一切听命,而自己不为所用。他不是那类寒士,得到一个情境,一个比喻,一个意象,便如众星捧月,视同瑰宝。他把若干情境揉在一起,仿佛万盏明灯,交相映辉;又象河曲,群流汇注,荡漾回环;又象西岳华山,峰峦叠起,但见神往,不觉险巇。他用一切来装潢,然而一紫一金,无不带有他情感的图记。这恰似一块浮雕,光影匀停,凹凸得宜,由他的智慧安排成功一种特殊的境界。

他有的是姿态。和一个自然美好的淑女一样,姿态有时属于多余。但是,这年轻的画梦人,拨开纷披的一切,从谐和的错综寻出他全幅的主调,这正是象他这样的散文家,会有句句容人深思的对话,却那样不切说话人的环境身分和语气。他替他们想出这些话来,叫人感到和读《圣经》一样,全由他一人出口。此其我们入魔而不自知,因为他如彼自觉,而又如此自私,我们不由滑上他“梦中道路的迷离”。

所有他的对话,犹如《桥》里废名先生的对话,都是美丽的独语,正如作者自道:

> 温柔的独语,悲哀的独语,或者狂暴的独语。黑色的门紧闭着:一个永远期待的灵魂死在门内,一个永远找寻的灵魂死在门外。每一个灵魂是一个世界,没有窗户。而可爱的灵魂都是倔强的独语者。

最寂寞的人往往是最倔强的人。有的忍不住寂寞,投到人海寻话说,有的把寂寞看作安全,筑好篱笆供他的伟大徘徊。哈姆雷特就爱独语,所有莎士比亚重要的人物全是了不得的独语者。寂寞是他们的智慧;于是上天惩罚这群自私的人,缩小他们的手脚,放大他们的脑壳,而这群人:顶着一个过大的脑壳，好象患了一种大头瓮的怪病，只能思维，只好思维，永久思维。

说到临了，何其芳先生仍是哲学士。然而这沉默的观察者，生来具有一双艺术家的眼睛，会把无色看成有色，无形看成有形，抽象看成具体，他那句形容儿童的话很可以用来形容他自己："寂寞的小孩子常有美丽的想象。"这想象也许不关实际，然而同样建在正常的人生上面。他把人生里戏剧成分（也就是那动作，情节，浮面，热闹的部分）删去，用一种魔术士的手法，让我们来感味那永在的真理，那赤裸裸的人生和本质。

我所不能原谅于四十岁人的，我却同情年轻人。人人全要伤感一次，好象出天花，来得越早，去得越快，也越方便。这些年轻人把宇宙看得那样小，人事经得又那样少，刚往成年一迈步，就觉得遗失了他们自来生命所珍贵的一切，眼前变成一片模糊，正如何其芳先生所咏：

> 我昔自以为有一片乐土，

而今日每一个年轻人都有点儿偏，何其芳先生大可不必杞忧。但是及早悬崖勒马，在他创作的生命上，或将是一个无比的心理修正。然而他更是一个艺术家。他告诉我们："对于人生我动心的不过是它的表现。"这几乎是所有纯艺术家采取的欣赏态度。所以他会继续讲："但我现在要称赞的是这个比喻的纯粹的表现，与它的含义无关。"最近他往细里诠释道：

> 我是一个没有是非之见的人，判断一切事物，我说我喜欢或者我不喜欢。世俗所嫉恶的角色，有些人扮演起来很是精彩，我不禁伫足而倾心。颜色美好的花更需要一个美好的姿态。
>
> 对于文章亦然。有时一个比喻，一个典故会突然引起我注意，至于它的含义则反与我的欣喜无关。

没有是非之见，却不就是客观。他的喜爱或者冷澹是他的取舍所由出。而所爱所冷，我们不妨说，经耳目摄来，不上头脑，一直下到心田。想想何其芳先生是一位哲学士，我们会更惊叹他艺术的禀赋。没有文章比他的更少浅显的逻辑，也没有文章更富美好的姿态。读过《画梦录》，我们会完全接受他的自白：

> 我不是从一个概念的闪动去寻找它的形体，浮现在我心灵里原来就是一些颜色，一些图案。

还有比这更能表示他是一个艺术家，而且，说干脆些，一个画家的？我并非讨论他的见解，而是根据了他的见解，往深里体会他的造诣。但是，当一个艺术家是一个艺术家，虽则他想把他的梦"细细的描画出来"，实际他不仅是一个画家。而音乐家，雕刻家，都锁进他文字的连缀，让我们感到他无往不可的笔尖，或者活跃的灵魂。而这活跃的灵魂，又那样四平八稳，虽说浮在情感之流上面，绝少迷失方向彷徨无归的杌陧。风波再大，航线再曲折他会笔直奔了去，终于寻到他的处女地，好象驶着一条最短的直线，浴着日暖风和的阳光。

不过，何其芳先生更是一位诗人。我爱他那首《花环》，除去"珠泪"那一行未能免俗之外，仿佛前清朝帽上亮晶晶的一颗大红宝石，比起项下一圈细碎的珍珠（我是说《画梦录》里的那篇《墓》）还要夺目。同样是《柏林》，读来启人哀思。他缺乏卞之琳先生的现代性，缺乏李广田先生的朴实，而气质上，却更其纯粹，更是诗的，更其近于十九世纪初叶。也就是这种诗人的气质，让我们读到他的散文，往往沉入多情的梦想。我们会忘记他是一个自觉的艺术家。

> 但沉默地不休止地挥着斧
> 雕琢自己的理想。
> 在我带异乡尘土的足下，可悲泣的小。

同样缅怀故乡童年，他和他的伴侣并不相似。李广田先生在叙述，何其芳先生在感味。叙述者把人生照实写出，感味者别有特殊的会意。同在铺展一个故事，何其芳先生多给我们一种哲学的解释。但是，我们得佩服他的聪明。他避免抽象的牢骚，也绝少把悲哀直然裸露。他用比喻见出他的才分，他用技巧或者看法烘焙一种奇异的情调，和故事进行同样自然，而这种情调，不浅不俗，恰巧完成悲哀的感觉。是过去和距离形成他的憧憬，是艺术的手腕调理他的观察和世界，让我们致敬这文章能手，让我们希望他扩展他的宇宙。

（录自李健吾：《李健吾批评文集》，珠海出版社 1998 年版）

▲品赏《故都的秋》

"秋味"无疑是郁达夫这篇《故都的秋》里的"关键词"；从开章第一段即提出"故都的秋味"，以后各段里不断地重复（强调）："秋的味"，秋雨"下得有味"，文人写得"有味"，"秋的深味"，秋的"回味"……，一气贯到底，确实让人"回味"无穷。

这本身即是郁达夫的发现与独特体验：古今中外文人多有写"秋声""秋色"的，写"秋味"即使不是"绝无"、也是"少见"的。而"味"是需要

“品”的，或者如郁达夫在文章开头所点明：“秋味”是要“饱尝”“赏玩”的。对待生活、大自然这样有滋有味地品尝、欣赏，正是“北京（故都）文化”的特色——研究者早已指出：“典型的北京人是知味者，如北京人那样对待味，则是文化，出于教养。人人都在生活；不但生活着，而且在生活中咀嚼、品味这生活的，或是更有自觉意识的人”（参看赵园：《北京：城与人》，上海人民出版社）。如果说北京市民的这种将生活（自然）艺术化的鉴赏态度，是一种文化积淀的不自觉的流露，那么，郁达夫，作为一个曾居住于北京，深知其“味”的文化人，他以“北京人”的眼光看（体验）北京的秋天，自觉地从中寻求审美满足，并诉诸文字，他就成了真正的“北京文化”（在他的笔下，“北京人”对待自然，生活的品尝已经成为一种“文化”）的欣赏者与表现者。——这篇《故都的秋》的意义正在于此。

该从哪里去发现、欣赏、描述这“故都的秋”？现成的答案是到“故都”丰富的历史文物古迹中去寻找——郁达夫也真的写到了“陶然亭的芦花，钓鱼台的柳影，西山的虫唱，玉泉的夜月，潭柘寺的钟声”，但却只是一笔带过；这是因为，这些“旅游胜地”仅是历史留下的外在印痕，象征，恰恰是“外来人”最易注目与把握的，而渗透于骨髓里的传统神韵，却存在于北京普通老百姓的日常生活中。在世俗生活中寻求享用“美”（“美”的人生，“美”的文化）——这才是真正的“北京人”的眼光。

于是，郁达夫引导我们“租人家一椽破屋来住着，早晨起来，泡一碗浓茶，向院子一坐”——仅这“破屋”“清晨”“浓茶”“深院”，就足以把你带入北京所特有的优闲、自如，而又有一点落寞的“意境”“姿态”与氛围之中。然后，指点您“看”“很高很高的碧绿的天色”，“听”“青天下驯鸽的飞声”；“细数”从槐树片“一丝一丝漏下来的日光”，“静对”“破壁腰中”，“像喇叭似的牵牛花的蓝朵”。然后，再和您一起絮絮地闲扯：牵牛花以哪种色彩最好：蓝色，白色，紫黑，还是淡红；又想象如果在牵牛花底再“长着几根疏疏落落的尖细且长的秋草，使作陪衬”，那该是怎样一番情景（与情意）。——如此精细的审美眼光，又是这般悠静的审美心理，自然，生活，连同人自身，都充分地美化、艺术化了。您大概咂摸出一点“秋味”儿，“感觉到十分的秋意”了吧？

再欣赏一回“北国的槐树”这“秋来的点缀”，怎么样？——郁达夫又带着我们开始新的，也是更深的审美体验：面对满地落蕊，视觉似乎已经无力（“像花而不是花”），音感、嗅觉也无从把握（“声音也没有，气味也没有”），只能通过“一点点极微细极柔软的触觉”，来感受那其中的美，让您感到十分满足，又有些朦胧，而说不清楚，是不是？有着极其敏锐的审美力的郁达夫又指引您注意那“扫街的在树影下一阵扫后，灰土上留下来的一条条扫帚的丝纹”，您凝神默对，许久才恍然领悟到一种“既觉得细腻，又觉得清闲，潜意识下并且还觉得有点儿落寞”的“味儿”。郁达夫这才告诉您：“古人所说的梧桐一叶而天下知秋的遥想，大约也就在这些深沉的地方”，这正是点题之笔：所谓“秋味”，所谓“故都”的“秋味”，就是这细腻、清闲与落寞、深沉的互为显、隐，表、里。

接着，郁达夫又指引您听“秋蝉的衰弱的残声”的“啼唱”，告诉您“秋蝉”之“在北平”，就和蟋蟀、耗子一样，像是“家家户户都养在家里的家虫”，一个“养”字道尽了其中的闲适、亲切，却又隐隐有着说不出的凄寂。说起“秋雨”，而且是“北方的秋雨”，郁达夫又似乎别有感受，一说它“下得奇”，二说它“下得有味”，三说它“下得像样”有派儿，仿佛“人”也似的从容，洒脱。于是，在一阵“秋雨”过去，云散、天青、太阳露脸之时，“北京人”终于款款而出。请注意，在此之前，只有“秋景”，或者说“人”隐没于、渗透于“秋景”之中，现在“人”从“景”中走了出来，更会有一番光景。且看郁达夫怎样描述、鉴赏“故都”的“秋味”的真正品尝者“北京人”。他首先着力渲染一个“闲”字：身份的“闲”，是十足的“都市闲人”；“穿着很厚的青布单衣或夹袄”，一副“闲散”的模样；“咬着烟管，在雨后的斜桥影里，上桥头树底去一立”：姿态、神情，是这般闲适、潇洒、帅气。然后又抓住北京人特有的“说话的艺术”大作文章，一如研究者所说，“‘说’这种行为曾经是包括王公贵族和里巷小民在内的北京人的重要消闲方式，以至聊天（‘海聊’，‘神聊’，‘神吹海哨’，‘砍大山’等等）的北京人，与提笼架鸟的北京人一样，竟也成为北京人的典型姿态，易于识辨的特殊标记”（赵园：《北京：城与人》）。郁达夫抓住这一点，正表明他对“北京文化”的深切理解。而他对北京人“说话艺术”的具体把握也是十分准确，抓住了要点的：他强调北京人说话的“声调”，“平平仄仄”的音乐性，以及其间的“韵味”（那“念得很高，拖得很长”的一声“了”字是何等的“有味儿”！）并由这说话的“腔调儿”推知（感知）其情态心境的“悠闲”，又从那“熟人”间“微叹着互答着”的说话神态里体味北京人人际关系的和谐，随意，谦恭，以至于在这种有腔有调“闲聊”（“唉，天可真凉了——”，“可不是么？一层秋雨一层凉啦！”）中，突出的是一种情感、心绪的交流，言语的语义功能反而不那么重要，也就是说，人们说话目的在于沟通心灵，甚至什么目的也没有，仅在于一种语言的享受：自我（彼此）陶醉于那说话的腔调、韵味之中。而这腔调、韵味，如前所说，是能够唤起并沉醉于一种既悠闲(清闲)又落寞的感觉的——这时候,大自然季节、景物("秋")的"味儿",人的主观心绪的"味儿",以及这"说话"的腔调的"味儿",已经融为一体,"三合一"了。

文章到此已经把"故都"的"秋味"写足,以后再叙北京的"果树",以至与世界文人笔下的"秋"的同与异,与"南国之秋"相比下的"特异"等等,都只是"余墨",一种境界的扩展,我们也无须多说了吧。还是再回到"命题"上来。我们已经知道,所谓"故都的""秋味"实际上是一种"客体"("北京"这个特定城市里的大自然的"秋天")与"主体"("北京人"以及有着"北京人"的眼光的作者)的交融;我们并且从中既"品"出了"清闲"(悠闲,闲适,从容,洒脱……),又"品"出了"落寞"(凄寂……),这种"情"与"理"的互相依存、制约,就形成了"北京文化"的特殊神韵,同时也是"东方文化"的神韵所在。我们从"故都"的"秋味"里所品尝到的,也正是"北京文化"(以及"东方文化")的"真味":读郁达夫的《故都的秋》是一次真正的文化享受(陶醉)。

我们的"品味"真该结束了,但似乎意犹未尽,还有一点"余文"。当我们经过自己独立的审美体验,从郁达夫的《故都的秋》里"品"出了他笔下的"故都"的"秋味"包括着"淡淡的喜悦"与"淡淡的忧郁"两个侧面并且互为表里时,我们有一种"重新发现"的惊喜。因为在此之前,众多的"阅读指导"都告诉我们,郁达夫笔下的"秋味"充满了"深远的忧虑和孤独者冷落之感"。也就是说,我们自己在郁达夫的文章里读出来的"秋味"是"一剂复药",传统(几乎成了定论)的分析,却开出"一服单方"。这里确实存在着一个"审美误差"。我们还想问:"误差"是怎样产生的?除了某种传统观念造成的"思维定势"(例如,写"秋"必"悲"之类)之外,我们又注意到了如下分析(逻辑推理):"1933 年 4 月,由于国民党白色恐怖的威胁等原因,郁达夫从上海移居杭州,撤退到隐逸恬适的山水之间,思想苦闷,创作枯淡","由于作者身处的时代,在作家的内心投下了深远的忧虑和孤独者冷落之感的阴影,因此,作者笔下的秋味,秋色和秋的意境与姿态,自然也就笼上一层主观感情色彩"。不能否认一个时代、社会的"大气候"(即我们通常所说的时代精神、氛围)对生活在时代、社会中的作家的思想、感情与创作的影响。但同时要看到,作家的思想、感情是复杂的,影响作家思想、感情的因素也是多元的;时代、社会对作家思想、感情的影响更是复杂曲折的,作家思想、感情在具体作品中的体现同样复杂,甚至是微妙曲折的。如果满足于线性思维的简单推理,"时代是苦闷的→作家必定时时、处处陷入单一的绝对苦闷中→他写出的每一作品必定是充满了单一的绝对的苦闷感”，由此得出的结论，其偏离于作品描写的实际，就几乎是难于避免的。我想，我们分析一篇作品的“起点”(出发点)不应该是某些既定的观念，还是老老实实地从本文开始吧——一字一句地阅读，体验，琢磨，品味，这本身就是一种绝妙的审美享受：要珍惜自己从作品实际中得出的审美体验，它正是一切“分析与研究”的基础与起点。

(录自钱理群：《名作重读》，上海教育出版社 1996 年版)

▲《钓台的春昼》赏析

这忽儿我读到了郁达夫的《钓台的春昼》，却感到十分惊羡：著名的浪漫主义的小说家，竟写得这么纯朴而细致！既不像沈从文笔下的荣峒，箱子岩那么富于浪漫情调，又不像李广田笔下的扇子岩、桃园那么别有风致，却只是自然地娓娓道来，如开头说：

“……一九三一，岁在辛未，暮春三月，春服未成，而中央党帝，似乎又想玩一个秦始皇所玩过的把戏了，我接到了警告，就仓皇离去了寓居。”在乡间“游息了”几天，与家中的人去上了几处坟，才“决心去钓台访一访严子陵的幽居。”

这儿的“中央党帝”自然是指国民党中央主席蒋介石，这一年的一月，他手下的军统特务已逮捕了左联五作家，不久即杀害他们于龙华。郁达夫早年即参加了红色济难会，30 年代还与鲁迅一起发起中国自由运动大同盟，并领衔发表宣言。同年由鲁迅提出他参与发起组织左翼作家联盟。不久，虽因不愿上街分发传单，“宣布辞职”，也立刻被左联中极左派“开除”出盟，但仍与鲁迅一起参加了营救运动；日寇发动一二八侵略战争时，他又与鲁迅们一起签名发表《上海文化界人士给世界书》，强烈谴责日军侵华，因此友人警告他已上了黑名单，他一时仓皇出走，衣服都未换，离上海寓所到江浙乡间去躲避，秦始皇玩过的把戏是指焚书坑儒，郁达夫各方面的朋友很多，消息很灵通，一知道这消息就匆匆出走，当时鲁迅也“携妇将雏”避居在外。

这个开头没有什么文采光灿，以后也一样，如说：“我的去拜谒桐君，瞻望道观，就在那一天到桐庐的晚上，是淡云微月，正在作雨的时候。”他拿着摆渡船的船家的一盒火柴才摸上了山，这一路经过有一些曲折，可也只叙述过程，并无多描写，他只说：“昏夜上这桐君山来一看，又觉得这江山秀而且静，风景的整而不散，却非那天下第一江山的北固山所可比拟的了。”我感到那笔意质朴得就像是水墨的工笔画，没一点华彩或诗意的点缀，却淡雅、真实得可爱。

最淡朴的是从船上看钓台：

> ……清清的一条浅水，比前又窄了几分，四围的山包得格外的紧了，仿佛前无去路的样子。并且山容峻削，看去觉得格外的瘦格外的高。向天上地下四围看看，只寂寂的看不见一个人类……静、静、静，身边水上，山下岩头，只沉浸着太古的静，死灭的静，山峡里连飞鸟的影子也看不见半只，前面的所谓钓台山上，只看得见两个大石垒，一间歪斜的祠堂，也只露着些废垣残瓦，屋上面连炊烟也没有一丝半缕，像是好久没人住了的样子……

一派“枯藤、老树、昏鸦”的气氛却没有“小桥、流水、人家”，这是当时写景的习惯写法，近似黄子久《富春山居》未设色的粉本，虽不像山崖样怒目狰狞，却也质朴无华，进入了那种山中静坐，甚至枯坐的境界。

如果说，大半个世纪前郁达夫以白描手法描出的，甚至说故事样叙述出的是一片由自然的凋残而呈现荒凉，衰败的江山，由桐君山、七里泷、钓台，都是这样的黄子久式的《富春山居》粉本；他虽说过，从桐君山一望，这一片山川胜过“千古江山”的北固山，说从西台望出去，山水之美很像，甚至胜过了欧美最美的瑞士风光，可都没有作过美的描绘，他描出的是一个散文的世界，一片骨格清奇的山川素描或东方式的粉本；几十年之后，我也作了两次诗的吟唱，我写出的是一片诗意的富于人文色彩的景色，如经过人们修整的桐君山，钓台，经过人们刻意建设的七里泷大坝，一个诗的世界。的确，前台隔了几十年，是换了两个世界，朴质的自然的江山变成了富于浪漫意味的人文景色。但江山如画，前后是一致的，“人似在屏中行！”

（录自唐湜：《人似屏中行》，收入温儒敏主编《郁达夫名作欣赏》，中国和平出版社 1998 年版）

▲论闲适派散文

周作人闲适的最大特征就是含有一种忧患的苦寂，清冷的涩味。身处乱世年头，避居于苦茶庵，周作人貌似平淡洒脱，其实内心苦不堪言。他说“中国是我的本国，是我歌于斯、哭于斯的地方，可是眼见得那么不成样子，平淡的文情哪里会出来？手底下永远是没有，只在心目中尚存耳……”他并未完全消泯伤时忧国之心，只是带着几分对民族、历史和自我的宿命的失望与感伤，却又苦中作乐，携着“寂寞的不寂寞感”于冥冥苦思中闲然度日罢了。其幽默与此相关联。他说对人生现实“只以婉而趣的态度对付之，此所谓闲适亦既是大幽默也”，这种幽默染上了几丝雍容、清涩、通达、高远的色彩，显得自然而和谐。而林语堂散文的“闲适”与“幽默”则更带有自觉追求的意味。向现代文坛输入“幽默”，疾呼“闲适”，是林氏颇为得意的两件事，与其提倡“性灵”强调“自我”表现的美学观一脉相通。林氏的“闲适”，既指内容上的闲适，既如“在人生途上小憩谈天，意本闲适，故亦容易读出人生味道来”，反对“说者必须剥夺文学的闲情逸致，使文学成为政治附庸而后称快”；又指表现上的“闲适”，即语出“性灵”，表现“自我”，“无拘无碍”，“化板重为轻松，变严谨为幽默”。其幽默与闲适不可分离，有时几乎可以互为置换。他认为“真有性灵的文学，入人最深之吟咏诗文，都是归返自然，属于幽默派，超脱派，道家派的”。可见，林氏“幽默”比周氏少些苦味和忧患，显得自如轻松、无拘无束，仿佛温厚超脱而略带油滑。与林氏不同，梁实秋散文的闲适与幽默与其古典主义文艺观密切相关。梁氏认为文学不在表现自我，亦不在乎宣传而在于表现普遍的人性，文学与道德紧密相连，情感要由理性驾驭，做到节制与适度。梁氏散文的闲适在内容上表现为对“人性”的特别关注，特别是在道德、伦理方面，而舍弃文学对阶级压迫民族抗争等社会重大事件的表现。因此，其散文小品大多是《男人》《女人》《鸟》《狗》《下棋》《写字》《旅行》《运动》《理发》等凡人凡事。梁氏散文闲适还表现为自得其乐自我排解的雅趣；常以超功利审美态度观照人生的方方面面，无论何种处境，仿佛都能找出诗意，不怨天尤人，显示出一种达观从容的闲适，虽略带一丝凄清，却不会让人感受到人生的惨痛与悲哀。其幽默显得严肃而雅致、毫无油滑气息，常于彩笔间闪烁智慧，谐趣自然流出，行文自成幽默，显得巧妙而富韵味，人们读完之后不知不觉地又会领悟到其中的酸甜苦辣，亦庄亦谐，雅俗共赏，自成一格。

闲适派散文家大多是学贯中西的“五四”一代知识分子，深受资产阶级人文主义思想的熏陶，追求个性的独立自由和享乐，追求个性解放、个人的价值，对政治似有意回避。即使“风沙扑面，虎狼成群”，他们仍躲进“象牙之塔”，谈草木虫鱼、讲性灵幽默、观人性百态，以出世的精神做着人世的事。当动荡激剧的时代现实逼着这些文艺家必须作出文艺政治化或文艺非政治化的反应时，他们显然选择了后者。周作人、林语堂、梁实秋各有自己语言和文调特色，分别为现代散文艺术作出了自己独特的创造。

文体笔调与语言风貌是密不可分的，作家只有通过特定的语言组合和表现方式，才能把自己的全部才情与思想转化为一种特定的文体笔调。然而，两者又都与作者的艺术哲学思想和创作方法等紧密相关，是他们赖以与世界对话的特定的艺术形式。

周作人认为散文“必须有涩味和简单味这才耐读”，同时要“有知识与趣味的两重统制”，并从葛理斯那里领悟了“自由”与“节制”统一的辩证规律，表现在文体笔调方面：既舒缓雍容又纯净简洁，既自由畅达又节制有度，既淡雅清冷又奇警丰腴，既质朴端庄又隽永豪华，既“说自己的话”又不忘是对读者说话……创造了隽永明净独特的闲谈文体笔调。在语言方面，他主张“采纳古语”“采纳方言”“采纳新名词”。总之，他“以口语为基本”杂糅调和古今中外一切书面和口头语言因素，造成了简捷明快、朴实自然又不失雅致诙谐、闲适平和的语言风格，使其情感气质及审美理想准确真实地得到了表现。比较而言，林语堂的文体笔调更追求自然而又娓娓而叙的“谈话风”，行于所当行，止于所不得不止；更注重饱满的气势，轻快、清新的笔调，一气呵成的节奏；会心可信的真诚；不为俗套所拘，不为章法所役，清顺自然，情调深远，近于幽默，达到“似俚俗而实漫长，似平凡而实闲适，似索然而实冲淡”的艺术效果。语言更为平实晓畅与浅近，更多地注重从口语中提炼生动自然的语言，更喜欢幽默亲切的风味，追求一种“如闻其声”“如见其人”“似连贯而未尝有痕迹，似散漫而未尝无伏线”的自然节奏的语言，但也撷取文言中活的材料。

与前两者又有不同，梁实秋的文体笔调与语言风貌深受古典文学观的影响。他强调“散文的美妙多端，然而最高的理想也不过是‘简单’二字而已”。但这“简单”要经过“审慎选择”和“割爱”。因此，他的文体笔调更为古朴，简洁与劲健，温柔敦厚，风趣隽永，但又严肃畅达，井然有序。篇幅短小精悍，取材信手拈来，却能层层剥示，娓娓展露，适可而止。行文常旁征博引，无论古今，却又超然挺拔，风姿楚楚。文章语言更多是雅健古语，或婉丽，或机趣。句式整散错综，语气抑扬顿挫。他说：“现代人写不好文言文，文言文需要语体化，以求其明白晓畅，而语体文亦需要沿用若干文言的语法，以求其雅洁。”文言语体化使梁氏散文语韵丰润、文法缜密、格调优雅、表述洁净，显然比周氏林氏更古朴、更节制、更华丽、更简扼。

闲适派散文作家的均衡心态大多是在现实的压迫下而进行的自我调节，带有无可奈何的特点，它不是无怨无虑的快乐闲适，而是一种苦中作乐带有自觉追求性质的苦寂的闲适。因此，无论周作人、林语堂还是梁实秋，其作品在闲适之中往往带有一丝无可奈何的叹息或焦虑，或时不时流露出一点愤激，他们虽然向往能彻底“闲适”，但事实上并未做到，也不可能做到。从中国文学发展历史来看，大多数文人因某种原因不能介入社会参与现实时往往就会通过最能体现自己人格的闲适诗闲适文的创作而建构自己的精神家园,寻找与世界对话的独特文体语言方式,闲适派散文家显然承续了这一文人传统。另外,从作家个人来看,他们向往西方式的自由主义与享乐主义生活,既有西方的"绅士"风度,又有浓郁的中国传统士大夫的生活情趣,个人气质上也适宜于闲适散文创作。

可见,闲适派散文那种脱离时代、脱离社会的思想倾向,与"风沙扑面,虎狼成群"的时代历史现实必然是有矛盾冲突的,因而是"不合时宜"的。但是不能因此而一笔抹杀其艺术审美成就。其实,无论"个性""闲适""幽默""娓语体""文言语体化"从审美角度看都有一定合理的成分。

闲适派作家对中外小品和随笔艺术的吸取几乎同样不可忽视。由于谙熟西方文学,闲适派作家往往深得蒙田、兰姆、爱迭生等随笔小品三昧。关于这些外国随笔(主要是英国),厨川白村曾有描述:"如果是冬天,便坐在暖炉旁边的安乐椅子上,倘在夏天,则披浴衣啜苦茗,随随便便,和好友任心闲语,将这些话照样地移在纸上的东西,就是 essay(随笔)。"这形象地说明了外国随笔悠闲活泼、雍容幽默的美学品格。周作人欣赏的"如在江村小屋里""同友人谈闲话"的文章境界、林语堂喜爱的"如在风雨之夕围炉谈天""如与高僧谈禅,如与名人谈心"的散文笔调、梁实秋惯用的娓娓道来层层剥示的手法都明显受外国 essay 风的影响。比较而言,闲适派散文更多的还是吸取了中国传统散文尤其明清小品的营养。周作人认为:"现代的小文与宋明诸人之作在文学上固然有其不同,但风格实在是一致,或者又加上了一点西洋的影响,使它有一种气息而已。"多次说明了明清名士派文章是现代小品散文的源流。虽然,我们不能据此断定周氏散文在多大程度上与明清小品相通,但从创作实践情况来看,两者至少存在着创作心态的某种契合,具体点说,就是一种悠闲文人特有的精神状态和创作冲动的某种暗合。就此而论,林语堂类似周作人,倒是梁实秋更多地承续了传统散文温厚、谨严、雅致的一面,讲究中国式正统的遣词造句,"反对欧化的写法",但是不可否认,他也接受了明清小品的某些气韵。从语言角度来看,闲适派散文的贡献在于将古语、现代语、欧化语及方言融为一体,经适当的审美制作和调配,创造了独特的"美文"语言,或明净,或流畅,或雅洁,为现代散文语言制作提供了典范。总之,闲适派散文由初创到成熟,是作家们对中外艺术营养双重吸收的结果。

(录自蒋心焕、吴秀亮《试论闲适派散文》,《聊城师院学报》1993 年第 2 期)

▲论《画梦录》的精神和姿态

在现代文学史上,大规模地怀念故园乡土的潮流始于二十年代的“乡土文学”,隐现了一代流寓都市的青年对故乡的充满血腥和苦难的乡愁;大规模地追溯往昔历史则始于从三十年代开始一直延续到四十年代的一系列长篇巨著,体现了现代文学由狂热的青春期进入沉郁的中年期的历史沉思;而何其芳的《画梦录》则在这双重寻觅之上,意味深长地添了一片“灵魂的乡土”,使三者统一于寻梦这个主旋律,赋予了异乡人一个苍凉、深邃、饶有诗意的终极目的,使其对“故乡”的寻觅画龙点睛般地升华到一个空灵而辽远的哲理境界。在《炉边夜话》中,作者借了一个出去寻找运气的少年之口说:“那么你灵魂的乡土是哪儿呢,你们会问我。我也常问着自己。假若能回答倒好了,只是‘人’并未赋有这种选择的预知,我们以为幸福在东方,向之奔逐,却也许正在西方。然而错误的奔逐也是幸福的,因为有希望伴着它。”正是这无望的希望支撑起了寻梦者的精神殿堂。《墓》中的青年雪麟爱慕着夭亡的少女玲玲,与她的灵魂进行着倾心的攀谈,尽管这生者对逝者、人间对天国、生灵对魂魄的爱慕是如此的虚幻不定,但雪麟的眼中依然闪现着“幸福的光,满足的光”;在《静静的日午》中,女孩子陪伴着寂寞的柏老太太,在静寂得可怕的乡下客厅里等待老太太仅存的一个孩子从远方归来的时候,柏老太太不断地讲述她脸色苍白的青年时代和守着蝴蝶花的童年生活,重复着问:“我叫驾我的马车到车站去,早已去了吗?”这与其说她在讲述过去,不如说是在从“青年人身上”寻找那“已失去了的自己”;与其说她在等待自远方而来的孩子,不如说是在等待奇迹,等待梦,等待那象征着希望的“铃声,和马蹄声”。在这里,年青的女孩子和远方的柏先生都可以抽象化,只有在寂寞中追寻的柏老太太才是实实在在的主人公,一个曾经年青而今已衰老的寻梦者;而《楼》则是另一种象征。作者选取了一个饱含深意的意象:楼。楼的故事以两条并行的线索由朋友和“我”分别交替叙述:一方面是有着建筑宅舍癖好的艾君谷将大半家产耗费在一次次建筑上,在完成了他“最后的匠心的结构”后死于其中;一方面是“我”在“异国一般”的“沙漠地方”时时梦见高楼,然而就在“我”离开沙漠来到朋友家乡真正见到高楼后,却立刻“有点儿怀念我那个沙漠地方了”,并决定“明天动身回去”。两个故事一明一暗,由一句话统领:“我们都有一种建筑空中楼阁的癖好。”可见,“楼”的故事实际上是“我”追求“空中楼阁”的故事,是“我”寻梦的故事,艾君谷的故事只是做了一个具象化的佐证。来去匆匆的“我”使人联想到鲁迅先生笔下的过客,他应和的是一种不可抗拒、别无选择的召唤，这召唤汇入了三十年代强大的寻梦潮流中，化为这部辉煌的交响组曲的一个美丽而悠长的音符。

中国现代散文滥觞于一九一八年四月《新青年》四卷四号设立的“随感录”。这种锋芒犀利、不事雕饰的议论性散文（即杂文）是适应着文学革命的功利目的的，自然有其不可磨灭的历史地位。但它一开始就把现代散文带上了一条偏重议论、絮语的航道，而且一旦起航就走得很远。二十年代语丝作家群“任意而谈，无所顾忌”无疑与此一脉相传，而为了“对于旧文学的示威，在表示旧文学之自以为特长者，白话文学也并非做不到”而出现的文学研究会诸人的叙事和抒情性小品，虽然努力在散文中掺加抒情的因素，但仍不免做了议论性散文主航道或远或近的支脉和附庸，时时落入理障的窠臼。“小诗运动”同样是罩着美丽光环的变相哲理文。只有朱自清、冰心等少数作家的一些佳作才靠拢到了散文本质的岸边；特别是冰心致力于美文园地的耕耘，她的《笑》开了现代文学史上美文的先河。

到了三十年代，梁遇春、缪崇群、李广田、何其芳、丽尼、陆蠡等一大批散文作者异军突起，高扬散文的抒情气质，现代散文才柳暗花明一般蓦然发现了别一片洞天。李广田称这类抒情文为“诗人的散文”，并举何其芳等人为例，说明“有一个时期，这一类散文产量甚丰，简直造成了一时的风气”。这一股浓郁的抒情的风气为现代散文开启了一扇尘封已久的门扉，使它在熟稔的路子之外又找到了一条更为宽阔的诗情画意的林荫路。在这条路上，它可以得心应手地展示它的妩媚风姿。何其芳的《画梦录》正是在这条路上留下了它永久的美丽影子。

何其芳孜孜以求的是一种超越时空、永不淹没的不朽之美，因此，他慨叹假若没有美丽的少女，世界上是多么寂寞，“因为从她们，我们有时可以窥见那未被诅咒之前的夏娃的面目。”他用美丽少女来比拟他所倾心的艺术与美，认为艺术应该表现人类的美好、纯粹的天性，“没有照过影子的小溪最清亮。”使人体味到那久违的天真无邪的至美至善的性灵。因此，和现代文学史上许多作家一样，何其芳笔下也出现了许多纯真女性，她们都是空灵不实的，因为作者动心的仅仅是“表现”，也即她们所表现出的那种“纯粹的美丽”。

他一面蛊惑于晚唐五代精致冶艳的诗词所呈现出来的“那种锤炼，那种色彩的配合，那种镜花水月”，一面又迷醉于象征主义将深沉的意义濡浸和溶解于芳馥的意象之中的追求。诗人的天赋使他在二者惊人的相似之中找到了一个恰切的立足点：

> 我不是从一个概念的闪动去寻找它的形体，浮现在我心灵里的原来就是一些颜色，一些图案。（《梦中道路》）

何其芳所欣赏的不是镜子式的直陈，而是古典诗词中“那譬如一微笑，一挥手，纵然表达着意思”，他倾慕的却是“姿态”，这姿态正是象征主义所说的与意义浑然一体，生死与共的芳馥的“外形”。在《画梦录》里，我们无从找到任何“姿态”，因为它的所有篇什都充满着“姿态”——一些颜色，一些图案；正象我们在其中难以觅到任何意义，它也洋溢着深邃的、无穷的意义——概念的闪动。它的意义与绵密、瑰奇的意象水乳交融般地渗透在一起。他给他的情感、思绪、意念打上了深深的主观印记，却又让它们穿上意象的衣裳在他笔底客观地、自由地游弋、流动；同时，由于他常常略去意象之间的链锁，如同越过了河流并不指点给我们一座桥，我们只有插上心灵的翅膀，才能飞越过河流去追踪作者的思想，去寻找它的丰盈的“散文的心”。

（录自杜丽莉：《论〈画梦录〉》，《中国现代文学研究丛刊》1990 年第 3 期）

▲林语堂散文的情趣与艺术

林语堂喜欢写寻常事物，在其中展现真实的自我。所言未必句句真理，至理常于偶言中得之；未必关心世道，世道亦可于偶言中得其款曲。能在寻常的事物中谈出天趣、物趣、世情、人情来，这是林语堂的过人之处，像《论握手》（《论语》七十二期）所揭示的陌生两手接触之一刻的微妙反应及其所传达的微妙心态，《论躺在床上》（《宇宙风》第九期）所写的清晨赖在床上听街声知鸟语的奇异感觉，《我的戒烟》（《行素集》）所描述的烟雾层层、暗香浮动中文人逸兴湍飞的聚谈情景，《记元旦》（《论语》五十九期）里理智和人情的戏剧冲突，都使人难以忘怀。

寻常事物联系着寻常道理、常识。这常理和常识是林语堂闲谈散文的普遍主题。林语堂讲做人重于作文，讲爱人即爱自己，讲读书要读契心之书，讲文学的灵魂是“诚”之一字，讲人人都将自己手头的小事做好国家就有救，讲没有法治人格就高尚不起来，等等，等等。林语堂在讨论哲学、文化、国民性以及教育、婚姻、节育等重要社会问题时，也专在阐发常理和常识。林语堂不认为世界上真有什么玄妙得了不得的社会人生问题，他常嘲笑文人的自我复杂和无谓“高深”。这体现了一种大智慧，也使他的散文更觉亲切可喜。

林语堂作文信手信腕，笔随意转，不见刻意经营，只见漫不经心。所以文章写得很散，常常是拉拉扯扯，纵笔直书。有的有主旨，很多是无主旨只有一个谈话范围。时见旁枝逸出，或就一点患漫开去，晕成一片，自成风景。灵感来时，下笔如飞，不暇思索，更无暇斟字酌句，说得特别痛快淋漓之处，不成熟的观点有之，不准确的表达有之，算是白璧微瑕。常见思绪奔腾而来，给人汪洋恣肆而天花缤纷的感觉，而在那肆流中到处是奇思妙想在闪闪烁烁。读他的一些文章，就像海中拾贝，不在乎把握全篇，将那些散落各处的好东西收拾起来就够了。这里要点在散而不破，杂而不芜，漫而不长。林语堂做到了。

林语堂的散文长于用描写性语言置换抽象议论，如《〈新的文评〉序言》(《大荒集》)中的这一段：“可怜一百五十年前已死的浪漫主义的始祖卢梭，既遭白璧德教授由棺材里拉出来在哈佛讲堂上鞭尸示众，指为现代文学思想颓废的罪魁，并且不久又要求到远东，受第三次的刑戮了。”所谓“第三次刑戮”，指梁实秋将吴密等人翻译的白璧德论文编成《白璧德与人文主义》在中国出版之事。林语堂还常常在议论中插入比较完整的形态、动作描写，甚至插入整段人物对话或故事情节。他说到西方人饮食习惯的可笑时写道：“他一手勇敢地捏了叉，另一手残忍地拿了一把刀，自己关照自己说，他这是在吃肉了。”又如：“小报出面说心坎里的话，搔着痒处的话，由是而乱臣贼子惧，附耳相告曰：小报在骂我乎？小报在骂我乎？”《关雎正义》(《无所不谈》)的结尾最妙，那是一个完整有趣的生活细节。

林语堂作文好比喻，且总是那样新奇而入骨。他说有一类文人一肚子骚气，所做的文章读来如窑姐苦笑。又说文学如土木两作，必有本行术语，到了相当暑期，这些术语仿佛有自身的存在，匠人不复能经营土木修桥造路，只对这些术语作剧烈的争辩；又由术语分出派别，甚有据某种术语以巧立门户者。我们的许多“文艺理论家”，真就是那种只懂得术语也只会玩“术语”空手道并玩得津津有味的匠人！

林语堂的散文惯于罗列，且往往将一些似乎不搭界的东西扯到一起，带出其特有的幽默。林语堂的对比总是意味深长:“德国民众能够宣誓效忠上帝和希特勒,但是如果一个英国的纳粹党宣誓效忠上帝和罗素,罗素一定要惭愧得无地自容。”“美国有的是恶劣的音乐,可是又有很好的收取音乐的东西。”林语堂有时话讲得很俏皮而格外耐寻思:“在艺术上,有一种现象便是:许多日本人的东西是可爱的,而很少是美丽的”,“中国有宪法保障人权,却无人权保障宪法。”林语堂还能在恰当的地方用上个典故,使文字顿然生色。

林语堂的闲谈散文不仅思想独异,发论近情,且涉及广泛,知识丰富,大到文学、哲学、宗教、艺术,小到抽烟、喝茶、买东西,真是无所不包,笔触贯通中外,纵横古今。具体到一篇文章,则放开手段,上下勾结,集中起一个高密度的材料群,知识群。林语堂读书多,博闻强记,先有学者的学问功底,所以能谈、耐谈,而一谈辄灵光焕发,左右逢源。他那些谈谈文化的散文,知识量更大。

林语堂的闲谈散文充实腴厚而能以平易出之。语言上朴实无华,不堆砌,不追新,除了30年代那些为实验而作的语录体、文言体,都干净质朴,口语化程度很高。如前所说,表达上也只用传统平常的手法,不玩“现代”花招。文章充实容易,平易难。林语堂说:“凡是学者文章艰深难识,大半在搬弄名词,引经据典,深入而未能浅出,只掉书袋而已。此乃学问有余而识不足之故。见道明,事理达,得天地之纯,自然可以说出浅显易明的道理来。”同时又说,到了道理熟时,常常不必走大路,可以操小路,过田陌,攀篱笆,突然到家,令同行的人不胜诧异。其实,闲谈体就整个是一条曲径通幽的小路。

亲切有“我”、漫不经心、语而不论和厚实平易再加上与之相联系的很高的知识文化含量、超越的观念、过人的智慧以及较为恬淡的心境、闲情逸致和浓浓的生活趣味,融成了林语堂闲谈散文的整体风貌。它反映了一般闲谈散文应有的共同要求以及文学陶情、消遣、启人心智等另类功用。它以闲适为主调。“闲适”是对“娓谈笔调”“个人笔调”等等的总括,也是一切闲谈散文的基本美学特征。此特征使闲谈散文区别于战斗的那一类,也区别于感伤颓唐或偏于热烈抒情、幻想的那一类。

(录自谢友祥:《论林语堂的闲谈散文》,《中国现代文学研究丛刊》2001年第4期)

第十九章 曹禺

【学习提示与述要】

本章论述著名剧作家曹禺,是课程的重点。要求读的作品量比较大,但最好能多读,起码应该读完《雷雨》与《北京人》,并能在具体评析曹禺五个代表作(除前述两部,再加上《日出》《原野》与《家》)的基础上,思考这样一个问题:为何说曹禺的成功标志着中国现代话剧由此走向成熟?这就要求深入探讨曹禺剧作所具有的丰富的多层次的戏剧内涵,即每一部剧都在现实人生与人性开掘及戏剧形式上有新的试验与创造。学习这一章,应放开思路,除了了解曹禺的成就,学会评析话剧艺术,还可以引发对经典性作品多角度阐释的尝试。第一节评介《雷雨》《日出》与《原野》;第二节评介《北京人》与《家》;第三节介绍曹禺剧作的"接受史"。

一 从《雷雨》到《原野》

1. 重点是分析《雷雨》。应注意对该剧作可以做两种角度或两个层面的意蕴阐释。其一是通常较易为人们理解与接受的"人生与社会"方面的解释。应抓住剧中"过去的戏剧"与"现在的戏剧"交织而形成的各色人物不同的命运悲剧,来分析血缘关系与阶级矛盾的相互纠缠冲突,如何揭露带封建根性的资产阶级家庭的罪恶。从这个角度可以理解《雷雨》的现实批判性。也还可以透过现实描写的层面,从另一角度去解读《雷雨》中所蕴含的对人性和人的生存状态的憧憬、困扰与恐惧。这可以透过"意象"分析,体会充斥全剧"郁热"氛围之中的所有人物的"情热"(欲望与追求),以及这些"情热"被压抑而引发的无用的"挣扎"。应注意理解剧本意在表现命运的残酷,以及对宇宙"不可知力量"的无名的恐惧。这种意蕴是深层的、复杂的,不容易说清,需结合阅读和鉴赏作整体的体验,进而作"还原性"阐释。

2. 不管从哪个层面去探讨《雷雨》的主题意蕴,都要注意抓住剧中人物的"贯串动作"和矛盾冲突,剖析其性格。对蘩漪的剖析是本章的重点。对其不应只是停留于阶级的和社会的评析,还应考察其"雷雨式性格"的复杂心理内涵及其所以能产生震撼力和同情的原因。

3. 比较《雷雨》和《日出》的情节结构,可发现曹禺戏剧审美目标的转移:由传奇和变态转向平凡与常态,由“太像戏”转向简洁的世相勾勒,由回顾式的过去与现在“两种戏剧”的交织,转为由几个场面穿插展示的“横断面”的结构方式,主题也转为关注社会,表现对“损不足以奉有余”的现实的抗争。应集中剖析主人公陈白露的性格矛盾及其悲剧的实质。

4. 分析《原野》时也要注意曹禺戏剧审美目标的再一次转移,即又从《日出》那样偏重社会悲剧的揭示,回转到写人性的悲剧,和《雷雨》一样是当作抒发强烈爱恨的“一首诗”。不过应注意这部在复仇的主题之下写人的欲望感情困扰与无奈的剧,更深入地表现了人物的内心冲突,乃至灵魂的分裂。这部剧也可以作不同层次的解读。

二 《北京人》与《家》

5.《北京人》是曹禺的又一杰作。应把握该剧的主题,即对那种以没落士大夫生活追求为特征的传统“北京文化”所进行的批判。同时,应重点分析曾文清与愫芳这两个人物。可以抓住曾文清如何变成“生命的空壳”,探讨剧本对传统文化荒谬性的深刻反思。愫芳是与曾文清对照的角色,其博大的爱与坚毅的精神,显然融进了剧作家的理想,而愫芳的悲剧,也体现了曹禺对生命存在价值的思考。还应当注意《北京人》的“生活化(散文化)”的戏剧追求,即格外注意对日常生活内在诗意的开掘,以及对人的精神世界的展示。

6. 注意比较分析巴金的小说《家》与曹禺改编的《家》,主要是情节重心的转移,由旧家庭罪恶的揭露,转向对爱情(友情)生活的描写,转向纯情美好的性格的展示,转向探索“诗剧”。

三 曹禺剧作的命运

7. 大致了解曹禺剧作的演出史,并理解内涵丰厚的作品在社会“接受”过程中可能被误读或排拒的复杂原因。

【知识点】

曹禺的创作历程、曹禺剧作的文学史(戏剧史)地位。

【思考题】

1. 在《雷雨》序中，曹禺声明他创作此剧时，“在发泄着被抑压的愤懑，毁谤着中国的家庭和社会”；然而他同时又说，“《雷雨》对于我是个诱惑，与雷雨俱来的情绪蕴成我对宇宙间许多神秘的事物一种不可言喻的憧憬”。你如何理解这两种创作心理状态(或指向)及其在剧作中的体现？

此题略偏重知识性，但要求将《三十年》第十九章第一节内容加以融会贯通式的掌握，最好还要对曹禺的戏剧艺术观念有一定理解。题目中所说“两种创作心理或指向及其在剧作中的体现”，可以通过对《雷雨》的两种角度或两个层面的意蕴阐释来理解。其一，作为“社会问题剧”的《雷雨》，最终将批判矛头指向“中国的家庭和社会”。其二，对《雷雨》进行“还原性”阐释，抓住剧作中的“生命编码”即戏剧“意象”，如“郁热”，进行深入剖析，把握曹禺对“残酷”主题的书写，从而解读出《雷雨》所蕴含的对人性和人的生存状态的憧憬、困扰和恐惧。此外，最好还能够结合《雷雨》的接受史，来理解不同语境下两种阐释的文学史意义。当然，这一点难度较大，一般本科生可以不必要求。

2.《雷雨》的主人公是谁？说说你的理由。

此题有一定主观性，理由中应该既有理论性分析，又要结合自己的阅读感受。(1)从人物形象分析角度，一般认为主人公是蘩漪，她有着“最‘雷雨’的性格”。可参考“评论节录”中刘西渭《〈雷雨〉》和钱理群《大小舞台之间》对蘩漪的分析评论，以及曹禺《〈雷雨〉序》中的说法。(2)从对《雷雨》整体氛围把握出发，也可以说主人公是“雷雨”，从戏剧开端对“郁热”的不停酝酿，直到雷雨的最终倾泻，既是制造戏剧冲突、展现人物性格的完整过程，也是戏剧情感与主题的隐喻结构。(3)有些学生可能从自己的阅读和理解出发，认为《雷雨》的主人公是其他人，如周朴园、周冲等，只要言之有理，也是可以的。

3. 比较评析蘩漪与陈白露两个人物各自的性格内涵。

可参考《三十年》第十九章第一节，以及“评论节录”中刘西渭、钱理群文章对蘩漪和陈白露的分析。(1)两个人物显然有着不同的性格特征，一个是“最‘雷雨’的性格”，一个是“倦怠”于飞翔的精神漂泊者。曹禺对她们的塑造方式也是不同的。(2)但就曹禺戏剧的“残忍”主题而言，两个人物的性格内涵及悲剧命运有着殊途同归的意义，蘩漪的“挣扎”所体现的是“宇宙的残酷”，陈白露的“回不去了”来自于生活“自来的残忍”，两者同样是惊心动魄的。

4. 比较《雷雨》《日出》与《北京人》的戏剧结构艺术。

此题知识性与综合性并重。可参考《三十年》第十九章第一、二节，以及“评论节录”中“《雷雨》若干分歧问题探讨”“曹禺戏剧与契诃夫”部分。注意除了回答三剧结构艺术的不同之外，应当理解曹禺对于戏剧结构艺术的思考，同时这种思考是与曹禺的戏剧艺术追求和探索相关的。(1)《雷雨》采用的“锁闭式”结构，使“过去的戏剧”与“现在的戏剧”交织在一起，使得情节集中紧凑，人物性格富有深度；“序幕”和“尾声”的设置，又增添了对戏剧远距离的理性审视，加强了“悲悯”情怀。(2)《日出》在戏剧结构上是一次不同于《雷雨》的新尝试，曹禺力求丢掉过多的“技巧”，采用“片断的方法”来结构戏剧，以达到“用多少人生的零碎来阐明一个观念”。(3)《北京人》是曹禺“走向契诃夫”的“生活化的戏剧”，其结构带有以描写日常生活琐事为主的叙事性特征。

5. 试评曾文清与愫方两位人物，并阐说《北京人》的主题意蕴。

此题有一定难度，要注意通过人物分析来层层深入地把握作品的多层主题意蕴，需要对《北京人》有细致的阅读感受，可参考《三十年》第十九章第二节及“评论节录”中“关于《日出》中陈白露的形象分析”部分。首先，曾文清这个人物是一具“生命的空壳”，他同时又代表着“今日北京人”，因此对于这个人物的批判，实际上是对于已经腐烂了的北平士大夫文化的批判。这是《北京人》的一个富有现实意义的主题。其次，应该认识到，曾文清与愫方之间的“同声同气”之后，其实是“不相通”的，这就又回到了曹禺戏剧的“残忍”主题上来了。再次，愫方为着曾文清这样一个无用的生命做出了无私的奉献，即便在梦幻破灭之后，依然肯定这种真诚的追求，表达了对于日常生活中真正诗意的深切体验，这使得《北京人》成为“生命的诗”，是其更深一层的主题意蕴。

6. 指出曹禺的《雷雨》《日出》《原野》《北京人》中的象征性描写与构思，说明其各自的含义，进而分析曹禺剧作的诗意特征。

此题的前半部分属于知识性问题，主要考察曹禺四部代表性剧作中的象征内涵，要点包括：(1)《雷雨》中压抑、愤懑的氛围以及最终爆发的“雷雨”，暗示着命运的残酷与捉弄。(2)《日出》中的“日出”以及劳动者歌声，等等，象征力量与希望。(3)《原野》中的“原野”、伸展的铁路等等，象征原始生命力与复仇情绪。(4)《北京人》中三个不同时代的北京人:远古的北京人、没落的北京人和明天希望的北京人,象征三个层面的文化。在理解象征含义的基础上,进一步分析曹禺剧作的诗意特征。要点包括:(1)象征的多义性与模糊性为戏剧带来诗意的氛围。(2)象征背后所隐藏着的巨大的情感能量,这是剧作诗意的来源。(3)注重人物内心情感的挖掘,将象征与人物、情节紧密联系,创造出情景交融的诗意环境。(4)从象征入手,超越现实,对人生、命运、人性的思考带来诗意的哲思(可参考《三十年》第十九章第一、二节,以及田本相《〈雷雨〉〈日出〉的艺术风格》(收入田本相、胡叔和编《曹禺研究资料》,中国戏剧出版社 1991 年版)。

7. 许多评论家指出曹禺的话剧具有浓郁的诗意,请结合具体作品论述“诗意”在曹禺话剧中的特色和功能。

可参考《三十年》第十九章的相关内容。在曹禺话剧接受史上,曾出现过严重的误读现象,即认为曹禺话剧是“社会问题剧”,属于批判现实主义的艺术范畴。解答本题可将这种“误读”作为参照,从曹禺话剧溢出写实和批判框架的成分入手,揭示其中蕴含的诗意特征。所谓诗意特征,在曹禺话剧中具体表现为主观抒情、整体象征、神秘氛围、诗化语言等方面。可将上述要点作为基本线索,结合作品实例展开论述,并联系曹禺话剧主题的宗教性和悲悯情怀,分析“诗意”在剧中的表意功能。在论述过程中,要注意曹禺后期创作风格和审美追求的转变,可从诗意特征的拓展、深化的角度,来把握这一转变在曹禺话剧创作中的意义。

【必读作品与文献】

《雷雨》
《北京人》

【评论节录】

刘西渭:《雷雨》
钱理群:《大小舞台之间》
钱谷融:《“你忘了你是怎样一个人啦!”——谈周朴园》
辛宪锡:《〈雷雨〉若干分歧问题探讨》
朱栋霖:《曹禺戏剧与契诃夫》
钱谷融:《谈谈〈日出〉中的陈白露》

▲刘西渭论《雷雨》

说实话，在《雷雨》里最成功的性格，最深刻而完整的心理分析，不属于男子，而属于妇女。容我乱问一句，作者隐隐中有没有受到两出戏的暗示？一个是希腊尤瑞彼得司 Euripides 的 Hippolytus，一个是法国辣辛 Racine 的 Phèdre，二者用的全是同一的故事：后母爱上前妻的儿子。我仅说隐隐中，因为实际在《雷雨》里面，儿子和后母相爱，发生逆伦关系，而那两出戏，写的是后母遭前妻儿子拒绝，恼羞成怒。《雷雨》写的却是后母遭前妻儿子捐弃，妒火中烧。然而我硬要派做同一气息的，就是作者同样注重妇女的心理分析，而且全要报复。什么使这出戏有生命的？正是那位周太太，一个"母亲不是母亲，情妇不是情妇"的女性。就社会不健全的组织来看，她无疑是一个被牺牲者；然而谁敢同情她，我们这些接受现实传统的可怜虫？这样一个站在常规道德之外的反叛，旧礼教绝不容纳的淫妇，只有全剧的进行。她是一只沉了的舟，然而在将沉之际，如若不能重新撑起来，她宁可人舟两覆，这是一个火山口，或者犹如作者所谓，她是那被象征着的天时，而热情是她的雷雨。她什么也看不见，她就看见热情；热情到了无可寄托的时际，便做成自己的顽石，一跤绊了过去。再没有比从爱到嫉妒到破坏更直更窄的路了，简直比上天堂的路还要直还要窄。但是，这是一个生活在黑暗角落的旧式妇女，不像鲁大海，同是受压迫者，他却有一个强壮的灵魂。她不能像他那样赤裸裸地无顾忌；对于她，一切倒咽下去，做成有力的内在的生命。所谓热情也者，到了表现的时候，反而冷静到像叫你走进了坟窟的程度。于是你更感到她的阴鸷，她的力量，她的痛苦；你知道这有所顾忌的主妇，会无顾忌地揭露一切，揭露她自己的罪恶。从戏一开始，作者就告诉我们，她只有一个心思：报复。她不是不爱她亲生的儿子，是她不能分心；她会恨他，如若他不受她利用。到了不能制止自己的时候，她连儿子的前途也不屑一顾。她要报复一切，因为一切做成她的地位，她的痛苦，她的罪恶。她时时在恫吓，她警告周萍道："小心，小心！你不要把一个失望的女人逼得太狠了，她是什么事都做得出来的。"周萍另有所爱，绝不把她放在心上。于是她宣布道："好，你去吧！小心，现在（望窗外自语）风暴就要起来了！"她是说天空的暴风雨，但是我们感到的，是她心里的暴风雨。在第四幕，她有一句简短的话，然而具有绝大的力量："我有精神病。"她要报复的心思会让她变成一个通常所谓的利口。这于她是一种快感。鲁贵以为可以用她逆伦的秘密胁制她，但是这糊涂虫绝想不到"一个失望的女人什么事都做得出来"，绝不在乎他那点儿痛痒。我引为遗憾的就是，这样一个充实的戏剧性人物，作者却不把戏全给她做。戏的结局不全由于她的过失和报复。

（录自刘西渭:《雷雨》,原载《咀华集》,文化生活出版社 1936 年版,收入《曹禺研究资料》上册,中国戏剧出版社 1991 年版）

▲蘩漪:最“雷雨”的性格

在《雷雨》中,另一个“不安宁的灵魂”是周冲的母亲蘩漪,在这一点上,母子俩确实有气质的相近,他（她）们同时最早闯入曹禺的艺术构思中,大概不是偶然。但周冲的“不安宁”,是一个未曾涉世的少年,处于人的“童年”状态,对未知的形而上世界的朦胧的追求,带有更多的梦幻色彩。而支配着饱经人世沧桑的蘩漪的,则是那更现实、却也更明确、强烈的情欲的渴求。曹禺这样介绍自己所创造的“她”:“她也有更原始的一点野性:在她的心里,她的胆量里,她的狂热的思想里,在她莫名其妙的决断忽然来的力量里”,“当她陷于情感的冥想中,忽然愉快地笑着,当她见着她所爱的,快乐的红晕散布在脸上,两颊的笑涡也暴露出来的时节,你才觉得出她是能被人爱的,应当是被人爱的。你才知道她到底是一个女人,跟一切年轻的女人一样”。读者也许还记得,当曹禺说到他的“性情”与他的戏剧中的“苦夏”氛围时,曾经说“苦热会逼走人的理智”;在一定意义上,他在蘩漪身上所着力发掘的,正是“人”的非理性的情欲,以及“人”的“魔性”方面,蘩漪的内在魅力,实出于此。但《雷雨》中的蘩漪给人们最深刻的印象,还是那令人窒息的压抑感。请看曹禺赋予她的外在形象:“脸色苍白,只有嘴唇发红”,“她的嘴角向后略弯,显出一个受压抑的女人在管制着自己”,“她那雪白细长的手,时常在她轻轻咳嗽的时候,按着自己瘦弱的胸,直等自己喘出一口气来,她才摸摸自己胀得红红的面颊”——是怎样一种情热、欲望的火在内心燃烧,又用着怎样的力量才将这热、这火强压下去呵！难怪她一出场就嚷着“闷”,“我简直有点喘不过气来”;这种无时不有的、几乎成为蘩漪象征的感觉,自然早已超越了生理的意义,而意味着生命热力的被郁结,以及随之而产生的难以言传的精神痛苦,并且形成一种持续的紧张:生命之弦越绷越紧,几至于崩裂。满蓄着受着压抑的“力”,必然要随时随地寻求某一个缺口,以便冲决而出。由此而产生了“狂躁”——这是一种超常态的欲望与对欲望的超常态的压抑,二者互相撞击而激起的近乎疯狂的情绪力量。请听蘩漪的独白——

> 热极了,闷极了,这里真是再也不能住的。我希望我今天变成火山的口,热烈地冒一次,什么我都烧个干净！……

而“火山”终于爆发——

> (向冲,半疯狂地)你不要以为我是你的母亲。(高声)你的母亲早死了,早叫你的父亲压死了,闷死了。现在我不是你的母亲,她是见着周萍又活了的女人,(不顾一切地)她也是一个要一个男人真爱她,要真真活着的女人!……
>
> (失去了母性,喊着)我没有孩子,我没有丈夫,我没有家,我什么都没有,我只要你说——我是你的!

这里的“不顾一切”——冲决传统伦理道德的束缚,不惜放弃以至亵渎在传统中视为最神圣的“母亲”的尊严,权利,赤裸裸地要求着一个“男人”对一个“女人”的情欲与性爱,这确实骇世惊俗,震撼人心。这才是《雷雨》中最为眩目的一道闪电,最扣人心弦的一声惊雷,它把从来“有母性,有女儿性,而无妻性”的中国妇女几千年受压抑的精神痛苦一下子照亮,因受压抑而千百倍加强了的反抗的“魔性”也在一瞬间全部释放。尽管只是“瞬间的闪亮”,但毕竟是生命的真正闪光;作者说,“这总比阉鸡似的男子们为着凡庸的生活怯弱地度着一天一天的日子更值得佩服。”

但作者又说:“她的生命烧到电火样地白热,短促;情感,郁热,境遇,激成一朵艳丽的火花,当着火星也消灭时,她的生机也顿时化为乌有”——这是不能不使人想到人生的悲凉与残酷的。

蘩漪确实是“最‘雷雨’”的性格。

(录自钱理群:《大小舞台之间》,浙江文艺出版社1994年版)

▲论周朴园

不能不令人感到惊异的是,作者曹禺这时才不过二十三岁,他竟能把周朴园这样一个老奸巨猾、深藏不露的伪善者的灵魂,如此清晰、如此细致入微地勾勒出来。这种深刻的观察力,这样高超的艺术才能,真叫人叹赏不止。不过最后一场中对周朴园的描写、处理,却不能说是同样成功的。在这一场里(其实,前面也或多或少地存在着这种情况),作者思想上的不成熟,以及他世界观中的严重弱点,和他的作为一个天才艺术家所特有的感受与表现的能力,同样清晰地呈现在我们眼前。

在周萍与四凤已经取得侍萍的同意,即将一同出走的当儿,周朴园被蘩漪叫了下来。他一下来,忽然又看到了已经说过再也不上周家门的侍萍、四凤,而且她们还同蘩漪、周萍、周冲在一起,他当时的惊骇是可想而知的。作者这样写:

周朴园　(见鲁侍萍、鲁四凤在一起，惊)啊，你，你——你们这是做什么？

头上那个“你”字可能是对侍萍说的。他可能是一看到侍萍，在万分吃惊的当儿，就几乎脱口而出地说出“你怎么又来了？”这句话来。但他究竟是个老练而深沉的人，所以他终于竭力压住了惊慌，并且强作镇定地、不失他的威严本色地改问了一句：“你们这是做什么？”这时，蘩漪就拉着四凤告诉他，“这是你的儿媳妇，你见见。”又叫四凤“叫他爸爸”。并且指着侍萍，叫周朴园“也认识认识这位老太太”。接着，她又转过身来对周萍说：“萍，过来！当着你的父亲，过来，给这个妈叩头。”周朴园看见侍萍重又回来，本来就已经是说不出的慌乱，如今蘩漪又不怀好意地一会儿叫他认这个，一会儿叫他认那个，而他又完全不知道周萍与四凤之间的事，所以蘩漪一上来说四凤是他的媳妇，他可能没有听清楚；即使听清楚了，在极度的慌乱中，在一心只想着他跟侍萍的关系时，也可能完全不理解“媳妇”两个字的意义。而蘩漪叫周萍给侍萍叩头，——“给这个妈叩头”这句话，在他的耳中却特别响亮清晰。他既然并不知道周萍跟四凤的恋爱关系，当然也就不会想到蘩漪嘴中的这个“妈”字，并不是他心里所想的那个“妈”字的意思。于是，他就一心以为他跟侍萍的关系已被大家知道了，(后来蘩漪的：“什么，她是侍萍？”这样由衷的惊奇，不是也被他认为是故意的嘲弄吗？)他当然也就无法再隐瞒了。所以，他之承认侍萍，起先原是被迫的，并非出于自动。这些描写，都是十分真实而深刻的，是符合周朴园这样一个人的性格特色的。然而就在这里，作者却给了周朴园以过多的悔恨沉痛的感情，仿佛他真像所谓“天良发现”似地忽然真正忏悔起过去的罪恶来了。作者写他始而悔恨地对侍萍说：“侍萍，我想你也会回来的。”在这句话里，我们听得出，有的不仅是对自己的行为的悔恨而且还含有对侍萍终于还是回来了的一种欣慰的感情。继而又沉痛地唤着周萍：“萍儿，你过来。你的生母并没有死，她还在世上。”这样的口吻，也不像是因为隐瞒不了而只得假意敷衍的人的口吻了。紧接在这句话的后面是：

周　萍　(半狂地)不是她！爸，您告诉我，不是她！

周朴园　(严厉地)混账！萍儿，不许胡说。她没有什么好身世，也是你的母亲。

周　萍　(痛苦万分)哦，爸！

周朴园　(尊重地)不要以为你跟四凤同母，觉得脸上不好看，你就忘了人伦天性。

鲁四凤　(向母)哦,妈!(痛苦地)

周朴园　(沉重地)萍儿,你原谅我。我一生就做错了这一件事。我万没有想到她今天还在,今天找到这儿。我想这只能说是天命。(向鲁妈叹口气)我老了,刚才我叫你走,我很后悔,我预备寄给你两万块钱。现在你既然来了,我想萍儿是个孝顺孩子,他会好好地侍奉你。我对不起你的地方,他会补上的。

这样的一番话,不但很能迷惑侍萍以及所有其他在场的人,而且也会冲淡读者和观众对周朴园的憎恨,而使整个作品的思想意义受到损害。当然,我们并不是说,周朴园决不会说这样的话,也并不是说,这样一番话就与周朴园的性格存在着怎样的牴牾。像周朴园这样一个人,在眼看真相已万难掩盖时,为了维持他的伪善面貌,维持他一向极力装扮的假道德,为了给儿子以“良好”榜样,为了维护他的家庭的“平静”而“圆满”的秩序,是完全有可能说出类似的话来的,问题是在于他说这些话时的态度与口吻。像上面这样的态度与口吻,恐怕是很难使人不受到迷惑的。作者应该使这些话成为对周朴园的伪善本质的更深一层的揭露,而这里却似乎是在肯定周朴园的忏悔心情了。这应该说是作者的一些弱笔。而这些弱笔的出现,并不是由于作者艺术表现能力方面的欠缺,而是与作者当时思想上的弱点直接联系着的。

(钱谷融:《“你忘了你是怎样一个人啦!”——谈周朴园》,收入《曹禺研究资料》上册,中国戏剧出版社 1991 年版)

▲《雷雨》若干分歧问题探讨

曹禺曾觉得《雷雨》“太像戏”,“很讨厌它的结构”。

我不明白,《雷雨》的戏剧结构有什么不好?既然写戏,就要“像戏”,戏味越足越好。

所谓戏剧结构,就是根据题材的特点与主题的要求,按照人物性格发展的逻辑,组织戏剧冲突与安排情节的艺术。衡量一个戏的结构,最高标准是它的整体的有机统一。这是理想的戏剧结构。清代戏剧理论家李渔在《闲情偶寄》的“密针线”一章中说:“编戏有如缝衣,其初则以完全者剪碎,其后又以剪碎者凑成。剪碎易,凑成难。凑成之工,全在针线紧密;一节偶疏,全篇之破绽出矣。每编一折,必须前顾数折,后顾数折。顾前者,欲其照映;顾后者，便于埋伏。照映、埋伏，不止照映一人，埋伏一事，凡是此剧中有名之人、关涉之事，与前此、后此所说之话，节节俱要想到。”《雷雨》就是用“金线”精心缝制而成的艳装。

《雷雨》的结构，是戏剧的“锁闭式”结构的杰出范例。它时间集中，全部故事发生在二十四小时之内；它地点集中，三幕在周家，一幕在鲁家；它的登场人物经过极严格的选择，一共八人；戏在现在的危机中开头，并以现在的情节为主，把过去的情节用回顾方式渐渐透露出来，推动剧情迅速向高潮发展。这样，情节集中紧凑，人物性格富有深度，收到了良好的艺术效果。这个戏，不仅戏剧冲突组织得好，而且对于戏剧结构的各个环节，如纵的情节线索的安排，横的发展阶段的布局（分幕分场或戏的开端、发展、高潮、结局即起、承、转、合），以及戏剧结构中的许多重要手段，如重点与穿插，期待与悬念，突转与发现，等等，都处理得很好，积累了宝贵的经验。由于篇幅所限，这里仅就作者处理情节发展的偶然性与必然性问题，作一些初步探讨。

不少人认为，《雷雨》的情节巧合太多，充满了偶然性事件。的确如此：周朴园三十年前抛弃的侍萍，三十年后又突然回到周公馆；侍萍的丈夫和女儿恰巧又在周家当佣人，儿子鲁大海在周朴园的矿上当工人；后母与长子发生不正当关系，偏又碰上同母兄妹相爱；在周萍与四凤的关系中，又插进一个同父兄弟周冲等等。一个戏，能容许写这么多偶然事件吗？人们明明知道戏是编出来的，为什么还沉浸在戏剧情境之中，而不怀疑它的真实性？这是因为：

（一）生活中本来存在偶然事件。生活矛盾丰富多样，无比复杂，全部社会生活就由必然性、可然性与偶然性的事件所组成。同时，在实际生活中，偶然性又往往与必然性、可然性相联系。如在旧社会，丫头侍女被老爷蹂躏而后抛弃，是司空见惯的现象。这是那个社会制度的产物。由此而来、与此相联系的有两种情形，或丫头惨死，老爷继续当“好人”，胡作非为，这是常见的；或老爷的罪恶被揭穿，受谴责，再也当不了“伪君子”，这是个别的。侍萍三十年前后的遭遇，把生活的必然性与偶然性联系起来，从而反映了社会生活一个方面的本来面目，这是完全可以的。

（二）生活中，必然性与偶然性的关系，是一般与个别的关系，共性与个性的关系。偶然中往往包含着必然，必然性通过偶然性而得到体现。如：后母蘩漪与长子周萍发生不正当关系，这是偶然的。但偶然中包含着必然。唯物主义哲学的一个基本原则是，一切以时间、地点、条件为转移。在周公馆那监狱般的家庭环境中，蘩漪所处的阶级地位，她的生活习性，她的阶级偏见与门第观念,决定她不可能冲出牢笼,到新的天地中去爱新的人。她只能抓住周萍。这样,她的悲剧命运就是不可避免的了。

(三)在戏中,并不是每一个偶然因素或偶然事件,都能反映出生活的必然性,这就要求剧作家运用说明、伏笔、照应等手法,使它合乎情理,合乎人物性格发展的逻辑,而变成人们可以理解、可以接受的东西。《雷雨》在这方面,真可谓匠心独运,无懈可击。鲁大海为什么偏偏在周家的矿上当工人?鲁贵对四凤这样说:“他哪一点对得起我?当大兵,拉包月车,干机器匠,念书上学,哪一行他是好好地干过!好容易我荐他到了周家的矿上去,他又跟工头闹起来,把人家打啦。”这说明,鲁大海曾干过很多事,只是在走投无路的情况下,凭着他爸爸的那层可怜的关系,才到了周家的矿上。这在那个社会里,是惟一的求生之路。有此说明,这一情节就变得合情合理了。第三幕中,蘩漪在暴雨之夜突然出现在四凤家的窗口,这完全出乎人之所料,但它符合人物性格发展的逻辑,因而是可信的。蘩漪的性格,在第一、二幕中已经非常清楚:趋向极端,不是爱,便是恨。她所追求的东西,不惜任何手段去争取;她所憎恨的东西,不惜令其毁灭。她知道周萍要到四凤家去,她严厉警告周萍:“小心,小心!你不要把一个失望的女人逼得太狠了,她是什么事都做得出来的。”作者在这之前又特意伏了一笔,她问过四凤家的住址。所以蘩漪的这个突然举动,既出乎意外,又合乎情理——合乎人物性格发展之理,合乎剧情发展之理;而不是故弄玄虚,故作惊人之笔。

(录自辛宪锡:《〈雷雨〉若干分歧问题探讨》,《中国现代文学研究丛刊》1981 年第 1 期)

▲曹禺戏剧与契诃夫

从编剧艺术看,《雷雨》是典型的易卜生式的戏剧,曹禺彼时的戏剧观完全是欧洲传统型的戏剧观。这种传统的戏剧观与编剧艺术中,情节与冲突在剧中占有重要地位,每部戏都有一个中心事件,由这个中心事件产生戏剧的主要冲突即中心动作,戏剧就等于这个中心动作本身,戏剧性来源于紧张激烈的冲突,因此戏剧又被称为“激变的艺术”;而且这个中心事件往往是一个非常性事件(如《雷雨》中周、鲁两家三十年的纠葛,又如哈姆莱特复仇,罗密欧、朱丽叶的悲欢离合,娜拉的家庭变故等),戏剧实际上采用了通过一个紧急事件来考验人物的办法。在结构安排上,以中心情节的发展来组织场面,每一幕的若干场面都是紧紧围绕着中心动作这个主轴展开的,通过一个接一个场面的展开来推动中心动作的发展,主要情节的展开。这样的戏剧观与编剧术有力地强化了《雷雨》紧张激荡的风格。《雷雨》艺术上的许多长处是其它特点的艺术不能替代的，另方面，《雷雨》紧张激荡的风格确实与一些“太像戏”的因素分不开。《北京人》中这些“太像戏”的因素消失了，张牙舞爪的穿插不见了，出现了以描写日常生活琐事为主的叙事性特点。幕布拉开，我们看到，一会儿仆人告诉太太有人来讨账，而这时陈奶妈从乡下来拜节了；一会儿妻子叫丈夫起床，而曾文清与陈奶妈隔着墙闲扯起来；一会儿曾思懿与曾文清为一幅画发生口角，而姑老爷江泰则在屋内大骂；忽儿曾思懿教训着儿子，忽儿曾霆与袁圆在一起玩耍，忽儿曾思懿又指桑骂槐，训斥瑞贞……许许多多琐碎的生活，许许多多小小的场面，一幅画引出一场风波，一只鸽子招来几声感慨，一只风筝带出几个人物，拜节，吃饭，三句闲谈，两声唏嘘，一场口角都可以构成一个个戏剧场面，成为戏剧表现的主要内容，它们都是这个封建家庭内经常发生的日常性生活，而不是像《雷雨》那样可能发生的非常性紧急事变。第一幕有近五十个戏剧场面，旁枝逸出，似乎不经意地发生，随意地展开，若断似续，忽隐忽现，生活就像流水一样在这里慢慢流着，流着，而不像《雷雨》，同样是第一幕，六个主要场面都紧紧围绕着蘩漪与周萍戏剧动作这根主轴连续性展开。曹禺严格地按照生活的本来面目描写生活，从生活出发，把戏剧舞台当作生活本身，让生活自然朴实地展开，像一股潺湲流水顺顺畅畅流淌，时而荡起一圈涟漪，几簇浪花。这显然与契诃夫一样把戏剧“生活化”了。

我上边说过，曹禺先生好像有所向往，他所向往的是由礼拜堂的颂主歌声，造成的那种哀静的心情；实在有所迷恋，由《北京人》我们可以知道，他迷恋的是我们旧日封建社会的道德与情感，像愫方所代表的那样。他不知道，我们现在要想造成那种哀静的心情，只有中国沦为殖民地，大家又都安于那样的殖民地生活，只是其中少数的所谓高等华人，能得到那种哀静，少数艺术至上主义的艺术家，关起门来，创作他们不朽的著作，他们的生活不与现实接触，他们的心情要跟永恒通消息，才能够造出叫人用一种哀静心情来欣赏的那种艺术。这决不是我的过甚其词，然而，在这里，关于这方面的话，自然也不能谈得过多。所以，他会不自觉地写出《雷雨》那样的序幕与尾声。他知道中国的旧封建社会，非崩溃不可，但是他却爱恋那种势必随着封建社会死灭的道德与情感，他低回婉转地不忍割舍，好像对于行将没落的夕阳一样。在《北京人》里唱出了他的挽歌，是又幽静，又悲哀的呀！然而，他却无法挽回封建社会崩溃的命运，他更无法留住那行将死灭的道德与感情，跟“无计与春住”，是同样无可奈何的事情。我们读《樱桃园》的时候，也有这样的感觉。但是《樱桃园》的重音落在商人洛拔黑的身上，就是《樱桃园》的新主人；而《北京人》呢，重音是在愫方的身上，那代表封建道德情感的旧式小姐。这样，我们的曹禺先生给我们创造出一个旧时代的优美典型，同时，也使我们在《北京人》里感到了一些矛盾，弄得情节的发展，不能不有些牵强，减低了这本剧应该发生的效果与影响。

（录自朱栋霖：《曹禺戏剧与契诃夫》，《中国现代文学研究丛刊》1983年第3期）

▲论陈白露

陈白露是个充满着矛盾的人物。她初出场时，作者对她所作的介绍，我觉得最好地说明了她："她爱生活，她又厌恶生活。"她爱生活，是因为生活里充满着欢乐，充满着美好的东西。她又厌恶生活，是因为她所想望的欢乐、她所喜爱的美好的东西，却又是必须通过她所厌恶的方式——出卖自己的色相，必须忍受着最大的屈辱——把色相出卖给自己所瞧不起的人，才能取得的。

对她的生活感到不满、痛苦与厌恶，鄙夷她周围的一切人，这是陈白露坚强、清醒的一面。她在她的生活圈子里，就像臭水池里的一朵莲花，虽是生长在污泥里，却仍保持着她的鲜丽与芳洁。但她终于跳不出这个圈子，尽管向往着自由，但还是没有勇气冲出这已为她所非常厌恶的漂亮的金丝笼，就是她的软弱而麻木的一面。

陈白露的矛盾，陈白露的悲剧，是在于：一方面，她洞悉资产阶级社会的种种丑恶，特别是资产阶级的灵魂的空虚与道德的堕落，对他们极度的憎厌；一方面，她又留恋着资产阶级的生活方式，特别是对资产阶级所能供给的物质享受非常沉迷。再加上她那极端高傲、倔强的性格，她的过分的自怜自爱，自我欣赏，以及像一个旧社会里睥睨一切、飘飘然遗世独立的诗人一样的才分、气质，就使这个矛盾更加尖锐，更加剧烈，更加无法调和，无法克服，最后只有以死亡来解决。

"她难道不能离开她所鄙弃的人，改变她已感到厌倦的生活吗？"这是我们每一个人都忍不住要发出的疑问。方达生不是还在极力鼓励她，要她跟他去吗？然而，对于陈白露来说，这却是不可能的。她不是早说过吗，她是"一辈子卖给这个地方的"，她离不开这个地方。我们也该记得，当方达生要求她嫁给他的时候她所说的那番话："我要人养活我，……我要舒服，……我出门要坐汽车，应酬要穿些好衣服，我要玩，我要花钱，要花很多很多的钱，……"离开这里，跟方达生走，这些就都办不到。这在陈白露是受不了的。留在这儿既不愿，离开这儿又不能，那她除了自杀还有什么路可走呢？

所以，她的自杀，她的非死不可，既是社会害的，也是她自个儿找的。我们一面固然要对那个容不得正直、善良的人的黑暗社会提出控诉，另一面也应该批判陈白露的享乐主义的人生观。这就是陈白露这一形象的典型意义。

（钱谷融：《谈谈〈日出〉中的陈白露》，收入《曹禺研究资料》下册，中国戏剧出版社 1991 年版）

▲关于《日出》中陈白露的形象分析

在这场“各谈各的”的对话（陈白露谈的是形而上层次的“人”的生存方式与归宿，王福升考虑的是现实的世俗生活；两人尽管使用着同一语码，解读完全不同，形成了一种蕴含着悲凉的戏剧性）中，引人注目地出现了“家”与“旅馆”两个意象，其内涵自然十分丰富。而在此时此刻，陈白露的心目中，“家”的意象意味着：熟悉的充满原始活力的农村，家园，故土，生命的起源与归宿；“旅馆”的意象则意味着：陌生的城市，生命的无可着落。这里，原本包含着一个复杂的心理过程：若干年前，当陈白露怀着“飞”的欲念、冲动，走出“家”，独身闯入这个现代化大都市时，未尝不曾将这陌生的异地看作是自我生命能够得以更自由的飞翔的理想的乐园，但她很快就发现，淹没在“大旅馆”熙熙攘攘的人群中，突然失去了自己，而且，为了生存，她终于套上金钱的枷锁，成为大旅馆里公众的玩物，更彻底地（从肉体到灵魂）出卖了自己。当她猛然意识到，自己已经很久不知道“春天为何物”时，她终于发现了另一种形态的生命的枯萎，产生了幻灭感。于是，她的心灵深处，响起了“归去”的呼唤……然而，无情的事实却是，她已经“卖给这个地方”（见第四幕陈白露与方达生的对话），她注定要永远在这“旅馆”里飘泊，“飞”不回去了。更准确地说，除了“死亡”，她再也没有别的归家之路：实际上，就在谈话的这一刻，陈白露的最后结局已经无可更改地决定了。

问题是，陈白露为什么再也“飞”不回去？剧作家的深刻之处正在于，他没有简单地归之于外在环境了事，而是径直深入到陈白露的内心世界里去寻找原因。陈白露在与方达生最后一次谈话（第四幕）里，回顾她与那位诗人的不幸婚姻（这也是陈白露自我生命的一次“挣扎”），谈到“最可怕的事情，不是嫉妒，不是打架，而是平淡，无聊，厌烦”，这其实正是陈白露对于自我现存生命形态的一个清醒的体验与审视：她正是生活在“平淡，无聊，厌烦”也即“平庸”之中——更可怕的，不是“平庸”本身，而是对这种“平庸”的“习惯”，以及随之产生的倦怠与平静，也即生命的凝滞：这正是现代化的大都市生活对于“人”的精神的最大损害。剧作家在陈白露一出场时，就是这样分析他的主人公的：“神色不时地露出倦怠与厌恶；这种生活的倦怠是她那种飘泊人特有的性质。她爱生活，她也厌倦生活。生活对于她是一串习惯的桎梏，她不再想真实的感情的慰藉。……生活是铁一般的真实，有它自来的残忍！习惯，自己所习惯的种种生活的方式，是最狠心的桎梏，使你即使怎样羡慕着自由，怎样憧憬着在情爱里伟大的牺牲（如小说电影中时常夸张地来叙述的），也难以飞出自己的生活的狭之笼。”——这是人的基本物质欲望得到满足（甚至是较为充分地满足）以后，“生活”本身所具有的惰性力量（即所谓“习惯”）对于“人”自身的桎梏：自由的失落不是外在力量压制所致，而是“自己所习惯的生活方式”将自我凝固、束缚起来，这是一种“人”的自由生命的自我剥夺。曹禺把他对现代大都市上层生活圈的“人”的生存方式、生命形态的这一发现，纳入他个人话语系统中，他称之为生活“自来的残忍”。比之他在《雷雨》蘩漪、周冲、周萍、侍萍们身上发现的无望的“挣扎”，在《日出》潘月亭们身上发现的“被捉弄”，同样是惊心动魄的——我们可以说，这是剧作家对于“人”（特别是“中国人”）的生存状态、生存方式的“三大发现”，构成了曹禺戏剧“残忍”主题的深刻内涵。

我们已经说过，陈白露的“过去式”在精神上与蘩漪、周冲有某些相通；而陈白露的“现在式”，却已经失去了蘩漪、周冲（以至周萍）那样的内心骚动：这是一个“倦怠的”，而非“不安定”的灵魂。她的悲剧正在于，再也没有那不可遏止的生命的欲望与冲动，更没有那“彻底”的大爱与大恨，以至复仇。如果说，曹禺在中国大家庭的牢笼里，居然发现了（发掘出了）蘩漪这样的被压抑着、却又压不住的“原始的雷雨的性格”，那么，他在现代化大都市的“旅馆”里，却发现了这“原始的雷雨的性格”的失落。他于是毫不犹豫地“埋葬”了陈白露：“太阳升起来了，黑暗留在后面。但是太阳不是我们的，我们要睡了”，“我们”首先指的就是陈白露，甚至包括方达生在内（至于那些人间的“丑类”，他们本是黑暗中的动物，不在讨论之列）；作出这样的判断，自然含有几分沉痛，更是一种清醒，是生活本身对于剧作者的启示——据说，曹禺是“心中早已有了这几句话”，“以后才逐渐酝酿演化出（《日出》剧中的）许多人物”的。

（录自钱理群：《大小舞台之间》，浙江文艺出版社 1994 年版）

▲关于《北京人》中文清与愫方的形象分析

作为一个真正的灵魂的探险者，曹禺当然不会囿于个人有限的经验与体验。曹禺绝不是那类“咀嚼身边小小的悲欢，以为这就是世界”的作者；

他要探求的,是人的更开阔、也更隐蔽的灵魂世界……

他向自己(也向他的戏剧的接受者)提出了一个严峻的问题:愫方与文清,这两个灵魂真的“同声同气”吗?他(她)们在静默中真正相通吗?

他于是开始了更加残酷的灵魂的拷问。

的确,从外表上看,这两个人实在是太相近了:曾文清是“这般清俊飘逸”,“服色淡雅大方”,气质“淳厚聪颖”,“语音清虚”,“行动飘然”;愫方“依然保持昔日闺秀的幽丽”,“服饰十分淡雅”,“说话声音,温婉动听”。而且他(她)们都习惯于沉默:曾文清“时常凝视出神”,愫方“多半在无言的微笑中静聆旁人的话语”……

这是两个多么高贵而美丽的灵魂!我们因此而联想起李白、李清照——中国民族文化中的人杰、精魂……

但这不过是历史的错觉和误会。

曹禺用他无情的笔向我们揭示:虽然曾文清仿佛“温文有礼”“清奇飘逸”,他实在“只是一个生命的空壳”。是的,他时常“凝视出神”,但早已失去周冲、蘩漪、仇虎、金子们那样的生命的欲望、追求与活力,他甚至不会像陈白露那样在春天的霜花面前,表现出刹那间的生之乐趣;他对生活已经彻底“厌倦和失望”,并且陷入了无可救药的怯懦、颓废与沉滞、懒散之中:“懒于动作,懒于思想,懒于用心,懒于说话,懒于举步,懒于起床,懒于见人,懒于做任何严重费力的事情”,甚至“懒于宣泄心中的苦痛”,“懒到不想感觉自己还有感觉”。因此,他“凝视出神”的前方,只是一片空白,沉默背后已空无一物。这是一个“精神上的瘫痪”者,他的灵魂里,不但失去了精神的追求,而且已经没有了精神的内容。尽管有如此美丽的躯壳,却已经在事实上成了“行尸走肉”。这生命的“空洞”才是“人”的最可怕的堕落。

但愫方却不同。剧作家一开始就告诉我们:“她的心灵是深深地埋着丰富的宝藏的。”和她接触越多,读者(观众)就越发现,这外表柔弱的女子,“并不懦弱”,“她的固执在她的无尽的耐性中时常倔强地表露出来”;在她“异常的缄默”背后,是一个异常丰厚、博大的精神世界。她“时常忘却自己的幸福和健康,抚爱着和她同样不幸的人们”,她把她“慷慨”的爱施于每一个人:从衰老而自私的姨父,到瑞贞未出世的婴儿,甚至包括时时计算着她的思懿。她对于文清的爱,更是只有无私的奉献,“她哀怜他甚于哀怜自己”,她为他做理应由他自己做的一切事,替他承受理应由他自己承受的一切感情的折磨,却不要求任何回报。她因爱文清而“推及”一切,以至于鸽子这样的小动物。鲁迅说“博大的诗人”必定“感得全人间世,而同时又领会天国之极乐和地狱之大苦恼的精神”；在某种程度上，愫方正是曹禺心目中的“博大的诗人”，《北京人》的“生命的诗”，首先是由愫方的精神谱写的。更能将愫方与文清区别开来的，是愫方身上不懈的追求精神，她是剧中人物中惟一对“活着是为什么呀？”这个问题有了自己明确的回答的人。当她眼里涌着泪光，微笑着，陶醉似地对瑞贞说：“尽量帮助别人吧，把好的送给人家，坏的留给自己，什么可怜的人我们都要帮助，我们不单靠吃米活着的呵”，“看见人家快乐，你不也快乐么？”时，你自会感到：这是一个有着自己的信念，有着精神追求的女人，尽管她活得痛苦，但她的生命是充实而丰富的。于是，你会突然醒悟：愫方与文清，这一对“在静默中相通”的男女，实质上并不相通，在“静默”的表象背后，原来隐藏着两个不同的灵魂——一个像真正的“人”那样活着，拥有“人”所应有的一切痛苦、追求与欢乐；而另一个，作为“人”早已死去，只剩下“生命的空壳”。意识到彼此灵魂的沟通，而不能“互通款曲”，这固然可悲；但最终却发现连所谓“沟通”都不过是一个假象，“海内存知己”，仅是海市蜃楼式的幻影，心灵本就相隔“天涯”，“若比邻”云云，只是自欺欺人的虚词。这是不能不引起透骨的悲凉之感的。如再往深处想一想：愫方竟是为着这样的“幻影”而活着，为着文清那样的“生命的空壳”而作出无私的奉献，就更会感到，“人”的美好情感、追求是多么容易被无端地曲扭与捉弄呵。——难怪瑞贞看见文清“归来”时会有“天塌”地陷之感。在这历史的“误会”里确实包含着丰富的悲喜剧内容，曹禺式的“残忍”观念（主题）也因此得到了更深一层的阐发。

但剧作家仍是善良的。他不忍心让愫方这美丽的灵魂做文清、曾皓们的殉葬品。他终于给愫方与文清安排了不同的结局：文清自杀了，愫方却在经历了精神的轰毁之后走上了新路：到广大的“天涯”中去寻找真正的“知己”。

这正是：“人”与“生命的空壳”都到自己应该去的地方。曹禺再一次表现了他的理想主义。

（录自钱理群：《大小舞台之间》，浙江文艺出版社 1994 年版）

第二十章　戏剧(二)

【学习提示与述要】

本章介绍第二个十年(1928年—1937年6月)的戏剧。首先是对戏剧运动概貌的把握,可以用“走向广场”来概括戏剧的大众化及其对宣传教育功能的追求,这是本时期一种突出的趋向。其中又包括四种戏剧类型(潮流)的倡导,即:无产阶级戏剧、红色戏剧、国防戏剧与农民戏剧。还应当注意本时期职业化的“剧场戏剧”对话剧艺术的发展起到了促进作用,培养了一批话剧艺术家。应着重评析夏衍及其《上海屋檐下》等剧作,对田汉、洪深、李健吾等剧作家也应有大致的了解。学习这一章应抓住创作潮流的演变,并尽可能与此前、此后不同阶段的戏剧运动联系起来考察,以获得整体的史的印象。

一　走向广场:无产阶级戏剧、红色戏剧、国防戏剧与农民戏剧的倡导

1. 应对本时期的戏剧运动概况有大致的了解。三种戏剧运动都带有主潮的特色,即适应1930年代革命与救亡的时代需求,其中“无产阶级戏剧”的中心在上海,1930年成立的中国左翼剧团联盟(后改为中国左翼戏剧家联盟)提倡演剧大众化,以话剧直接反映现实革命斗争,并将演出面向工厂农村。在红军队伍中则活跃着为红色政权服务的“红色戏剧”。“九一八”事变以后,为配合抗战,又兴起了“国防戏剧”。此外,还应对1930年代前期熊佛西主持下的河北定县“农民戏剧实验”有所了解。以上几种戏剧运动都有共同的大众化的趋向,即让话剧“走向广场”。

2. 应注意前一期已成名的田汉在1930年代创作出现的转向。包括题材转向现实,基调由感伤转为明朗,唯美的倾向让位于比较客观的写实。这种转向有得有失。其剧作《回春之曲》的成功,在于既表现现实的抗日救亡的题材,又保持了田汉原有的抒情浪漫的艺术个性。洪深的《农村三部曲》则是较早用阶级观点反映农村现实斗争的剧作。通过对两位剧作家创作得失大致的评析,可了解1930年代主潮剧作的一般面貌。

二　职业化、营业性剧场戏剧的确立与夏衍、李健吾的创作

3. 1930年代中期上海等地"大剧场"演出,使职业化、营业性的"剧场戏剧"得以确立,不但培养了包括曹禺、夏衍等一批剧作家,也培养了观众。对这种现象应有知识性的了解,并与早期"文明新戏"联系起来,探讨隔代呼应的现象。

4. 1930年代由"大剧场"培育的作家,曹禺之外,夏衍最重要,是评述的重点。应集中分析其代表作《上海屋檐下》。这部剧作将上海小市民的生活搬上舞台,从平凡琐屑的感情纠纷与人事摩擦中反映出时代的特征。和曹禺相比,夏衍不擅长从剧烈的传奇的冲突中展现人性悲剧,而是将焦点放到凡人小事,从朴素的取材中发掘悲剧性与喜剧性。也不同于曹禺的《雷雨》《原野》等剧那样注重情节的精心组织,大起大落,而是追求情节结构的简约、含蓄。可以着重分析该剧如何在同一舞台空间展现五家人的悲喜剧,领略剧作者关注大时代中普通人命运时所流露的浓郁的人情味,以及类似契诃夫"含泪的微笑"的艺术风格。此外,对李健吾、袁牧之等作家不同于主潮的艺术追求及其对戏剧艺术探索的贡献也要有所关注。

【知识点】

南国社、上海艺术剧社、中国左翼戏剧家联盟、红色戏剧、《放下你的鞭子》、白薇《打出幽灵塔》、洪深《农村三部曲》、熊佛西"农村戏剧实验"、夏衍《赛金花》、李健吾《这不过是春天》、袁牧之《一个女人和一条狗》。

【思考题】

1. 简述1930年代话剧运动的概况。

此题偏重对本章知识性的掌握。1930年代话剧主要有两种大的趋势,一是"广场戏剧",二是"剧场戏剧"。广场戏剧部分,可通过梳理几个概念,如无产阶级戏剧、红色戏剧、国防戏剧、农民戏剧等加以掌握;剧场戏剧主要集中在城市,并出现了"大剧场"演出的高潮,成为现代都市文化中重要的组成部分,同时也产生了一批重要的剧作家,如曹禺、夏衍、李健吾等。应该注意的是,不要简单地对两种戏剧模式加以价值评判,两者的互动才是1930年代话剧艺术深入、多元发展的表现。

2. 试评夏衍《上海屋檐下》的思想艺术特色。

此题考查对教材知识的概括。要点有:(1)《上海屋檐下》是夏衍的代

表作品，要从整体上理解这是一部从“席勒化”到“莎士比亚化”的转变之作。(2)可从以下几方面来把握其思想艺术特色，如取材方面，平凡朴素的市民生活与内在的时代深刻性相统一；结构方面，主线与副线配合得当；人物刻画方面，抓住性格特色，简洁鲜明；戏剧情感方面，含蓄、富有人情味等。“评论节录”中王文英《现实主义的杰作——〈上海屋檐下〉》从剧作的“双重结构”“散文式”结构、抒情特质、洗练风格等几个方面来说明其思想艺术特色，也可以借鉴。(3)最好能够结合作品来谈。

3. 简评田汉从1920年代到1930年代创作的“转向”。

此题有一定综合性。可参考《三十年》第二十章第一节及第八章第四节。要点有：(1)1920年代田汉创作的最主要特征是“新浪漫主义”，艺术表现上“重象征，重哲理，重(主观)抒情”。(2)1930年代田汉创作受“无产阶级戏剧”及“国防戏剧”的感召，转向现实主义戏剧创作，甚至直接反映现实事件，比如《顾正红之死》等。(3)这种“转向”有得有失，主要取决于田汉对其剧作抒情性与传奇性特征的把捉。1930年代中期田汉写出《回春之曲》，是其“转向”的成功作品。以上三点，最好能够结合具体作品。(4)如果进一步深入分析，这个问题实际上是时代要求与作家艺术个性如何融合的问题，也是一个关乎中国现代文学之现代性的重要问题。此点不要求一定回答。

【必读作品与文献】

夏　衍：《上海屋檐下》

【评论节录】

王文英：《现实主义的杰作——〈上海屋檐下〉》

▲分析夏衍《上海屋檐下》的艺术特色

夏衍为了从简单、平凡的生活中发掘出深刻的真理，在《上》剧中首次运用了富有独创性的散文式“双重结构”形式。

首先，人们在《上》剧中找不到传统戏剧中那种紧张剧烈的戏剧冲突。这是夏衍采用了类似契诃夫剧作中常常出现的“双重结构”样式所带来的显著特点。……《上》剧的结构被作者处理成明、暗两层。暗的是，深藏在生活深处的巨大社会冲突；明的是，在这社会冲突支配下形成的日常生活情景、人物的不同遭遇以及他们的感情波澜。这明暗两层结构，互为表里。潜在的社会冲突,足以阐发日常生活现象的历史本质,足以解释人物所以如此动作而不那样动作的内在根据,从而传达出人物活生生的内心情绪。而反过来,这外在的日常生活现象,能够反射出时代的面貌,从人物的内心情绪折射出黑暗势力对于人物的压迫。在明暗结构的双层之间,形成一个戏剧潜流回旋的巨大空间。正是这戏剧潜流的流动,把社会现象与社会本质融为一体,把促使人物活动的外界因素与内心根据融为一体。因此,读者通过剧作不但能看到人物活动的表面内容,而且能强烈地感受到生活的内在意蕴,能透过人物关系及情感的细微变化,察觉广阔时代的剧烈动荡。

《上》剧的双重结构,具体表现为贯串五家住户日常生活的正反两条内在线索。这两条贯串线,一条代表表面的戏剧进程,另一条代表内在的戏剧潜流。前一条线是小市民的日常琐细生活:施小宝"为了生活"而出卖肉体;赵妻"为了生活"而斤斤计较每一个铜板;黄家"为了生活"而口角不断;林志成"为了生活"而违背良心;……总之,是一幅小市民屈辱苟活的灰色生活图景。后一条潜在生活线索则是由象征手法构成的光明与黑暗交战的社会冲突背景:剧中人物遭受非人压迫的深沉黑暗,以及由这压迫导致的人们对黑暗的诅咒和对光明的向往。这两种情绪的交织,汇成渗透全剧的一句涵义丰富的潜台词:"不,人不能这样生活!"这里有赵妻的不平,赵震宇的牢骚,施小宝盼望夫归的呼号,林志成"有朝一日"的诅咒,杨彩玉要求幸福的热望,黄家楣不甘埋没的告白,即如半疯癫的李陵碑也在绝望中尚存一线梦幻的希望。这潭死水深处的波澜,更由于革命者匡复在这里的出现,而冲破了暂时平静的表层,泛起了骚动的涟漪,表现了生命的活力。从同一个生活场景中产生出的"为了生活"和"不,人不能这样生活"这样两条内在线索,把剧中五家住户的分散的生活画面,有机地缝接了起来。于是剧作中现实生活的平淡、琐碎和深邃、丰富两个侧面,巧妙地组合成一个互为表里、相辅相成的艺术整体,以真实、朴素而又深刻、含蓄的统一面貌完整地呈现在我们面前。正是这两条贯穿线,一明一暗,一外一内,构成了《上》剧的双层(重)戏剧结构。

其次,《上》剧虽有匡、林、杨三角爱情的重要情节,但全剧却没有提纲挈领、一以贯之的中心情节。五家住户的生活和命运,各按自己的进程向前发展,虽然各占篇幅不等,但其中一家的遭遇与另一家的境况并无直接关联,一家的命运,并不能影响别家的生存。全剧象一篇散文,然而并不给人以零乱分散的感觉。而是"形散神不散",各部分之间的联系有机而紧密。这种"散文式"是《上》剧另一个结构特征。《上》剧的各部分,并不建立在主要情节的勾连贯串上，而是建立在作者对于生活的哲理思考上。作者的这种深思，在作品中就化为主题思想，成为照亮全部灰暗生活的聚光点，赋予全剧的一切以生命和诗意。托尔斯泰在论及契诃夫小说时说："艺术品中最重要的东西，是它应当有一个焦点才成，就是说，应当有这样一个点，所有的光集中在这一点上，或者从这一点放射出去。"《上》剧中，使全剧成为有机统一体的不是哪家的生活，也不是哪条中心情节线，而是匡复的出走，是使全剧为之生色的结尾那一束冲破梅雨低气压、照彻整幢小楼的阳光和孩子们的歌声。这是作者经过对那些小人物悲惨命运和微小愿望的反复思考，经过对中国革命者的巨大责任的深思熟虑之后，得出的对于中国革命的曲折道路和必胜前途的哲理的、诗意的概括。……

《上》剧一个极鲜明的风格特征是真实、朴素。一翻开剧本，就迎面扑来一股浓郁的生活气息……在庸俗、平淡的生活中，发掘出了为别人所忽略的诗意的本质。他基于对自己真实地认识、反映生活的能力的自信，勇敢地选择了表现都市小人物的灰色日常生活这一难度较大、不易讨巧的内容为题材。他能够自如地驾驭这一题材，在平静地展示生活中朴素一面的同时，让生活本身的发展逻辑来否定它自身丑恶的一面。所以，他不需用突发的惊奇以攫取读者的注意，他只要自然、朴素地把生活的本来面目表现出来就足够了。这一特点，无论在五家住户的生活场景中，还是每个人物的细节描写中，都表现得很充分。

含蓄、隽永的抒情特质，是《上》剧更为重要的风格特色，它构成了夏衍剧作独具一格的基调和色彩。

《上》剧中，一条抒情的溪流来自于作者的激情。作者隐而不露的主观爱憎，对剧中人物命运的深切关怀，对那些苦难而善良人物的温柔爱怜，在剧作中形成一股含蓄、抒情的暖流。

《上》剧中另一条抒情的溪流来自作品深处的潜流。剧作的散文式双重结构，使全剧荡漾着内在的诗情，使剧中人物的心情和外在社会因素达到水乳交融的境界。因此，使剧中人物的短短台词，乃至一个动作，一个表情，都能包含巨大的感情容量，给人以丰富的想象余地。从作品内部发出的感情的冲击力，有时能产生震撼人心的力量。

洗练、明净是《上》剧又一鲜明的风格特征。夏衍说过："戏剧是人生的缩影，在舞台上表现出来的正应该是压缩精炼了的人生。"精炼这个特征在《上》剧已奠定了基础。

这一特征与作者在创作方法上的转变、革新紧密相关。作者要从日常平凡的现实生活中提取题材,努力开掘出其中深邃的诗意,必须借助于不平常的表现方式。而这不平常的方式的关键一环,在于找到特别富有表现力的形象、语言、动作和细节,去掉一切多余的东西,使每一句台词、每一个动作都发挥最大的威力,一句话,要凝练。

洗练的特征突出地表现在他往往能敏锐地捕捉住人物一生中最具特征性的时刻,以最富特征性的事件、动作、语言、细节来刻画人物,所以能以少胜多,耐人咀嚼,往往只用"一句话和一行说明,确切表现一个性格和境遇"。富有特征性的对话和动作虽然极省俭,却足以唤起人们的丰富想象,以补充作者未直接说出的东西。

(录自王文英:《现实主义的杰作——〈上海屋檐下〉》,《文学评论丛刊》第 15 辑)

第二十一章　文学思潮与运动(三)

【学习提示与述要】

本章概述第三个十年(1937 年 7 月—1949 年 9 月)的文学思潮、运动与创作倾向,内容很多,又涉及一些复杂的理论问题,有较大的难度。一方面要有知识性的了解,包括对文学发展历史现象的宏观的认识;另一方面也要注意讨论一些重要而又有争议的理论性问题。第一节介绍战争制约下不同政治地域的文学发展状况,注意其"分割并存"状态,除了掌握三种不同区域文学的异同概貌,也要了解本时期不同阶段文学主潮的变化。第二节介绍毛泽东《在延安文艺座谈会上的讲话》(以下简称《讲话》)。因为《讲话》影响巨大,应作为重点来学习探讨。第三节介绍本时期的文学思潮与论争。其中应对胡风的理论有较多的关注,并放到文艺思潮发展的历史背景中去评价。

一　战争制约下不同政治地域的文学分割并存

1. "分割并存"是对本时期文学潮流的总体概括。既要注意战争和政治制约下的三个区域,即国统区、沦陷区与解放区文学发展的不同状况,又要注意不同区域文学的"共性",尽可能依照不同阶段的先后来概览文坛的主潮与创作风貌,特别是那些唯战时所特有的文坛现象。抗战初期国统区文学的基调是昂扬的英雄主义,"救亡"压倒一切,重视时代性、战斗性;进入战争相持阶段后,创作则转为正视战争的残酷与艰难,面对现实中的黑暗,题材更深入到民族生活的底蕴,揭露与批判现实,追求史诗格调,风格趋向凝重博大。抗战后期到解放战争时期,文学再一次与民主运动结合,讽刺成了主调,许多创作都带上喜剧性的批判色彩。

2. 与国统区创作不同的是,解放区创作基调是明朗朴素的,即使在世界文学史上,也显出其特色。应大致了解解放区文艺运动的情况,并注意其在题材、主题与人物描写几方面所表现出来的不同于以往新文学的特点。还应格外关注文学大众化、民族化特色的形成,包括如何转向真诚地描写农民,采用农民喜闻乐见的形式,创造新文体,等等。可以从解放区作家与农民"对话"与"寻根"的角度,去理解解放区文学如何成为一种崭新的文学形态,又如何成为政治推动下单向突进式发展的运动;既要肯定解放区文学的特色,以及其对新文学某些缺失的纠偏与补充,又要看到后来引发的一些负面影响。此外,对沦陷区文学也应有常识性的了解。

二　毛泽东《在延安文艺座谈会上的讲话》

3. 此为本章重点。应对《讲话》的文学史地位有明确的认识,即肯定其为第二次世界大战以来马克思主义文论中最有体系色彩且影响最大的论作之一,是中共领导中国革命文艺运动历史经验的总结,是马克思主义文艺理论中国化的重要成果。《讲话》的政治策略性很强,所讨论的问题大都是一些有关党如何领导文艺的问题,即所谓"外部关系"问题,这又必须考虑到特定的历史条件与时代要求,才能理解《讲话》的意义与影响。把握《讲话》的内容,应抓住"为群众"以及"如何为群众"这个核心命题,具体落实在"工农兵方向"上。毛泽东的命题比"五四"以来新文学所一再提倡的平民化、大众化要具体得多,政治内涵非常突出,有很强的现实针对性。可以从历史纵向发展的环节上去理解这个中心命题或口号。然后,可着重从三方面去理解"如何为群众"的措施与要求:其一是作家与艺术家的立场问题,要求"思想改造"并与工农结合,既解决了思想统一问题,又解决了创作源泉和服务对象问题。应当了解毛泽东在当时提出这种要求的确出于革命现实的需要。其二是对文艺与政治关系的重新阐释,强调文艺从属于政治,为政治服务,同时要求政治性与艺术性的统一。应首先肯定这仍是毛泽东作为政治家,在特定的历史条件下对文艺问题思考的结果,有其必要与理由,但"提法"上(尤其是关于批评标准)由于较多强调了服务政治,结果导致了简单化、概念化。其三是文艺与生活的关系,以及继承文学遗产等问题,都有对马克思主义文论的发展。总之,学习与理解《讲话》,一要看到其在特定历史条件下的正确性、权威性以及统一思想的重要作用;二要看到其对马克思主义文论的发展,对一些文艺理论基本命题的建立曾有过和继续起着重大的作用;三是注意其有些属于政治策略性的提法不宜在其他历史条件下任意引申。

三　文学思潮、论争与胡风等的理论批评

4. 1940 年代文学论争多,固然与时代与政治的左右相关,但从另一层面看,又是新文学理论建设更深入的探讨与建树。应对几次比较重要的论争如何发生、议论的焦点是什么、有哪些代表性的观点与理论探讨等等,有

知识性的了解。这几次论争,一是1940年以后国统区关于“民族形式”问题的论争;二是1942年延安整风时期关于“文艺与政治”“文艺与生活”关系的讨论,以及由此引发的对王实味文艺观点的批判;三是1945年国统区围绕茅盾的话剧《清明前后》与夏衍的话剧《芳草天涯》的评论而引发的有关文学与政治关系等问题的论争;四是《讲话》传到国统区之后,引起有关现实主义与“主观”问题的论争。这第四次论争延续时间长,“理论含量”高,涉及一些基本的文艺理论命题,并在事实上突出了胡风的理论,应作为重点考察。在了解上述诸次论争所涉及的重大命题时,都应当有史的眼光,结合对新文学历史经验的总结去加以思考。

5. 胡风是三四十年代乃至当代最有影响、最有争议的文学理论批评家,近年来学术界对胡风的研究空前地重视,并有新的成果。学习中应对胡风理论的形成、其基本框架与核心观点、其引起争论的焦点与原因,以及对胡风理论的历史定位等等,都有较全面的了解。可以把胡风的理论概括为“重体验的现实主义”或能动的“反映论”。应把握其核心命题“主观战斗精神”的内涵。了解胡风的关注点始终是从生活到作品的“中介”,特别是作者的主体因素在创作中的决定作用。还可以深入一步了解构筑胡风理论的三大支柱或三个主要观点:一是“到处都有生活”说,即主张题材自由;二是“精神奴役创伤”说,反对以“民粹主义”立场将人民理想化,也不赞同贬低知识分子的历史作用;三是“世界进步文艺支流”说,强调“五四”新文学与世界文学的联系。应当将胡风理论放到大的时代背景与论争的语境中全面评价,了解其理论的独创性和不成熟的地方,还可以思考胡风理论在四五十年代的“命运”这一深层次的问题。

【知识点】

中华全国文艺界抗敌协会、“文章下乡,文章入伍”、孤岛文学、沦陷区文学、“民族形式”论争、对王实味的批判、关于现实主义和主观问题的论争、主观战斗精神说、战国策派。

【思考题】

1. 简评解放区文学这一文学史现象。

此题主要考查对解放区文学的知识性了解,以及对于文学史现象的把握能力。可先从创作基调、题材和主题、民族化和大众化的自觉追求等三个方面简要说明解放区文学的基本特色,然后加以评述。一方面应从新文学作家与解放区农民的对话这个角度，充分肯定解放区文学在复兴民族民间传统文艺和推动新文学发展中的积极作用，看到这种文学现象的“新”的地方，另一方面也要注意解放区文学中的封建性因素和文学观的片面性等历史缺陷，以及后来引发的负面影响。有关内容参见《三十年》第二十一章第一节。

高年级的或有研究兴趣的同学，还可以在掌握上述基本知识的基础上，进一步思考中国共产党领导的无产阶级革命视野中的“农民”和“民间文学”，与传统意义上的“农民文化”的现代性差异。

2. 为什么说毛泽东《在延安文艺座谈会上的讲话》是马克思主义文艺理论中国化的最重要成果？

这个问题包含着两个层次的要求，第一要说明《讲话》是中国化了的马克思主义文艺理论，带有特定历史时期的政治色彩，有重大的历史贡献；第二要说明其重要性。对第一个层次的要求，可以从《讲话》是中国共产党领导革命文艺运动的历史经验总结、《讲话》的立足点是中国共产党领导的政治革命之需要，以及《讲话》发展了马克思主义文艺理论三个方面加以说明。对《讲话》的重要性，可以从其权威性和巨大影响两个方面加以说明。有关内容可参考《三十年》第二十一章第二节。

3. 如何评价“文艺的工农兵方向”？

“为群众”以及“如何为群众”，是《在延安文艺座谈会上的讲话》的核心问题，“文艺的工农兵方向”则是解决这个问题的具体方案，评价“文艺的工农兵方向”，其实也就是理解《讲话》的基本内容及其逻辑结构。“文艺的工农兵方向”利用解放区特殊的历史环境，从无产阶级革命的政治需要出发，对“群众”的具体内涵做了明确规定，解决了新文学发展中的一个重大问题。在此基础上，毛泽东把“如何为群众”的问题转化成了作家“思想改造”的具体实践，从而既满足了统一思想的需要，又解决了文艺创作的源泉问题。最后，《讲话》又根据确立“文艺的工农兵方向”的需要，从文艺与政治的关系这个角度，对文艺的功能等问题做了新的阐释。评价“文艺的工农兵方向”，要注意抓住毛泽东始终从政治革命的需要出发这个特殊的立足点来理解其历史内涵和得失。有关内容见《三十年》第二十一章第二节和“评论节录”中胡乔木的论述。

4. 试评胡风的“主观战斗精神”说。

此题偏重知识性的掌握，但进一步深入发挥的空间较大，有较大难度，适合高年级学生与研究生。在基本知识要求这个层次上，本题首先应该指出“主观战斗精神”说是胡风针对文学创作中的公式主义和客观主义倾向提出的理论命题，意在强调作家的主体意识在创作过程中的重要作用，其立足点是创作过程。其次，应说明胡风所说的“主观战斗精神”的具体含义。第三，简要说明胡风围绕着“主观战斗精神”这个核心命题提出的“到处有生活”说、人民群众的“精神奴役创伤”说、新文学传统的“世界进步文艺支流”说三个理论支点的内涵及其现实意义。上述三个方面的内容，参见《三十年》第二十一章第二节。

在此基础上，说明“主观战斗精神”说及其三个理论支点具体针对的是什么现象，进而在更大的历史范围内深入理解胡风的“体验现实主义”理论的历史意义，思考胡风所受到的批判及其当代遭遇。这方面的内容，属于拓展思考的范围，除参看《三十年》第二十一章第三节外，还需要整合教材第九章第二节，尤其是叙述“左联”对现实主义的理解和把握的曲折过程的内容，以及当代文学的有关内容。当代部分的内容，可参看朱寨主编的《中国当代文学思潮史》(人民文学出版社 1987 年版)第五章。

5. 比较胡风文艺理论与毛泽东文艺思想之间的差异。

本题为拓展型思考题，涉及的知识面广，对理论综合能力的要求较高，适合高年级学生与研究生。可以从胡风的“到处有生活”说、人民群众“精神奴役创伤”说等与《讲话》对工农兵文艺题材的规定和改造作家思想的要求等具体理论命题入手，比较两者的异同，进而从胡风理论的立足点是文学创作过程，《讲话》的立足点是中国革命的政治需要这个不同的出发点，以及胡风理论针对的是国统区文学，《讲话》针对的是解放区文学等理论框架和现实语境的不同出发来解释差异的形成原因。在此基础上，进一步思考胡风文艺理论在四五十年代受到的批判以及胡风的当代命运等问题。除“评论节录”部分的有关材料外，可参考朱寨主编的《中国当代文学思潮史》(人民文学出版社 1987 年版)第五章、王丽丽《在文艺与意识形态之间——胡风研究》(中国人民大学出版社 2003 年版)等，也可以根据温儒敏等人的《中国现当代文学学科概要》(北京大学出版社 2005 年版)第十九章第七节介绍的研究状况，寻找参考论著。

【必读作品与文献】

毛泽东:《在延安文艺座谈会上的讲话》
胡　风:《论现实主义的路》

【评论节录】

胡乔木:《当前思想战线的若干问题》
温儒敏:《胡风的体验现实主义批评体系》
支克坚:《胡风论》
何其芳:《现实主义的路,还是反现实主义的路》

▲胡乔木谈《讲话》

长期的实践证明,《讲话》中关于文艺从属于政治的提法,关于把文艺作品的思想内容简单地归结为作品的政治观点、政治倾向性,并把政治标准作为衡量文艺作品的第一标准的提法,关于把具有社会性的人性完全归结为人的阶级性的提法(这同他给雷经天同志的信中的提法直接矛盾),关于把反对国民党统治而来到延安、但还带有许多小资产阶级习气的作家同国民党相比较、同大地主大资产阶级相提并论的提法,这些互相关联的提法,虽然有它们产生的一定的历史原因,但究竟是不确切的,并且对于建国以来的文艺的发展产生了不利的影响。

(录自胡乔木:《当前思想战线的若干问题》,收入《三中全会以来重要文献选编》下册,人民出版社 1982 年版)

▲胡风的"主观战斗精神"论及相关的理论

胡风在不同的场合对"主观战斗精神"有不同角度的论述,其核心含义是强调作家在创作过程中,包括观察体验及反映生活的全过程中,充分发挥自己的主观方面的能动作用。

胡风把"主观战斗精神"解释为现实主义创作的态度或胸怀,并力图从五四新文学与鲁迅那里取得理论的支撑。他引申鲁迅在五四时期提倡的"为人生"和"改良这人生"的口号,认为"'为人生',一方面须得有'为'人生的真诚的心愿,另一方面须得有对于被'为'的人生的深入的认识,所'采'者,所'揭发'者,须得是人生的真实,那'采'者'揭发'者本人就要有痛痒相关地感受得到'病态社会'底'病态'和'不幸的人们'底'不幸'的胸怀。这种主观精神和客观真理的结合或融合,就产生新文艺底战斗的生命,我们把那叫做现实主义"。

胡风也讲主客观的结合和统一,但这里强调的是"主观精神",认为现实主义的关键在于对现实有主动的人生姿态,包含"痛痒相关的感受"的"胸怀"。他是从要求主动而且真诚地"感受"生活这一角度去理解和阐发鲁迅所开创的现实主义传统的。这样,胡风就把“主观精神”的内涵归结为作家个人的素质、事业心和人格等方面因素。他对“主观精神”更明确的解释是“作家底献身的意志,仁爱的胸怀,由于作家底对现实人生的真知灼见,不存一丝一毫自欺欺人的虚伪”。

胡风所提出的“主观战斗精神”,首先可以理解为作家的人格素质的要求,包括面对现实生活的主动真诚的姿态。在下文评述其理论产生的背景时还将看到,胡风既反感那种脱离社会与时代的“名士才情”文学,对局限于形象地解说现成革命理论,而缺少作家情思与独创性的作品也表示不满,他要求继承与发扬鲁迅“为人生”和“直面人生”的现实主义精神,是焕发作家的真诚与责任感,让作家都努力成为对现实人生有“真知灼见”而又对文学事业有献身精神的“战士”。

胡风注重从创作规律本身,特别是从创作心理学的角度去探讨“主观精神”的重要性,这也是一个特色,起码在当年左翼的、革命的文学理论家中还较少顾及这一课题。胡风在这一点上也形成了理论个性。他把自己全部文学理论的重心,放到研究从生活到作品的“中介”方面,特别是作者的主体因素在创作过程中的决定作用。虽然胡风基本上是一位“反映论”者,始终认为文学是社会生活的反映,但他比同时代其它任何文论家都更关注创作过程复杂的主体活动,他坚持的是能动的反映论,反对把创作过程说成是被动的机械的“反映”。在三四十年代,左倾机械论的影响使许多人都相信作家的头脑就是反映生活的“镜子”、传达思想的“容器”,或者是宣传某种观念的“留声机”,胡风却提出作家的头脑应当是一座“熔炉”。也许我们抓住“熔炉”这个提法,就可以找到研究胡风理论的切入口。

1935 年胡风在《为初执笔者的创作谈》中第一次用“熔炉”来比喻创作过程作家“孕育”题材的活动。胡风说:“作家应当好好地孕育他的题材”,“不要看到了一点事情就写,有了一点感想就写,应当先把这些放进你的熔炉里面。”胡风的意思是作家应该写自己受了感动的、消化了的、有深知的东西,因为“真正的艺术上的认识境界只有认识底主体(作者自己)用整个精神活动和对象物发生交涉的时候才能够达到”。这个交涉的过程,就像“熔炉”中的熔铸,其中主体对客体(包括题材)的选择、渗透形成互相交融的类似化学上的化合反应。胡风后来还用过诸如“燃烧”“沸腾”“化合”“交融”“纠合”等比喻,来说明创作中作家头脑所起的“熔炉”作用。这些比喻都有意突出“主观精神”的热烈、饱满与主动,而客观的东西正是通过“主观精神”极为活跃的“熔炉”般的熔铸,才晶结为作品的内容。

胡风还具体探讨了创造形象过程中作家的想象、直观等属于“主体”方面的因素是如何完成现实性与虚构性的“纠合”的。他认为“作家底想象或直观在现实的材料里面发现出普通人眼看不见的东西,给以加工、发展,使他的形象取得某种凸出的鲜明的面貌。在这里就有了作家底主观活动,作家底对于现实材料的批判,在这里就出现了作品底对于时代精神的反映”。他还说,“在创作活动底进行中,作家底思想或观念和对象间的化合作用逐渐地完成,或者被对象所加强,或者被修改。”胡风这些思索所探讨的创作“主体”与写作的“对象物”发生复杂的精神“交涉”的规律,即“熔炉”中熔铸创造的过程。

在另一篇文章里,胡风更明确地把“想象力”“感觉力”等看作是作家必备的“才能”,也是创作“熔铸”过程中极为重要的条件。他说:“作家底想象作用把预备好的一切生活材料熔合到主观的洪炉里面,把作家自己底看法,欲求,理想,浸透在这些材料里面。想象力使各种情操力量自由地沸腾起来,由这个作用把各种各样的生活印象统一,综合,引申,创造出一个特定的有脉络的体系,一个跳跃着各种情景和人物的小天地。”

看来胡风在探讨创作心理活动过程时,是格外关注想象、直观、感觉等主观因素的,他一般很少讲思想、观念对创作的指导作用。在他看来,思想、观念不应是创作过程中外加的,而应该原本就是作家生活经验的结果,并作为决定作家精神面貌的一种生活欲求而存在。胡风并没有否定正确的思想、观念对于创作的指导,但他在探讨创作精神活动时,特别注意作家的情感、想象、直观等因素,他所说的“主观战斗精神”,显然包括这些因素,并由此考察作家不同的个性和感性色彩。这也是胡风区别于同时代其它批评家的一个理论特征。

胡风提倡“主观战斗精神”,主要是从创作论的角度重视研究和发挥作家的主体性,同时也是为了强化作家的使命意识,丝毫不意味着脱离客观现实,也并不必简单地如过去有些批判者所做过的那样,给他扣上“唯心论”与“个人主义”的帽子。胡风的“主观战斗精神”说其实有很实际的时代内涵,那就是纠正二三十年代形成的文学上的庸俗社会学与机械论等左的影响以及贵族化的文学倾向,恢复五四现实主义的批判精神,振发革命文学的活力。具体来讲,胡风提倡“主观战斗精神”是左右开弓,既反对“性灵主义”,又反对“公式主义”和“客观主义”。胡风的理论很个性化,也很放得开思路,但他并非那种为了构设体系而大摆理论架势,甚至以理论自显自误的

"理论家",他所提出的理论命题都是有现实针对性和建设性的,是他对文学发展历史与现状思考的结果。

不过,也要指出胡风以"主观战斗精神"说为基点的现实主义理论,是有偏执和不完善的。他强调"体验"在创作过程中的重要性,而且格外注重想象、直观、感觉等主观因素,虽然并不排斥思想、观念对创作的指导,但也未能充分说明创作中的理性思维的重要作用,实际上他有时已将"体验"放到至高无上的位置,并与理性思维对立起来。这样来解释创作论起码是不全面的。但是由于三四十年代的马克思主义批评对于创作过程的具体研究还很薄弱,胡风这种并不全面的探讨又有其特殊的价值。

(录自温儒敏:《胡风的体验现实主义批评体系》,《中国现代文学批评史》,北京大学出版社 1993 年版)

▲政治的现实主义还是艺术的现实主义

在中国现代,文艺和政治的关系问题,是现实的阶级斗争和民族斗争摆到文艺面前,使得文艺无法回避的问题。而作为中国现代革命文艺运动的思想基础的马克思主义文艺理论,从一开始就没有打算对它回避。面对中国的现实,马克思主义文艺理论旗帜鲜明地肯定了文艺同政治的联系,肯定了文艺不可能脱离政治,肯定了文艺在历史的进程中必须同革命的政治持相同的方向,起它应起的作用,这些也都跟马克思主义关于社会意识形态的基本观点和文艺的基本观点相一致。这样,在中国现代革命文艺运动的指导理论,即马克思主义文艺理论中,就同时出现了两个基本的命题:一个是关于文艺与政治关系的;一个是关于文艺的创作方法的。对于中国现代革命文艺运动的发展和马克思主义文艺理论的发展,这两个命题都不是可有可无的。问题在于,由于国际、国内历史环境的原因(这是主要的),以及革命文艺运动指导者主观的原因(这也是重要的),两个基本命题都被绝对化了:在文艺与政治关系上,是文艺必须从属于政治,为政治服务;在创作方法上,则必须是现实主义,独尊现实主义。不仅如此,这两个命题互相之间也失去了平等:后者必须从属于前者,即现实主义必须从属于政治。至此,现实主义终于成为政治呼唤的结果了。

但在胡风的文艺思想中,情况似乎正好"倒过来"。胡风不因要求文艺从属于政治而提出改造现实主义,相反认为只有通过现实主义才能正确解决文艺与政治的关系的问题。

胡风一方面肯定文艺同政治的联系,另一方面又认为文艺终究还有自己的本质;而在他看来,最充分地体现了文艺的本质的,就是现实主义。换言之,胡风是要通过坚持现实主义,来坚持文艺的本质。这里所说的现实主义,当然是胡风观念中的现实主义,它和胡风对立面观念中的现实主义大相径庭。

(录自支克坚:《胡风论》,广西教育出版社2000年版)

▲胡风文艺理论与毛泽东文艺思想的差异和冲突

毛泽东同志说,人民生活是文学艺术的“唯一的源泉”,“此外没有第二个源泉”,他又说,“马列主义的一个基本观点,就是客观决定主观,就是阶级斗争和民族斗争的客观现实决定我们的思想感情,但是我们有些同志却把这个问题弄颠倒了,说什么一切应该从‘爱’出发……这是表明这些同志是受到资产阶级很深的影响。”胡风同志把作家的主观强调到这样的程度,认定它是最后决定创作的东西,以至说它就是创作的源泉,这正是把问题弄颠倒了,也正是表明他受了资产阶级很深的影响。

毛泽东同志批评了当时的延安的许多文艺工作者“只在知识分子的队伍中找朋友,把自己的注意力放在研究与描写知识分子上面”。他又说:“大后方也是变的,大后方的读者,不需要从根据地的作家听那些早已听厌的老故事,他们希望根据地的作家告诉他们新的人物,新的世界。”这就明确地指出了,生活和题材的差别并不是不重要,而是有关革命文艺的新方向的重要问题之一。然而胡风同志在一九四五年以后,在人民解放战争即将在全国取得胜利的前夕,却和毛泽东同志的指示针锋相对地宣传着这样一些错误的观点:题材并不重要,任何人的生活环境都是历史的一面,并不一定要到前进的人民中间去,写你周围的生活就可以,等等。这除了说是有意和革命文艺的新方向对抗而外,难道还可以作别的解释吗?

毛泽东同志总是一方面肯定小资产阶级知识分子的革命性和作用,一方面又指出他们有脱离群众的恶习,有一整套和无产阶级思想相对抗的思想,因而必须经过十年八年的改造,而改造的道路只能是参加实际斗争和学习马列主义。胡风同志所讲的“思想改造”却实际上原封不动。虽说在当时的国民党统治区,知识分子进行改造的条件也和当时的解放区有着很大的不同,但基本的精神和总的道路却不可能也不应该有两样。

从胡风同志对于改造问题的看法,还可进而了解他所强调的作家的“主观精神”的性质到底是什么。既然当时国民党统治区的革命作家绝大多数都是并未经过认真改造的小资产阶级知识分子,而且按照他的理论又是不必经过认真改造的,那么他们的“主观精神”就必然只能是小资产阶级的思想情感。

胡风同志在一九四〇年写过一个小册子,叫做《论民族形式问题》。他这篇论文不仅企图总结当时重庆文化界在这个问题上的争论,而且把当时延安的同志们的意见一律当作批判的对象。由于那是在延安文艺座谈会以前,当时不仅在重庆,就是在延安,在这个问题的讨论中是曾出现过一些不恰当的意见的。然而,胡风同志却不过证明了这样一个事实:他的理论能力和他的企图太不相称。他对于民族形式的看法不但并不是最正确的,而且包含着一系列的错误。

他这篇论文的实质可以用一句话来说明:以强调现实主义来取消民族形式。他对于民族形式的提出的了解就首先是不对头的。他完全不理解民族形式的提出的根本意义在于推进革命文艺群众化,在于推进它和广大人民密切结合,在于使它能够发挥更大的作用。他说:"争取'民族形式'底发展,实际上是争取'新民主主义的内容'能够更胜利地得到艺术的表现。"(原书一〇一页)从这为了"艺术的表现"的论点出发,就达到了否定民族传统,否定民间文艺,毫无批判地崇拜外来形式的结论。

继承并发扬原有的优良的传统,同时又接受外国的先进的和有益的文学艺术的影响,这两者都是必要的。只看到一个方面都不完全。然而,文艺上的民族形式的提出,却是针对着五四运动以来的新文艺在继承并发扬民族传统上还作得很不够,因而缺少为中国老百姓所喜闻乐见的中国作风和中国气派,因而某种程度地脱离了广大群众这一弱点。民族形式提出来后,当时大体上有两种偏向。一种是强调民族传统,民间形式,然而否认五四以来的传统,否认适当地接受外来形式的必要。一种是肯定五四以来的传统,肯定学习外国的先进的文艺的必要,然而对于五四以来的新文艺的缺点认识不足,对于它的相当脱离广大群众认识不足。胡风同志的论文,是后一种偏向的极端化的表现。他以为只要强调现实主义就够了。他不知道革命的现实主义必须为千百万劳动者服务,而要为他们服务,就必须采取比较容易为他们所接受的形式。延安文艺座谈会以后,许多同志都对于这个问题有了正确的认识,指出了过去的片面的看法。然而胡风同志一九四七年三月为《论民族形式问题》这个小册子重版所写的后记中,仍然没有一句批判它的内容的话。这只能说,他是一直还坚持这些意见的。

(录自何其芳:《现实主义的路,还是反现实主义的路》,《中国新文学大系 1949—1976》第 1 集,上海文艺出版社 1997 年版)

第二十二章　赵树理

【学习提示与述要】

本章评介著名作家赵树理。阅读与评价赵树理的作品，在对其内容与艺术形式的分析之外，应格外注重“文学史现象”的分析。赵树理值得专章来评述，很大程度上是因为他代表了一种崭新的文学方向，对 1940 年代解放区乃至五六十年代的文学，都有巨大的影响。另外，应当从整个现代文学历史变迁的进程中，来考察赵树理出现的意义。比较赵树理与新文学中那些常描写乡土题材的作家，可能会加深对赵树理创作特色及其得失的理解。第一节评介所谓“赵树理方向”的意义，第二节分析赵树理小说中的农民形象，第三节介绍赵树理创造“评书体”现代小说的成就。本章内容相对比较集中，学习中不妨将视野拓展到当代，因为“赵树理方向”在当代文学发展中也是重要的现象。

一　赵树理出现的文学史意义

1. “赵树理方向”首先是一种文艺政策性的引导，是对当时（乃至五六十年代）文学“主流”的一种阐释与倡导，关键是顺应大众化、农民化的审美追求，正好适应了当时解放区的社会变革需求，因而赵树理式的主题与文学语言形式被推崇到主流的位置。周扬当年关于赵树理是“新人”的解释，实际上是要为共产党领导下的面向大众的革命文学树一个榜样，一种努力的前景。首先应从特定时代的要求来看这个问题，肯定其历史的合理性与特色，同时也应看到其有得有失，不能轻易否定。

2. 赵树理的创作的确呈现出不同于以往新文学作家的新的历史特点。赵树理所代表的解放区新一代作家及其创作现象的出现，是以解放区的特定历史环境为前提的，因此应注意其新的时代特点。这突出表现为大众化与农民化。首先，赵树理追求的大众化是可以与农民对话的，而不是自上而下的赐给，能忠实反映农民的思想情感与审美要求，并真正为农民所接受。其次，赵树理是自觉地将写作与农村变革实践统一起来，常写“问题小说”，写农村变革以及农民的命运、心理、情绪，追求创作与现实生活的配合。注意赵树理创作的历史特点,其长处与局限性。应看到赵树理的出现对“五四”以来新文学的“欧化”现象,以及不能赢得最广大的农民读者,是一种反省与纠偏。但由于隔绝了外国文学的影响,视野也难免比较窄小。

二　塑造历史变革中的农民形象

3. 通过作品人物现象的分析,考察赵树理小说中所具有的新的素质,可以从一个侧面加深理解“赵树理方向”的文学史价值。先要大致阅读与了解赵树理的几部代表性作品。然后可以和二三十年代描写乡土题材的作家相比较,去发现赵树理的“新素质”。主要从三方面评析:一是赵树理的小说所描写的特定历史时期新的生活、新的人物,紧密配合了社会变革,有“实效性”,能直接融入广大农民的文化生活中,这是以往任何一位新文学作家都没有做到的。二是以往描写农民的新文学作品,都是以人道主义观点发现和同情农民,赵树理则进了一步,直接与农民对话,展示农民新的道德精神风貌及其所面对的矛盾。三是以往作家包括鲁迅多写农民的痛苦与创伤,赵树理则写农民摆脱旧的文化习俗的艰难,但更注重表现精神上的“翻身”:通过农民精神、心理和人与人关系的变化,来显示农民“改造”的艰巨性。四是文学语言与形式的创造方面,真正实现了民族化与大众化的统一。以上几点,都应结合具体作品的分析来理解,是本章的重点。

4. 关于赵树理笔下的农民形象,还应当有更深入的理解。可以结合前述的“新素质”和“总主题”,去阐释赵树理小说中最常出现的两类人物:一是“老一代农民”形象,如《小二黑结婚》中的二诸葛、《李家庄的变迁》中的老秦,等等,都是背着沉重的封建主义思想包袱的旧式农民,他们面对巨大的社会变革,也有“翻身”后的新的困扰与痛苦。赵树理往往写他们的落后,也写他们的质朴、善良,并常安排或暗示了他们的转变与新生。二是年轻一代农民,即“新人”形象。如小二黑与小芹,还有李有才,他们都是试图开始掌握自己命运,并敢于挣脱旧的精神枷锁的解放了的一代,他们的行为性格被赋予社会变革的政治内涵,又自然植根于解放区的典型环境,有深厚的生活根据。通过对两类人物的形象分析,应看到赵树理对于农村题材的新的开掘和独特的发现。

5. 还应注意了解赵树理小说中浓厚的地域民俗色彩,那山西味道晋阳气息中所渗透的文化内涵。民风民习被他作为一种“社会景物”,即社会精神的附着物。后来在赵树理的影响下形成的“山药蛋派”,也具有此特色。

三　评书体现代小说形式

6. 应承认赵树理小说在现实主义艺术创造上的重要突破。赵树理的读者群包括广大识字的农民,他的现代评书体小说形式完全适应了这种读者的需要。应从三方面了解赵树理的小说形式如何改造和运用以说唱文学为基础的传统小说形式。他对评书、戏曲的艺术形式加以借鉴与“转化”,形成属于自己的独特的现代小说。一是扬弃了传统小说章回体的程式化框架,而汲取了其讲究情节连贯性与完整性的特点;二是将小说当通俗故事写,将情节描写及人物塑造融化在故事叙述中,保留口头性文体的特点,而又比一般传统小说明快、简约;三是口语化,在艺术性与通俗性结合上达到很高的境界。他刻意回避新文学作品常见的“文艺腔”,力图回到农民的生活形态中,用农民的思维方式去“驾驭”语言。赵树理重新呈现了文学语言中那种乡土味的质朴、明快,从一个方面焕发了新文学语言的活力。风格的独特性,是赵树理小说艺术成功的一个标志。

【知识点】

赵树理方向、评书体现代小说、山药蛋派。

【思考题】

1. 与二三十年代描写乡土题材的众多新文学作家相比,赵树理在表现农民方面有哪些新的突破?试结合赵树理小说的人物塑造和基本主题来加以说明。

这道题考察赵树理小说人物形象与主题中不同于二三十年代乡土小说的新的素质。总主题方面:(1)抓住赵树理小说主题所表现的“实效性”和融入农民生活程度上体现出的新素质;(2)视角的变化:赵选取了与农民对话的平行视角和姿态,不同于以往居高临下的对农民的人道主义同情视角;(3)不同于表现农民精神上的被奴役与积习、伤痛,赵着意表现农民经济翻身过程中实现的思想翻身。人物形象方面:要求抓住赵树理小说中最常出现的两类形象——带着沉重封建主义包袱的老一代农民(如二诸葛、老秦等)和农村新人(如小二黑、金桂等)的内涵,结合具体作品分析这些形象呈现出的从前的小说中农民形象没有的新素质,如老一代农民的“落后转变”与新人被赋予的“政治内涵”等。可参考《三十年》第二十二章第一节和“评论节录”中“关于〈小二黑结婚〉的创作和读者反应”。

2. 如何理解赵树理出现的文学史意义?

这是一道文学史知识的题目,要求在整个现代文学史变迁的进程中来理解"赵树理方向"的文学史地位。要点:(1)从新文学史上的"大众化"这一文学史链条来评价其文学史意义。他长期从事农村实际工作,自觉将写作与农村变革实践相结合,作品与农民大众在思想感情上融为一体,并真正为农村读者所接受和喜爱,确实解决了新文学始终在探索而没能很好解决的"大众化"问题。(2)从解放区文学与当代文学的历史联系上评说其文学史意义,他的作品顺应了《讲话》的新的文艺政策,也顺应了解放区翻身农民的新的阅读要求(适合农民阅读习惯又有新的时代特征)。"赵树理方向"作为一种政策性的引导,是这双重要求的结果,对当代文学的创作与规范产生了巨大影响。还可以从回避新文学"文艺腔",以及文学语言创新的角度去肯定赵树理的意义。可参考《三十年》第二十二章第一节。

3. 分析赵树理小说语言与形式的创新,并重点说明其在哪些方面对传统小说做了扬弃与改造。

这道题考察的是赵树理小说形式方面与新文学、传统文学之间的关系,主要评析赵树理评书体的现代小说文体以及口语化的语言特色。要点:(1)以具体作品为例,分析赵树理评书体小说讲求故事情节的连贯与完整性的结构特点,与借鉴西洋短篇小说"横截面"式结构方式的新文学的不同,以及对传统小说章回体的程式化框架、在小趣味上大加渲染的噱头等方面的扬弃。(2)结合具体作品,分析其叙述语言的口语化,经过提炼的北方农民口语的运用、富于农民式的幽默等在语言方面的独特探索,还可以从语言质朴明快和乡土气息等方面去看赵树理对新文学语言创造的贡献。(3)如果更深一步思考,还可以分析其对于传统小说中的诗赞的扬弃或现代转化(《李有才板话》)、对于"扣子"的保留与转化,以及对于传统小说中显在的书场格局的扬弃和对隐含的书场格局的保留,等等。可参考《三十年》第二十二章第三节。

4. 结合具体作家作品,分析解放区文艺与民间文艺的关系。

这是一道综合性的拓展题,由高年级和考研的同学选做。民间文艺包括地方戏曲、评书、说唱、民间故事等内容,是解放区作家在实现文艺大众化和实践《在延安文艺座谈会上的讲话》文艺精神过程中,主要借重的文艺资源。这道题,可以围绕解放区文艺对于民间资源的借鉴、整合与创新思考。最主要的是艺术形式方面的:如以《兄妹开荒》为例,分析新秧歌剧对旧秧歌的借鉴和改造;以赵树理小说为例,分析其对评书体式和语言习惯的借鉴与改造，等等。在题材方面，可以《白毛女》为例，分析从口头流传的民间传闻演变为具有“旧社会把人变成鬼，新社会把鬼变成人”主题的新歌剧。在艺术思维方面，可以赵树理为例，分析小说中民间故事（如机智故事）模式，人物形象塑造方面与地方戏曲中的角色行当的内在关联（这部分可以参考“评论节录”中《农村舞台上的“丑角艺术家”》），等等。

【必读作品与文献】

《小二黑结婚》

【评论节录】

黄修己：《总也忘不了他》
戴光中：《赵树理传》
杨天影：《农村舞台上的“丑角艺术家”》

▲论赵树理的文学史地位

我以为以下三件事是赵树理实实在在地做过的，都是在文学史上起进步作用的，后人应该感谢他的。

首先就是让新文学与民间文学传统接上关系，这其中有赵树理的巨大功绩。新文学因为多了民间文学的乳汁的哺育，是更健壮了。《小二黑结婚》《李有才板话》等出现后，在国统区也引起很强烈的反响。郭沫若、茅盾等都给予很高的评价，因为他们不仅从中看到了解放区的新生活，而且感到艺术上非常新鲜。为什么似乎是老一套的传统手法，未让人感到陈旧反而是新鲜呢？因为赵树理所创造的、我称之为“评书体”的小说，既是人们熟悉的、喜闻乐见的，又是崭新的，是改造了的、提高了的，与旧的民间文学有质的区别。所以，赵树理当时又被人称为“艺术革命家”。主要是借鉴了西方文学而创造出来的新文学，在40年代，因为吸收了本民族民间文学的养料，其艺术面貌发生了一次蜕变，变得更民族化也更丰富了，这是历史的进步。

艺术面貌的改变，又使得新文学得以走进农村，在广大农民中发挥思想启蒙的巨大作用。在这个意义上，赵树理和解放区文艺家们，继承并发扬了“五四”启蒙精神，扩大了“五四”的影响。这之前，“五四”的民主、科学和社会主义思想，难以通过新文学普及到广大农村，新文学与中国人口的大多数还相当隔膜。像《阿Q正传》这样的杰作，赵树理兴致勃勃地念给父亲，一个略有文化的老农听，得到的反应是摇摇头，不感兴趣。他因此痛感新文学的进步性，对农民来说，那是遥远的彼岸，他们之间无法沟通。于是他在小说的表现形式上进行了革新、创造,使之能为农民所喜爱,这才在思想启蒙中,发挥了作用。他在小说中涉及的,似乎多半是日常的、平凡的事,诸如争取婚姻自主,处理婆媳关系,反对迷信,反对地主剥削等等。但这些无不与民主、科学和社会主义思想密切相关。对农民的启蒙,必须切切实实地从这里开始。如果当时给农民讲叔本华、尼采,讲达尔文、赫胥黎,或者讲卢梭,请想想看,会有什么效果?坐在沙龙里怎么高谈阔论都是可以的,但那些高见一拿到实际生活中,难免碰钉子。脱离实际的启蒙,是难以奏效的。

赵树理还创造了风格独特的文学语言,其特点在于非常大众化,又是经过提纯的,既平易朴素,又能充分地表情达意;可说是一种既健康纯正,又十分生动活泼的现代汉语。难怪许多语言学家喜欢举他的语言,用作典范性的现代汉语的例句。“五四”以后的现代白话文,也有一个发展过程。今天文学作品的语言,已经与“五四”时期的,如鲁迅的,有所变化。其总趋势是变得更能适应表达现代生活和思想感情。40 年代的解放区文艺,包括赵树理小说,由于自觉地大量运用工农群众的口语,促进了现代文学语言的进步。我们今天使用的文学语言,就是由“五四”先辈们开创,中间经过赵树理等的改革、推进,经过几十年大批新文学作家的共同创造,才达到的。1950 年赵树理将田间的《赶车传》改编为鼓词《石不烂赶车》,这个作品得到著名语言学家罗常培的激赏,认为优于原著。罗先生不是在评诗或评曲艺,而是欣赏赵树理那清纯、圆润、流利而富于乐感的语言。将来有人编写《现代汉语史》,一定会记述赵树理在文学语言创造上的功绩。

如果这三点都是确凿的,那么就应该给这位前人以一定的历史地位。这才是历史唯物主义的科学的态度。

(录自黄修己:《总也忘不了他》,《文艺报》1993 年 9 月 18 日)

▲关于《小二黑结婚》的创作与读者反应

《小二黑结婚》基本上是以岳冬至事件为创作素材的。它描写刘家峧的青抗先队长小二黑,热烈地与纯洁美丽的小芹姑娘自由恋爱,却遭到了双方家长的反对和掌握村政权的地头蛇的迫害。不过赵树理改变了事实上的悲剧结局,让这对有情人终于在民主政府的支持下结成眷属。据他自己回忆,因为当时想不出更好的办法,才由区长、村长支持着搞了个大团圆。但以我们的眼光看来,在当时的历史条件下,这个非理智的改动恰恰是解决问题的最佳方法,它表现了时代的理想主义和乐观主义。它使小说赢得了巨大的声誉。

事实上,两代人之间这种永久性的冲突,在 40 年代的解放区确乎出现了有利的转机。这里的阶级关系正在发生根本性的变化。根据地普遍实行减租减息后，农民，特别是青年农民，不再是农奴或佃农了。人身自由促进了思想解放，他们开始怀疑和否定旧有的文化传统、信仰价值，开始思索并且要求把握自己的命运，再也不愿向过去的权威盲目地顶礼膜拜、惟命是从了，以前被迫放弃或自愿交给神仙和皇帝的合法权利，现在也要求并且争取收回了。而小二黑，正是这种新型农民的代表人物。自古以来，理想的婚姻，自由的恋爱，对于农民来说简直是一种非分之想，有多少情人抱恨终身、或者象岳冬至似的以死相殉呵！但是现在，小二黑要一往无前地追求自由恋爱的正当幸福了。他坚决反抗父亲之命，拒绝二诸葛强加于他的童养媳，他也蔑视封建恶霸的淫威，无所畏惧地同金旺兄弟据理力争。他对小芹说："我打听边区上的同志，人家说只要本人愿意，就能到区上登记，别人谁也作不了主。"

这句话，体现了旷古未有、最具时代气息的思想意识。它使那些也在婚姻问题上痛苦呻吟的男女同胞豁然开朗，好象从暗无天日的洞穴里突然发现了一片投射到眼前的阳光，一条到达理想境界的坦途。

赵树理的目的达到了。《小二黑结婚》真的为岳冬至那样的青年找到了出路。他的一位老战友写道："实际上，'小二黑'已经成了太行山农民反对封建思想、追求自由幸福婚姻的化身了。我曾亲眼看到：当时涉县河南店村的一个姓熊的姑娘和一个部队的干部恋爱，遭到了她父亲和村里的一切落后势力的讽刺和压迫，她的父亲强迫她嫁给别人了。可是不久，'小二黑'在太行山出现了；她听了'小二黑'的故事和看了'小二黑'的戏，在'小二黑'的感召鼓励下，终于走上了'小二黑'的道路，冲破了封建的枷锁，跟她父亲包办的婆家离了婚，然后又跟她真心相爱的对象结了婚。现在这位姑娘已经是一位共产党员，有了好几个孩子，跟她的爱人一起在北京的一个机关里工作，他们生活得很幸福。两年前我还碰见她，并且到她的家中作过客呢。我还时常想起：在涉县胡峪村，我房东家里那个名叫'好闺女'的粗壮姑娘。这真是一个勤劳勇敢，熟悉农村一切生产、名副其实的好闺女。她的幼年遭遇很不幸，生下来，连话还不会说，亲生爹娘就因为赶上荒旱歉收，活活地饿死了。从此，她就被我的房东抱过来，姓了我房东的姓。我的房东收养她，是为了让她做童养媳，预备给他们那个叫老疙瘩的儿子做媳妇。他们当然想不到：这个笼子里养的小鸟，当她长硬了翅膀，懂得了爱情，她偏偏不爱那个老疙瘩，而偷偷爱上了离胡峪村八里路、南庄村上的一个小裁缝。这件大胆的恋爱行动，轰动了附近的乡村，胡峪村的落后势力曾向小裁缝威胁说：‘不准你再到我们村上来找好闺女。你再来，就砸折你的腿！’可是这时候太行山有了‘小二黑’，于是小裁缝的腰杆挺直了，他没怕砸折腿，反而和好闺女两个暗地一商量，趁着动员人民参军的机会，双双地报名参加了八路军。在欢送参军人员的光荣大会上，好闺女和小裁缝并排地骑着高头大马，带着碗口那么大的红花，欢天喜地的向人们不断地说着，他们所以这样大胆，是因为有了‘小二黑’在前边走，他们在后边跟着，胆子就大啦。”

为了教育落后群众，赵树理还需要刻画这一阶层的典型人物。但要恰如其分地描绘人物，他是离不了模特儿的。而岳冬至和智英祥的家长，显然又不够典型，他们只是一般性地维护包办婚姻。于是，他把两个烂熟于心的人物——二诸葛与三仙姑——放进了小说。

这两个人物，在他去年创作的、随后因写了《万象楼》而弃置一边的剧本《神仙世界》中已经出现了。群众的愚昧落后，往往导致他们的封建迷信。赵树理决定让这两个神仙来分别充当小二黑的父亲和小芹的母亲。二诸葛的原型人物便是他自己最熟悉的父亲。三仙姑虽然是杂取种种人化合而成的，但也早已孕育在他的心中了。

赵树理清楚地记得，小时候，他有一个本家寡婶，招了个窝囊废的倒插门女婿，光知道爬在地里死受，似乎连人类天生的嫉妒心也没有，听任她与别人鬼混。这个四十多岁的女人天天打扮得花枝招展，穿着绣花的小鞋，镶边的裤子，脑门上还顶着一块黑手帕，用来遮盖脱光了的头发。这个“老来俏”的形象便不可磨灭地印入了赵树理的脑海。后来，他又碰到过一对跟智家仿佛的母女。母亲也曾横加阻拦女儿的正当恋爱，她很会享受生活的“乐趣”。她是个顶着红布摇摇摆摆装扮天神的巫婆，善于利用职业方便，勾引一些善男信徒拜倒在她的裙下，使他们连吃饭时也要端上碗跑半里路来坐一会。——太行山穷，妮子女人象山水般地向平川流逝，或消失在地主老财的高门深宅中，留下穷汉们在性饥渴中煎熬，于是就产生了这种混乱丑恶的两性关系。这三个女性的种种特征，经过赵树理“去粗取精，去伪存真”的艺术加工，三仙姑的形象便跃然纸上了。

倘就人物性格的生动性而言，这两位神仙胜过了他们的儿女，因为在赵树理心目中，早就存在着他俩的模样。他能仅用对话就显示出人物的个性来。当他俩去见区长时，二诸葛再三恳求：“千万请区长恩典恩典，命相不对！”一句话就活画出了这个迷信透顶的迂执的农民。而三仙姑则是趴下就磕头，连声叫道：“区长老爷，你可要给我作主！”淋漓尽致地发挥了她的妖妇本色。

这两个人物的典型意义也不亚于二黑和小芹,在现实生活中起到了很好的教育作用。有人回忆道:“我故乡的小镇上,三仙姑式的人物也颇有几个,她们打扮得妖里妖气,到处跳大神,不知骗过多少穷人。自从看了《小二黑结婚》的戏,就一头扎在自家的窝窝里,再也不露面,闷热的伏天,也紧闭着窗户,不然,调皮的孩子老是踮着脚尖趴在窗口,喊着‘三仙姑,米烂了!’把‘三仙姑’气得手拿烧火棍,蹽着羊蹄子似的小脚,登登登追了出来,尖声骂着‘小猴崽子’!”

这篇切合时宜的小说完稿于五月间。赵树理先把它交给最器重自己的北方局党校校长杨献珍,随后又到了北方局妇救会的负责人浦安修的手里,得到了他们的高度赞赏,并把它推荐给彭德怀副总司令。彭总认真地审阅了小说,还了解了小说的创作过程,乃亲笔为《小二黑结婚》题词道:

象这种从群众调查研究中写出来的通俗故事还不多见。

一九四三年九月,赵树理的成名之作《小二黑结婚》问世了。他时年三十七岁,恰好与鲁迅发表《狂人日记》时的岁数相同。这两篇小说在现代文学史上的意义,或许,也多少有点相同之处。

《小二黑结婚》出版后的盛况,大大地出乎所有人——无论是作者,支持者还是反对者——的意料。自“五四”以来,还没有过一本新小说能在农村引起这么大的轰动。它在穷乡僻壤不胫而走,被农夫村妇交相传阅,在地头,炕头,饭场上,到处可以看到阅读《小二黑结婚》的热烈场面。过去,新华书店出版的文艺书籍以两千册为极限,可是这本其貌不扬、封面特意标上“通俗故事”字样的小书,却连续印了两万册还是供不应求。翌年三月,新华书店决定重新排印、再版两万册,并加以说明道:“这本为老少爱读爱听的自由结婚的通俗故事,自去年九月出版以来,风行一时,不日就卖完了,本店为满足各地读者的需要,特再版发行。这次是用大号字排印,并附有趣的插图。”

与此同时,由武乡光明剧团带头,数以百计的剧团用形形色色的地方剧种——武乡秧歌、襄垣秧歌、中路梆子、上党落子……将《小二黑结婚》搬上舞台。这使一字不识而有欣赏戏剧传统的老百姓喜出望外,如醉如痴地总也看不够,甚至一、二十里远的老太太、大闺女和抱着孩子的小媳妇,也会举着火把,翻山越岭来一睹小二黑的丰采。这本薄薄的小书,奇妙地打破了新文学与农民之间一直存在的隔膜。

同人民群众的狂热反响比起来,文艺界同行的冷淡,似乎有点超出寻常。在《华北文艺》十月号上,有一个刚从外地来太行文联工作的同志,按捺不住内心的喜悦,毫无成见地为《小二黑结婚》写了一篇充分肯定的书评;不料,《新华日报》(华北版)上很快出现了一篇针锋相对的刻薄文章,道貌岸然地批评道:当前的中心任务是抗日,写男女恋爱没有什么意义。从此以后,太行区众多的报刊杂志一律保持古怪的沉默。好象盖棺论定了似的。直到一九四六年,才有一位独具慧眼的权威人士指出:"作者在这里讴歌自由恋爱的胜利吗?不是的!他是在讴歌新社会的胜利(他们开始掌握自己的命运,懂得为更好的命运斗争),讴歌农民中开明、进步的因素对愚昧、落后、迷信等等因素的胜利,最后也最关重要,讴歌农民对封建势力的胜利。"

赵树理对这种不公平的待遇坦然置之,既没有惶恐不安,也没有愤世嫉俗。在他的心目中,农民就是上帝。老百姓喜欢看,政治上起作用,这就是一切。因此,他在小说发表不久,便又重新下乡,开始构造另一篇杰作《李有才板话》。

(录自戴光中:《赵树理传》,北京十月文艺出版社 1987 年版)

▲赵树理小说与戏曲的关系

李有才的丑角身份,要从他在小说中所扮演的戏曲角色焦光普谈起。小说开头写小福的表兄来到阎家山看戏,称赞李有才扮演的焦光普演得好。焦光普是南宋杨家戏里的人物,焦赞之堂弟。在上党梆子连台本戏《八姐盗发》《忠孝节》中,焦光普受杨延昭之命潜入辽国卧底,协助杨八姐盗萧太后之发(为佘太君做药引),后宋辽议和时又作为辽国使者,为大宋同辽邦议和周旋,是一个机智多谋、幽默诙谐、伶牙俐齿、善良爱国的肯定性丑角。李有才听到小福的表兄提起焦光普,马上说:"这焦光普,虽说是个丑,可是个大角色,唱就得唱出劲来!"随后立即入戏,口中念着"当令各拉打打当",兴致盎然地抡打起来。虽然这短短的"戏"立刻被其他人物的到来打断,但这一小段似是无心的李有才唱戏,不妨看作是戏里戏外的一种隐喻和对应。在《忠孝节》的故事里,"忠"是指佘太君,"孝"是指杨四郎,"节"是指桃花公主,无论是须生杨四郎,还是老旦佘太君,青衣萧太后,小旦桃花公主,哪一个称得上大角色,焦光普也称不上大角色。赵树理没有安排李有才扮演更重要的"大角色",反而把焦光普这个"丑"说成是"大角色",特意在小说中安插李有才扮演焦光普这样的情节,显然是作者认为二者在内涵上是具有相似性的。

把焦光普这样典型的配角人物说成是"大角色",可以看出作者对待丑角艺术毫无偏见的文化态度。浸润于地方戏曲文化之中的赵树理,并不喜欢按照人物的戏份轻重来划定人物的主次，而喜欢按照“有戏没戏”来看待角色的“大小”。在地方戏曲这类充满着民间趣味与娱乐目的的艺术形式中，不管戏份轻重，丑显然都是非常“有戏”的一类角色。因此，作家可以不提佘太君、萧太后、杨四郎，却偏偏要说焦光普是个大角色。这种戏曲艺术的文化态度，实际上深深影响到他的小说创作，人们常提到的他小说中人物主次所占比例的问题，落后人物比先进人物写得生动等问题，其实跟他对人物角色的这种理解不无关系。正是在这样的观念下，他才使三仙姑、二诸葛这样的否定性丑角喧宾夺主，占据了小说舞台的中央；也正是在这样的观念之下，他才使用了肯定性丑角的喜剧功能，把小说中李有才这样有民间艺人性质的诙谐正义的“丑角”，塑造成小说中最重要的中心人物和“大角色”，这在现代小说中是堪称独步的。

以往人们忽视李有才的丑角身份，最重要的原因，就是在人们的审美思维方式上对“丑”的偏见。人们总是习惯于“善与美”“丑与恶”的搭配模式，认为“丑角”的功能主要是带来笑料和插科打诨，其中更是以愚蠢和邪恶的人居多，很少将“丑与善”这两个词汇结合在一起。其实“丑”不等于“恶”，在文化态度和艺术审美中，对“丑”的这种歧视性态度是不足为据的。在中国戏曲中，当然有众多否定性的甚至是邪恶的丑角，但也同时有如焦光普（《三关排宴》）、崇公道（《玉堂春》）、唐知县（《七品芝麻官》）、徐九经（《徐九经升官记》）等肯定性的丑角。赵树理与中国传统戏曲文化没有隔膜，凭借对戏曲中肯定性“丑角”的理解，把这类形象融化在自己的小说中。

赵树理把李有才定位为一个诙谐的“丑角”艺术家，善于“逗”的喜剧特点，在这个人物身上体现得非常明显。他的诨名“气不死”，就是他喜剧性格的一个标签。叙述人多次介绍，“李有才是大家欢迎的人物，每天晚上吃饭的时候，没有他就不热闹”，“李有才好像一炉火——只要他一回来，爱取笑的人们就围到他这土窑里来闲谈”；甚至工作队来到阎家山，也觉得李有才“很有趣”，打算专门去找他闲谈。在阎家山的穷苦人中，李有才显然是被当作一个“趣人”来看待的。他的滑稽诙谐表现在日常生活的点点滴滴，几句平常话到了他嘴里，立刻会妙趣横生，例如娶不起媳妇，到他的嘴里却成了“吃饱了一家不饥，锁住门也不怕饿死小板凳”之类的自我调侃，总是引得大家笑个不休。

编快板是他逗趣的另一手段。虽然李有才的快板一直被认为是阶级斗争的利器，不过这并不影响它们强大的娱乐功能。最明显的例子就是小福的表兄和老杨同志这两个阎家山的外来者，听了这些快板，都不是燃起阶级的仇恨和愤怒,而是笑个不休和觉得有意思。而且,李有才每天所编的新快板,有很多是青年们想听,要求他随便编出来逗乐子的,像哪个女人脸上有麻子这样的快板,就明显是纯粹为逗趣而作的。

老槐树下的小字辈们喜欢专门找李有才逗趣、娱乐,这是小说反复强调的。这个能"说"、能"唱"、能"逗"的李有才,在小说中仿佛大家的"开心果",是农村娱乐生活中的"丑角艺术家"。

(录自杨天影:《农村舞台上的"丑角艺术家"》,《中国现代文学研究丛刊》2006 年第 4 期)

第二十三章　小说(三)

【学习提示与述要】

本章介绍第三个十年(1937 年 7 月—1949 年 9 月)的小说。为了教学与论析的方便,不妨将本时期小说按题材或表现的趋向(而不同于上一时期那样主要分流派)分为四类,即国统区的讽刺小说、追忆小说、沦陷区的通俗与先锋混合型小说,以及解放区的社会主义现实主义新型小说。一方面要注意到四类小说各自都受到特定历史时期政治地域文化的制约,另一方面又看到其彼此间的渗透与影响。还要关注本时期中长篇小说的成熟与繁荣,了解主要的代表性作家及其代表作的创作特色。其中路翎、钱锺书与张爱玲,可作为评析的重点。因为本时期小说的发展其实又是此前一二十年现代小说变革、试验和演进的结果,所以一些作家作品所体现的特点与现象,也不妨与此前的脉络联结起来做总体考察。这会比较有难度,但对训练文学史的综合分析能力有好处。

一　暴露与讽喻

1. 有关抗战几个阶段国统区小说创作的变迁,只要求做知识性的了解。如初期偏重纪实性的小说“报告文学化”现象,稍后作家对战争中民族精神新变的表现,一直到小说创作中暴露讽刺之风大盛,都可以联系时势的影响做概略的考察。而对张天翼《华威先生》和沙汀《淘金记》《在其香居茶馆里》等暴露讽刺作品,应有比较细致的分析。也可以与他们上一时期的创作联成一气来评说。

2. 但这一节重点应落在钱锺书的《围城》上。应着重了解这部讽喻小说与现代文学史上其他讽刺类作品有何不同。评析《围城》应注意到一些确具特色的方面:主题意蕴的多义性,对西式知识分子的嘲讽,对“中国化”了的西方文化的再审视,对现代人生命处境的哲理思考,以及小说中机智的反讽、讽刺、比喻等等。该小说近年来声誉日盛,好评如潮,但也有不同的批评意见。“评论节录”中的观点也许会引发更深入的探讨。

二　体验与追忆

3. 所谓“体验与记忆”是从题材和写作姿态上的概括，其实作家的情况各不相同。“七月派”的路翎是本节评讲的重点。可以参照第二十一章有关七月派与胡风理论的细致评述，这样会加深对路翎创作倾向与风格的理解。《财主底儿女们》在现代历史大变动的背景中写一个大家庭的分崩离析，试图以青年知识分子不同的思想历程为辐射中心，展现现代史的动态。其最引人注目的却是“思想历程”的复杂性和作者强烈的生命体验。这部小说篇幅很长，可读性不高，若限于时间，也可以另外选读中篇《饥饿底郭素娥》。该小说描写并不真切，却主旨突出，就是写一个底层女子肉体与精神上的“饥饿”与“强悍”。路翎惯常通过他笔下的人物寻求“人民底原始的强力”，但也不忘其“精神奴役的创伤”。可以通过作品人物的评析，领略路翎小说实践胡风派理论的特征，以及类似陀思妥耶夫斯基冷峻的气质。

4. 在倾向“体验与追忆”的一类小说中，还应当注意到冯至、师陀、萧红和骆宾基诸家。冯至的《伍子胥》近年重新引起研究者的兴趣，应关注其如何用类似散文诗的片段来结构小说，并把人生的体验与感觉用纯净的美的境界来表现。师陀在这一时期贡献的《果园城记》（短篇集）和《结婚》等作，或以怀旧情绪叙写昔日的温暖与凄凉，或给世态讽刺加入寓意与传奇，都比前一时期创作更有新意。萧红的《呼兰河传》等出色的小说是本时期产品，也是其代表作，适合做细致的文本分析和艺术鉴赏，可以和萧红上一个十年的创作合起来做整体评析。

三　通俗与先锋

5. 属于这一类追求的小说主要出产于上海“孤岛”和沦陷区，所以应考虑到“通俗”与商业文化联姻，以及“通俗”与“先锋”汇合的社会审美需求，主要是市民的需求。张爱玲是本章讨论的重点。张爱玲小说的特色可以概括为：多写都市男女婚恋中千疮百孔的经历，由女性角度来观察浮世悲欢，解剖人性的脆弱与黯淡。小说结构语言以中国古典小说为根底，感觉化意象的运用与深度心理的剖析，等等，又借鉴了现代派的手法。其小说既先锋又通俗，所以读者面大。1990 年代以来又再度走红，其中也有文学的社会审美心理变迁的原因。评析时可以以《金锁记》或《封锁》为中心文本。“评论节录”中所引的鉴赏文字可供参考。另一专以女性大胆笔触写男女情事的女作家苏青，也可以和张爱玲做一比较。此外，对其他通俗又先锋的小说家，如徐訏表现爱与人性的多重性的“大众传奇”（《鬼恋》《风萧萧》等）、无名氏的浪漫言情小说（《北极风情画》等），也要有知识性的了解，并和下一章的“通俗小说”结合起来评析。

四　现实与民间

6. 这一节专论解放区新型小说。孙犁是解放区仅次于赵树理的重要小说家。了解这位“白洋淀”派的鼻祖，应抓住两点特色：其一是着重于发现和表达农民的精神和人情之美，尤其擅写纯真健美的北方农村青年妇女。这一特点，也可以联系现代文学史上历来对农民和妇女的描写类型来进行比较。其二是单纯明净的叙事结构与语言风格。应注意从审美的层面体悟孙犁小说对“单纯情调”的追求。

7. 这一节还有一个论述和思考的重点是比较分析两部“土改小说”：丁玲的《太阳照在桑干河上》与周立波的《暴风骤雨》。要点是：前者较真实地表现了农村的阶级斗争和生活的复杂性，后者的表现则比较简单化、规范化；前者擅长有历史真实感的细致的心理刻画，后者则擅长场面和生活气息的描写；前者结构较平板，语言细腻但可能失之沉闷，后者的情节处理有波澜，语言也较生动简净。比较两者各自得失，可以引发对解放区乃至后来许多创作的成就与不足的思考。

【知识点】

“前线主义”小说、《华威先生》及其所引发的讨论、沙汀的“三记”、七月派小说、新洋场小说（新鸳蝴体）、南玲北梅、后浪漫主义小说、白洋淀派、山药蛋派、新章回体。

【思考题】

1. 概述1940年代暴露讽刺小说的创作状况。

这是一道偏重文学史知识性的题目，首先要对讽刺与暴露小说的历史背景进行简单描述，即单纯的抗战热情消退之后，随着抗战的持续和深化，国民党政府暴露出种种腐败，也可以更进一步探究到作家战争文化心理的变化，这些是讽刺与暴露小说产生的原因。其次要结合文学史线索和代表性作家作品进行概述，重点评述的作家作品应该包括张天翼及其《华威先生》、萧红及其《马伯乐》、沙汀及其《在其香居茶馆里》和《淘金记》、钱锺书及其《围城》等。对于高年级和考研究生的同学，除了要求对作品的主要内容和创作情况的记述之外，还应该对这些同是讽刺暴露小说的不同之处（如不同的艺术风格、不同的取材和视角、不同的文化选择等等）有更进一步了解。可参考《三十年》第二十三章第一节。

2. 试评路翎的小说（可以《饥饿的郭素娥》或其他作品为例）的思想艺术特色与得失，并说明其与胡风文学理论的关联。

这道题具有一定的综合性，除了参考《三十年》第二十三章第二节关于路翎的内容外，还应该结合第二十一章第三节胡风理论的部分，综合考察路翎小说与胡风的文学理论的关系。评价其小说思想艺术得失，要结合胡风的"主观战斗精神"和"精神奴役创伤"理论与路翎小说的主题（底层人民的"原始强力"和知识分子的精神悲剧）的内在联系，可以《饥饿的郭素娥》或《财主底儿女们》等小说为例，例如分析其小说在人物心理刻画上呈现的现代派特征和丰富复杂性，以及同时带来的对疯狂和变态的反复渲染。此外，还可结合"评论节录"中《路翎小说的形象与美感》，细致分析"生命的强力"主旨所带来的"饱胀感"形成的独特节奏以及由此带来的阅读的压抑，"渴求的力"的艺术带来的震撼美学效果以及由此带来的小说肌理的不均衡、语言的浓度和力度以及由此带来的累赘和可读性差，等等。

3. 评述张爱玲小说在女性解剖和都市发现方面的现代性特征，并分析其既通俗又先锋的艺术创新。

这是一道作家作品的论述题，要求以新旧、雅俗的融合为中心，对张爱玲小说的题材内容与艺术形式进行综合把握。可以综合参考《三十年》第二十三章第三节、温儒敏等主编《中国现当代文学专题研究》第七讲第二节以及"评论节录"中的《为市民画像的高等画师》。关于女性解剖，要注意她对于现代女性半新不旧的生存困境、压抑变态以及充满苍凉和恐慌的现代"荒原"意识的深度心理开掘；关于都市发现，要注意她对于日益金钱化的都市中新旧交错导致的文化错位与都市人生的千疮百孔的描摹；艺术创新方面，要结合具体作品，分析其叙事套路、人物设置、人物语言、服饰细节（可对比《红楼梦》等小说）等方面的传统小说和现代市井小说色彩，同时要论及其小说心理剖析和意识流手法、充分感觉化了的意象的使用等西方现代先锋艺术的痕迹，并综合评述这种通俗又先锋的艺术在文学史上的意义。

4. 试结合作品的分析，阐释钱锺书《围城》的多层意蕴。

这是一道对作品主题的分析题，可以综合参考《三十年》第二十三章第二节和"评论节录"中《〈围城〉的三重意蕴》。要求结合对作品世态人情、人物形象、整体象征结构等方面的细致分析，从生活层面、文化反省层面和哲理思考三个层面来理解。要点：(1)从抗战中中国城乡世态世相的描绘，分析小说所反映出来的教育界、知识界腐败的“新《儒林外史》”。(2)从“反英雄”的主角入手，分析小说通过对知识阶层的讽刺，从文化层面反省民族精神的危机。(3)从人生命运的角度，分析小说“围城”的整体象征结构体现出的现代人对自己的生命处境的哲理思考。

5. 评述孙犁小说对“单纯情调”的审美追求。现代文学史上，孙犁小说跟我们常常称道的其他“情调小说”作家，如废名、沈从文、萧红等人的作品在艺术上有何共通之处？

这是一道综合题，前一问比较简单，考察对作家作品的艺术特点的分析。可以参考“评论节录”中《孙犁对“单纯情调”的追求》。首先，要求从孙犁颂扬“美”的总主题的选择来分析其小说对单纯情调的偏爱与对杂芜、丑恶等内容的回避。其次，要从艺术构思、结构布局、女性形象塑造、唯美的意境以及诗化的语言等方面，具体分析“单纯情调”的体现，如《荷花淀》对战争题材的侧面视角的选择、对女性纯洁质朴的人性美的反复吟咏，《琴和箫》对死亡的浪漫主义与诗化处理、简洁素雅的人物对话，等等。

第二问由高年级和考研的同学进一步思考。我们一般谈到“情调”(如“牧歌情调”等)，是指小说整体风格给人的审美感受，而“情调”一词的使用本身也有一定的风格倾向(比如我们一般不会说路翎小说的情调)，因此回答这一问，要抓住“情调”一词，考察现代文学史上这一脉不重深广的社会背景，不重情节，不重人物复杂性的塑造，而更重视人物性格的单纯化、淡化，美的意境的营造，行文的抒情笔致等方面的小说在艺术上的散文化、抒情化追求。可以综合参考《三十年》中第三章第三节、第十三章第二节和第二十三章第二、四节的内容。

6. 比较评析丁玲的《太阳照在桑干河上》与周立波的《暴风骤雨》这两部土改题材小说思想艺术的成就与不足。

这是一道作品比较分析题，对于这两部相同题材(土地改革)和相似创作背景(解放区)的长篇小说，要注意在主题、人物塑造、结构、语言等方面的对比中突出它们各有长短的特征。要点：(1)前者较为真实地表现出农村阶级斗争和生活的复杂性；后者对此则表现得较为简单和规范。(2)前者长于有历史真实感和复杂性的人物描写和细致的心理刻画；后者则长于场面和带有东北民俗性质的生活气息的描写。(3)前者结构较为平板，语言细腻但有时失之沉闷；后者重视情节结构的波澜，语言多使用东北方言，更加生动。(4)如果更深一步,还可以就这些差异的原因(作家主体的差异)进行深入探讨,如丁玲身上保留了更多的知识分子的思维方式,因而与"工农兵"结合的转型过程中在小说中留下更多痛苦思索和精神探索的缝隙,而周立波虽则更倾向于主流文学政策的立场和民间形态的模拟,但其精美的文学趣味常常流露在对农村生活的诗意描写上。可以参考《三十年》第二十三章第三节和"评论节录"中"关于《太阳照在桑干河上》与《暴风骤雨》"。

7. 1940 年代出现了一批描写童年生活的追忆体小说,并且都采用了童年与成年的双重视角,如萧红的《呼兰河传》《后花园》,端木蕻良的《早春》《初吻》,骆宾基的《幼年》等。试分析这些小说的特征,并思考它们的出现与战争背景的关系。

这是一道有难度的拓展思考题,适合于研究生学习。可以参考"评论节录"中钱理群《对话与漫游——40 年代小说研读》(上海文艺出版社 1999 年版)第四章和第七章的内容。这些小说的追忆体式,既展现出一个纯真的原生态的诗意童年生活情境,又有成年叙事者的声音或隐或显的存在,在这个时间跨度和两种语调之下,形成颇有意味的诗学品质。这些作品表面上与战争无关,实际上回避战争而沉入回忆,正是作家的战争体验,是通过回忆寻求心理支撑的表现,可以在 1940 年代较普遍的体验与追忆思潮下理解这些小说与战争的关系。

8. 1940 年代在胡风文学思想的直接影响下,形成过什么倾向的创作流派?试以这种流派中的一位小说家或诗人的创作为例,对胡风的影响做简要的述评。

本题偏重论述性,可参考《三十年》第二十一章第三节、第二十三章第二节和第二十六章第一节相关内容,以及本书中相关章节的"评论节录"。七月派是在胡风文学思想的推动下形成的一个创作流派,首先应简述它的形成过程、基本阵容、思想倾向和美学风格,着重说明胡风的影响和作用。论述胡风思想在七月派作家创作中的体现,可选择有代表性的七月派小说家或诗人的作品,从题材、主题、人物、语言、创作方法、审美追求等方面入手,紧扣胡风文学思想的要点展开论述。胡风文学思想在七月派作家的作品中往往不是直接表现出来的,所以在论述过程中要善于抓住中间环节。比如,胡风主张表现所谓"精神奴役创伤""原始的强力",等等,在路翎的许多中短篇人物刻画中都有体现;其关于主客体"相生相克"的理论,在某些七月派诗人那里表现为美学风格上“持续的紧张”、语言上的“重浊”和“力度”等。

9. 比较分析茅盾、老舍和1930年代现代派作家笔下的三种都市文学形态。

本题带有综合性,对分析和概括能力的要求较高,可参考《三十年》第十章、第十一章和第十四章第三节相关内容。所谓现代派作家主要是指以刘呐鸥、穆时英、施蛰存等为代表的新感觉派作家,把现代都市作为小说叙事的主要对象是他们与茅盾、老舍的共同之处,但三者在文化观念、创作方法、叙述视点、形式技巧和文学资源上都存在较大差异,因此他们笔下的现代都市也呈现出迥然不同的面貌。可将以上提及的几个层面作为比较分析的基点,也可从每种都市文学形态的总体特征入手,在论述三者差异的基础上,进一步说明其社会历史成因,以及在中国现代文学史上的地位和影响。茅盾从社会剖析角度看重经济的阶级的分野;老舍更多从文化层面表现市民社会的生活形态;现代派笔下则多是消费主义覆盖下的城市人的感觉体验,包括人性变异、扭曲等现象。注意结合具体作品来展开论述,既有宏观把握视野,又有具体分析。在比较分析中还要考虑到上述每种形态构成的复杂性与相对性,既要揭示区别,又要兼顾彼此联系。

10. 以《莎菲女士的日记》《阿毛姑娘》《我在霞村的时候》三篇作品为例,评析丁玲对于妇女题材创作的开掘。

本题为综合性论题,有较大难度,必须认真阅读丁玲的三部小说,在此基础上,分析丁玲创作中对女性题材的关注以及所表现的特点,最好能将其与丁玲整个创作发展联系起来评价。要点包括:(1)1920年代末期的《莎菲女士的日记》代表了丁玲的“五四”创作,塑造了“五四”退潮后叛逆、苦闷的知识女性典型,挖掘了青年女子在性爱问题上的矛盾心理(可参阅茅盾的文章《女作家丁玲》)。(2)同样是1920年代末的《阿毛姑娘》反映出资本主义现代都市文明对在封闭的封建宗法社会中长大的农村姑娘的强烈心理冲击,挖掘了女性在物质、金钱方面的渴望与焦灼。(3)1940年代解放区的作品《我在霞村的时候》反映了民族战争中女性对苦难的乐观与坚韧,探讨了传统女性的贞操观念与民族革命之间的复杂关系(可参阅中岛碧《丁玲论》第五节,原载日本《飚风》1981年第13期,收入孙瑞珍、王中忱编《丁玲研究在国外》,湖南人民出版社1985年版)。(4)把握丁玲对女性问题涉及范围的广度:从知识女性到普通农村妇女;深度:从爱情、婚姻自由到她们在革命、政治中的地位与尊严,反映出丁玲从早期关注女性自身到后期关注女性与民族国家问题的逐步转变与深入(可参阅冯雪峰:《从〈梦珂〉到〈夜〉——〈丁玲文集〉后记》,原载1948年1月《中国作家》第1卷第2期,原题为《从〈梦珂〉到〈夜〉》,收入袁良骏编《丁玲研究资料》,天津人民出版社1982年版)。

【必读作品与文献】

沙　汀:《在其香居茶馆里》
张天翼:《华威先生》
钱锺书:《围城》
路　翎:《饥饿底郭素娥》
张爱玲:《金锁记》《封锁》
孙　犁:《荷花淀》
丁　玲:《太阳照在桑干河上》

【评论节录】

赵　园:《路翎小说的形象与美感》
黄修己:《为市民画像的高等画师》
夏志清:《中国现代小说史》
温儒敏:《〈围城〉的三重意蕴》
钱理群:《新小说的诞生》
赵　园:《孙犁对"单纯情调"的追求》

▲评路翎小说的艺术个性

这是一个狂野、雄放、不同程度地染着原始蛮性的世界。打开他的早期作品《饥饿底郭素娥》,人物——乡村女人郭素娥与她的情人矿工张振山,俨然由"创世纪"一类的传说中走出来。他们美得丑陋,雄伟得粗野,像希腊神话中的半人半兽,而且也像那些半兽一样,有着异乎寻常的性欲。这无论如何不像那一时代中国人日常的生活世界。这儿是一片原始的榛莽,生命发出震耳欲聋的喧嚣,茁壮得惊人。在《饥饿底郭素娥》之后,路翎笔下的生活,愈益靠近人间世。但是形象的雄伟性,仍然构成路翎小说人物的醒目标志。尽管渐渐地,由"雄强"而"原始",到"雄强"而"现代"。人物的生活状态也在摆脱作者一度酷爱的"原始的山林的性质"。

路翎颂扬强者,——从物质、精神双重压力下站起来的强者,从自我的软弱和卑琐情欲、渺小激情中挣脱出来的强者,从个人悲剧、苦难中走出来的强者,强有力的男人和同样强有力的女人。他的小说的悲壮美,首先来自人物的精神力量,来自“性格”。

这是一些被超常的欲望燃烧着、煎熬着的人们。他们凶猛地挣扎,在每一瞬间都企图由一种生活方式、一种精神束缚中冲出去。这种心理倾向,这种情欲,才构成路翎小说世界的最深刻的内在统一。

那个乡下女人郭素娥说:“……我们过得真蠢!”这无论如何不像是她自己的话。但整整一部《饥饿底郭素娥》,正是由人物带着“病态”的欲望,酿成激动不安的氛围,引出令人心悸神动的艺术效果。

巨大的苦闷,是“渴欲”与“追求”的伴生物,路翎式人物的“受虐狂”的倾向,通常是极度的精神饥渴、精神压抑中的心理变态。也还没有过另一位中国现代作家,以这样的方式描写苦闷。这种苦闷简直比死还要可怕,有时候只有经由“残酷”、经由仇恨,——彼此的詈骂、厮打,才能稍为解脱。

“渴欲”和“追求”,使路翎作品有“饱和感”,“膨胀”在作品里的“蠢蠢跃跃的力量”,仿佛“随时随地都要向外伸展,向外突破”,直接造成了作品内在的紧张性。在关于这些极度“焦渴”“饥饿”的人们的描述中,中国小说美学在“疏密”“疾徐”以至“虚实”等等方面的要求,统统被忽略了。读路翎的小说,你往往会受不了那种持续的紧张:你感到喘不过气来。持续的紧张在长篇里使人更难以忍受,但路翎正是这样写出了他的庞大的《财主底儿女们》和另一个长篇《燃烧的荒地》。这是路翎小说的节奏形式。你可以不习惯,感到压迫,但它仍然是一种节奏形式,与作品包含的心理内容、情绪特征,尤其与人物的气质、行为方式,甚至是和谐的。

再没有什么,比那些意象,比那些意象所显示的情欲,更足以表达对于“个性底积极解放”的“寻求”的了。“个性底积极解放”的渴望,表现在人物的深刻苦闷中,表现在他们冲决既有生存方式的不断挣扎、“扰动”中。当然,他有时也径直让人物喊出他们的“饥饿”,比如郭素娥。关于这个人物,胡风说过:她“是封建古国底又一种女人,肉体的饥饿不但不能从祖传的礼教良方得到麻痹,倒是产生了更强的精神的饥饿,饥饿于彻底的解放,饥饿于坚强的人性”。蒋纯祖,由于是有教养的知识者,有可能把他的“焦渴”,更明确地表达出来:“……我们中国,也许到了现在,更需要个性解放的吧,……”

他的全部作品(而不是个别人物),都给人以强烈地“追求”的印象:痛苦的,辗转不安的,但目标还待明确的“追求”。他的小说内在的“紧张感”

也来自这里。这种总体倾向使他的创造物缺乏平衡、和谐。处处可以听到不谐和音,处处可以发现未经调匀的色彩。你惋惜地想到,这破坏了他的作品艺术上的完整,但同时又不能不承认,正是在这种“不平衡”中,蕴蓄着一种力量(虽然你也同样难以确切地指出它来)。这种力量“扰动”着你,使你不安,使你情不自禁地要沿着作者的思路作进一步的追索。

——这就是那个执拗地追求、却终于未达“终点”的路翎,是那个未完成、未及完成的路翎。幸呢,抑是不幸?要知道,没有路翎式的追求,固然没有路翎;而没有这种“未达终点”和“未及完成”,也就没有了路翎。

在路翎的小说里,情节的戏剧性,往往让位给情绪的戏剧性,——如狂涛大浪,骤起骤落,过程中充满着的,是感情的无穷转折(而且转得那样“陡”)与连续爆发。故事也许可以概括在三言两语中,情绪却极尽曲折;表现形态常出人意表,却又真实得可怕。这“情绪”不只凶猛狂暴,而且像是有“重量感”。它狂放而又沉重,挟着一股力向你袭来。即使儿女私情,在路翎的天平上,也仿佛比在别人那里分量更重。因而李健吾先生这样论到路翎,“吸人的是他的热情,不是他的理论”。你在这种“热情”,这种情绪的狂澜中“感觉着”作者,一个对生活、对人生认真到近于迂执的作者。他的人物说:“我懂得了生活,生活是一个严重的东西……”(《青春的祝福·何绍德被捕了》)他的另一个人物叹息着:“一件严肃的事,生活……”路翎和路翎小说人物的狂热,正出于对生活极端的严肃、郑重。当一个人以“生活”为“严肃的事”,表现出异乎常人的认真时,痛苦之于他,是不可免的。“狂热”是对于重压的情绪上的反拨,是“痛苦”的非常态的宣泄。

还有必要顺带谈谈他的小说语言。这语言是“不透明”的,重浊的,常常被种种“附加成分”弄得累赘不堪的。但你得承认,他的文字喷发着一种热辣辣的气息。这个“力”的崇拜者,英雄性格的颂扬者,力图在他的每个修饰语中都注入“力”。这些修饰语强调着“浓度”“力度”,极力加强着“特征”的分量。这样的描写有时使人感到无可形容的压迫。似乎整个空气都沉甸甸地向人物也向读者压过来。这儿可没有圆熟的文字技巧,决不足作为初学写作者的范本。但这是路翎为自己的意象、为表现自己人物的情欲和作者的个人激情而选择的语言,创造的表达方式。目的与手段间的“和谐”与“距离”,在这里也都存在。

(录自赵园:《路翎小说的形象与美感》,《论小说十家》,浙江文艺出版社 1987 年版)

▲论张爱玲

在初版《传奇》上,有一段张爱玲的卷首题词:“书名叫传奇,目的是在传奇里面寻找普通人,在普通人里寻找传奇。”她所说的“普通人”大多是生活在上海弄堂的各类市民,她有好几篇小说写香港,仍多是“上海人在香港”。她的题材几乎全是他们的婚恋生活、两性关系。因而依照古代传奇的分类,可以归入“言情类”。如唐传奇的“言情类”有《李娃传》《霍小玉传》《莺莺传》等,我们亦可称《金锁记》为《曹七巧传》,《倾城之恋》为《白流苏传》。正如有人所说,张爱玲的出现,开了我国言情小说的新生面。《金锁记》写的是麻油店女子曹七巧嫁给富户姜家残废的二儿子,以青春为代价分到一小部分家产。自从有了这“卖掉她的一生换来的几个钱”,便开始了疯狂的报复。她赶走了自己曾经爱过的老三季泽,狠心地破坏子女的婚姻幸福,自己没有得到的也绝不让他们得到。金钱的腐蚀使她丧尽母性、妻性,心理变态,成了可怕的畸形人。七巧只是张爱玲塑造得最完整的形象,她笔下男男女女的婚恋,也同样都以金钱为支点。如果没有明显的财产追求的目的,也一定受着某种利害关系的支配。

除了七巧等个别人物,张爱玲笔下的婚姻已非包办式的,即便由亲友拉纤引线,当事人自己还是有决定权的。然而从她描绘的一个个故事中,看不到现代自由恋爱的天真、纯情,甚至连封建时代后花园私订终身式的浪漫气息也没有。不妨说市民阶层是最缺少激情、缺少诗意的。他们从客厅转到卧室,从卧室转到厨房,在那平庸而又平淡的生活状态中,也许婚恋还比较能撞出些感情的火花,然而又是多么微弱、暗淡。张爱玲选择了这样的角度,从无情的言情中,直切了下去,切入市民阶层的五脏六腑,切到人性的至深至痛的部位上了。

张爱玲的人物最值得注意和称道的,还是女性形象。首先当然是曹七巧,这是现代文学史上最厚实的市民形象。她本来就是小市民,类似鲁迅《故乡》中的“豆腐西施”杨二嫂。如果不嫁到姜家,她充其量也只是个“麻油西施”。可惜没落的姜家无法把她提升为贵族,她以卑贱之身要在姜家立足,不能不拼死挣扎,而赖以抗争的本领,就是她的市民性。这里表现了市民阶层特有的生命力和破坏性,直搅得姜家天昏地黑,断子绝孙。这生命力的来源就是世俗的物欲、情欲,而她的破坏性则源于市民阶层的盲动性,因为他们目光短浅,缺少理想和教养,不能把握自己的命运。因而他们生命力越是发挥得淋漓,市民性的丑陋一面,也越表现得尽致。

我们读张爱玲的小说,首先要欣赏她那工笔细描的写实手法,她的描绘以细腻、逼真见长，颇得《红楼梦》的神韵。例如她对人物服饰的精细勾画，被人称为《红楼梦》之后没有第二人。对塑造人物来说，她对房屋建筑、居室装饰摆设的描写，艺术上作用比写服饰更大。

小说艺术上的另一重要贡献是语言上的创造。上述对人物内外两个方面的细腻描绘，当然也颇见语言上的功力，这方面明显受旧小说影响，但多有助于人物的描写，又使小说风格显得通俗、平易。而真能表现作家才华的，是那连珠般的妙喻。她的一些奇崛而又极贴切的形容、比喻，堪称经典性的，从中表现出的奇妙高超的想象力，令人惊异，令人叹服。人们会像反复地欣赏名画、名曲那样，多遍地诵读她的小说，且百读不厌，就是为了欣赏那语言的美，从中得到一种艺术上的享受。有人还专门摘录这类妙喻、警句，编成"妙语金句"供人赏玩。读者从本书中任何一篇作品，都可以发现这样的例子，不必在此摘引了。

与奇譬妙喻相关联的，就是意象的繁富。一些用得好的比喻，往往超越形象自身而产生一种象征性的效果，使那用以比喻的形象变得意味无穷，也给作品增添了抒情性。例如用"笼中鸟"来形容被关闭在家庭中的弱者，已成俗套。张爱玲出人意表地用"屏风上的鸟"来形容，自是高人一筹。在《茉莉香片》中写聂传庆的母亲嫁到聂家后，"她是绣在屏风上的鸟——悒郁的紫色缎子屏风上，织金云朵里的一只白鸟。年深月久了，羽毛暗了，霉了，给虫蛀了，死也还死在屏风上。"接着又用它来形容在家庭管束、虐待下成了精神残废者的传庆。跟具体的故事情节一联系，这"屏风上的鸟"就不仅是对聂家母子的比喻，而具有更广泛的意义，成了某种生存境遇和思想性格的象征，还包孕着作者主观的见识与情感的因素，那么浓郁、强烈。

本来张爱玲的小说以工笔细描的写实为其特长，但那些巧妙的意象的营造，使她的作品又多了些写意的色彩，而这是不露痕迹地、自然地融化在写实之中，二者相得益彰。又由此形成浓艳、繁复、典雅的风格，带着珠光宝气的贵族相，却能够和通俗、显露、平易的文字水乳交融着。写实与写意、叙述与抒情、高雅与通俗，经了张爱玲的艺术化合，亲密无间地统一在她的作品里了。

张爱玲的艺术并非十全十美。有人批评她的旧小说格调，这并不重要，正如不必过多地指责欧化形式一样。但如果损害生活的反映，那就是缺点。读张爱玲的小说，会感到许多人物都善于言辞，伶牙俐齿的。而他们的语言，风格颇相似，都有点旧小说(如《红楼梦》《金瓶梅》)的意味。像《第一炉香》里的睨儿，这是个颇为生动的形象，但似曾相识，太像大观园里的丫环，难道现代香港富家的女佣也是这样的？她开口闭口“姑娘”“姑娘”，现代粤语（或吴语）对小姐是这样称呼的吗？这让人怀疑作家写着写着，已不知不觉进了大观园，忘了自己是写香港。书画市场上有一些假冒名家之作的赝品，我们猜想张爱玲如果冒充曹雪芹来写一部小说，会不会也有以假乱真之力。这样的假想当然很抬举了张爱玲。平心静气地说，她在艺术创造上贡献是很大的，将来的人也许对市民生活不再有兴趣，但仍会爱读张爱玲的小说，因为她那语言艺术上的创造，是有永恒价值的。当然在盛赞她的艺术才华的同时，也会为她惋惜，生在一个大变动的时代，以她的才华，应该有更大的贡献，不应该只有现在这样的成绩。此中的缘由，也值得深思。

（录自黄修己：《为市民画像的高等画师》，收入黄修己主编《张爱玲名作欣赏》，中国和平出版社 1998 年版）

▲夏志清论张爱玲

《金锁记》长达五十页；据我看来，这是中国从古以来最伟大的中篇小说。这篇小说的叙事方法和文章风格很明显受了中国旧小说的影响。但是中国旧小说可能任意道来，随随便便，不够谨严。《金锁记》的道德意义和心理描写，却极尽深刻之能事。从这点看来，作者还是受西洋小说的影响为多。

《金锁记》的上半部，感情与意象配合得恰到好处（从前面引的几段可以看出来），别人假如能写这半部，也足以自豪的了。可是对于张爱玲，这一段浪漫的故事只是小说的开头。在下半部里，她研究七巧下半世的生活；七巧因孤寂而疯狂，因疯狂而做出种种可怕的事情，张爱玲把这种“道德上的恐怖”，加以充分的描写。

七巧是特殊文化环境中所产生出来的一个女子。她的生命悲剧，正如亚里士多德所说的，引起我们的恐惧与怜悯；事实上，恐惧多于怜悯。张爱玲正视心理的事实，而且她在情感上把握住了中国历史上那一个时代。她对于那时代的人情风俗的正确的了解，不单是自然主义客观描写的成功：她于认识之外，更有强烈的情感——她感觉到那时代的可爱与可怕。张爱玲喜欢描写旧时上流阶级的没落，她的情感一方面是因害怕而惊退，一方面是多少有点留恋——这种情感表达得最强烈的是在《金锁记》里。一个出身不高的女子，尽管她自己不乐意投身于上流社会的礼仪与罪恶之中，最后她却成为上流社会最腐化的典型人物。七巧是她社会环境的产物，可是更重要的，她是她自己各种巴望、考虑、情感的奴隶。张爱玲兼顾到七巧的性格和社会，使她的一生，更经得起我们道德性的玩味。

七巧和女儿长安之间的紧张关系以及冲突,最能显出《金锁记》的悲剧力量。

(录自〔美〕夏志清《中国现代小说史》,刘绍铭等译,香港友联出版有限公司1979年版)

▲夏志清论钱锺书

《围城》是中国近代文学中最有趣和最用心经营的小说,可能是最伟大的一部。作为讽刺文学,它令人想起像《儒林外史》那一类的著名中国古典小说,但它比它们优胜,因为它有统一的结构和更丰富的喜剧性。和牵涉众多人物而结构松懈的《儒林外史》有别,《围城》称得上是“浪荡汉”(Picaresque hero)的喜剧旅程录。善良但不实际的主人公从外国回来,在战争首年留在上海,长途跋涉跑入内地后再转回上海。途中他遇上各式各样的傻瓜、骗徒及伪君子,但他不似汤姆·琼斯(Tom Jones)那样胜利地渡过灾难,作为美德战胜邪恶的证明。反之,他变成失望及失败的人。事实上他在书中很早就失去他苏菲亚·华斯顿(Sephia Western)式的好女子。后来他和另一女子结合,而她只带给他更形孤立的感觉。

(孙柔嘉)无疑是现代中国小说中最细致的一个女性造像。柔嘉是中国文化的典型产品,刚上场她看来羞缩沉默,日子久后就露出专横的意志和多疑善妒的敏感,这是中国妇女为应付一辈子陷身家庭纠纷与苦难所培养出来的特性。鸿渐起初并未注意柔嘉,但赵辛楣冷眼旁观,却清楚看出她正在布下天罗地网,要猎取他这位未设防的友人。

虽然讽刺和浪游都加强小说的范围及意义,但中心主旨的表现,全落在主角的个别戏剧事件上面。鸿渐是一个永远在找寻精神依附的人,但每次找到新归宿后,他总发现到这其实不过是一种旧束缚而已。小说中数度提到的“围城”,象征了人间处境。

《围城》是一部探讨人的孤立和彼此间的无法沟通的小说。

钱锺书是非常优秀的文体家。……他对细节的交代,毫不含糊;对意象的经营,更见匠心。钱锺书尤其是个编造明喻(similes)的能手……。正像每一个不以平铺直叙的文体为满足的小说家一样,钱锺书也善用象征事物,在选择细节时不单为适合情节的内容:他希望通过这些细节,间接地去评论整个剧情的道德面。

(录自〔美〕夏志清《中国现代小说史》,刘绍铭等译,香港友联出版有限公司1979年版)

▲《围城》的三层意蕴

这部小说基本采用了写实的手法,总体结构却又是象征的,是很有“现代派”味道的寓意小说。其丰厚的意蕴,须用“剥竹笋”的读法,一层一层深入探究。我看起码有这么三个层面。

第一层,是比较浮面的,如该书出版序言中所说,是“写现代中国某一部分社会,某一类人物”。具体讲,就是对抗战时期古老中国城乡世态世相的描写,包括对内地农村原始、落后、闭塞状况的揭示,对教育界、知识界腐败现象的讽刺。

《围城》用大量的笔墨客观而尖刻地揭示出种种丑陋的世态世相,读者从中可以感受到40年代中国社会生活的某些落后景致与沉滞的气氛。这个描写层面可称为“生活描写层面”。以往一些对于《围城》的评论,大都着眼于这一层面,肯定这部小说“反映”了特定时期社会生活矛盾,具有“认识”历史的价值。因而有的评论认为,《围城》的基本主题就是揭示抗战时期教育界的腐朽,批判站在时代大潮之外的知识分子的空虚、苦闷。这样归纳主题不能说错,因为《围城》的“生活描写层面”的确带揭露性,有相当的认识价值;但这种“归纳”毕竟又还是肤浅的,只触及小说意蕴的第一层面。

如果不满足于运用“通过什么反映什么”这个简易却往往浮面的批评模式,而更深入思考作品“反映”的东西是否有作家独特的“视点”,这就更深一步发掘到《围城》的第二个意蕴层面,即“文化反省层面”。

《围城》是从“反英雄”角度写知识分子主人公的,其“视点”在中国现代文学同类题材作品中显示出独特性:不只是揭露“新儒林”的弱点,或探求知识者的道路,而企图以写“新儒林”来对中国传统文化进行反省。作者的着眼点在于对传统文化的批判,而且并非像五四以来许多作家所已经做过的那样,通过刻画旧式知识分子的形象去完成这种反省、批判,而是从“最新式”的文人,也就是主要通过对一批留学生或“高级”知识分子形象的塑造去实现这种反省与批判。

《围城》试图以对“新式”知识分子(特别是留学生群)的心态刻画,来对传统文化进行反省,这正是作品的深刻所在。“五四”以来新小说写知识分子的很多,但《围城》无论角度还是立意都与一般新小说不同。在“五四”时期,新小说多表现知识者对新生的追求,人道主义旗帜下所高唱的是个性解放的赞歌,这些作品的主人公不再是儒雅文弱的传统文人,他们在气质上往往都有一种青春期的热情,所展示的姿态也几乎就是反传统的“英雄”。30年代,革命文学中的知识者更是凌厉的“斗士”,尽管“政治化”使这些

“英雄”的个性一般都显得空泛。到40年代，特别是抗战之后，知识分子题材小说中的“英雄”色彩就淡多了，作家们开始比较冷静地回顾与探索他们所走的道路，作品普遍弥漫一种历史的沉重感。《围城》是40年代这种小说创作风气中所形成的凝重深刻的一部。它不止于探索知识者的道路，而要更深入去反省知识者身上所体现出来的民族传统文化的得失，或者说，通过知识者这一特殊的角度，从文化层次去把握民族的精神危机。《围城》里面有的是机智的讽刺，而这些讽刺所引起的辣痛，无不牵动着读者的神经，逼使他们去思索、去寻找传统文化的弊病。在《阿Q正传》之后，像《围城》这样有深刻的文化反省意识的长篇小说并不多见。

那么，这部长篇为什么要以“围城”为题呢？读完这部小说，从这题旨入手反复琢磨作者的立意，我们也许就能越过上述两个层面的意蕴，进一步发现小说更深藏的含义——对人生对现代人命运富于哲理思考的含义，这就是作为作品第三层面的“哲理思考意蕴”。

《围城》的情节既不浪漫，也没有什么惊险刺激的场面，甚至可以说有点琐碎，并不像同时代其他长篇小说那样吸引人。这部小说的真正魅力似乎主要不在阅读过程，而在读完整本之后才产生。读完全书，再将主人公方鸿渐所有的经历简化一下，那无非就是，他不断地渴求冲出“围城”，然而冲出之后又总是落入另一座“围城”，就这样，出城，等于又进城；再出城，又再进城……永无止境。

综观这部长篇的结构，如果要“归纳”出主人公的基本行动的“语法”，那就是：

方鸿渐的行为 = 进城→出城→进城→出城……

这就是说，方鸿渐永远都不安分，永远都不满足，因而永远都苦恼，因为他总想摆脱困境，却处处都是困境，人生旅途中无处不是“围城”。

这一切对于这位懦弱的主人公来说，似乎始终是不自觉的。他完全处于一种盲目的状况，几乎是受某种本能的支配，或者更应该说，受“命运”的支配，永远在寻求走出“围城”，而事实上却是不断地从一座“围城”，进入另一座“围城”。这进进出出，是盲目的行为，而且终究都是“无用功”。

《围城》为什么要安排这样一个结构呢？

作总体分析，这结构带总体象征意味，寄寓着作者对人生更深的哲学思考，概括起来就是：人生处处是围城。作品象征地暗示于读者：“城”外的人（局外人）总想冲进去，“城”里的人又总想逃出来，冲进逃出，永无止境。超越一点儿来看，无论冲进，逃出，都是无谓的，人生终究不可能达到自己原来的意愿,往往是你要的得不到,得到的又终非你所要的。人生就是这么一个可怜的“寻梦”。

从《围城》第三层面的意蕴,也就是“哲理思索层面”来看,这部小说已经蕴含着类似西方现代主义文学中普遍出现的那种人生感受或宇宙意识,那种莫名的失望感与孤独感,真有点看破红尘的味道。在40年代的中国文坛上出现这样的作品,恐怕也可以说是透露着战后社会心态的一个侧面。这种有超越感的命题,在同时期西方现代主义文学中被表现得突出而充分,但在中国文学中却凤毛麟角。四五十年代的中国读者几乎忽略了《围城》的“哲理思索层面”的意蕴,人们那时毕竟热衷于执著现实的作品。

直到当今,我们才越来越体会到《围城》特有的艺术魅力。这魅力不光在妙喻珠联的语言运用,甚至也不光在对世态世相谐谑深刻的勾画,主要是在其多层意蕴的象征结构以及对人生社会的玄想深思。

《围城》是一个既现实又奥妙的艺术王国,只要进入这片疆域,无论接触到哪一层意蕴,总会有所得益,深者得其深,浅者得其浅。

(录自温儒敏:《〈围城〉的三重意蕴》,《中国现代文学研究丛刊》1989年第2期)

▲关于《太阳照在桑干河上》与《暴风骤雨》

这样,作为“新小说”也即“社会主义现实主义”文学的新模式,其对作家的绝对要求,必然是不仅是要用党的意识形态来观察、分析一切,而且要把党的意识形态化为自己的艺术思维,成为文学创作的有机组成。正是在这一点上,《太阳照在桑干河上》与《暴风骤雨》显示了一种“示范意义”。正像评论家们所说,“中国还没有过像这两部作品一样的、从整个过程来反映农民土地斗争的作品”,……也就是说,在这样的作品里,阶级斗争的逻辑,不仅是作家政治逻辑,生活逻辑,更是艺术想象的逻辑。无论是人物及人物关系的设置,情节的设计,以至小说的结构,都无一不贯穿着阶级斗争的精神。小说中所有的人物都纳入对立的两大阵营(压迫者与被压迫者,革命与反革命),展开你死我活的生死斗争,并根据党的政策把人物作“进步(依靠对象)、中间(团结对象)与反动(打击对象)”的三等划分。阶级斗争(土改)的发动——展开——高潮——胜利,构成了小说情节发展的基本模式。小说的结构,也是模式化的:都是以土改工作队的进(村)与出(村)为开端与结束,从而形成一个封闭性的结构,从外在情节上说,这自然是反映了土改的全过程;从内在的意念看,则是表现了一个带有必然性的历史命题(腐朽的封建制度与阶级统治必然被共产党领导的农民的阶级斗争所推翻)的完成,同时又蕴含着(或者说许诺着)一个预言:取而代之的将是一个"人民当家作主"的新社会与新时代。这样,整个小说在几乎是摹拟现实的写实性的背后,却又显示出演绎"历史必然规律"的抽象性,进而成为一种象征性结构。……

这两部小说无疑是体现了"新模式"的基本特征,从而被认为具有一种"典范"的意义,但另一方面,两部小说又在不同程度上对"新式"有所背离,或者说还羼杂着与"新模式"不协调的、用当时的说法是所谓"旧(现实主义)"的残余:这是一点也不奇怪的,两位作者都是受五四现实主义传统深刻影响的三十年代的老作家,两种"话语"(创作模式)在他们的作品里形成既互渗又矛盾、对立的复杂关系是可以理解的。但因此就引起了种种非议,直到影响到作家的命运。作为批评与争论焦点的是丁玲的《太阳照在桑干河上》。人们似乎很容易就发现了作家的主观追求与作品给读者的实际感受之间的巨大反差。有意思的是,无论赞扬者还是批评者都谈到了,尽管作者竭力要突出与歌颂党所领导的农民革命力量,但小说给读者印象最为深刻的,却是作为农民斗争对象的地主(钱文贵与李子俊的老婆),以及黑妮、顾涌这样的农民革命中的"边缘人物"。据丁玲自己回忆,在小说还没有写完时,她在一次会议上听到一位高级领导批评"有些作家有'地富'思想,他就看见农民家里怎么脏,地主家里女孩子很漂亮,就会同情一些地主、富农",就觉得每一句话都是冲着自己,因而曾一度停笔。后来书出来了,果然被戴上"富农路线"的帽子,如不是毛泽东的干预,几乎不能出版。以后对丁玲的政治批判中,这都是她的主要"罪状"。丁玲在自我辩解中则一再谈及她的构思过程。据说,土改的时候,有一天丁玲看到从地主家的门口走出一个女孩子,长得很漂亮,这是地主的亲戚,她回头看了一眼,丁玲的心一动:她从那眼光里感到了一种很复杂的感情,并且撩动起自己的遥远的回忆,仿佛又听到了小时候舅父家里的丫头的哀哀哭泣……。丁玲说:"只这么一闪,我脑子忽然就有了一个人物。"很显然,在黑妮这个人物的创造过程中,作家的艺术直觉、对对象的感性把握方式起了很大的作用,她是凭着自己的"感受"去写的;这本是现实主义创作(甚至是文学创作)的写作常规。但对于强调用党的路线、政策对生活进行"理性分析"(筛选、加工等等)的"社会主义现实主义"创作模式,这就成了"大忌",被认为是否定与对抗"马克思主义和党的政策"的指导。冯雪峰则将其归之于作者所受"旧现实主义(即资产阶级古典现实主义,或称批判现实主义)"的影响。丁玲还谈到了在塑造顾涌这个人物时所遇到的困惑。据说触发作家创作冲动的是这样一件事:工作队把一个富裕中农(兼作点商业)划作富农,收了他的地,还让他上台讲话,“他一上台,就把一条腰带解下来,这哪里还是什么带子,只是一些烂布条结成的,脚上穿着两只两样的鞋。他劳动了一辈子,腰已经直不起来了”,这位默然站在台上的劳动者的形象给丁玲以巨大的心灵震动,她开始“怀疑”工作组的作法,并且一提起笔就不由自己地从这个人物写起,写他对土地的眷恋、渴望,字里行间充满了同情。这自然是违背当时党的政策的,尽管后来党纠正了生活中类似的把富裕中农当做富农打击的错误,但即使是对富裕中农的同情与肯定也是不允许的。这就是后来新中国的作家经常提出的,“作家在生活中所看到的、所感受到的是怎样的”与“政策规定的、也即应该是怎样的”这之间的两难选择。按照“是怎样的”写作,这是通常所说的“写真实”的现实主义的写作模式;按照“应该是怎样的”的要求去写出所谓的“本质的真实”,这是“社会主义现实主义”的写作模式。丁玲选择了前者,因此而付出了沉重的代价。丁玲对农民积极分子(也即前文所说的“新人”)在土改过程中的心理负担的描写,也是最容易被责难的。《暴风骤雨》的写作,对于周立波来说,是一次自觉地与“过去”告别的努力,他一反自己的精美的艺术趣味,着意追求农民式的粗犷、质朴的美,却也获得了部分的成功。但原有的艺术教养与气质并不能如他所期望的彻底清除:他对于普通人的日常生活趣味的发现,仍时时流出笔端,如对白玉山家庭生活的富于诗意的入微的描写,虽用笔不多(作家显然有所节制)却成了小说给读者留下最深印象的部分,比作家极力渲染的“斗争会”等大场面,更具吸引力。对周立波这方面的出乎意外的成功,一些同具艺术鉴赏力的批评家(如陈涌,他后来也成了右派)也给予了肯定的评价,但当时就有人批评作者过分“偏重”日常生活的“琐事”,也有人说他的这部新作仍然是“知识分子写的农民”。而周立波本人,则继续检讨自己缺少农民的“气魄和气质”。那一代人这种渴望“脱胎换骨”而又势不可能的痛苦,后人恐怕很难理解。而周立波的自我克制与自我警戒(这一点和丁玲的自信与锋芒形成鲜明对比)也未尝不可看作是一种自我保护。

(录自钱理群:《新小说的诞生》,收入王晓明主编《20 世纪中国文学史论》,东方出版中心 1997 年版)

▲关于孙犁小说对“单纯情调”的审美追求

那种孙犁式的“单纯情调”,首先是在孙犁式的艺术选择中产生的。孙犁从自己执笔为文起,就以颂扬“美”为职志。而在生活中丰富的美的事物面前,他又自觉地(或曰本能地)选择了本身就具有单纯质朴性质的中国农民的生活情调和感情世界这一种美。在进一步的艺术处理中，对于“单纯情调”（尤其是性格的单纯）极为重要的，是为他如此运用了的作家艺术选择的权利：尽可能不正面、直接地表现丑恶。

把孙犁的创作与这位海一样博大的巨匠连结起来的，正是这样一点。即表现于全部艺术构思与艺术描写中的单纯性，和柔和的抒情性。在孙犁四十年代的那些短篇小说中，你看不到现代小说通常所有的繁复的结构，错综纠结的人物关系，万花筒般令人眼花缭乱的生活印象；甚至人物，他们的性格，他们的感情生活，也是单纯的，仿佛一汪清水中的云影。

孙犁小说的“单纯情调”，还联系于他的小说的诗的特点——艺术构思上的，结构布局上的，形象描绘上的，以及语言运用上的。问题的这一方面，人们已经谈得很多。孙犁小说中最富于“诗美”可以当得其中的“诗魂”的，是那些灵秀，坚忍，从仪态美到灵魂的女子，白洋淀泽国、冀中大平原上的女子。他的小说所以使人感到恬静、清亮，也许就因为有了这团女儿的灵气吧。不难理解，孙犁对蒲松龄的《聊斋》那样倾倒。他称《聊斋》为“奇书”，“百看不厌”，而对于清人蒋瑞藻的《小说考证》斥《聊斋》“千篇一律”，大不以为然，曾力辩其非，以为蒋氏所指，“盖为所写男女间的爱情以及女子可喜可爱处，如此两端，在人世间实大同小异，有关小说，虽千奇百态，究竟仍归千篇一律，况《聊斋》所写，远不止此”。没有孙犁本人的创作体验，大约不会有这篇议论。孙犁长于写性格，尤其是他所熟悉的乡村女子的性格。但他的写于《村歌》（1949 年）前的那些短篇却使人感到，“她们”的个性似乎并非作者追逐的主要目标。“她们”使你记住的，是某种行为，行为最美的瞬间，至于个性，毋宁说是不够饱满的。人们读这些小说，感受最深切的，是一种“共同的美”——中国乡村劳动妇女的柔韧，坚忍，忘我，痴情。有时你会觉得她们太过柔顺（如《钟》的女主人公慧秀），你不满于作者对这一种包含着中国妇女历史命运的悲剧性的“女性美”的偏爱，但你又会承认，即使在这种带有某种悲剧性的柔顺中也包含着内在的坚强，你会不无惊讶地想：这样柔弱的躯壳里该有什么样的力量，才能使之负荷那样沉重的苦难！

孙犁极擅写情。尤其是所谓的“儿女情”。这也应当是造成他的作品柔和色调的条件之一。写儿女情而不失之纤弱，不伤于柔靡，除其他原因外，当然主要由于：这儿女情是与时代的风云气相通的。在他的小说中那些心地单纯的乡村女子，对于自己亲人的刻骨铭心、自我牺牲的爱，本身就是有力的精神支柱。正是这种爱，使她们甘于忍受孤独、肉体的痛苦以至死亡。她们的信念、意志，是在这极其具体、单纯朴素的感情基础上产生与加固的。正是这种由她们的生活实际发生的最自然的人类感情，帮助了她们了解她们生活圈子以外的世界，理解民族解放——她们的丈夫、情人为之流血奋斗的事业；由对乡土、对骨肉亲人的爱，推广到对国家、民族的爱，这也正是中国农民、中国劳动妇女感情生活的特点，她们的带普遍性的感情逻辑。那些小说中情意绵绵的女主人公对丈夫的嘱咐，在今天某种对于政治冷漠、厌倦的耳朵听来，大约已经陌生甚至格格不入了，但这却是那一时代由民族灵魂中发出的声音。

他的小说，虚实、浓淡、疏密似有一种天然的调剂，形象的完成，也仿佛不假人工。他多用淡墨，有时墨色几淡到无，画面呈露出生活的"原色"，反而使形象清风白水一般自然；也时用"彩绘"，却也依然让人感到明丽天然。画家的能事，于构图、设色外，更在于捕捉最能显示对象特征而且最利于艺术表现的瞬间。孙犁的兴趣正在表现这样的瞬间，——对象最美的那一刹那，那一个场面，那一种情景。他以画家的职业性的敏感攫取形象，在这样的瞬间，凝聚了几乎全部才力与热情，而他小说中的精彩有时也尽萃于此。由于这样一种画家的趣味，他的小说的力量不来自"动感"，却往往来自过程中那些相对静止的时刻；不在于叙述，而在停下来进行描绘的时候。

孙犁是一位兼有诗人与学者气质的小说家。正是那种隔着时间的距离看生活和对生活进行理性探索的倾向，使他的小说尽管以情胜，却决不浅薄，那弥漫着的诗的氤氲，常把你的情思引向高远的境界。他曾教人以"不能胶滞于生活"，他自己的创作，因立意不限于记录一种生活状态，虽在极平凡的文字间也别有寄托，使人读之，自然生"淡远之想"，体味到无尽的"余意"。

这就是孙犁，一个"单纯情调"的追求者，冀中平原乡村风情画的画师，诗人和学者。他的作品，是解放区文艺的奇花异卉。它们不但以自己的形式包容时代内容，而且在当时及其后，培养了一种健康的审美趣味，训练了一些能鉴赏他的细腻委婉曲调的耳朵。它们是民族风格的，但并不以袭用既有的民间形式为标志。它们是雅俗共赏的，质朴而不流于粗率，浅易中自有淡雅的风韵。我们尽可以满足于孙犁已经给予我们的。向孙犁的作品要求洪涛大浪的气势，繁复层叠的布局和错综纠结的人物关系，显然是不适当的。"要是人家端给您的是咖啡，那么请您不要在杯子里找啤酒。"至于"洪涛大浪""繁复层叠""错综纠结"等审美要求，不用说也是合理的，满足它们的，自有孙犁以外的作家和他们的作品在。

（录自赵园：《孙犁对"单纯情调"的追求》，《论小说十家》，浙江文艺出版社 1987 年版）

第二十四章　市民通俗小说(三)

本章介绍1940年代的通俗小说,不作为重点,只要求知识性地了解如下作家作品和文学史现象:新鸳鸯蝴蝶派(或“新洋场小说”)、《万象》月刊、秦瘦鸥的《秋海棠》、予且的“都市百态”小说、北派武侠的崛起、解放区的“新英雄传奇”等等。应注意考察1940年代小说雅俗相通的趋向,以及大众文学和电影的繁荣。

可以将此章和第二十三章合并讲授。本章不设“必读作品与文献”和“评论节录”。

第二十五章　艾青

【学习提示与述要】

本章论评著名诗人艾青。用专章评介的诗人除了郭沫若,就是艾青,足见其文学史地位的重要。学习这一章,不妨与前后有关诗歌的三章联系起来,以更好地梳理现代新诗发展的过程与趋向,同时也就能更好地理解艾青在诗歌史上的意义。本章要点是理解艾青诗歌的成就与特色,方法是捕捉其诗歌中常见的中心意象,同时,尽可能体味与把握艾青诗歌中反复回旋的忧郁的情绪及其内涵。最终要思考艾青是如何代表了中国现代诗歌所逐步达到的“历史的综合”。第一节评说艾青的历史地位,第二节分析艾青诗歌的意象与主题,第三节评析艾青忧郁的诗绪,第四节介绍艾青诗的艺术与形式。学习本章一定预先细读诗作,有了自己的审美体验,然后以教材和课堂上的有关评析引发自己的思考和再体验,一步步接近艾青的诗艺境界。

一　艾青的历史地位

1. 先要求大致认识艾青早在 1934 年就以《大堰河——我的保姆》而闻名诗坛。进入抗战时期,艾青的诗风有所转变,可概括为从“吹芦笛”(较多受西方现代诗风影响)转为“吹号”(探索新诗传达民族心声的道路)。艾青的贡献和地位在于完成了新诗不同倾向(忠于现实的战斗的传统与现代派诗艺的探索)的“综合”,艾青诗歌的成功表现在既能走向现代大众,又能走向世界。

二　独特意象与主题

2. 意象分析是把握诗歌艺术的重要方法与角度。艾青诗中经常出现的意象是:土地与太阳。可以抓住这两种意象去探析与体味艾青诗中所凝聚的诗人的发现、思想与情感。在“土地”的意象中可以感受到诗人对祖国的深爱,对人民的深爱。可重点分析《我爱这土地》与《大堰河——我的保姆》,把握其中的爱国主义情感,以及对普通人民命运的深情关注。“太阳”的意象则蕴含着诗人对光明、理想和美好生活的追求。可举《向太阳》《黎明的通知》等篇章，从中体验诗人如何真诚地歌颂民族的新生。意象与主题分析的关键，是体会诗中个人独特的情感体验，如何自然地融合社会、历史时代内容。

三　忧郁的诗绪

3. 诗绪即反复回旋在诗中的情感，是构成诗歌格调的基本要素之一。应从艾青不同的诗篇中去体味和把握其主导性的情绪，那就是艾青式的忧郁诗绪。这种诗绪形成的原因是多方面的，既来源于诗人的个性阅历，也来源于其对苦难中国以及农民命运的深沉思索，感时愤世，形成“农民的忧郁”。应看到艾青的忧郁中浸透的对祖国、民族和人民的爱，以及对美好生活执著的追求。这就可以理解，为什么艾青忧郁的诗依然大气，不会使人绝望，而总是能给人深沉的力量。

四　诗的艺术与形式

4. 读艾青的诗，会发现其中丰富的光和色，可以从中体验诗人的情绪与感觉，然后进一步体会和发现这由情感与光色复合而成的意象中所暗示与象征的社会、历史、心理内容。总之，应注重形式与内容、光色与意蕴之间的对应依存关系。这是阅读艾青的诗的门道。在获得了对诗作的感受与理解之后，又可以倒过来，分析琢磨艾青是如何感觉与表现世界的，这就是诗人的创作方式与惯常的姿态。首先应抓住“感觉”，这是关键。艾青写诗就像印象派画家一样，特别重视捕捉瞬间印象与感觉，然后融进自己的思想情感，并引发多层次的联想，从而创造出既明晰又有象征意蕴的形象。艾青的诗很自然地借鉴了西方象征主义与印象派的艺术手段，却又能与中国古典诗歌常用的“意象”方式沟通，这是他诗艺通达的重要方面。

5. 对于艾青重新提倡“自由体诗”和诗的“散文美”，也应放到整个新诗发展的历史趋向中去考察与评价。应大致了解艾青是在什么前提下重新倡导自由体诗的，他如何追求更能表现动荡万变时代的诗的形式，以及新鲜、单纯和富于人间味的散文美。可以举《大堰河——我的保姆》等诗作为例，细致分析和感受艾青诗歌的形式与节奏，包括诗行、句式、排比、复沓等等安排。

【知识点】

艾青提倡诗歌“散文美”的基本主张、艾青的《诗论》。

【思考题】

1. 试评析艾青诗歌独特的意象与主题。

此题侧重于诗歌艺术的分析，要求通过把握关键的意象，来认识诗人的思想与情感。可以参考《三十年》第二十五章第三节以及“评论节录”中赵午生《艾青——三十年代诗坛升起的灿烂明星》，抓住艾青诗歌中的两个中心意象——土地和太阳展开论述。在论述中，应注意下面几个要点：(1)以鲜明、丰富的意象来组成广阔的生活、历史画面，是艾青典型的诗歌手法。(2)举《我爱这土地》《雪落在中国土地上》《向太阳》等作品，说明“土地”与“太阳”在艾青诗中起到的整体性作用。(3)分析这些意象的呈现方式，如“土地”的寒冷、贫困和宽广，“太阳”所带来的热力和希望。(4)对意象背后象征性内涵的解说。上述几点可分开论述，也可以糅合在一起，回答时尽量不要条块分割，注意意象与主题、形式与内蕴的有机结合。

2. 以《大堰河——我的保姆》为例，评析艾青有关诗的“散文美”的主张及其对自由体诗的形式创新。

“散文化”与“格律化”是新诗史上不断对话的两种方案。回答此题可以稍作回顾，提供一点文学史的背景，进而可引述艾青《诗论》中的一些观点，说明他对于这个问题的理论思考。此题的重点还在作品的分析上，必须把握散文美的两个方面：一方面，《大堰河》一诗摆脱了外在形式的束缚，不注重韵脚和诗行的均齐，句子长短不拘、自由铺展；另一方面，在形式的自由中，又包含了一种独特的节奏，如不断复沓的低吟和排比的句式，带来了变化中的统一、参差中的和谐，呈现出一种沉郁、悠长的音乐感。在分析时，要尽量贴近文本，细腻些，采用一些诗行、字数“量化”式的统计也未尝不可。参考《三十年》第二十五章第四节以及“评论节录”中杨匡汉、杨匡满《艾青传论》。

3. 以新诗发展大的流向作考察的背景，说明艾青的诗在中国新诗变迁中完成的是历史的“综合”任务。

此题要求在一种宏观的文学史视野中，把握诗人艾青的历史地位。首先，要大致梳理新诗的历史流向，特别是联系《三十年》第十六章的内容，简要说明两大流派的竞争局面。其次，结合艾青的创作历程，分析从“吹芦笛的诗人”到“吹号者”形象的转变，揭示艾青在忠实于现实、历史的同时，对西方象征主义诗歌资源的接受。再次，可从具体的艺术风格、手法出发，如对感觉的捕捉、象征性意象的营造等，阐发艾青在现实关怀与现代诗艺之间进行的融合。最后,稍作引申,谈谈艾青对穆旦等1940年代的年轻诗人的影响,“综合”的特征不仅为艾青独有,也是1940年代很多诗人的追求。这里可联系下一章的内容,进行更深入的思考。可参考《三十年》第二十五章第一节与“评论节录”中骆寒超的部分。

4. 试分析艾青《手推车》一诗的艺术特色。

本题偏重艺术鉴赏,可参考《三十年》第二十五章的相关内容。应该从作品出发,由自己阅读的感性印象上升到理论分析,而不是根据现成的结论去图解作品。分析不妨个性化一些,表达出自己真实的阅读感受,只要自圆其说,结论即使与教科书不一致也没有关系。但不宜脱离作品实际和现代文学背景去任意发挥,甚至牵强附会。也可从作品的意象、音节、节奏、色彩、构图等方面切入,阐释其艺术创造特色,并注意把艾青诗歌的总体艺术特征与1940年代的诗风相联系,使分析得到深化。

【必读作品与文献】

《大堰河——我的保姆》
《雪落在中国的土地上》
《我爱这土地》
《手推车》
《北方》
《旷野》
《黎明的通知》

【评论节录】

杨匡汉、杨匡满:《艾青传论》
骆寒超:《时代感　历史感　传统感》
赵午生:《艾青——三十年代诗坛升起的灿烂明星》
王　彪:《论艾青诗歌的力感》

▲艾青自由体诗的艺术追求

艾青在《诗论》中就新诗艺术形式美的规律,提出了一个不可忽视的原则。他写道:“艺术的规律是在变化里取得统一,是在参错里取得和谐,是在运动里取得均衡,是在繁杂里取得单纯、自由而自己成了约束。”

因为世界在今天从生产方式、生活方式到思维方式，都发生着古人难以想象的变动。但这种“变动”也要依照美的规律去造形，有相呼应的对称、均衡、和谐，才能产生美感愉快。

基于这一点，艾青从诗的艺术形式上提出参错中和谐、运动中均衡的原则，是一种符合艺术辩证法的真知灼见。它从艺术规律上进一步纠正了陶醉于形式、结构、比例上表面的均匀与和谐，以及单纯讲究音节与词藻的偏颇；又是对散文化的芜杂与松散的一种羁勒与约束。这就把艺术形式上的古典诗美学和现代诗美学中的合理部分糅合起来，从而将诗美的创造提到一种和现代生活相适应的规律性的高度。

从这一点出发，我们可以看到艾青从以下两个方面来要求体现这种“运动中的均衡”。

一方面，从一首诗的整体艺术结构上，艾青提出应注意“奔放与约束之间的调协”。《向太阳》的结构布局中，那随着诗人面对太阳的感情律动，那忧国忧民的心境，随着从久不见阳光到初见阳光的事象的推移，引起思绪的潮汐变化，是一种“纵剖面”式的抒唱。但一进入“在太阳下”时，诗人又艺术地剪裁了“笑得象太阳”的几种类型的人们的活动作为“横断面”，给人一种平衡、匀称的美感。而这两条线索的交织，使整个形象画面与艺术细节疏密缝合，纵横有度。诗的最后，创造了“乘着热情的轮子”，“奔走在太阳的路上”的抒情高潮，从而烘托出了作品的主题旋律，奏出了一曲高亢激越的乐章。

另一方面，在一首诗具体的形象画面的推进中，艾青十分强调场景、形象应在“一个重心里运动，而且前进”。他指出：“失去重心的车辆是要颠仆的。”这里讲的“重心”，就是蕴于其间的事物的真性，一切律动都要引起读者思索其间的意义。以《雪落在中国的土地上》为例，艾青没有采用圣仪式的勾画，却用看似不拘法度然而浓淡有致的笔触推演出这样的画面：

> 风，
> 象一个太悲哀了的老妇，
> 紧紧地跟随着
> 伸出寒冷的指爪
> 拉扯着行人的衣襟，
> 用着象土地一样古老的话
> 一刻也不停地絮聒着……

在这里，非常形象化了的“风”，被诗人作为一个美的对象加以捕捉，并且随意地、从容地、顿挫地作了叙述，“拉扯着行人的衣襟”是实的，“象土地一样古老的话”是虚的，虚虚实实，然而，那作为不仅是抗战时期、也是三千年贫穷的形象，作为“重心”，却如同强有力的链条，连接着这些不规则的、散乱的句子，在它们上面镀上时代动乱的色彩，造成震荡性的艺术效果。这也就是艾青强调的那种内在旋律感，是用诗行之间一种新的内在关系显示出来的。它不仅以具象的明晰给人以深刻的印象，而且以对“泥乎实”的超脱感激发了人们的艺术想象。

这种形式美，这种通过诗的跳跃性与超脱性而转化来的和谐与均衡，是常常不能靠字句上外在的机械的排列组合所能达到的。应当说，艾青强调的这种自由体新诗的美学原则，是一个很高的艺术向往。

（录自杨匡汉、杨匡满：《艾青传论》，上海文艺出版社 1984 年版）

▲关于艾青诗歌的“交感”艺术及其对中外诗艺的融会

大家都晓得，艾青是从画家转到诗人的，他的创作个性是接受西洋画开始形成的。十九世纪的下半叶在法国出现的印象派和后期印象派画家为艾青打开了艺术的迷宫。这派画家强调感觉的才能，特别强调光和色彩的感觉力。艾青在《向太阳》一诗里曾对后期印象派画家凡谷作了赞美，说“凡谷从太阳得到启示”。这个启示是什么呢？就是太阳有火焰一样“燃烧的颜色”，使凡谷产生强烈的感觉，并能因此而引起“农夫耕犁大地”那样充满生机活力的物象的联想。这也启示了艾青：火焰一样燃烧的颜色里可以捕捉到一种神秘的感觉，产生出一种与燃烧的颜色根本不相干但又可以相通的色感的具象化联想。那么，推而广之，诗人对声、光、色、热以至物质世界的一切实象，都应该善于从中捕捉自己的感觉，并培养自己一种自由联想，从而使本来互不相关的各个感觉打通关系，获得传达主观感受的意象。这以后，艾青爱上了诗，并因而爱上了法国象征派诗人波特莱尔、兰波。波特莱尔在《交感》一诗中提出了大自然中“味、色、音感应相通”的主张，在《浪漫主义艺术》一文中更认为：“一切——形体、运动、色彩、熏香——在精神世界里同在自然界里一样，都是意味深长、彼此联系、互相转换、感应相通的。”这种对感觉及其神通的强调，到兰波那里又发展了一步。他认为：“诗人通过各种官能的长时间的、无限的、经过推理的错乱而成为通灵者。”——这里所说的通灵者实指感觉极度敏锐者，而兰波自己就是一个这样的通灵者。他在《彩色十四行诗》里，就赋予字母以色彩感，说什么母音字母 A 给人以黑的感觉，叫人联想起“苍蝇身上的黑绒绒的紧身衣那样的颜色”,联想起“苍蝇围着垃圾堆旋转的动态”,联想起“恶臭的垃圾堆的气味”,联想起“苍蝇嗡嗡叫的声音”。艾青于此中得到的启发是不少的。因此,他十分重视写诗的感觉,曾指出:“如果诗人是有他们的素质的,我想那应该是指他的对于世界的感觉的特别新鲜。”而艾青自己,就一直注意着在事物身上捕捉感觉。

那末如何发挥自己敏锐的艺术感觉,为创造意象服务呢?这一个课题艾青也是受西方现代派的启发的,即有意识地去把声、光、色、热以及各个孤立存在的物象藉自由联想使它们相互间建立起一种交感的关系。譬如,兰波的诗里曾有“紫色的丧钟声”这样的意象。这是由于丧钟声给人以死的阴郁,悲哀之感,而人的身体受了击伤往往会出现一种紫色的伤痕,所以看到紫色也会给人一种阴郁、悲哀之感,就这样把丧钟声和紫色彩这两个互不相关的东西藉自由联想建立了交相感应的关系。这样一种艺术感觉上的交感路子,被艾青本能地把握住了。顺着这条路子,他化出了无数动人的意象,不仅有脱胎于“紫色的丧钟声”的,如“呈给你黄土下紫色的灵魂”(《大堰河——我的保姆》),“伏倒在紫色的岩石上……哭泣我们的世纪”(《向太阳》)(把紫色和灵魂、岩石建立了交感的关系,构成了十分富有联想余地的意象,藉以更好地抒发出阴郁、悲哀的感情),还顺着这条路子构成了“土色的忧郁”,“黑色的褴褛”,“磷光的幻想”,“溅血的震颤”,“生命的绿色”,“黑夜似的仇恨”,“绝望的睡眠”,“沙漠是无边的叹息”,“绿滩是绿色的惊叹号”,“黎明——这时间的新嫁娘啊”……等等丰富多彩的意象,并且更顺着这条路子构思成了象《巴黎》《太阳》《向太阳》《青色的池沼》《树》《火把》《春姑娘》《慕尼黑》等等现实和象征物多杂地交织在一起并充分留有联想余地交相感应的形象。

(录自骆寒超:《时代感　历史感　传统感》,收入《艾青研究论文集》,新疆人民出版社 1984 年版)

▲艾青诗歌创作的几种主要手法

一、采用意象群的表现手法。

这就是以鲜明、丰富的意象来组成繁复、广阔的生活画面,积极调动读者的联想和想象。这种手法和传统的意境不完全一样,虽然它们都重视主客观形象的结合,但意境更重视形象的单纯和完整,而意象则象电影中的蒙太奇,它是组成诗歌整体形象的一个个既独立又相互依存的形象单位,它不受时空规律和生活逻辑的限制,可以根据诗人主观的需要进行必要的排列,可以比较自由地、多层次地反映广阔的生活,表述内心的复杂情绪,也便于突出中心,强化感情,这就大大增强了诗的容量。这种表现手法在艾青诗歌中是用得比较多的。如《大堰河——我的保姆》就是通过一系列意象把诗人对大堰河的怀念和赞美表现出来的,诗篇一开始,就用了一连串的意象:“被雪压着的草盖的坟墓”,“关闭了的故居檐头的枯死的瓦菲”,“被典押了的一丈平方的园地”,“门前长了青苔的石椅”。这些意象从表面上看来是散乱的,互不关连的,但诗人都把它统一在雪的氛围之中,从雪开始回忆,最后又回到了雪的描写。诗人在这里由于意象选择的精到和排列的自然,就象电影镜头一样再现了大堰河死后的寥落,凄苦,同时也在这组意象之中,渲染了浓浓的哀思,在短短的诗行中,有了丰富的内容。

在《大堰河——我的保姆》中,这些意象完全是真实的,是一种生活化的意象。有的诗甚至采用变形的意象来表现,这是诗人根据自己的生活感受创造出来的一种意象,或被夸大,或用来隐喻,或产生于交感,或来源于幻想,使诗篇产生一种奇丽的、浪漫的色彩。如《太阳》就是用一系列变形意象组成的诗。“远古的墓茔”,“人类死亡之流”,“我的心胸/被火焰之手撕开”,等等都不是现实生活中实有的意象,使全诗显得有些奇幻,有些朦胧,虽然诗中的意象大都是变形的,但是在排列上则又完全根据诗人的思想发展的轨迹来组建的;从太阳的艰难升起开始,写到太阳给万物以生机,从而推导出自己的灵魂也要在太阳照耀下求得新生的启示。这样朦胧的意象就不至于使我们感到迷惑不解,而形成了一个有机的,可以理解的整体。既有奇丽的色彩,又有清晰的脉络,具有一种特殊的风味。

诗的这种整体的诗意感和局部细节的真实感,在艾青创作的初期就已形成了一个明显的特色,也是他的诗歌特别迷人的地方。如《雪落在中国的土地上》为什么能如此长远地打动不同的时代,不同国籍的人们的心呢?就在于诗中通过一系列生活情景的真实描绘,具体感人地抒发了广大人民遭蹂躏,受欺压的这种普遍的寒冷感和封冻感。诗人这种具体描写和典型感受融为一体的表现方式,是非常成功和感人的。

在他直接描绘的诗篇中,为什么能表现得如此诗意呢?这有两种情况:一是象《雪落在中国的土地上》这样,在具体描绘的基础上,进行直接抒情和引申。当诗人反复地描写了雪夜的苦寒和困顿之后,接着写道:“中国,/我的在没有灯光的晚上/所写的无力的诗句/能给你些许的温暖么?”情由景生,情景相衬,显得格外动人。二是象《刈草的孩子》《旷野》等,它们主要依靠画面本身来表现,因为诗人原是画家,他对客观事物不仅有诗人的敏感,而且还是画家的眼光。如《刈草的孩子》主要是通过适当的构图来表现的。夕阳映照草原的远景，孩子劳动的中景和前景的竹篓与草堆，在这幅多层次的油画中，就是用壮丽的背景来衬托高高的草堆，形成了一种特殊的构图，既表现了劳动的诗意，又突出了生活的沉重，流露了诗人丰富复杂的情感。而《旷野》则比较复杂，它除了注意构图和造型外，特别注意画面的色调。在艾青笔下的旷野，是"薄雾在迷蒙着"的旷野，诗人虽然也涂上许多色彩，有"灰黄"的道路，"乌暗"的田亩，"在广大的灰白里呈露出的/到处是一片土黄、暗赭，/与焦茶的颜色的混合"，还有"几畦萝卜、菜蔬"，"披着白霜"点缀着"稀疏的绿色"，同时对水、对山也都作了多色彩的描绘，这么众多的色彩和形象，却很少几笔亮色，所有描写都被统一在总的调子之中，被迷蒙的薄雾染上一层阴郁灰暗的色彩，以此来突出旷野的"平凡、单调、简陋"，"静止、寒冷，而显得寂寞……"真实地表现了广大农村的"寒冷与饥饿"。诗人用画家的眼光，发现了生活与感情的色调，重笔浓彩，淋漓尽致，写得印象极强，感人至深。

艾青用象征手法写的诗篇，除了形象具体，寓意明确这两个特点以外，还追求形象单纯和寓意丰富相统一的风格。如《我爱这土地》：

假如我是一只鸟，
我也应该用嘶哑喉咙歌唱！
这被暴风雨所打击着的土地，
这永远汹涌着我们悲愤的河流，
这无止息地吹刮着的激怒的风，
和那来自林间的无比温柔的黎明……
——然后我死了
连羽毛也腐烂在土地里面。

诗里的形象是统一的，单纯的，通过象征形象——鸟来表达自己对大地的爱，而对于鸟的歌声的内容又作了多方面的抒写，一是"被暴风雨所打击着的土地"象征侵略者和反动势力的凶暴、强大，及对祖国摧残的沉重。二是"悲愤的河流"和"激怒的风"，表现了人民悲愤的反抗和激怒的呼吼犹如浪涛汹涌，狂风怒号。最后又用"无比温柔的黎明"，象征着光明的充满向往的未来。一连串的象征性的意象，表现出了多么丰富而又充满联想的内容！要不是采用象征手法是很难达到这种言简意赅，以一当十的效果的。

如我们非常熟悉的《大堰河——我的保姆》中这些诗行：

你用你厚大的手掌把我抱在怀里，抚摸我；

在你搭好了灶火之后，
在你拍去了围裙上的炭灰之后，
在你尝到饭已煮熟了之后，
在你把乌黑的酱碗放到乌黑的桌子上之后，
在你补好了儿子们的为山腰的荆棘扯破了的衣服之后，
在你把小儿被柴刀砍伤了的手包好之后，
在你把夫儿们的衬衣上的虱子一颗颗地掐死之后，
在你拿起了今天的第一颗鸡蛋之后，
你用你厚大的手掌把我抱在怀里，抚摸我。

它的诗句虽然和散文没有什么两样，字句既不整齐没有一定格式，又不讲平仄和押韵，句子也没有什么特殊处理，主语不断重复，虚词一再出现，但是谁也不会否定它是诗，而且是好诗，除非是冬烘先生才会否定它。虽然它的每一句单句和散文区别不大，但是谁如把它们合并成一个复句，那将是多么荒唐。因为诗容许跳跃、联想，当诗人回忆到“大堰河”的“厚大的手掌把我抱在怀里，抚摸我”的时候，一系列的联想产生了，因为“大堰河”不是雇佣的奶妈，不是专门抱养“我”的保姆，她在自己家里还有许多家务要做，她还有丈夫和儿子，还要烧饭、喂鸡，照料自己的夫儿，为艰辛的生活整日奔忙着。在这充满挣扎和家庭乐趣的繁忙中，她又忘不了这个无限可爱的乳儿，总要偷闲拥抱他，抚爱他。这里虽然只写了一个“把”我抱在怀里，抚摸我的动作，但却联想得多么广泛，一个联想就是一个画面，一个画面也就包括一个片断的生活，这样每一句诗在内容上，在时间、空间上、在情感上都是一个完整的、独立的单位，就依靠分析来把它隔开，使我们在不断的间歇中，扩大联想，补充内容，体味语言后面的思想情绪。如果在这些散文化的语言形式后面，没有诗的形象、感情和哲理，那么即使采用什么格律，也不可能写出什么好诗。

当然自由体诗反对的只是形式主义的、固定不变的格律，而并不完全抛弃语言的音乐性的要求。因为语言的音乐性，来自诗歌的内在节奏，主要决定于人物感情的波动，或者对于客观事物特有节奏的把握，由于不同的内容，不同的情感，因此对不同诗歌就有不同的节奏要求。如《大堰河——我的保姆》就是用一种比较舒缓的、亲切的调子，在回忆，在絮语，在倾诉，全诗以不断的重复形成一种循环往复的、难以忘怀的抒情节奏，再杂以密集而又近似的意象排列，组成排比句式，加深了印象，也加重了情感的分量。全诗以深沉的回忆开始，到亲切的絮语，写得有眼泪，有甜蜜，有怨恨，有希望，逐渐又转到哀诉和诅咒，情绪激烈，诗句也从长句变成长短参差，最后又回到了难忘的怀念，结束在不断重复之中。这样的韵律，非常确切地表现了诗人此时此地的情绪，余音回荡的效果，这种回环的音调和情绪的波动，会久久在我们心里荡漾，收到极好的艺术效果。在《手推车》中，似乎使我们感到那种重复、单调、沉闷的"吱吱哑哑"的车轮滚动的声音；而《黎明的通知》则又以整齐的诗节，较长的诗句，排比的气势，不断的重复，表现了一种多么急切的等待和热烈盼望的心情呵！

艾青的大部分诗都不押韵，但我们依然感到它的和谐、顺口，富有节奏感和音乐性。因此他非常注意句式的变化，注意诗句的排列，注意诗句的声音上的选择和搭配，同时还注意到重复的适当运用，这些都在形成诗句的节奏上起着重要的作用。他的早期的一些诗，除了少数的写得有些佶屈聱牙之外，大部分诗歌都悦耳顺口，有明显的节奏感，形成一种语音上的特有情调，如表现忧郁、痛苦时，往往选用音色低沉的字，组成一种沉郁的基调，而当情绪昂扬、奋发时，则又选用音色高亢、响亮的字，组成一种洪亮的调子，表现了诗人对于声音的敏感和杰出的创造才能。

第二是语言问题。艾青非常强调用现代口语来写新诗。许多人都反对散文化，因而不敢明确地强调口语写诗，艾青也反对散文化，却又同时提倡散文美——口语美。因为造成散文化的原因不在于用口语写诗，而在于写诗违背了诗的规律，缺少诗的特点，只要注意诗的抒情形象和内在节奏，用口语写诗不仅不会散文化，而且还能保留口语特有的明快、晓畅、清新的特色，把口语美和诗意美真正结合起来。艾青说："诗是语言的艺术，语言是诗的原素。"他既强调语言对诗的重要作用，同时又指出它只是一种"原素"，只有当它体现了诗的内容和特质，即使是平常的口语也会产生出经久不衰的魅力。

（录自赵午生：《艾青——三十年代诗坛升起的灿烂明星》，收入《艾青研究论文集》，新疆人民出版社 1984 年版）

▲艾青诗歌的忧郁和力感

而诗人的忧郁和广大人民的命运又是紧紧相连的，他的忧郁是时代的忧郁，他的悲哀是时代的悲哀。一九三七年，抗战开始的岁月，诗人曾满怀深情写道——

雪落在中国的土地上，

寒冷在封锁着中国呀……

……

中国,
我的在没有灯光的晚上
所写的无力的诗句
能给你些许的温暖么?

——《雪落在中国的土地上》

阴冷深沉的忧郁里,包孕着多么热烈的爱国主义感情,以至我们今天捧着这样的诗句,也觉得是捧着一片被蹂躏的国土的沉甸甸的悲哀与愿望。而这一切,又是那样强烈地激起人们渴求奋斗的豪情呵!从这个意义上说,艾青诗里忧郁、悲哀的力所表现出的崇高感,不也正是时代美学精神的一个方面吗?

艾青诗歌的力感,还有着很大的激发性和战斗性。有力的东西,常常能鼓起人们昂扬向上的激情,象号角、战鼓、雷电总是那样的令人胸怀激荡。艾青诗里的力感,强化着我们的感情,唤起我们内心冲击和渴求的欲望。

艾青经常是有意识地运用某种手法,来突出和强化力感的体现,在意象选择、句式运用和节奏旋律上还是有一定规律可寻的。

第一,意象的选择。艾青诗里的意象,有个很突出的特征:无论赞颂光明还是揭露黑暗,怀念家乡还是抒唱抗争,他选择的意象总是重甸甸的,使人感到力的分量。他从不选择那些绵软、轻飘、或外表粗壮而缺乏内在质感的意象。而多采撷如石块、土地、钢铁这样有厚重特征的事物。因为他知道:"这时代/不容许软弱的存在/这时代/需要的是坚强/需要的是铁和钢"(《火把》)。所以,他比较喜欢用色彩阴暗,表体粗糙朴素,质和量上又很坚硬沉重的东西来构成意象。如:"你的身体是铁质和砂石熔铸成的/用无比的坚强领受着风、雨、雷、电的打击"(《古松》)。意象本身的力度之强,蕴藏之深、之大,使艾青的力得到非常生动的体现,也使我们在感官上鲜明、直观地触摸到他旷达豪壮的诗情。并且,我们如果把艾青诗歌的意象归归类,还可以发现,他在各种不同题材中,意象的选择也不一样。象写旧中国农村的多用泥土、岩石、车辙、枯涸的河流和僵立的树木等意象;写城市则偏重于钢铁、矿石、烟囱和水门汀的建筑这样的意象。前者能体现粗野滞重的力,把农村古老而不衰亡的生命力表达得很生动;后者则显示出现代城市的鲸吞与疯狂的扩张,是一种强健响亮的力感。艾青在描绘苦难、悲哀的时候,还很注意选择有凝固性的意象。这些意象很少有明显的流动感,往往显得粗重、凝滞,没有丝毫的空灵飘逸。象《乞丐》《冬天的池沼》《船夫与船》都是如此。艾青是学过绘画的,他很明白粗重的笔墨和凝固的暗色意味着什么。太深刻的苦难和悲哀,一般的描绘已不能使分量加重,他只有用这种凝固性的意象构成雕塑般的造型,才能从沉默的动势中,体现出内在的力度。由此可见,艾青诗歌意象的选择,是服务于他力感的表达的,无论描写那一种题材,抒发那一种情感,他的意象选择都有着这一方面的特色。

第二,句式的运用。句式一般分长句和短句。短句明快、简洁,节奏感强;长句能造成气势,产生宏大壮阔的效果。艾青的诗,无论用那一种句式,他都通过一定的手段,使之表现出力感。他的短句,一句一个意象,一句一行排列,跳跃性很大,使这一意象和另一意象之间产生距离,让人们的联想把它们推到一起,迸出力的火花:

……阔笑从田堤上煽起……
一群酒徒,望
沉睡的村,哗然地走去……
村,
狗的吠声,叫颤了
满天的疏星。

——《透明的夜》

短句子的意象组合,产生大幅度的跳荡,这种力的效果犹如锤子敲击在铁砧上,短促又响亮。艾青的长句式,包含的意象比较纷繁,他常把句子拆开,分成好几行排列,句子内部的跳跃性不大,力的形式是通过无数拆开的句子单位中,一个又一个修饰词对中心词的加强,一个意象对另一个意象的不断推进而产生的。犹如滚滚江河,后浪紧推前浪,一个接一个,造成力的流动:

旷野——广大的,蛮野的……
为我所熟识
又为我所害怕的,
奔腾着土地,岩石与树木的
凶恶的海啊……

——《旷野〈又一章〉》

从旷野是“广大的”直到“凶恶的海”,力量很明显地一步步加强:“蛮野”比“广大”进一层,“害怕”比“熟识”又更有分量,而至“凶恶的海”则奏出了力的最强音。此外,也有的长句子是不拆开的,便于造成浑厚的气氛和博大的气势,象《献给乡村的诗》《向世界宣布吧》等等都是如此。

第三,复沓形式。这在艾青诗里运用也较普遍,象:

……

太阳照着我们的田野,河流和山峦

照着我们的从很久以来

　　到处都蠕动着痛苦的灵魂的

　　田野,河流和山峦。……

——《向太阳》

田野、河流和山峦重复出现,这种复沓,实际上是含义和情感的扩张。随着修饰词的增加,具体内容的充实,感情一步步地推进,力度也一步步强化。这是词的复沓形式。艾青诗里还有句子的复沓,如《大堰河——我的保姆》,几乎每一节的第一句都和最后一句重复,不仅强调了"大堰河"永无休止的劳苦,而且回环往复,造成一唱三叹的旋律感,大大加强了诗人的感情力度,产生了扣人心弦的艺术力量。

(录自王彪:《论艾青诗歌的力感》,收入《艾青研究论文集》,新疆人民出版社 1984 年版)

第二十六章　新诗(三)

【学习提示与述要】

本章叙评第三个十年(1937 年 7 月—1949 年 9 月)的诗歌。要求对战争时期诗坛的时代特征与变化有轮廓性的了解,并把握几个主要的诗派与代表性诗人。第一节是对抗战时期诗风及七月诗派的介绍。第二节评介冯至等校园诗人及以穆旦为代表的“中国新诗派”,又通称“九叶派”,其中对穆旦的评论可作为重点,也是难点。第三节评述敌后根据地的诗歌创作。学习这一章应增强文学史的整体观,注意回顾和综合,把本时期出现的诗歌潮流和创作现象与二三十年代的诗歌发展状况联系起来做总体考察,了解到底有哪些承传、反拨或变异,增添了什么新的素质。

一　从同声歌唱到“七月派”诗人群的出现

1. 所谓“同声歌唱”是指抗战初期,诗人们无论原属哪一派,全都真诚地为抗战、为祖国的命运而歌唱,诗的民族化、大众化以及战斗性、宣传性受到空前重视。虽然艺术上可能比较简陋粗糙,但毫无疑问也是一部清新健朴的与民族命运血肉相连的诗史。对抗战时期的诗坛状况,宜做知识性的把握。其中,对被称为“时代鼓手”的诗人田间的诗,及其带鼓动性的特点,以及艺术上的“不完全”性,也要有所了解。

2. 这一节应较多关注七月诗派。这是艾青影响之下,以理论家兼诗人胡风为中心的青年诗人群。可联系第二十一章和第二十五章有关胡风与艾青的内容,加深对这一诗派创作理论背景的理解。应注意几点:一是七月诗派也属现实主义诗派,和此前中国诗歌会有承传又不尽相同,他们强调“突入现实”的底蕴,包括对深广的历史内容的理解与个人体验的融入;二是七月诗派追求作品的大气和“力”的风格,提倡散文美,将自由诗重新推向一个高峰。为加深对七月诗派的了解,可以评析阿垅的《纤夫》和绿原的《给天真的乐观主义者》等诗,注意体味他们诗中的思辨力量与比较成熟的情思。

二　从冯至等校园诗人群到以穆旦为代表的“中国新诗派”

3. 冯至是 1920 年代成名的诗人，此前已多有评介，本节着重评析的是他的《十四行诗》。要注意了解冯至诗中的“生命体验”如何转为智性的思考，达到知性与感性的融合，并以“有法度的美”的诗歌体式得以表现。冯至的这些诗沉潜深奥，却也容易引起解读的兴味，还可借此了解十四行诗“中国化”的课题。

4. 穆旦与“中国新诗派”是本章的重点。必须先对这一诗派形成的渊源及其自然组成的情况有知识性的了解。“综合”是这一诗派的核心观念，指的是现实、象征与玄学的综合。其中“现实”既是时代社会的，也是个人的，包括人的内心世界；“玄学”是指追求思想的感性显现，象征则表现于暗示含蓄。这一诗派惯常将意象与思想凝合，传统的主观抒情让位于戏剧性的客观化处理。这种概括比较难于理解，因此必须重点评析代表诗人穆旦。关键要将穆旦与二三十年代的诗歌传统做比较，看其有何新创造：其一是穆旦诗中的“自我”不是传统的主客融和的圆满，不是浪漫的扩张，也不是知识者的感伤自恋，而是现代式的困惑、分裂、破碎，是排拒了中和与平衡的处于矛盾张力上的“自我”。其二，诗人对现代生活的观照始终采用怀疑眼光，而且情思方式也摆脱二元对立，而取“思维的复杂化，情感的线团化”。其三，诗人不用陈旧的形象意境，而用日常的“非诗意”的词句来表达深潜的诗意，达到抽象化的抒情。因此，读穆旦的诗要同时调动感觉和思考，去体悟那种冷峭沉雄之美。可以对《诗八首》和《春》等诗做深度分析，以体会穆旦相对传统诗歌（包括二三十年代形成的传统）的叛逆性、异质性及创新价值。因穆旦诗比较难懂，可以参照“评论节录”中郑敏的有关评析。

三　敌后根据地的诗歌创作：诗的民间资源的新的吸取与创造

5. 在新诗发展的三个十年中，1940 年代诗歌体现出拓展和综合的特征，学习这一章应增强文学史的整体观，注意回顾和综合，把本时期出现的诗歌潮流和创作现象与二三十年代的诗歌发展状况联系起来做总体考察，了解到底有哪些承传、反拨或变异，增添了什么新的素质。譬如，在学习第一和第二节时，可注意战争的爆发如何改变了新诗的整体走向，1930 年代形成的两大派别的对立局面被突然打破，大部分诗人都力图在个人与时代的结合点上设定自己的写作，这突出表现在七月诗派与中国新诗派对“现实”的共同关注上。再譬如，从“五四”时期开始，对新诗“现代化”的追求就一直未曾断绝，在二三十年代就出现过非个人化、戏剧化等尝试，在 1940 年代这样的探索获得了怎样的深化，“现实、象征、玄学的综合”这一诗学命题的文学史意义等，都是我们应该思考的问题。从这些问题出发，可以从纷乱、复杂的诗歌现象中，看出新诗发展的历史线索，获得一种整体感。

【知识点】

抗战朗诵诗运动、“时代鼓手”诗人田间、七月诗派、政治抒情诗、《马凡陀山歌》、西南联大诗人群、1940 年代的诸家“诗论”、中国新诗派（九叶派）、新诗戏剧化、解放区“诗的歌谣化”、《王贵与李香香》、《漳河水》。

【思考题】

1. 诗评家唐湜曾将七月诗派与中国新诗派并列为 1940 年代“诗的新生代”的两个浪峰，你是否赞同这一观点？具体说明赞同或不赞同的理由。

对唐湜的观点赞同与否，并不是最重要的，此题考查的是对七月诗派与中国新诗派的风格和特点的把握。思考这个问题，应着眼于两个流派的异同之处，要点包括：（1）无论是七月诗派还是中国新诗派，都注重诗歌对现实的把握，反对简单地图解现实，强调对现实的主体突进。（2）中国新诗派追求“象征、现实、玄学”的综合，七月诗派也塑造出具有象征意义的抒情形象，这些探索都体现出新诗的现代化特征。（3）虽然有上述相似性，但还应抓住两个群体的风格差异，七月诗派更多强调主观的投入和抒情，中国新诗派则在思想的知觉化、抒情的客观化上进行了尝试。（4）两个流派相互补充，相互竞争，构成了 1940 年代诗歌的多元格局。在回答过程中，最好能够结合具体的作品，如阿垅的《纤夫》、绿原的《给天真的乐观主义者》、穆旦的《赞美》等。可以参考“评论节录”中龙泉明的《中国新诗流变论》。

2. 以《诗八首》（或其他诗作）为例，评析穆旦诗歌“思维的复杂化，情感的线团化”这种现代主义的表达方式，以及所谓“非诗意”词句写诗的特点。

此题要求结合具体的作品，论述穆旦诗歌的独特性，在知识性的掌握之外，还应重视自己的阅读感受。“思维的复杂化，情感的线团化”，指的是穆旦诗歌所展现的一种矛盾的、复杂的思维方式和情感方式，他擅长在几种力量的冲突中，展开自己的语言。“非诗意”，指的是他自觉疏远传统风花雪月式的诗美，广泛地接纳现代生活的异质元素，使用一种抽象的、思辨性的理性语言。回答这个问题要立足于具体诗作，如在讨论《诗八首》时，可以扣住“你”“我”“上帝”这三种力量的不断交织、穿梭、呼应，来谈“思维的复杂化，情感的线团化”，同时也可举出若干诗句，分析诗人如何采用不断否定又不断肯定的辩证语式，形成一种“非诗意”的抒情效果。“评论节录”中郑敏的《诗人与矛盾》，以及《三十年》第二十六章第二节，都是可以参考的材料。

3. 概述中国现代文学进程中不同阶段“新诗歌谣化”的尝试，并重点评析1940年代解放区歌谣体叙事诗的总体特征和艺术得失。

本题偏重知识性，可参考《三十年》第十六章第三节。应先勾勒歌谣化尝试的三个阶段，包括早期白话诗人对民间歌谣的征集与借鉴、1930年代中国诗歌会的自觉推进，以及1940年代解放区出现的歌谣化运动。注意把握每个阶段的不同特点，重点分析1940年代歌谣化运动与解放区意识形态要求的关系，以及在诗歌的语言形式、美学风格、社会功能等方面，这一运动带来的改变。在论述过程中，可将《王贵与李香香》作为1940年代歌谣体叙事诗的代表，讨论这部作品怎样化用传统的戏曲原型、比兴手法以及信天游的民歌格式，创作出新的美学，传达出了革命的主题。至于艺术上的得失，应结合自己的阅读，进行独立的判断：一方面，关注“歌谣化”带来的新的美学可能性；另一方面，也可思考当歌谣化的尝试被推向极端，对新诗的发展所产生的潜在限制。

4. 如何评价1940年代“新诗现代化”的文学史价值。

此题属于拓展性的思考题，具有较强的理论性，也需要对新诗的历史发展有一定的整体把握。首先，对新诗现代化的内涵要有基本的了解。可阅读《三十年》第二十六章第二节，及“评论节录”中袁可嘉的文章，尽量体会1940年代诗人的现代化追求：为了表现日趋复杂、丰富的现代生活，诗人也主动更新语言和思维，追求一种更具辩证性、包容性，充满内在张力的诗歌方式。在基本了解之外，可思考从“五四”开始，一代又一代诗人如何探索新的语言、新的思维，来驾驭现代世界的繁复经验，胡适的“诗的经验主义”、1930年代的现代派诗人提出的要用“现代诗形”表现“现代情绪”，以及非个人化、象征化手法的采用等，都是应关注的重点。在这样的历史脉络中，进一步体会新诗现代化的历史意义。这道题有一定的难度，但可以考查对新诗历史的整体把握，以及理论综合的能力。

5. 从冯至、戴望舒、何其芳、卞之琳的创作实际看抗战时期现代主义诗歌的蜕变以及现代主义为何参与了抗战诗歌的创作。

注意从具体作家作品入手，分析现代主义诗歌在1940年代的发展流变,并将其变化与当时的历史现实结合起来考察。要点包括:(1)几位重要的现代主义诗人诗歌转向的作品:卞之琳的《慰劳信集》、冯至的《十四行集》、何其芳的《夜歌》、戴望舒的《灾难的岁月》。(2)分析诗歌题材的扩充。首先是诗人开始注重广阔的社会现实。其次是诗歌表现出浓郁的爱国主义热情,抗战救亡成为主题。最后,诗歌改变了朦胧、晦涩的美学风格,更强调现实的感染力。(3)客观全面地评价现代主义诗歌的转变。一方面应该清醒地看到强调诗歌现实功能对诗歌审美功能的损害;另一方面,这些优秀诗人也在努力将现代主义的艺术方法融会到抗战诗歌的写作中去,一定程度上提高了抗战诗歌的艺术水平和表现力。(4)现代主义之所以参与抗战诗歌创作,一方面是社会现实与诗人爱国热情的相互呼应,另一方面也是现代主义诗歌自身发展成熟的要求。现代主义诗人将许多现代主义的诗歌创作方法注入当时艺术性普遍不高的抗战诗歌中,使现代主义诗歌获得复苏与重生(可参考孙玉石《中国现代主义诗潮史论》第八章第一节,北京大学出版社 1999 年版)。

6. 谈谈九叶诗派(以穆旦为例)与现代诗派(以戴望舒为例)的不同和发展。

此题综合性较强,可参考《三十年》第十六章第三节、第二十六章第二节,以及本书第十六章"评论节录"中卞之琳、蓝棣之、孙玉石的文章,第二十六章"评论节录"中袁可嘉、谢冕、郑敏的文章,也可参考孙玉石《中国现代主义诗潮史论》中的相关章节。

这个题目要求对中国现代主义诗歌的发展脉络有足够的了解。同为现代主义诗歌的支流,九叶诗派与现代诗派处理的诗歌问题是有相似之处的,比如诗的思维、诗歌语言的现代化等,不过,九叶派更将现代诗的反叛性与异质性发展到极致。可以从多个层面来讨论这一问题。比如关于基本的诗学观念:现代派依然主张"诗的本质是抒情",现代的诗要表达"现代的诗绪";而九叶派强调诗应是"现实、象征、玄学的综合",尤其是将"玄学"明确为诗学的基本要素,使得九叶派诗歌的知性特征大为提升。其他层面的变化和发展也与此相关,比如从"散文化"到"戏剧化"、从戴望舒诗歌"象征派的形式与古典派的内容"相统一到穆旦诗歌"最无旧诗词味道",从现代诗派对中国传统诗歌主流的接引到九叶派直接与艾略特、里尔克、奥登等西方20 世纪诗歌的联系等,都可逐一展开。另外需注意,谈"发展",并不意味着诗歌艺术价值的高下,而是现代主义诗歌向不同层面探索的趋向。

7. 中国现代诗歌与中国古典诗歌相比,其审美倾向与美学价值发生了明显的变化,请对此做一论述。

这是一个跨度很大的题目,主要考查对古代与现代诗歌的整体特征的把握。研究生考试常有类似的综合性较强、要求知识面较宽,而又有较大发挥空间的题目。《三十年》讨论新诗的各章中,其实都不断提及每个阶段新诗同传统诗歌的关联,有“断裂”,也有某种意义上的“回归”。可参考第六、十六、二十六章,以及郭沫若和艾青两章。

大致而言,古典诗歌经过较长历史时段的沉淀,又以文人诗歌为主,其审美倾向与美学价值有相对稳定的成分。而现代新诗在不到百年的短暂历史中,似乎时时处于变动不居的社会现实与文学语境中,其审美倾向与美学价值也相应复杂多变,这种复杂性与不稳定性因此成为现代新诗的重要特征之一。同时,现代新诗还有着更为复杂的“影响焦虑”,一方面,不同时期,新诗会“呼应”或者“回归”传统诗歌的不同侧面,比如元白乐府之于早期白话诗、晚唐诗之于“现代派”;另一方面,现代新诗还直接同西方诗歌传统产生联系,比如法国象征主义诗歌对现代主义新诗的影响等。

这道题目没有标准答案,可以按照各自不同的理解来回答,但切忌贴标签式的武断。

8. 试以郭沫若、卞之琳、穆旦的诗歌创作为例,分析中国现代新诗抒情方式的历史演变。

此题综合性较强,要求对新诗史比较熟悉,可参考《三十年》第五章、第十六章第三节、第二十六章第二节,及其他研究资料,如蓝棣之《现代诗的情感与形式》等。主要注意抓住三位诗人最突出的抒情方式来论述。郭沫若虽然也有避世与含蓄的一面,但主要以狂飙突进的“五四”精神为主,其抒情方式是天马行空般的奔放与雄奇。卞之琳则可抓住其思辨意识,其诗歌的“主智”及“非个人化”使其抒情方式倾向“客观化”,介乎“隐藏自我与表现自我之间”。穆旦的抒情方式同其诗学的“残缺”观念相关,以一种“抽象的抒情”来表达他对于现代生活复杂况味的体验与困惑。这种“历史演变”并不是现代新诗的抒情方式由浅入深的“进步”,而是对不同抒情方式的试验与探索,同时也是新诗的表现力日趋丰富的要求。此题一定要结合具体诗作来分析。

【必读作品与文献】

田　间:《给战斗者》

阿　垅:《纤夫》

绿　原:《给天真的乐观主义者》
冯　至:《什么能从我们身上脱落》《我们听着狂风里的暴雨》《我们准备深深地领受》
郑　敏:《金黄的稻束》《音乐》
辛　笛:《风景》
陈敬容:《划分》
穆　旦:《赞美》《诗八首》《在寒冷的腊月的夜里》《春》《合唱》
李　季:《王贵与李香香》

【评论节录】

龙泉明:《中国新诗流变论》
袁可嘉:《九叶集·序》
谢　冕:《一颗星亮在天边:〈穆旦诗全编〉序》
郑　敏:《诗人与矛盾》
许　霆、鲁德俊:《十四行诗在中国》
袁可嘉:《论新诗现代化》

▲论“七月”诗派

对七月诗人来说,诗歌创作不能仅仅停留在对客观形象的“摹仿”,而必须要求作者的“主观情绪的饱满”和“主观精神作用的燃烧”。因为在他们看来,现实主义的文学,“永远是要求情绪的饱满的”,“没有情绪,作者将不能突入对象里面,没有情绪,作者更不能把它所要传达的对象在形象上、在感觉上、在主观与客观的融和上表现出来”。他们认为“诗的主人公是诗人自己”,他们不赞成抛弃与抹杀自我,表现大众,而是要求诗人经过自我的感受与体验去表现大众。所以我们读七月诗派的作品,强烈地感受到他们的创作是个体性审美经验的释放,且往往带着生命的热度和情感的色彩,那沉重的历史使命感、深广的忧患意识和严肃执著的追求精神都是相当动人的。

与个性主义相一致,理想主义也是七月诗派的重要精神特征之一。七月诗人大都是有着浓厚的浪漫气质与理想色彩的诗人。他们在泥泞与荆棘的道路上跋涉向前,他们从艰苦的战斗中升华出对生活的热爱,对理想的追求,对光明前途的坚定信念。他们写诗不拘泥外表的写实手法,而常常带着浪漫的笔法,跃动、沸腾在诗中的是火一般的战斗欲望与热情。他们大多是站在无产阶级和革命的立场上,运用革命的人生观、历史观、美学观来认识现实,反映现实,思考和展望历史的前景,革命的理想主义为他们的诗作插上了思想的羽翼。曾在解放区生活斗争过的诗人,其创作更富浪漫气息。气势磅礴的革命现实和远大的政治理想,激发了诗人们心中的激情和自豪感,他们便用瑰丽、夸张的形象来描写革命和革命者,怀着乐观主义的情绪来展望革命的未来,从而使他们的诗篇抹上了浓烈的革命浪漫主义色彩,点染着根据地人民革命战争的风情画。在诗的内容上,与其他七月诗人相比似乎更多胜利者的欢乐之歌,更多时代的亮色,而在艺术上所表现的诗的感觉、意象、场景的色彩、情绪的跳动,又与其他七月诗人基本一致。

七月诗派在诗的形式上普遍倾向"散文化",自由化,这种散文化与自由化的结果使诗歌创作呈现出多样化的形态,都不拘格律,长制与短章,绵密的句式与跳跃的句式,各需所用。

他们的诗在形式上走向自由奔放,既是因为得了悲壮、乐观、慷慨、激昂的情绪,也是为了表现的便利。他们诗的语言不标示绚丽秀美,诗的词句不流于晦涩,而追求充满生活气息的新鲜单纯,明白晓畅,朴实洗炼的口语美,他们还追求诗的结构上的气魄和抒写上的力度,以及在广阔的文化背景和深邃的人的内心世界层面上推演出来的开阔宏大的气势。七月诗派为了增强表现生活和情感的手段和能力,十分重视形式上的开拓和变化,为自由体新诗的发展做出了独特的贡献。

他们最擅长的是政治抒情长诗,这些政治抒情长诗虽然也结合着叙事,但一般都是依情叙事,注重情感的线索,而不注重叙事(事件)的过程,这与延安诗人的叙事长诗依事抒情有所不同。他们的政治抒情长诗往往蕴含着情感的巨大爆发力和震撼力,他们在创作的时候,特别要求于诗的"是那种钢铁的情绪,那种暴风雨的情绪,那种虹彩和青春的情绪,或者可以说:典型的情绪","这种情绪底高度的达到,和它底完全而美丽的保证。形象不是外在的,当这典型的情绪春风野火似的燃烧起来,重炮巨弹似的爆发起来,或者,管弦乐队似的奏鸣起来,那就一切足够了"。

(录自龙泉明:《中国新诗流变论》,人民文学出版社1999年版)

▲论"九叶"诗派

这九位作者忠诚于自己对时代的观察和感受,也忠诚于各自心目中的诗艺,通过坚实的努力,为新诗艺术开拓了一条新的途径。比起当时的有些诗来,他们的诗是比较蕴藉含蓄的,重视内心的发掘;比起先前的新月派、现代派来,他们是力求开拓视野,力求接近现实生活,力求忠实于个人的感受,又与人民的情感息息相通。在艺术上,他们力求智性与感性的融合,注意运用象征与联想,让幻想与现实相互渗透,把思想、感情寄托于活泼的想像和新颖的意象，通过烘托、对比来取得总的效果，借以增强诗篇的厚度和密度，韧性和弹性。他们在古典诗词和新诗优秀传统的熏陶下，吸收了西方后期象征派和现代派诗人如里尔克、艾略特、奥登的某些表现手段，丰富了新诗的表现能力。

充分发挥形象的力量，并把官能感觉的形象和抽象的观念、炽烈的情绪密切结合在一起，成为一个孪生体。使“思想知觉化”是他们努力从西方现代诗里学来的艺术手法。这适合形象思维的特点，使诗人说理时不陷于枯燥，抒情时不陷于显露，写景时不陷于静态。如果诗人只会用丰富的感官形象来渲染，重彩浓抹，就会叫人感到发腻而不化；如果只是干巴巴地说理，又会叫人觉得枯燥无味。诗人应该努力把肉和骨恰当的结合起来，使读者透过意象联翩，而感到思想深刻，情味隽永。如写到一个小村子里春天来临的景象时，郑敏说：人们久久锁闭着的欢欣象解冻的河流样开始缓缓流动了，“当他们看见/树梢上/每一个夜晚添多几面/绿色的希望的旗帜”，就把绿色和希望，叶子和旗帜重叠起来，表达了人们迎春心情的表和里。

在语言句法方面，他们有不同程度的欧化倾向。在这方面，一向存在着两种情况：一种是化得较好的，与要表达的内容结合得较紧密，能增强语言的表达能力；另一种是化得不太好的，与要表达的内容有隔阂，就造成了一些晦涩难解。这里面有学习西方现代诗歌表现手法恰当与否的问题，也有运用上是否到达“化”境的问题。外来的表现方法是需要我们吸收消化，变成自己的东西，才能获得效果的。如辛笛的语言兼有我国古典诗词和西方印象派的色彩；杭约赫对诗词、俚语、歌谣兼收并蓄，就都比较明快。其余几位诗人在这方面也各有其独到之处，他们有共同的倾向，也各有自己的艺术风格，自己的鲜明个性。穆旦的凝重和自我搏斗，杜运燮的机智和活泼想象，郑敏塑像式的沉思默想，辛笛的印象主义风格（“风帆吻着暗色的水/有如黑蝶和白蝶”—《航》），杭约赫包罗万象的气势，陈敬容有时明快有时深沉的抒情，唐祈的清新婉丽的牧歌情调，唐湜的一泻千里的宏大气派与热情奔放，都是可以清晰地辨认的。

（录自袁可嘉：《九叶集·序》，《九叶集》，江苏人民出版社 1981 年版）

▲论穆旦诗歌的品格

穆旦具有作为诗人的最可贵的品格，即艺术上的独立精神。这种品格使他在巨大的潮流（这种潮流往往代表“正确”和“真理”）铺天盖地涌来从而使所有的独立的追求陷入尴尬和不利的境地时，依旧对自己的追求持坚定不移的姿态，其所闪射的就不仅仅是诗人的节操，而且是人格的光辉了。这一点，要是说在四十年代以前是一种不愿随俗的“自说自话”，那么，在艺术高度一体化的五十年代之后，穆旦的“个人化”便显示出桀骜不驯的异端色彩来。

穆旦生当中国濒临危亡的最艰难的岁月，在这样的年代里，穆旦也如众多的中国诗人一样，以巨大的牺牲精神投入争取民族解放的抗争。这表现在他的行动上，也表现在他的艺术实践中。但不同的是，穆旦始终坚持用自己的语言、自己的方式传达他对他所热爱的大地、天空和在那里受苦受难的民众的关怀。在这位学院诗人的作品里，人们发现这里并没有象牙塔的与世隔绝，而是总有很多的血性，很多的汗味、泥土味和干草味。但在穆旦的笔下，这一切来源于古老中国的原素，却是排除了流行款式的穆旦式的独特表达。在《出发》《原野上走路》《小镇一日》等一些诗中我们都可以感受到这种鲜活的人生图画和真实的生活脉搏。当然最出色的表现还是《在寒冷的腊月的夜里》，那里有一幅旷远的、甚至有些悲哀的北方原野的风景——

> 风向东吹，风向南吹，风在低矮的小街上旋转，
> 木格的窗纸上堆着沙土，我们在泥草的屋顶下安眠，
> 谁家的儿郎吓哭了，哇——呜——呜——从屋顶传过屋顶，
> 他就要长大了渐渐和我们一样地躺下，一样地打鼾，
> 　　　　从屋顶传过屋顶，风
> 　　　　这样大岁月这样悠久，
> 我们不能够听见，我们不能够听见。

了解中国北方农村的人读穆旦这首诗都会感到亲切。腊月夜晚寒冽的风无阻拦地吹刮，风声中有婴儿的啼哭，这一切让人升起莫名的怅惘甚至哀恸。前面说的穆旦诗的泥土味即指这些，他对中国厚土地的深笃的情怀不比别人少，但他显然不把诗的目标限定于现实图景的反映或再现，穆旦从这里出发，他通过这些情绪和事实而指向了深层。岁月这样悠久，我们无法听见。但是，当无声的雪花飘落在门口那用旧了的镰刀、锄头、牛轭、石磨和大车上面的时候，我们听到了诗人对中国大地以及生活在古老村落里的中国农民命运的关切。穆旦的诗让我们想起恒久的悲哀：为人类的生生死死，为无休止的辛苦劳碌。

读穆旦的诗使我们置身现世，感受到真切生活的一切情味。他的诗不是远离人间烟火的“纯诗”，他的诗是丰满的肉体，肉体里奔涌着热血，跳动着脉搏，“这儿有硫磺的气味碎裂的神经”（《从空虚到充实》）。但是，穆旦又是那样的与众不同，对于三十年代以来而至四十年代达于极盛的把诗写

得实而又实甚至沦为照相式或留声机式的崇尚描摹和模仿的潮流而言,穆旦却有他的一份超然和洒脱。他的诗总是透过事实或情感的表象而指向深远。他是既追求具体又超脱具体并指归于"抽象"。他置身现世,却又看到或暗示着永恒。穆旦的魅力在于不脱离尘世,体验并开掘人生的一切苦厄,但又将此推向永恒的思索。他不停留于短暂。穆旦把他的诗性的思考嵌入现实中国的血肉,他是始终不脱离中国大地的一位,但他又是善于苦苦冥思的一位,穆旦使现世的关怀和永恒的思考达于完美的结合。

(录自谢冕:《一颗星亮在天边:〈穆旦诗全编〉序》,《穆旦诗全编》,中国文学出版社 1996 年版)

▲穆旦《诗八首》分析

穆旦的《诗八首》是一组有着精巧的内在结构,而又感情强烈的情诗,这是一次痛苦不幸的感情经历。全组诗贯穿着三股力量的矛盾斗争。这三股力量"你""我"和代表命运和客观世界的"上帝"。上帝在这里是冷酷无情的,他捉弄着这对情人,而就是在"你"和"我"之间,也是既相吸引而又相排斥的,他们之间有着不可逾越的距离,而又有着强烈的吸引力。

第一首

"你"的代表是"眼睛","我"的代表是"哭泣"。二人之间的距离表现在"你看不见我,虽然我为你点燃""我们相隔如重山"。因为这中间"上帝"这客观的外力让爱情失去真义,"火灾"不过是两个人"成熟的年代的燃烧",不是心灵的相会,上帝的代表是隔离了情人们心灵的重山。上帝使万物在自然程序中不停地蜕变,"我"只能爱一个"暂时的你",这不是有持久不变的力量的爱。暴君上帝玩弄着情人们,让"我"多次生死,但"那只是上帝玩弄他自己"。这里是一个惊人的转折,因为"我"变成"上帝"自己,好象亚当是上帝所造,耶稣是上帝的儿子,上帝让"我"痛苦也就是玩弄他自己,这样暴君和奴隶都跌入同一的痛苦的关系网中,事情变得十分复杂了,诗的层次因此增加。

第二首

头两行是写创造"你""我",而又不允许他们成活的残暴行为。自然,这是上帝的残暴。在这第一节的四行中"生"与"死"并存,"希望"和"绝望"并存,两个相斗争的力量却被上帝同时运用着,这样就使情人受着不能忍受的刑罚。"水流"是活力,但成胎后却被监禁在"死的子宫里",因此"永远不能完成自己"，这是上帝对自己的造物的惩罚。第二节写上帝在暗笑情人的真挚情感，使他们不断地变化，在变化中因为有新的发展而丰富起来，但也同时面临失去爱情的危险，这里又是矛盾的力的结合和相克，上帝、你、我在不可控制中相冲撞，好象落在轨道外的天体。

第六首

在无穷的变化和运转中"滞留"，就意味着丧失生命的魅力，因此诗人说："相同和相同溶为怠倦"。这是多么犀利的观察，而又是充满了勇气的自我剖析，对于一个在追求爱情的情人承认"怠倦"是需要比战士承认畏惧更大的勇气。然而追随着大千世界的运转，不断从差异到差异，又使一个凡人的心灵感到难以招架，因此诗人说："在差别间又凝固着陌生。"陌生意味着不安宁。悬疑、顾虑、寂寞、寒冷。所以在疲怠和陌生的轮流交替之下，情人在一条危险的窄路上旅行。在第二节里出现了一个极不平常的现象。这就是"人格分裂"的手法。"我"忽然分裂成两个人格，于是我们第一次遇到一个"他"："他存在，听我的指使，/他保护，而把我留在孤独里。"这分裂的两个人格互相之间也是一种既矛盾又统一的关系。看来那"他"是外在的"我"，而"我"是将自己封锁在寂寞孤独里的那个人格。"他"，这外向行动的"我"不断地追寻"你"的规律，但在大千世界的急速运转中，那被寻得的秩序必然是过时的，因此"求得了又必须背离"，这就是外在的"我"的痛苦。在这首诗中变化无常的爱的规律被诗人将它和宇宙的不停运转串联起来，因而获得无限的深度。

从上面的分析看出这八首套曲有着紧密的内在联系。首与首之间相呼应，始终贯穿在八首诗中的主题是既相矛盾又并存的生和死的力，幸福的允诺和接踵而至的幻灭的力。这是潜藏的一层结构，在表面的另一层的力的结构则是"我""你"和"上帝"（或自然造物主）三种力量的矛盾与亲和。这三种力量出现在诗里经常有他们的化身来代表。以下各举他们的几种化身：

"上帝"："火灾"，"重山"，"自然的蜕变程序"（1），"水流"，"死底子宫"，"我底主"（2），"黑暗"（4），"那移动了景物的"，"那形成了树木和屹立的岩石的"，"一切……流露的美"（5），"恐惧"（7），"阳光"，"巨树"，"老根"（8）。

"我"："哭泣"，"变灰"（1），"变形的生命"（2），"他"（6），"树叶"。

"你"："眼睛"（1），"变形的生命"（2），"小野兽""青草""草场""殿堂"（3），"美丽的形象"，"树叶"。

诗永远是一个磁力场，各条磁线从那里发出，诗之所以是有生命的，因为它的各条力线不断的在与其他的力起作用,并同时放出能量,它的能量在读者的心态上引起反响。这样形成了读者与诗之间的对话。诗的结构层次愈多,对话也愈丰富。有的诗给我们送来交响乐,有的是奏鸣曲,当然也有独奏。一首诗这种没有声音的音乐是需要知音者专注地聆听的。《诗八首》由于它的三股力量的交织,穿梭,呼应,冲击,使我觉得象听一首三重奏。

一般说来,自从20世纪以来诗人开始对思维的复杂化,情感的线团化,有更多的敏感和自觉。诗中表现的结构感也因此更丰富了。现代主义比起古典主义、浪漫主义更有意识地寻求复杂的多层的结构。以《诗八首》来看爱情的多变、复杂、纠缠,完全是通过它的双层,三条力的结构表达出来的,一首诗的结构正象一株大树的树干和枝条,那些悬在枝条上的累累果实常常是"意象",《诗八首》的丰产的果实给它增添不少浓郁的果香。但这还只是它的有形结构,这些力的枝条的分布是精美的,但若要寻找诗的真正生命泉源,我们还得了解在那树干里和每条长枝里流着的树液,它们形成看不见的能量的网,使得这诗永远有生命力。有形的结构,和为这结构增加感性魅力的有着繁殖功能的意象,都需要这不可见的生命液的营养。如果以中国通俗的"形""神"来论,一切有形的结构是诗的形体,而那使得有形的结构包括它的意象、暗喻、换喻,活起来的却是那无形而存在的"神"。在分析《诗八首》时我必须从它的力来入手,找出力的方向,与它们之间的结构关系,以及它们的化身(意象、暗喻、换喻),但最后我感觉到贯穿在整个结构中,使一切永远是活的,运动着的,还是诗人付给这组诗的无形的"神"。如果借用德国后结构主义奠基人德里达的理论,这就是他所谓的在作品后面起着总契机作用的"踪迹"(Trace)。德里达为了反对结构主义完全依赖有形的符号系统来分析作品,他提出这关于无形的"踪迹"的理论。当我接触《诗八首》时,我的步骤似乎是由"神"(整体感)到有"形"的结构,然后再回到"神"。最后这组诗留给我的影响不再是那枝节的精美,而是它的哲学高度,个人爱情经历与宇宙运转的联系,这个层次是不能单纯从对有形结构的分析中得到的,只有重新回到"神"(或踪迹)的高度时才能进入这一层的欣赏和理解,这是一层本质而无形的最高结构。至此我就走完了我对这组诗的理解和欣赏。

(录自郑敏:《诗人与矛盾》,收入杜运燮等编《一个民族已经起来》,江苏人民出版社1987年版)

▲关于郑敏的诗

深受德国诗人里尔克的影响,和西方音乐、绘画熏陶的郑敏,善于从客观事物引起深思，通过生动丰富的形象，展开浮想联翩的画幅，把读者引入深沉的境界。例如，她的诗：

> 金黄的稻束站在
> 割过的秋天的田里，
> 我想起无数个疲倦的母亲，
> 黄昏路上我看见那皱了的美丽的脸，
> 收获日的满月在
> 高耸的树巅上，
> 暮色里，远山
> 围着我们的心边，
> 没有一个雕像能比这更静默。
>
> ——《金黄的稻束》

写的是一片秋天的静穆，一幅米勒似的画面。稻束给比成母亲，“肩荷着那伟大的疲倦”，“站在那儿，将成为人类的一个思想”。

这里“雕像”是理解郑敏诗作的一把钥匙。她注意雕塑或油画的效果：以连绵不断的新颖意象表达蕴藉含蓄的意念，通过气氛的渲染，构成一幅想象的图景。它的效果是细微、缓慢、持久而又留有想象余地的，就象细雨滋润禾苗，渗入了土地一样。

（录自袁可嘉：《九叶集·序》，《九叶集》，江苏人民出版社1981年版）

▲评冯至的十四行诗

冯至是沉思的诗人。他默察，他体认，他从他在宇宙人生中所体验到的一切中，看出那真实的诗或哲学于我们所看不到的地方。他观察思考得是那么仔细。生活中再也没有比刚出生的小狗更令人忽视了，但冯至观察到，狗出生后连续半月下雨，忽然一天雨止天晴，小狗的母亲把小狗衔到阳光里。诗人思考得更仔细：“这一次的经验/会融入将来的吠声，/你们在深夜吠出光明。”正因为冯至在他狭小的心里，有一个大的宇宙，有一颗感受一切生命的心，因此他能在平凡里发现那最不平凡的“奇迹”，犹如“彗星的出现，狂风乍起”。这是一种生命的颤栗，灵感的冲动，是寻思的第一步。

诗人并不在获得灵感、颤栗后写即兴诗，他说过，写《十四行集》不那么顺畅，反复琢磨，左思右想才完成。他在观察思考获得灵感以后，还要激活过去的生活经验。诗人这样说过写作《十四行集》的动机：“……有些体验，永久在我的脑里再现，有些人物，我不断地从他们那里吸收养分；有些自然现象,它们给我许多启示:我为什么不给他们留下一些感谢的纪念呢?”这说明诗人写的是永久再现于脑的“体验”,是不断吸取养分的“启示”,一句话,这些体验是储存于心灵之中的。美国梅·斯温逊认为,诗的经验的发现是基于下列热望:“想看透表现于外的事物的屏幕,想触及实际存在的事物,并且想深入到正在演变的事物之更广大空间。”冯至的“经验”也具有这样的品格,其中包含着他身受战乱和流离之苦,日日面对着国家和个人的生死存亡问题的所感所想,也包括着他虚心向里尔克、歌德学习所获得的对宇宙、对人生的思考结论。正是在经历了寻思的第二步——汇聚了冯至储存的“生活库”和“思想库”中的经验,从而使《十四行集》所获得的“新的发现”才实现了具体与抽象、个别与普遍、暂时与永久的拥抱。如《几只初生的小狗》中初次领受光和热的经验,就超越了具体的个别的暂时的价值,而具有抽象的普遍的永久的意义。

毫无疑问,《十四行集》所作出的“新的发现”进入了哲理的层次,是诗人的冥思卓见,因此有人称冯至的十四行诗为“哲理诗”。但我们愿意把冯至在诗中的新发现理解为一种体验,一种感觉。它带有哲理的意味,从中可以见到诗人的宇宙观、人生观,但它又同一般的伦理有别,它是由于诗人对一切的关切,以至达到与一切相“契合”,实现了生命的“融合”。

诗人的情感思考在诗中要以一定的序列排列固定。十四行诗的诗思诗情发展有较为固定的形态。《十四行集》最后一首把它说成是诗“从一片泛滥无形的水里”取来的“椭圆的一瓶”。十四行体对诗情诗思的定形,既是种限制,它使诗人不能任意安排,而必须对诗情诗思进行殳除、整理、变形,从而更好地纳入“椭圆的一瓶”;同时,十四行体的定型又给诗人凝结诗情诗思提供了方便,由此获得了美的形体。诗人说:“正如李广田在论《十四行集》时所说:‘由于它的层层上升而又下降,渐渐集中而又解开,以及它的错综而又整齐,它的韵法之穿来又插去,’它正宜于表现我要表现的事物;它不曾限制了我活动的思想,而是把我的思想接过来,给一个适当的安排。”

(录自许霆、鲁德俊:《十四行诗在中国》,苏州大学出版社1995年版)

▲关于新诗现代化

四十年代以来出现了一种“现代化”的新诗,引起了读者的关注。

要了解这一现代化倾向的实质与意义,我们必先对现代西洋诗的实质与意义有个轮廓认识;关于这方面的介绍评论,国内已渐渐有人注意,笔者亦屡曾提及,此处不多唠叨;我们为行文方便,只能径以结论方式对现代西洋诗歌作下述描写：无论在诗歌批评，诗作的主题意识与表现方法三方面，现代诗歌都显出高度综合的性质；批评以立恰慈的著作为核心，有“最大量意识状态”理论的提出；认为艺术作品的意义与作用全在它对人生经验的推广加深，及最大可能量意识活动的获致，而不在对舍此以外的任何虚幻的（如艺术为艺术的学说）或具体的（如以艺术为政争工具的说法）目的的服役，因此在心理分析的科学事实之下，一切来自不同方向但同样属于限制艺术活动的企图都立地粉碎；艺术与宗教、道德、科学、政治都重新建立平行的密切联系，而否定任何主奴的隶属关系及相对而不相成的旧有观念，这是综合批评的要旨；另一方面表现在现代诗人作品中突出于强烈的自我意识中的同样强烈的社会意识，现实描写与宗教情绪的结合，传统与当前的渗透，“大记忆”的有效启用，抽象思维与敏锐感觉的浑然不分，轻松严肃诸因素的陪衬烘托，以及现代神话、现代诗剧所清晰呈现的对现代人生、文化的综合尝试都与批评理论所指出的方向同步齐趋；如果我们需要一个短句作为结论的结论，则我们似可说，现代诗歌是现实、象征、玄学的新的综合传统。

基于这个粗线条的轮廓认识，并参证于少数新诗现代化尝试者的诗作，我们已进入正确地分析其实质，了解其意义的有利境地；他们的试验在一切涵义穷尽以后，有力代表改变旧有感性的革命号召；这一感性革命的萌芽原非始自今日，读过戴望舒、冯至、卞之琳、艾青等诗人作品的人们应该毫无困难地想起它的先例；但卞诗中传统感性与象征手法的有效配合及冯至先生更富现代意味的《十四行集》都遭过一切改革者在面对庸俗、浮浅、偷懒的人们时所必不可避免的反抗阻力；目前的感性改革者则显然企图有一个新的出发点，批判地接受内外来的新的影响，为现代化这一运动作进一步的努力。

就眼前作品所得窥知，我们发现隐在这个改革行动后面的理论原则至少有下述七点：

一、绝对肯定诗与政治的平行密切联系，但绝对否定二者之间有任何从属关系：如一般论者持作为雄辩武器而常忽略其真正涵义，诗是生活（或生命）型式表现于语言型式，它的取材既来自广大深沉的生活经验的领域，而现代人生又与现代政治如此变态地密切相关，今日诗作者如果还有摆脱任何政治生活影响的意念，则他不仅自陷于池鱼离水的虚幻祈求，及遭到一旦实现后必随之而来的窒息的威胁，且实无异于缩小自己的感性半径，减少生活的意义，降低生命的价值；因此这一自我限制的欲望不唯影响他作品的价值，而且更严重地损害个别生命的可贵意义；但这样说显然并不等于主张诗是政治的武器或宣传的工具,其截然不同恰类似存在于"人是理性的动物"与"人全为理性驱使"二个命题间的严格区分。骚然哗然的诗是宣传论者应该了解那个看法对诗本身的限制及生命全体的抽空压缩的严重程度正与与之相对的另一极端的见解("为艺术而艺术")无丝毫轩轾可分。

二、绝对肯定诗应包含,应解释,应反映的人生现实性,但同样地绝对肯定诗作为艺术时必须被尊重的诗底实质:本原则的前半叙述似已为一般读者作者所熟知接受,我们不妨一笔提过而直接考虑诗之艺术的特质;如众所周知,各种不同的艺术类别除必然分担一般艺术的共同性以外,还必须有独特的个性;旧日对空间艺术与时间艺术的区分即从此基本观念出发,诗歌作为艺术也自有其特定的要求;诗作者必先满足这些内生的先天的必要条件,始足言自我表现,这也就是在约制中求自由,屈服中求克服的艺术创造的真实意义;这里我们自无须企图穷尽地列举诗艺的构成因素,我们只要想及诗中意境创造、意象形成、辞藻锤炼、节奏呼应等极度复杂奥妙的有机综合过程,就不难了解诗艺实质所包含对作者的强烈反叛、抵抗的意味,及一位诗作者在遭遇这些阻力时所必须付与的耐心与训练,诚挚与坚毅;如果我们根本否认诗艺的特质或不当地贬低它的作用意义,则在出发基点,作者已坦白接受击败自己的命运;其作品之不成为作品既在意中,其对人生价值的推广加深更是空中楼阁,百分之百骗人欺己的自我期许。

三、诗篇优劣的鉴别纯粹以它所能引致的经验价值的高度、深度、广度而定,而无所求于任何迹近虚构的外加意义,或一种投票 = 畅销的形式;因此这个批评的考验必然包含作者寄托于诗篇的经验价值的有效表现,也即是依赖作品从内生而外现的综合效果;一句话说完,我们的批评对象是严格意义的诗篇的人格而非作者的人格;诗篇的人格虽终究不过是作者人格部分的外现,但在诗篇接受批评时二者的分别十分显明,似不待深论。浅言之,人好未必诗也好。

四、绝对强调人与社会、人与人、个体生命中诸种因子的相对相成,有机综合,但绝对否定上述诸对称模型中任何一种或几种质素的独占独裁,放逐全体;这种认识一方面植基于"最大量意识状态"的心理分析,一方面亦自个人读书作人的经验取得支持,且特别重视正确意义下自我意识的扩大加深所必然奋力追求的浑然一片的和谐协调。

五、在艺术媒剂的应用上,绝对肯定日常语言,会话节奏的可用性但绝对否定目前流行的庸俗浮浅曲解原意的"散文化";现代诗人极端重视日常语言及说话节奏的应用,目的显在二者内蓄的丰富,只有变化多,弹性大,新鲜,生动的文字与节奏才能适当地,有效地,表达现代诗人感觉的奇异敏锐,思想的急遽变化,作为创造最大量意识活动的工具;一度以解放自居的散文化及自由诗更不是鼓励无政府状态的诗篇结构或不负责任,逃避工作的借口。

六、绝对承认诗有各种不同的诗,有其不同的价值与意义,但绝对否认好诗坏诗,是诗非诗的不可分,也即是说这是极度容忍的文学观,但决不容忍坏艺术,假艺术,非艺术;我们取舍评价的最后标准是:"文学作品的伟大与否非纯粹的文学标准所可决定,但它是否为文学作品则可诉之于纯粹的文学标准"。(艾略特)

七、这个新倾向纯粹出自内发的心理需求,最后必是现实、象征、玄学的综合传统;现实表现于对当前世界人生的紧密把握,象征表现于暗示含蓄,玄学则表现于敏感多思、感情、意志的强烈结合及机智的不时流露。

(录自袁可嘉:《论新诗现代化》,三联书店 1988 年版)

第二十七章　散文(三)

【学习提示与述要】

这一章介绍第三个十年(1937 年 7 月—1949 年 9 月)的散文,可偏重知识性的了解。因为有些作家的创作贯通几个阶段,也可以和前两个十年的散文联结起来讨论,更能获得整体感。与前两个十年比,这一时期虽然历经战乱,散文创作的成绩依然丰硕,且报告文学、杂文与抒情文各式文体的创作都有较成熟的水准。应大致了解抗战初期报告文学比较发达,而当战争转入相持阶段之后,杂文就唱了主角。抗战中后期及胜利之后,散文各式文体的创作都展现了多彩的风致。小品散文应更多地关注。可选择阅读并重点分析萧红、冯至、张爱玲、沈从文、梁实秋等作家的散文,窥斑知豹,概览本阶段散文创作的状态与趋向。

一　报告文学的勃兴

1. 可回顾“五四”以来报告文学逐步发展的情况(见第十八章),以更清晰了解这一时期报告文学勃兴的理路。当然,应看到时代的需求是决定性因素。抗战初期要求文学贴近现实,担负传递战斗信息、记录抗战业绩的任务,报告文学成为首选的文体。应了解的代表性作家包括丘东平、骆宾基、曹白、范长江、萧乾与沙汀等等。其中沙汀的《随军散记》记述贺龙将军的战斗生活风貌,应注意其如何以纪实性散文笔法叙写真实人物,这对于传记文学刻画人物性格提供了可贵的经验。

二　继承鲁迅传统的杂文

2. 了解 1940 年代杂文的创作潮流,一方面满足了揭露抵制社会弊端的时代需求,另一方面则受惠于鲁迅的传统。可重点了解聂绀弩的杂文创作成就,他也是当代杂文文坛上标志性的作家。此外,还有唐弢和周木斋。解放区的时代环境并不适于杂文的生长,王实味的《野百合花》受到批判,此现象已在第二十一章论析过。

三　小品散文的多样风致

3. 就文学成就而言，这一时期的小品散文更值得分析鉴赏。应关注那些名家的散文在这一时期的发展与达至的境界。其中萧红的《回忆鲁迅先生》是可读性甚高的传记散文，可注重欣赏其敏锐的感觉与才情，以敏锐的女性感觉捕捉日常的生活化细节，随意点染，以及不拘格套的笔法。冯至的《山水》多用诗的笔调来写散文，特色是好哲思，也可以选其中几篇来品评。重点可评析梁实秋与张爱玲。梁实秋《雅舍小品》是余闲的调剂品，不大适应时代潮流，但行文优雅恰裕，给人真切与愉悦。张爱玲《流言》中的散文与小说不分轩轾，都是将庸常生活陌生化，重在体味人生，描绘多用意象，议论显示机智。梁实秋和张爱玲的散文在1990年代重又走红，不妨思考一下其中的原委，除了作品本身的艺术魅力，也与社会风尚有关。

【知识点】

《野草》杂文作者群、上海“孤岛”杂文创作风气。

【思考题】

1. 简述1940年代散文各式文体创作的概况。

此题偏重知识性，论述要点是：(1)报告文学的勃兴与抗战现实紧密相关。(2)杂文的创作无论在国统区、“孤岛”还是解放区，都涉及在抗战形势下如何继承、发扬鲁迅杂文的现实主义精神问题，重在对社会现实的针砭，或者对世相与历史的剖析。沦陷区散文以周作人为代表，出现了杂文的小品化，也有其文学史意义。(3)小品散文的新作者虽然不多，但是名家散文更为圆熟多样，如萧红、何其芳、冯至、梁实秋、张爱玲等，以及“立达派”、京派的散文。(4)注意各散文文体的繁荣略有“时间差”，这既有抗战现实对文学文体的影响，也有各文体自身的发展与成熟等因素。另外，在概述中尽量列举一些影响较大的作家作品。

2. 试评梁实秋《雅舍小品》的艺术特色。

此题有一定综合性，论述时注意：(1)总的来说，梁实秋散文是“学者散文”，可以分别从以下几个方面来谈：取材的日常广博、语言的机智幽默、心态的豁达俊逸、行文的优雅从容，等等。“评论节录”中余光中《文章与前额并高》提取了《雅舍小品》中若干特色，可以参考，尤其是对其文字“文白融会”的理解，有一定启发性。(2)回答这样的题目，最好结合自己的阅读感受,辅以对具体文本、字句的解读或赏析,但注意不要写成过于情绪化的随感。

3. 试评张爱玲散文创作的艺术个性。

此题要求结合自己的阅读感受,对所学知识进行综合与概括。讨论张爱玲的散文,可以1940年代的作品《流言》为主,既要注意其所在的“沦陷区”文学的大背景,以及其海派作家的身份,更要抓住以下几个“关键词”:女性、上海、日常生活、意象、机智等等。《三十年》中对张爱玲散文的论述略显简单,重要的是要结合自己的阅读感受,也可参考《三十年》第二十三章第三节对张爱玲小说的论述。还可参考其他相关研究资料,例如余凌《张爱玲的感性世界——析〈流言〉》对《流言》这部“私语散文”有精到的分析,“评论节录”中选取了其中两段。

【必读作品与文献】

萧　红:《回忆鲁迅先生》
冯　至:《一个消逝了的山村》
张爱玲:《公寓生活记趣》《爱》
梁实秋:《雅舍》
沙　汀:《随军散记》
纪果庵:《小城之恋》

【评论节录】

司马长风:《中国新文学史》
余光中:《文章与前额并高》
谈　静:《〈爱〉的赏析》
余　凌:《张爱玲的感性世界——析〈流言〉》

▲冯至《山水》赏析

冯至真是惜墨如金的作家,写作那样谨严,作品那样少,但却无比的精纯。这个时期,在诗和散文两方面,他都站在“一览众山小”的高峰,可是散文只有《山水》,不足百页薄薄一小本,诗集也只是辑有二十七首的《十四行集》。

这本不满百页的《山水》,辑有十三篇散文,加上《后记》才十四篇。前六篇还是抗战前写的,属于战时战后时期的,才只八篇。可是这八篇,篇篇都有分量,耐得住咀嚼和推敲。

欲知《山水》的底蕴，透察其精魂，且听作者的自白：

> 至于这小册子里所写的，都不是世人所倡的名胜。……真实的造化之工却在平凡的原野上，一棵树的姿态，一株草的生长，一只鸟的飞翔，这里边含无限的永恒的美。所谓探奇访胜，不过是人的一种好奇心，……我爱树下水滨明心见性的思想者，却不爱访奇探胜的奇士。……

漠视“胜”与“奇”，耽爱“平凡的原野”，这正是《山水》全书主要意趣。一往直前的寻胜探奇，不断做新的突破，这不止是西方的文化精神，人生的态度，也是文学的特色。在平野里，体会物我为一的情怀，人与自然的融合，生生不息的永恒之美，则是中国的文化精神，人生情调与文学特色。在《后记》的另外一段话他又说：

> 对于山水，我们还给它们本来的面目吧，我们不应该把些人事掺杂在自然里面，宋元以来山水画家就很理解这种态度。在人事里，我们尽可以怀念过去；在自然里，我们却愿意它万古常新。最使人不能忍耐的是杭州的西湖，人仙既不顾虑到适宜不适宜，也不顾虑这有限的一湖水能有多少容量，把些历史的糟粕尽其可能地堆在湖的周围，一片完美的湖山变得支离破裂，成为一堆东拼西凑的杂景。——我是怎样爱慕那些还没有被人类的历史所点染过的自然：带有原始气氛的树林，只有樵夫和猎人所攀登的山坡，船渐渐远了剩下的一片湖水，这里自然才在我们面前矗立起来，我们同时也会感到我们应该怎样生长。

不喜历史点染的名胜，而爱真朴的自然，显示了道家思想的风味；可是对于那些无名的樵夫或猎人，则一往情深。以《山水》后半部的七篇创作来说，《一棵老树》写一个老牧人；《人的高歌》写一个石匠和一个水手；《山村里的墓碣》写无名的族人之死；《动物园》回忆一个老猎人；《忆平乐》则写一个守时廉正的裁缝。

偏爱无名的小人物，从无名的小人物点出生命的真相，揭出人的至性常情，在这一点上，冯至与沈从文极相似。但是风格迥异。沈从文喜欢温情的烘托，以富于彩色的文字，将那些小人物写得风趣活现；冯至则只是冷冷的静观，以质朴的笔触，道出那些小人物的生死祸福；前者如彩画，后者如石雕。

比读《山水》的后七篇散文，以《一棵老树》和《一个消逝了的山村》两篇最精纯。论情趣之飘逸，文字的色彩，后者富有魅力，但论意境的孤高，功力的深湛,则前者实是冯至散文的杰作,也是白话散文诞生以来的杰作。

《一个消逝了的山村》,是作者战时执教昆明时,乡居之地。他夫妇住在山上,一条荒凉的古道却延进山谷。因此他说:“我在那条路上走时,好像是走着两条路;一条路引我走近山居,另一条路是引我走到过去。”

所说“过去”,是指谷中原有村落,一八七〇年顷在回汉两族大仇杀中毁灭了。两世人相隔七十年,住在同一的山村,今夕之感,引人遐思。作者写道:

> 最可爱的那条小溪的水源,从我们对面山的山脚下涌出的泉水;……这清洌的泉水,养育我们,同时也养育过往那村里的人们。人和人,只要共同吃过一棵树上的果实,共同饮过一条河里的水,或是共同担受过一个地方的风雨,不管是时间或空间把他们隔离得有多么远,彼此的生命都有些声息相通的地方。我深深理解了古人一首情诗里的句子:“日日思君不见君,共饮长江水。”

单是这段话,全篇旨趣已毕现。时空交织的关切与哀愁,像苍凉的古筝独奏,声声撞击心坎。

《一棵老树》没有这样绚烂的感慨。只写一个看牛的老人,一人二牛。老牛生了小牛,老牛死了;接着小牛遭暴雨所激也死去了。农庄的主人,决定不再养牛,将这个默默工作几十年的老人资遣回乡,可是这老人只熟悉这寂寥的农园,和不说话的牛,对于自己的乡土和家人反倒陌生了,因此,回家不久就死去了。

这样一个浑如木石,木无表情的老人,当老牛生了小牛时,“他的面貌仍然是那样呆滞,但是举动里略微露出来了几分敏捷”。作者只用“露出来了几分敏捷”来形容老人的兴奋,多一个字也不用。当小牛被雨淋死了,文章写道:“第二天,我看见他坐在门前的石墩上,手里仍然拿着放牛的鞭子,但是没有牛了。他好像变成一个盲人,眼前尽管是无边的绿色,对于他也许是一片白茫茫吧。……”

当老人的孙儿,向农庄主人报丧时说道:“祖父回到家里,不知为什么,也不说,也不笑,夜里也不睡,只是睁着眼坐着,——前晚糊里糊涂地死去了。”

读过《一个消逝了的山村》,你会击节赏叹,赞不绝口;可是你读过《一棵老树》之后,你什么也说不出来,只是无言的感动,深沉的思想;像植物的根须,无声的向土里伸展。

《山水》有什么缺点没有呢?我竭尽心力,睁大眼睛,反复搜检,我觉得有两点意见可说，一是题材太狭，二是文字还缺乏自觉的省察。

关于题材，他这样耽于大自然的冥想，对人生的内层则一丝不染，这虽然是他一贯的风格，但是笔者认为伟大散文家，笔触最好无所不在，不但吟哦外在世界，也攀描内在世界。徐志摩勇于“自剖”，有时稍流于滥，但冯至过于隐蔽，读其文难见其人。

关于文字，似未能善用自己的京白口语，许多句子受制于欧化语法，看起来虽也流畅，一读出来即感拗口了。

（录自司马长风：《中国新文学史》，香港昭明出版社 1978 年版）

▲关于《雅舍小品》

读者最多的当然是他的散文。《雅舍小品》初版于民国三十八年，到六十四年为止，二十六年间已经销了三十二版；到现在想必近五十版了。我认为梁氏散文所以动人，大致是因为具备下列这几种特色：

首先是机智闪烁，谐趣迭生，时或滑稽突梯，却能适可而止，不堕俗趣。他的笔锋有如猫爪戏人而不伤人，即使讥讽，针对的也是众生的共相，而非私人，所以自有一种温柔的美感距离。其次是篇幅浓缩，不事铺张，而转折灵动，情思之起伏往往点到为止。此种笔法有点像画上的留白，让读者自己去补足空间。梁先生深信“简短乃机智之灵魂”，并且主张“文章要深，要远，就是不要长”。再次是文中常有引证，而中外逢源，古今无阻。这引经据典并不容易，不但要避免出处太过俗滥，显得腹笥寒酸，而且引文要来得自然，安得妥帖，与本文相得益彰，正是学者散文的所长。

最后的特色在文字。梁先生最恨西化的生硬和冗赘，他出身外文，却写得一手道地的中文。一般作家下笔，往往在白话、文言、西化之间徘徊歧路而莫知取舍，或因简而就陋，一白到底，一西不回；或弄巧而成拙，至于不文不白，不中不西。梁氏笔法一开始就逐走了西化，留下了文言。他认为文言并未死去，反之，要写好白话文，一定得读通文言文。他的散文里使用文言的成分颇高，但不是任其并列，而是加以调和。他自称文白夹杂，其实应该是文白融会。梁先生的散文在中岁的《雅舍小品》里已经形成了简洁而圆融的风格，这风格在台湾时代仍大致不变。证之近作，他的水准始终在那里，像他的前额一样高超。

（录自余光中：《文章与前额并高》，《秋之颂》，台湾九歌出版社 1988 年版）

▲张爱玲《爱》赏析

这是一篇十分短小的散文，但张爱玲的感觉却表现得淋漓尽致了。

题目是《爱》,张爱玲在这里要讲述的是一个关于爱情的故事,故事的主角是一个女人,一个后来命运多舛的女人,她被亲眷拐卖,又几次三番地被转卖,一直到老。但她跟所有的女人一样,也曾有过某种爱,虽然很朦胧,但正是由于有了这种爱,这个女人也就完全了。

"那年她不过是十五六岁吧,是春天的晚上,她立在后门口,手扶着桃树。她记得她穿的是一件月白的衫子。"后来那个住在对门的年轻人就过来了,跟她说了一声:"噢,你也在这里吗?"

关于爱的记忆就只剩下这个春天的晚上,"就这样就完了"。这里张爱玲不惜用了这个近乎累赘的句子,表达了她对于"爱"的感觉:无奈、凄美。本来桃树和少女是可以形成一种极完美的意象的,《诗》云:"桃之夭夭,灼灼其华。之子于归,宜其室家。"桃花盛开,女子出嫁,这是何等灿烂的一幅图景,它让人想起美丽、青春、爱情、幸福等等美好的字眼。但张爱玲偏要预先安排故事的结局,让饱经沧桑的老妇人来回忆这个春天的晚上,无情的时光便如那片遮住月亮的淡淡的云彩,将故事笼罩在平静、悠远而又略带伤感的气氛之中。

"此情可待成追忆,只是当时已惘然",平淡的是爱,惊心动魄的却是那无情的时光,让人想想也忍不住要落泪的时光。

末了一段谈的不是故事本身,也许张爱玲想在此为"爱"作一个释义,可我们看看她都用了些怎样触目惊心的词:"于千万人之中遇见你所要遇见的人,于千万年之中,时间的无涯的荒野里,没有早一步,也没有晚一步,刚巧赶上了。"这是多么渺茫无望啊! 生于乱世之中的张爱玲似乎与生俱来有种沧桑感,她对时间总是那么敏感,以至于害怕自己来不及抓住什么,充满无助与无奈。这种沧桑感决定了张爱玲《爱》的基调。

(录自谈静:《〈爱〉的赏析》,收入黄修己主编《张爱玲名作欣赏》,中国和平出版社 1996 年版)

▲论张爱玲的"私语"散文

如果说三十年代的"独语"体散文作者还有一个虚拟的"梦中的国土"(何其芳语),在遥远的彼岸世界构成着一颗颗漂泊的灵魂的心理慰藉,那么,在张爱玲这里,则是对整个人类文明的浓重的幻灭感。"孤岛"文化固然已是"新旧文化种种畸形产物的交流",而世界范围的战争更使她感到人类"去掉了一切浮文,剩下的仿佛只有饮食男女这两项",她质疑的是:"人类的文明努力要想跳出单纯的兽性生活的圈子,几千年来的努力竟是枉费精神么?"(《烬余录》)在张爱玲的《流言》中,我们几乎找不到三十年代"独语”语境中所蕴含的理想色彩和浪漫气质,她力图还原的,是战争背景中人的固有本性。理想主义文学传统中关于人的神性的童话在张爱玲笔下彻底消解了。

张爱玲所展示的,是包括她自己在内的芸芸众生在战争环境中真实的人生形态,在对人性的自私的求生本能的反省中又隐藏着对人性的深深的理解和宽悯。其实,真正构成战争的广大而深厚的背景的,正是众生的挣扎与死灭,是战争中个体的孤独与渺小,这是个体生命的真实的原生态。

张爱玲的“私语”中,交织着复杂而矛盾的美感倾向,一方面是对现代文明的“荒凉”感受中呈露的具有现代主义意味的美感特质,另一方面,则是对士大夫乐感文化传统的眷恋,对普通人的寻常人生乐趣的沉迷。

> 生活的艺术,有一部分我不是不能领略。我懂得怎么看“七月巧云”,听苏格兰兵吹 bagpipe,享受微风中的藤椅,吃盐水花生,欣赏雨夜的霓虹灯,从双层公共汽车上伸出手摘树巅的绿叶。在没有人与人交接的场合,我充满了生命的欢悦。(《我的天才梦》)

在对这种“生活的艺术”的领略中,是一个女性对“微末”而又具体实在的生命欢悦的执著。“我记得香港陷落后我们怎样满街的找寻冰淇淋和嘴唇膏。我们撞进每一家吃食店去问可有冰淇淋。只有一家答应说明天下午或许有,于是我们第二天步行十来里路去践约,吃到一盘昂贵的冰淇淋,里面吱咯吱咯全是冰屑子。”(《烬余录》)这种“重新发现了‘吃’的喜悦”的寻常人生乐趣置于香港陷落后的时空背景中已经显示出非同寻常的意味了。尽管作者称这种人类的“最自然、最基本的功能”在非常的年代“突然得到过份的注意,在情感的光强烈的照射下,竟变成下流的,反常的”,但恰恰是这种战乱年代中对生活的微小乐趣的追求,反映着普通人的求生的热望与生命的执著。尽管对“吃”的喜悦之中也许找不出超俗与崇高,但寻常人生的真实本相却正深藏在这种个体生命的微末的人生哀乐里面。

(录自余凌:《张爱玲的感性世界——析〈流言〉》,《张爱玲评说六十年》,中国华侨出版社 2001 年版)

第二十八章　戏剧(三)

【学习提示与述要】

本章介绍第三个十年(1937 年 7 月—1949 年 9 月)的戏剧,内容庞杂,学习时可偏重对戏剧运动史的知识性了解,对一些比较重要的剧作的评析,也主要作为一种“现象”,纳入对戏剧史的了解中。梳理 1940 年代戏剧创作的状况,应抓住“广场戏剧”与“剧场戏剧”这两个方面。“广场戏剧”是更为面向大众,顺应时代需求的多种通俗性演剧形式,包括影响巨大的新歌剧《白毛女》;“剧场戏剧”则包括历史剧、讽刺喜剧、知识分子题材话剧以及适应市民的通俗话剧。就文学成就而言,“剧场戏剧”总体艺术水准比较高,值得评析的剧作家也多属这一类。本章第一节介绍“广场戏剧”的三次高潮,第二节和第三节分别介绍大后方、上海“孤岛”时期以及沦陷区的“剧场戏剧”。

一　广场戏剧的三次高潮

1. 了解抗战初期“广场戏剧”是适应战时政治宣传、鼓动需求的戏剧,不仅舞台直接面对大众,其戏剧观念、写作与演出方式都朝“抗战总动员”这一目标发生变化。更值得注意的是敌后根据地的“广场戏剧”,包括新秧歌剧与新歌剧,这是第二次“广场戏剧”高潮。到 1940 年代末,反内战、反独裁的学生民主运动中又涌现出以政治鼓动为主的多种文艺演出,可视为“广场戏剧”的第三次高潮。应肯定“广场戏剧”的社会功能,并大致了解戏剧在特定的政治化年代中宣传与宣泄民情的作用。

2. 在“广场戏剧”现象中,应重点研究新歌剧及《白毛女》的出现。首先,应了解《白毛女》的创作经过与艺术形式,主要是如何自觉地借鉴、利用与改造民间(农民)的艺术资源。还应大致掌握《白毛女》的情节内容,及其在“集体创作”中如何出于政治与政策的考虑而不断修改的过程。其次,应分析《白毛女》将西洋歌剧形式,包括抒情唱段设计,与传统戏曲的“道白”等手法结合,并创造性地吸收民族民间音乐素材的同时,在歌剧音乐戏剧化与性格化方面所做的尝试。应看到《白毛女》的成功除了上述艺术因素,更在于其既有鲜明的革命性主题,又充分注意满足农民观众的趣味与审美习惯,两者有较完美的统一。《白毛女》的成功也是解放区文学的典型现象,其现实影响以及对后来民族歌剧艺术发展的影响,都是巨大的、不可取替的。

二　大后方、上海“孤岛”:剧场戏剧再度兴起

3. 作为知识性了解的,是抗战时期大后方与上海孤岛“剧场戏剧”的三股潮流。一是历史剧创作的繁荣,包括阳翰笙、欧阳予倩、阿英等的代表性历史剧作;二是知识分子题材的剧作,包括夏衍、宋之的、于伶、吴祖光等的剧作;三是讽刺喜剧的发展,包括陈白尘、袁俊等的作品。应对这些潮流兴起的社会和心理的原因有简要的分析。

4. 其中对夏衍的《法西斯细菌》与《芳草天涯》应有较多的关注。前者的特色在于表现知识分子面对时代的严峻挑战所经历的心理困扰与自我否定的痛苦过程,后者则更深入探索知识分子敏感的精神世界,都是现实主义的成熟作品。在分析两剧所保持与发展的剧作者艺术个性的同时,也应注意其所代表的本时期知识分子题材剧作的共通模式,即:正面描写普通的知识分子的思想和性格矛盾,展示知识分子不同的人生道路,注重时代现实的表现,以及内心世界的发掘,等等。《芳草天涯》因对“一切从政治出发”的创作模式构成挑战,曾引起有关政治与艺术关系问题的热烈论争,对此也应有知识性的了解。

三　沦陷区:职业化、商业化的剧场戏剧的繁荣

5. 大致了解 1944 年前后沦陷区北平和上海都出现过话剧创作与演出的高潮,这是现代戏剧史上罕见的现象。职业化和商业化的演出更注重“市民性”,通俗话剧得以风行。由于较少政治色彩,有追求艺术创新的空间,也促成了一些较有艺术质量的剧作的产生。其中杨绛的两部喜剧可作为考察的重点。

【知识点】

新秧歌剧、新歌剧、广场戏剧、西南戏剧展览会、抗战时期历史剧创作潮、1940 年代讽刺喜剧创作潮、世态喜剧、有关《芳草天涯》的讨论。

【思考题】

1. 概述新文学第三个十年戏剧文学创作的热点与主要趋向。

本题偏重知识性,意在考查对 1940 年代戏剧文学的基本状况的了解。

广场戏剧和剧场戏剧是1940年代戏剧文学创作的两大基本潮流。在广场戏剧潮流中，先后出现了抗战初期的抗战宣传剧、敌后抗日根据地新歌剧和1940年代末期的广场活报剧三个热潮。上海孤岛和大后方的剧场戏剧，主要有历史剧、正面描写知识分子的戏剧和讽刺喜剧三个创作热点；沦陷区的剧场戏剧主要是通俗话剧，带有浓厚的市民气息和商业化色彩。本题实际上是要求对《三十年》第二十八章内容有轮廓性的把握。

2. 简评抗战时期历史剧创作的热潮。

回答此题可首先从战国题材、明末题材和太平天国题材三个方面概述抗战时期历史剧创作热潮的大致情形，接下来从思想文化背景和现实两方面简要说明抗战时期历史剧创作热潮兴起的基本原因，最后以政治性为中心总结其艺术特色，并加以简单评价。有关内容参看《三十年》第二十八章第二节，以及第五章第四节。

3. 为什么说《白毛女》是中国新歌剧艺术的丰碑？

回答此题可从如下三个方面入手，具体说明《白毛女》的艺术成就：第一，该剧大胆探索，融合西洋歌剧和传统戏曲的艺术特长，形成了自己独特的音乐戏剧形式；第二，该剧在总体构思上成功地融合了民间文化、在西方影响下形成的“五四”新文化和革命文化三种不同的文化资源；第三，该剧在具体的艺术处理上比较重视从民间戏曲中吸取养料。还可以进一步简要说明一下《白毛女》的成功给解放区文艺发展带来的影响。论述需要结合作品分析。参见《三十年》第二十八章第一节。

4. 根据《上海屋檐下》《法西斯细菌》和《芳草天涯》三部剧本，分析夏衍戏剧创作的艺术特色。

本题是拓展型思考题，考查对作品的艺术分析能力和比较概括的能力。夏衍是中国现代文学史上影响较大、艺术个性鲜明的戏剧家，由于编写体例的限制，《三十年》对其戏剧创作的叙述分散在不同章节，论述时注意整合有关知识，重点放到其戏剧艺术特色上。从学习方法的角度来说，本题也带有提醒同学们注意整合分散在教材不同章节的相关内容的意义。艺术分析要注意扣紧作品，所以认真阅读体味作品就很重要。要相信自己的阅读感受。要说明的是，现代文学界对夏衍的研究相对较为薄弱，因此本题除了参看《三十年》第二十章第二节和第二十八章第二节，陈坚的《夏衍的文学和生活道路》（浙江文艺出版社1984年版）、《夏衍的艺术世界》（中国戏剧出版社1993年版）等论著外，更需要同学们认真阅读夏衍的戏剧作品，自己体会和总结其艺术特色。温儒敏等人的《中国现当代文学学科概要》（北京大学出版社 2005 年版)第十六章第二节有关于夏衍研究状况的介绍,可根据其提供的索引找相关文章研读。

5. 略述 1920 年代到 1940 年代讽刺话剧在题材、风格方面的发展。

本论题要求较强的综合性,既要有作品分析,又要有文学史的线索梳理,重点放在题材、风格两个方面,但势必会牵涉时代与审美变迁的某些背景。要点包括:(1)1920 年代讽刺话剧:题材上以婚姻、爱情为主,风格上幽默、俏皮。这一时期最重要的讽刺话剧作家是丁西林,可以结合他的创作实际来论述。(2)1930 年代讽刺话剧:题材上开始扩展到社会政治的多个层面,风格上更加严肃、沉稳,是讽刺话剧的过渡期。熊佛西、欧阳予倩、李健吾都有讽刺剧的创作。(3)1940 年代讽刺话剧:题材上以政治讽刺为主,特别是对官场黑暗的揭露,风格上犀利、泼辣、荒诞,是讽刺话剧发展的高潮。陈白尘的创作成为 1940 年代政治讽刺剧的代表,可选择其作品做具体分析。(4)在掌握基本发展轮廓之后,可以进一步思考讽刺话剧题材、风格方面变化产生的原因,将其放入当时的历史环境中体会这一文学样式与社会现实之间的复杂关系。本题适合研究生或高年级学生选做(可参考张健《中国喜剧观念的现代生成》,北京大学出版社 2005 年版)。

【必读作品与文献】

《白毛女》

《芳草天涯》

【评论节录】

孟　悦:《〈白毛女〉演变的启示》

陈　坚:《夏衍的文学和生活道路》

▲关于《白毛女》的演变及其创作中不同话语的运作

《白毛女》是一部几经加工修改,从乡民之口,经文人之手,向政治文化中心流传迁移的作品。从某个宽泛的文化角度上看,《白毛女》不仅是一个叙事,不仅是一种心态,甚至也不仅是一种话语——虽然尽可以把它作为叙事、心态及话语来研究。它还关联着一种在“解放区”形成的特定的文化实践——这种文化在形式来源、生产经过和传播方式上都既不同于“五四”以来在知识分子层中流行的新文化,又有别于“原生的”民间文艺形式和意识形态。而作为文化产品,它既有明显的“本土”“大众性”或“通俗”色彩,又有受西方文化影响的“文化人”的加工痕迹。这样说并不是否定它的政治特征,而只是想说明,这种带政治功利性的文学反而可能有一个复杂的历史和文化的上下文。如何重新清理这个上下文是我们研究解放区文学以及整个现代文化史的一个先决条件。

《白毛女》的故事从三十年代末就在晋察冀一带开始流行。根据后人追述,这故事的一些情节出自土地改革中的一件实事,由当地一带村民口口相传,广为流行,后由来到边区的文艺工作者写成小说和报告文学,并编成民间形式的歌舞表演。四十年代初,当时往来于延安和晋察冀共产党根据地的西北战地服务团的文艺人把根据这个故事创作的文学和歌舞剧带到了延安。延安鲁迅艺术剧院进一步扩大了细节、主题和民歌曲调基础,改编出了情节和风格都更为复杂的歌剧《白毛女》,于 1945 年在延安演出,并巡回到张家口等城市上演。1950 年,导演水华、王滨等人将歌剧剧本改编为电影剧本,由东北电影制片厂摄制成故事片,次年在全大陆上映。文革时期,歌剧《白毛女》和故事片《白毛女》都受到了批判。经过再度修改故事情节,出现了“革命芭蕾舞剧”《白毛女》。不久后这部舞剧被拍摄成舞台艺术片,成为文革时期城乡影院里反复上映的寥寥数部影片之一。这时期还出现有戏曲改编本等等,不过多已属于一种无谓的复制。

从上述简单回顾中已经可以看到,《白毛女》的故事至少是在当时汇聚解放区的几种文化力量的相互作用或相互较量中形成的。首先,它有一个在当地农村口头流行的史前史,很可能还有一个地方民间信仰的背景。但有关这口头流行史和民间信仰我们却没有多少直接的信息。比如我们没法证明,这个故事最初口口相传的原因是否与“白毛仙姑”信仰的流行程度有关系。其次,《白毛女》从传说到剧本的经过还有另一个很大的背景,那就是解放区的“大众文艺”或“通俗文化”运动。这种通俗文化运动不是由下层阶级中自发产生的,而是从上而下引导的。它的标志是文化人对于地方和民间文艺资源的学习和利用,包括对形式、体裁和人才的利用。从三十年代中后期开始,大批文化人士就从城市来到乡村以通俗形式作抗日宣传,后来汇集到几个解放区,形成学习、整理、利用和改造各种地方及通俗文艺形式,在村落之间作流动或定点宣传演出的风气。诸如“秧歌剧运动”,“街头诗运动”,“活报剧”演出,戏曲改革,以及等等都属于此类。第三,《白毛女》显然也有一个西方文化以及五四以来新文学的渊源:它的创作者中有很多熟悉西方文化,受五四新文化熏陶,长期生活在城市的作家,它的形式也可以看出西方歌剧形式的明显痕迹。最后,它还有解放区政治文化和意识形态的背景,比如土地改革,破除迷信运动,以及思想整风运动。

《白毛女》的流传和创作过程里正好反映了这种文化上的接缝。这种接缝表明,解放区文学的出现不仅是一个政治或政权的结果,它还编织在某种预期之外的现代文化史的复杂脉络之内。从五四时期到解放区,中间隔了一个三十年代(大约1927—1937),实际上标志了“传统文化”与“现代文化”的对立模式逐步瓦解、逐步变形的过程。解放区意识形态所追求的民族风格与新社会理想的合一,与其说是新政治权威的独创,不如说也是一部分知识人的共识。如果这一点成立,那么在知识群体和政治力量之间存在着怎样一个共同的意识形态基础,这种共同基础又是在怎样的历史契机下形成的,就应是值得讨论的问题。还有就是文化界和知识分子的大规模迁移和这种迁移带来的结果。五四时期曾有一个文人从地方向中心城市迁移的过程。而在三十年代后期可以看到一种反向的迁移,接着开始了城市文人对地方文艺形式的集体性的收集和重创。这种知识分子和专业人员与中国的普通社会之间的紧密接触实际上大大促动了不同地域文化传统之间的交换和转型。理解《白毛女》这类革命文学产生的历史背景,不能不考虑到这些有待从某种文化史的角度去探讨的问题。

从文学角度上看,这些文化上的接缝遗留在歌剧《白毛女》的文本形态中,使它与解放区的另一些创作有了区别。这区别倒不在于《白毛女》是否就少一些政治味,而在于它有一个相对多样的文本关联域。……相比之下,《白毛女》的文本形态却形成于新文化与老文化,洋文化与土文化,城市文化与乡村文化之间。它在编成歌剧之前就已经是一场解放区特有的通俗文化运动的产物。它包含了许多陕北及河北地方剧,秧歌和民歌的形式和曲调,这一点已是得到共识的。但容易为人忽视的一点,是它在整体形式上又不全是通俗或民间的,可能也不甘于通俗或民间。

这样的角度怎么区别于正统“土洋结合论”的老生常谈呢?我想关键是如何理解这样一个现象:虽是宣传同一种意识形态,《白毛女》却比在体裁上偏“土”的《血泪仇》和在叙述上偏“洋”的《红旗谱》更有经久性,更有吸引力。实际上,说起二十世纪以来在大陆上下的城市乡村,各行各业,男女老少中流传最久,知名最广的那些经典革命故事,第一个就要算《白毛女》。

于是,研究《白毛女》这个背景复杂而又相对成功的“革命文学”创作的难点就在于重提这样一些问题:《白毛女》的流行性,它的成功是否仅仅是政治意识形态上的?是否与它的“通俗形式”有关?抑或和它的“土洋结合”“雅俗共赏”有关?设若“雅俗共赏”并不必然就意味着“政治强迫”,则可以引出另一类问题：比如，在文人的、乡土的以及政治权威的几种力量之间有没有磨擦、交锋、或交换呢？显然，至少曾经是有过的。那么又怎样才能把它们之间可能有过的互相作用，往来回合呈现出来？……有没有可能在文本和形式层面区分出什么是大众可以认同的话语位置，什么是"国家意识形态"的机制，界限在哪里？"土"的形式与"洋"的形式，文人的风格与民间的风格，政治的主题与非政治的主题，这几类不同的东西在《白毛女》里怎样汇接到了一起？民间的形式与政治话语之间形成了一种什么样的关系？每种版本吸引观众的东西有没有什么不同？

虽说政治话语塑造了歌剧《白毛女》的主题思想，却没有全部左右其叙事的机制。使《白毛女》从一个区干部的经历变成了一个有叙事性的作品的并不是政治因素，倒是一些非政治的、具有民间文艺形态的叙事惯例。换言之，从叙事的角度看，歌剧《白毛女》的情节设计中有着某种非政治的运作过程。这里，问题涉及到的已不仅是政治文学的娱乐性，而是政治文学中的非政治实践。因为，这个非政治运作程序的特点不仅是以娱乐性做政治宣传，而倒是在某种程度上以一个民间日常伦理秩序的道德逻辑作为情节的结构原则。

如果贺敬之认为"由鬼变人"的政治主题打动了观众，那么歌剧《白毛女》显然还满足了另外一些非政治的欣赏目的：这里不仅有地主与佃户的阶级冲突，不仅有孤儿寡女的苦大冤深以及共产党解放军的救苦救难，也有祸从天降，一夕间家破人亡，有良家女子落恶人之手，有不了之恩与不了之怨，有生离死别音讯两茫茫，有绝处不死，有奇地重逢，有英雄还乡，善恶终有一报。一句话，普通社会长期以来形成的伦理原则和审美原则，真实的也好想象的也好，在很大程度上与贺敬之所讲的那个"新旧社会"对立的政治原则一道，主宰着《白毛女》由传说到歌剧的生产过程。

在民间伦理逻辑的运作与政治话语的运作之间便可以看到一种回合及交换。政治运作是通过非政治运作而在歌剧剧情中获得合法性的。政治力量最初不过是民间伦理逻辑的一个功能。民间伦理逻辑乃是政治主题合法化的基础、批准者和权威。只有这个民间秩序所宣判的恶才是政治上的恶，只有这个秩序的破坏者才可能同时是政治上的敌人，只有维护这个秩序的力量才有政治上以及叙事上的合法性。在某种程度上，倒像是民间秩序塑造了政治话语的性质。

在某种意义上，歌剧《白毛女》创作中不同话语原则间的交锋象征性地展示了解放区政治文化的生产过程。当然，我们无法证明非政治的、民间伦理秩序的逻辑就一定代表下层阶级的阶级意义。而且毫无疑问，就算这种逻辑在一定程度上代表了大众意识形态,它也是用来作为政治宣传的工具。但它的确作为某种已被接受的,大众化的共识在这个剧本中发挥着潜在的意义和限制政治权威的作用,从而给观众留出了一个可认同的空间。

(录自孟悦:《〈白毛女〉演变的启示》,收入王晓明编《20 世纪中国文学史论》,东方出版中心 1997 年版)

▲《芳草天涯》的艺术特色

《芳草天涯》充盈着深厚的生活气息,渗透着浓郁的人情味。作者并不故意制造曲折离奇的戏剧情节,整个剧本完全是现实生活的真实写照。它是那样的生动、逼真,使人感到亲切、可信,读着剧本,仿佛就与剧中人生活在一起,与他们一同品味着生活中的悲苦与欢乐。

剧作家总是从日常生活现象中寻找戏剧性。他是从生活出发来写戏,而不是从编戏出发来虚构生活。因而人物的对话、动作、表情丝毫看不出雕琢的痕迹。剧中没有大开大阖、悬念横生的情节,也没有翻云覆雨、呼天抢地的场面,却能于平实处生情,琐屑处寓意,织成一张经纬细密的人物感情的网,荡漾着特有的生活诗意,如我国传统的水墨画那样,平凡而深远,素淡而隽永。

夏衍的剧作善于从多方面刻画人物,深化主题。他注意富有性格的细节描写,象剥笋一样,层层深入人物的心灵深处。尤为突出的是他洞悉人情,经常以细腻的笔触探索人物心灵的堂奥,发掘人物的感情潜流,给我们展现一群人真实的内心世界。《芳草天涯》在这方面尤其出色。剧中的人物都是知识分子,他们有对高尚情操的追求,有在恶浊的政治环境里刚直不阿的骨气;但在个人的小天地里,又感情纤细荏弱,易于被生活的泥淖陷住,这种精神与现实的矛盾所造成的身心二者的折磨,虽不惊心动魄,却也令人扼腕。

剧作家运用语言的功夫也是很值得称道的。夏衍剧作的语言浅中见深,淡中见浓,它很少高亢的语调,也没有华丽的词藻。浅显明白的三言两语,却浓缩了人物强烈的感情。

读《芳草天涯》,人们还强烈地感到那笼盖全剧的一种浓郁的情调与氛围。它似乎有点感伤,带点苦涩,然而感伤之余并不使人消沉,清苦之中又使人有所希冀。这主要得力于人物心理的刻划，剧作者对环境时序的精心布置也起了有力的烘托作用。

夏衍说过："公式，概念，面谱，是艺术工作者的不能妥协的敌人。我们必须挣脱这些东西，而创造出清新丰富，使人感动的作品。"《芳草天涯》就是一部冲破了陈套和窠臼，而至今仍然没有得到公正评价的好作品。夏衍不回避现实的复杂性、多样性，以他敏锐的观察力和独特匠心，揭示了特定历史阶段社会生活的深刻矛盾和知识分子纷繁错综的思想情绪，在戏剧艺术领域作出了与众独异、令人瞩目的贡献。

（录自陈坚：《夏衍的文学和生活道路》，浙江文艺出版社1984年版）

第二十九章　台湾文学

本章介绍台湾现代文学。台湾现代文学是在大陆新文学运动影响推动下发展的，由于历史际遇与文化机缘的不同，台湾现代文学发展形态也有其特殊性，这是应当充分注意的。但也还是应当从中国现代文学的历史框架中来考察台湾现代文学的发展，考察其作为中国现代文学一个支脉的共同性与特殊性。这也有助于了解当今的台湾文学。本章分两节，第一节介绍台湾现代文学的历史轮廓，第二节介绍代表性作家。本章学习主要偏重于知识性了解，包括：台湾文学的发端与草创，1930 年代前期创作的繁荣，日据时期的创作，以及台湾文学的乡土气息与思恋家国反抗压迫的文学母题，等等。需重点了解的代表作家有赖和、杨逵、吴浊流、吕赫若和龙瑛宗等。应掌握其各自的代表作及创作风格。

本章不作为重点，不设“思考题”“必读作品与文献”和“评论节录”。

附录一　本科生、硕士生、博士生中国现代文学试题选录

（含北京大学、南京大学、武汉大学和山东大学）

第一部分：本科生试题

北京大学中文系本科 1992 级考题

一、填充题（每题 2 分，共 20 分）

1. “人必生活着，爱才有所附丽。世界上并非没有为了奋斗者而开的活路。……”这段话出自小说《________》。
2. “为什么我的眼里常含泪水？因为我对这土地爱得深沉。……”这句诗出自《__________》。
3. 1920 年代反映教育界与小市民灰色生活的最主要的小说家是_____。
4. 1931 至 1932 年，左翼文坛从苏联“拉普”理论家那里接受了______创作方法，以政治代替艺术，进一步助长了公式化概念化的创作倾向。
5. 文学批评家刘西渭在 1930 年代出版的著名批评论文集是《__________》。
6. 1940 年代中后期，国统区进步文艺界发生过一场关于文艺创作中现实主义和______问题的重要论争。
7. 周作人最早从西方引入______的概念，以此提倡富于艺术性的叙事、抒情散文。
8. 巴金在抗战时期创作的以旧家庭没落为题材的长篇小说，除《春》《秋》之外，还有《________》。
9. 沈从文的小说创作中最引人注目的是对________地区人情风俗的精细描写。
10. 《________》是茅盾在抗战时期创作的一部日记体小说。

二、选择题（下列各组，只有一个正确答案，在正确一项后的括号内打上“√”，其余括号内不要填任何符号。每题 4 分，共 8 分）

1. “左联”的刊物是：

a. 《文化批判》（　　）；　　　　b. 《北斗》（　　）；

c.《文学季刊》(　　)；　　　　　　d.《前锋月刊》(　　)。

2. 鲁迅后期杂文集包括：

a.《南腔北调集》《坟》《三闲集》(　　)；

b.《准风月谈》《且介亭杂文》《热风》(　　)；

c.《花边文学》《准风月谈》《伪自由书》(　　)；

d.《且介亭杂文》《二心集》《华盖集》(　　)。

三、搭配题(从下列每题的 a、b、c、d 中选择正确的搭配分别填入所属括号内。每题 4 分,共 12 分)

1. 人物形象与所属作品搭配：

①单四嫂子(　　)；　　　　　　②杜大心(　　)；

③梅行素(　　)；　　　　　　　④孙柔嘉(　　)。

a.《灭亡》　b.《明天》　c.《虹》　d.《围城》。

2. 作品与作者搭配：

①蒋光赤(　　)；　　　　　　②洪深(　　)；

③废名(　　)；　　　　　　　④吴组缃(　　)。

a.《青龙潭》　b.《丽莎的哀怨》　c.《樊家铺》　d.《桃园》

3. 作家与所属文学社团搭配：

①冯至(　　)；　　　　　　②成仿吾(　　)；

③洪灵菲(　　)；　　　　　④冯雪峰(　　)。

a. 创造社　b. 太阳社　c. 浅草社　d. 湖畔诗社

四、名词简释(各用五十个字左右加以简明扼要的解释。每题 5 分,共 10 分)

1. 革命的浪漫蒂克

2. “七月”诗派

五、问答题(三题中选答两题,每题 25 分,共 50 分)

1. 比较《雷雨》《日出》《北京人》不同的戏剧结构,并结合各自表现的生活内容特点加以说明。

2. 在三四十年代的诗人中,你最喜爱哪一家？以创作实例说明其诗歌在反映生活与抒情方式上的特色以及你喜爱的理由。

3. 略说《暴风骤雨》在反映生活与人物塑造方面的主要成就与不足。

北京大学中文系本科 1995 级考题

一、填空题(每小题 2 分,共 20 分)

1. “用这人道主义为本,对于人生诸问题,加以记录研究的文字,便谓之人的文学。”这是文学革命先驱者________提出的主张。

2. 鲁迅在《〈中国新文学大系〉小说二集序》中指出：凡在北京用笔写出他的胸臆的人们，无论他自称用主观或客观，其实往往是______文学。
3. ________的小说多写乡村儿女翁媪之事，冲淡朴讷，有禅味，意境构设又受唐人绝句的影响。
4. 1936 年出版的何其芳、李广田和卞之琳三位诗人的合集，叫______。
5. 李健吾曾以笔名________写评论，后结集题书名为《咀华集》出版。
6. “唯物辩证法创作方法”是由苏联文学组织________提出的机械论的文学主张，对我国左翼文学产生过影响。
7. 延安文艺座谈会是________年召开的。
8. 鲁迅曾为萧红的小说________作序，称其“表现了北方人民的对于生的坚强，对于死的挣扎”。
9. 《果园城记》的作者是________。
10. 萧涧秋是小说________的主人公。

二、名词简释（每小题用大约五六十个字解释，每小题 4 分，共 20 分）

1. 语丝文体
2. 新格律诗
3. 革命的浪漫蒂克
4. 新歌剧
5. 新感觉派

三、论述题（三题中选答两题，每题 20 分）

1. 略论阿 Q 的典型意义。
2. 分析钱锺书《围城》的主题意蕴。
3. 巴金的《家》与《寒夜》艺术风格的异同比较。

四、简评艾青的《手推车》（附原作）（20 分）

手推车

艾　青

在黄河流过的地域
在无数的枯干了的河底
手推车
以惟一的轮子
发出使阴暗的天穹痉挛的尖音

穿过寒冷与静寂
从这一个山脚
到那一个山脚
彻响着
北国人民的悲哀

在冰雪凝冻的日子
在贫穷的小村与小村之间
手推车
以单独的轮子
刻画在灰黄土层上的深深的辙迹
穿过广阔与荒漠
从这一条路
到那一条路
交织着
北国人民的悲哀

北京大学中文系本科 2002 级考题

一、填空题(每题 2 分,共 10 分)

1. 学衡派以 1922 年在南京创刊的《学衡》杂志而得名,代表人物有______等,他们曾在美国留学,多受当时______思潮的影响。
2. 左联______年成立于上海,代表性的刊物有______。
3. 1930 年代《论语》的主编______主张小品文"以自我为中心,以闲适为格调"。而鲁迅在著名的文章《______》中则指出不应该把小品文当成"小摆设"。
4. 《憩园》的作者是______,刘西渭的代表性评论集是《______》。
5. "为什么我的眼里常含泪水?因为我对这土地爱得深沉。"——这句诗出自诗人______的作品《______》。

二、简释题(每题 100 字以内简要解析,每题 4 分,共 20 分)

1. 泛神论对《女神》的影响
2. 林蔡之争
3. 革命文学论争
4. 京派
5. 新感觉派

三、论述题(三题中选答两题,每题25分,共50分)

1. 略论鲁迅杂文的思想艺术特征。
2. 评萧红《呼兰河传》的文化内涵与文体特色。
3. 曹禺《雷雨》的主人公是谁?说说你的理由。

四、就林庚的诗《春天的心》写一篇400字左右的鉴赏文。(附作品原文,本题20分。)

春天的心

林　庚

春天的心如草的荒芜
随便的踏出门去
美丽的东西到处可以拣起来
少女的心情是不能说的
天上的雨点常是落下
而且不定落在谁的身上

路上的行人都打着雨伞
车上的邂逅多是不相识的
含情的眼睛未必是为着谁
潮湿的桃花乃有胭脂的颜色
水珠斜打在玻璃车窗上
江南的雨天是爱人的

武汉大学人文实验班2014级期终考题(开卷)

一、鲁迅在《〈阿Q正传〉的成因》一文中说:“据我的意思,中国倘不革命,阿Q便不做,既然革命,就会做的。我的阿Q的运命,也只能如此,人格也恐怕并不是两个。民国元年已经过去,无可追踪了,但此后倘再有改革,我相信还会有阿Q似的革命党出现。我也很愿意如人们所说,我只写出了现在以前的或一时期,但我还恐怕我所看见的并非现代的前身,而是其后,或者竟是二三十年之后。其实这也不算辱没了革命党,阿Q究竟已经用竹筷盘上他的辫子了。”鲁迅表达的主要是什么意思?请结合作品来回答。(34分)

二、《子夜》和新感觉派小说都是以上海为背景,为什么说新感觉派小说才真正写出了现代都市的灵魂?请联系作品来回答。(33分)
三、为什么说赵树理的创作代表了"工农兵文学"的方向?请联系作品进行分析。(33分)

山东大学文学院本科2013级考题

一、有的学者认为鲁迅的《藤野先生》是小说而非散文,理由是该作品中有不少失实之处。你在阅读鲁迅时注意过类似问题吗?请结合具体作品谈谈你读鲁迅时的新的困惑或新的感受。
二、人们一般把文学阅读分为两种情形:一是通过阅读作品寻找自我认同,也就是通过某一作家作品完成自我认识或确立自我;二是有距离地阅读作品,对作家作品采取审视、反省和批判(文学批评意义上的"批判")的态度,从而完成与作品的对话。你的阅读一般倾向于哪一种情形?请结合现代文学史上的具体作家作品做一说明。
三、下面是冯至的一首诗:

如果你

春天的心如草的荒芜
如果你在黄昏的深巷
看见了一个人儿如影,
当他走入暮色时,
请你多多地把些花儿
向他抛去!

"他"是我旧日的梦痕,
又是我灯下的深愁浅闷:
当你把花儿向他抛散时,
便代替了我日夜乞求的
泪落如雨——

请谈谈你对这首诗的理解。

山东大学文学院本科 2014 级考题

一、我们在学习中国现代文学史的过程中,有时会遇到这样的现象:某个作家获得的文学史评价与我们自己对该作家的阅读感受并不一致。请你举出一例并具体分析其原因。(25 分)

二、下面是穆旦的一首诗:

窗

——寄敌后方某女士

是不是你又病了,请医生上楼,
指给他那个窗,说你什么也没有?
我知道你爱晚眺,在高倨的窗前,
你楼里的市声常吸有大野的绿色。

从前我在你的楼里和人下棋,
我的心灼热,你害怕我们输赢。
想着你的笑,我在前线受伤了,
然而我守住阵地,这儿是片好风景。

原来你的窗子是个美丽的装饰,
我下楼时就看见了坚厚的墙壁,
它诱惑别人却关住了自己。

谈谈你对这首诗的理解,也可以结合这首诗谈谈穆旦诗歌的特点。(25 分)

三、如果请你从学过的中国现代文学作品中选择一个人物来交谈半小时,你会选择谁?解释一下你的选择,并具体说说你会谈些什么。(25 分)

四、选择一位本学期课程中涉及的现代散文作家,结合其创作谈谈你的评价。(25 分)

第二部分:硕士研究生入学考试专业试题

北京大学中文系硕士生 1994 年考题

一、选择题(20 分)

1. 创造社的成员中有____。

A. 陶晶孙　B. 高长虹　C. 宗白华　D. 徐玉诺

2. 鲁迅在《〈中国新文学大系〉小说二集序》中曾称____为“中国最杰出的抒情诗人”。

A. 郭沫若　B. 殷夫　C. 闻一多　D. 冯至

3. 一般认为属于“京派”的刊物是____。

A.《北新》　B.《洪水》　C.《京报副刊》　D.《大公报·文艺副刊》

4. 1930 年代上海“立达学园”中曾涌现一批卓有成就的散文家,被称为“立达派”,其中有____。

A. 丰子恺　B. 林语堂　C. 梁实秋　D. 丽尼

5. 与张天翼的创作风格接近的作家是____。

A. 蒋牧良　B. 沙汀　C. 吴组缃　D. 周文

6.《黄河大合唱》歌词的作者是____。

A. 郭小川　B. 田汉　C. 贺敬之　D. 光未然

7. 1932 年 4 月,瞿秋白、茅盾、郑伯奇、钱杏邨等人同时为小说____作序,企图纠正“革命的浪漫蒂克”倾向。

A.《韦护》　B.《水》　C.《地泉》　D.《到莫斯科去》

8.《爱美的戏剧》的作者是____。

A. 陈大悲　B. 胡适　C. 周作人　D. 丁西林

9. 评论集《意度集》的作者是____。

A. 胡适　B. 唐湜　C. 李长之　D. 沈从文

10. ____是一部诗剧。

A.《名优之死》　B.《月光曲》　C.《赤叶河》　D.《琳丽》

二、简释下列作品(或论著、译著)的作者、内容,并略加评论。(每题不超过 100 字,共 20 分)

1.《二月》　2.《苦闷的象征》　3.《高干大》　4.《自己的园地》

5.《芳草天涯》

三、论述题(40 分)

1. 以两位现代诗人为例,论说唐代诗歌对新诗的影响。

2. 试论废名(或郁达夫,或孙犁)笔下的自然景物描写,并说明他们的自然观及其与中国传统文学的关系。

四、评论张爱玲的作品《爱》(原试卷附作品全文,此处略,20 分)

北京大学中文系硕士生 1997 年考题

一、名词解释(30 分)

1. 侨寓文学
2. 国粹派
3. 印象派批评
4. 《我在霞村的时候》
5. 《现代诗钞》

二、问答题

1. 用现代汉语翻译下面一段话,并结合鲁迅的思想展开论述。(30 分)

　　递夫十九世纪后叶,而其弊果益昭,诸凡事物,无不质化,灵明日以亏蚀,旨趣流于平庸,人惟客观之物质世界是趋,而主观之内面精神,乃舍置不之一省。重其外,放其内,取其质,遗其神,林林众生,物欲来蔽,社会憔悴,进步以停,于是一切诈伪罪恶,蔑弗乘之而萌,使性灵之光,愈益就于黯淡:十九世纪文明一面之通弊,盖如此矣。

2. 以鲁迅、巴金、沈从文的具体作品为例,说明新文学的建设与传统文学的关系。(中国考生 20 分,留学生考生 30 分)
3. 试述闻一多的诗歌创作和艺术追求。(20 分)
4. 试述语丝派散文的主要特点。(20 分)

(中国考生限答一、二、三题,留学生考生任选三题)

北京大学中文系硕士生 2003 年考题

一、名词解释(每题 5 分,共 50 分)

1. 语丝体
2. 《李自成》
3. 革命文学论争
4. 寻根派
5. “纯诗”
6. “激流三部曲”
7. 《海瑞罢官》
8. 中国新诗派
9. 第一次文代会
10. 文明新戏

二、论述题(第 1、2 题必做,每题 35 分;第 3、4 题选做一题,30 分。共 100 分)

1. 试以鲁迅《故事新编》或冯至《伍子胥》为例,论述“历史资源”如何被用作“现代表达”。

2. 新诗史上,1920 年代新月派、1930 年代林庚、1940 年代冯至都有探寻新诗格律的努力,请选择两家试为比较并论其得失。
3. 简述胡风文艺主张并举例说明这些主张如何体现在受他影响的作家的创作中。
4. 以《北京人》《茶馆》为例,分析比较曹禺和老舍的剧作艺术。

北京大学中文系硕士生 2004 年考题

一、名词解释(每题 5 分,共 50 分)

1. 中国诗歌会　　2. 整理国故
3. 百花文学　　4.《春醪集》
5. 林译小说　　6. 三个崛起
7.《漳河水》　　8. 春柳社
9. 孤岛文学　　10. 巴金《随想录》

二、论述题(第 1 题必答,40 分;其他题各 30 分,中国学生在第 2、3、4 题中选答两题,留学生在第 2、3、4、5 题中选答两题。共 100 分)

1. 结合具体作品,比较鲁迅《呐喊》《彷徨》在小说艺术方面的异同。(40 分)
2. 以梁启超、胡适的主张为中心,分析晚清文学改良和“五四”文学革命在观念上的差异。(30 分)
3. 以 1940 年代的新进作家路翎、钱锺书、赵树理、张爱玲为例(选择两位),谈谈他们的创作与“五四”新文学的关系。(30 分)
4. 以具体作家(如张恨水、王度庐、程小青等)为例,试论现代文学中通俗文学与新文学的关系。(30 分)
5. 试分析曹禺《雷雨》或《日出》中的一个人物。(30 分,仅供留学生选做)

北京大学中文系硕士生 2005 年考题

一、名词解释(每题 5 分,共 30 分)

1.《歌谣》周刊　　2.《白毛女》
3. 汪曾祺　　4. “世界进步文艺支流”说
5. 现代评论派　　6.《桥》

二、论述题(每题 40 分,第 1 题必答,中国学生第 2、3、4 题中选答两题,留学生第 2、3、4、5 题中选答两题。共 120 分)

1. 以杂文(杂感)和小品文两种文体为例,谈谈新文学与作为载体的报刊之间的关系。

2. 比较分析鲁迅小说与茅盾小说在“开创新的文学范式”方面的不同贡献及其影响。
3. 以三四十年代一位诗人的具体创作为例,评析新诗“戏剧化”的手法。
4. 许多评论家指出曹禺的话剧具有浓郁的诗意,请结合具体作品论述“诗意”在曹禺话剧中的特色和功能。
5. 论“精神胜利法”。(仅供留学生选做)

北京大学中文系硕士生 2010 年考题

一、名词解释(每题 5 分,共 30 分)

1. 学衡派　　2. “都市风景线”
3. 白马湖作家群　　4.《中国新文学的源流》
5. 李劼人　　6.《申报·自由谈》

二、论述题(每题 30 分,选答四题。共 120 分)

1. 试论 1930 年代中国现代派诗人群的艺术创新。
2. 谈谈《憩园》《寒夜》对于巴金创作的意义。
3. 论京派文学的“乡土观”。
4. 田汉与曹禺的话剧之比较。
5. 论林语堂对于中国现代散文的贡献。
6. 我看鲁迅。(仅供留学生选做)

北京大学中文系硕士生 2015 年考题

一、名词解释(每题 5 分,共 30 分)

1. “九叶派”　　2.《大公报》文艺奖
3. 南国社　　4.《三叶集》
5. 街头诗　　6. 美文

二、论述题(每题 30 分,选答其中四题,共 120 分)

1. 比较周作人与鲁迅的散文艺术。
2. 试论穆旦对中国新诗传统的继承与超越。
3. 以萧红或者沈从文的作品为例,谈谈中国现代小说中的抒情因素。
4. 如何评价以鲁迅为代表的中国现代作家“改造国民性”的历史性努力?
5. 谈谈 1930 年代海派文学的构成。

北京大学中文系硕士生 2016 年考题

一、名词解释(每题 5 分,共 30 分)

1. 战国策派　　2. 曹七巧

3. 京味小说　　　　　　　　4.《子夜》模式

5.《王贵与李香香》　　　　6. “主观战斗精神”

二、论述题(每题30分,选答其中四题,共120分)

1. 谈谈中国“新感觉派”小说家的都市观。

2. 比较闻一多与徐志摩的诗。

3. 论鲁迅《野草》的艺术形式。

4. 试论《新青年》杂志的历史作用。

5. 以《雷雨》或《日出》为例,谈谈曹禺的戏剧结构艺术。

南京大学文学院硕士生2013年考题

一、简述1940年代上海文学的分期。

二、你认为莫言写得最差的小说是那一篇(部)? 为什么?

南京大学文学院硕士生2015年考题

一、简述中国左翼文学发生、发展的基本情况,并从正反方面指出其在中国现代文学史上的影响。

二、以代表作家和作品为例,分析1990年代中国女性写作的“私人化写作”特征。

三、以某一个中国现当代作家为例,谈谈外国文学对其创作的具体影响。

第三部分:博士研究生入学考试专业试题

北京大学中文系博士生1996年考题

一、从下列作家中任选一人,谈谈其艺术上的不足,并做分析。

1. 沈从文　　2. 废名　　3. 戴望舒

二、谈谈你自己的(而不是他人的)“左翼文学”观,并做分析。(此题外国考生不做)

三、试比较茅盾与张爱玲的都市小说。(此题国内考生不做)

四、试以《现代文学与“土地”》为题写一篇小论文。

(要求:1. 是一篇有见解、有材料的论文,而非抒情散文;

2. 注意文章的结构与语言文字)

北京大学中文系博士生1997年考题

(国内考生从前三题中选做两题;国外考生从四题中选做两题)

一、简述晚清文学思潮,并论评其与“五四”时期文学运动的历史联系。

二、从冯至、戴望舒、何其芳、卞之琳的创作实际看抗战时期现代主义诗歌的蜕变以及现代主义如何参与抗战诗歌的创作。

三、简述“五四”时期进化论文学观的基本内涵，论析其对现代文学研究的影响，并结合现代文学的史实说明你的看法。

四、论鲁迅《伤逝》的艺术特点。(只供外国考生选做)

北京大学中文系博士生2003年考题

一、老舍与沈从文都很关注现代化过程中的文化冲突，他们对这一问题的艺术思考与表现各有哪些独特之处？请结合其创作进行评析。

二、郁达夫在《中国新文学大系·散文二集·导言》中，曾提及“中国现代散文的成绩，以鲁迅周作人两人的为最丰富最伟大”，你是否同意这一判断？请详细论述。

三、论中国现代文学史上的“左联”。

四、作为学科的“中国现代文学”。

北京大学中文系博士生2004年考题

一、我看中国现当代文学的“现代性”。

二、从张恨水《啼笑因缘》、茅盾《子夜》、李劼人《死水微澜》谈中国现代长篇小说的结构艺术。

三、论穆旦(或冯至)的诗。

北京大学中文系博士生2005年考题

(国内考生完成前三题；留学生除完成第四题外，在前三题中任选两题)

一、从散文语言运用和文体创造角度，比较分析冰心、朱自清、周作人三家散文创作风格之异同。

二、如何看待鲁迅对晚清谴责小说的论述。

三、举例说明文学期刊(或文艺副刊)在中国现代文学发展中的作用。

四、论沈从文。

北京大学中文系博士生2012年考题

一、费孝通在《乡土中国》中说：“从基层上看去，中国社会是乡土性的。”这种乡土性甚至也波及和覆盖了都市。试结合具体作品，谈谈中国现代都市文学中所体现出的这种“乡土性”。

二、以鲁迅和茅盾(或郭沫若)为例，分析说明左翼文学的不同品格。

三、请概述近三十年以来的鲁迅研究发展状况。

四、从下列外国戏剧家中任选一位，谈谈其对中国现代话剧的影响。

1. 契诃夫

2. 易卜生

3. 奥尼尔

北京大学中文系博士生 2013 年考题

一、有学者认为,鲁迅的小说与表现主义文学有密切关联。你是否赞同这一观点?请结合具体作品谈谈你的看法。

二、试论"左联"的"左"。

三、沈从文论。

四、谈谈 T. S. 艾略特对中国现代诗歌的影响。

北京大学中文系博士生 2014 年考题

一、论鲁迅对中国现代文学的影响。

二、以郁达夫和萧红为例,谈谈现代小说中的抒情美学。

三、略述解放区文学的构成。

四、谈谈"五四"新文学与现代教育的关系。

北京大学中文系博士生 2015 年考题

以下五道题中,第一题必答,其余四题中选答三题,每题 25 分,共 100 分。

一、试论鲁迅的杂文。

二、近二十年来,中国现代文学研究中的通俗文学研究有了很大进展。请概述一下现代通俗文学与新文学的关系。

三、以戴望舒和卞之琳的诗歌为例,谈谈 1930 年代现代派诗歌与中国传统诗学的关系。

四、请结合具体作品,用现实主义文学理论去考察中国古典小说和中国现代小说,看看有何异同。

五、论契诃夫(或列夫·托尔斯泰)。

南京大学文学院博士生 2014 年考题

一、结合作品试论述"魔幻现实主义"中"魔幻"与"现实"的关系。

二、论"文革文学"向"新时期文学"的转变。

南京大学文学院博士生 2015 年考题

一、詹明信说:第三世界的文学都是寓言。试结合拉美魔幻现实主义作品谈谈你对他这个观点的认识。

二、论解放区文学与十七年文学的关系。

山东大学文学院博士生 2015 年考题(二十世纪中国文学史论)

一、《平凡的世界》在读者中受众广泛,评价很高,但是在学术界却评价一般,你怎么看这种两级现象?

二、巴金前后期创作风格比较。

三、鲁迅的国民性批判思想及其当代意义。

四、沈从文和汪曾祺写作风格比较。

山东大学文学院博士生 2015 年考题(中国新文学思潮)

一、何为红色经典,举例说明红色经典的思想和美学特征并谈谈你对红色经典的认识。

二、结合作品试述中国现代启蒙文学思潮。

三、郭沫若在抗战时期创作的历史剧有何特点?

四、2015 年是《新青年》杂志创立一百周年,谈谈新青年和新文化运动的关系及其历史贡献。

山东大学文学院博士生 2016 年考题(二十世纪中国文学史论)

一、试论通俗文学与新文学的关系。(40 分)

二、结合具体作品,试论中国现代作家群体的建设意识及其创作实践。(30 分)

三、以《红高粱家族》《丰乳肥臀》《生死疲劳》和《蛙》为中心,分析莫言小说创作的历史文化意义。(30 分)

山东大学文学院博士生 2016 年考题(中国新文学思潮)

一、结合鲁迅或其他作家的创作,论反讽的艺术特征。(40 分)

二、以王安忆、陈染和林白的作品为例,试述 1990 代女性写作及其特点。(30 分)

三、试论戴望舒《雨巷》在中国新诗史上的意义。(30 分)

附录二　关于现代文学课程的复习与考试

——温儒敏教授与报考硕士研究生的同学对谈

每年硕士生考试前后,总有不少同学来信来电询问关于现代文学考试的问题,特别是如何复习应考的一些具体问题。2004 年冬,几位参加考研的同学要求辅导,温儒敏教授和他们有过一次对谈,后记录整理成文,曾发表在北大中文系的网站上。本来《〈中国现代文学三十年〉学习指导》这本书是为本科生学习编写的,但很多考研究生的同学也用作参考书。不妨就把这篇谈话记录稿也收在本书中,但愿对同学们的复习备考会有些帮助。

考生问:中国现代文学专业的硕士生入学考试要考哪些课程? 能否给我们指定参考书?

温儒敏答:除了外语和政治两门公共课,还考"中国现当代文学"和"专业基础课"。因为现当代文学是一个学科,专业课也就同一张卷子,分为现代和当代两大部分,考现代的只需要完成现代文学那一部分。但现代与当代的考题往往又有某些交叉。"专业基础课"考试范围则比较广,包括中国古代文学、外国文学与文学理论。我们不大主张指定参考书,主要是怕限定了考生的思维。反正学科范围与考试科目都划定了,大家可以自己去找相关的书来看。专业课复习不能只看教科书,最好多读一些作品和代表性的评论,适当关心学科发展状况和一些新的研究。《中国现代文学三十年》较多吸纳了新的研究成果,是考生常用的一本教材。专业基础课则要求更"基础"的知识,可以参考一些常见的文学史和文学理论教材,注重掌握基础性的知识,不要求有多么深入的研究。但也要熟悉一些代表性作品。文论部分不光要注意西方文学理论,也要知道一些中国古代文论知识。这里说的是北大的要求,不过其他学校也大同小异。

问:现代文学专业课考试有什么要求? 为什么不能只看教科书?

答:现代文学这个学科带有历史学科的某些特点,同时又是文学学科,一方面要求学习者了解基本的文学史知识,对现代文学发生、发展的轮廓有一个大致的了解,这样才能形成某些历史感,学会用历史的眼光看待文学现象;同时,又要求通过这门课的学习提高文学审美、鉴赏、批评的能力,而这种能力的获得,不是靠老师传授或者读一读教科书就可以达到的,必定要自己去阅读作品,有自己的体验、感悟,再上升到理性的分析。常常看到有些考生把文学史教科书背得很熟,考卷上几乎把课本上的结论都抄下来了,但就是没有自己的"感觉"。这样当然不可能得到高分。所以,学习现代文学不能只读教科书,还要多读作品,回答问题时也不是照抄现成答案,而是要尽可能融入自己鲜活的理解,最好还能形成自己观察问题的独特角度。这样要求似乎高了一点,但总是目标。培养硕士生应当看重学生的能力,包括发现问题、解决问题的能力,这种能力测试在硕士生考试时也会作为主要的指标。

问:现代文学研究生入学考试的考题有哪些类型?回答问题应当注意什么?

答:就北大中文系现代文学基础课每年考试的情况来说,考题大都包括两种类型。一是知识题,如填空题、选择题、简答题等等,大概占三分之一或者四分之一左右。内容也就是作家作品、社团流派、文学史现象等等。其中简答题应当把涉及问题的主要知识点都写出来,但不必展开论证。这类题主要考基础知识掌握的情况,一般从教科书上就可以得到答案。二是论述题,一般不会偏题,都是比较"大"的、多数考生都可能有所准备的题目。越是这样的题目,让学生都尽可能地发挥他们的知识储备和能力,越能够考出真实的水平。有些考生认为自己考得好,问题回答得很系统、完整,但是一公榜,分数却不太高。为什么?可能就是缺少论述。研究生考试和本科生考试要求不同,本科生考试也许"回答"正确、符合标准答案就可以了,但研究生考试要看能力,看你怎么去组织材料、形成论点、展开论述。因此,要特别注意,这是"论述",不能满足于一般的"回答"。论述题等于是小论文,最好先打个腹稿,想想可以从哪几个方面进入问题,哪些方面有必要更充分地展开,能否以自己的理解来形成某些新的概念或者角度,还有,论点需要哪些材料来支撑,等等。最怕的是拿到考题,觉得自己有所准备,就一步到位,写几条标准"答案"了事。把论述题当作小论文来做,就比较能够发挥自己。

问:那么复习时准备论述题考试,应当如何着手?

答:重要的是不要舍本逐末。有些同学收集了大量考题,准备了"题库",然后像考英语托福、GRE 那样,一道道题寻找和熟记标准答案。这种办法不见得好。提醒大家还是要全面复习,多看作品和相关的研究成果,关心学科研究的历史与现状,在这个过程中不断发现问题,形成自己的理解角度和观点。要学会论述,而不只是“回答”,这样就能不断积累,真正提高能力。这才是“本”。当然,复习时都会关注以往的考题,也会关心答案,我的意思是还要提高一步,在“论述”上下功夫。《〈中国现代文学三十年〉学习指导》这本书中,每一章都附有“必读作品与文献”与“评论节录”。这不光是对本科同学有用,考研究生的同学也可以参考,可以顺藤摸瓜,找一些相关的研究论著来看,在这个过程中不断锻炼自己思考问题、形成问题和解决问题的能力。这是一种专业性的思维训练,肯定比押题、猜题和背标准答案要好得多。

问:老师能不能举些例子,说得再具体一点?

答:比如有过这样一道考题:“从散文语言运用和文体创造角度,比较分析冰心、朱自清、周作人三家散文创作风格之异同。”应当怎么论述?怎么准备?我们学习基础课现代文学史时,对这三家都会有所了解,课本上也有简单的介绍,但那往往是分头介绍的,还不大可能联系在一起来比较、放到散文史脉络中进行综合的研究。如果只是背教科书,回答时很可能就只是说说三家各自的风格,会显得单薄。我们已经学过文学史课,对这些作家都有一些印象,复习时如果再读一些他们的散文作品,有一些鲜活的艺术体验,这时回过头来,从现代散文历史发展的背景中重新体会这些散文家不同的特色与贡献,就会有“立体”的感觉。这种感觉的获取,决不是光读一读教科书就可以得到的。当然,最好再深入一步,读一些相关的评论,从他人既有的观点中得到某些启发,或者刺激自己的新的思索。这时,“比较”的意识和历史的感觉,就很自然产生。这种学习是一种反复训练积累的过程,无形中你的鉴赏分析和判断能力就会提高。通常讲的打实基础,指的大概就是这个过程。有了这种充分的准备,许多题目都可以应对。研究生考试的题目往往需要你去“组合”,拿到这个题目,就能马上调动平时的知识积累,发挥你的感受力和理解力,形成自己回应这个问题的角度、观点,甚至还会用自己的“说法”(概念)去概括。

还是围绕前边那个题目来说吧。比如,课本上一般都会讲到冰心散文的语言特点是灵动清丽,朱自清是细腻典重,周作人是略带涩味。考试时如果光是这样回答,只能说“对”,不能说很好。但有的同学平时有阅读积累,能从自己感受出发,通过比较指出三家的不同特色,就比上述这些只是“正确”的答案要更加深入,更有深度体验。有的考生指出冰心散文偏爱清新抒情的“短章”,朱自清作品追求“油画效果,务求穷形尽相”,周作人“如黄宾虹的枯笔写意山水,不经意而尽得情趣风流”。这些比喻和概括不见得非常完善,但很能呈现考生的感悟力和理解力。又比如,谈到朱自清,大家一般都会注意到他的清澈和细致的文风,但如果关心当下研究进展,还可能注意到有论者批评朱自清散文的“匠气”。有的考生就抓住这一点,有所发挥,认为朱自清许多散文的确有种“匠气”,但又指出,“匠气”也可以是“艺术之一种”,精雕细刻,讲求文章起承转合,是朱自清突出的风格,他是现代文学史上少有的“精益求精地注重章法的散文巨匠”。这些概述就比较有新意,有“亮点”。老师批阅卷子往往很欣赏“亮点”、欣赏论述中散发的才华,而不只是回答是否正确。

问:又要读教科书,又要读作品,还要关心研究论著,大家复习时会觉得漫无头绪,不知老师有何指点?

答:每个人的学习习惯可能不一样,不能要求用同一种办法。但按照一般情况论,现代文学是在低年级学习的,已经过去一些时间了,所以先重读一下教科书,梳理一下知识,很必要。教科书除了提供基本的文学史知识,也吸收有一些新的研究观点,需要反复推敲才能体会。阅读教科书,可以帮助我们掌握基础知识,像填空题、选择题、简答题之类,大致也就可以应对了。还可以把教科书当作复习的线索,一单元一单元地过,顺着书中提供的作品或者论文篇目,再往更大的范围拓展。作品以及研究论著的阅读可以和教科书对照互动,那样可能发现问题,形成问题。具体来说,可以先结合教科书和作品的阅读过一遍,这时可将对基础知识和轮廓的了解作为重点。然后,再分成几个专题或者单元,选读相关的评论和研究论文。不可能读很多,最好找代表性的,还有处于学科前沿的论作。阅读不是为了完全进入研究,那样要求太高了,同学们不容易达到。我想,能够从中激发某些理论思维,形成某些问题,或者吸取某些论述问题的角度、方法与概念,那就可以了,对备考会大有好处。一开始可能漫无头绪,最好有个计划,把复习时间分成几段,每一段都有相对明确的目标。

问:找相关的研究论著也是比较难的,有什么便捷的途径吗?

答:可以通过读一些学术史或学科介绍方面的书,来寻找相关的资料线索。《〈中国现代文学三十年〉学习指导》这本书也可以帮助我们。该书理出了复习的重点和线索，同时它的“评论节录”部分也很有用，比较贴近教学，有利于我们打开视野，生发一些课题。这里再介绍几种书，就是帮助大家顺藤摸瓜找线索的书。如黄修己的《中国新文学史编纂史》（北京大学出版社 1995 年版）、冯光廉与谭桂林的《中国现代文学史研究概论》（南京大学出版社 1995 年版），以及徐瑞岳主编的《中国现代文学研究史纲》（江苏教育出版社 2001 年版），等等。这些书谈的都是学科史，对现代文学史的研究努力做出比较全面的介绍，值得参考。我在北大也连续多次开设过“现代文学学科史与研究现状”的课，最近将讲稿整理出版了，书名叫《中国现当代文学学科概要》（北京大学出版社 2005 年版）。这本书也是学科史的考察，但注重引申出文学史观与方法论的探究，注重问题的提示与讨论，从学术训练的角度引导提供了许多研究资料和问题的线索，复习时也可以拿来看看。此外，还要多少关注一下研究现状，如《文学评论》《中国现代文学研究丛刊》，以及某些复印资料，等等，最好都翻一翻。

最后说几句。为什么要考研？可能为了找个好工作，为了将来更好地发展，或者为了其他实际的目标，这都是可以理解的。但也不要太过实际，趁现在还年轻，要有点理想，有高远的目标，取法乎上。如果人生目标定得太实际、太低，所得反而可能就很低。在这个很实利的浮躁的时代，有理想有高远目标，才能激励自己尽可能超越庸常，做点学问与事业。考研究生，读研究生，不只是为了学位文凭，还应当为了历练和提升自己，养成喜欢读书和思考的生活方式，以及较高的人文素养，包括写作能力。你们通过考研复习，已经是在历练自己，提升自己，多少体验学问的艰辛与乐趣，那这就是难得的一份收获了。